ANDREW PETERSON

TODESSCHUSS

EIN NATHAN-MCBRIDE-THRILLER

amazon crossing

Das Buch

Der ehemalige US-Marine Nathan McBride und sein Partner Harvey Fontana erhalten einen brisanten Auftrag: Sie sollen die Mörder eines FBI-Agenten finden und eine Tonne verschwundenen Plastiksprengstoff sicherstellen.

Doch nichts ist, wie es scheint, und schon bald gerät McBride zwischen zwei Fronten – einen skrupellosen Gegner, der auf Rache sinnt, und eine Gruppe hochrangiger Amtsträger, die sich durch nichts davon abbringen lassen, ihre eigene Vorstellung von Gerechtigkeit durchzusetzen. In diesem Spiel gibt es keine klaren Regeln. Von den Anfängen in Kalifornien bis zum finalen Showdown in der Wildnis von Montana – McBride und Fontana sind ganz auf sich selbst gestellt.

Der Autor

Andrew Peterson wurde in San Diego, Kalifornien geboren und wuchs dort auf. Er studierte Architektur an der University of Oklahoma. Bereits in seiner Jugend entwickelte er eine lebenslange Begeisterung für das Sportschießen und gewann im Laufe der Jahre verschiedene Wettbewerbe.

Peterson schrieb 1997 seinen ersten Nathan-McBride-Thriller. Eine ernsthafte Karriere als Autor verfolgte er jedoch erst ab 2005.

Ermutigt durch den Krimiautor Ridley Pearson, nahm Peterson die Arbeit an seiner Nathan-McBride-Serie wieder auf und veröffentlichte drei Jahre später sein Romandebüt Todesschuss (im Original: *First to Kill*). Es folgten *Forced to Kill* und *Option to Kill*. Ein vierter Band der Serie um Nathan McBride, einen ehemaligen Scharfschützen des US Marine Corps und CIA-Agenten, und seinen Partner, Harvey Fontana, ist zurzeit in Arbeit.

Andrew Peterson lebt mit seiner Frau Carla in der Nähe von Monterey im US-Staat Kalifornien.

ANDREW PETERSON

TODES SCHUSS

EIN NATHAN-MCBRIDE-THRILLER

Übersetzt von Peter Zmyj

amazon crossing

Die Originalausgabe erschien 2012 unter dem Titel »First to Kill (The Nathan McBride Series)« bei Thomas & Mercer, Las Vegas.

Deutsche Erstveröffentlichung bei AmazonCrossing, Luxemburg, Dezember 2013

Umschlaggestaltung: bürosüd[0] München, www.buerosued.de
Lektorat: Daphne Großmann
Satz: Monika Daimer, www.buch-macher.de

Printed in Germany
by Amazon Distribution GmbH, Leipzig

ISBN 978-1-477-84964-4

www.amazon.com/crossing

Für meine Frau Carla.
Du bist seit vierundzwanzig Jahren meine beste Freundin.

PROLOG

Der warme Lichtschein im Fenster der Hütte vermittelte ein trügerisches Gefühl von Behaglichkeit, aber der Schrei, der nach draußen drang, sprach die nackte Wahrheit. Der FBI-Agent war mit Bindedraht an den Stuhl gefesselt. Man hatte ihn übel zugerichtet – geschwollene Augen, zerschmetterte Wangenknochen, ausgeschlagene Zähne und noch schlimmere Verletzungen. Sechs abgetrennte, beiseitegetretene Finger lagen über den Bretterboden verstreut. Die Luft in der Hütte roch nach Zigarrenrauch und verbranntem Fleisch – kein Wunder bei den zahlreichen Verbrennungen, die wie winzige Brandzeichen über beide Arme und die Brust des Mannes verliefen. Er hatte so lange am Bindedraht gezerrt, bis seine Handgelenke und Knöchel bluteten.

»Er ist schon wieder bewusstlos.« Ernie Bridgestone packte den Mann an den Haaren und riss seinen Kopf zurück. Bridgestone, ehemaliger Ausbilder beim Marine Corps, war groß und schlank und hatte einen dünnen Schnurrbart, kurz geschorene dunkle Haare und ein von Akne entstelltes Gesicht.

»Lass ihn, er hat genug.« Leonard Bridgestone überragte seinen jüngeren Bruder um Haupteslänge und wog knapp dreißig Kilo mehr. Abgesehen von ihrer Kleidung, die aus blutbefleckten T-Shirts, alten Tarnanzügen und Kampfstiefeln bestand, hatten sie äußerlich nur die hellblauen Augen gemeinsam – ein Geschenk von ihrer Mutter. Was sie von ihrem Vater hatten, darüber sprachen sie nicht.

Ernie ließ den Mann los. »Eins muss man dem Arschloch ja lassen – so lange wie er hätte ich nie durchgehalten.«

»Hoffentlich musst du es nie herausfinden.« Leonard war ein ehemaliger Army Ranger. Im Gegensatz zu seinem Bruder konnte er mehrere Auszeichnungen aus dem ersten Golfkrieg vorweisen – einen Silver Star, zwei Purple Hearts und ein Navy Cross, Letzteres, weil er einen abgestürzten Hornet-Piloten gerettet hatte. Er nahm einen 20-Liter-Benzinkanister und schüttete den Inhalt in der spartanisch eingerichteten Hütte aus, wobei er ein paar Liter für den Gefangenen aufsparte. Dann hielt er den Behälter dicht über den Kopf des FBI-Agenten und neigte ihn mit der Öffnung nach vorne. Als sich die ätzende Flüssigkeit über ihn ergoss, zitterte und stöhnte der Mann.

Während drinnen die Benzindämpfe die Luft verpesteten, fing es draußen stärker zu regnen an. Ein Blitz tauchte die Fenster für einen kurzen Moment in weißes Licht, dann gleich noch einmal. Eine halbe Sekunde später ließ der Donner die Scheiben erzittern.

»Wirklich ein Jammer, dass wir die Bude abfackeln müssen«, sagte Ernie.

Leonard zog die Vorhänge auseinander und sah zum Fenster hinaus. In der heraufziehenden Morgendämmerung zeichneten sich die Berge der Sierra Nevada ab. »Ich denke mal, wir haben höchstens drei Tage. Der Typ hat gesagt, er hätte vor fünf Tagen das letzte Mal bei seinen Vorgesetzten Bericht erstattet, und dass er sich mindestens einmal die Woche melden muss.«

»Aber Lester hat ihn gestern im Ort gesehen. Vielleicht hat er bereits mit seinen Leuten gesprochen.«

»Nein, das hätte er uns bestimmt gesagt. Er hat ja schon nach dem zweiten abgetrennten Finger zugegeben, dass er vom FBI ist. Was wir mit ihm gemacht haben, hält keiner fünf Stunden lang aus, auf gar keinen Fall.«

Ernie spuckte dem Mann ins Gesicht. »Ich kann es immer noch nicht fassen, dass dieses Arschloch uns reingelegt hat.«

»Tja, ich schätze, jetzt sind wir quitt.«

Ernie nahm die blutigen Geräte vom Tisch – eine Zange, einen Drahtschneider und einen Eispickel.

»Lass sie liegen.«

»Das sind wirklich gute Werkzeuge.«

»Lass sie hier. Und lass dir von deiner Wut nicht das Gehirn vernebeln. Das hier hat nichts mit Rache zu tun.«

»Womit denn dann, verdammt noch mal?«

»Hör auf, Ernie.«

»Du hast leicht reden.« Ernie warf die Zange wütend durch den Raum.

Leonard konnte die aufgestaute Wut seines Bruders nachvollziehen. Während Ernies drittem Jahr im Militärgefängnis von Leavenworth hatten ihn ein paar Mitgefangene beinahe zu Tode geprügelt, weil er eine Schachtel Zigaretten gestohlen hatte. Nach diesem Vorfall musste Ernie für vierzehn Wochen ins Krankenhaus. Die ersten beiden Wochen lag er sogar im Koma.

Der FBI-Mann regte sich stöhnend auf dem Stuhl. Leonard trat auf ihn zu und beugte sich zu ihm herab. »Willst du noch was sagen?«

»Tötet mich … zuerst …«

Leonard sah seinen Bruder an.

»Hör nicht auf ihn. Er soll es bei vollem Bewusstsein spüren.«

»Der arme Kerl hat schon genug durchgemacht.« Leonard trat einen Schritt zurück, zog seine 45er und zielte damit auf den Mann. Aber bevor er abdrücken konnte, stieß Ernie ihn beiseite und zündete ein ganzes Streichholzheftchen an.

»Dann mach ich es eben.«

»Ernie, hör auf!«

Aber der Bruder warf das Heftchen mit einer lässigen Handbewegung von sich, wie ein Würfelspieler an einem Spieltisch. Es machte *wusch*, als das Benzin Feuer fing – ein Geräusch, das einem das Blut in den Adern gefrieren ließ.

Der brennende FBI-Agent riss den Kopf nach hinten und brüllte wie am Spieß.

Leonard zielte ein zweites Mal mit der Pistole auf ihn, aber Ernie packte seinen Bruder und zerrte ihn zur Tür.

Es war ohnehin schon zu spät. Die beiden Brüder verließen fluchtartig das flammende Inferno und rannten zu ihrem Bronco. Leonard setzte sich hinters Steuer, Ernie aber blieb im Regen stehen und starrte auf das Feuer, bis es ihm zu heiß wurde und er sich ebenfalls in den Wagen setzte.

Leonard wollte etwas sagen, doch Ernie ließ ihn erst gar nicht zu Wort kommen. »Du liegst falsch«, sagte er. Seine Augen leuchteten im Schein der Flammen. »Es geht immer um Rache.«

KAPITEL 1

Nathan Daniel McBride lag in seinem Zimmer im Crowne Plaza Hotel in San Diego auf dem Bett und starrte an die Decke. Er stieß einen Seufzer aus und fuhr mit der Hand über die drei tiefen Narben in seinem Gesicht – Andenken an eine andere Zeit und eine andere Welt. Die längste davon begann am linken Ohr und zog sich über die Wange bis zur Kinnspitze hin. Eine andere verlief diagonal von der oberen Stirn über die Nase zur linken Wange. Die dritte Narbe – die weitaus schlimmste – beschrieb einen Bogen von der Schläfe bis zum Kinn. Wirklich eine nette Geste, dachte er sarkastisch. Nathan war über 1,90 m groß, wog knapp unter 110 Kilo und hielt sich in Topform. Sein fünfundvierzigster Geburtstag stand kurz bevor.

Er wandte sich der jungen Frau zu, die neben ihm lag. Anders als Nathan hatte Mara eine makellose Haut. Ihre hübschen braunen Augen und die schwarzen Haare rundeten ihre sportliche Figur perfekt ab. Mara war Mitte zwanzig und sah einfach blendend aus. Aber was Nathan am meisten an ihr mochte, war die Tatsache, dass sie nur selten die stillen Augenblicke zwischen ihnen unterbrach.

»Hab ich mich eigentlich jemals bei dir bedankt?«

Sie schlang ein Bein um seine Hüften. »Dich bei mir bedankt? Ich bin diejenige, die sich bedanken muss. Du bist nicht wie die anderen.«

Die anderen. Die Worte trafen ihn wie eine Ohrfeige. Es war einfach bequem, wenn man sich etwas vormachte. Mara war eine Prostituierte und er war ein Freier. *Einer* von ihren Freiern, verbesserte er sich in Gedanken. Zugegeben, sie sahen sich seit nunmehr acht Monaten zweimal die Woche, aber was für eine Beziehung war das? Leer und ohne Perspektiven. Sie war so schön und er war … was? Machten ihn die Narben hässlich? Oder was war mit den anderen Dingen, zum Beispiel mit seiner früheren Tätigkeit? Er fragte sich, wie anders sein Leben verlaufen wäre, wenn er nicht zu den Marines gegangen wäre. Hätte er jetzt Frau und Kinder? Ein Zuhause? Nicht nur ein Dach über dem Kopf, sondern ein richtiges Zuhause, einen Ort, wo er sich aufgehoben fühlte? Aber diese Überlegungen waren müßig. Gleich nach dem College hatte er sich bei den Marines verpflichtet und dort ein Talent entdeckt, das bis zu diesem Zeitpunkt verborgen in ihm geschlummert hatte. Er konnte gut schießen und es dauerte nicht lange, bis seine Vorgesetzten darauf aufmerksam wurden. Die nächsten sieben Jahre diente er in der Scharfschützeneinheit des US Marine Corps, bis ihn schließlich die CIA rekrutierte.

Es war jetzt mehr als zehn Jahre her, dass seine Laufbahn nach einem fehlgeschlagenen Einsatz ein abruptes Ende genommen hatte. McBride war damals in Nicaragua einem sadistischen Verhörspezialisten in die Hände gefallen und machte drei Wochen lang die reine Hölle durch. Der Mann hatte ihn mit dem Messer bearbeitet wie einen Truthahn an Thanksgiving. Unzählige Narben zierten noch immer seinen Oberkörper, dessen Oberfläche an einen geflochtenen Weidenkorb erinnerte. Zuletzt hatte sein Peiniger ihn in einen engen Käfig gesperrt, wo er tagelang stehend ausharren musste. Nach vier Tagen und Nächten, in denen er weder etwas zu trinken noch zu essen bekam, hatten ihn die Schmerzen in seinen Beinen an den Rand des Wahnsinns getrieben. Obendrein hatten sich die Narben entzündet und das Wundfieber sorgte dafür, dass er immer wieder in Ohnmacht fiel.

»Wo bist du?«

»Wie bitte?«

»Du warst wieder weg.«

»Tut mir leid.«

Sie fuhr mit dem Zeigefinger über eine Narbe auf seiner Brust.

»Bist du glücklich, Mara?«

»Das hast du mich bisher noch nie gefragt.« Über ihr Gesicht huschte ein Lächeln, das jedoch die Augen nicht erreichte. »Wir können uns am Freitag nicht sehen.«

Er fuhr hoch. »Was? Wieso denn nicht?«

»Schscht … es hat nichts mit dir zu tun. Ich habe bereits ein anderes Date. Irgendein Manager aus der Pharmaindustrie. Karen hat es für mich arrangiert.«

»Mara, falls es am Geld liegt …«

Sie legte einen Finger auf seine Lippen. »Du gibst mir mehr als genug. Mit Geld hat das nichts zu tun.«

»Du könntest in meiner Sicherheitsfirma arbeiten. Ich kann dir eine Wohnung besorgen. Du musst diesen Job nicht machen. Es ist gefährlich.«

»Es freut mich, dass du dir Gedanken über mich machst. Sehen wir uns nächste Woche?«

Bevor er antworten konnte, klingelte das Handy. Er langte zum Nachttisch hinüber.

»Nathan? Hier ist Karen. Dieser Muskelprotz ist schon wieder hier. Er hat Cindy in seiner Gewalt!«

»Ich bin in sieben Minuten bei dir. Schaffst du es, auf die Terrasse rauskommen?«

»Ich glaub schon.«

»Dann tu das. Und mach sämtliche Lichter aus.«

Zwei Minuten später schritt McBride mit Mara im Schlepptau durch die Hotellobby. Sobald er durch die Glastür, die sich automatisch öffnete, nach draußen getreten war, rannte er zu seinem Ford Mustang. Maras Absätze klapperten auf dem Gehsteig, als sie versuchte, mit ihm Schritt zu halten.

McBride bog in den Hotel Circle North ein, fuhr in westlicher Richtung und beschleunigte auf achtzig Stundenkilometer. Mara schnallte sich an, während er auf die Gegenspur wechselte und einen SUV überholte.

»Ich dachte, der Kerl lässt uns jetzt in Ruhe.«

»Anscheinend hat er meine Warnung nicht verstanden.«

»Was machst du jetzt?«

»Ich muss wohl noch deutlicher werden.«

McBride raste bei Rot über die Ampel und fuhr mit quietschenden Reifen auf die I-8. Zehn Sekunden später brauste er mit hundertdreißig die Unterführung unter dem Morena Boulevard hindurch. Er folgte einem Minivan auf die Auffahrtsrampe zur I-5 und jagte den Mustang auf hundertachtzig hoch.

Seit Karens Anruf waren gerade mal vier Minuten vergangen, aber in dieser Zeit konnte viel passieren. Er schob den Gedanken beiseite und konzentrierte sich aufs Fahren. Plötzlich klingelte sein Handy. Als er den Namen seines Geschäftspartners auf dem Display sah, drückte er die grüne Taste. Ein Anruf zu dieser späten Stunde gab Anlass zur Sorge. »Alles in Ordnung bei dir?«

»Bei mir?«, sagte Harvey. »Ja.«

»Ich kann jetzt gerade nicht reden.«

»Ist bei *dir* alles klar?«

»Ruf mich in zehn Minuten wieder an.«

»Mach ich.«

Nathan fühlte sich noch mehr unter Druck, weil Karen ihn angerufen hatte, und nicht die Polizei. Sie hätte ja auch die Notrufnummer 911 wählen können. Er vermutete, dass die Polizei über ihren Escortservice Bescheid wusste. Die Frauen, die für Karen arbeiteten, waren allerdings von der exklusiven und diskreten Sorte, keine billigen Straßenhuren, die schnelle Nummern für zwanzig Dollar schoben, um ihre Drogensucht zu finanzieren. Sie waren Escortdamen mit Stil und Niveau und bedienten eine überwiegend aus Geschäftsleuten bestehende Klientel, die sich das Vergnügen etwas kosten ließen. Außerdem war Karens Escortservice nicht besonders groß und bisher hatte niemand sie bei den Behörden verpfiffen. Karen hatte Nathan auch deshalb angerufen, weil er eine besondere Beziehung zu Mara hatte. Er spielte ihr und den anderen Frauen gegenüber eine Beschützerrolle. Vor ein paar Jahren hatte er persönlich ein aufwendiges und hochmodernes Sicherheitssystem in Karens Haus installiert.

Als Nathan die Interstate verließ, sah er auf die Uhr. Sechs Minuten. Viel zu lange.

Vor einem Stoppschild verringerte er die Geschwindigkeit. Dann beschleunigte er wieder auf hundert.

»Nathan!«

Er sah es gerade noch rechtzeitig.

Eine rote Katze kam von links angerannt und blieb mitten auf der Straße stehen. Im Lichtkegel der Scheinwerfer leuchteten ihre bläulich grünen Augen wie kleine Taschenlampen. Nathan drehte das Lenkrad nach rechts und fuhr dicht an den Straßenrand.

»Haben wir sie überfahren?«

Mara drehte abrupt den Kopf nach hinten. »Nein. Sie ist noch da.«

Nathan fuhr weiter und bremste hart vor der nächsten Abbiegung. Eine halbe Minute später parkte er den Wagen etwa fünfzig Meter nördlich von Karens Haus und ließ den Motor laufen. Nach dieser harten Beanspruchung musste er erst einmal abkühlen.

»Bleib hier und mach in ein paar Minuten den Motor aus.« Er griff an Mara vorbei zum Handschuhfach und holte seine Sig Sauer P226 Kaliber 9 mm heraus. Beim Aussteigen lud er durch, ließ ein Hohlspitzgeschoss in die Kammer gleiten und schob die Pistole hinter seinem Rücken in den Bund seiner Jeans. Dann sprintete er den Gehsteig entlang. Ein paar Häuser weiter bellte ein Hund dreimal, ehe er wieder verstummte. Im orangefarbenen Lichtkegel der Straßenlaterne sahen die fast mannshohen Recycling-Container wie Wachposten aus.

In Karens Einfahrt parkte ein geländegängiger Pick-up – eins von diesen aufgemotzten Dingern mit übergroßen Reifen und einem auf das Dach des Fahrerhauses montierten Überrollbügel mit Scheinwerfern. Nathan schüttelte den Kopf. Alles an diesem Fahrzeug wirkte aufgeblasen und außer Kontrolle, genau wie der Besitzer. Er betrat Karens Grundstück und hielt inne. Dann presste er ein Ohr an ein dunkles Fenster, konnte aber weder Musik noch irgendwelche Geräusche wahrnehmen, die auf einen Kampf hindeuteten. Nichts.

Nathan begab sich in den Teil des Gartens, der seitlich des Hauses lag, und öffnete leise das Gartentor. Er schlich zum Haus und spähte über einen Blumenkasten mit Kakteen. Karen hatte die Arme um ihren Körper geschlungen, offenbar fror sie in der feuchtkalten Luft. Nathan pfiff leise wie ein Vogel, worauf sie zu ihm eilte.

»Was ist los?«

»Er ist drinnen mit Cindy.«

»Wo genau?«

»Ich weiß nicht.«

»Hat er ihr wehgetan?«

»Ich weiß nicht!«

»Mein Mustang steht ganz in der Nähe.«

»Ich kann doch Cindy nicht einfach alleinlassen.«

»Ich kümmere mich darum.«

»Nathan …«

»Bitte, Karen, geh jetzt.«

Wut machte sich in Nathan breit, als er sich vorstellte, wie der Kerl Cindy misshandelte. Das Adrenalin schoss durch seine Adern und er verlor beinahe die Kontrolle. Er schloss die Augen, atmete langsamer und lockerte seine Hände. Als er sich wieder beruhigt hatte, zog er sein Hemd aus und ließ es auf die Veranda fallen. Er wollte seinem Gegner keine Gelegenheit geben, ihn am Stoff zu packen.

Nathan zog die Pistole und schlich vorsichtig an der hinteren Hauswand entlang. Bei jedem dunklen Fenster blieb er stehen und lauschte. Es war überall still. Nicht das geringste Geräusch. Er zwängte sich durch die vielen Blumentöpfe mit Pflanzen und die Gartenmöbel hindurch und erreichte die Glasschiebetür. Als er drinnen keine Bewegung wahrnahm, trat er lautlos ein.

Er hörte es sofort. Weiter hinten im Flur drang eine Männerstimme gedämpft aus einem Zimmer.

Erneut durchflutete ihn Adrenalin, aber diesmal hatte er sich unter Kontrolle. Ein Lächeln spielte um seine Lippen. Nathan McBride war ganz in seinem Element.

Doch das Lächeln verschwand sofort wieder, als er ein unverwechselbares Geräusch hörte – eine Hand, die auf menschliche Haut schlug. Nathan trat die Tür ein. Cindy kauerte in voller Bekleidung und mit angezogenen Beinen in einer Ecke auf dem Boden. Ihre linke Gesichtshälfte sah aus, als wäre sie gerade geschlagen worden.

Der Mann, der über sie gebeugt vor ihr stand, fuhr herum und kniff die Augen zusammen. »Du schon wieder!«

»Ja, ich schon wieder.«

Wie Nathan noch in Erinnerung hatte, war der Kerl ein muskelbepackter Schrank, ein paar Zentimeter größer als er. Mit seinem rasierten Schädel und dem v-förmigen Oberkörper sah er wie ein typischer Türsteher aus. Auf andere Leute mochte er vielleicht einschüchternd wirken, aber für Nathan war er nichts weiter als ein Fleischberg mit Amphibiengehirn.

Nathan machte einen Schritt nach vorne und verpasste dem Kerl mit der freien Hand eine schallende Ohrfeige. Dann wich er zurück und wartete auf die vorhersehbare Reaktion.

Der Typ sah Nathan in die Augen, bevor sein Blick auf die Pistole fiel. Dann starrte er wieder Nathan an.

»Was, das da?« Nathan warf die Sig Sauer auf den Teppich, direkt vor die Füße des Mannes.

Der Kerl sah verwirrt drein und senkte den Blick. Dabei fuhr er sich unbewusst mit Daumen und Zeigefinger über die Nase. Ein Kokser.

Wenn der Typ auch nur über ein klein wenig Realitätssinn verfügt hätte, hätte er auf der Stelle aufgegeben. Schließlich sah er sich einem Gegner mit freiem Oberkörper gegenüber, dessen Narben bedrohlich wirkten – wie ein Teilnehmer bei einem mit bloßen Fäusten ausgetragenen Cagefighting-Turnier auf einem von einem Kriegervolk bewohnten fremden Planeten. Aber dieser Mann dachte nicht klar. Bestimmt hatte er bisher bei körperlichen

Auseinandersetzungen stets die Oberhand behalten. Das würde sich jedoch gleich ändern.

Der Fleischberg ignorierte die Pistole zu seinen Füßen und ging mit gesenktem Kopf auf seinen Gegner los.

Nathan hatte damit gerechnet.

Er wich aus und stieß den Kerl mit dem Kopf so hart gegen die Wand, dass der Gipskarton eine Delle bekam. Gleich darauf verpasste Nathan ihm einen Tritt in den Hintern, worauf die Delle noch tiefer wurde. Der Mann grunzte, schimpfte und fluchte und riss sich von der Wand los.

Nathan trat einen Schritt zurück. »Bisschen eng hier drinnen«, sagte er. »Wie wär's, wenn wir's im Wohnzimmer zu Ende bringen?«

»Kein Problem.«

Nathan machte eine Handbewegung in Richtung Tür und ließ dem Türsteher den Vortritt. Er deutete auf Cindy. »Bleib hier.« Dann folgte er mit einem Sicherheitsabstand seinem Gegner, der um die Ecke des Flures bog und wohl im Wohnzimmer verschwand. Er hörte ein metallisches Geräusch und wusste sofort, was es war.

Der Schürhaken vom Kamin.

Nathan trat absichtlich fest auf, blieb aber etwa eineinhalb Meter vor der Ecke stehen. Die dunkle Form des Schürhakens zischte um die Ecke und durchbohrte die Wand genau an der Stelle, wo Nathan gestanden hätte, wenn er weitergegangen wäre. Er schlug gegen den Arm des Türstehers und drückte ihn gegen die Wand. Als die Knochen mit lautem Knacken brachen, empfand Nathan eine gewisse Befriedigung. Der Mann ließ den Schürhaken fallen.

»Das muss verdammt wehtun«, sagte Nathan. »Hast du genug?«

Er trat ins Wohnzimmer. Der Türsteher ging erneut zum Angriff über. Er war erstaunlich schnell, aber nicht schnell genug.

Nathan duckte sich, um im nächsten Moment mit aller Kraft nach oben zu schießen.

Der Kerl flog buchstäblich über Nathans Rücken und landete stöhnend auf dem Boden. Er drehte sich auf den Bauch und versuchte aufzustehen. Als er merkte, dass sein Arm nicht funktionierte, blickte er verwundert drein.

»Der ist gebrochen«, sagte Nathan.

»Du bist so gut wie tot, Mann.«

Nathan breitete die Arme aus und richtete den Blick nach unten.

Der Türsteher rappelte sich auf und machte einen Satz auf Nathan zu. Er versuchte, seinen Gegner mit der Linken am Kinn zu treffen, aber Nathan hatte die Aktion vorausgesehen. Sein linker Ellbogen schoss blitzschnell nach oben und zerschmetterte die Nase des Angreifers. Volltreffer. Mit so einem Schlag konnte man 99,9 Prozent der Menschheit außer Gefecht setzen. Party vorüber, Licht aus, schick die Babysitterin nach Hause. Aber dieser Typ wischte sich einfach nur über die Nase und betrachtete mit zusammengekniffenen Augen das frische Blut an seinen Fingern.

»Die Nase war schief«, sagte Nathan. »Jetzt ist sie gerade. Du schuldest mir nichts dafür.«

Mit seiner unverletzten Hand packte der Türsteher einen Stuhl und schleuderte ihn auf Nathan, der sich jedoch rechtzeitig duckte. Hinter ihm zerbrach klirrend die Glastür.

Der Kerl brüllte wie ein Irrer und startete einen dritten Angriff.

Er kam nicht weit.

Mit einem Fuß blieb er am Kaffeetisch hängen. Sein Sturz hätte lustig ausgesehen, wäre er nicht mit voller Wucht auf einem umgeworfenen Stuhl gelandet und mit dem linken Auge gegen das untere Ende des Stuhlbeins gestoßen – ein heftiger Aufprall bei einem Körpergewicht von schätzungsweise 130 Kilo. Wenn er Glück hatte, verlor er das Auge nicht, vorausgesetzt, es hing nicht aus der Höhle.

Der Mann rollte sich in der Embryostellung zusammen und hielt sich mit der unverletzten Hand das Auge.

Nathan spürte, wie sich der Kampfgeist seines Gegners in Luft auflöste.

Der Kampf war vorüber.

Eine absurde Erinnerung schoss Nathan durch den Kopf, eine Bemerkung seiner Mutter: *Alles ist Spaß und Spiel, bis jemand ein Auge verliert.* Er hoffte, dass dies nicht passieren würde. Wenn der Mann die nächsten fünfzig Jahre mit einem Glasauge leben musste und nicht mehr räumlich sehen konnte, wäre das eine unverhältnismäßige Strafe dafür, dass er Cindy geschlagen hatte. Ein gebrochener Arm und eine zerschmetterte Nase reichten aus.

»Komm, lass mich mal sehen«, sagte Nathan. »Es ist vorüber, okay?«

Der Fleischberg rappelte sich auf und hielt sich immer noch die linke Hand aufs Auge.

»Ich sehe mir jetzt das Auge an. Wenn du einen Trick versuchst, fangen wir wieder von vorne an.«

Keine Antwort.

Nathan betätigte den Lichtschalter an der Wand und kniff die Augen zusammen, um nicht von dem grellen Licht geblendet zu werden. Wie er so dastand, blutig und mit der Hand auf dem Auge, sah der Türsteher erledigt aus – wie ein Schulhofschläger, der an einen Stärkeren geraten war.

»Mach mal locker, ich will mir nur das Auge ansehen. Wie heißt du eigentlich?«

Der Typ nahm langsam die Hand vom Auge weg. »Toby.«

Aus Tobys Nase lief Blut und tropfte auf seine Lippen und sein Kinn. Nathan besah sich das Auge aus sicherer Entfernung. Zum Glück hatte das Stuhlbein nicht die Augenhöhle getroffen, sondern diese um etwa einen Zentimeter verfehlt. Aber die Haut um die Augenbraue war aufgerissen.

»Okay, Toby, ich hab eine gute Nachricht für dich. Du wirst dein Auge nicht verlieren, aber dafür wirst du mit einem ordentlichen Veilchen rumlaufen. Du hast noch mal Glück gehabt und kommst buchstäblich mit einem blauen Auge davon.« Er legte eine Pause ein, um sicherzustellen, dass er Tobys uneingeschränkte Aufmerksamkeit hatte. »Du kannst diesen Vorfall vergessen und nichts daraus lernen oder du kannst ihn dazu verwenden, dein Leben zu ändern und einen anderen Weg zu gehen.« Nathan beobachtete

Toby dabei, wie er sich die Bemerkung für ein paar Sekunden durch den Kopf gehen ließ. Der Mann war groß – oder vielmehr riesig. Viele Leute verbanden diese Art von Größe mit Dummheit. Nathan war ebenfalls groß und kräftig, wenn auch nicht so groß wie Toby. Aber auch ihm war es schon öfter passiert, dass die Leute ihn für einen tumben Kraftprotz hielten.

»Ich raste leicht aus«, sagte Toby.

»Das hab ich gemerkt. Ist dir aufgefallen, dass ich absichtlich Dinge gesagt habe, um dich zu provozieren?«

»Ich kann einfach nichts machen.«

»Oh doch, das kannst du.«

Toby schwieg.

Nathan ging in die Hocke. »Ich will dir mal sagen, wie ich es mache. Wenn ich spüre, dass die Wut in mir aufsteigt und ich einem anderen Menschen ernsthaft Gewalt antun will, ersticke ich diese Regung im Keim, indem ich mir ein ganz bestimmtes mentales Bild vor Augen führe. Ich nenne es meine Sicherung. Du kannst es nennen, wie du willst. Für mich ist es jedenfalls eine Sicherung. Verstehst du, was ich meine?«

Toby nickte.

»Stell dir vor, Blätter in Herbstfarben fallen von den Bäumen und landen überall um dich herum sanft auf dem Boden. Versuch es mal. Schließ einfach die Augen und stell es dir vor.«

Zu Nathans Überraschung schloss Toby tatsächlich die Augen.

»Du stehst unter den Bäumen und hast den Kopf in den Nacken gelegt, die Arme ausgestreckt, Handflächen nach oben. Überall um dich herum fallen die Blätter und berühren deine Haut. Atme tief ein und langsam wieder aus. Sieh dir die Blätter an, wie sie an dir vorbeisegeln. Sie bewegen sich in perfekter Harmonie. Jedes Blatt schnappt ein kleines Stück von deiner Wut auf und trägt es weg. Atme wieder tief ein und langsam aus.«

Toby wirkte für einen Moment äußerst ruhig, dann zuckte er zusammen. »Oh Mann, mein Arm tut mir weh.«

»Das merkst du erst jetzt?«

Toby nickte wieder.

»Wie high bist du?«

»Ich hab mir ein paar Lines reingezogen.«

»Tu dir einen Gefallen und hör mit dem Koksen auf. Du sparst einen Haufen Geld und hast viel mehr vom Leben. Das Leben ist reich an Details. Du musst die Welt um dich herum sehen und die Einzelheiten wahrnehmen. Wahrscheinlich brauchst du Hilfe, um aufzuhören, aber sobald du erst mal erkannt hast, dass du auch ohne Drogen Spaß haben kannst, hast du gewonnen.«

»Ich werde es versuchen. Du kämpfst übrigens gut.«

»Wie ich schon sagte, man muss stets auf die Details achten. Ich wusste zum Beispiel, dass du Amphetamin genommen hast, weil deine Pupillen für die Helligkeit im Raum zu groß waren. Und ich wusste, du bist Rechtshänder, weil du dir mit der rechten Hand an die Nase gefasst hast. Außerdem bist du rechtsfüßig, denn du bist mit dem rechten Fuß zuerst auf die Tür zugeschritten. Ich brauchte diese Information für den Fall, dass du Kickboxer bist. Außerdem wusste ich, wann du mich angreifen würdest, weil deine Augen dich verraten haben. Auf solche Dinge zu achten, kann einem das Leben retten. Es geht immer um Details.«

»Diese Narben auf deinem ganzen Körper?«

»Was sagen sie dir?«

»Jemand hat sie dir mit Absicht zugefügt.«

»Warum haben sie mich am Bauch geschnitten?«

Toby dachte einen Augenblick nach. »Dort befinden sich keine Hauptadern.«

»Genau.«

»Du warst ein Soldat und bist in Gefangenschaft geraten. Dort haben sie dich gefoltert.«

»Hör mir bitte einen Moment zu. Du musst deine Verletzungen nähen und dir den gebrochenen Arm richten lassen. Wenn du in die Notaufnahme gehst, sag den Ärzten die Wahrheit. Sag ihnen, du warst in eine Schlägerei verwickelt. Beobachte die Ärzte und Krankenschwestern genau. Lerne von ihnen und stelle ihnen Fragen, zum Beispiel, wonach sie suchen, wenn sie sich deine Augen ansehen und den Blutdruck messen. Frag sie, wie Brüche verheilen.«

Toby sagte nichts, sondern blickte sich im Raum um, als sähe er die Dinge bereits aus einer neuen Perspektive.

»Du solltest darauf achten, dass du auf deinem linken Auge nicht verschwommen oder doppelt siehst. Wenn das passiert, geh sofort zum Augenarzt. Deine Netzhaut ist womöglich beschädigt, hoffentlich nicht allzu schlimm. Warte bitte hier auf mich, bis ich die Frauen hereingebracht habe. Sie sind übrigens Menschen, Toby, nicht einfach nur Lustobjekte. Sie haben Gefühle wie du und ich.«

»Ich gehe jetzt lieber.«

»Nein, noch nicht. Du brauchst ein paar Wundschnellverbände, um die Blutungen zu stoppen.« Nathan holte einen sauberen Lappen aus der Küche und faltete ihn zweimal zusammen. »Drück dir das auf die Wunde. Hat dein Pick-up Automatik- oder Schaltgetriebe?«

»Automatik.«

»Meinst du, du kannst fahren?«

»Ja, wahrscheinlich.«

Nathan klopfte ihm auf die Schulter. »Nicht vergessen: immer auf Details achten.« Er holte seine 9-Millimeter aus dem Schlafzimmer und bat Cindy, ihm zu folgen. Sie gingen zur Eingangstür hinaus und fanden Mara und Karen in Nathans Mustang vor.

»Die Party ist vorbei«, sagte Nathan.

Karen stieg aus und schlang die Arme um Cindy. »Alles in Ordnung bei dir?« Dann sah sie Nathan an. »Ist er weg?«

»Noch nicht, aber bald. Ich glaube, ihm tut das Ganze bereits leid.«

Karen starrte ihn ein paar Sekunden lang an. »Das werden wir sehen.«

Nathan begleitete die Frauen zurück ins Haus. Wie er gehofft hatte, entschuldigte Toby sich und bot an, für den von ihm verursachten Schaden aufzukommen. Karen erwiderte, sie würde auf das Geld verzichten, wenn er ihr versprach, sich nie wieder blicken zu lassen, und sie einigten sich schließlich darauf. Nachdem Nathan davon überzeugt war, dass sich die Situation entspannt hatte und von Toby keine Gefahr mehr ausging, signalisierte er Mara mit einer Handbewegung, ihm zu folgen. Als sie beide draußen waren, zückte er seine Brieftasche und gab ihr ein Bündel Hundert-Dollar-Scheine. »Hier, für den Schaden.«

Sie zögerte zunächst, nahm das Geld dann aber doch an und bedankte sich mit einer innigen Umarmung.

»Du hättest den Kerl viel schlimmer zurichten können, als du es getan hast.«

Nathan antwortete nicht darauf.

»Hattest du das vorgehabt?«

»Am Anfang schon.« Dann beantwortete er ihre Frage, die sie nicht ausgesprochen hatte. »Aber, ich hab etwas in ihm gesehen.«

Mara starrte ein paar Sekunden ins Leere und schlang die Arme um sich, weil sie in der kühlen Luft fröstelte. »Wenn du mal reden willst, ich meine, na ja, du weißt schon, einfach nur reden …«

Er wandte sich zum Gehen.

»Nathan?«

»Ich ruf dich bald wieder an. Danke, Mara.«

Nathan ging zur hinteren Veranda, holte dort sein Hemd und zog es an. Auf dem Weg zu seinem Ford Mustang blieb er an Tobys Pick-up stehen, zog eine Visitenkarte aus seiner Brieftasche und legte sie auf die Plexiglasabdeckung des Tachos, wo man sie nicht übersehen konnte. Es war eine Nachricht im doppelten Sinn, die Toby bestimmt verstehen würde. Dann setzte sich Nathan in seinen Wagen. Während er dasaß und wartete, ließ er sich die ganze Episode noch einmal durch den Kopf gehen. Mara hatte recht. Er hätte Toby wirklich übel zurichten können. Diese Wut, die von Toby Besitz ergriffen hatte, kannte er nur zu gut. In den Jahren, die seit seiner Gefangenschaft vergangen waren, hatte er jedoch gelernt, sie zu kontrollieren, wie ein Werkzeug zu benutzen und sie nicht gegen, sondern für sich arbeiten zu lassen. Vielleicht würde Toby das auch schaffen.

Sein Handy klingelte. »Harv. Entschuldige, dass es so lange gedauert hat.«

»Kein Problem. Alles okay?«

»Ja. Ich ruf gleich zurück.«

»In Ordnung.«

Ein paar Minuten später kam Toby heraus. Sein rechter Arm hing nutzlos an ihm herab. Nathan nahm das Mini-Fernglas aus dem Handschuhfach und beobachtete Toby dabei, wie er die Visitenkarte vom Armaturenbrett nahm. Der Hüne starrte einen Augenblick lang darauf und fuhr schließlich rückwärts aus der Einfahrt heraus. Nathan folgte Tobys Pick-up mit ausgeschalteten Scheinwerfern, bis er die Gegend verlassen hatte.

Dann rief er Harvey zurück.

Sein Partner ging nach dem ersten Klingeln ran. »Also gut, erzähl mir, was los war.«

»Dieser große Kerl, von dem ich dir letzte Woche erzählt habe, hat eins von Karens Mädchen geschlagen.«

»Und ...«

»Er hat von mir einen Vermerk in seiner Personalakte bekommen.«

Für einen Augenblick war es still. »Hast du ihn getötet?«

»Glaubst du im Ernst, ich würde so etwas tun?«

»Ja.«

»Jetzt bin ich aber zutiefst verletzt.«

Schweigen am anderen Ende.

»Ich habe ihn nicht getötet«, sagte Nathan. »Unter den Umständen schien es mir nicht gerechtfertigt.«

»Ich hätte dir geholfen.«

»Dazu hat die Zeit nicht gereicht. Ich hab ein paar Verkehrsregeln gebrochen, um hierherzukommen, und danach ein paar Knochen.«

»Wie viele?«

»Knochen oder Verkehrsregeln?«

»Macht das einen Unterschied?«

»Den Radius, die Ulna und die Nase. Nichts Schlimmes.«

»Ich bin stolz auf dich.«

»Danke. Alles klar bei dir?«

»Mir geht's gut. Aber Frank Ortega nicht. Er macht sich um seinen Enkel Sorgen.«

»Frank Ortega? Der ehemalige FBI-Direktor?«

»Ja, genau der.«

»Wer ist sein Enkel?«

»Der ist ebenfalls beim FBI. Im Augenblick arbeitet er als verdeckter Ermittler in einem Waffenschmugglerring.«

»Was für Waffen?«

»Das weiß ich noch nicht.«

»Und wo?«

»Im Norden. Lassen County. Nate, er wird vermisst, und Ortega will, dass wir ihm helfen. Ich hab noch nichts versprochen, hab ihm aber zugesagt, dass wir uns mit ihm treffen.«

»Doch nicht etwa heute Abend?« Nathan hörte, wie sein Partner seufzte.

»Ja, heute Abend. Warte auf mich. Ich bin bereits unterwegs.«

KAPITEL 2

Nathans Haus in Clairemont, einem Vorort von San Diego, ähnelte äußerlich allen anderen Häusern in der Nachbarschaft: pastellfarbener Verputz an den Außenwänden, Ziegeldach, gepflegter Garten. Worin es sich jedoch von den umliegenden Häusern unterschied, war das Sicherheitssystem auf dem neuesten Stand der Technik. Manche würden es als übertrieben bezeichnen, als »Overkill«, aber Nathan betrachtete es als seinen persönlichen Luxus, den er sich gönnte. Ihm und Harvey gehörte eine Firma, die solche Anlagen installierte. Warum sollte er dann nicht das Beste besitzen?

Ein metallicblauer Mercedes fuhr in Nathans Einfahrt und der Fahrer stieg aus. Harvey war genauso alt wie Nathan, aber fünfzehn Zentimeter kleiner. Die hellbraunen Augen bildeten einen extremen Kontrast zu seinem tiefgebräunten Latinogesicht. Die grauen Haare gewannen auf seinem Kopf eindeutig die Oberhand. Nathan fand, dass Harvey wie ein Politiker aussah, machte ihm jedoch keinen Vorwurf daraus.

»Du hast gewusst, dass ich komme«, murmelte Harv. Er klang wie der Schauspieler James Earl Jones mit spanischem Akzent. »Da hättest du ruhig hier draußen auf mich warten können.«

»Ich bin doch draußen«, sagte Nathan.

Harv fuhr herum. »Verdammt, Nate. Ich hasse es, wenn du das tust.«

»Warum fährst du diesen großen Schlitten?«

»Ich bin ein großer Mann, da brauch ich ein großes Auto. Was geht dich das überhaupt an?«

»Du bist ein Mann von durchschnittlicher Größe … und zwar überall.«

»Freut mich ebenfalls, dich zu sehen, Nate.«

»Wie geht's deiner Familie?«

»Wenn du uns hin und wieder besuchen würdest, bräuchtest du nicht zu fragen.«

»Du weißt, wie es ist.«

»Ja, ich weiß.«

Nathans Ton wurde ernst. »Auf einer Skala von eins bis zehn, wie wichtig ist unser Treffen mit Ortega?«

»Zehn.«

* * *

Sie fuhren auf der I-5 in südlicher Richtung, ohne miteinander zu reden – ein Schweigen, das beide als angenehm empfanden. Nach ein paar Kilometern nahm Harv die I-8 nach Osten.

»Hast du schon einen Blick auf die Finanzdaten geworfen, die ich dir letzte Woche geschickt habe?«

Nathan brummte etwas Unverständliches.

»Unser Nettowert ist in diesem Quartal um weitere achthunderttausend gestiegen.«

»Nur auf dem Papier.«

»Ich weiß, du findest das Thema langweilig, aber ich bitte dich. Herrgott noch mal, du hast einen Hubschrauber und für dein Haus in La Jolla würden manche einen Mord begehen.« Harvey schüttelte den Kopf. »Wenn dich dein Anteil an der Firma wirklich langweilt, kannst du ihn mir ja verkaufen.«

»Mach dir mal keine Gedanken. Wenn ich das Zeitliche segne, kriegst du ihn umsonst.«

»Rede bitte nicht so einen Unfug. Ich finde mein Leben viel interessanter, wenn du darin vorkommst.«

»Also, du und Ortega« – Nathans Ton deutete einen Themenwechsel an – »ihr kennt euch schon ziemlich lange?«

»Seinen Sohn Greg kenne ich besser. Er hat im Nahen Osten für die CIA Satellitenaufklärung gemacht, und zwar zur gleichen Zeit, als wir in Nicaragua waren. Vor acht Jahren ist er zur Antiterrorabteilung beim FBI gewechselt.«

Nathan sagte nichts. Er wusste das alles schon. Harv wollte damit nur den Stein ins Rollen bringen.

»Er ist ein guter Mensch«, sagte Harvey.

Nathan schwieg. Natürlich würde er Frank Ortega helfen, aber nur zu Bedingungen, die nicht verhandelbar waren.

»Ohne Gregs Hilfe hätte ich dich damals nicht rausholen können«, fuhr Harvey fort. »Ich weiß, dass du das weißt. Aber Greg weiß es auch. Wir sind damals nächtelang zusammengesessen und haben uns die Satellitenfotos angesehen. Er hat seine Zeit freiwillig zur Verfügung gestellt, ohne eine Gegenleistung zu erwarten. Ich stehe tief in seiner Schuld, Nate. *Du* auch.«

Den Rest der Fahrt sagte keiner etwas. Harvey hatte recht mit allem, was er sagte, und Nathan nahm ihm die Predigt nicht übel. Harv hatte ihm damals das Leben gerettet. Keinen Tag länger hätte er es in diesem verdammten Folterkäfig ausgehalten. Er erinnerte sich auch gar nicht mehr daran, dass Harv ihn fünf Kilometer durch den Dschungel getragen hatte. Zu seinem Glück war er dabei die meiste Zeit bewusstlos gewesen.

Nathan hatte sich bei ihrem schiefgelaufenen Einsatz geopfert, damit Harvey entkommen konnte. Sie waren auf allen Seiten von Guerillakämpfern umzingelt gewesen – und die Jungs brannten darauf, die Amerikaner lebend zu fangen. Die beiden trennten sich, damit jeder eine bessere Chance hatte, zu entkommen, aber dann war Nathan noch einmal zurückgekehrt, um Harvey bei seiner Flucht Rückendeckung zu geben. Er hatte Schüsse abgegeben und damit absichtlich seine Position verraten, um die Söldner von seinem Partner abzulenken.

Das Ergebnis? Nathan und Harvey standen sich näher als Familienangehörige. Jeder würde für den anderen sein Leben opfern

– keine Frage. Und wenn es Harvey so viel bedeutete, den Ortegas zu helfen, würde Nathan ihn nicht im Stich lassen.

Um 23:50 Uhr bogen sie auf den Zufahrtsweg zu Frank Ortegas Anwesen. Die steile Straße schlängelte sich zu einem Haus im spanischen Kolonialstil mit rotem Ziegeldach. Hochgewachsene, von Leuchtflecken erhellte Palmen säumten die Zufahrt und verliehen ihr das Aussehen eines beeindruckenden Säulenganges. Vor einer separaten Garage, in der drei Fahrzeuge Platz hatten, parkte ein dunkler Ford Taurus. Nathan vermutete, dass es sich um ein Dienstfahrzeug des FBI handelte, wahrscheinlich das von Greg Ortega. Das Haus mit dem weißen Gipsstuckverputz war groß, aber nicht protzig, und die klassische Symmetrie des Designs wirkte angenehm auf den Betrachter. Neben der Treppe, die zum Haupteingang führte, befand sich eine Rollstuhlrampe. Als der Mercedes zum Stehen kam, lief ein Rottweiler aus dem Garten und baute sich bedrohlich vor ihnen auf.

Nathan öffnete die Tür.

Harv legte ihm eine Hand auf die Schulter. »Vielleicht solltest du warten, bis Frank rauskommt.«

Nathan stieg aus und trat einen Schritt nach vorne. Er sprach zu dem Hund im Flüsterton: »Immer mit der Ruhe. Du bist hier nicht der Boss. Ich bin es.«

»Komm schon, Nate, steig wieder ein. Der Hund reißt dich sonst in Stücke.«

Aber Nathan trat noch einen Schritt nach vorn. »Ich habe keine Angst vor dir. Leg dich hin. Sofort.« Der Hund wich einen Schritt zurück. Dieser Neuankömmling hatte ihn offenbar verunsichert. Plötzlich hörte er etwas, das Nathan nicht wahrnahm, denn er spitzte die Ohren und ging auf das Haus zu. Als Nathan aufblickte, sah er zwei Männer durch die Eingangstür kommen. Der Ältere saß in einem Rollstuhl – Frank Ortega, der ehemalige FBI-Direktor.

Der Hund wedelte mit seinem kupierten Schwanz, trottete die Einfahrt entlang und dann die Rollstuhlrampe hoch. Er setzte sich neben seinen Besitzer, worauf dieser ihm den Rücken streichelte.

Nathan war Frank Ortega schon einmal begegnet, wusste aber nicht mehr, wo. Vielleicht bei einer politischen Veranstaltung. Harv und Nathan gingen den beiden Männern entgegen, als sie die Rampe herunterkamen – der eine im Rollstuhl, der andere zu Fuß.

Harvey sprach als Erster. »Hallo Frank.« Sie gaben sich die Hand. »Das ist Nathan McBride.«

»Es ist mir eine Ehre, Sie wiederzusehen«, sagte Nathan.

»Die Ehre ist ganz meinerseits. Sie sind ein stiller Held, Major McBride.«

»Das ist nett von Ihnen, Sir, aber ich bin außer Dienst.«

»Sie haben sich den Rang verdient. Und nennen Sie mich bitte Frank.«

Der Mann hatte einen festen Händedruck, vielleicht sogar ein bisschen übertrieben. Nathan vermutete, dass er damit sagen wollte: *Mag ja sein, dass ich im Rollstuhl sitze, aber zum alten Eisen gehöre ich deswegen noch lange nicht.* Unter seinen buschigen Brauen hatte Frank Ortega freundliche braune Augen. Der ehemalige FBI-Direktor war schlank, aber nicht schlaksig. Unter seinem weißen Hemd konnte man nicht den geringsten Bauchansatz erkennen. Er trug eine braune Hose und Penny Loafers, die noch ganz neu aussahen. In seinem Gesicht zeichnete sich die Anspannung ab, obwohl er sich größte Mühe gab, sich nichts anmerken zu lassen.

Franks Sohn Greg sah seinem Vater sehr ähnlich und hatte die gleichen Augen und Brauen – mit dem Unterschied, dass er fünfundzwanzig Jahre jünger war. Nathan schätzte ihn auf ungefähr fünfzig. Greg trug einen dunklen Jogginganzug und Laufschuhe.

Harvey umarmte Greg. »Greg, das ist Nathan McBride.«

»Angenehm«, sagte Greg und gab Nathan mit unbewegter Miene die Hand.

»Gleichfalls«, erwiderte Nathan. Gregs Händedruck war nicht so fest wie der seines Vaters und er sah Nathan einen Augenblick zu lange an. Nathan störte das nicht. Im Laufe der Jahre hatte er sich daran gewöhnt. Angesichts der auffälligen Narben war diese Reaktion normal.

»Sagen Sie, McBride«, sagte Frank, »woher wussten Sie, dass Scout Sie nicht angreift? Die meisten Leute haben eine Heidenangst vor Rottweilern.«

Es störte Nathan nicht, dass Frank Ortega ihn mit McBride anredete. Offenbar stammte diese Gewohnheit aus seiner Zeit als FBI-Chef, eine Position, die er unter zwei Präsidenten innegehabt hatte.

»Seine Körpersprache«, sagte Nathan. »Wenn ein Hund angreifen will, senkt er den Kopf, duckt sich und fletscht die Zähne. Scout hat zwar gebellt, sich aber nicht speziell auf mich konzentriert. Er wusste, dass Sie jeden Moment zur Tür hinauskommen würden, und hat seine Aufmerksamkeit geteilt. Indem ich auf ihn zuging, habe ich Dominanz hergestellt.«

Frank nickte. Ein stilles Kompliment.

»Ich mag Hunde sehr. Wirklich erstaunliche Tiere. Sie schenken einem Menschen bedingungslose Liebe und Loyalität.«

Frank Ortega warf Harvey einen Blick zu, sagte aber nichts.

Nathan hatte mit diesem Kommentar keinesfalls auf die gegenwärtige Situation angespielt, aber er hatte nicht vor, einen Rückzieher zu machen.

»Gehen wir ins Haus«, sagte Frank.

Nathan sah Frank dabei zu, wie er mit dem Rollstuhl mühelos die Rampe hinauf und durch die Tür fuhr. Gleichzeitig nahm er deutlich wahr, dass Greg ihn beobachtete – fast unmerklich, aber unentwegt. Verständlich. Soweit Nathan wusste, war Greg ein Bürohengst. Nathan hasste Büros und blieb seinem eigenen fern, so gut es ging. Das Tagesgeschäft von First Security Incorporated, ihrer gemeinsamen Firma, überließ er Harv und ließ seinem Partner darin völlige Freiheit. Obwohl die Firma zu gleichen Teilen ihm gehörte, hatte er keine Lust, aktiv in einem komplexen Geschäft mitzumischen. Er war einfach nicht der Typ dazu.

In Franks Haus erblickte Nathan zu seiner Linken eine kleine Bibliothek und rechts ein Wohnzimmer mit beigem Ledersofa und dazu passendem Polstersessel. Geradeaus befand sich die Küche. Am meisten beeindruckte Nathan jedoch der Steinboden. Darauf befand sich eine Nachbildung des offiziellen FBI-Wappens mit einem Durchmesser von etwa fünf Metern. Nathan blieb davor stehen und starrte erstaunt auf das Mosaik aus farbigen Steinen, das sämtliche Details vollständig wiedergab. Innerhalb des Wappens standen die Worte *Fidelity Bravery Integrity.*

Eine kleine ältere Frau kam aus der Küche. »Das hat Frank ein Vermögen gekostet.«

Mrs Ortega hatte schulterlanges silbergraues Haar und ein freundliches, matronenhaftes Gesicht. Ähnlich wie ihr Mann war auch sie dünn, wirkte aber nicht zerbrechlich. Mit ihrer ovalen Brille sah sie aus wie eine gutmütige Großmutter, die gerade Plätzchen gebacken oder die Zeitung gelesen hatte.

Nathan zuckte zusammen, als sie über das Wappen lief.

»Wir laufen da ständig drüber«, sagte sie, als hätte sie seine Gedanken gelesen. »Schließlich ist es der Fußboden. Ich bin Diane. Freut mich, Sie kennenzulernen, Mr McBride.«

Mrs Ortega gab ihm die Hand. Sie fühlte sich wie warme Knochen in einem Samthandschuh an. »Nennen Sie mich bitte Nathan. Das hier gehört eigentlich in ein Museum.« Aus dem Augenwinkel sah er, wie Greg von einem Bein auf das andere trat. Der Mann stand unter Strom und konnte zu einem Problem werden. Wahrscheinlich würde er das auch.

»Harvey«, sagte Diane.

Harvey beugte sich zu ihr herab und gab ihr einen Kuss auf die Wange. »Schön, Sie zu sehen, Diane.«

»Möchten Sie vielleicht Tee oder Kaffee?«

»Nein, danke«, sagte Nathan.

Harvey lehnte ebenfalls dankend ab.

»Greg?«

Ihr Sohn schüttelte den Kopf.

»Unterhalten wir uns in der Bibliothek«, sagte Frank und lenkte seinen Rollstuhl in diese Richtung. Es war ein fahrbarer Untersatz ohne jegliche Sonderausstattung und Nathan musste seine ursprüngliche Einschätzung im Hinblick auf Franks Händedruck revidieren. Der Mann brauchte starke Hände und einen festen

Griff, um sich im Rollstuhl fortzubewegen, und nicht, um damit anzugeben.

Trotz Dianes Bemerkung bemühte Nathan sich, nicht auf das FBI-Wappen zu treten, als er Frank folgte – er hielt dies für unangemessen. Frank manövrierte den Rollstuhl hinter seinen Schreibtisch, während Nathan, Harvey und Greg auf braunen Ledersesseln Platz nahmen, die einen Halbkreis davor bildeten. Nathan betrachtete die Fotos, die hinter Franks Schreibtisch an der Wand hingen. Sie zeigten Frank, wie er fünf verschiedenen Präsidenten die Hand schüttelte: Carter, Reagan, Bush, Clinton und George W. Bush. Auf den Bildern, die ihn mit Carter, Reagan und Bush Senior zeigten, stand er aufrecht, während er auf den beiden anderen im Rollstuhl saß. An der Wand zu seiner Rechten hingen porträtartige Bilder seiner erwachsenen Kinder: Greg und eine Tochter. Während Frank in eine Schublade griff und einen dicken Aktenordner hervorholte, herrschte für einen Augenblick beklemmendes Schweigen. Nathan warf einen Blick auf die Akte und sah dann wieder Frank an.

»Ich kenne Ihren Vater gut, und zwar schon seit geraumer Zeit.«

Nathan schwieg.

»Er ist ein guter Mann«, sagte Frank leise.

Nathan starrte ihn an. »Wir sind doch wohl nicht hier, um über meinen Vater zu reden.«

Nathan spürte, wie Harv ihn mit dem Fuß anstieß – so, dass Frank es nicht sehen konnte. Falls Greg diese Geste mitbekommen hatte, ließ er es sich nicht anmerken.

»Da haben Sie natürlich recht. Es geht vielmehr um meinen Enkel. Er wird vermisst, und das schon seit ein paar Tagen. Er hat sich als verdeckter Ermittler in einen Waffenschmugglerring in Lassen County einschleusen lassen. Die Gruppe nennt sich ›Echo der Freiheit‹.« Frank machte eine kurze Pause. »Was wissen Sie über Semtex?«

»Das ist ein in Tschechien hergestellter Plastiksprengstoff.«

»Richtig. Ziemlich stark, das Zeug. Und wir können mit Sicherheit sagen, dass diese Gruppe etwas davon in die Finger bekommen hat, eine ganze Menge sogar. Das war die letzte Meldung, die mein Enkel durchgegeben hat, bevor er verschwand. Wahrscheinlich hat er sich dadurch verraten.«

»Eine schlimme Situation«, sagte Nathan.

»Und nicht nur für ihn. Es ist von höchster Wichtigkeit, dass wir das Semtex wiederbekommen. Wenn es in die falschen Hände gerät, könnte das weitere Vorfälle mit World-Trade-Center-Ausmaßen bedeuten. Ein paar gut platzierte Autobomben in der Tiefgarage eines Wolkenkratzers genügen, um so ein Gebäude zum Einsturz zu bringen. Anders als beim World Trade Center gäbe es jedoch nicht ausreichend Zeit für eine Evakuierung. Das Hochhaus würde mit sämtlichen Menschen darin einstürzen.«

Nathan hatte Videoaufnahmen von Gebäuden gesehen, die gesprengt worden waren. Wenn er sich richtig erinnerte, bezeichnete man so etwas als Implosion. Aber wenn man die Anordnung und das Timing der Sprengladungen änderte, konnte man die Gebäude wie Bäume umfallen lassen. Dann würden sie in einer Art Dominoeffekt andere Bauwerke ebenfalls zum Einsturz bringen. Wären die Türme des World Trade Centers damals seitlich umgefallen, hätte dies noch viel schlimmere Folgen gehabt.

»Was genau wollen Sie von uns?«

Frank lehnte sich in seinen Rollstuhl zurück und starrte zum Fenster hinaus. Er hatte dabei die Miene eines Mannes, der sein bisheriges Leben Revue passieren lässt und sich fragt, was er hätte anders machen können. »Das FBI hat vor, das Lager dieser Gruppe durch SWAT-Teams unter der Leitung der Sacramento Joint Terrorism Task Force stürmen zu lassen. Die Teams haben zwei Aufgaben. Zum einen sollen sie das Semtex sicherstellen, falls es sich noch dort befindet, zum anderen sollen sie herausfinden, was mit meinem Enkel passiert ist. Aber das Hauptziel dieser Aktion ist es, die Organisation ›Echo der Freiheit‹ auszuschalten, bevor das Semtex verschwindet.« Frank richtete seinen Blick auf Nathan. »Sie und Harvey waren das beste Team für geheime Operationen, das dieses Land jemals gehabt hat. Ich sage das nicht einfach so, sondern meine es wirklich. Sie beide waren die Besten. Ich brauche

Sie dort oben als meine Augen und Ohren. Mir liegt persönlich sehr viel am Ausgang dieser Mission, schließlich geht es dabei auch um meinen Enkel. Leider habe ich nicht mehr wie früher den direkten Zugang zu den Schaltstellen der Macht. Ich könnte einen Anruf tätigen, würde aber nur Standardauskünfte erhalten, keine Informationen aus erster Hand von einer Quelle, der ich trauen kann. Ich möchte, dass Sie beide bei dem Einsatz als Verstärkung dabei sind. Bei der Aktion kann viel schiefgehen, es könnte zu einem Feuergefecht kommen. Sie und Harvey waren das beste Scharfschützenteam auf der ganzen Welt. Das FBI kann Männer wie Sie …«

»Bei allem Respekt«, fiel ihm Nathan ins Wort, »aber so etwas machen wir nicht mehr. Wir sind keine Söldner, sondern betreiben eine Sicherheitsfirma. Das FBI verfügt über eigene Scharfschützen.«

Harv rutschte nervös auf seinem Sessel hin und her, sagte aber nichts.

»Ich verlange von Ihnen auch nicht, dass Sie Söldner spielen. Mir geht es lediglich darum, Sie als Rückversicherung für die SWAT-Teams ins Spiel zu bringen, für den Fall, dass etwas schiefgeht. Diese Waffenschmuggler sind harte Kerle, ehemalige Elitesoldaten. Und jetzt haben sie auch noch Semtex. Sie beide könnten Leben retten. Ich musste bei FBI-Direktor Lansing einen größeren Gefallen einfordern, um Sie an dieser Operation teilnehmen zu lassen. Er hat mir grünes Licht gegeben, will die Angelegenheit jedoch unter dem Motto ›Frage nichts, sage nichts‹ behandeln. Ich habe mich persönlich für Ihre Integrität verbürgt und meinen guten Ruf dabei aufs Spiel gesetzt. Falls Sie mitmachen, müssen wir uns gegenseitig vertrauen können.«

»Dann sind Sie sich wohl auch über die Folgen dessen im Klaren, was Sie von uns verlangen.«

Frank Ortega warf Harv einen verstörten, fast schon verärgerten Blick zu und Greg krallte seine Finger in die Armlehnen seines Sessels.

»Ich bin mir über die Folgen im Klaren, McBride. Und Sie?«

Nathan schwieg.

Ortega wurde etwas lauter. »Hier steht mehr auf dem Spiel als mein Enkel. Diese Menge Semtex auf amerikanischem Boden macht das Ganze zu einer Frage der nationalen Sicherheit, weil es mindestens genauso gefährlich wie die Bedrohung durch Al Kaida ist. Womöglich sogar noch gefährlicher. Diese Typen sind Amerikaner. Sie reden, benehmen sich und sehen aus wie wir, sind vollkommen unauffällig.«

Für ein paar Sekunden herrschte Schweigen. Das einzige Geräusch war das Ticken der Wanduhr.

»Wir haben ein paar Bedingungen«, sagte Nathan.

»So, so, Bedingungen.«

»Sie haben richtig verstanden. Bedingungen. Wir helfen bei der Suche nach Ihrem Enkel und unterstützen die SWAT-Teams, aber wir wollen nicht im Regen stehen, wenn die Aktion vorüber ist. Verstehen Sie, was ich meine?«

»Klar und deutlich.«

»Und wir brauchen vollständige Hintergrundinformationen und alles, was bisher an Aufklärungsarbeit über die Zielobjekte und ihr Lager zusammengestellt wurde.«

»Kein Problem.«

»Noch etwas. Keine Einmischung von oben. Sobald Sie uns von der Leine gelassen haben, treffen wir eigene Entscheidungen. Wir wollen nicht, dass uns jemand ins Handwerk pfuscht. Entweder man gibt uns freie Hand oder wir lassen es bleiben.«

»Wie ich schon sagte, es ist eine Frage gegenseitigen Vertrauens.« Frank schob die Akte über den Schreibtisch.

Nathan rührte sie nicht an. Er wusste, was für Material sie beinhaltete.

»Das ist alles, was wir über das ›Echo der Freiheit‹ haben. Alles«, sagte Frank. »Eine vollständige Kopie sämtlicher Unterlagen.«

Frank sagte immer wieder *wir* – verständlich angesichts der Tatsache, dass er über vierzig Jahre lang beim FBI gewesen war.

»Ich komme mit«, sagte Greg.

»Kommt überhaupt nicht infrage.«

»Es geht schließlich um meinen Sohn.«

»Ausgeschlossen.«

Greg erhob sich und baute sich vor Nathan auf. »Jetzt hören Sie mir mal gut zu, Sie Arschloch. Wer oder was Sie mal waren, ist mir scheißegal. Er ist *mein Sohn.*«

Nathan stand auf und wandte sich zur Tür.

»Verdammt noch mal, Greg«, sagte Frank. »McBride, warten Sie. Bitte.«

Nathan blieb stehen, drehte sich aber nicht um.

»Wir stehen alle ziemlich unter Stress. Bitte setzen Sie sich wieder hin.«

Nathan rührte sich nicht vom Fleck.

»Bitte«, wiederholte Frank.

»Ich muss mal an die frische Luft«, sagte Nathan und verließ den Raum.

* * *

Harvey stand ebenfalls auf und sagte leise: »Verdammt, Greg, was soll das?«

»McBride ist ein arrogantes Arschloch.«

»Hey, ich kenne den Mann schon eine Ewigkeit und bin mit ihm durch dick und dünn gegangen. Er hat jede Menge Macken, aber arrogant ist er auf gar keinen Fall.«

»Für mich hat er aber so geklungen.«

»Da hast du ihn falsch verstanden. Er ist nicht arrogant, sondern selbstbewusst. Du siehst das nicht, weil dir die Angelegenheit ziemlich unter die Haut geht. Du verlangst von uns, dass wir unser Leben riskieren und andere Menschen töten, falls die Situation dies erfordert. Und wir haben Ja gesagt. Aber wir können es nicht zulassen, dass der Vater des vermissten FBI-Agenten an dem Einsatz teilnimmt. Schon gar nicht, wenn er überhaupt keine Erfahrung mit solchen Aktionen hat. Du hast noch nie einen Menschen getötet, Greg. Glaub mir, daran ist nichts romantisch oder aufregend. Wir sind hier nicht in einem Hollywoodfilm. Sondern wir haben es mit echten Kugeln und echten Leichen zu tun. Du hast bei so einem Einsatz nichts verloren.«

Greg senkte den Blick, sagte aber nichts weiter.

»Wenn er wieder reinkommt«, fuhr Harvey fort, brauchst du dich nicht zu entschuldigen. Nathan ist nicht nachtragend. Außerdem weiß er, dass du unter ziemlicher Anspannung stehst. Das tun wir übrigens alle. Wenn er dir die Hand reicht, nimm sie einfach, okay?«

Keine Antwort.

»Hast du mich verstanden?«

»Ja.«

* * *

Nathan fand Diane in der Küche, wo sie gerade die Geschirrspülmaschine ausräumte. »Könnte ich bitte ein Glas Wasser haben?«

»Aber selbstverständlich.« Sie holte ein Glas aus dem Küchenschrank und hielt es in eine kleine Nische am Kühlschrank. Diane hatte ein freundliches Gesicht, das Nathan an seine Mutter erinnerte. »Ich habe die Auseinandersetzung mitbekommen, war schwer zu überhören. Würden Sie sich bitte einen Augenblick mit mir hinsetzen?«

Nathan zog einen Barhocker für sie heran.

»Danke.« Als sie sich gegenübersaßen, legte Diane ihre Hände in den Schoß. »Greg hat es nicht leicht gehabt, mit seinem Vater als FBI-Direktor und allem, was damit zu tun hat.«

»Das kann ich mir vorstellen.«

»Sie haben die Bilder in Franks Büro gesehen?«

»Ziemlich beeindruckend.«

»Das FBI war Franks Lebensinhalt. Ich fürchte, das ist es noch immer. Er war sich stets darüber im Klaren, was für einen schweren Tribut das von seiner Familie forderte. Ich glaube, wenn Frank noch einmal von vorne anfangen könnte, würde er mehr Zeit mit seiner Familie verbringen.« Dianes Miene verdüsterte sich für einen Moment. Sie schien den Tränen nahe, riss sich dann aber zusammen. »Greg ist das älteste Kind und deshalb hatte er es besonders schwer. Ich glaube, inzwischen versteht er, dass sein Vater Opfer bringen musste, aber manche Wunden heilen nie richtig.« Sie ergriff Nathans Hand. »Ihr Vater hat viel Ähnlichkeit mit Frank und Sie mit Greg.«

»Ich … ich weiß nicht, was ich dazu sagen soll.«

»Wir leben nicht ewig. Das verstehe ich jetzt. Wir können zwar unsere Vergangenheit nicht ändern, aber unsere Zukunft gestalten.«

»Ich habe siebenundfünfzig Menschen getötet, Mrs Ortega. Es hat lange gedauert, aber inzwischen bin ich darüber mit mir selbst ins Reine gekommen. Wenn ich Ihren Enkel finden soll, sterben vielleicht noch mehr. Können Sie damit leben?«

Sie drückte seine Hand fester. »Ich sehe die Welt nicht durch eine rosarote Brille. So viel habe ich als Frau eines FBI-Direktors gelernt. Es gibt abgrundtief böse Menschen da draußen. Ich bin sicher, dass Sie nicht wahllos töten. Ich vertraue auf Ihr Urteilsvermögen.«

»Danke, dass Sie das sagen. Das bedeutet mir sehr viel.«

»Frank und Greg wissen das auch, aber Männer tun sich nun mal schwerer, über ihre Gefühle zu reden. Eine Schwäche des starken Geschlechts.«

»Da haben Sie vollkommen recht.«

»Gestalten Sie Ihre Zukunft, Nathan.« Sie ließ seine Hand los.

Nathan begab sich wieder in die Bibliothek, ging auf Greg zu und reichte ihm die Hand. »Vertragen wir uns wieder?«

Die beiden Männer schüttelten sich die Hände.

Alle setzten sich. »Ihre Mutter ist eine bemerkenswerte Frau.«

»Ja, das stimmt«, sagte Greg.

»Soll ich Ihnen erklären, wie ich das vorhin gemeint habe?«

Greg hob beschwichtigend eine Hand. »Das ist nicht nötig. Ich verstehe schon, warum ich nicht dabei sein kann. Beim FBI haben wir dieselben Regeln, und das aus gutem Grund.«

»Wir werden Sie ständig auf dem Laufenden halten.«

»Danke.«

»Wir werden Ihren Sohn finden.«

»Also gut«, sagte Frank. »Es gibt da noch etwas Wichtiges, das Sie wissen sollten.« Er senkte seine Stimme. »Ich kann nicht garantieren, dass die SWAT-Teams informiert sind, dass Sie da sind. Wie Sie sich denken können, ist die Teilnahme von Außenstehenden bei Einsätzen des FBI eine heikle Angelegenheit. Ich werde tun, was ich kann, um mich mit den Leuten dort oben in Verbindung zu setzen, aber Sie sollten davon ausgehen, dass sie von Ihnen nichts wissen.«

Nathan starrte den Mann an und sagte kein Wort.

»Das bedeutet, dass jeder, der keine FBI-Uniform trägt, Freiwild ist.«

Nathan nickte. »Wann beginnt der Einsatz?«

»Morgen um 14:30 Uhr.«

»Also am helllichten Tag. Noch etwas. Weiß mein Vater, dass wir dabei sind?«

Frank antwortete, ohne zu zögern: »Ja.«

KAPITEL 3

Es war ein windiger Abend in Washington, D. C. und der letzte Rest Violett am Horizont wich der Dunkelheit. Dünne Wolken zogen in sechs Kilometern Höhe nach Osten und reflektierten das gelbliche Licht der Großstadt. Die Herbstfarben waren dieses Jahr früh gekommen. Rote und orangefarbene Vogelkirschblätter lagen auf den Gehsteigen und in den Rinnsteinen.

Das Büro des Committee on Domestic Terrorism, kurz CDT, befand sich im Russell Senate Office Building. Die Mitglieder trafen sich in einem luxuriös ausgestatteten Besprechungszimmer, in dem Lederstühle mit hohen Rückenlehnen um einen ovalen Tisch aus Mahagoniholz standen. An den Wänden hingen Ölgemälde von sämtlichen Präsidenten der USA. Auf einem Tisch in der Ecke stand eine Karaffe mit Eiswasser. In der gegenüberliegenden Ecke stand der gleiche Tisch, darauf ein elegantes Frischblumengesteck, das den Duft von Stargazer-Lilien im Raum verbreitete. Es war ein beeindruckender Raum, der zu dem Zweck passte, dem er diente, nämlich dem Schutz der Nation vor Bedrohungen und Gefahren, die ihren Ursprung innerhalb der Grenzen des Landes hatten.

In dem Augenblick, in dem der CDT-Vorsitzende Stone McBride den Raum betrat, verstummten sämtliche Gespräche. Mit seiner Körpergröße von knapp über 1,90 m war der Senator eine eindrucksvolle Erscheinung. Als ehemaliger Marine trug er seine grauen Haare militärisch kurz. Er hatte tiefblaue Augen und markante Gesichtszüge. McBride sah nicht nur wie ein Berufspolitiker aus, er *war* einer. Er konnte freundlich lächeln, wenn er etwas haben wollte, und schaute grimmig drein, wenn er es nicht bekam.

Mit seinen achtundsiebzig Jahren war McBride der dienstältere Senator des Staates New Mexico. Seinen Spitznamen »Stonewall« hatte er sich im Koreakrieg erworben, und zwar während des Vormarsches zur Boston-Linie am Südufer des Flusses Han, südlich von Seoul. Man hatte seinen Zug dorthin geschickt, um die 1. US-Marineinfanteriedivision zu verstärken. Bei einem Gefecht wurden die Männer eine halbe Stunde lang mit Maschinengewehren und Granatwerfern unter Beschuss genommen. Plötzlich erhob sich McBride – mehr aus Wut als aus irgendeinem anderen Grund – aus der Deckung seines Schützenlochs, schoss aus der Hüfte mit seinem M1-Sturmgewehr auf den Feind und leerte dabei fünf Magazine. Feindliche Kugeln schlugen vor ihm im Boden ein, aber keine davon traf ihr Ziel. Inspiriert durch diesen Akt, eröffneten die Männer des Zuges zu McBrides Linken ebenfalls das Feuer und ermöglichten damit dem Zug zur Rechten das Vorrücken auf die feindliche Granatwerferstellung und deren Einnahme. Für seinen tollkühnen Akt erhielt Stone eine Medaille – und seinen Spitznamen.

»Ich möchte Ihnen allen danken, dass Sie so kurzfristig gekommen sind«, sagte McBride. »Entschuldigen Sie bitte, dass dieses Treffen zu so später Stunde stattfindet, aber die Angelegenheit erfordert dies.« McBride nahm mit jedem der Anwesenden Blickkontakt auf. »Ich habe diese Besprechung aufgrund einer neuen kritischen Entwicklung einberufen. Man hat mich bereits informiert, aber es ist wichtig, dass jeder hier im Raum von dieser neuen Bedrohung erfährt.«

Das CDT bestand aus fünf Männern und vier Frauen, die zusammen ein hart arbeitendes Team bildeten. Senator McBride hatte sie alle persönlich rekrutiert. Jeder dieser Leute repräsentierte eine andere Bundespolizeibehörde. Es war die erste Gruppe dieser Art, ein Prototyp. Die Anwesenheit von Mitarbeitern unterschiedlicher Behörden sollte die Zusammenarbeit und den Informationsaustausch fördern – zumindest in der Theorie. In Wirklichkeit gab es oft Spannungen. Aber trotz ihrer gelegentlichen Differenzen hatten diese Leute eines gemeinsam – ihre absolute Loyalität gegenüber den Vereinigten Staaten von Amerika. Jeder, der an diesem Tisch saß, setzte sich mit aller Entschlossenheit für die Verteidigung und den Schutz der nationalen Sicherheit ein.

Stone wandte sich dem Mann zu seiner Rechten zu, Special Agent Leaf Watson vom FBI. Watson, ein Mittvierziger, hatte bereits etliche Dienstjahre auf dem Buckel. Vor seinem Eintritt ins FBI war er sieben Jahre Hubschrauberpilot bei der Air Force gewesen. Er war bekannt dafür, dass er kein Blatt vor den Mund nahm. Wegen eines Helikopterunfalls während seiner aktiven Militärzeit hinkte er leicht.

Watson sortierte ein paar Papiere und räusperte sich. »Das FBI hat einen verdeckten Ermittler in eine Gruppierung eingeschleust, die sich ›Echo der Freiheit‹ nennt und in den Waffenschmuggel verwickelt ist. Bisher ging es überwiegend um Handfeuerwaffen. Die meisten davon sind völlig legal, solange sie nicht zu vollautomatischen Waffen umfunktioniert werden – und genau das macht diese Gruppe. ›Echo der Freiheit‹ hat seinen Schwerpunkt in Lassen County in Nordkalifornien. Die Anführer sind zwei Brüder namens Leonard und Ernie Bridgestone. Sie können Näheres über die beiden in Ihren Unterlagen nachlesen, falls Sie das noch nicht getan haben. Ich möchte die wichtigsten Einzelheiten zusammenfassen. Die beiden sind Mitte vierzig und Leonard – der Ältere – ist ein ehemaliger Army Ranger. Ernie Bridgestone war Ausbilder beim Marine Corps, bis er vor ein Militärgericht kam, weil er in angetrunkenem Zustand eine Fußgängerin überfahren und tödlich verletzt hatte. Er verbrachte fünf Jahre im Militärgefängnis Fort Leavenworth. Beide Brüder hatten sich eine Menge Disziplinarverstöße zuschulden kommen lassen und sind schließlich aus dem Militärdienst ausgeschieden. Danach waren weder sie noch ihr jüngerer Bruder Sammy, der für sie arbeitet, der Polizei aufgefallen. Das änderte sich jedoch, als sie in den Besitz einer größeren Menge Semtex gelangten.«

Stone McBride gab Watson mit einem Nicken zu verstehen, er möge fortfahren.

»Semtex wurde ursprünglich in der kommunistisch regierten Tschechoslowakei hergestellt. Einige von Ihnen werden sich vielleicht erinnern, dass die neue Regierung nach dem Zusammenbruch des alten Systems für den Rest der Welt schlechte Nachrichten hatte. Das kommunistische Regime hatte mindestens neunhundert Tonnen Semtex an den libyschen Diktator Gaddafi geliefert. Ähnliche Mengen gingen an andere Schurkenstaaten, darunter Syrien, Nordkorea, Iran und Irak. Vermutlich befinden sich weltweit bis zu vierzigtausend Tonnen Semtex in Umlauf.«

Während Watson seine Zuhörer diese Information verarbeiten ließ, stand Stone auf, ging zu dem Ecktisch hinüber und schenkte sich ein Glas Wasser ein. Obwohl er dies alles schon zuvor gehört hatte, erschien ihm die Zahl nach wie vor ungeheuerlich. Vierzigtausend Tonnen entsprachen vierzig Millionen Kilo. Wie konnte das sein? Außer dem Militär oder Bergbaufirmen brauchte niemand zehn Tonnen von diesem Zeug, geschweige denn tausend. Aber vierzigtausend Tonnen? Wo waren diese Mengen? Wie viel davon befand sich bereits im Besitz von Terroristen?

Watson fuhr fort: »Wir vermuten, dass Leonard Bridgestone mit einem syrischen Beamten Verbindung aufgenommen hat, als er entlang der Nordgrenze des Irak stationiert war. Anscheinend haben er und sein Bruder ungefähr eine Tonne erhalten. Wie Sie wissen, ist Semtex äußerst wirkungsvoll. 1988 wurde weniger als ein halbes Kilo von dem Zeug in einem Toshiba-Kassettenrekorder versteckt und dazu verwendet, um einen Jumbo der Pan Am über Lockerbie in Schottland zum Absturz zu bringen. Zwölf Jahre später wurde eine unbekannte Menge Semtex bei dem Anschlag auf die USS *Cole* verwendet, als das Schiff in Jemen vor Anker lag. Ferner kam Semtex bei dem Bombenanschlag auf unsere Botschaft in Nairobi zum Einsatz.«

»Und nun«, sagte Stone McBride, »kommen wir zum eigentlichen Zweck dieses Treffens. Bei unserem vermissten Mann handelt es sich um niemand anderen als Special Agent James Ortega.

Sein Nachname sagt Ihnen allen etwas, denn sein Großvater ist der ehemalige FBI-Direktor Frank Ortega, ein Mann, der unter zwei der Präsidenten gedient hat, deren Porträts diese Wand zieren. Frank Ortega ist außerdem ein lebenslanger Freund von mir. Wir haben in derselben Einheit in Korea gedient. James Ortega ist also FBI-Agent der dritten Generation.«

»Er hat sich freiwillig für diese Aufgabe gemeldet«, fügte Watson hinzu. »Als er sich nicht zu einem vorher vereinbarten Zeitpunkt gemeldet hat, musste das FBI vom Schlimmsten ausgehen, und er gilt seitdem offiziell als vermisst. In seinem letzten Bericht erwähnte Ortega, er hätte gesehen, wie mehrere Paletten mit Semtex aus einem gemieteten Lastwagen entladen und im Hauptgebäude auf dem Gelände gelagert wurden. Seit diesem Bericht observieren wir das Gelände ohne Unterbrechung. Soweit wir wissen, befindet sich das Semtex immer noch dort.«

Der Vorsitzende stützte sich mit beiden Händen auf die Tischplatte. »Ich habe diese Besprechung einberufen, um Sie alle darüber in Kenntnis zu setzen, was als Nächstes geschehen wird. Das FBI wird morgen um 14.30 Uhr Ortszeit das Gelände stürmen. Da die Joint Terrorism Task Force diese Operation durchführen wird, müssen wir mit einem Medienecho rechnen. Eine Aktion dieser Größenordnung kann man nicht lange vor der Presse verheimlichen. Wir werden morgen mit voller Kraft zuschlagen und ich werde Sie danach auf dem Laufenden halten, was James Ortega, das Semtex und die Teams angeht, die zum Einsatz kommen. Bis dahin möchte ich Ihnen allen noch einmal danken, dass Sie so kurzfristig gekommen sind.«

Die Mitglieder des Ausschusses erhoben sich, packten ihre Sachen zusammen und verließen schweigend den Raum.

Watson machte ebenfalls Anstalten zu gehen, aber Stone bedeutete ihm zu warten. »Sie nicht, Leaf.«

Watson sah den Senator an.

Nathan McBrides Vater deutete auf einen Stuhl. »Setzen Sie sich. Ich habe mit dem Präsidenten gesprochen. Es gibt da ein paar Dinge, über die wir reden müssen.«

* * *

Die integrierten Funkgeräte in den Pilotenhelmen von Nathan und Harv erwachten knisternd zum Leben, als die Stimme des Fluglotsen ertönte. *»Helikopter Fünf-November-Charlie, rufen Sie den Sacramento Executive Tower auf eins-eins-neun-Komma-fünf. Frequenzänderung genehmigt. Gute Nacht.«*

Vom linken Sitz aus drückte Harvey auf die Preset-Taste mit der einprogrammierten Frequenz des Towers und betätigte den Sendetrigger. »Sacramento Exec, Helikopter Fünf-November-Charlie hat Ihre Informationen verstanden, Sierra.«

Die Antwort des Towers kam prompt. *»Helikopter Fünf-November-Charlie, Radarkontakt bestätigt. Behalten Sie für die Landung auf Rollbahn Hotel Kurs und Geschwindigkeit bei. Melden Sie Endanflug bei zwei Meilen.«*

Nathan nahm eine leichte Kurskorrektur vor und senkte das Höhensteuer ein wenig. Harv bestätigte die Anweisungen des Towers. Obwohl sie jederzeit über die Bordverständigungsanlage miteinander sprechen konnten, hatte Nathan nicht der Sinn danach gestanden. Er wusste, dass Harvey seine Stimmung spürte. Es gab kaum etwas, das er vor seinem Freund verbergen konnte. Er wusste es zu schätzen, dass Harvey sein Bedürfnis respektierte, aber früher oder später würde Harvey ihn darauf ansprechen und eine Bemerkung machen wie: *Du bist in letzter Zeit ziemlich still, bedrückt dich etwas?* Nathan nahm sich vor, es seinem Freund zu sagen, aber im Augenblick hatte er keine Lust dazu.

Als könne er Gedanken lesen, sprach Harvey ihn an. »Du bist ziemlich still, seit wir in San Diego losgeflogen sind. Möchtest du darüber reden?«

So, jetzt war es heraus und ließ sich nicht länger vermeiden. »Ich weiß nicht. Ich muss ständig an Ortegas Enkel denken und daran, wie lange es schon her ist, dass er zuletzt ein Lebenszeichen von sich gegeben hat.«

»Du glaubst also, er ist aufgeflogen und man hat ihn in die Mangel genommen.«

»Ich hasse es, daran zu denken. Wahrscheinlich haben sie den armen Kerl brutal gefoltert. Vielleicht tun sie es immer noch.«

»Das ist längst nicht alles, was dich bedrückt.«

Nathan erwiderte nichts darauf. Musste er auch nicht.

»Du denkst daran, wie weit Greg und Frank zu gehen bereit sind, um James zu retten. Und du fragst dich, warum dein Vater nicht dieselben Anstrengungen unternommen hat, um dich zu finden.«

Harvey hatte ins Schwarze getroffen. Um genau diese Frage hatten Nathans Gedanken gekreist. Nicht nur jetzt, sondern viele Jahre lang. Besonders während der vier Tage im Folterkäfig hatte er eine Menge Zeit gehabt, darüber nachzudenken. Stunde um Stunde, Tag um Tag wartete er auf Rettung, hoffte auf Rettung, *betete* um Rettung. Irgendwann änderten sich die Gebete und er sehnte den Tod herbei.

»Alles in Ordnung mit dir?«

Nathan nickte. »Ich will einfach nicht, dass mein Vater über unsere Teilnahme an dieser Aktion Bescheid weiß. Es macht das Ganze, na, ich weiß nicht, irgendwie schmutzig.«

»Komm schon, das ist nicht fair. Das CDT ist ein kritischer Bestandteil des nationalen Sicherheitsapparats. Als Vorsitzender hat dein Vater eine wichtige Position inne. Natürlich ist er in die Sache involviert.«

Nathan schwieg.

»Egal, was du über ihn denkst, Ortega hatte recht. Er ist ein guter Mann.«

»In erster Linie ist er Politiker. Ihm geht es nur ums Geld, um den Inhalt seiner Kriegskasse. Das ganze Getue, Babys küssen und so, ist die totale Verarschung. Es geht dabei einzig und allein um Wahlkampfspenden und Medienwirksamkeit. Was ist die wichtigste Herausforderung für einen Berufspolitiker? Die Wirtschaft? Kriminalität? Arbeitslosigkeit? Illegale Einwanderer? Nichts davon. Nur die Wiederwahl zählt. Stell dir vor, der Kerl besitzt die Frechheit, mir Spendenaufrufe zu schicken.«

»Sei nicht so hart zu ihm. Deinem Vater sind diese Belange wichtig.«

»Wahrscheinlich hast du recht. Tut mir leid, ich musste einfach Dampf ablassen.«

»Sag mal, macht dein Vater das wirklich?«

»Was?«

»Das mit den Wahlkampfspenden? Er schickt dir wirklich Briefe?«

»Ja.«

»Ich würde das als einen Versuch bezeichnen, mit Dir in Kontakt zu treten.«

»Ich sehe es eher als einen Versuch, mir in die Tasche zu greifen.«

»Schickst du ihm Geld?«

Nathan wusste, dass er Harvey nichts vormachen konnte. »Ja. Die Höchstsumme, die eine Einzelperson spenden darf. Jedes Jahr.«

»Dann ist es kein Wunder, dass du immer wieder diese Briefe von ihm erhältst.«

Nathan brummte.

»Politiker ist ein Beruf wie jeder andere«, fuhr Harv fort. »Keiner will seinen Job verlieren. Politik ist harte Arbeit, vor allem auf Bundesebene. Diese Leute müssen große persönliche Opfer bringen.«

Nathan wusste nur zu gut, welche persönlichen Opfer der große Stonewall McBride gebracht hatte – er selbst war eines davon. Während seiner Kindheit hatte er einen häufig abwesenden Vater gehabt. Tief im Innern hatte er sich damit abgefunden, aber völlig war der Groll nicht verschwunden – wie der Geruch einer Kerze, der noch im Raum hängt, nachdem sie verloschen ist. Er hasste seinen Vater nicht, spürte aber auch keine familiäre Verbundenheit mit ihm. Warum sollte er auch? Er kannte den Mann ja kaum. Diane Ortegas Kommentar war noch frisch in seinem Gedächtnis. *Ihr Vater hat viel Ähnlichkeit mit Frank und Sie mit Greg.*

»Du solltest vielleicht etwas nachsichtiger sein«, sagte Harvey, »und versuchen, dich mit ihm zu versöhnen.«

»Du weißt schon, dass du der Einzige auf der Welt bist, der mir das ins Gesicht sagen darf, mal abgesehen von meiner Mutter.«

»Was glaubst du, warum ich es gesagt habe? Weil es dir einer sagen muss. Er ist schließlich nicht mehr der Jüngste.«

Nathan schwieg.

»Tu es deiner Mutter zuliebe.«

Ein paar Minuten lang sagte keiner etwas.

»Harv?«

»Ja?«

»Danke.« Nathan schaltete die Landescheinwerfer des Bell-Hubschraubers etwas früher ein – ein Entgegenkommen gegenüber den Fluglotsen im Tower. Der Helikopter war jetzt ein hell leuchtendes Objekt am Himmel und leicht zu sehen. »Du hast das mit dem Funksprechverkehr im Luftraum von L. A. gut gemacht. Willst du die Landung übernehmen?«

»Gerne, aber bleib nahe am Steuerknüppel, falls ich Hilfe brauche.«

»Mach ich.« Nathan sah das Leuchtfeuer des Flughafens und nahm eine winzige Kurskorrektur für den Endanflug vor. Trotz seiner jahrelangen Erfahrung und Routine empfand er das abwechselnd grün und weiß leuchtende Signal eines Zielflughafens bei Nacht als willkommenen Anblick. »Jetzt bist du dran. Du sitzt am Steuer.«

»Ich sitze am Steuer«, wiederholte Harv.

»Ich bin am Funkgerät«, sagte Nathan.

In der Ferne sah Sacramento aus wie eine Million glänzender Juwelen auf schwarzem Samt. Nach einem reinigenden Gewitter war die Luft klar und die Sichtweite gut, fast hundert Kilometer. Drei Kilometer vom Flughafen entfernt betätigte Nathan den Sendetrigger. »Helikopter Fünf-November-Charlie auf Zwei-Meilen-Endanflug.«

Der Fluglotse im Tower gab ihnen die Erlaubnis, auf Rollbahn Hotel zu landen.

Harv flog den zweieinhalb Tonnen schweren Bell 407 mit Präzision und Selbstvertrauen und legte einen fast perfekten Anflug hin. Sein einziger Fehler bestand darin, die Geschwindigkeit ein bisschen zu früh zu drosseln. Kein gefährliches Manöver, aber an

Tagen, an denen viel los war und mehrere Flugzeuge sich in der Warteschleife befanden, hätte der Tower sie wahrscheinlich zu einer beschleunigten Landung aufgefordert, was im Klartext bedeutete: *Setz deinen Arsch in Bewegung und lande endlich*. Harv setzte gemäß der Anweisung des Fluglotsen nahe dem großen weißen H auf dem Asphalt westlich von Rollbahn Hotel auf. Zwei weitere Helikopter standen im Übergangsbereich. Der eine gehörte der California Highway Patrol, der andere war ein Löschhubschrauber der staatlichen Forstverwaltung. Nathan fuhr den Hubschrauber Schritt für Schritt herunter, indem er den Motor abkühlen ließ und mehrere Schalter betätigte. Die vier Rotorblätter, jedes fünf Meter lang, drehten sich immer langsamer.

»Gut gemacht«, sagte Nathan und nahm seinen Helm ab.

»Danke.«

Während Nathan weiterhin mit der Abschaltprozedur beschäftigt war, stieg Harv aus und checkte den Laderaum. Nathan wusste, dass sein Freund sich vergewissern wollte, ob alles sicher war. In ihren Seesäcken hatten sie alles, was sie für den Einsatz am nächsten Tag benötigten. Nathans Remington 700 befand sich in einem separaten Aluminiumkasten. Die Seesäcke enthielten Munition, Ferngläser, Spektiv, Sender-Detektor, MARPAT-Tarnuniformen, Rucksäcke und Wasserflaschen sowie die vielleicht wichtigsten Ausrüstungsgegenstände eines Scharfschützen, ihre Ghillie-Anzüge. Diese besondere Art von Tarnanzug war wirklich erstaunlich. Er ließ die scharfen Umrisse des menschlichen Körpers verschwommen erscheinen und mit der Umgebung verschmelzen – ein Effekt, den man durch Anbringung von Tausenden zerfetzten und zerfaserten Jutestreifen erreichte, die wirr durcheinander von dem Anzug herabhingen. Der Träger sah darin aus wie das Swamp Thing, die Sumpfkreatur aus der berühmten Comicserie.

Als Harv zurückkam, brachte er die Reisetaschen mit ihrem persönlichen Gepäck mit.

»Wusstest du, dass Frank Ortega eine Tochter hatte?«, fragte Nathan. »Ich dachte immer, Greg wäre ein Einzelkind.«

»Wie kommst du darauf?«

»Ich habe ein Bild in Franks Büro gesehen.«

»Das ist ein wunder Punkt. Sie kam vor fünfzehn oder zwanzig Jahren bei einem Verkehrsunfall ums Leben. Wenn ich mich richtig erinnere, am selben Tag, an dem sie ihre Zulassungsprüfung als Anwältin bestanden hatte.«

»Das ist schlimm. Tut mir leid, das zu hören.«

»Eine Zeit lang war es wirklich furchtbar für die Familie. Greg hat nie darüber geredet, es war zu schmerzhaft für ihn. Ich glaube, er stand seiner Schwester sehr nahe. Ihr Tod hat ihn ziemlich mitgenommen. Wir haben über ein Jahr lang nicht miteinander gesprochen. Ich habe ihn in Ruhe gelassen. Druck war das letzte, was er in dieser Zeit brauchen konnte.«

»Das kann ich mir vorstellen.«

Als der Hauptrotor zum Stillstand gekommen war, überprüfte Nathan noch einmal sämtliche Systeme und Schalter, bevor er aus dem Hubschrauber stieg. Der Abend war kühl, es ging ein leichter Wind. Einer alten Pilotentradition folgend, gab Nathan dem Bell-Helikopter einen liebevollen Klaps auf den Rumpf, nachdem er abgeschlossen hatte. Dann gingen die beiden schweigend auf das Flughafengebäude zu.

Es dauerte zwanzig Minuten, bis das Taxi kam, und dann noch mal so lange, bis sie im Hyatt Regency im Zentrum von Sacramento eincheckten.

* * *

Am nächsten Morgen, kurz nach Sonnenaufgang, trafen sich Nathan und Harv in der Hotellobby. Beim Frühstück sprachen sie kurz über ihre Erwartungen im Hinblick auf den Einsatz und vor allem über Frank Ortegas Hinweis, er könne nicht garantieren, dass die Mitglieder der Task Force über ihre Anwesenheit Bescheid wüssten. Nathan kümmerte das nicht, ganz im Gegenteil, ihm war es so lieber. Schließlich waren sie es gewohnt, alleine zu arbeiten.

Nach dem Frühstück begaben sie sich in Nathans Zimmer und sahen sich die Akte, die Frank ihnen gegeben hatte, genauer an. Sie gingen jedes noch so kleine Detail durch, von den topographischen Karten und Luftaufnahmen bis zu den militärischen Personalakten der Bridgestone-Brüder. Außerdem lasen sie interne Aktennotizen des FBI und James Ortegas Berichte. Es war viel Material, aber als sie damit fertig waren, hatten sie sich ein ziemlich gutes Bild der Lage gemacht. Danach begab sich jeder auf sein Zimmer, um sich vor dem Einsatz am Nachmittag noch ein wenig hinzulegen.

Was Nathan anging, so war an Schlaf nicht zu denken. Er starrte an die Zimmerdecke, während seine Gedanken ständig um James Ortega und die schrecklichen Dinge kreisten, die der arme Kerl womöglich in diesem Moment erleiden musste: Todesqualen, Angst, Hoffnungslosigkeit und das Gefühl, völlig allein zu sein. Es tat Nathan in der Seele weh, wenn er daran dachte, dass die Bridgestone-Brüder mit ihrem Gefangenen anstellen konnten, was sie wollten. Hatten sie James an einen Stuhl gefesselt und Elektroden an seinen Genitalien angebracht? Schrie der Gefolterte, bis seine Kehle blutete? Nathan schloss die Augen und versuchte, diese unangenehmen Gedanken zu verdrängen. Im Augenblick konnte er für James ohnehin nichts tun. Erst mussten sie ihn finden. Tief in seinem Innern hoffte er, dass der Junge tot war und nicht mehr misshandelt wurde. Nathan gab sich selbst ein Versprechen: Wenn die Bridgestone-Brüder James Ortega gefoltert hatten, würden sie beide sterben.

Später am Vormittag fuhren sie in ihrem Mietwagen, einem Chevy Tahoe, zum Flughafen, wo sie ihre Ausrüstung aus dem Hubschrauber holten. Zehn Minuten darauf ließen sie Sacramento hinter sich und folgten dem Highway 70 über Marysville und Oroville, bis er nach Nordosten in die Sierra Nevada abzweigte, wo er offiziell als »Scenic Highway« galt, eine landschaftlich schöne Strecke. Die Straße führte, langsam ansteigend, in eine der schönsten Naturlandschaften Kaliforniens – erst Eichen und Grasland, dann weiter oben ausgedehnte Kiefernwälder. Eine Stunde später erkannte Harv die Abzweigung auf die Forststraße, die sie auf den Luftaufnahmen gesehen hatten. Er folgte der Schotterstraße etwa acht Kilometer weit, bis er mithilfe seines

GPS-Handgeräts genau die Stelle fand, die sie suchten. Dort angekommen, lenkte Harv den Tahoe von der Piste in den Wald und parkte ihn zwischen den Bäumen, wo man ihn von der Straße aus nicht sehen konnte.

Sie tauschten rasch ihre Zivilkleidung gegen ihre MARPAT-Tarnanzüge, die ihre Körper mit den natürlichen Farben des Waldes verschmelzen würden, und schlüpften in ihre Kampfstiefel. Nathan hatte einen Stollen von der rechten Sohle abgeschnitten und Harvey hatte dasselbe mit seinem linken Stiefel getan. Dies machte ihre Fußabdrücke unverwechselbar, – für den Fall, dass sie sich aus irgendwelchen Gründen trennen mussten.

Harv packte sein Kowa-Spektiv und fünfundzwanzig Ladestreifen in seinen Rucksack, von denen jeder fünf selbst geladene Patronen vom Kaliber .308 enthielt. Währenddessen inspizierte Nathan gründlich sein in ein Tuch gewickeltes Remington-700-Scharfschützengewehr. Dann überprüften sie ein letztes Mal, ob sie wirklich alles dabei hatten. Harv nahm zwei Sig-Sauer-P-226-Pistolengürtel aus einem der Seesäcke und reichte einen davon Nathan. Als Nächstes befestigten sie die Ghillie-Anzüge an ihren Rucksäcken. Zuallerletzt schmierten sie sich Tarnfarbe auf die bloßen Stellen ihrer Haut.

Nathan sprach während dieses Teils der Operation kein Wort – es war nicht nötig –, bemerkte jedoch die gelegentlichen Seitenblicke, die Harv ihm zuwarf. Sie dachten beide dasselbe und brauchten es nicht in Worte zu fassen. Bereits vor über zehn Jahren hatten sie sich damit arrangiert. Harv klopfte Nathan auf die Schulter. Es fühlte sich gut und beruhigend an. Ein Leben ohne Harv konnte er sich überhaupt nicht mehr vorstellen. Er nickte seinem Partner schweigend zu.

Harv schloss den Tahoe ab und legte die Schlüssel auf den rechten Vorderreifen. Das Letzte, was sie brauchen konnten, war ein Klimpern in der Hosentasche zur falschen Zeit. Menschen konnten dieses Geräusch zwar von Weitem nicht hören, Hunde aber schon, und mit Hunden musste man immer rechnen. Einen angreifenden Hund zu erschießen, war eine todsichere Methode, seinen Standort preiszugeben. Außerdem mochte Nathan Hunde lieber als die meisten Menschen.

Endlich waren sie fertig zum Aufbruch und gingen den Berg hinauf, wobei sie etwa fünfzehn Meter seitlichen Abstand zwischen sich ließen. Obwohl sie auf dem vom Regen des vorigen Tags noch feuchten Boden gut Tritt fassen konnten, war der Aufstieg über Sand und loses Geröll schwierig. Nach ein paar hundert Höhenmetern legten sie eine kurze Verschnaufpause ein. Nathan winkte Harv zu sich heran.

»Zeit?«, fragte er.

Harv schob den Ärmel hoch und sah auf seine Armbanduhr, deren Zifferblatt er mit Seife eingeschmiert hatte, damit es nicht im Licht schimmerte. »Siebenunddreißig Minuten.«

»Machen wir einen Radiofrequenz-Check.« Nathan holte den DAR-3-Radiofrequenzdetektor aus Harvs Rucksack und reichte ihn seinem Partner. Es war ein äußerst zuverlässiges Hightechgerät von der Größe einer Schuhschachtel, das über viertausend Dollar gekostet hatte. Es besaß ein halbes Dutzend Anzeigen, mehrere Ein- und Ausgangsbuchsen sowie eine fünfzehn Zentimeter lange Antenne und konnte Signale von 50 Kilohertz bis zwölf Gigahertz empfangen.

Harv schaltete das Gerät ein. Nach etwa einer Minute sagte er: »Alles okay.«

Nathan verstaute den Detektor wieder sicher in Harvs Rucksack. Dann nahmen sie ihren Marsch wieder auf. Hoch oben am Himmel ließ sich ein Rotschwanzbussard von einem warmen Aufwind tragen. Das Rauschen der Kiefern im Wind war das einzige Geräusch weit und breit. Eine steile Felswand, die man nur mit Kletterausrüstung bewältigen konnte, zwang sie, etwa sechzig Meter nach Osten auszuweichen. Als sie den Gipfel fast erreicht hatten, verlangsamte Nathan seine Schritte. Er wandte sich Harv zu, zeigte mit zwei Fingern auf seine Augen und dann nach links. Harv ging in die angezeigte Richtung, während Nathan sich rechts hielt. Er wollte sich vergewissern, dass nirgendwo im Verborgenen Wachposten lauerten und das Gelände im Auge behielten. Da der

Bergrücken dicht mit Kiefern bewachsen war, von denen manche eine Höhe von dreißig Metern und mehr erreichten, gab es zahlreiche Plätze, wo man sich verstecken konnte.

Nachdem sie sich überzeugt hatten, dass entlang des Bergrückens keine Gefahr lauerte, suchten sie die Umgebung mit ihren Blicken nach einer geeigneten Schützenstellung ab, von der aus sie ungehinderte Sicht auf das unter ihnen liegende Gelände hatten. Obwohl Nathan durchaus imstande war, entfernte Ziele zu treffen, wollte er nicht weiter als sechshundert Meter weg sein. Sechshundert Meter war eine gute Entfernung, weil die Kugel einschlug, bevor man den Knall des Gewehrs hören konnte. Von da, wo sie sich gerade befanden, mussten sie weitere siebenhundert Meter vorrücken. Sie verbrachten ein paar Minuten damit, sich mit ihren Ferngläsern einen gründlichen Überblick über das unter ihnen gelegene Gelände zu verschaffen. Wie sie bereits anhand der Luftaufnahmen gesehen hatten, befand sich das Lager der Organisation »Echo der Freiheit« in einem mit Gras und einzelnen hohen Kiefern bewachsenen Tal. Etwa zwanzig kleine Hütten gruppierten sich um ein größeres Hauptgebäude. Daneben gab es noch ein paar Geräteschuppen. Die Hütten sahen wie typische Blockhütten aus und hatten Steildächer aus Metall. Vor dem größten Geräteschuppen parkten mehrere mit Tarnfarbe lackierte Pick-ups.

Harv verstaute die Ferngläser sicher in seinem Rucksack, bevor sie den Hang hinabstiegen.

Nathan ging erhobenen Hauptes und ließ ständig seinen Blick hin und her schweifen. Es herrschte Westwind, mit einer Geschwindigkeit von etwa fünfzehn Stundenkilometern. Die Temperatur betrug ungefähr fünfzehn Grad, bei einer Luftfeuchtigkeit von vielleicht zwanzig bis dreißig Prozent. Die Luft roch nach Kiefern und weckte Erinnerungen an seine ersten Campingtrips. Er ahmte das Zwitschern eines Vogels nach, worauf Harv stehen blieb und sich ihm zuwandte. Nathan deutete auf eine kleine, von hohen Kiefern umgebene Felszunge ein paar hundert Meter in Richtung des Lagers. Harv signalisierte mit einem Nicken, dass er verstanden hatte. Zu dieser Stelle zu gelangen, würde ein bisschen riskant werden. Da die Bäume nahe der Felszunge weit auseinanderstanden, mussten sie durch offenes Gelände. Die letzten fünfzehn Meter würden sie auf dem Bauch robben, wobei die Ghillie-Anzüge ihnen Tarnung boten. Jemand, der in ihre Richtung blickte, würde keine menschlichen Umrisse sehen, und wenn sie langsam krochen, würde ein Beobachter keine Bewegung wahrnehmen – denn Bewegung fiel gewöhnlich auf.

Das Tal unter ihnen fiel sanft nach Westen ab, wo der Wald um einiges dichter war. Der Großteil der Kiefern um das Lager herum war der Kettensäge zum Opfer gefallen, wodurch eine etwa sechzig Meter breite Schneise entstanden war. Dies bedeutete, dass man sich dem Lager nur durch offenes Gelände nähern konnte. Nathan gab mit einer Handbewegung zu verstehen, dass er sein Fernglas haben wollte. Harv holte es aus dem Rucksack und reichte es ihm. Aufmerksam beobachtete er das Lager. Dort war es still, nichts bewegte sich. Er gab Harv das Fernglas zurück.

»Was meinst du?«, fragte Nathan. »Diese Felsnadeln dort drüben.«

»Dicht am Boden robben.«

Sie holten die Ghillie-Anzüge hervor, warfen sie sich über und legten sich bäuchlings hin. Dann robbten sie über die sandige, mit Kiefernnadeln bedeckte Erde. Wegen der 30-Grad-Hangneigung war dies ein schwieriges Unterfangen. Um nicht bergab zu rollen, mussten sie ihre Körper in einem 45-Grad-Winkel zum Boden ausrichten. Über abschüssiges Gelände zu robben war auch bei Schneckentempo nicht einfach, aber die feuchte Erde machte es einigermaßen erträglich. Nathan hasste es, sich ohne jede Deckung zu bewegen, selbst wenn es nur über eine kurze Entfernung war. Sobald ein feindlicher Scharfschütze sie entdeckte, wären sie erledigt. Für die fünfzehn Meter benötigten sie fünf Minuten – alle sechs Sekunden dreißig Zentimeter. Die Felszunge erreichten sie ohne Zwischenfall. Bis jetzt war alles gut gegangen. Der Ort erwies sich als die ideale Schützenstellung. Zwei riesige, etwa sechs Meter hohe Granitbrocken, die zusammen die Form einer europäischen Kathedrale bildeten, neigten sich leicht nach Osten. Der Größere der beiden schützte sie vor der Sonne und bot ihnen ausreichend Schatten. Der Boden zwischen den Felsnadeln war eben und sandig. Von hier aus hatte man volle Sicht auf das Lager und die Zufahrtsstraße. Sorgfältig darauf bedacht, außerhalb der Sichtlinie des Lagers zu bleiben, packten sie schnell ihre Ausrüstung aus.

Harv gab Nathan einen Ladestreifen mit fünf NATO-Patronen vom Kaliber .308. Um zu vermeiden, dass die Ladestreifen in der Sonne glänzten, hatte Harv sie innen und außen mit schwarzem Filzstift bemalt. Jede dieser selbst geladenen Patronen hatte eine Mündungsgeschwindigkeit von 716 Metern pro Sekunde. Nathan bevorzugte eine leichtere Ladung. Bei einer Entfernung von sechshundert Metern benötigte die Kugel knapp unter einer Sekunde bis zum Ziel. Er nahm die Patronen aus dem Ladestreifen, lud sie einzeln in das Gewehr und schloss den Drehkopfverschluss.

Dann gab er Harv den leeren Ladestreifen zurück.

»Zeit?«, fragte Nathan.

»Elf Minuten.«

Eine Windböe wehte ein paar Kiefernnadeln von rechts nach links an ihnen vorbei.

Harv sprach unaufgefordert: »Vielleicht sechzehn Stundenkilometer. Vier Klicks rechts.«

Nathan justierte die Seitenverstellung an seinem Nikon-Zielfernrohr, während Harv sein Spektiv aufstellte. Hatten sie erst einmal ihre endgültige Stellung eingenommen, würden sie nebeneinander liegen, mit einem Meter Abstand zwischen ihnen. Nathan legte das Gewehr an, schaute durch das Zielfernrohr und ließ den Blick langsam über das Lager unter ihnen schweifen. »Wir legen das Hauptgebäude als Nullpunkt fest und korrigieren von dort aus.«

»Verstanden.«

»Höhe?«, fragte Nathan.

»Neun Klicks.«

»Verstanden, neun Klicks nach null. Plus drei zur Hinterseite des Lagers, minus zwei zur Vorderseite. In Ordnung?«, fragte Nathan.

»In Ordnung.«

Da Nathans Gewehr gegenwärtig auf einen Schuss aus dreihundert Metern Entfernung eingeschossen war, wusste er, dass die Höhenjustierung für einen Sechshundertmeterschuss zwölf zusätzliche Klicks betrug. Aber da sie bergab schossen, war eine Justierung um drei Klicks zurück notwendig.

»Es geht los«, sagte Nathan. Von Süden her näherten sich sechs Männer in Tarnanzügen dem Lager, indem sie mit geübten Bewegungsabläufen von Baum zu Baum schlichen. »Sechs-Uhr-Position niedrig«, flüsterte er.

Harv justierte sein Spektiv. »Ich hab sie. Ich sehe sechs und noch zwei an den Flanken. Und jetzt sehe ich acht, die aus westlicher Richtung kommen.«

Nathan folgte dem zweiten Team mit seinem Blick. Sechs FBI-Agenten, plus zwei an den Flanken zur Unterstützung. Die beiden Teams rückten im rechten Winkel zueinander vor, sodass keines in die Schusslinie des anderen geriet. Taktisch einwandfrei. Während Nathan ihnen zusah, wie sie sich dem Lager näherten, bewunderte er die Art und Weise, in der sie sich fortbewegten – lautlos und mit der Präzision einer Maschine. Als sie an Stellen vorbeikamen, wo die Sonnenstrahlen durch die Bäume fielen, reflektierte nichts von dem, was sie trugen, das Licht. Ihre Helme waren mattgrün und selbst die Stiefel hatten eine glanzlose Oberfläche. Die Jungs waren verdammt gut.

»Irgendwas stimmt hier nicht«, flüsterte Nathan.

»Was denn?«

»Dort unten im Lager ist es zu still. Wir haben bisher nichts und niemanden gesehen. Nicht die geringste Bewegung. Sehen wir uns die Bäume mal genauer an. Ich kümmere mich um die Westseite.«

Harv justierte sein Spektiv und suchte damit langsam die Ostseite des Lagers ab. Auf halber Strecke hielt er inne. »Scheiße.«

»Was gibt's?«

»Späher eins-fünf-null Ost, Höhe eins-null.«

Nathan schwenkte sein Gewehr auf eine Stelle hundertfünfzig Meter östlich der Lagermitte und konzentrierte seine Suche auf die

Bäume in zehn Metern Höhe. Er sah es sofort. Ein Wachposten auf einem Hochstand von der Art, wie ihn Jäger benutzen. Der Mann sprach in ein Funkgerät und blickte durch ein Fernglas in südliche Richtung, wo sich eines der beiden SWAT-Teams befand. »Sie sind aufgeflogen.«

Harv blickte weiterhin durch sein Spektiv und zoomte sein Zielobjekt so nah wie möglich heran. »Nate, gerade hat er das Funkgerät weggelegt und hält etwas anderes in der Hand. Er zieht eine Antenne aus einer Funkfernbedienung.«

Nathan schwenkte sein Gewehr wieder nach Süden und suchte den Boden vor den beiden SWAT-Teams ab. Durch eine lichte Stelle zwischen den Bäumen sah er einen Maulwurfshügel aus Kiefernnadeln unter einer großen Zuckerkiefer. Der Haufen lag auf der dem Lager abgewandten Baumseite. Nathan suchte nach weiteren solchen Haufen. Da! Noch zwei, ebenfalls auf der dem Lager abgewandten Seite.

»Großer Gott! Ich glaube, sie haben Sprengfallen im Umkreis des Lagers angebracht. Diese Haufen aus Kiefernnadeln.«

»Claymore-Minen«, flüsterte Harv.

»Sie marschieren geradewegs in einen Reißwolf.«

»Wie weit sind sie noch weg?«

»Dreißig Meter.«

»Scheiße, dann befinden sie sich in Reichweite. Wir müssen sie warnen. Schieß dem vordersten Mann vor die Füße. Höhe minus zwei. Feuerbereit.«

KAPITEL 4

Sammy Bridgestones Stimme hatte einen metallischen Klang, als sie aus dem kleinen Lautsprecher des Funkgeräts drang. *»Wir haben Besuch.«*

Ernie stand auf und sah seinen älteren Bruder an.

»Was ist da draußen los?«, fragte Leonard.

»Ein SWAT-Team rückt von Süden her an. Mindestens ein halbes Dutzend, wahrscheinlich mehr!«

»Beruhig dich, Sammy. Sind sie schon beim Minenfeld an der Peripherie angekommen?«

»Noch nicht, aber fast.«

»Detoniere die Minen an der südlichen Peripherie, sobald sie sich bis auf zwanzig Meter genähert haben. Warte ein paar Sekunden und lass den Rest hochgehen. Und dann komm auf schnellstem Wege hierher. Verschwende keine Zeit. Okay?«

Als Antwort drückte Sammy einmal die Funktaste.

Ernie schnappte sich ein M-4-Gewehr und stürzte zur Hintertür. »Wir dürfen ihn da draußen nicht allein lassen. Ich hole ihn.«

»Warte!«, rief Leonard, aber da war sein Bruder bereits zur Tür hinaus.

* * *

Nathan justierte die Höhenverstellung an seinem Zielfernrohr um zwei Klicks nach unten, zielte auf einen Punkt etwa sechs Meter vor dem Mann an der Spitze des SWAT-Teams und drückte ab.

Sein Gewehr zuckte.

In etwas über einem halben Kilometer Entfernung spritzte Erde vor dem Mann auf. Beide Teams schmissen sich augenblicklich hin. Vier Sekunden später explodierten acht Claymore-Minen gleichzeitig.

Von hoch oben betrachtet, bot sich ein erschreckendes Bild. Der Wald schien förmlich zum Leben zu erwachen und bebte, als hätte ihn eine gewaltige Druckwelle erfasst. Eine Sekunde später hörten sie den dumpfen, erschütternden Knall der Explosion. Eine Fläche von der Größe eines Footballfeldes hatte sich in einen wilden Strudel aus umherfliegenden Erdklumpen, Steinen und zerbrochenen Ästen verwandelt. Eine dichte Staubwolke wehte das Tal hinab nach Westen. Nathan schwenkte sein Gewehr in Windrichtung und sah die Männer des zweiten SWAT-Teams am Boden liegen. Falls es noch mehr Minen gab, waren sie noch nicht explodiert. Doch schon fünf Sekunden später kam die Antwort. Eine zweite gewaltige Explosion ließ den Wald im Westen erzittern. Unmittelbar darauf folgte eine dritte im Osten und eine vierte im Norden. Das Gelände unten beim Lager hatte jetzt Ähnlichkeit mit einem riesigen Donut – in der Mitte unversehrt, an den Rändern das totale Chaos.

Während Nathan sich fieberhaft ins Gedächtnis zu rufen versuchte, was er über diese Art von Minen wusste, detonierte eine gekrümmte Stange C4-Sprengstoff und schoss mehrere Hundert Stahlkugeln fächerförmig in einem 60-Grad-Winkel nach außen. Wie das schottische Breitschwert, dem die Claymore-Mine ihren Namen verdankte, konnte sie buchstäblich eine Schneise in eine Menschenmenge schlagen. Wenn sich diese Männer nicht auf den Boden geworfen hätten …

»Ich hol das Arschloch von dem Baum herunter«, sagte Nathan. »Er hat soeben versucht, ein Dutzend FBI-Agenten in die Luft zu sprengen.«

»Wir sehen ihn erst, wenn sich die Staubwolke verzogen hat.«

»Hol den RF-Detektor raus. Dann können wir sehen, ob die Guten reden.«

Harv wandte sich nach rechts zu seinem Rucksack, nahm den Detektor heraus und schaltete das Gerät ein. »Ja, das tun sie auf jeden Fall. Ich empfange ein Signal im Bereich fünfzehn Megahertz, ganz in der Nähe. Das war vorhin nicht da.«

»Kannst du hören, was sie sagen?«

»Nein, die Funksprüche sind bestimmt verschlüsselt.«

»Womöglich befinden sich dort unten noch mehr Claymores.«

»Wahrscheinlich. Aber wenigstens wissen die Jungs jetzt Bescheid. Dein Warnschuss hat einer Menge Leuten das Leben gerettet.«

Nathan brummte nur. Er wollte unbedingt den Wachposten auf dem Baum vor die Mündung bekommen.

Der wie explodierende Feuerwerkskörper klingende Lärm von sporadischen Gewehrsalven drang zu ihnen herüber. »Auf geht's«, sagte Nathan. »Seitenverstellung.«

Harv hatte ihm bereits gesagt, dass er die Seitenverstellung vier Klicks nach rechts drehen müsse. Jetzt bezog er die Geschwindigkeit, mit der sich die Staubwolke nach Westen bewegte, in seine Berechnungen mit ein und gab Nathan einen weiteren Klick nach rechts.

»Zielkorrektur für den Hochsitz«, verlangte Nathan.

»Höhenverstellung zwei Klicks nach unten, Seitenverstellung noch mal einen Klick nach rechts. Gib mir ein paar Sekunden, ich kann ihn fast sehen … jetzt hab ich ihn. Nate, er hat ein Gewehr und zielt damit auf die SWAT-Teams.«

Nathan schwenkte sein Gewehr zurück zum Baum und sah, wie der Mann den Lauf seiner Waffe auf das Geländer des Hochsitzes legte und sorgfältig zielte. Er trug einen billigen Tarnanzug, wie man ihn in den Katalogen von Versandhäusern sieht, und dazu glänzende schwarze Stiefel. Der Schirm seines Baseballkäppis verbarg sein Gesicht, aber Nathan hatte den Eindruck, er wäre noch jung, vielleicht Mitte zwanzig. Er visierte die Brust des Mannes in seinem Fadenkreuz an, holte tief Luft und stieß die Hälfte wieder aus.

* * *

Ernie war gerade auf halber Strecke zu Sammys Hochsitz, als zu seiner Rechten die ersten Claymores explodierten. Für den Bruchteil einer Sekunde schien die Luft zu flirren, als bliebe die Zeit stehen. Dann ließ die Druckwelle seinen Körper wie die Sehne eines Bogens vibrieren. Da er wusste, dass noch mehr Explosionen folgen würden, duckte Ernie sich und hielt sich die Ohren zu. Mit jeder weiteren Detonation bebte die Erde um ihn herum. Die Peripherie des Lagers verschwand in einer dichten Wolke aus Staub und umherfliegenden Trümmern.

»Los, Sammy, komm da runter!«, rief Ernie.

»Ich kann ein paar von diesen Dreckskerlen erwischen, wenn sich der Staub legt.«

»Sammy, sieh zu, dass du deinen Arsch von dem Baum runterkriegst. Wir verschwinden.«

* * *

»Feuerbereit«, flüsterte Harv.

Nathan krümmte den Finger am Abzug und spürte den Rückstoß des Gewehrs an seiner Schulter.

»Volltreffer«, sagte Harv. »Wirklich sauberer Schuss, mitten ins Schwarze.«

* * *

Ernie Bridgestone kannte dieses Geräusch. Die mit Überschallgeschwindigkeit heranfliegende Kugel klang wie ein lauter Peitschenknall. Entsetzt musste er mit ansehen, wie sein jüngerer Bruder zitterte, als sie ihn traf. Sammy fiel aus zehn Metern Höhe und blieb nach dem Aufprall wie eine leblose Stoffpuppe mit zerknautschten Armen und Beinen liegen.

»Sammy!« Ernie rannte zum Fuß des Baumes und warf sich den schlaffen Körper seines Bruders über die Schulter.

* * *

»Ich sehe ihn«, sagte Nathan, während er die leere Patronenhülse ausstieß und eine neue Kugel in die Kammer gleiten ließ. Mit dem Fadenkreuz visierte er die Hüfte des rennenden Mannes an. Plötzlich spürte er ein Zucken und Zittern in seiner Wirbelsäule – eine Vorahnung, die er nicht ignorieren konnte. Er kannte dieses Gefühl, und bisher hatte es ihn nie getäuscht. Als er das Gewehr in Richtung Hauptgebäude schwenkte, sah er einen Mann in der offenen Tür stehen und sich am Türrahmen abstützen. Nathan blickte direkt in die Mündung eines Scharfschützengewehrs.

»Deckung!«

Ein Knall ertönte, als das Geschoss mit Überschallgeschwindigkeit heranflog und hinter Nathan in die Felswand einschlug. Heißes Kupfer, geschmolzenes Blei und pulverisierter Granit flogen durch die Luft. Etwas traf Nathan im Gesicht. Eine Sekunde später erreichte der dumpfe Mündungsknall Nathans Standort. Er richtete seine Waffe auf den Boden und feuerte. Eine Erdfontäne spritzte hoch und verschaffte ihm und Harv für ein paar Sekunden Deckung.

»Harv!«

»Alles okay bei mir.«

Sie krochen rückwärts. Plötzlich ertönte wieder ein ohrenbetäubender Knall. Verdammt! Dieser Schuss hatte sie um höchstens fünfzehn Zentimeter verfehlt. Drei weitere Schüsse zertrümmerten den Stein über ihren Köpfen. Nathan hielt sich schützend die Unterarme vors Gesicht, konnte jedoch nicht verhindern, dass der Rest seines Körpers Felssplitter abbekam. Ein Dutzend kleinerer Wunden auf dem Rücken und an den Beinen fingen an zu bluten.

* * *

Ernie stürzte zur Tür herein und legte Sammy auf den Boden. Wenn die Kugel seinen Bruder nicht getötet hätte, hätte ihm der Fall den Rest gegeben. Sammys blaue Augen starrten ins Leere.

»Diese Dreckskerle«, brüllte Ernie. »Diese verdammten Dreckskerle.«

Leonard packte seinen Bruder am Hemd und zog ihn zu sich heran. »Um ein Haar hätte ich euch alle beide da draußen verloren. Am Eagle Rock ist ein Scharfschützenteam. Ich hab dir gerade dein Scheißleben gerettet. Zwei Sekunden später und du wärst jetzt tot.«

»Das ist mir scheißegal. Ich bring die Kerle um.«

»Verdammt noch mal, Ernie, ich bin genauso stinksauer wie du. Aber im Augenblick können wir nichts für Sammy tun. Er ist tot. Und wir sind es ebenfalls, wenn wir jetzt nach draußen gehen. Wir werden es ihnen heimzahlen, das verspreche ich dir, aber nicht jetzt.«

»Das darf doch wohl nicht wahr sein.«

»Ernie, wir müssen hier weg.«

»Diese Dreckskerle.«

»Ernie, los jetzt.«

* * *

Harv kauerte am Boden und sah seinen Partner an. »Woher hast du das gewusst?«

»Kann ich nicht erklären. Ich hab es irgendwie gespürt.«

»Der Kerl ist ein guter Schütze. Um ein Haar hätte er uns erwischt.«

»Wahrscheinlich der ältere von den Bridgestone-Brüdern. Ich glaube nicht, dass er noch da ist, aber wir sollten hier verschwinden. Kannst du kurz mal einen Blick riskieren, ohne dass dir jemand den Schädel wegpustet?«

»Ich glaube schon.« Harv kroch langsam auf den Ellbogen vorwärts, bis er gerade so über den Sand sehen konnte, und spähte durch sein Spektiv.

»Er stand in der Tür zum Hauptgebäude.« Nathan sah, dass Harv ebenfalls an einem halben Dutzend Stellen auf dem Rücken und an den Beinen blutete.

»Da ist jetzt keiner mehr.«

»Verschwinden wir. Am besten, wir suchen hinter den Bäumen Deckung. Bist du bereit?«

»Ja.«

Die beiden packten ihre Ausrüstungsgegenstände und rannten über offenes, abschüssiges Gelände. Binnen Sekunden befanden sie sich inmitten hoher Zuckerkiefern in Sicherheit. Schweigend wechselten sie Blicke, in denen Erleichterung zu lesen war.

»Ich weiß, wir befinden uns nicht in offizieller Funktion hier, aber ich finde, wir sollten absteigen«, sagte Nathan. »Ich wette, dass hier noch mehr Claymores herumliegen. Außerdem müssen wir den Jungs von dem Heckenschützen im Hauptgebäude berichten. Bei all dem Staub und Wirrwarr werden sie ihn wohl kaum gesehen haben.«

»Wir müssen den SWAT-Teams zu erkennen geben, dass wir kommen«, sagte Harv. »Hast du eine Idee, wie wir das am besten machen?«

»Ja, wir können schreien.«

»Sonst noch was?«

»Tut mir leid, was Besseres fällt mir im Augenblick nicht ein. Aus deren Sicht haben wir soeben auf sie geschossen.«

»Warum beschleicht mich das Gefühl, dass ich diese Sache noch bereuen werde?«

»Immer mit der Ruhe, Harv. Ich hab alles unter Kontrolle.«

Sein Partner schnaubte. »Wusste ich doch, dass das jetzt kommen würde. Was soll's, heute ist ein guter Tag zum Sterben. Bringen wir's hinter uns.«

Sie legten die sperrigen Ghillie-Anzüge ab und machten sich an den Abstieg. Nach zwei Minuten erreichten sie den Fuß des Hangs. Um nicht bedrohlich zu wirken, wenn man sie sah, hatte Nathan sein Gewehr über die Schulter gehängt. Die Sig Sauer ließ er im Hüfthalfter stecken, denn er hatte keine Lust, sich unbewaffnet einem SWAT-Team des FBI zu nähern, das gerade knapp dem Tod in einem Minenfeld entgangen war. Die Jungs waren bestimmt stinksauer.

Harv holte sein Spektiv hervor und studierte das Gelände vor ihnen. »Ich sehe einen Beobachtungsposten auf der Ein-Uhr-Position, zweihundert Meter entfernt. Bist du dir sicher, dass wir das durchziehen? So wie die Jungs unter Strom stehen, schießen sie, bevor sie sich mit unnötigen Fragen aufhalten.«

»Bleib hier.« Nathan reichte Harv sein Gewehr und warf den Rucksack ab. »Ich werde mich ihnen allein nähern. Pass auf, dass mich niemand abknallt.«

»Ich pass auf dich auf.«

Nathan arbeitete sich durch den Wald voran und brauchte für die zweihundert Meter lange Strecke etwas unter einer Minute. Etwa fünfundzwanzig Meter vor dem Beobachtungsposten suchte er hinter dem dicken Stamm einer Gelbkiefer Deckung und blickte nach hinten zu Harv. Um klar sehen zu können, musste er sich einen Meter nach links lehnen. Harv gab ihm ein Zeichen, dass alles okay war. Jetzt kam der schwierige Teil, aber Nathan wusste, wie er es anstellen würde. Der SWAT-Späher hatte sich hinter einem gefallenen Ast verschanzt, der ihm vorne eine gute Deckung bis auf Brusthöhe und auf der rechten Seite teilweisen Schutz bot. Nathan erkannte sofort, dass er es mit einem kleinwüchsigen Mann zu tun hatte. Ein alter Spruch schoss ihm durch den Kopf. Wie ging er doch gleich wieder? *Gott schuf die Menschen in verschiedenen Größen, aber Sam Colt machte sie alle gleich* oder in der Art. Der Typ vor ihm war jedenfalls ein bisschen gleicher. Mit seiner Pistole hatte Nathan keine Chance gegen eine vollautomatische MP5 – schon gar nicht gegen jemanden, der damit umgehen konnte. Und das konnte der Mann bestimmt, schließlich war er ein Profi.

Der abgebrochene Ast, den der Späher als Deckung benutzte, war etwas über einen halben Meter breit und lief auf der linken Seite des Mannes fächerförmig auseinander, während das dicke Ende in Nathans Richtung zeigte. Nathan überschlug noch einmal die Entfernung: mehr oder weniger fünfundzwanzig Meter. Der Späher kniete mit einem Bein und schwenkte seine Waffe hin und her. Bei jedem vierten oder fünften Mal blickte er nach hinten, ohne jedoch seine Bewegung zu unterbrechen. Nathan musterte ihn etwa dreißig Sekunden lang und arbeitete einen Plan aus. Wertvolle Zeit verstrich und den Luxus einer gründlichen Observierung konnte er sich nicht leisten. Und da er nicht die geringste Lust hatte, mit einer MP5 beschossen zu werden, hing alles vom richtigen Timing ab. Er musste sich genau in dem Moment zu erkennen geben, in dem der Mann in seine Richtung blickte. Machte er diese Bewegung zu früh oder zu spät, würde sein Gegenüber sie als unabsichtlich interpretieren. Die wahrscheinlichste Reaktion darauf wäre ein horizontaler Feuersturm aus kupfer- und bleihaltigen Geschossen, die eine Geschwindigkeit von zwölfhundert Stundenkilometern erreichten. Keine besonders angenehme Vorstellung, vor allem dann, wenn man in der Schusslinie stand.

Jetzt!

Nathan reagierte genau im richtigen Moment. Als sich der Mann zu ihm drehte, lehnte er sich hinter dem Baum hervor und rief: »Nicht schießen.« Er sagte es laut und bestimmt in einer Tonlage, die irgendwo zwischen Befehl und Bitte lag. Wie er erwartet hatte, zuckte der Späher vor Schreck zusammen.

Nur einen Sekundenbruchteil bevor die MP5 losging, ging Nathan hinter der Gelbkiefer in Deckung. Mit dem Rücken gegen den Baumstamm gelehnt, spürte er, wie dieser unter dem Einschlag Dutzender Kugeln zitterte. Pulverisierte Stückchen Baumrinde spritzten nach allen Seiten. Als das Feuer endete, wusste Nathan, dass ihm nur zwei oder drei Sekunden blieben, bis der Schütze das leere Magazin ausgestoßen, ein neues eingesetzt und durchgeladen hatte.

»Hören Sie auf zu schießen. Ich bin auf Ihrer Seite.«

»Unsinn.« Eindeutig eine Frauenstimme. Nathan ging davon aus, dass sie bereits ihr Team über Funk verständigt hatte. Er musste also die Situation binnen der nächsten dreißig Sekunden unter Kontrolle bekommen, ehe wütende FBI-Agenten ihn umringten und, wie Harv sich ausgedrückt hatte, erst schießen und dann Fragen stellen würden. Die nächsten Worte aus seinem Mund passten perfekt zu der momentanen Situation.

»Mein Name ist Nathan McBride«, rief er. »Ich bin keiner von den Bösen. Ich habe den Warnschuss abgegeben, bevor die Claymores detoniert sind.«

»Sie wollen mich wohl verarschen.«

»Ich verarsche Sie nicht.«

»Woher weiß ich, dass Sie die Wahrheit sagen?«

»Haben Sie ein Fernglas dabei?«

Keine Antwort.

»Schauen Sie mal zweihundert Meter auf Ihrer Fünf-Uhr-Position. Mein Partner hat ein Gewehr auf Sie gerichtet. Wenn wir Sie töten wollten, würden wir jetzt nicht miteinander reden.« Nathan vermutete, dass die Späherin etwa fünf Sekunden brauchen würde, um seine Angaben zu überprüfen. Sie war schneller. Was sie da sah, gab ihr bestimmt Anlass zur Sorge. Nathan wusste, wie es sich anfühlte, wenn man sich im Fadenkreuz eines Scharfschützen befand. Er hatte es erst vor ein paar Minuten selbst erlebt.

»Treten Sie ganz langsam hinter dem Baum hervor.«

»Sie werden doch hoffentlich nicht auf mich schießen, oder?«

»Das liegt ganz an Ihnen.«

»Okay, ich komme. Ich habe eine Pistole bei mir. Schießen Sie nicht, oder wir sind beide tot.« Nathan trat langsam hinter dem Baum hervor und wandte sich der Späherin zu, wobei er die Arme an den Seiten hielt. Er sah ihr zu, wie sie etwas in das in ihren Helm integrierte Mikrofon flüsterte. Nathan wusste, dass sie nach der Minenexplosion noch immer unter Strom stand. Er wusste auch, dass sie jetzt einem großen, bedrohlich aussehenden Mann in Tarnanzug und Tarnfarben auf der bloßen Haut gegenüberstand. Die Pistole an seiner Hüfte tat ihr Übriges. Der Frau musste klar sein, dass sie einen Elitesoldaten vor sich hatte, dessen Kollege mit einem Scharfschützengewehr auf sie zielte. Harv würde nicht zögern zu schießen, wenn sie eine falsche Bewegung machte, und Nathan hoffte, dass sie keine Dummheiten machen würde. Im Klartext: keine abrupten und drohenden Gesten.

»Legen Sie die Hände auf den Kopf und verschränken Sie die Finger. Bitte tun Sie, was ich sage.«

Sie hatte *bitte* gesagt. Ein gutes Zeichen. Nathan gehorchte.

Wieder flüsterte sie in ihr Helmmikrofon. Wahrscheinlich antwortete sie den anderen Mitgliedern ihres Teams, die sich auf dem Weg zu ihr befanden. Nathan blickte nach rechts und sah drei Gestalten in Tarnanzügen, die sich einer hinter dem anderen heranpirschten. In etwa zwanzig Sekunden würden sie ihn umzingeln. »Ich muss meinem Partner ein Signal geben, dass alles in Ordnung ist.«

»Bitte rühren Sie sich nicht«, sagte sie, diesmal etwas entspannter.

Nathan sah, dass ihre Verstärkung in wenigen Sekunden bei ihr sein würde – und zu mehreren fühlt man sich einfach sicherer. Er behielt die Hände auf dem Kopf und wandte sich dem SWAT-Team-Mitglied zu, das als erstes eintraf. Das Gesicht unter dem olivgrünen Helm und der durchsichtigen Schutzbrille blickte mit einer Intensität drein, die aus vier Teilen bestand: ein Teil Neugier, drei Teile Wut. Sein Tarnanzug war grau von dem Staub, den die Detonation aufgewirbelt hatte, und an seinem Rucksack hingen verkohlte Kiefernnadeln. Der Mann hatte sich in vorderster Reihe befunden, als die Minen explodierten. Das musste die reine Hölle gewesen sein. Etwa drei Meter vor Nathan blieb er stehen, die MP5 an der Hüfte im Anschlag. Er hob eine blutige Hand und bedeutete den anderen mit einer zackigen Bewegung, vorzurücken. Plötzlich tauchten zwei weitere SWAT-Team-Mitglieder scheinbar aus dem Nichts vor Nathan auf. Auch sie waren mit Staub und verbrannten Kiefernnadeln bedeckt. Schließlich gab der Mann der Späherin, die noch immer neben dem abgebrochenen Ast stand, ein Zeichen, worauf sie wieder die Pose eines Wachpostens einnahm.

»Sind Sie McBride?«, fragte er.

Die Frage sprach Bände. Ihr war zu entnehmen, dass Ortega zumindest einigen Leuten Bescheid gesagt hatte. Dieser Mann hier war eingeweiht, die Frau, die wie wild auf die Gelbkiefer geballert hatte, jedoch nicht.

Nathan nickte.

»Also gut, gehen wir behutsam vor. Sagen Sie Mr Fontana, er soll seine Waffe nicht mehr auf uns richten.«

»Dazu muss ich ihm ein Handzeichen geben.«

»Bitte.«

Nathan nahm die Hände vom Kopf und wandte sich Harv zu. Mit langsamen Bewegungen ballte er die rechte Hand zur Faust und berührte damit seine Brust, sodass die Knöchel seine rechte Schulter berührten. Dann verschränkte er wieder die Finger auf seinem Kopf.

»Danke«, sagte der Mann.

»Keine Ursache«, erwiderte Nathan. Dann fügte er hinzu: »Ihre Teams sind einsame Spitze.«

Der leiseste Anflug eines Lächelns spielte um die Lippen des Mannes, verschwand aber sofort wieder. »Sie haben den Warnschuss abgegeben?«

»Ja.«

»Sie können die Hände jetzt runternehmen.«

Nathan folgte seiner Anweisung.

»Drei unserer Männer hat's erwischt, einen davon tödlich.«

»Das tut mir leid.«

»Hat einen Splitter an der Schulter abbekommen, nahe am Hals. Hat die Halsschlagader erwischt. Es hätte für uns alle viel schlimmer ausgehen können.«

Nathan betrachtete erneut die blutigen Hände des Mannes. »In der Nähe der Gebäude befinden sich wahrscheinlich noch mehr Claymore-Minen.«

»Wir haben den Einsatz bis auf Weiteres abgeblasen. Ich bin Larry Gifford, Assistant Special Agent in Charge bei der Sacramento Joint Terrorism Task Force.« Er trat an Nathan heran und streckte die rechte Hand aus.

Nathan nahm sie entgegen und ignorierte das klebrige Blut. »Das mit Ihrem Mann tut mir leid.«

»Mir auch.«

»Wie geht es den beiden anderen?«

»Der eine hat eine Gehirnerschütterung. Ihm ist ein Ast auf den Kopf gefallen, aber er wird's überleben. Sein Helm hat ihm das

Leben gerettet. Dem anderen hat es die Schulter zerfetzt. Wenigstens hat seine schusssichere Weste funktioniert. Übrigens, ich habe eine Minute nach der Minenexplosion einen Schuss gehört, und gleich darauf ein paar weitere aus Richtung des Lagers.«

»Ich hab den Mann getötet, der die Minen detoniert hat. Er saß auf einem Hochstand und hat mit einem Gewehr mit Zielfernrohr auf Ihre Männer gezielt, und da hab ich ihn runtergeholt. Tut mir wirklich leid, dass ich ihn nicht schon früher erwischt habe.«

»Das ist nicht Ihre Schuld. Wenn sich unsere Jungs nicht hingeschmissen hätten, als die Minen hochgingen …« Gifford sprach den Satz nicht zu Ende und blickte stattdessen auf Nathans Kampfanzug. »Sie bluten ja.«

»Die Schüsse, die Sie gehört haben«, erklärte Nathan. »Die haben die Felswand über unseren Köpfen getroffen. Der Schütze hat auf einen Querschuss gehofft. Beinahe hätte er es geschafft.«

»Brauchen Sie ärztliche Versorgung?«

Nathan schüttelte den Kopf. »Nur ein paar Splitter.«

»Unser Sanitäter wird sicherheitshalber einen Blick darauf werfen. Und jetzt geben Sie bitte Mr Fontana ein Zeichen, dass er herkommen soll.«

Er wandte sich Harvs unsichtbarem Versteck zu und nickte leicht mit dem Kopf. In zweihundert Metern Entfernung stand Harv auf und lief durch den Wald auf die Gruppe zu.

Dreißig Sekunden später war er da. Nathan stellte ihm den FBI-Agenten vor.

»Niemand außer Ihnen wusste, dass wir hier sind«, sagte Nathan.

»Richtig.« Er gab sich nicht die geringste Mühe, es wie eine Entschuldigung klingen zu lassen.

»Verstehe. Wenn Sie Ihren Leuten erzählt hätten, dass sich freundlich Gesinnte in der Gegend aufhalten, hätten sie vielleicht gezögert, wenn es hart auf hart geht. Das hätte tödlich für sie ausgehen können. Sie mussten also das Gefühl haben, dass jeder, der keine SWAT-Uniform trägt, ein Feind sein konnte, auf den man schießen darf. Ich hätte es genauso gemacht. Aus unserer Sicht war das natürlich ein Risiko.«

»Das war Ihr Eintrittspreis, Mr McBride. Andernfalls hätte ich Ihrer Teilnahme an dem Einsatz nicht zugestimmt. Ich habe auch noch ein Scharfschützenteam am Nordrand des Canyons postiert. Sie konnten zwar den Hochstand, wo Sie den Beobachtungsposten erschossen haben, nicht sehen, dafür aber Ihre Bewegungen. Während der ganzen Zeit haben sie mich über Funk auf einer anderen Frequenz auf dem Laufenden gehalten. Und weil Sie vorhin erwähnt haben, meine Jungs seien einsame Spitze – man hat mir berichtet, dass Sie und Ihr Partner wie ein Teil der Umgebung ausgesehen haben.«

»Wie geht es jetzt weiter?«, fragte Nathan.

Gifford blickte wieder in Richtung des Lagers. »Gerade in diesem Moment sind zwei Black-Hawk-Helikopter vom Militärflugplatz Amedee zu uns unterwegs. An Bord befinden sich Sprengstoffexperten aus dem Sierra Army Depot. Sie müssten spätestens in einer Stunde hier sein. Wir haben dort unsere eigene Sondereinheit, die bei Bomben- und Sprengstoffanschlägen ermittelt.«

»Mit ›wir‹ meinen Sie das FBI?«, fragte Nathan.

Gifford nickte und sah seine Agenten an. Dann zeigte er auf Nathan und Harvey. »Collins, Dowdy, diese beiden Männer waren offiziell nie hier. Sichern Sie die Peripherie des Lagers in einem Umkreis von drei Kilometern und achten Sie darauf, dass die Jungs einen ausreichenden Abstand zum ersten Minengürtel halten. Ich möchte, dass sämtliche Türen und Fenster des Hauptgebäudes permanent observiert werden. Und dass mir ja keiner die Hubschrauber unter Beschuss nimmt, die bald hier eintreffen werden.«

Die beiden Agenten machten sich hurtig auf den Weg zurück in Richtung des Lagers, wobei der Vorderste beim Laufen in sein Funkgerät sprach.

»Ich hab nur drei Männer gesehen«, sagte Nathan. »Einen hab ich erwischt, aber die anderen beiden befinden sich noch immer im Hauptgebäude. Einer von ihnen hat ein Gewehr und ist ein geübter Schütze.«

Gifford trat ein paar Schritte zur Seite und sprach leise in sein Mikrofon. Dann wandte er sich wieder Nathan und Harvey zu. »Ich will ehrlich zu Ihnen sein. Am Anfang war ich verärgert darüber, dass Sie beide an dem Einsatz teilnehmen würden, aber jetzt bin ich heilfroh, dass Sie da waren. Wir hätten sonst die Razzia bei Nacht durchgeführt. Es ist ja schließlich kein Geheimnis, wer hier vermisst wird.« Gifford gab der Frau in seinem SWAT-Team mit der Hand ein Zeichen, worauf sie herbeieilte. »Ich muss mit den beiden kurz etwas besprechen. Halten Sie solange die Augen offen.« Zu Nathan und Harvey gewandt, sagte er: »Und Sie beide kommen mit mir.« Dann ging er ein Stück in den Wald.

Bevor Nathan ihm folgte, wechselte er einen schnellen Blick mit Harv. Nach etwa fünfzig Metern blieb Gifford stehen, drehte sich zu den beiden um, holte einen Zettel aus der Tasche und gab ihn Nathan. Darauf stand eine Telefonnummer.

»Rufen Sie mich in sechs Stunden an. Wenn Sie wollen, habe ich für Sie beide morgen Nacht einen speziellen Auftrag.«

KAPITEL 5

»Ein Tunnel?« Senator Stone McBride schaffte es nicht, seine Verärgerung zu verbergen. Seine Hand krampfte sich um den Telefonhörer, während er fortfuhr: »Und Sie wollen mir sagen, dass niemand etwas davon gewusst hat?«

Leaf Watson zögerte einen Augenblick, ehe er antwortete. »Ich fürchte, so ist es. Wenn Special Agent Ortega den Tunnel gesehen hätte, hätte er uns bestimmt darüber informiert.«

Stone hatte Watson mit einem Nachtflug nach Kalifornien geschickt, damit dieser sich vor Ort ein Bild machen konnte. Jetzt wünschte er, er wäre selbst mitgeflogen.

»Assistant Special Agent in Charge Larry Gifford ist bei mir. Wir haben auf Lautsprecher geschaltet, Senator.«

»Trotz der widrigen Umstände freut es mich, Sie kennenzulernen, Mr Gifford.«

»Danke, Senator«, sagte Gifford.

»Gibt es irgendeine Spur von James Ortega?«

»Nein«, sagte Watson.

»Ich möchte, dass das gesamte Grundstück durchkämmt wird. Verwenden Sie dazu sämtliche Hilfsmittel, die Sie brauchen. Spürhunde, was auch immer. Stellen Sie dieses Lager auf den Kopf. Ich will, dass Sie James Ortega finden.«

»Jawohl, Senator. Ich werde mich persönlich darum kümmern.«

Stone rieb sich die Augen. »Und was ist mit dem Semtex?«

»Wir haben hier mehrere Paletten mit Holzkisten, die etwa mannshoch gestapelt sind.«

»Wie viel?«

»Etwas über siebenhundert Kilo.«

»Haben wir alles gefunden?«

»Wir sind ziemlich sicher, dass zehn Kisten fehlen. Ungefähr zweihundert Kilo.«

»Nur damit ich Sie richtig verstehe«, sagte Stone. »Der Einsatz hat uns eine Dreivierteltonne Semtex und den jüngsten der Bridgestone-Brüder gebracht. Dafür haben wir einen unserer Männer verloren und zweihundert Kilo Semtex und die beiden Rädelsführer dieser Gruppe sind uns durch die Lappen gegangen. Keine besonders tolle Bilanz, fürchte ich.«

Betretenes Schweigen am anderen Ende. Nach einer Weile sagte Larry Gifford: »Es hätte viel schlimmer ausgehen können.«

Stone sagte nichts und wartete, dass Gifford fortfuhr.

»Wir hatten ein Scharfschützenteam am Südrand des Canyons postiert. Die Jungs haben jemanden im Lager mit einer Funkfernbedienung gesehen und sofort eins und eins zusammengezählt. Daraufhin schossen sie dem SWAT-Team als Warnung vor die Füße. Zum Glück lagen wir bereits am Boden, als die Claymores explodierten. Wir hätten sonst bestimmt ein Dutzend mehr von unseren Leuten verloren.«

»Ist das die offizielle Version der Ereignisse?«, fragte Stone.

»Ja.«

»Gut, dann belassen wir es dabei.« Stone kannte die Wahrheit und wusste, dass dies auch für Gifford und Watson galt. Der Warnschuss ging auf das Konto seines Sohnes. Wieder ein Punkt für die kaltblütigen Scharfschützen des US Marine Corps.

»Erzählen Sie mir mehr über diesen verdammten Tunnel.«

Gifford fuhr mit seinem Bericht fort. »Bevor wir das Hauptgebäude gestürmt haben, haben wir es mit Blendgranaten und Tränengas beschossen, aber da waren sie längst über alle Berge. An der Wandinnenseite am westlichen Ende des Hauptgebäudes hatte man ein Stück Beton angesägt und dann mit einem Presslufthammer entfernt. Unter dieser Betonplatte fanden wir einen kleinen Raum, der mit Eisenbahnschwellen verstärkt war. Von dort aus verläuft ein etwa eineinhalb Kilometer langes Betonrohr mit einem Durchmesser von achtzig Zentimetern. Hat bestimmt ein kleines Vermögen gekostet. Die Kerle haben Skateboardrollen an der Unterseite von Wasserskiern angebracht und sind damit wie auf Rodelschlitten durch den Tunnel davon.«

»Sie können gestern unmöglich zweihundert Kilo Semtex durch den Tunnel nach draußen geschafft haben.«

»Vermutlich geschah das bereits vor ein paar Tagen, unmittelbar nachdem Special Agent James Ortega verschwand. Der Tunnel endete am Waldrand etwa eineinhalb Kilometer westlich des Lagers. Von dort sind wir ihren Fußspuren einen weiteren Kilometer gefolgt und haben Tarnnetze gefunden, unter denen sie geländegängige Quads versteckt hatten. Die Reifenspuren verlaufen in westlicher Richtung das Tal entlang und enden an einer Forststraße etwa fünfundzwanzig Kilometer weiter. Dort muss jemand auf sie gewartet haben. Wahrscheinlich haben sie die Quads in einen Anhänger oder Lastwagen verladen. Wir überprüfen diese Möglichkeit und fragen bei sämtlichen Tankstellen und Minimärkten in der Gegend, ob sie jemand gesehen hat. Aber so etwas sieht man hier alle Tage – Quads in Anhängern, meine ich. Jedenfalls tun wir unser Bestes, um den Hergang der Ereignisse zu rekonstruieren.«

»Machen Sie weiter.« Nach einer kurzen Pause fragte Stone: »Haben Sie meinen Sohn während des Einsatzes gesehen?«

»Ja, er kam zu uns, nachdem die Minen explodiert sind.«

»Was halten Sie von ihm?«

»Ich … äh, ich verstehe nicht ganz, was Sie meinen«, sagte Gifford.

»Was für einen Eindruck hat er auf Sie gemacht?«

»Er war eindeutig in seinem Element. Offensichtlich kann er gut mit Stresssituationen umgehen. Auf jeden Fall bin ich froh, dass er auf unserer Seite war.«

»Das klingt nach Nathan.«

»Er ist ein ausgezeichneter Soldat, oder vielmehr *war* einer. Er hat eine Menge für sein Land getan, mehr als ich jemals erleben werde.«

»Ja, das hat er.«

»Ich habe ihm einen neuen Auftrag angeboten.«

»Wirklich?«

»Ich brauche jemanden, der mit den Cousins der Bridgestone-Brüder redet. Sie leben irgendwo am Stadtrand von Sacramento. Den Großteil ihres Lebens haben sie hinter Gittern verbracht. Eine Woche vor dem Einsatz haben wir begonnen, ihre Farm zu observieren. Vielleicht wissen sie etwas oder vielleicht rufen die Bridgestones bei ihnen an oder kommen sogar vorbei. Es ist gewagt, aber es könnte sich lohnen, der Sache nachzugehen.«

»Nathan soll also mit ihnen *reden*?«

»Ja, eine freundliche Plauderei am Kamin.«

»Aha. Und ich vermute mal, dass er mit diesen Bridgestone-Cousins auf eine Art und Weise *reden* kann, die Ihren Leuten verwehrt bleibt. Läuft es darauf hinaus?« Stone wusste natürlich, dass Gifford nicht darauf antworten würde, also fuhr er fort: »Ich verstehe. Unser Gespräch hat demnach nie stattgefunden.«

»Das wäre wohl am besten so, Senator.«

»Dann ist Nathan Ihr Mann. Und wenn Sie sonst noch etwas brauchen, Mr Gifford, wenden Sie sich direkt an Special Agent Watson.«

»Danke, Senator, das werde ich tun.«

Stone hatte noch eine letzte Frage an Gifford. »Glauben Sie, dass James Ortega tot ist?« Er wartete, bis das kurze Schweigen am anderen Ende vorüber war.

»Natürlich würde ich gerne glauben, dass er noch lebt, aber das ist unwahrscheinlich. Schließlich haben die Bridgestones versucht, mein gesamtes SWAT-Team in die Luft zu jagen. Wenn solche Leute herausfinden, dass sich ein verdeckter Ermittler wie James Ortega in ihren Reihen befindet, dann verhören sie ihn und töten ihn anschließend. Ich kann mir nicht vorstellen, dass sie ihn am Leben gelassen haben. Meine Leute haben sämtliche Gebäude im

Umkreis von acht Kilometern des Lagers durchsucht, aber nirgendwo gab es eine Spur von ihm. Außerdem haben wir auf sämtlichen Straßen in der Umgebung Sperren errichtet. Und morgen gehen wir mit Leichenspürhunden ins Lager, für den Fall, dass man ihn dort verscharrt hat. Noch heute werde ich zwei FBI-Hubschrauber losschicken, damit sie die Gegend in einem Umkreis von dreißig Kilometern abfliegen und die berittenen Suchmannschaften der staatlichen Forstbehörde und des Sheriffs von Lassen County aus der Luft unterstützen. Wir tun alles, was uns im Rahmen unserer begrenzten Ressourcen möglich ist, um ihn zu finden.«

»Ich rufe den Kommandanten vom Sierra Army Depot an und frage ihn, ob er Ihnen Verstärkung schicken kann. Vielleicht sogar einen oder zwei Black-Hawk-Helikopter.«

»Das wäre eine große Hilfe. Je mehr Leute hier oben nach ihm suchen, umso größer ist die Chance, dass wir ihn finden.«

»Wenn es Ihnen ein Trost ist, Special Agent Gifford, werde ich diese Bridgestone-Brüder persönlich ans Kreuz nageln.«

»Danke, Senator«, sagte Gifford. »Und ich bringe den Hammer mit.«

* * *

Nathan und Harv hatten einen langen Tag vor sich. Nach ihrer Unterredung mit Assistant Special Agent in Charge Gifford am Tag zuvor hatte man die Verletzungen an ihren Beinen notdürftig verarztet. Es war nicht gerade angenehm gewesen, auf dem Heimflug nach San Diego auf den Wunden zu sitzen, aber ansonsten war die Reise ohne Zwischenfälle verlaufen. Als sie ankamen, war es längst dunkel. An diesem Morgen hatten sie sich zu früher Stunde mit den Ortegas in einem Café getroffen und ihnen umfassend über die Operation gegen »Echo der Freiheit« Bericht erstattet, einschließlich der neuesten Informationen, die Gifford ihnen telefonisch mitgeteilt hatte. Frank und Greg Ortega gaben zwar mit ihrem Ton und ihrer Körpersprache zu erkennen, dass sie von dem Ausgang enttäuscht waren, nahmen aber die Nachricht von dem neuen Auftrag, den Nathan und Harv angenommen hatten, positiv auf.

Nach der Besprechung mit den Ortegas trennten sie sich und vereinbarten, sich um 18 Uhr auf dem Montgomery Field für ihren Rückflug nach Sacramento zu treffen. Harv teilte Nathan mit, er müsse noch schnell im Büro vorbeischauen und sich um ein paar potenzielle Neukunden kümmern. Danach wollte er nach Hause und Lucas, seinem ältesten Sohn, zum Geburtstag gratulieren.

Nathan brauchte dringend Schlaf. Er konnte sich kaum noch konzentrieren. Eine Grundregel, die er während seiner Zeit im Marine Corps verinnerlicht hatte, lautete: Schlafe, wann immer sich eine Gelegenheit dazu bietet. In den letzten zwei Tagen hatte er nicht einmal sechs Stunden geschlafen und in der kommenden Nacht stand ihm erneut ein langer Flug mit dem Hubschrauber bevor. Er musste Mara anrufen und sich erkundigen, ob Toby wieder Probleme verursacht hatte. Also wählte er ihre Handynummer, die er auswendig wusste.

»Gibt's was Neues von unserem Sorgenkind?«

»Nein, nichts. Ich glaube, der lässt uns jetzt in Ruhe. Ich soll dich übrigens von Karen grüßen, sie bedankt sich recht herzlich für das Geld. Gerade ist ein Handwerker hier und bessert die Schäden an der Wand aus. Außerdem setzt er eine neue Glasschiebetür ein. Karen hat gesagt, sie möchte gerne, dass du ihre Alarmanlage mit diesem neuen Feature ausstattest, das einen über Handy benachrichtigt.«

»Gute Idee. Sag Karen, ich kümmere mich darum.«

»Du bist ein Schatz.«

»Pass auf dich auf, Mara.«

»Bye, Nathan.«

Wahrscheinlich hatte er Toby richtig eingeschätzt.

* * *

Einige Zeit, nachdem er zu Hause angekommen war, klingelte sein Handy. Es war Harv. »Was gibt's?«

»Ich hab gerade eine total verrückte Nachricht aus dem Büro bekommen.«

»Und die lautet?«

»Gavin hat erzählt, gestern sei dieser große Kerl vorbeigekommen und habe sich um einen Job beworben. Wenn ich mich richtig erinnere, hat sie ihn einen *Gorilla* genannt. Sie hat gesagt, der Typ hatte einen Gips am rechten Arm. Angeblich sah er aus, als hätte er gerade zehn Runden gegen George Foreman hinter sich. Sagt dir das was?«

»Vielleicht.«

»Du hast doch nicht etwa …«

»Doch, hab ich.« Nathan vernahm einen Seufzer am anderen Ende.

»Meinst du, er kann eine Zuverlässigkeitsüberprüfung bestehen?«

»Keine Ahnung. Wahrscheinlich nicht.«

»Du musst mich wirklich hassen.«

»Betrachte es als eine persönliche Herausforderung.«

»Ich werde die Überprüfung selbst vornehmen. Aber du hättest mir ruhig vorher Bescheid sagen können.«

»Hab's wohl vergessen.«

»Tu mir bitte einen Gefallen und leg dich ein bisschen aufs Ohr. Ich will schließlich nicht, dass du mir heute Nacht am Steuerknüppel einpennst. Dich aufzuwecken ist lebensgefährlich, vor allem in einem Hubschrauber.« Harv klang fast fürsorglich.

»Die korrekte Bezeichnung lautet Cyclic, nicht Steuerknüppel.«

»Ist mir doch egal.«

»Wie war die Geburtstagsparty von deinem Sohn?«

»Die hab ich leider verpasst. Ich war bei einem Einsatz in Lassen County dabei, bei dem es um Belange der nationalen Sicherheit ging.«

»Du weißt, was ich meine.«

»Also gut. Möchtest du die lange oder die kurze Version hören?«

»Die kurze.«

»Hab ich mir gedacht«, murmelte Harv. »Ich hab eine Stunde damit verbracht, Klopapier von den Bäumen in meinem Vorgarten zu entfernen. Danach hab ich das Wasser aus dem Schwimmbecken gelassen. Es war rosa gefärbt. Aber das Schlimmste kommt noch.«

»Erzähl.«

»Seine Freunde haben *Happy Birthday Lucas* mit Benzin auf den Rasen gegossen und ihn angezündet. Stell dir das mal vor! Es war nicht gefährlich, aber trotzdem. Die heutige Jugend!«

»Was willst du, er ist halt ein Teenager.«

»Erinnere mich bloß nicht daran. Er muss die verbrannten Grasstellen erneuern. Morgen früh kommt eine Lieferung Grassoden. Das wird den Burschen auf Trab halten. Außerdem hat Candace ihm einen Monat Hausarrest gegeben.«

Nathan lachte glucksend.

»Lach du nur. Da ist man gerade mal für ein paar Tage aus dem Haus, und dann passiert so was.«

»Solange er nichts Schlimmeres anstellt, brauchst du nicht zu meckern.«

»Das ist nicht gerade beruhigend.«

»Jetzt erzähl mir bloß nicht, du hättest in deiner Jugend keine ähnlichen Streiche verübt.«

»Okay, du hast ja recht.«

»Dann bis 18 Uhr.«

* * *

Kurz vor Mitternacht landete Nathan den Helikopter auf dem Sacramento Executive Airport an genau derselben Stelle wie beim letzten Mal. Sowohl er als auch Harv waren von der Fliegerei ziemlich erschöpft und mussten dringend auf die Toilette. In der Nähe der Hangars im Südteil des Flughafens parkte eine viertürige Limousine. Nathan konnte im Licht der Natriumdampflampen die Farbe nicht genau erkennen – entweder dunkelblau oder schwarz. Die Scheinwerfer blendeten kurz auf.

»Unsere Freunde vom FBI«, sagte Harv und nahm den Pilotenhelm ab.

»Ja.«

»Bist du bereit?«

»Nicht wirklich.«

»Komm schon, das wird wie in alten Zeiten.«

»Genau deshalb mache ich mir Sorgen.«

Während Nathan den Hubschrauber herunterfuhr, holte Harv einen Seesack und zwei Reisetaschen aus dem Laderaum. Im Seesack befanden sich ihre Pistolengurte, Reservemunition, Nachtsichtvisiere, zwei Fox-Predator-Messer in Knöchelholstern, eine Rolle Isolierband und zwei LED-Taschenlampen.

Sie stiegen aus und Nathan gab dem Hubschrauber wie gewohnt einen Klaps auf den Rumpf, bevor er ihn abschloss. Ein Mann und eine Frau stiegen aus der Limousine aus und kamen ihnen entgegen. Der Mann war perfekt gekleidet – dunkles Polohemd, Hose mit Bügelfalten, teure Schuhe. Seine Kollegin trug Jeans, Trekkingstiefel und ein Hemd mit weißen Knöpfen. Beide trugen Glock-Pistolen in Hüftholstern. Die Frau sah authentisch aus, aber ihr Partner wirkte in seinem Outfit ein bisschen übertrieben – ähnlich wie das Bild eines Fast-Food-Burgers auf einer Wandspeisekarte.

»Mr McBride und Mr Fontana? Ich bin Special Agent in Charge Holly Simpson von der FBI-Dienststelle hier in Sacramento. Das hier ist Special Agent Bruce Henning.« Sie gaben sich alle die Hand und einigten sich darauf, sich mit Vornamen anzureden. Als sie zum Wagen gingen, musterte Nathan seine Begleiter genauer. SAC Simpson war klein und gedrungen, aber dieser erste Eindruck täuschte. Sie hatte einen festen Händedruck und eine selbstbewusste Ausstrahlung. Ihre schwarzen Haare waren weder zu lang noch zu kurz, sondern fielen ihr bis auf die Schultern. Und sie hatte beim Anblick der Narben in Nathans Gesicht keine Reaktion gezeigt. Henning dagegen hatte ihn viel zu lange angestarrt und Nathan konnte sich des Gefühls nicht erwehren, dass er es nicht mochte, wenn Außenstehende dem FBI ins Handwerk pfuschten. Irgendwie verständlich, aber wenn ihm das nicht passte, war es sein Pech. Der Agent war von mittlerer Größe und Statur und hatte perfekt zurechtgeföhnte Haare. Seine dunklen Augen strahlten Intensität und noch etwas anderes aus, das sich nicht genau bestimmen ließ. Nathan mochte den Mann nicht.

Zu Holly gewandt sagte er: »Es tut mir leid, was mit Ihrem Mann dort oben bei dem Einsatz passiert ist.«

»Das ist nett von Ihnen.«

»Was genau haben Sie eigentlich mit den Cousins der Bridgestone-Brüder vor?«, wollte Henning wissen.

Nathan blieb stehen und blickte dem Mann ins Gesicht. In Hennings Worten und seinem Ton schwang ein unüberhörbarer Vorwurf mit, als wollte er sein Gegenüber in die Defensive drängen. *Nicht mit mir, mein Freund.*

Nathan beugte sich vor und fixierte den FBI-Agenten mit seinem Blick. »Wir haben vor, sie zu foltern. Man hat uns dazu grünes Licht gegeben. Haben Sie ein Problem damit, Bruce?«

Für einen kurzen Augenblick starrte Henning ihn an. »Es liegen keine Beweise gegen sie vor, dass sie irgendetwas mit ›Echo der Freiheit‹ zu tun hatten. Sie sind bloß ein paar Landeier.«

»Um das herauszufinden, sind wir ja hier.«

»Hören Sie«, sagte Holly, »das FBI steht tief in Ihrer Schuld wegen Ihres Warnschusses bei unserem Einsatz. Sie haben einem Dutzend Männern das Leben gerettet, aber Sie müssen auch verstehen, dass wir uns bei dem, was Sie vorhaben, nicht ganz wohlfühlen. Das FBI billigt solche Methoden nicht. So etwas verstößt gegen unser Berufsethos.«

»Ach, Sie waren das?«, fragte Henning. »Sie waren der Scharfschütze, der bei dem Einsatz gegen ›Echo der Freiheit‹ dabei war?«

»Wir beide waren dort«, sagte Nathan und nickte in Richtung Harv.

Harvey mischte sich in das Gespräch ein. »Wir sind im Ruhestand und machen so etwas nicht mehr. Wir tun bloß einem alten Freund einen Gefallen.«

»Frank Ortega«, sagte Holly Simpson.

Harv nickte.

Mit einem Seitenblick auf Henning sagte sie: »Gehen wir.«

»Toller Hubschrauber«, sagte Henning. »Gehört der Ihnen?«

Nathan tat so, als hätte er die Frage überhört, und stieg hinten in den Wagen ein.

Henning murmelte etwas Unverständliches und öffnete den Kofferraum mit einem Schlüssel. Harv lud ihr Gepäck hinein und wartete, bis Henning den Kofferraumdeckel zuschlug. Dann setzte er sich neben Nathan auf den Rücksitz.

»Können wir unterwegs eine Kaffee- und Pinkelpause einlegen?«, fragte Nathan.

Henning, der hinter dem Steuer saß, warf Holly Simpson einen Blick zu, als wollte er sagen, dass er diese Bitte als Zumutung betrachtete.

Wir haben gerade vier Stunden in einem Hubschrauber hinter uns, du Blödmann. Nathan musste sich zusammenreißen, um dem Kerl keinen Schlag auf den Hinterkopf zu verpassen.

»Etwa eineinhalb Kilometer von hier ist ein Denny's«, sagte Holly.

»Das passt.«

Henning fuhr durch die automatische Schranke an der Parkplatzausfahrt und wartete, bis diese hinter ihm herunterging, ehe er weiterfuhr. Während der Fahrt versorgte Holly die beiden mit Hintergrundinformationen über die Cousins der Bridgestone-Brüder und gab ihnen einen Überblick über die Lage und den Grundriss ihrer Farm. Die Kerle waren mehr oder weniger typische Kleinkriminelle, die ständig wegen irgendwelcher Delikte im Knast landeten – Trunkenheit am Steuer, Drogenbesitz, Diebstahl, Landstreicherei, Wildern, Erregung öffentlichen Ärgernisses und so weiter. Beide waren derzeit auf Bewährung und würden es wohl für den Rest ihres Lebens sein. *Die beiden passen ja prächtig zusammen*, dachte Nathan. *Ein Sixpack billiges Bier und ein Fernseher und sie sind glücklich.* Sie wohnten zusammen am Stadtrand von Sacramento und lebten von Gelegenheitsjobs, meistens als Automechaniker bei unabhängigen Werkstätten. Ihr Vater, Ben Bridgestone, verbüßte eine lebenslängliche Haftstrafe in Pelican Bay, weil er zum dritten Mal eine Straftat begangen hatte und damit unter die »Three-Strikes«-Regel fiel.

Henning fuhr auf den Parkplatz des Denny's-Restaurants und schaltete den Motor ab. Keiner sagte ein Wort. Nathan wechselte einen Blick mit Harv.

»Können wir Ihnen etwas mitbringen?«, fragte Harv.

»Nein, danke«, sagte Holly.

Henning starrte geradeaus.

Sie stiegen aus und legten die kurze Entfernung zum Eingang zurück.

»Dieser Henning ist ein Arschloch«, sagte Nathan.

»Provozier ihn nicht unnötig.«

»Dann sorg dafür, dass er mir nicht in die Quere kommt.«

»Ich glaub nicht, dass er uns Ärger machen wird. Er mag es nur nicht, wenn sich Außenstehende in FBI-Angelegenheiten einmischen. Wäre es umgekehrt, würden wir genauso reagieren.«

Nathan brummte. Über dem Eingang flackerte eine Neonröhre, begleitet von einem aufdringlichen elektronischen Summen. Der Restaurant-Manager schien sich nicht darum zu kümmern. Der Gestank einer Mülltonne stieg Nathan in die Nase. Als sie drinnen waren, ging Nathan auf die Toilette, während Harv zwei Becher schwarzen Kaffee zum Mitnehmen bestellte. Dann ging Harv zum Pinkeln. Nathan bezahlte den Kaffee mit einem Zwanzig-Dollar-Schein und sagte der Bedienung, sie könne das Wechselgeld behalten. Nathan wusste, dass während der Spätschicht meistens nicht viel los war. Wie Harv, so hatte auch er eine großzügige Ader, selbst wenn er schlecht gelaunt war.

Nach nur vier Minuten Pause waren sie schon wieder unterwegs und folgten dem Highway 50 in östlicher Richtung. Die Fahrt dauerte etwas über dreißig Minuten; während der letzten zehn herrschte Schweigen. Die Landschaft veränderte sich allmählich. Dunkle, von Stacheldrahtzäunen gesäumte Landstraßen durchzogen das der Sierra Nevada vorgelagerte Hügelland, das vorwiegend aus Pferde- und Rinderweiden bestand. Im Westen konnte Nathan Scheunen und kleine Häuser im orange Lichtschein von Sacramento erkennen. Schließlich verlangsamte der Wagen seine Fahrt. Henning blendete zweimal auf, hielt am

Straßenrand hinter einem grauen Lieferwagen und stellte den Motor ab.

»Warten Sie bitte hier«, sagte Holly. Sie stieg aus und ging auf das Observierungsfahrzeug zu. Die Ladetüren öffneten sich und sie verschwand im Innern. Für einen kurzen Augenblick konnte Nathan entlang der Seitenwände schwarze Kästen und Videobildschirme sehen.

»Das FBI billigt solche Aktionen nicht«, sagte Henning.

»Dieses Mal schon.« Nathan gähnte. »Und außerdem sind wir nicht vom FBI.« Die Konversation langweilte ihn und er starrte zum Fenster hinaus. »Sie befolgen einfach nur Anweisungen von oben. Können wir es dabei belassen?«

»Und das rechtfertigt die Sache? Einfach nur Befehle befolgen? Das klingt ja wie bei den Nürnberger Prozessen.«

Nathan ging nicht auf diese Bemerkung ein.

»Wer sind Sie überhaupt, McBride? Irgendein dahergelaufener ehemaliger CIA-Verhörspezialist? Ein ausgebrannter Geheimagent, der sich jetzt als Söldner verdingt?«

»Sie sind doch beim FBI, da können Sie mich ja überprüfen lassen.«

»Das Verteidigungsministerium hat Ihre Personalakte als streng geheim eingestuft.«

»Und?«

»Und mir gefällt es nicht, wenn ich nicht weiß, mit wem ich es zu tun habe.«

Nathan beugte sich vor und flüsterte: »Wir sind seriöse Geschäftsleute und Inhaber einer gut gehenden Sicherheitsfirma. Wenn Sie wollen, können wir Ihnen Kundenreferenzen vorlegen.«

»Sehr witzig, McBride.«

Nathan stieß Harvs Bein mit dem Knie an.

»Was genau wollen Sie denn über uns wissen?«, fragte Harv. »Und was bringt Ihnen diese Information? Nehmen wir mal an, wir erzählen Ihnen unsere aufregenden Lebensgeschichten, was dann? Würden Sie sich dann besser fühlen?«

»Ich möchte einfach wissen, mit wem ich ins Bett gehe. Ich muss mich auf Sie verlassen können, wenn die Kacke am Dampfen ist.«

»Haben Sie daran gedacht, dass wir uns dasselbe über Sie fragen könnten?«, konterte Harvey. »Wir sitzen doch alle im selben Boot.«

»Dass ich nicht lache.«

Nathan seufzte. Der Typ hatte Scheuklappen vor den Augen. Aus seiner Sicht taugte man nur etwas, wenn man beim FBI war. Auch wenn er wenig Erfahrung mit dieser Bundespolizeibehörde besaß, war Nathan selten auf so eine Einstellung gestoßen. Die FBI-Agenten, mit denen er bisher zu tun gehabt hatte – zugegebenermaßen waren das nicht viele –, waren zurückhaltend und professionell gewesen. Er vermutete, dass jede Polizeibehörde einen gewissen Anteil an Hundertfünfzigprozentigen hatte. Aber tief im Innern empfand er großen Respekt vor dem FBI und dem, was diese Organisation verkörperte. Ansonsten wäre er nicht hier, egal, wie tief er in der Schuld der Ortegas stand.

»Haben Sie nicht etwas Wichtiges vergessen?«, fragte Nathan.

»Und das wäre?«, fragte Henning.

»Wir vermissen immer noch zweihundert Kilo Semtex. Wollen Sie das Zeug nicht sicherstellen?«

Holly Simpson kam in der Hintertür des Lieferwagens zum Vorschein und lief zu Nathans Fenster.

Nathan ließ es herunter.

»Jetzt sind Sie dran«, sagte sie. »In den letzten zwei Stunden haben wir nichts als Schnarchen gehört. Wir haben sämtliche Zimmer verwanzt. Die Typen pennen im Wohnzimmer, gleich hinter der Eingangstür.«

Während Nathan und Harv ausstiegen, machte Henning den Kofferraum auf und trat einen Schritt zurück. Harv nahm den Seesack heraus, stellte ihn auf dem Asphalt ab und öffnete den Reißverschluss. Er brachte zwei Pistolen zum Vorschein und reichte eine davon Nathan. Dann schnallte er sich eine kleine schwarze Hüfttasche um, in der sich ihre LED-Taschenlampen und zwei Rollen Isolierband befanden.

»Hunde?«, fragte Nathan.

»Nein«, antwortete Holly. »Ich glaube, das wäre zu viel Verantwortung für sie.«

»Ich habe nur eine Bedingung«, sagte Nathan, während er zwei Nachtsichtvisiere aus dem Seesack nahm.

»Dafür ist es etwas zu spät«, sagte sie.

»Unsere Aktion wird nicht auf Band aufgenommen. Von mir aus können Sie lauschen, aber die Aufnahmegeräte bleiben ausgeschaltet. Okay?« Er befestigte das Predator-Messer an seiner Wade.

Harv tat dasselbe.

Nathan setzte sein Nachtsichtvisier auf. »Ich meine es ernst. Sonst gibt es Ärger.«

»Soll das eine Drohung sein?«, fragte Henning.

Nathan beachtete den FBI-Mann nicht, sondern starrte weiterhin Holly an. »Sind wir uns einig?«

Henning machte einen Schritt auf ihn zu. »Wir lassen uns von niemandem drohen.«

Ohne den Blick von Holly abzuwenden, zeigte Nathan mit dem Finger auf Hennings Gesicht.

»Nehmen Sie gefälligst Ihren Finger weg.«

»Was ist, Holly? Sind wir uns einig?«

Sie sah Henning an, dann wieder Nathan. »Ja.«

Nathan wandte sich Harv zu. »Gehen wir.«

Nachdem sie verschwunden waren, nahm Holly sich Henning vor. »Sie sind zu weit gegangen. Ich leite diesen Einsatz. Haben Sie mich verstanden?«

»Ich wollte nur …«

»Sie wollten gar nichts. Machen Sie so etwas nie wieder.«

KAPITEL 6

Als Nathan und Harv sich dem Farmgebäude näherten, klappen sie ihre Nachtsichtgeräte herunter und schalteten sie ein. Die Geräte vom Typ EX PVS14-D waren auf dem neuesten Stand der Technik und aus der dritten Generation, dasselbe Modell, das auch das US-Militär benutzte. Dank ihrer kompakten Größe ließen sie sich an den aufklappbaren Visieren von Helmen anbringen und boten damit dem Benutzer die Möglichkeit, das Monokular auf und ab zu bewegen. In eingeschaltetem Zustand machte das Gerät auf einem winzigen Fernsehbildschirm die Nacht buchstäblich zum Tag. Innere Linsen brachten das grüne Miniaturbild in den Fokus. Sowohl Nathan als auch Harvey benutzten am liebsten ihr rechtes Auge für die Nachtsicht und ließen das linke Auge frei. Ihre Umgebung nahm Konturen an. Obwohl es beinahe stockfinster war, konnten sie die Mittellinie der Straße deutlich auf dem dunklen Straßenbelag erkennen. Zu beiden Seiten der Straße verlief ein Stacheldrahtzaun und grenzte den etwa zwanzig Meter breiten öffentlichen Verkehrsweg von dem in Privatbesitz befindlichen Weideland ab. Auf einer Weide zu ihrer Linken lagen Rinder und beobachteten die beiden Männer. Dünne Wolken hoch oben in der Stratosphäre reflektierten die Lichter der Stadt, was als Lichtquelle für die Nachtsichtgeräte ausreichte.

»Wir dringen schnell ein«, sagte Nathan. »Blitzattacke. Ich nehme die linke Seite des Zimmers, du die rechte.«

»Wie hart sollen wir sie anfassen?«

»Das wird sich noch herausstellen. Ich vermute, wir können es locker angehen lassen. Wie Henning gesagt hat, die beiden sind nichts weiter als ein paar Landeier, die sich ihr Leben lang mit minimalem Aufwand durchgewurstelt haben. Ich rechne nicht damit, dass sie heute Nacht groß von diesem Verhaltensmuster abweichen. Wenn sie auf stur schalten, dann nur, weil etwas Großes dahintersteckt. Wir müssen es einfach aus ihnen herauskitzeln.«

Zwanzig Meter weiter sah Nathan auf der rechten Straßenseite den Eingang zu dem Grundstück. Es war ein behelfsmäßiges Tor, um das herum überall leere Bierdosen lagen. Wahrscheinlich warfen die Bridgestone-Cousins sie jedes Mal weg, wenn sie durch das Tor fuhren. Reifenspuren verliefen über das von Unkraut überwucherte Gelände in Richtung Hauptgebäude. Nathan nickte Harv zu, worauf beide ihre Pistolen zogen. Im Schutz der Dunkelheit, die ihre Umrisse unsichtbar machte, schlichen die beiden Männer lautlos auf das Gelände. Aufgrund von Hollys Beschreibung wusste Nathan, dass das Haus in der Mitte des sechzehntausend Quadratmeter großen Grundstücks stand, umgeben von brachliegendem Weideland. Dreißig Meter weiter nördlich befand sich eine freistehende Garage mit Platz für nur ein Fahrzeug, deren Tor in Richtung des Hauses zeigte. Als sie näher kamen, tauchten vor ihnen zwei alte Pick-ups mit zahlreichen Roststellen, Kratzern und Dellen, kaputten Rücklichtern und abgefahrenen Reifen auf. Keines der Fahrzeuge besaß eine gültige Zulassungsplakette. Ein paar Hundert Meter weiter am anderen Ende des Grundstücks ragte ein langes, zylindrisch geformtes Rohr aus dem Boden, an dessen oberem Ende ein altes Windmühlenrad befestigt war. Nathan konnte die Umrisse einer Wasserpumpe und eines Druckbehälters erkennen. Das Haus selbst war eher klein, mit einer Wohnfläche von vielleicht sechzig bis siebzig Quadratmetern. Von der Wand bröckelte der Putz ab und die Fenster zu beiden Seiten der Tür waren mit Betttüchern verhangen. Eine Holztreppe führte zu einer überdachten Veranda.

Nathan blieb stehen, hob die linke Hand und ballte sie zu einer Faust.

Über der obersten Stufe verlief zwischen den gegenüberliegenden Pfosten des Geländers eine Schnur und führte von dort aus um die Ecke zur Eingangstür. Am Ende dieser Schnur war ein Haufen Bierflaschen gestapelt. Mit seinem Nachtsichtgerät konnte Nathan anhand der Etiketten mühelos erkennen, dass es sich um Miller-Bier handelte. Hätte er diesen Stolperdraht berührt, so wäre die hinterste Flasche umgefallen und hätte in einem Dominoeffekt alle anderen umgestoßen und einen Höllenlärm verursacht. Die Vorrichtung war eine spottbillige und dennoch äußerst zuverlässige Alarmanlage, die jedoch nur bei unvorsichtigen Eindringlingen funktionierte.

Nathan wandte sich Harv zu, simulierte das Durchziehen einer Schnur zwischen seinen Fingern und deutete auf die oberste Stufe. Harv bestätigte mit einem Nicken, dass er verstanden hatte. Nathan zog sein Messer aus dem Knöchelholster, schnitt die Schnur vorsichtig durch und warf die lose Leine beiseite. Dann testete er die unterste Stufe, indem er behutsam einen Stiefel auf die Bretter setzte. Sie knarzten nicht. Langsam trat er mit seinem gesamten Körpergewicht auf die Stufe. Wieder nichts. Bis jetzt war es gut gegangen. Während Harv die Fenster im Auge behielt, wiederholte Nathan seine Vorgehensweise bei der zweiten und dritten Stufe. Wieder verriet ihn kein knarzendes Geräusch. Auf der Veranda angelangt, drückte er sich an die Wand zwischen der Tür und dem linken Fenster. Die Flaschen waren auf der anderen Seite der Tür. Er nickte Harv zu, worauf dieser ebenso lautlos die Stufen erklomm.

Nathan drehte sich zur Tür und flüsterte: »Infrarot einschalten.«

Jeder von ihnen drehte den entsprechenden Knopf an seinem Nachtsichtgerät. In den unteren Ecken ihrer Bildschirme konnten sie kleine rote Punkte sehen, ein Hinweis darauf, dass das Infrarot aktiviert war. Die Eingangstür wirkte schlagartig heller und Nathans Gerät verringerte zum Ausgleich automatisch die Bildintensität.

Harv hielt sich dicht hinter ihm.

Ein Lächeln huschte über Nathans Lippen. Er war wieder vollkommen in seinem Element.

Er hob den rechten Fuß und trat gegen die Tür, worauf diese krachend zerbarst. Holzsplitter und Staub wirbelten umher.

Im grünen Licht ihrer Nachtsichtgeräte konnten sie alles sehen.

Im Raum befanden sich zwei Männer und schnarchten. Der eine lümmelte in einem Fernsehsessel, der andere lag zusammengerollt auf der Couch. Beide rissen gleichzeitig die Augen auf. Nathan machte einen Satz nach vorn und schlug dem Typen auf dem Sessel mit dem Pistolengriff auf den Kopf. Nicht kräftig genug, dass er davon in Ohnmacht fiel, aber benommen machte der Schlag ihn allemal.

Harv rammte währenddessen dem Mann auf der Couch den Lauf seiner Pistole in die Stirn und sagte: »Keine Bewegung!«

Der derart unsanft Geweckte versuchte, sich aufzurichten. »Was zum Teu…«

Harv zog ihm eins über. Der Mann stöhnte und sank auf die fleckenübersäte Couch. Mit seiner freien Hand holte Harv eine Rolle Klebeband aus seiner Hüfttasche.

Nathan zerrte seine Zielperson auf den Boden und drehte sie auf den Bauch. Er ließ sich von Harv das Klebeband geben und fesselte dem Kerl die Arme auf dem Rücken. Dann klebte er ihm einen Streifen auf den Mund und warf Harv die Rolle zu, worauf dieser mit seinem Mann genauso verfuhr.

Sie hatten nicht mehr als acht Sekunden seit dem Aufbrechen der Tür benötigt, um ihre beiden Zielpersonen zu überwältigen und unbeweglich zu fixieren. *Ganz wie in alten Zeiten*, dachte Nathan. »Sieh dich im Haus um«, flüsterte er.

Harv verschwand im Flur und kam nach zwanzig Sekunden wieder. »Alles klar.«

»Okay, dann nehmen wir uns die Kerle mal vor.«

Harv holte zwei Stühle aus der Essnische. Die Bezeichnung war eigentlich fehl am Platz, dachte Nathan, denn die beiden aßen nicht, sie *fraßen*, und ihrem Äußeren nach zu urteilen, bekleckerten sie sich obendrein dabei. Nathan nahm das Nachtsichtgerät ab, schaltete es aus und holte die Verschlusskappe für die Linse aus der Tasche.

»Hast du dein Nachtsichtgerät ausgemacht?«, fragte er Harv.

Sein Partner machte es ihm nach und brachte die beiden Geräte nach draußen, wo er sie auf der Veranda ablegte. Nathan betätigte einen Lichtschalter. Eine nackte Glühbirne an der Decke ging an.

»Oh, Mann«, sagte Nathan. Er hatte zwar nicht erwartet, das Innere einer Millionärsvilla zu sehen, aber dieser Saustall spottete jeder Beschreibung. Durch das Nachtsichtgerät hatte er die Unordnung lediglich in Grüntönen wahrgenommen, aber das grelle Licht der Glühbirne verlieh dem Chaos eine völlig neue Dimension. Der Wohnzimmertisch bestand aus drei aufeinandergestapelten abgefahrenen Autoreifen und einer bemalten Sperrholzplatte obendrauf. Überall lagen Abfälle herum: leere Bierflaschen, Konservendosen und Milchtüten, zusammengeknüllte Papiertücher, Apfelreste, Erdnussschalen, Schokoladenpapier, halb aufgegessene Hotdogs und Hamburger, Popcorntüten, schmutzverkrustetes Geschirr und Besteck sowie Pornomagazine. Jede irgendwie verfügbare Fläche diente als Kleiderablage. Schuhe, Arbeitsstiefel, Socken, dreckige T-Shirts, alte Jeans und Blaumänner, wie sie Automechaniker trugen. Unter dem Fenster stapelten sich mehrere Kisten mit Motorenöl. Zwischen all dem Müll und Dreck verliefen Durchgangsschneisen, die wie Trampelpfade auf dem Rasen eines Universitätsgeländes aussahen und die verschiedenen Zimmer miteinander verbanden. Und dann der Gestank – wie auf einer Müllhalde. Nathan schüttelte angewidert den Kopf.

»Du solltest mal das Bad sehen«, sagte Harv. »Ich verstehe nicht, wie man in diesem Dreck leben kann.«

»Das ist es ja, sie leben nicht. Sie überleben.«

»So was Ekliges hab ich noch nie gesehen.«

»Dann hast du dir wohl noch nie die Sendung *Cops* angeschaut. Los, räumen wir ein wenig von dem Zeug beiseite und setzen sie hier hin.« Nathan hielt die beiden mit seiner Pistole in Schach, während Harv sich an die Arbeit machte. Nach etwa einer Minute hatte er mit seinen Füßen genug von dem Krempel aus dem Weg geschoben, dass die zwei Stühle mit einem Meter Abstand nebeneinander Platz fanden. Harv hievte die beiden Männer darauf und band sie mit mehreren Lagen Klebeband daran fest. Der Typ zu Nathans Linken war dünn und schlaksig und wog angezogen höchstens siebzig Kilo. Durch eine Mullbinde am Trizeps sickerte Blut. Nathan fand, dass der Verband überraschend sauber war, was irgendwie nicht zum allgemeinen Erscheinungsbild passte. Das Gesicht unter dem kahlrasierten Schädel war schmal und spitz, mit einem Schnurrbart, der aussah wie ein horizontal gehaltenes Buttermesser. Sein Bruder dagegen war von kräftiger, sportlicher Statur und hatte ein kantiges Gesicht mit hervorstehenden Wangenknochen. Seine kurzen dunkelblonden Haare sahen aus, als hätte er sie mit Bratenfett nach oben frisiert. Der Kerl wog etwa neunzig Kilo und sah gefährlich aus.

»Wie Pat und Patachon«, sagte Nathan und nickte in ihre Richtung.

Harv machte einen Schritt nach hinten, starrte sie für einen Augenblick an und grinste.

Die Bridgestone-Cousins trugen dreckige Jeans, weiße Muskelshirts und abgetragene Arbeitsschuhe. Ihre Hände, Arme und Gesichter waren ölverschmiert. Den Arm des Kräftigeren zierte eine Tätowierung, die aussah, als hätte man sie mit einem Kupferdraht und einem Schweißbrenner in die Haut geritzt. Schwer zu sagen, wer der Ältere war – sie sahen beide zwanzig Jahre älter aus, als sie tatsächlich waren.

»Zeit, dass sie zu sich kommen«, sagte Nathan. Er hob eine leere Bierdose auf, drückte sie zusammen und warf sie wie einen Basketball auf Patachon. Die Dose prallte mit einem metallischen *Klink* von seiner Stirn ab. Dabei spritzten ein paar Tropfen abgestandenes Bier in sein Gesicht. Er blinzelte erst verwirrt und riss dann die Augen vor Schreck weit auf.

»Volltreffer«, sagte Harv und rüttelte Pat fest an der Schulter. Die anfängliche Angst in seinen Augen wich nackter Wut. Mit heftigem Kopfschütteln versuchte er, das Klebeband auf seinem Mund loszuwerden.

Nathan zog einen Stuhl heran und setzte sich. Ohne Pat auch nur für eine Sekunde aus den Augen zu lassen, holte er ein Paar dünne Handschuhe aus der Tasche und streifte sie sich langsam über. Harv folgte seinem Beispiel.

»So, jetzt sag ich euch mal, wie das hier läuft«, begann Nathan seine Ansprache. »Wir sind nicht hier, um mit euch Wichsern guter Bulle, böser Bulle zu spielen. Erstens sind wir keine Bullen und zweitens sind wir beide böse. Wir gehören weder zum FBI noch zur CIA oder sonst einer staatlichen Einrichtung und sind daher an keine Regeln gebunden. Wir sind …« Er blickte zu Harv empor. »Ja, was sind wir eigentlich?«

»Selbstständige.«

»Wir sind Selbstständige, also gilt für uns nicht der übliche Miranda-Kram. Im Klartext: Ihr habt bei uns nicht das Recht, die Aussage zu verweigern. Ach ja, und der achte Zusatzartikel unserer geliebten Verfassung wird hiermit bis auf Weiteres außer Kraft gesetzt. Falls ihr nicht wisst, was ich meine, es geht darin um das Verbot grausamer und unverhältnismäßiger Bestrafungen. Also, bevor wir loslegen, möchtet ihr etwas sagen?«

Pat nickte heftig mit dem Kopf, während Patachon geradeaus starrte und jeglichen Blickkontakt vermied. Nathan beugte sich vor und riss das Klebeband von Pats Mund, was sich anhörte, als ob Stoff zerriss. Dem Schnurrbart tat diese Behandlung nicht besonders gut, etwa ein Fünftel davon wurde abgerissen. Mit angewidertem Blick hielt Nathan den Streifen Klebeband zwischen Daumen und Zeigefinger und warf ihn dann weg wie den Verband eines Pestkranken.

»Ihr blöden Arschlöcher«, zischte Pat. »Ich will auf der Stelle meinen Anwalt anrufen.«

Nathan warf Harv einen spöttischen Blick zu. »Er will seinen Anwalt anrufen. Bringst du mir bitte mal das Telefon?«

Harv ging in die Küche, riss das Telefon mitsamt Halterung von der Wand und brachte es Nathan. Die Schnur baumelte nutzlos daran.

Ohne jegliche Vorwarnung schlug Nathan dem Mann das Telefon ins Gesicht.

»Oh, Mann«, sagte Harv. »Das wird Spuren hinterlassen.«

Aus Pats Nase lief Blut.

* * *

Draußen im Observierungsfahrzeug sahen Holly Simpson und die zwei FBI-Techniker sich im Schein der Instrumentenbeleuchtung an. Sie hatten gehört, dass jemand einen Schlag abbekommen hatte. Wie versprochen, nahmen sie nichts auf Band auf.

* * *

»Möchtest du noch einmal telefonieren?«, fragte Nathan.

»Du Drecksau hast mir die Nase gebrochen!«

»In etwa neunzig Sekunden wird deine Nasenschleimhaut zu ihrer doppelten Größe anschwellen. Atmen dürfte dann schwierig werden. Falls du mich zwingst, dir wieder den Mund zuzukleben, erstickst du an deinem eigenen Blut.«

»Fick dich.«

Nathan seufzte. »Ich bin zutiefst enttäuscht.« Er riss einen fünfzehn Zentimeter langen Streifen von der Klebebandrolle.

Pat fluchte wie ein Kutscher und schüttelte wild mit dem Kopf.

Harv stellte sich hinter Pat, während Nathan einen dreckigen Lappen aus der Küche holte. Daraufhin packte Harv den Mann an den Ohren und hielt seinen Kopf fest. Nathan wischte ihm das Blut vom Mund und befestigte das Klebeband. Dann hielt er mit einer übertriebenen Geste das Handgelenk hoch und blickte auf seine Armbanduhr.

Pat lief knallrot an und seine Brust hob sich, als er nach Luft rang. Nathan zog eine Augenbraue hoch, als wollte er sagen: *Ich hab's dir doch gleich gesagt.* Pat hustete in das Klebeband und inhalierte sein eigenes Blut, worauf sein Körper in heftiges Zucken ausbrach.

»Es wird nur noch schlimmer. Wenn du so weitermachst, füllt sich deine Lunge mit Blut und Kotze. Das wäre doch schlimm. Womöglich holst du dir noch eine Lungenentzündung, und wenn ich dir erst mal sämtliche Rippen gebrochen habe, wird husten verdammt wehtun.«

Pat konnte sich nicht mehr beherrschen und leerte den Inhalt seiner Blase. Die Pisse lief die Stuhlbeine hinunter und machte den Teppich nass. Beißender Uringestank breitete sich aus.

Pats verzweifelter Kampf hatte seinen Höhepunkt erreicht und Nathan wusste, dass der Mann kurz davor stand, in Ohnmacht zu fallen. Er riss ihm das Klebeband vom Mund und reduzierte dabei den Schnurrbart auf sechzig Prozent seiner ursprünglichen Größe. Pat spie Erbrochenes aus.

»Das ist ja ekelhaft.« Nathan sah Harv an. »Hol bitte mal den Gartenschlauch.«

Harv ging zur Tür hinaus und kam nach ein paar Sekunden mit einem grünen Schlauch wieder, dessen Ende er Nathan reichte. Dann trat er wieder ins Freie. »Sag mir, wenn's losgehen soll.«

Nathan entfernte den Handschuh von seiner rechten Hand. »Jetzt«, rief er.

Draußen ertönte ein schwaches Quietschen.

Pat bäumte sich im Stuhl auf. »Was zum Teufel macht ihr da?«

Nathan hielt den Daumen auf die Öffnung des Schlauchs, sodass sich ein Wasserstrahl bildete, und spritzte die beiden Männer ab wie Hunde. Das Wasser spritzte überallhin. Wie ein Hausbesitzer, der seine Einfahrt reinigt, spülte Nathan mit dem Wasserstrahl das Erbrochene vor Pats Stuhl weg und richtete dann den Schlauch auf die Urinlache unter seinem Stuhl. Pat schüttelte währenddessen den Kopf wie wild hin und her und versuchte, klar zu sehen.

»Okay«, rief Nathan Harv zu. Wieder ertönte ein Quietschen.

Harv kam zur Tür herein.

»So, dann noch mal von vorne«, sagte Nathan ruhig. »Die Nacht ist lang und in einem gewöhnlichen Haushalt gibt es allerhand Gegenstände, mit denen man einem Menschen wehtun kann. Fast alles lässt sich zu diesem Zweck verwenden. Sucht es euch selbst aus. Scheren, Schraubenzieher, Zangen, Lampenschnüre. Einmal hab ich einen Kerl mit einer dreißig Zentimeter langen Salami nach Strich und Faden verprügelt und mir hinterher damit ein Sandwich gemacht. Hat schon mal jemand eure Finger in einen Toaster gesteckt? Mit einer Bratpfanne lässt sich auch allerhand anstellen. Ihr wisst schon, diese schweren Dinger aus Gusseisen? Wir könnten sie zum Beispiel auf über hundert Grad erhitzen und euch auf den Schoß legen. Mal sehen, was gibt's denn sonst noch?« »Eine Schleifmaschine«, schlug Harv vor.

»Schau mal in der Garage nach. Ich wette, die haben so etwas.«

Harv machte einen Schritt auf die Tür zu.

»Was zum Teufel wollt ihr von mir? Ich hab keine Ahnung, wo meine Cousins sind. Die sind völlig durchgeknallt, mit denen hab ich nichts am Hut, ich schwör's.«

Ohne ihn anzusehen, riss Nathan Patachon das Klebeband vom Mund. »Möchtest du auch was sagen?«

»Erzähl ihnen von der Hütte!«

Nathan sah Pat mit zusammengekniffenen Augen an. »Was für eine Hütte?«

Pat drehte den Kopf zu seinem Bruder. »Du bist echt ein Volltrottel.« Nathan wiederholte seine Frage, diesmal langsamer. »Was ... für ... eine ... Hütte?«

»Es gibt keine Hütte«, sagte Pat.

Nathan griff zum Telefon und hielt es Patachon vor die Nase. »Möchtest du vielleicht deinen Anwalt anrufen?«

»Ich weiß nicht, wo sie ist. Ich war noch nie dort, ich schwör's.«

Pat zischte ihn wütend an: »Halt verdammt noch mal die Klappe, Billy.«

Nathan nickte zu Pat. »War er dort?«

»Ziemlich oft. Er geht dort oben auf die Jagd. Die Hütte gehört der Schwester von unserem Vater, aber sie will nicht, dass andere darüber Bescheid wissen.«

Nathan riss ein Stück Klebeband von der Rolle und klebte es Patachon auf den Mund. Dann bahnte er sich einen Weg durch die leeren Konservendosen und Milchtüten auf dem Boden und ging in die Küche, wo er in den Küchenschränken herumwühlte und absichtlich Lärm machte, indem er Töpfe und Pfannen beiseitestieß. Schließlich fand er, wonach er gesucht hatte, knallte die Pfanne mit einem lauten Scheppern auf die vorderste Herdplatte und drehte den Gashahn auf. Erst klickte ein paarmal schnell hintereinander ein Anzünder, dann machte es *wusch*, als sich das Gas entzündete.

Harv sagte: »Oh, oh!«

Nathan kam ins Wohnzimmer zurück und zwinkerte Pat zu.

»Meine Cousins bringen mich um.«

»Mein Freund kennt da nichts«, sagte Harv. »Ich hab schon mal dabei zugeschaut, es tut verdammt weh. Der Jeansstoff verschmilzt mit der Haut.«

»Die bringen mich um!«

»Im Augenblick hast du ganz andere Probleme«, sagte Harv.

Ungefähr eine Minute später wehte der Geruch von verbranntem Speiseöl aus der Küche herein.

Pat rüttelte am Stuhl. »Verdammt noch mal, ihr Arschlöcher.«

»Das Öl wird schön heiß«, sagte Nathan.

»Scheiße, verdammte Scheiße!«

»Ich kleb dir jetzt den Mund zu. Ich kann es einfach nicht mit anhören, wenn ein erwachsener Mann so herumschreit.« Harv befestigte das Klebeband auf Pats Mund und zog sein Predator-Messer aus dem Knöchelholster.

Pat riss die Augen weit auf.

»Halte still«, sagte Harv und schnitt einen Schlitz in das Klebeband.

Pat atmete zischend durch die Öffnung.

Nathan ging in die Küche und als er wiederkam, hielt er die Bratpfanne in der Hand, den Stiel mit einem Geschirrhandtuch umwickelt, damit er sich nicht verbrannte. In der anderen Hand hielt er eine kleine Tasse mit Wasser. Als er auf die gefesselten Männer zuging, stieg bläulich-grauer Qualm aus der Pfanne auf.

Pat rüttelte so stark an dem Stuhl, dass er beinahe umgekippt wäre.

Nathan stellte sich direkt vor ihn hin und hielt die Pfanne etwa fünfzehn Zentimeter über seinem Schoß. Dann goss er etwas Wasser in die Pfanne, worauf die Flüssigkeit fauchte und zischte wie wütende Schlangen.

* * *

Draußen im Van hielt Holly Simpson den Atem an.

KAPITEL 7

»Ich gebe dir eine letzte Chance«, sagte Nathan. »Sind deine Cousins es wirklich wert? Glaubst du, sie würden für dich diese Schmerzen über sich ergehen lassen?«

Pat schüttelte den Kopf.

»Erzählst du mir jetzt endlich von der Hütte?«

Er schloss die Augen und nickte.

Nathan warf die Bratpfanne beiseite. Sie landete auf dem nassen Teppich und brutzelte dampfend weiter. Er riss das Klebeband von Pats Mund. »Nun, was ist?«

»Die Hütte liegt drei Stunden von hier. Beim Highway 70 in der Nähe von Quincy.«

»Wie lautet die Adresse?«

»Sie hat keine.«

»Du wirst uns den Weg dorthin zeigen. Gibt es sonst noch was, das wir wissen sollten?«

»Das ist alles, Mann, ich schwör's. Mehr weiß ich nicht.«

Nathan wusste, wenn man ihn anlog. Der Grund dafür ließ sich nur schwer beschreiben. Vielleicht sah er es in den Augen oder an kaum merklichen Veränderungen in der Körpersprache. Es spielte keine Rolle. Dieser Kerl hielt mit irgendetwas hinterm Berg und war offensichtlich bereit, dafür große Schmerzen in Kauf zu nehmen.

»Das hier ist nicht persönlich«, sagte Nathan. »Das verstehst du doch, oder? Ich mache nur meinen Job.« Er trat hinter Pats Stuhl und begann das Klebeband durchzuschneiden. Dabei spürte er, wie der Mann sich ein wenig entspannte. Gut. Jetzt nimm ihm dieses Gefühl wieder weg. Er hielt inne und brummte, als stimme irgendetwas nicht. »Was ist mit der Kohle?«, flüsterte er Pat ins Ohr.

Pats Körper versteifte sich ein wenig.

»Das Geld«, sagte Nathan und beobachtete Pats Reaktion. Volltreffer. Der Mann verriet sich so eindeutig wie ein Kind, das verlegen den Blick senkt, nachdem es in die Hose gemacht hat. Die Bridgestones verfügten also über Bargeldreserven für den Notfall. Wahrscheinlich handelte es sich um eine beträchtliche Summe, zu der diese beiden Idioten bestimmt keinen Zugang hatten. Das Ganze ergab eindeutig einen Sinn. Wahrscheinlich hatten die Bridgestones an verschiedenen Orten solche Geldverstecke angelegt. Man konnte ihnen vieles nachsagen, aber dumm waren sie auf keinen Fall. Sie waren nur deshalb noch nicht hierhergekommen, weil die Observierung durch das FBI bereits vor der Razzia gegen das Lager begonnen hatte.

»Es gibt kein Geld«, sagte Pat, klang dabei jedoch nicht sehr überzeugend.

Nathan schüttelte den Kopf und sah zu Patachon hinüber, der wie wild mit dem Kopf nickte. »Ich glaube, dein Bruder möchte uns etwas sagen.«

Nathan riss ihm das Klebeband vom Mund.

»Es ist nahe bei der Garage vergraben. Leonard hat gedroht, er würde uns umbringen, wenn wir es anrühren.«

Pat starrte seinen Bruder an. In seinen Augen lag blanker Hass.

»Dein Bruderherz schaut drein, als hätte er eine Stinkwut auf dich«, sagte Nathan. »Ich bin ein bisschen enttäuscht, dass du mir das nicht schon früher gesagt hast, Billy.«

»Hör zu, Mann, es tut mir leid, ich wollte es ja. Aber du kapierst anscheinend nicht, dass sie gedroht haben, uns umzubringen. Unsere Cousins sind verrückt.«

Nathan wandte sich wieder Pat zu. »Eigentlich ist es ganz einfach. Wenn euren geliebten Cousins etwas zustößt, zum Beispiel wenn sie sterben oder für den Rest ihres Lebens hinter Gittern landen, dann gehört die Kohle euch, oder? Ihr bräuchtet keine Angst mehr vor ihnen zu haben, also wäre es für euch leicht verdientes Geld. Ich brauche euch gar nicht erst zu fragen, wo eure Cousins stecken, denn wenn ihr es wüsstet, würdet ihr sie ans Messer liefern. Und dann gehört das Geld euch. Hab ich recht?«

Pat antwortete nicht.

Nathan sah Billy an. »Hab ich recht?«

»Wenn du meinst.«

»Jetzt sag bloß nicht, du hättest nicht daran gedacht. Dein Bruder hat es bestimmt.«

»Du bist wirklich ein Vollidiot, Billy.«

»Immer mit der Ruhe«, sagte Nathan. »Er hat dir viel Schmerz erspart. Irgendwann hätte ich es auch so aus dir herausbekommen. Du würdest dann vielleicht für den Rest deines Lebens im Rollstuhl sitzen und zum Scheißen einen Kolostomiebeutel benötigen, aber du hättest ausgepackt. Du solltest deinem Bruder also dafür danken, dass er dich vor diesem Schicksal bewahrt hat.«

Pat weigerte sich, seinem Bruder ins Gesicht zu sehen. Trotzdem sagte er: »Danke.«

»Na also, war doch nicht so schlimm. Fühlst du dich nicht gleich viel besser?«

»Klar, meinetwegen.«

»Billy wird mir jetzt zeigen, wo das Geld vergraben ist. Du bleibst solange hier.«

Pat starrte nur geradeaus. In seinem Blick lag mehr als nur Hass. Da war noch etwas anderes, etwas, das man nur schwer fassen konnte. Furcht? Unruhe?

Nathan zwinkerte seinem Partner zu. »Wenn er dich auch nur schief anschaut, lass ihn einfach telefonieren.«

Harv antwortete mit seiner besten Imitation einer Gangsterstimme: »Wird gemacht, Boss.«

»Pass mal einen Augenblick auf.«

Harv zog die Sig aus seinem Holster, aktivierte die Laserzielvorrichtung und richtete die Waffe auf Billys Brust.

Billy sah ängstlich auf den kleinen roten Punkt herab. »Hey, Mann, mach mal langsam, okay?«

Nathan entfernte das Klebeband um Billys Oberkörper. »Hände auf den Rücken, Billy. Sofort.« Nathan schlug wieder einen geschäftsmäßigen Ton an. Er glaubte zwar nicht, dass Billys Feigheit, die die Worte nur so aus ihm heraussprudeln ließ, nur Show war, wollte aber kein Risiko eingehen. Deshalb fesselte er Billy die Handgelenke mit mehreren Lagen Klebeband auf dem Rücken. »Raus, mach schon.«

Als er seinen Gefangenen hinausführte, wartete Holly Simpson bereits vor der Tür. In der Rechten hielt sie ihre 22er Glock, in der Linken eine Taschenlampe. Sie sagte: »Wir müssen sofort zu dieser Hütte.«

»Dort sind sie nicht«, sagte Nathan.

»Woher wollen Sie das wissen? Glauben Sie wirklich, dass hier irgendwo Geld vergraben ist?«

»Ich hab's doch mit eigenen Augen gesehen«, sagte Billy. »Sie haben es gleich dort drüben in Munitionskisten versteckt. Drei Stück.«

»Und Sie glauben ihm?«, fragte Simpson.

Nathan zuckte mit den Schultern.

»Dann wollen wir mal hoffen, dass Sie recht haben.« Die FBI-Agentin knipste die Taschenlampe an. »Zeigen Sie's uns«, befahl sie Billy.

Nathan und Holly folgten Billy durch ein Labyrinth von ausgeschlachteten Autowracks, rostigen Landmaschinen und Ölfässern – alltäglicher Unrat im ländlichen Amerika. Von überall her füllte das Zirpen von Tausenden Heuschrecken die Nacht. Holly hielt ihre Pistole im Anschlag und schwenkte die Taschenlampe zwischen den herumliegenden Gegenständen hin und her. Nathan wusste, dass sie nach potenziellen Gefahren Ausschau hielt. Ein Ort wie dieser, mit vielen Verstecken, eignete sich bestens für einen Hinterhalt.

Billy blieb an der Ecke der Garage stehen. Auf dem Verputz der Außenwand klebte rötlich brauner Schlamm, den der Regen vom Dachvorsprung dorthin gespült hatte. »Hier ist es«, sagte Billy. »Ich stehe praktisch darauf.«

»Wie tief?«, fragte Holly.

»Ich weiß nicht. Vielleicht dreißig Zentimeter.«

»Schaufel?«

»Da drinnen.« Er nickte in Richtung Garage.

Die FBI-Agentin klemmte die Taschenlampe unter den Arm, nahm ihr Funkgerät und drückte auf die Sprechtaste. »Verstanden?«

»*Verstanden*«, kam die Antwort.

»Kommen Sie schnell her. Wir sind bei der Garage nördlich vom Farmgebäude.«

Henning bestätigte mit einem Klicken, dass er verstanden hatte. Dreißig Sekunden später war er auch schon da, blieb jedoch in etwa dreißig Metern Entfernung stehen und blinkte zweimal mit der Taschenlampe. Holly richtete ihre Lampe auf ihn und blinkte dreimal zur Antwort. Als Henning näher kam, hüpfte der Strahl seiner Lampe auf und nieder.

Nathan war beeindruckt. Die beiden hatten zuvor ein Lichtsignal vereinbart, für den Fall, dass Simpson als Geisel genommen und gezwungen wurde, ihr Funkgerät zu benutzen. Wenn sie nicht dreimal mit der Taschenlampe geblinkt hätte, hätte Henning sofort gewusst, dass sie in Gefahr schwebte. Vom Rennen etwas außer Atem, trat er heran und fixierte Billy mit seinem Blick.

Holly sah erst Nathan an, dann Henning. »Wir werden das Garagentor öffnen. Alles klar bei euch?«

Beide nickten.

Henning bückte sich an der gegenüberliegenden Garagenecke.

Holly tat das Gleiche auf ihrer Seite. »Legen Sie sich hin, Billy«, sagte sie, »hier vor mir.«

»Ich soll mich in den Dreck legen? Ich bin patschnass.«

»Tun Sie, was ich Ihnen sage.«

»Es ist doch bloß eine Garage«, brummte er. Da er sich mit seinen auf den Rücken gefesselten Händen nicht abstützen konnte, musste er erst auf die Knie gehen und dann die Beine seitlich wegrutschen lassen. Er grunzte, als er vornüberkippte, und lag dann still.

Holly nickte Nathan zu. »Heben Sie es langsam an.«

Nathan zog die Pistole und ging zur Mitte des Garagentors. Dann packte er den verzinkten Griff und zog ihn langsam nach oben. »Passen Sie auf Stolperdrähte auf«, warnte er.

Henning bückte sich noch tiefer und ließ den Lichtstrahl seiner Taschenlampe in einem Halbkreis über den Boden der Garage gleiten. Dabei folgte er dem Licht mit seiner Pistole.

»Sicher«, sagte er.

»Sicher«, wiederholte Holly.

»Überprüfen Sie die Dachbalken«, sagte Nathan.

Beide suchten mit ihren Taschenlampen die Decke ab.

Nathan öffnete das Tor vollständig. Die Garage war fast leer. Risse durchzogen den Betonboden wie ein Spinnennetz. In einer Ecke stand eine Suzuki Enduro. Das Geländemotorrad sah aus, als wäre sein Besitzer kaum damit gefahren. Über dem Hinterrad war ein Gepäckträger befestigt. In der gegenüberliegenden Ecke hingen mehrere Schaufeln, Harken und Rechen in einer Wandhalterung. Links davon befand sich eine Werkbank. Allerhand Werkzeuge hingen an Haken: Sägen, Hämmer, Zangen, Schraubenzieher, Schraubenschlüssel. Sie waren fein säuberlich nach Typ und Funktion sortiert. Nirgendwo fehlte etwas. An der Wand gegenüber waren Elektrowerkzeuge unterschiedlicher Art aufgereiht, die wie neu oder zumindest sehr gut erhalten aussahen. Und tatsächlich, eine Schleifmaschine war auch dabei. An der hinteren Wand stapelten sich leere Kartons, in denen die Elektrowerkzeuge verpackt gewesen waren. Auch sie waren ordentlich aneinandergereiht. Nathan runzelte die Stirn. Irgendwas stimmte hier nicht.

Henning betrat die Garage und wollte einen Lichtschalter betätigen.

»Warten Sie!«, rief Nathan und sah Holly an.

Sie gab ihm mit einem Nicken zu verstehen, dass sie wusste, was er meinte. »Er könnte mit einem Zünder präpariert sein.«

Henning starrte den Lichtschalter für einen Augenblick an, bevor er ein paar Schritte zurück machte.

Holly wandte sich erneut Billy zu. »Bleiben Sie, wo Sie sind.«

»Soll Billy doch die Munitionskisten ausgraben«, schlug Nathan vor. »Womöglich sind sie mit Sprengfallen gesichert.«

»Gute Idee.«

»Das sind sie nicht«, protestierte Billy.

»Ihre Cousins haben gestern versucht, ein Dutzend FBI-Agenten in die Luft zu sprengen«, sagte Holly. »Wir sind also ein bisschen misstrauisch.«

Henning trat an Billy heran und durchtrennte das Klebeband um seine Handgelenke. »Aufstehen. Wenn Sie versuchen, davonzulaufen, schieße ich Ihnen in den Rücken. Kapiert?«

»Ich lauf schon nicht weg«, sagte Billy und zerrte das Klebeband von seinen Handgelenken.

Holly und Henning hielten ihre Pistolen auf ihn gerichtet, als er in die Garage ging und wieder zurückkam.

»Ich schau mir mal die nähere Umgebung an«, sagte Henning. »Zwei Minuten.«

»Zwei Minuten«, gab Holly zurück.

Henning verschwand in der Dunkelheit.

Kurz und bündig, dachte Nathan. Sehr professionell.

Holly wandte sich wieder Billy zu. »Fangen Sie an zu graben.«

Nathan und Holly zogen sich in eine sichere Entfernung zurück – immer noch nahe genug, um Billy zu schnappen, falls er zu fliehen versuchte, aber hoffentlich weit genug weg von einer unkonventionellen Sprengvorrichtung, die die Bridgestones möglicherweise präpariert hatten. Nathan blickte erneut zu Holly hinüber. Sie war eine Frau, die einem selbst im Schein einer Taschenlampe ins Auge fiel, mit ausgeprägten Wangenknochen, die auf eine slawische Abstammung hindeuteten, und einer kompakten Figur. Obwohl sie nicht gerade groß war – etwa 1,60 m –, wirkte sie äußerst selbstbewusst.

»Ich muss mich für Hennings Benehmen entschuldigen«, sagte sie leise.

»Schon vergessen«, erwiderte Nathan.

»Ich habe mir Ihre geheime Personalakte angesehen.«

Nathan schwieg.

»Ich hätte Ihrer Teilnahme an dieser Aktion nicht zugestimmt, wenn ich nicht genau gewusst hätte, wer Sie beide sind.«

»Verstehe«, sagte Nathan. »Ich hätte genauso gehandelt.«

»Was Sie durchgemacht haben, hätten die meisten nicht überlebt.«

»Ich habe den Umständen entsprechend mein Bestes getan.«

Sie verharrten einen kurzen Moment in Schweigen. Billys Schaufel schepperte, als sie auf Metall traf.

»Sie haben nicht gerade viele Freunde«, sagte Holly.

Nathan sprach ebenfalls leise, damit Billy ihn nicht hören konnte. »Nur Harv.«

»Mir geht es ähnlich. Sie haben doch den beiden da drinnen nicht etwa ernsthaft wehgetan, oder?«

»Nicht wirklich.«

»Wollten Sie es denn?«

»Nein.«

»Wir sollten zu der Hütte fahren.«

»Warten wir, bis wir hier fertig sind. Auf ein paar Minuten mehr oder weniger kommt es jetzt auch nicht mehr an. Immerhin wird James Ortega schon seit einer Woche vermisst.«

Henning kam zurück und gesellte sich zu ihnen. »Haben wir was gefunden?«

»Das wird sich gleich herausstellen«, sagte Holly.

In diesem Moment war Billy mit dem Graben fertig. Er ging auf die Knie und scharrte die letzte Schicht Erde mit den Händen weg. Dann sah er auf.

Holly forderte ihn auf, die erste Kiste langsam herauszuholen.

»Da könnte eine Waffe drin sein«, sagte Nathan.

»Sie haben recht.«

Billy tat wie geheißen, griff in das Loch, riss den Müllsack weg und zerrte an einem der Griffe. Dann wuchtete er die Munitionskiste aus dem Loch und stellte sie auf den Boden. Sie war mattgrün und ungefähr so groß wie ein größerer Schuhkarton. Anhand der Aufschrift, die aus fünf Zeilen mit gelben Lettern bestand, konnte Nathan sehen, dass die Kiste hundert Stück panzerbrechende Brandmunition vom Kaliber 50 enthalten hatte, darunter zwanzig Leuchtspurgeschosse.

Billy sah auf und kniff die Augen zusammen, als ihn die Strahlen der Taschenlampen blendeten.

»Holen Sie auch die anderen raus«, sagte Holly, »und stellen Sie sie mit jeweils eineinhalb Metern Abstand nebeneinander auf, die Schnappverschlüsse auf unserer Seite. Stellen Sie sich hinter die Kiste links von Ihnen, langen Sie über den Deckel und öffnen Sie ihn. Aber langsam.«

Nathan wusste, dass dies so nicht funktionieren würde, sagte aber nichts. Um eine Munitionskiste auf diese Weise zu öffnen – vor allem dann, wenn sie längere Zeit vergraben gewesen war –, musste man mit einer Hand den Tragegriff unter dem Schnappverschluss festhalten und letzteren mit der anderen Hand hochziehen. Die Kiste ließ sich nur mit zwei Händen öffnen, es sei denn, sie war randvoll mit schwerer Munition gefüllt. Außerdem sah Nathan getrocknetes Dichtungsmaterial, vermutlich Silikon, unter den Deckelrändern. Wie erwartet, mühte Billy sich mit der Kiste ab, schaffte es jedoch auch nach mehreren Versuchen nicht, den Deckel zu öffnen. Stattdessen hob er die gesamte Kiste hoch, weil ihm die nötige Hebelwirkung fehlte.

»Darf ich mal?«, fragte Nathan.

Holly nickte.

»Geh zur Seite, Billy«, sagte Nathan und schob die Pistole in das Holster. Dann trat er vor und zeigte Billy, wie man die Kiste richtig öffnete. »Man muss es mit beiden Händen machen, so.« Er hielt mit seiner Linken den Tragegriff fest und fasste mit der Rechten an den Schnappverschlussmechanismus. »Du musst schnell in entgegengesetzter Richtung ziehen.« Dann trat er einen Schritt zurück und ging in die Hocke.

Holly und Henning folgten seinem Beispiel. Billy packte die Kiste, wie Nathan es ihm gezeigt hatte, und zerrte am Schnappverschluss, worauf der Deckel aufsprang. Billy starrte auf den Inhalt. »Oh, Mann.«

»Und jetzt die anderen«, befahl Holly.

Fünf Sekunden später waren alle drei Munitionskisten geöffnet. Billy konnte seinen Blick nicht von deren Inhalt abwenden.

»Wegtreten, Billy. Legen Sie sich wieder hin.«

Billy gehorchte nicht, sondern stand nur da und leckte sich die Lippen.

»Wegtreten und hinlegen, Billy. Sofort«, sagte sie, diesmal mit Nachdruck.

Nathan und die beiden FBI-Agenten traten an die Kisten heran und blickten hinein. Geldbündel starrten ihnen entgegen, und zwar eine ganze Menge. Sie waren sorgfältig in zwei Reihen gestapelt. Der unverwechselbare Geruch von Dollarscheinen hing in der Luft.

Henning pfiff leise durch die Zähne.

Nathan bückte sich und entnahm jeder Kiste ein Bündel. Die Kiste in der Mitte enthielt Bündel mit Hundert-Dollar-Scheinen, die beiden anderen Zwanziger. Jedes Bündel war etwas dicker als ein Zentimeter und wurde mit einem Gummiband zusammengehalten. Wahrscheinlich hundert Scheine. Nathan zählte sie und kam auf zweiundzwanzig Bündel Hunderter und vierundvierzig Bündel Zwanziger. Er überschlug die Summe im Kopf. »Zweihundertzwanzigtausend plus achtundachtzigtausend. Macht dreihundertachttausend, wenn man davon ausgeht, dass jedes Bündel hundert Scheine von gleichem Wert enthält.«

»Unglaublich«, flüsterte Holly. »Meinen Sie, dass die Typen woanders ähnliche Summen Bargeld gebunkert haben?«

»Wir müssen davon ausgehen«, sagte Nathan. »Ich schau mal nach meinem Partner.« Er näherte sich der Tür auf etwa drei Meter, blieb stehen und stieß einen Pfiff aus. Von drinnen kam dasselbe Signal als Antwort. Nathan trat ein. Harv saß auf dem Stuhl, die Augen auf Pat gerichtet. »Billy hat nicht gelogen, was das Geld angeht.«

»Wie viel?«

»Etwas über dreihundert Riesen.«

»Eine hübsche Summe.«

»Ja.«

»Und was nun?«

Nathan sah Pat an. »Du und dein Bruder, ihr zieht euch jetzt was Trockenes an und dann führt ihr uns zu der Hütte.«

* * *

Fünfzehn Minuten nach der Entdeckung des vergrabenen Geldes standen drei FBI-Fahrzeuge bereit, Sacramento in Richtung Sierra Nevada zu verlassen. Holly hatte die Munitionskisten sicher in ihrem Kofferraum verstaut. Inzwischen war Larry Gifford in Begleitung zweier Mitglieder des SWAT-Teams eingetroffen. Sie brachten zwei zusätzliche Fahrzeuge mit, von denen eines für den Transport von Gefangenen ausgestattet war. Da man nicht wissen konnte, was einen dort oben erwartete, hatte Holly vernünftig gehandelt, als sie auf Verstärkung bestanden hatte. Die SWAT-Agenten trugen ihre schwarzen Overalls, waren jedoch noch nicht in voller Kampfmontur. Das würde erst nötig sein, wenn sie die Hütte erreichten. Larry Gifford, den Nathan bereits von ihrer Begegnung im Lager der Bridgestones kannte, trug Jeans und ein marineblaues Golfhemd. Wie Holly und Henning hatte auch er die Standardausrüstung für FBI-Agenten an seinem Pistolengurt: eine 22er Glock, zwei Reservemagazine und ein Paar Handschellen. Ohne seine SWAT-Kampfmontur sah er völlig anders aus, aber in seinem Gesicht lag dieselbe Intensität, die Nathan bei ihrem ersten Treffen aufgefallen war.

Nathan und Harv begrüßten Gifford und die zwei SWAT-Team-Mitglieder mit Handschlag. Nathan war sich ziemlich sicher, dass es sich bei den beiden um dieselben Männer handelte, die sich bei dem Einsatz am Tag zuvor an sie angeschlichen hatten. In diesem Falle ergab ihre Anwesenheit einen Sinn, denn sie kannten Nathan und Harv bereits und wussten, welche Rolle die beiden spielten.

»Special Agents Collins und Dowdy, wenn ich mich recht erinnere«, sagte Nathan, als er ihnen die Hände schüttelte. »Ich weiß jetzt nur nicht, wer wer ist.«

Holly lächelte, aber Henning blickte grimmig drein.

»Los geht's, wir haben noch eine lange Fahrt vor uns«, sagte Holly.

Für einen Augenblick herrschte betretenes Schweigen.

Nathan sah Harv ein paar Sekunden lang an, sagte aber nichts.

»Ich … ich fahre bei Gifford mit«, entschied Harv. »Wenn das okay ist.«

»Na, dann mal los«, sagte Gifford zu Harvey. Die beiden SWAT-Team-Mitglieder tauschten kurze Blicke aus, bevor sie auf dem Rücksitz von Giffords Wagen Platz nahmen. Harvey setzte sich vorne neben Gifford.

Henning verfrachtete die beiden Bridgestone-Cousins in den hinteren Teil des Gefangenentransportfahrzeugs und setzte sich hinters Steuer. Nathan stieg bei Holly ein. Zehn Sekunden später waren die drei Fahrzeuge auch schon unterwegs, mit Hennings Wagen an der Spitze.

* * *

Da es eine lange Fahrt in die Berge werden würde, machte Nathan es sich bequem, indem er den Sitz so weit wie möglich zurückschob und die Rückenlehne leicht nach hinten neigte. Er wusste nicht, was er im Hinblick auf Konversation erwarten konnte – er und Holly kannten sich ja überhaupt nicht. Warum sollte er also nicht einfach mit einer Feststellung beginnen.

»Henning hat ein Auge auf Sie geworfen.«

»Ist das so offensichtlich?«

»Man sieht es an der Art und Weise, wie er Sie anschaut.«

»Ich tue mein Bestes, ihm keine falschen Hoffnungen zu machen. Ich möchte nicht um seine Versetzung ersuchen, aber das lässt sich vielleicht nicht vermeiden. Ich bin die Vorgesetzte seiner Ehefrau. Sie haben ihr wahrscheinlich dort oben bei dem Einsatz am Lager das Leben gerettet. Sie ist die SWAT-Agentin, die auf Sie geschossen hat, als Sie hinter dem Baum standen.«

»Das war Hennings Frau?«

»Ja. Die Ehe läuft nicht besonders.«

»Also, er zerreißt sich ja wirklich vor Dankbarkeit.«

»Diese Situation mit Ihnen und Harvey ist schwierig für ihn. Wenn ich ehrlich bin, für mich auch.«

»Haben Sie und Henning …«

»Auf gar keinen Fall. Erstens ist er verheiratet und zweitens empfinde ich keine romantischen Gefühle für ihn. Bruce Henning ist ein guter Agent. Er ist zuverlässig, fleißig und absolut loyal zu seinem Arbeitgeber … mit anderen Worten, ein Musterknabe.«

»Und Musterknaben fallen nicht in Ihr Beuteschema.«

Holly sah ihn an. »Verheiratete Männer fallen nicht in mein Beuteschema.« Für ein paar Minuten herrschte Schweigen.

»Ich habe den Blick gesehen, den Sie Harvey zugeworfen haben, bevor wir alle eingestiegen sind.«

Nathan sagte nichts.

Holly lächelte. »Sie haben die blauesten Augen, die ich je gesehen habe.«

»Danke.«

Holly folgte den beiden vorausfahrenden Wagen auf den Highway 50, der nach Westen in Richtung Sacramento führte. »Sie haben das mit Henning am Flughafen gut gemacht«, sagte sie nach einer Weile. »Sie haben nicht klein beigegeben oder sich von ihm in die Defensive drängen lassen. Sie waren ruhig, aber dennoch bestimmt.«

»Haben Sie im Fernsehen jemals die Sendung *Hundeflüsterer* gesehen?«

»Hm.« Sie überlegte einen Augenblick. »Ich hab davon gehört, es aber noch nie angeschaut.«

»Nun, es geht darin um diesen Mann namens Cesar Millan, der ein unglaubliches Gespür für Hunde hat. Er ist so eine Art Hundepsychologe, aber in Wirklichkeit hilft er Leuten, richtig mit ihren Hunden umzugehen. Er sagt gerne von sich, er würde Hunde rehabilitieren.«

»Okay …«

Nathan spürte, dass Holly sich fragte, worauf er damit hinauswollte. »Sie haben vorhin gesagt, ich wäre ruhig, aber bestimmt gewesen. Genau das ist Cesars Philosophie. Sei ruhig, aber bestimmt.«

»Und Sie meinen, diese Methode funktioniert auch im Umgang mit Menschen?«

»Bis zu einem gewissen Grad. Der grundlegende Unterschied besteht darin, dass Hunde im Hier und Jetzt leben, Menschen jedoch nicht. Hunde sind nicht nachtragend, Menschen schon. Hunde kümmern sich nur um Dinge, die in diesem Augenblick geschehen. Ich mag diese Tiere sehr. Ich habe selbst zwei Riesenschnauzer.«

»Von der Rasse hab ich schon gehört.«

»Sie wiegen ungefähr fünfzig Kilo und sind unheimlich schlau. Aber stur.«

»Das kommt mir bekannt vor.«

Nathan sah zum Fenster hinaus und lächelte. »Touché!«

»Es gibt nicht viele Leute, die Riesenschnauzer oder einen Hubschrauber besitzen.«

»Der Hubschrauber ist für mich kein Statussymbol, mit dem ich mein Ego befriedige und heraushängen lasse, wie viel Geld ich habe. Mir geht es um die Freiheit, die er mir bietet. Freiheit ist etwas, das zu viele Menschen als selbstverständlich betrachten.«

Nach einer kurzen Pause sagte sie: »Darf ich Ihnen eine persönliche Frage stellen?«

»Fragen dürfen Sie.«

»Wie war es eigentlich, ein Scharfschütze beim Marine Corps zu sein?«

»Das ist vielleicht eine Frage, Holly. Wir kennen uns doch kaum.« Während der nächsten paar Kilometer schwieg er. Die Straßenmarkierungen zogen in einer endlosen Prozession hypnotischer gelber Blitze unter ihnen vorbei. Sie drängte ihn nicht, das Gespräch in Gang zu halten, und er wusste diese Momente des Schweigens zu schätzen, in denen er seine Gedanken ordnen konnte. Er war sich nicht sicher, wie tief er in seine Psyche eintauchen wollte, in der ein Dämon lauerte. »Ich kann nicht für andere sprechen, aber im Augenblick der Wahrheit ist es ein berauschendes Machtgefühl.«

Holly sagte nichts.

»Es ist gefährlich, Holly. Sehr gefährlich sogar. Wie eine Droge, nur schlimmer.«

»Unter dem Aspekt hab ich es noch nie gesehen. Unter den Leuten, die mir unterstellt sind, gibt es auch einige Scharfschützen. Zwei von ihnen sitzen in dem Wagen vor uns. Alle Mitglieder unserer SWAT-Teams werden übergreifend für verschiedene Tätigkeiten ausgebildet.«

»Dann fragen Sie sie nie, was Sie mich gerade gefragt haben.«

Sie wartete, dass er fortfuhr.

»Sie hassen es, wenn man sie so etwas fragt.«

»Hassen Sie es?«

»Ich arbeite nicht für Sie.«

Holly schwieg.

»Ihre Jungs würden Ihnen vielleicht etwas ganz anderes sagen. Schließlich führen sie keine geheimen Operationen durch, bei denen der Rückzug aus der Schützenstellung eine wichtige Rolle spielt.«

»Meine nächste Frage wird Ihnen auch nicht gefallen.«

Er wartete ab.

Sie sah zu ihm hinüber. »Hat es Ihnen Spaß gemacht?«

»Und ich dachte schon, Ihre erste Frage war schwierig zu beantworten. Kann ich davon ausgehen, dass Sie nicht einfach nur aus einer morbiden Neugier heraus fragen? Dann lautet die Antwort Ja und Nein. Aber nicht so, wie Sie wahrscheinlich denken.«

»Und das wäre?«

»Dass mir alles an dem Job Spaß gemacht hat, mit Ausnahme des Augenblicks, an dem ich den Finger am Abzug bewegt und einen Menschen getötet habe.«

»Wollen Sie damit sagen, das hat Ihnen keinen Spaß gemacht?«

»Nein, hat es nicht.« Nathan spürte, dass sie auf eine nähere Erläuterung wartete, was er mit Ja und Nein gemeint hatte. »Was mir bei der Sache gefallen hat, war der Rückzug nach dem Schuss. Das Adrenalin, das einem durch die Adern schießt, wenn man gejagt wird.«

»Und das fanden Sie toll? Mich schaudert allein bei dem Gedanken.«

»Ich fürchte, ja. Ich habe mich nie so lebendig gefühlt, so … wie soll ich sagen … beschwingt.«

»Hat Harvey dasselbe empfunden?«

»Nein, bei ihm war es genau andersherum. Harv hat den Rückzug gehasst. Er mochte das heimliche Eindringen in feindliches Gebiet und das Aufspüren der Zielperson. Aber nicht das Töten. Darauf war keiner von uns scharf.«

»Sie und Harvey stehen sich ziemlich nahe.«

»Manchmal kommt es mir so vor, als hätten wir ein gemeinsames Bewusstsein. Er kann meine Gedanken lesen und ich seine. Wie vorhin der Blick, den ich ihm zugeworfen habe, bevor wir losgefahren sind. Ich brauchte kein Wort zu sagen. Er wusste auch so, dass ich allein bei Ihnen mitfahren wollte.«

»Ich beneide Sie darum, dass Sie einem anderen Menschen so nahe sind.«

Während der nächsten Minuten schwiegen sie. Der Schein der Lichter von Sacramento wurde mit jedem Kilometer, den sie der Stadt näherkamen, stärker. Im fahlen Licht des Mondes sahen die Eichen wie riesige Pilze aus.

Holly unterbrach das Schweigen. »Glauben Sie, dass wir Frank Ortegas Enkel in der Hütte finden?«

»Wundern würde mich das nicht. Oder zumindest Hinweise darauf, dass man ihn dort verhört hat. Für so etwas braucht man einen abgelegenen Ort. Die Bridgestones wussten, dass ihr Lager observiert wurde, also ging es dort nicht.«

»Wenn wir ihn dort finden, hat seine Familie zumindest Gewissheit. Es muss furchtbar sein, nicht zu wissen, was los ist.«

»Nach meinem Treffen mit Frank Ortega bin ich mir ziemlich sicher, dass er glaubt, dass sein Enkel tot ist. Ich konnte es in seinen Augen lesen.«

»Man muss wohl ein ganz bestimmter Typ sein, um als verdeckter Ermittler zu arbeiten. Ich weiß nicht, wie die das machen. Dieser ständige Stress, irgendwann aufzufliegen, dieses ständige Sich-verstellen-müssen. Das ist ungefähr so, als ob man jeden Morgen aufwacht und in die Mündung einer Waffe starrt. Ich könnte das nicht.«

»Ich auch nicht«, sagte Nathan.

»Wie haben sie ihn wohl entlarvt?«

»Wahrscheinlich hat ihn in der Außenwelt jemand beobachtet, der für die Bridgestones arbeitet. Ein Angestellter in einem Supermarkt, ein Tankwart oder so ähnlich. Der oder die Betreffende hat ihn wahrscheinlich dabei gesehen, wie er ein Münztelefon benutzt oder sich mit einem Unbekannten getroffen hat, und es dann den Bridgestones gemeldet. Überlegen Sie doch mal. Wer benutzt heute noch ein Münztelefon? Und als er dann ins Lager zurückkehrte, haben sie ihn sich geschnappt.«

»Wahrscheinlich haben Sie recht. Ich glaube nicht, dass sie es geschafft hätten, ihm unbemerkt zu folgen.«

»Er hat sich dadurch verraten, dass er Informationen an seine Vorgesetzten weitergab, nachdem er erkannt hatte, wie kritisch die Situation war. Er ist im wahrsten Sinne des Wortes ein Held, Holly. Ich hasse es, wenn ich daran denke, dass diese Dreckskerle mit ihm machen konnten, was sie wollten. Deswegen habe ich mich bereit erklärt, Ortega zu helfen. Die ganze Sache macht mich einfach wütend. Ich bin überzeugt, dass er durchgehalten hat, so lange er konnte. Er hat Schmerzen auf sich genommen, um Zeit zu gewinnen.«

»Das muss furchtbar sein.«

»Ist es auch.«

»Übrigens, das mit den Bridgestone-Cousins haben Sie und Harvey wirklich gut gemacht. Ich hab alles mitgehört. Aber wir haben nichts auf Band mitgeschnitten, wie versprochen.«

»Danke.«

»In Gedanken hatte ich mir schon ausgemalt, was Sie für schlimme Dinge mit denen anstellen würden.«

»Soweit braucht man in den meisten Fällen nicht zu gehen. In der Regel genügt es, wenn man ihnen droht.«

»Dann haben Sie also schon mal …«

»Jemanden hart in die Mangel genommen? Na klar. Man muss sich dabei völlig loslösen«, gab er als Antwort auf ihre unausgesprochene Frage. »Man muss so tun, als spiele man in einem Theaterstück oder einem Musical.«

»Mögen Sie Musicals?«

»Sehr sogar, und danke, dass Sie das Thema wechseln.« Im gelblichen Schein der Armaturenbeleuchtung sah er ihr Lächeln und staunte, wie echt es wirkte – kein bisschen künstlich oder aufgesetzt. Er blickte zum Fenster hinaus und fragte sich, ob es sich lohnen würde, das, was sich da anbahnte, weiterzuverfolgen – was immer *das* auch sein mochte. Was könnte möglicherweise daraus werden? Tief in seinem Innern, wo nur die Wahrheit überlebte, fühlte es sich nach etwas Neuem und Aufregendem an, nach etwas Bedeutsamem. Ja, das war es. Irgendwie hatte er das Gefühl, Holly könnte die Richtige sein.

»Ich hätte Sie nie für einen Musical-Liebhaber gehalten. Welches gefällt Ihnen am besten?«

»*The Music Man*. Ich hab es sechs Mal im Starlight-Theater im Balboa Park in San Diego gesehen. Das ist ein Freilufttheater direkt unter der Einflugschneise des Flughafens. Wenn die Schauspieler einen Jet hören, lassen sie alles stehen und liegen. Jeder verharrt in der Position, in der er sich gerade befindet, sogar das Orchester. Und wenn das Flugzeug vorbeigerauscht ist, machen sie weiter, als wäre nichts geschehen. Ein verrücktes Schauspiel, aber so, wie sie es durchziehen, läuft es wie geschmiert.«

»Ich muss gestehen, dass ich noch nie ein Musical gesehen habe.«

»Da haben Sie was verpasst. Es ist eine traditionelle Form der Unterhaltung. Leute, die auf einer Bühne tanzen und singen. Keine Spezialeffekte, einfach nur gute alte Schauspielkunst live. Wenn ich nicht ins Marine Corps gegangen wäre, wer weiß?«

»Das kann ich mir gar nicht vorstellen. Sie am Broadway?«

»Mir gefällt die Disziplin, die darin steckt. Wenn man es sich genau überlegt, müssen verdeckte Ermittler viel schauspielern.«

»Da haben Sie wahrscheinlich recht. Ich hab es nur noch nie aus diesem Blickwinkel betrachtet.«

»Ich mag auch Ballett und Sinfonien, manche Opern etwas schwerfällig sind.«

»Na, Sie sind wirklich kultiviert. Interessieren Sie sich auch für Sport?«

»Eishockey.«

»Ich auch. Ich war bei ein paar Spielen der San Jose Sharks. Es ist ein ziemlich rauer Sport. Wenn ich mich nicht irre, sogar der einzige, bei dem Kämpfen erlaubt ist. Natürlich gibt es dafür Strafpunkte.«

»Ja. Fünf.«

»Ich wollte, ich hätte mehr Zeit für so was.«

»Kämpfen? Das wird überschätzt.«

Sie lächelte.

»Sie müssen sich mehr Zeit für sich selbst nehmen, Holly. Immer nur arbeiten ist doch langweilig.«

»Finden Sie, dass ich langweilig bin?«

»Überhaupt nicht. Ich wollte damit nur sagen, dass sie einfach mal kürzertreten sollten, um den Akku wieder aufzuladen. Vor allem, wenn man so einen stressigen Job hat wie Sie. Eine Außendienststelle des FBI zu leiten, ist sicher kein Zuckerschlecken. Sie haben bestimmt so um die fünfhundert Leute unter sich, stimmt's?«

»Ich komme zurecht.«

»Aber um welchen Preis? Früher oder später kommt der Burn-out.«

»Soweit ist es bei mir noch nicht.«

»So etwas passiert schleichend. Eines Tages brechen Sie plötzlich wegen irgendeiner Kleinigkeit in Tränen aus. Auf diese Weise signalisiert Ihr Gehirn Ihnen, dass Sie völlig überlastet sind.«

»Sprechen Sie aus Erfahrung?«

»Absolut. Wenn ich Ihnen einen Rat geben darf, seien Sie einfach mal total egoistisch und tun Sie etwas für sich selbst. Machen

Sie Urlaub in Cancun, Bermuda oder auf den Bahamas. Sonnen Sie sich am Swimmingpool. Ihr blasser Teint kann ein wenig Bräune vertragen. Das FBI kann auch eine Weile ohne Sie auskommen.«

»Dasselbe hat Henning mir auch schon gesagt. Nur das mit dem blassen Teint nicht.«

»Ich stimme dem Mann ja nur ungern zu, aber in diesem Fall hat er recht.«

»Ich glaube, ich habe wirklich einen blassen Teint.«

Nathan lachte leise. »Ich habe in erster Linie an den Stress gedacht. Sagen Sie, hätten Sie Lust, mit mir essen zu gehen, wenn das hier vorbei ist?«

»Ja, das klingt gut.«

Holly folgte den vorausfahrenden Fahrzeugen auf die I-5 in nördlicher Richtung. Nach ein paar Kilometern nahmen sie die Ausfahrt zum Highway 70. Eine vollkommen flache Landschaft erstreckte sich auf die nächsten fünfzig Kilometer. Die Ackerflächen auf beiden Seiten der Landstraße verschwanden in der Dunkelheit. Sie fuhren durch Marysville, wo zu dieser Stunde nur ein paar Tankstellen geöffnet hatten, und von dort aus weiter nach Norden Richtung Oroville. Die schwarzen Umrisse einer Bergkette im Westen bildeten einen Kontrast zu dem fernen Lichtschein über der Bucht von San Francisco.

Holly lenkte die Konversation auf weniger ernste Themen und erzählte Nathan von ihrer Familie, in der der Polizistenberuf eine lange Tradition hatte. Ihr Vater, ein Detective im Ruhestand, hatte bei der Polizei von Sacramento gearbeitet. Ihre beiden Brüder waren ebenfalls Polizisten, der eine in Dallas, der andere in Modesto. Außerdem erzählte sie von ihrer Studentenzeit am Boston College, ihrer Kindheit und ihrem Familienhund, einem Zwergpudel namens Pierre, der mit ihr im Bett schlief.

Bis dahin hatte sie ihn nicht nach seinem Vater gefragt. Das mochte daran liegen, dass sie seinen Nachnamen nicht mit dem des Senators in Verbindung gebracht hatte. Aber vielleicht unterließ sie es einfach nur aus Höflichkeit, weil sie nicht zu neugierig wirken wollte. In Anbetracht ihrer direkten Art war es jedoch eher wahrscheinlich, dass sie nicht wusste, wer sein Vater war, denn sonst hätte sie ihn darauf angesprochen. Beim FBI kannte jeder das Committee on Domestic Terrorism, und Agenten in Führungspositionen erst recht. Schließlich hatte das FBI direkt mit nationaler Sicherheit zu tun und terroristische Aktivitäten, die auf das Konto einheimischer Gruppen gingen, standen ganz oben auf der Liste seiner Aufgaben. Nathan wusste, dass Holly das Thema früher oder später ansprechen würde, und entschloss sich, ihr zuvorzukommen und die Sache hinter sich zu bringen. Schließlich hatte sie ihm ja auch von ihrer Familie erzählt und da wäre es unhöflich, wenn er mit seiner eigenen hinterm Berg hielt.

»Mein Vater ist Senator Stone McBride.«

Sie sah zu ihm hinüber, dann wieder auf die Straße. »Sie machen Witze, oder?«

Er erwiderte nichts darauf.

»Stone McBride, der Vorsitzende des CDT?«

»Ich dachte, Sie wüssten es und hätten nur aus Höflichkeit nichts gesagt.«

»Mir ist die Namensgleichheit nicht sofort aufgefallen. In Ihrer Akte stand auch nichts darüber. Ist das der Grund, warum Sie hier mitmachen?«

»Ehrlich gesagt weiß ich es nicht. Wahrscheinlich. Mein Vater und Ortega kennen sich schon ewig. Sie haben zusammen im Koreakrieg gedient. Und Harv ist eng mit Ortegas Sohn Greg befreundet. Das war es, was er am Flughafen gemeint hat, als er von einem persönlichen Gefallen sprach.«

»Was mich betrifft, so ändert sich dadurch nichts. Ich bin froh, dass Sie mit an Bord sind, aber es verleiht der Sache eine andere Dimension.«

»Wir stehen uns nicht besonders nahe.«

»Das tut mir leid.«

»Meine Berufswahl hat ihm nicht gepasst. Der Offizier, der das Kommando über seine Einheit hatte, kam durch die Kugel eines Scharfschützen ums Leben. Tief in seinem Innern weiß er, dass ich ein Soldat bin wie jeder andere. Der Mann war Bataillonskommandeur. Er hat im Krieg Unterstützung von Artillerie und Panzertruppen angefordert und Befehle erteilt, die auf beiden Seiten Menschenleben gekostet haben. Unter seinem Kommando dienten auch Scharfschützen.«

»Was ist dann das eigentliche Problem zwischen ihm und Ihnen? Sagen Sie es mir mit einem einzigen Wort.«

»Ein einziges Wort?«

»Eins, das den Kern der Sache trifft.«

Nathan überlegte einen Augenblick. Dann fiel ihm eins ein. »Okay, ein einziges Wort. Abwesenheit.«

»Interessant …«

»Und jetzt sind Sie dran. Mit einem einzigen Wort, warum sind Sie immer noch Single?«

»Das ist brutal.«

»Sie haben damit angefangen.«

Die nächsten paar Kilometer sagte sie nichts, und Nathan dachte schon, sie würde ihm keine Antwort geben. Er nahm an, dass ihr Wort *Verpflichtung* oder *Hingabe* lauten würde oder irgendetwas in der Art. Sie war mit dem FBI verheiratet und konnte – oder vielmehr wollte – nicht die Zeit und Energie für eine ernsthafte Beziehung aufbringen. Als sie dann doch etwas sagte, überraschte ihn ihre Antwort.

»Angst«, sagte sie und starrte dabei geradeaus. »Vielleicht überlegen Sie es sich jetzt anders wegen dem Essen.«

»Sehen Sie es positiv. Denken Sie an all das Geld, das wir beide gespart haben«, sagte er.

»Sie meinen, für teure Sitzungen mit Seelenklempnern?«

Er nickte.

»Ich glaube, mein Wort war etwas ehrlicher als Ihres. Wollen Sie einen zweiten Versuch wagen?«, fragte sie.

»Eigentlich nicht, aber ich will Ihnen gegenüber fair sein.« Als sie nichts darauf erwiderte, atmete er tief durch und sprang ins kalte Wasser. »Mein Wort ist *Wut*.«

»Aha, jetzt kommen wir der Sache schon näher. Was ist Ihre beste Kindheitserinnerung an Ihren Vater?«

Diesmal zögerte Nathan nicht mit seiner Antwort, denn hier handelte es sich um eine der wenigen guten Erinnerungen, die er hatte – wahrscheinlich konnte er sie an den Fingern einer Hand abzählen. »Wir sind angeln gegangen. Ich weiß nicht mehr genau, wo, an irgendeinem See in der Gegend von Yosemite. Ich hatte einen dicken Fisch an der Angel oder zumindest einen, der für ein Kind als ein solcher zählt. Mein Vater war unheimlich stolz auf mich. Ich kann mich noch gut erinnern, wie er gelächelt hat.« Nathan wandte sein Gesicht dem Fenster zu und war froh, dass es im Auto dunkel war. »Sie sind wirklich unglaublich, Holly. Sie haben gerade mal zehn Minuten gebraucht, um bei mir ins Schwarze zu treffen. Durchschaut man mich wirklich so leicht?«

»Nein, überhaupt nicht. Sie sind einfach nur ehrlich.«

»Es fällt mir nicht leicht, darüber zu sprechen.«

»Ich finde es toll, dass Sie so offen mit mir sind. Ehrlich gesagt hätte ich nicht gedacht, dass Sie über derart persönliche Dinge reden.«

»Das hätte ich von Ihnen auch nicht gedacht. Ich dachte, Sie würden über nichts anderes als die Bridgestones reden wollen.«

»Ich will auch über sie reden, aber die Fahrt zur Hütte dauert ja immerhin drei Stunden. Ich habe noch nie jemanden wie Sie kennengelernt.«

Nathan sagte nichts.

»Das ist ein Kompliment.«

»Na ja, wenn Sie meinen.«

»Woher wussten Sie das mit dem vergrabenen Geld?«

»Ich wusste es nicht – zumindest nicht mit Bestimmtheit. Aber ich wette, dass die Bridgestones schon eine ganze Weile mit Semtex handeln. Und da sie offensichtlich keine Schecks als Bezahlung annehmen, haben sie es mit großen Summen Bargeld zu tun. Das ist nicht leicht, es sei denn, man kennt jemanden bei einer Bank. Sie können nicht einfach mit Koffern voller Geld außer Landes fliegen. Also brauchen sie jemanden, dem sie vertrauen können und der sich um die Geldwäsche kümmert. Wahrscheinlich läuft das Ganze über fingierte Drittkredite. Das heißt, sie brauchen jemanden, der die Transaktionen abwickelt. Es würde mich nicht wundern, wenn sie Nummernkonten auf den Cayman Islands oder in der Schweiz oder sonst irgendwo haben. Wahrscheinlich haben sie im Laufe der Jahre immer wieder kleinere Beträge eingezahlt.«

»Und wie erwischen wir sie dann?«

»Wahrscheinlich überhaupt nicht.«

»Wie würden wir es machen, wenn wir es könnten?«

Nathan überlegte kurz. »Den Geldströmen folgen.«

»Das haben wir schon versucht. Eine Sackgasse.«

»Sie müssten ihren Insider finden.«

Holly dachte eine Weile darüber nach. »Haben Sie eine Idee, wer das sein könnte?«

»Ich würde mit Leonard Bridgestones Militärzeit beginnen. Jemand, den er vom Golfkrieg kennt und der heute bei einer Bank arbeitet. Wer auch immer es ist, der Mann bekommt einen Anteil für seine Dienste. Und für so etwas gibt es Anhaltspunkte. Zum Beispiel, wenn jemand über seine Verhältnisse lebt. Ein großes Haus, teure Autos, ein Aktienpaket oder Ähnliches. Mit anderen Worten, Dinge, die sich mit seinem Gehalt nicht erklären lassen. Wenn Sie nichts finden, versuchen Sie es mit Ernie.«

»Gute Idee.«

»Haben Sie erst einmal den Insider, so haben Sie eine größere Chance, die Brüder zu finden. Wenn es allerdings jemand ist, den sie erpressen oder bedrohen, wird es fast unmöglich werden. Sie könnten mit lokalen Banken anfangen, aber wahrscheinlich zahlen sie das Geld in einem anderen Bundesstaat ein. Vermutlich Nevada, denn dort sind Bargeldtransaktionen in höherem Umfang normal. Harv und ich hatten mal eine ähnliche Situation. Die Frau durchlief gerade eine Scheidung und hatte ihren Mann im Verdacht, dass er Geld versteckte. Und dann stellte sich heraus, dass ein alter Studienfreund knapp drei Millionen Dollar für ihn gewaschen hatte, und zwar genauso, wie ich es vorhin beschrieben habe.«

»Ich dachte, Sie betreiben eine Sicherheitsfirma.«

»Das tun wir auch, aber wir führen auch private Ermittlungen durch.«

»Wie ist die Sache dann ausgegangen?«

»Wir haben den Typen erpresst.«

»Im Ernst?«

»Ja. Als wir ihn mit unseren Beweisen konfrontierten, wurde er ziemlich aggressiv, bis Harv ihm Manieren beigebracht hat.«

»Will ich wissen, was Harvey, na, Sie wissen schon … mit ihm angestellt hat?«

»Nein, lieber nicht. Auf jeden Fall hat er dann einen Scheck über etwas mehr als zwei Millionen Dollar ausgestellt, um nicht in den Knast zu gehen. Auf dem Papier war der Kerl das Zehnfache wert, aber wie es so schön heißt, nur Bares ist Wahres. Die Frau hat uns dann zehn Prozent angeboten. Wir haben aber nur drei genommen.«

»Das war großzügig von Ihnen.«

»Wir haben immer noch gut an der Sache verdient.«

»Trotzdem, Sie haben auf viel verzichtet.«

Nathan zuckte mit den Schultern. »Wir fanden es einfach nicht richtig, so viel zu nehmen. Wir haben ja unseren Schnitt gemacht. Außerdem hat sie uns weiterempfohlen und neue Aufträge vermittelt. Mit den Neukunden lief es dann genauso. Wie ein Schneeball, der immer größer wird, wenn er den Hang hinunterrollt. Irgendwann mussten wir sogar Aufträge ablehnen, weil wir nicht genug Personal hatten. Was die Bridgestones angeht, so sehe ich noch eine andere Möglichkeit.«

»Und die wäre?«

»Dass sie es auf Sie abgesehen haben. Nicht Sie direkt, sondern das FBI. Immerhin habe ich unter Ihrer Flagge ihren jüngeren Bruder getötet. Ich glaube nicht, dass sie darüber besonders erfreut sind.«

»Sie glauben also, dass sie seinen Tod rächen wollen.«

»Diese Möglichkeit lässt sich nicht ausschließen.«

»Das ist beängstigend, vor allem wenn man bedenkt, womit diese Kerle handeln.«

»An Ihrer Stelle würde ich eine Zeit lang meine Sicherheitsvorkehrungen erhöhen. Vielleicht sollten Sie ja doch Urlaub nehmen und für eine Weile verschwinden.«

»Aber wenn dann in meiner Abwesenheit einem von meinen Leuten was passiert, könnte ich nicht damit leben.«

»Vielleicht sind sie auch schon längst über alle Berge. Möglich, dass sie sich nicht groß um Rache scheren. Wahrscheinlich wird es auf zwei Möglichkeiten hinauslaufen. Entweder sie suchen augenblicklich das Weite oder sie verschwinden erst, nachdem sie ihren kleinen Bruder gerächt haben. Man kann nie wissen.«

»Was glauben Sie denn?«

Nathan atmete tief durch und seufzte. »Während der Aktion oben am Lager ist einer der beiden Brüder, ich bin mir ziemlich sicher, es war Ernie, etwa hundertfünfzig Meter durch offenes Gelände gespurtet, um seinen jüngeren Bruder zu retten, nachdem er erkannt hatte, dass sich SWAT-Teams in der Umgebung aufhielten. Ich wollte ihn gerade aufs Korn nehmen, als der andere Bruder ein paar Schüsse in unsere Richtung feuerte. Entweder war das, was er getan hat, das absolut Dümmste oder ein Paradebeispiel an aufopfernder Tapferkeit. Ich neige zu Letzterem, aber wahrscheinlich war es ein bisschen von beidem.«

»Sie glauben also, dass sie etwas gegen uns unternehmen, bevor sie abhauen?«

»Ich würde sagen, dass die Wahrscheinlichkeit groß ist.«

»Im Alleingang gegen uns, das FBI?«

Nathan nickte. »Wir haben es hier nicht mit Terroristen zu tun, Holly. Die Motivation, die die beiden antreibt, ist nicht irgendeine fanatische Ideologie oder Religion oder Hass, wie bei Al Kaida. Es geht denen in erster Linie ums Geld. Sie werden sich also zu keiner Aktion gegen unbeteiligte Ziele hinreißen lassen. Das heißt, sie legen keine Bombe in einem Bus, einem Bahnhof oder einem Stadion. Wenn sie zuschlagen, dann gegen Leute, die ihnen etwas angetan haben. Viel Zeit haben sie nicht, also werden sie die erste sich ihnen bietende Gelegenheit nutzen, ein Ziel auszusuchen, das man nicht über einen längeren Zeitraum observieren muss. Wer weiß, vielleicht haben sie schon etwas geplant. Wundern würde es mich nicht.«

»Was können wir tun?«

»Das ist genau der springende Punkt – viel können Sie nicht tun, außer die Sicherheitsvorkehrungen erhöhen. Wenn man es sich genau überlegt, leben wir in einer Gesellschaft, die äußerst anfällig für Störungen ist. Eine einzige größere Katastrophe, und schon bricht das Chaos aus. Erinnern Sie sich noch an den Blackout in New York City Ende der Siebzigerjahre?«

»Ein bisschen.«

»Ich habe neulich im Internet darüber gelesen. Die Krawalle und Plünderungen gerieten völlig außer Kontrolle. Es gab über tausend Fälle von Brandstiftungen und ganze Straßenblöcke sind abgebrannt. Als alles vorüber war, hatte die Polizei fast viertausend Menschen festgenommen und der Sachschaden belief sich auf dreihundert Millionen Dollar. Und dabei war das weder ein Hurrikan noch ein Erdbeben oder eine Flut. Überall gingen die Lichter aus. Danach haben die Leute der Stadtverwaltung die Schuld gegeben und gemeint, sie hätte besser vorbereitet sein und dies und das tun sollen. Was ich damit sagen will, es ist unmöglich, die Gesellschaft vor sich selbst zu schützen. Das hat man im Laufe der Zeit immer wieder gesehen.«

»Sie zeichnen da ein ziemlich düsteres Bild.«

»Verstehen Sie mich bitte nicht falsch. Wenn man genau nachrechnet, stellt man fest, dass in jener Nacht vielleicht einer von tausend über die Stränge geschlagen hat. Das war eine kleine Minderheit von Kriminellen, die die Situation ausgenutzt und all diese Probleme verursacht haben. Die überwiegende Mehrzahl der Bürger hat sich vorbildlich verhalten, indem sie anderen geholfen haben und wildfremden Menschen Kerzen und Taschenlampenbatterien gegeben haben. Der wahre Charakter eines Menschen zeigt sich in Extremsituationen. Ich bin fest davon überzeugt, dass Sie in Bestform wären, wenn das Schlimmste eintritt.«

»Wäre schön, wenn es so wäre.«

»Glauben Sie's mir. Sie sind schließlich nicht wegen des Geldes zum FBI gegangen. Es gibt jede Menge Jobs, wo man mehr verdient, und das bei kürzeren Arbeitszeiten. Na ja, vielleicht nicht jede Menge, aber Sie wissen schon, was ich meine. Sie wollen doch bestimmt eines Tages auf Ihr Leben zurückblicken und das Gefühl haben, dass Sie etwas bewirkt haben, dass die Welt dank Ihres Einsatzes ein besserer Ort ist. Lassen Sie sich nicht beirren, Holly. Machen Sie weiter und geben Sie nicht auf.«

»Wie ich schon sagte, habe ich noch nie jemanden wie Sie kennengelernt.«

»Ich bin nichts Besonderes. Ich habe mich einfach irgendwann entschieden, die Vergangenheit ruhen zu lassen. Jeder Mensch erlebt irgendwann im Leben Tragisches. Entscheidend ist jedoch, wie man damit umgeht. Ich hasse das nicaraguanische Volk nicht wegen der Dinge, die ich dort unten erlitten habe. Früher schon, aber jetzt nicht mehr. Warum sollte eine Frau, die vergewaltigt wurde, für den Rest ihres Lebens alle Männer hassen? Wut und Bitterkeit sind normale Gefühle, aber wenn man sie nicht kontrolliert, wuchern sie wie Krebsgeschwüre.«

»Ich hatte noch nie eine ernsthafte Bewährungsprobe. Daher kann ich nicht mit Bestimmtheit sagen, wie ich damit klarkommen würde.«

»Das kann keiner.«

Die restliche Fahrt von Oroville in die Berge verging schnell. Der Highway 70 folgte einem tief eingeschnittenen Flusstal mit steilen Felswänden. Sie überquerten Brücken und fuhren durch kurze Tunnel, die in den harten Granit gesprengt worden waren. Unter ihnen schimmerte der Fluss im Mondlicht. Auf der gegenüberliegenden Seite des Canyons verliefen Eisenbahnschienen parallel zum Highway. Hin und wieder kamen sie an kleinen Wasserkraftwerken vorbei, deren rechteckige Formen einen Kontrast zu den willkürlich geformten Felsen bildeten. Obwohl Nathan vom vielen Fliegen und wenigen Schlafen müde war, empfand er die Unterhaltung mit Holly als wohltuend und entspannend. Sie hatte einen ausgeprägten Sinn für Humor und eine positive Einstellung, trotz der Situation mit Ortegas Enkel.

»Tagsüber ist das eine schöne Fahrt«, sagte Nathan. »Harv und ich sind auf dem Weg zu unserem Einsatz hier entlanggefahren.«

»Ich war auch schon ein paarmal hier oben. Dieser Highway ist offiziell eine landschaftlich schöne Strecke.«

Die Straße stieg weiter an und schlängelte sich durch die felsige Schlucht in die mit Kiefern bewaldeten Berge.

Plötzlich knisterte Hollys Funkgerät. Es war Henning. »*Wir nähern uns der Abzweigung. Es ist besser, wenn wir die Scheinwerfer ausschalten.*«

»Verstanden«, gab sie zurück.

Bei allen drei Fahrzeugen gingen die Lichter aus. Henning, der immer noch vorausfuhr, bog links in eine schmale Schotterpiste, die in nördlicher Richtung vom Highway abzweigte. Es gab weder Schilder noch Markierungen, nur Stacheldrahtzäune zu beiden Seiten. Hohe Bäume säumten die Piste und schirmten den Schein des Halbmondes ab, der niedrig am östlichen Horizont stand. Nach etwa hundert Metern hielt die Wagenkolonne an und alle stiegen aus. Im Wald herrschte eine unheimliche Stille, ganz im Gegensatz zu dem Zirpen der Heuschrecken unten bei der Farm. Das einzige Geräusch war das sanfte Rauschen des Windes in den Wipfeln der Kiefern. Hier oben war es kühl, vielleicht fünf oder sechs Grad Celsius. Nathan schätzte, dass sie sich auf etwas über zweitausend Metern Höhe befanden. Er hatte auf die Hinweisschilder am Straßenrand geachtet und auf dem letzten, das ein paar Kilometer zurücklag, hatte 1800 m gestanden.

Sie nahmen dicht gedrängt neben Hollys Wagen Aufstellung. Nathan fiel auf, dass die Innenbeleuchtung dunkel blieb, als die Türen der FBI-Fahrzeuge geöffnet wurden. Er sah Holly dabei zu, wie sie in eine dunkelblaue Jacke schlüpfte, auf deren Rückseite in großen Buchstaben *FBI* stand. Henning stellte sich ganz bewusst zwischen ihn und Holly.

Henning schilderte, was die Bridgestone-Cousins ihm erzählt hatten. »Laut unserer Gäste befindet sich der Eingang zu dem Grundstück etwa einen Kilometer weiter die Piste entlang. Es ist das erste verschlossene Tor auf der rechten Seite. Von dort bis zur Hütte sind es dann noch einmal fünfhundert Meter. Das gesamte Grundstück ist mit Stacheldraht eingezäunt. Ich schlage vor, dass wir an der am weitesten von der Hütte entfernten Ecke ein Loch in den Zaun schneiden und uns von dort aus anschleichen.«

Holly erteilte Collins und Dowdy mit leiser Stimme Anweisungen. »Ich möchte, dass Sie sich die Hütte erst einmal aus sicherer Entfernung ansehen. Machen Sie sich bereit. Wir warten hier, bis Sie zurück sind und uns Meldung erstatten.«

Die beiden SWAT-Agenten eilten zu Giffords Wagen und öffneten den Kofferraum.

»Das Gelände ist womöglich mit Claymore-Minen gesichert«, gab Nathan zu bedenken. »Sagen Sie Ihren Männern, sie sollen auf Stolperdrähte aufpassen. Bei den vielen Rehen hier ist das zwar unwahrscheinlich, aber man kann nie wissen.«

»Gute Idee«, sagte Holly.

Gifford nickte und ging zu den beiden SWAT-Agenten. Ein paar Minuten später waren Collins und Dowdy abmarschbereit. Nathan bemerkte, dass sie die gleichen Nachtsichtgeräte wie er und Harv benutzten, wobei die ihren in einer Tandem-Anordnung auf den Helmen befestigt waren. Dies erlaubte ihnen besseres räumliches Sehen. Die Galgenmikrofone an ihren Helmen berührten fast ihre Lippen. Nathan verspürte einen Anflug von Neid. Am liebsten wäre er mit ihnen gegangen, aber das hätte Holly nie zugelassen.

»Das ist ein reiner Erkundungsgang«, sagte Holly. »Vermeiden Sie Feindkontakt, falls sich dort jemand aufhält. Schusswaffengebrauch nur im Selbstverteidigungsfall.«

Nathan sah den beiden Agenten zu, wie sie die Piste entlangliefen und in der Dunkelheit verschwanden.

Holly nahm das Funkgerät von der Hüfte, drehte die Lautstärke herunter und drückte auf die Sprechtaste. »Dowdy, Test … Collins …« Dann wandte sie sich Henning zu. »Haben sie auf der Fahrt irgendetwas Nützliches von sich gegeben?«

»Eigentlich nicht. Ich hab ein paarmal versucht, etwas aus ihnen herauszulocken. Ich glaube, sie sind stinksauer wegen dem Geld. Wahrscheinlich hatten sie bereits geplant, wie sie es ausgeben wollten.«

»Für Bier«, sagte sie.

Nathan hörte zu, war aber in Gedanken woanders. Irgendetwas nagte in seinem Hinterkopf wie ein Splitter, der zu eitern beginnt.

Es hatte mit dem Farmgebäude und der Garage zu tun, aber er konnte nicht genau sagen, was es war. Daneben lauschte er in die Dunkelheit nach dem vertrauten Knall einer Claymore-Mine. *Seid vorsichtig, Jungs.*

»Was machen wir mit unseren Gästen, wenn wir hier fertig sind?«, fragte Henning.

»Wir bringen sie zurück nach Hause und lassen sie frei«, erwiderte Holly. »Es besteht immer noch die Möglichkeit, dass ihre Cousins versuchen, mit ihnen Verbindung aufzunehmen. Wir werden sie weiterhin observieren.«

»Lassen Sie mich aber vorher noch ein Wörtchen mit ihnen reden«, sagte Nathan. »Ich, oder vielmehr wir beide«, sagte er und nickte zu Harv, »müssen ihnen begreiflich machen, dass es keine gute Idee wäre, jemandem von der Begegnung mit uns zu erzählen.«

»Wir haben uns allerdings nicht ganz an die Regeln gehalten«, sagte Holly.

»Nicht ganz«, echote Nathan.

»Glauben Sie wirklich, dass die beiden den Mund halten werden?«, fragte Henning.

»Der menschliche Körper hat über zweihundert Knochen«, sagte Nathan.

Henning warf Holly einen Blick zu, der sowohl Abscheu als auch Empörung ausdrückte.

»Sie könnten ihnen auch etwas von dem Geld anbieten«, schlug Nathan vor. »Quasi als Belohnung für ihre Kooperation heute Nacht.«

Holly ging nicht darauf ein.

Er zuckte mit den Schultern. »Was kann es schon schaden? Das Geld existiert offiziell sowieso nicht. Geben Sie jedem viertausend, dann bleiben immer noch dreihunderttausend – eine gerade Summe. Merkt doch eh keiner. Und wir wären quitt mit den beiden. Sagen Sie ihnen, dass Sie alles abstreiten, falls sie doch auf die Idee kämen zu plaudern. Dann steht Aussage gegen Aussage.«

»Eigentlich ist das gar keine schlechte Idee …«

In dem fahlen Licht, das durch die Bäume sickerte, sah Henning aus, als würde er jeden Moment ausrasten. Sein Mund schnappte auf und zu, als hätte er sich an einem Hähnchenknochen verschluckt.

»Wir sollten unsere Zeit weise nutzen«, sagte sie. »Wären Sie und Harvey bereit, den beiden ein paar Knochen zu brechen?«

Als er diese Bemerkung aus dem Mund seiner Chefin hörte, klappte Henning die Kinnlade herunter.

Je mehr Zeit Nathan mit Holly verbrachte, desto mehr mochte er sie. Die Frau hatte das Herz eindeutig am rechten Fleck. »Komm, Harv.« Er wandte sich wieder Holly zu. »Dürfen wir ihnen das Geld in Aussicht stellen?«

Sie zögerte einen Augenblick, doch dann sagte sie: »Klar, warum nicht?«

Drei Minuten später waren Nathan und Harv wieder da.

»Und?«, fragte sie.

»Die beiden haben schnell begriffen. Jetzt können sie sich ein ganzes Jahr lang Bier kaufen.«

Plötzlich erwachte Hollys Funkgerät zum Leben. Sie hob für einen Moment die Hand, bevor sie sagte: »Wir haben ein abgebranntes Gebäude mit einem NIBO.«

NIBO, dachte Nathan.

Nicht identifizierbares Brandopfer.

James Ortega.

KAPITEL 8

Eine Viertelstunde später verließen zwei FBI-Fahrzeuge den Schauplatz des grausigen Leichenfundes. Nathan, Harv und Larry Gifford saßen im vorderen Wagen, Bruce Henning und die Bridgestones im zweiten. Holly blieb mit den zwei SWAT-Agenten bei der Hütte, um den Tatort bis zum Eintreffen der FBI-Kriminaltechniker und des Rechtsmediziners von Sacramento County zu sichern.

Die aufgehende Sonne tauchte die Granitwände des Canyons, durch den sie fuhren, in ein rötlich oranges Licht, aber trotz des schönen Naturschauspiels herrschte im Innern des Wagens eine düstere Stimmung. Niemand verspürte Lust zu reden. In Sacramento verließ Gifford bei der Ausfahrt J Street die I-5, um Nathan und Harv am Hyatt Regency abzusetzen, während Henning weiter nach Süden fuhr. Henning ließ zum Abschied zweimal die Bremslichter aufleuchten und Gifford erwiderte die Geste, indem er die Scheinwerfer aufblendete.

Endlich sind wir sie los, dachte Nathan erleichtert. Die Bridgestone-Cousins waren menschlicher Abschaum. Nathan konnte immer noch nicht fassen, wie jemand so hausen konnte. Die Farm war eine einzige Müllhalde, mit Ausnahme der Garage, von der Nathan ursprünglich erwartet hatte, dass es dort genauso schlimm aussah wie im Haus. *Denk verdammt noch mal nach*. Er versuchte, einen klaren Gedanken zu fassen und sich auf die Garage zu konzentrieren, schaffte es aber nicht. Sein Geist setzte wegen akutem Schlafmangel aus. Harv, der neben ihm saß, sah auch nicht viel besser aus.

Als könne er Gedanken lesen, fragte Gifford: »Wie viel Schlaf hatten Sie beiden eigentlich in den letzten achtundvierzig Stunden?«

»Nicht besonders viel«, sagte Nathan.

»Tun Sie sich einen Gefallen und legen Sie sich aufs Ohr, sobald Sie im Hotel sind. In Ihrer gegenwärtigen Verfassung bringen Sie nicht viel auf die Beine. Sobald wir mehr wissen, melden wir uns.«

»Danke, Larry.«

Gifford setzte sie kurz nach neun Uhr morgens vor dem Säuleneingang des Hyatt ab. Während der Hotelpage ihre Reisetaschen aus dem Kofferraum holte, verabschiedeten sie sich mit Handschlag von Gifford und winkten ihm nach, als er davonfuhr. Dann schleppten sie sich zur Rezeption und buchten zwei nebeneinanderliegende Zimmer im fünften Stock mit Blick auf den Capitol Park. In seinem Zimmer angekommen, gab Nathan dem Pagen ein Trinkgeld von zwanzig Dollar und rief die Telefonzentrale an, um etwaige Anrufe auf die Mailbox umleiten zu lassen.

* * *

Als Nathan erwachte, blinkte an dem Telefon auf dem Nachttisch das Licht, das eingegangene Nachrichten anzeigte. Nathan griff zum Hörer und drückte auf die Abruftaste. Holly hatte eine Nachricht hinterlassen und bat um Rückruf. Daraufhin wählte Nathan die Nummer von Harvs Zimmer.

»Hast du ein bisschen geschlafen?«, fragte er.

»Vier Stunden. Und du?«

»Ungefähr genauso viel. Ich hab eine Nachricht von Holly. Ich soll sie zurückrufen.«

»Gib mir zwei Minuten«, sagte Harv.

Nathan ging ins Bad, wo er die Toilette benutzte und sich ein wenig kaltes Wasser ins Gesicht spritzte. Dann starrte er in den Spiegel. Beim Aufwachen hatte er wieder an diese verdammte Garage denken müssen. Aus irgendeinem Grund ging sie ihm nicht aus dem Kopf. Was war es nur, das ihm keine Ruhe ließ? Die Werkzeuge? Das Geländemotorrad?

Als ein leises Klopfen ertönte, öffnete er die Verbindungstür zum Nebenzimmer. Harv kam herein. Dann ging er zum Telefon und drückte im Stehen die Neun. Sobald das Freizeichen ertönte, wählte er die Nummer von Hollys Handy.

»Holly Simpson.«

»Holly, hier ist Nathan. Ich habe auf Lautsprecher geschaltet. Harv ist bei mir.«

»Ich habe keine gute Nachricht. Bei der verbrannten Leiche handelte es sich um James Ortega. Der Rechtsmediziner konnte ihn anhand der Zähne identifizieren. Ich hab es erst vor zehn Minuten erfahren. Er war extremer stumpfer Gewalteinwirkung ausgesetzt. Sechs seiner Finger fehlten und außerdem gab es Rauchablagerungen in seiner Lunge.« Ihre Stimme überschlug sich. »Nathan, sie haben ihn bei lebendigem Leib verbrannt.«

Er sah seinen Partner mit zusammengekniffenen Augen an. Harvs Kiefern fingen an zu mahlen.

»Sind Sie noch dran?«, fragte sie.

»Das tut mir wirklich leid, Holly.«

»Ohne Ihre Hilfe hätten wir ihn nie so schnell gefunden. Ich hab mich gestern Nacht gar nicht bei Ihnen beiden bedankt.«

»Ich hatte gehofft, wir finden ihn lebend. Dem Verdursten und Verhungern nahe, aber wenigstens noch am Leben.«

»Ich auch.«

»Wir benachrichtigen seine Angehörigen.«

»Das ist nett von Ihnen. Ich muss jetzt Schluss machen. Hier ist die Hölle los. Rufen Sie mich später noch mal an?«

»Mach ich.« Er legte auf und sah Harv an. Es bedurfte keiner Worte.

Mit einem Mal war die Angelegenheit persönlich geworden. *Das Ganze ist noch nicht vorbei, ihr Scheißkerle. Es ist noch lange nicht vorbei.* Er war sich darüber im Klaren, dass der Anruf bei Frank Ortega einen emotionalen Zusammenbruch auslösen würde. Frank hatte zwar geahnt, dass sein Enkel tot war, aber es war eine andere Sache, dies nun bestätigt zu bekommen. Solange man keine endgültigen Beweise hatte, blieb immer noch ein Hoffnungsschimmer, und wenn er noch so klein war. Damit war es jetzt vorbei. James Ortega, FBI-Agent in der dritten Generation, war tot, gefallen im Dienst. Nein, gefallen war das falsche Wort. Von zwei kaltblütigen Verbrechern gefoltert, erniedrigt und lebendig verbrannt. Nathan wurde schlecht bei dem Gedanken daran, was Ortega durchgemacht haben musste. Hatten die Bridgestones nicht einmal einen winzigen Funken Menschlichkeit im Leib? Sie hätten ihn wenigstens zuerst töten können. Ein kräftiger Schlag mit einem harten Gegenstand auf den Kopf. Eine Kugel in die Stirn. Ein Schnitt durch die Kehle. Eine Plastiktüte über das Gesicht. Alles, nur nicht das. Warum mussten sie ihn ausgerechnet verbrennen? Warum nur? Die Antwort lag auf der Hand. Sie wollten eine Botschaft senden, klar und deutlich und unmissverständlich: Wer uns in die Quere kommt, stirbt einen schrecklichen Tod.

Nathan sah Harv an. »Wir sollten Ortega anrufen. Soll ich es machen?«

»Nein.« Harv langte in die Hosentasche, zog einen Zettel heraus und starrte auf die Nummer, die darauf stand.

»Harv?«

»Bei mir ist alles in Ordnung.«

Nathan wusste, dass das nicht stimmte. Ganz im Gegenteil. Er ging ins Bad und blickte in den Spiegel. Ein Paar Augen mit dunklen Ringen starrten zurück. Nathan biss die Zähne zusammen und ballte die Fäuste so fest, dass sie wehtaten. Hatte James Ortega am Ende um Gnade gefleht? Hatte er darum gebettelt, dass sie ihn gleich töteten? Hatten die Brüder scheinbar mitleidige Blicke gewechselt und ihn dann ausgelacht, bevor sie das brennende

Streichholz auf ihn warfen? Waren sie dann noch bei ihm geblieben und hatten zugehört, wie er vor Schmerzen brüllte?

Er schmetterte die Faust gegen den Spiegel.

Das Glas zerbrach in tausend Scherben.

Nathan taumelte nach hinten und setzte sich auf den Badewannenrand. Diese verdammten Arschlöcher.

Harv erschien im Türrahmen. »Lass mich mal deine Hand anschauen.«

Wie ein Roboter hob Nathan die Hand und ließ es mit sich geschehen, dass Harv die winzigen Glassplitter aus seinem Fleisch entfernte. Das Blut lief ihm bereits die Finger herunter und tropfte auf den Marmorboden. Harv befeuchtete einen Waschlappen und tupfte damit auf die verletzte Haut, ehe er das Blut vom Boden wischte.

»Ich kümmere mich um Verbandszeug. Halt solange still.«

Nathan hörte durch die offene Badtür, wie Harv bei der Rezeption anrief und mitteilte, es hätte in dem Zimmer einen Unfall gegeben. Er bat um einen Verbandskasten und einen Handwerker, damit dieser den zerbrochenen Spiegel auswechselte.

»Komm«, sagte Harv. »Du solltest was essen. Wir haben seit über achtzehn Stunden nichts zu uns genommen. Ich bestelle uns was vom Zimmerservice. Das Übliche? Diverse Vorspeisen?«

Nathan nickte. »Das mit dem Spiegel tut mir leid.«

Harv rang sich ein Lächeln ab. »Du bist mir zuvorgekommen.« Er setzte Nathan auf die Bettkante und wickelte den Waschlappen um die verletzten Knöchel.

»Wir müssen uns diese Kerle schnappen, Harv. Egal wie.«

»Verlass dich drauf. Hast du eine Idee, wo wir mit dem Suchen anfangen sollten?«

»Ja, ich glaube, wir sollten der Spur des Geldes folgen, also der Kohle, die wir noch nicht gefunden haben. Wir fangen am besten mit dem Besucherverzeichnis von Leavenworth an. Ich würde gerne wissen, wer Ernie Bridgestone dort besucht hat.«

»Eine alte Freundin?«

»Möglich. Wir sollten uns auch die Namen der Leute besorgen, mit denen Leonard zu tun hatte, als er im nördlichen Irak stationiert war. Auf der Fahrt zur Hütte habe ich Holly darauf hingewiesen, dass er möglicherweise einen Insider in einer Bank hatte, der die Geldwäsche besorgt hat. Als Kandidat käme jemand infrage, der über seine Verhältnisse lebt und nicht weiter als eine Tagesreise mit dem Auto entfernt wohnt, vielleicht in Reno oder Las Vegas. Dort fällt es nicht auf, wenn jemand größere Summen Bargeld einzahlt.«

»Das wird um einiges einfacher, wenn uns jemand hilft, der beim Militär Einfluss hat«, sagte Harvey. »Wir sollten General Hawthorne im Pentagon anrufen und ihn fragen, ob er etwas für uns tun kann.«

General Robert »Thorny« Hawthorne war der ranghöchste Offizier im US Marine Corps und dessen Oberbefehlshaber. In dieser Eigenschaft gehörte er zu den Joint Chiefs of Staff, dem vereinten Generalstab der vier Teilstreitkräfte des amerikanischen Militärs. Hawthorne hatte das Kommando über die Operationen in Nicaragua gehabt, an denen Nathan und Harv beteiligt waren, und deren Erfolge hatten seiner Karriere einen gewaltigen Schub verliehen.

»Gute Idee«, sagte Nathan. »Ich werde ihn gleich morgen früh anrufen.«

»Meinst du, er wird uns helfen?«

»Das glaube ich schon. Er wird keine Zeit haben, sich persönlich darum zu kümmern, aber er wird uns einen Verbindungsoffizier zuweisen, der für uns die Datenbanken des Pentagon durchsucht.«

»Wir brauchen Hilfe für all die Dinge, die nebenbei anfallen. Allein schaffen wir das nie. Ich lasse zwei von unseren Leuten aus San Diego kommen. Wir richten uns hier unsere Operationsbasis ein. Und dann brauchen wir noch eine sichere Faxverbindung. Ich sage Lewey, er soll unsere Jungs mit einem verschlüsselten Handy mit Faxanschluss ausstatten. Thorny will bestimmt eine Garantie dafür, dass wir sichere Kommunikationswege für die Datenübermittlung benutzen.«

Nathan fühlte sich mit einem Schlag besser. Es war ein gutes Gefühl, etwas zu unternehmen, einen Plan zu haben und auf ein Ziel hinzuarbeiten. Und ein wertvolles Ziel noch dazu. Sie würden die Bridgestones jagen wie räudige Hunde – was sie ja auch waren. Der Tag der Abrechnung rückte unaufhaltsam näher wie ein Güterzug in voller Fahrt. Diese beiden Arschlöcher hatten ja überhaupt keine Ahnung, in was für ein Wespennest sie gestochen hatten.

Harv bestellte etwas zu essen und bat darum, es auf Nathans Zimmer zu schicken. Ein paar Minuten später klopfte es sachte an der Tür und Harv machte auf. Ein Handwerker trat ein. Er hatte einen Verbandskasten und Werkzeuge dabei. Als er die Glasscherben im Bad sah, blickte er zu Nathan hinüber, der auf dem Bett saß. Der Anblick der blutigen Hand und des ramponierten Gesichts überzeugte ihn, dass es wohl am besten war, wenn er nichts sagte. Er gab Harvey den Verbandskasten.

»Wie lange werden Sie dafür brauchen?«, fragte Harvey.

Der Mann zuckte mit den Schultern. »Vielleicht 'ne Stunde.«

Harv nahm Verbandsmaterial aus dem Kasten und versorgte damit Nathans Knöchel. Er wickelte mehrere Lagen Mullbinde um die Wunde und befestigte sie mit weißem Klebeband an der Handfläche.

»Danke«, sagte Nathan.

»Gern geschehen.«

Während der Handwerker sich im Bad zu schaffen machte, brachte Harv den Seesack mit ihren Pistolenholstern, Nachtsichtgeräten und anderen Gegenständen durch die Verbindungstür in Nathans Zimmer.

Nachdem er den Sack abgelegt hatte, sagte Nathan: »Wir sollten jetzt lieber Ortega anrufen. Je länger wir es vor uns herschieben, desto unangenehmer wird es.«

»Ja, ich weiß.«

»Wie machst du es übrigens, dass du immer so ruhig bleibst, Harv?«

»Wie ich schon sagte, du warst einfach schneller als ich. Dieser Spiegel war von dem Tag an, an dem er installiert wurde, dem Untergang geweiht.«

»Ich hab dich noch nie etwas kaputt schlagen sehen.«

»Genau das ist es ... du hast es noch nie gesehen. Einmal hab ich wie ein Verrückter mit einem Baseballschläger auf einen Rasenmäher eingedroschen. Das Ding war nagelneu und vollgetankt, wollte aber nicht anspringen. Ich hab bestimmt über hundert Mal an dem Startseil gezogen. Irgendwann bin ich dann ausgerastet und hab zu dem Schläger gegriffen. Candace kam in den Garten und hat mir wortlos die Gebrauchsanweisung hingehalten. Dann hat sie runtergelangt und das Benzinabsperrventil aufgedreht. Zum Schluss hat sie mir noch zugezwinkert und ist wieder ins Haus gegangen.«

»Ja, das klingt ganz nach Candace.«

»Ich muss allerdings zugeben, dass es sich toll angefühlt hat, auf den Rasenmäher einzudreschen. Komm, bringen wir den Anruf hinter uns.«

»Harv, lass mich das machen.«

»Nein, es ist besser, wenn ich es tue. Du bist momentan nicht in der Verfassung, um mit Ortega zu reden. Und ehrlich gesagt ist das meine Aufgabe. Ich habe uns in die Sache reingezogen, da ist es nur recht und billig, wenn ich jetzt in den sauren Apfel beiße.«

Sobald Harv das Zimmer verlassen hatte, versuchte Nathan, die Nebelschwaden aus seinem Hirn zu vertreiben. Er musste seine Gedanken ordnen und die Situation aus einer besonnenen Perspektive betrachten. Zunächst konzentrierte er sich auf die Rolle, die das FBI bei der ganzen Sache spielte. Bereits vor der Razzia gegen das Lager hatte man die Farm observiert. Warum? Offenbar dachten die FBI-Leute, dass die Bridgestones dort auftauchen würden. Von dem Tunnel hatte jedoch niemand etwas gewusst, denn sonst hätte das FBI am anderen Ende Agenten postiert. Glaubte Holly Simpson wirklich, dass er und Harv entscheidend dazu beitragen konnten, die Brüder zu schnappen? Der Nutzen, den das FBI aus ihrer Teilnahme ziehen konnte, war ungewiss und das damit verbundene Risiko hoch. Vielleicht hatte Frank Ortega darauf bestanden. Dieses Szenario war wahrscheinlicher, setzte jedoch voraus, dass Ortega weitaus mehr Einfluss bei FBI-Direktor Lansing besaß, als er bei ihrem Treffen in San Diego zugegeben hatte. Wo lag die Wahrheit? Nathan war sich nicht mehr sicher.

Er schob den Gedanken beiseite und konzentrierte sich auf die Farm. Schlagartig musste er wieder an die Garage denken. Irgendetwas war daran seltsam gewesen. Er schloss die Augen und stellte sie sich im Geiste vor. Auf der einen Seite befand sich eine Werkbank, auf der anderen die Werkzeuge. Die Werkzeugkästen standen an der hinteren Wand. In der Ecke parkte ein Geländemotorrad. Rot, mit Gepäckträger. Was kostet so eine Maschine? Vier- oder fünftausend? Die Typen sahen nicht so aus, als könnten sie sich so etwas leisten. Das Motorrad war noch ziemlich neu und in gutem Zustand gewesen. Alles in der Garage hatte wie neu ausgesehen. Er dachte an die Werkzeuge, die fein säuberlich angeordnet an der Wand über der Werkbank hingen. Die Elektrowerkzeuge auf der anderen Seite der Garage waren ebenfalls in gutem Zustand und nach Typ und Anwendung sortiert. Dann fielen ihm die leeren Kartons ein, in denen diese Werkzeuge verpackt gewesen waren. Wer hebt so etwas auf?

Und wozu brauchten diese Loser einen Stolperdraht auf ihrer Veranda? Wie viele Leute machten so etwas? Er dachte an die Vorrichtung mit den Bierflaschen. Litten die beiden unter Verfolgungswahn? Vielleicht war es eine Vorsichtsmaßnahme für den Fall, dass Leonard und Ernie ihnen einen unerwarteten Besuch abstatteten. Oder hatten sie geahnt, dass sich die Polizei für sie interessieren würde?

Als Nathans Blick auf den Verband fiel, den Harv an seiner Hand angelegt hatte, musste er an die Mullbinde am Arm von Billys Cousin denken. Durch den Stoff war Blut gesickert und die weißen Klebebänder, mit denen die Binde befestigt war, waren an den Ecken über Kreuz gelegt worden. Es hatte wie ein Verband ausgesehen, wie ihn geübte Feldsanitäter anlegten. Nathan hielt die Hand hoch. Genau wie dieser. Er dachte an seine eigene Erste-Hilfe-Ausbildung.

Scheiße!

Nathan stürzte zum Telefon auf dem Nachttisch, wählte Hollys Nummer und hörte nur ein nervendes Tuten. Er hatte vergessen, zuerst die Neun zu wählen. Er schlug mit dem Finger auf die Taste und wartete eine gefühlte Ewigkeit, bis das Freizeichen ertönte. Es erforderte einige Selbstbeherrschung, ruhig zu bleiben und Hollys Handynummer einzugeben.

»Holly Simpson.«

»Holly, hören Sie mir bitte gut zu. Wir haben es vermasselt, und zwar gründlich.«

»Wer spricht da? Nathan?«

»Wir haben es vergeigt.«

»Wovon reden Sie?«

»Die Farm. Ich glaube, sie waren gestern Nacht dort. Die Bridgestones, Leonard und Ernie.«

»Was? Wie? Das ist doch unmöglich.«

»Fahren Sie so schnell wie möglich wieder dorthin, Holly, und nehmen Sie ein SWAT-Team mit.«

»Nathan …«

»Holly, bitte tun Sie einfach, was ich Ihnen sage.«

»Aber wir haben doch die Farm rund um die Uhr observiert, sogar schon vor der Razzia. Da ist niemand rein oder raus.«

»Gestern Nacht habe ich so ein dickes Rohr gesehen, das aus dem Boden ragte, und zwar bei dem Windrad an der Ecke des Grundstücks. Ich hab mir nichts dabei gedacht. Erst jetzt ging mir ein Licht auf.«

»Schon wieder ein Tunnel«, flüsterte sie.

»Seien Sie vorsichtig, Holly. Sagen Sie Ihren Leuten, sie sollen sich noch einmal die Garage anschauen, vor allem den Lichtschalter.«

»Ich rufe Sie später noch einmal an.«

* * *

Nathan tigerte im Zimmer auf und ab. »Sie haben uns verarscht, Harv. Sie haben eine Show abgezogen und wir sind darauf reingefallen.«

»Vielleicht irrst du dich und sie waren nicht da.«

»Sie waren da.«

»Nate, woher willst du das so genau wissen?«

»Ich hab mir nicht sofort einen Reim darauf gemacht, obwohl ich hätte Verdacht schöpfen müssen. Die Cousins sind viel zu schnell eingeknickt. Sie haben uns verraten, wo die Hütte und das Geld sind, um uns abzulenken, um uns glauben zu machen, dass wir etwas Wertvolles aus ihnen herausbekommen haben. Das war nur eine Finte, um uns loszuwerden. Ich glaube, die haben das alles geplant, für den Fall, dass das FBI oder die Polizei ihnen Fragen stellt. Die Farm war von Anfang an ein Geheimversteck für die Brüder.«

Harv schwieg.

»Die Garage hat sie verraten. Mir hat das keine Ruhe gelassen. Ich hab mir gedacht, das gibt's doch nicht, dass die Garage so ordentlich und aufgeräumt aussieht. Vor allem, wenn man bedenkt, wie die Kerle hausen.«

»Und was, wenn du dich irrst? Holly riskiert eine ganze Menge, wenn sie dort mit einem SWAT-Team anrückt. Stell dir vor, sie finden nichts.«

»Harv, du hast die Typen doch selbst gesehen. Sie waren von Kopf bis Fuß mit Öl verschmiert, vor allem an den Händen. Aber der Verband an Billys Cousin Arm war sauber. Da hätten Ölflecken dran sein müssen. Der Verband war das Einzige in dem Haus, das sauber war. Mir kam das von Anfang an spanisch vor.«

»Also gut, nehmen wir mal an, du hast recht – es gibt diesen Tunnel wirklich und die Brüder waren da. Warum haben die Cousins sie dann nicht ans Messer geliefert? Dann würde das Geld jetzt ihnen gehören.«

»Vielleicht hatten sie vor den beiden mehr Angst als vor uns. Oder man hat ihnen einen größeren Anteil versprochen, wenn sie die Schnauze halten. Wer weiß?«

»Dann verrate mir doch bitte eins: Warum waren sie da? Was für einen Grund sollten sie haben, dorthin zu gehen?«

Nathan erwiderte nichts darauf. Es war auch nicht nötig.

»Das Semtex«, schoss es aus Harv heraus. »Die Kisten, die dort oben im Lager gefehlt haben.«

Nathan nickte. »So ist es.«

»Und die Cousins?«

»Die sind tot«, sagte Nathan. »Sie am Leben zu lassen, wäre zu riskant für die Bridgestones. Typen wie die lassen nichts unerledigt.«

»Wenn es stimmt, was du sagst, müssen wir Ortega davon erzählen.«

»Damit warten wir lieber noch. Es könnte sonst unangenehm für Holly ausgehen. Ich will nicht, dass man ihr den schwarzen Peter zuschiebt, falls etwas schiefgeht. Du weißt ja selbst, wie das läuft: Scheiße fließt immer bergab. Wenn es nicht anders geht, werde ich die Schuld auf mich nehmen.«

»Wie denn? Offiziell waren wir ja nicht dort.«

»Dann drohe ich damit, alles auffliegen zu lassen. Wenn sie versuchen, Holly durch den Fleischwolf zu drehen, fließt die Scheiße ausnahmsweise mal bergauf.«

»Nathan, du kannst doch nicht das FBI erpressen.«

»Warte es ab.«

»Nein, ich meine, das geht wirklich nicht. Da mache ich nicht mit.«

Nathan starrte zum Fenster hinaus. »Dann möchte ich ein Gespräch mit Direktor Lansing, und zwar morgen.«

»Da wird Ortega niemals mitspielen.«

»Es war nicht Hollys Entscheidung, uns in diese Angelegenheit zu verwickeln. Die Sache war auf Ortegas Mist gewachsen und Lansing hat seinen Segen dazu gegeben. Du weißt schon, dieses Frage-nichts-sage-nichts-Spielchen. Außerdem bin ich mir ziemlich sicher, wer hinter dieser ganzen Nacht-und-Nebel-Aktion steckt.«

»Dein Vater.«

»Ja. Weißt du noch, was Ortega mir geantwortet hat, als ich ihn fragte, ob mein lieber Daddy von unserer Teilnahme weiß?«

Harv schwieg.

»»Er möchte einen politischen Erfolg für sein Komitee und ist bereit, dafür sämtliche Regeln zu brechen. Wenn es ihm gelingt, ist das ein großer Triumph für ihn. Dann sind staatliche Gelder für die nächsten fünfhundert Jahre garantiert. Und er macht Schlagzeilen.«

»Ich glaube, es gibt eine viel einfachere Erklärung.«

»Okay, ich höre.«

Harv senkte die Stimme. »Frank Ortega hat deinen Vater angerufen. Er ist derjenige, der hinter den Kulissen die Fäden zieht. Er wollte, dass sein Enkel gefunden wird, koste es, was es wolle. Wenn dabei die Bürgerrechte von ein paar Kotzbrocken verletzt werden, seis drum.«

Nathan hörte den Schmerz, der in der Stimme seines Partners mitschwang, und schlug einen sanfteren Ton an. Er ließ es sein, ständig im Zimmer auf und ab zu gehen. »Hör zu, Harv, wenn du vermisst wärst, würde ich das Gleiche tun. Das weißt du. Urteile also bitte nicht über Ortega, nur weil er Gewissheit über das Schicksal seines Enkels wollte. Wird er dir die Wahrheit sagen?«

»Ja, ich glaube schon.«

»Wir müssen es sicher wissen. Deshalb ist es wichtig, dass ich mit Direktor Lansing rede. Wenn er noch nicht weiß, was los ist, erzähle ich ihm alles. Und zwar von Anfang an. Ohne ihm zu drohen. Ich werde die volle Verantwortung übernehmen.«

»Komm, Nate, das ist dir und auch mir gegenüber nicht fair. An dem Schlamassel sind mehrere schuld. Immerhin hat ja das FBI die Farm observiert.«

»Aber es war alles da, direkt vor meinen Augen. Ich hätte nur zwei und zwei zusammenzählen müssen. Ich will es wiedergutmachen. Wir müssen es wiedergutmachen.«

»Wir müssen uns aber auch schützen.«

»Genau deshalb will ich mit Lansing reden.«

KAPITEL 9

Nathan konnte nicht schlafen. Er starrte an die Zimmerdecke und dachte an James Ortega. Als das Telefon klingelte, sah er auf die Uhr. Fast Mitternacht.

»Nathan, hier ist Holly. Hab ich Sie geweckt?«

»Nein.«

»Ich bin nur fünf Minuten von Ihrem Hotel entfernt. Können wir uns in der Lobby treffen?«

Nathan zögerte, da er nicht sicher war, ob er im Moment Gesellschaft wollte. Aber etwas in ihrer Stimme sorgte dafür, dass er zustimmte. »In fünf Minuten.«

»Sie hatten recht. Mit allem.« Dann wurde es still in der Leitung.

Nathan ging ins Bad, putzte sich die Zähne und fuhr sich mit einem nassen Waschlappen übers Gesicht. Dann ging er hinaus zum Fahrstuhl. Er wollte gerade auf den Knopf drücken, hielt jedoch inne, als er merkte, dass er sein Handy vergessen hatte. Er ging zurück ins Zimmer, um es zu holen. Im Fahrstuhl, auf dem Weg nach unten, dachte er an Holly und daran, wie sich die letzten zwölf Stunden wohl für sie angefühlt hatten. Er schüttelte den Kopf und trat aus dem Fahrstuhl in die verlassene Lobby. Die Angestellte an der Rezeption lächelte ihn beim Vorbeigehen an. Drei Minuten später kam Holly Simpson herein. Sie trug ein weißes Hemd, Jeans und einen mit silbernem und türkisfarbenem Indianerschmuck verzierten Gürtel. Selbst in ihrem erschöpften Zustand sah sie gut aus.

Als sich die automatische Glastür öffnete, erhob Nathan sich.

»Hallo, Holly.«

Ihr Gesichtsausdruck sagte alles.

»Oh Mann.« Er breitete die Arme aus.

Sie trat auf ihn zu und umarmte ihn fest.

»Harter Tag?« Nathan spürte, wie sie nickte und ließ sein Kinn auf ihrem Kopf ruhen. Er hatte diese Umarmung mindestens so nötig wie sie.

»Was ist mit Ihrer Hand passiert?«

»Ich hatte eine Auseinandersetzung mit dem Spiegel im Bad. Der Spiegel hat verloren.«

»Alles in Ordnung bei Ihnen?«

»Mir ist die Sache einfach nur peinlich.«

Sie löste sich von ihm und trat einen Schritt zurück. »Schauen Sie mich an … ich verhalte mich ja auch nicht gerade professionell.«

»Unsinn. Sie sind halt ein Mensch mit starken Gefühlen.«

Sie brachte ein Lächeln zustande. »Danke für die Umarmung. Die hatte ich bitter nötig.«

»Ich auch.«

»Sie haben uns gestern Nacht auf der Farm das Leben gerettet.«

»Der Lichtschalter.«

»Er war mit mehreren Claymore-Minen in einem leeren Werkzeugkasten verdrahtet. Wenn Bruce ihn betätigt hätte, wären wir jetzt tot. Es hat ihn ziemlich mitgenommen, so schlimm, dass er gedroht hat, den Dienst zu quittieren.«

»Sagen Sie ihm, er soll das nicht tun.«

»Mache ich.« Sie nahmen gegenüber voneinander Platz. »Da ist noch was. Die Bridgestones haben unsere beiden Techniker im Observierungsfahrzeug getötet. Aber zuerst haben sie sie gefoltert, genau wie James Ortega. Wir haben ihre Leichen im Farmgebäude gefunden. Sie wurden mit Kopfschüssen getötet. Und da die Geräte liefen, als sie überrumpelt wurden, haben wir alles auf Band. Die Schreie … es war furchtbar.«

»Das tut mir leid, Holly.«

»Das ist noch nicht alles, Nathan. Die Brüder wissen über Sie Bescheid. Sie wissen, dass Sie ihren jüngeren Bruder bei dem Lager erschossen haben. Und außerdem wissen sie, wer Ihr Vater ist.«

Nathan starrte ins Leere. Woher zum Teufel wussten sie das? Seine Gedanken überschlugen sich, als er sich die Möglichkeiten durch den Kopf gehen ließ. Alle waren schlimm.

»Wir können Sie beschützen, indem wir Sie in das Zeugenschutzprogramm stecken.«

»Vergessen Sie's. Ich verstecke mich nicht vor diesen Straßenkötern.«

»Aber die Situation ist jetzt eine völlig andere. Sie wissen, wer Sie sind.«

»Kommen Sie, gehen wir.«

Draußen fragte sie ihn, ob er fahren wolle. Er ließ sie auf dem Beifahrersitz Platz nehmen und lief vorne um den Geländewagen herum. Dann schob er den Fahrersitz, soweit es ging, nach hinten, stieg ein und griff nach dem Autoschlüssel. Er steckte nicht im Zündschloss.

»Tut mir leid.« Sie langte in ihre Handtasche. »Nicht weit von hier gibt es eine Piano-Bar. Sie hat noch eine Stunde lang offen.«

»Klingt gut. Gehen Sie da öfter hin?«

»Wenn ich nicht schlafen kann. Woher wussten Sie das mit dem Lichtschalter in der Garage?«

»Nur so ein Gefühl.«

»Fahren Sie bei der L Street nach rechts und dann an der nächsten Ampel links. Worauf basierte dieses Gefühl?«

»Das kann ich nicht genau erklären.«

»Wollen Sie es nicht wenigstens versuchen?«

»Es waren viele Dinge auf einmal. Dinge, die mir lose durch den Kopf gingen. Zum Beispiel die Claymore-Minen beim Lager. Der Stolperdraht auf der Veranda des Farmgebäudes. Das vergrabene Geld. Es ist schwer zu greifen.«

»Da war ein Stolperdraht?«

»Eine Schnur, die an ein paar leeren Bierflaschen befestigt war. Ich habe sie durchgeschnitten, bevor ihr gekommen seid.«

»Die Flaschen hab ich gesehen, aber ich hab mir nichts dabei gedacht.«

»Harv und ich haben während unserer Ausbildung gelernt, auf solche Dinge zu achten, auf Dinge, die völlig normal aussehen. Ich bin bloß froh, dass das Garagentor selbst nicht mit einer Sprengfalle präpariert war. Deshalb habe ich Sie und Henning auch gebeten, nach einem Draht Ausschau zu halten, als ich das Tor hochgezogen habe.«

»Und ich bin wirklich froh, dass Sie da waren. Ehrlich gesagt, war ich am Anfang gegen Ihre Teilnahme. Ich habe am Flughafen nur nichts gesagt, weil ich Ihnen nicht zu nahe treten wollte.«

»Dasselbe hat mir Larry Gifford am Lager auch gesagt. Fast wortwörtlich.«

»Larry ist ein guter Mann.«

»Ich mag ihn sehr«, sagte Nathan. »Er ist authentisch.«

»Das FBI ist wie eine große Familie. Wir passen aufeinander auf. Manchmal kommt es mir so vor, als wären wir zu abhängig voneinander, was dazu führt, dass wir verschlossen und arrogant wirken. Wir mögen es nicht, wenn wir Außenstehende um Hilfe bitten müssen.«

»Da sind Sie nicht allein.«

»Wie schaffen Sie es nur, bei alldem so ruhig zu bleiben? Immerhin wissen die Bridgestones jetzt, wer Sie sind.«

»Wie ich schon sagte, außer meinem Namen haben sie nichts.«

»Biegen Sie an der nächsten Ampel links ab. Sie können parken, wo Sie wollen, die Bar ist nur ein kleines Stück weiter die Straße entlang.«

Nathan fuhr an den Straßenrand und stieg schnell aus. Bevor er es jedoch zur Beifahrertür schaffte, war Holly bereits draußen. Er machte die Tür für sie zu.

»Das ist wirklich nicht nötig.«

»Meine Mutter hat mich so erzogen. Sie ist noch von der alten Schule.«

Sie liefen schweigend den Gehsteig entlang. Bis auf ein paar Autos, die noch zu später Stunde unterwegs waren, war die Innenstadt von Sacramento wie ausgestorben. Ein paar Meter weiter sah Nathan den Eingang zur Bar. Die Glastür befand sich unter einem kleinen schwarzen Vordach. Im Fenster daneben leuchtete ein Neonschild, das wie ein großes Klavier aussah. Das Fenster auf der anderen Seite hatte zwei blaue Neonschilder in der Form von Cocktailgläsern. Nathan vernahm von drinnen gedämpfte Jazzmusik, die selbst durch das Glas gut klang. Er sah sich auf dem Gehsteig nach plattgetretenen Kaugummis um – ein Hinweis auf die Art der Gäste, die hier verkehrten –, fand aber keine. Auch die Glastür war sauber, ohne Handabdrücke oder Schmierflecken.

Holly hielt kurz inne und wartete, dass er ihr die Tür öffnete. Kaum waren sie eingetreten, verschaffte Nathan sich einen schnellen Überblick über das Innere und Holly tat es ihm gleich. Während Nathan seine Augen von rechts nach links schweifen ließ, wanderten die ihren von links nach rechts. Als sich ihre Blicke in der Mitte trafen, mussten sie beide darüber schmunzeln, dass sie aus Gewohnheit das Gleiche getan hatten. Links von ihnen befand sich ein geradliniger Tresen, rechts Cocktailtische. Eine kleine Bühne hinten an der Wand bot Platz für die zwei Musiker. Da der Raum nicht besonders groß war, verzichtete man auf Lautsprecher und Verstärker. Nathan war überrascht, als er bemerkte, dass sie die Bar für sich allein hatten. Der Barkeeper nickte ihnen zu und sie setzten sich an den ersten Tisch rechts. Nathan zog einen Stuhl für Holly zurück, wofür sie sich bedankte.

»Stört es Sie nicht, so nahe am Eingang zu sitzen, und noch dazu mit dem Rücken zu ihm?«, fragte sie.

»Das ist mir so lieber.«

Sie blickte verwirrt drein.

»Wenn jemand reinkommt, der Ärger machen will, sieht er mich erst, wenn er schon halb an mir vorbei ist. Und dann hat er mich im Rücken. Übrigens, ich sehe gerade, dass Sie eine kleine

Einwegpistole in einem Knöchelholster unter ihrer Jeans tragen, und zwar am rechten Bein.«

Holly verdrehte die Augen. »Das ist keine Einwegpistole, sondern eine Glock 39.«

»Ich berichtige: Es ist eine kleine Kanone. Ich wette, die passt gut in Ihre Hand. Kaliber .45 GAP, Double-Action-Abzug. Sechs Schüsse?«

»Sieben, inklusive einer Patrone im Lauf. Sie kennen sich mit Waffen aus.«

»Ein Hobby von mir. Mir fiel die Beule an Ihrem Hosenbein auf.«

»Ist das alles?«

»Ich mache Ihnen einen Vorschlag. Falls einer von den Bösen zur Tür reinkommt, ducke ich mich und Sie schießen.«

»Einverstanden. Sie haben mich übrigens nicht nach den Bridgestone-Cousins gefragt.«

»So wie Sie in der Lobby dreingeschaut haben, wollte ich Sie nicht drängen.«

»Ich glaube, ich stehe jetzt doch unmittelbar vor dem Burnout, von dem Sie geredet haben. Ich war bei mir zu Hause in der Küche und habe ohne jeglichen Grund angefangen zu weinen.«

»Ohne jeglichen Grund? Das hier ist keine Kleinigkeit. Was ich auf der Fahrt zur Hütte gemeint hatte, war ein Teller, der einem herunterfällt, oder ein verbranntes Steak.« Sofort bereute er, »verbranntes Steak« gesagt zu haben. »Tut mir leid, eine unglückliche Wortwahl.«

»Wie konnten sie so etwas nur tun, einen Menschen bei lebendigem Leib verbrennen?«

»Das weiß ich nicht, Holly. Beim besten Willen nicht.«

Der Barkeeper kam an ihren Tisch. Er war klein und hatte kaum noch Haare auf dem Kopf, dafür aber einen buschigen Schnauzer. Am Hals trug er eine Fliege. Er stellte eine Schale mit kleinen Salzbrezeln auf den Tisch und lächelte freundlich. »Was darf ich Ihnen bringen?«

»Was für einen Hauswein haben Sie heute?«, fragte Holly.

»Tobin James Cabernet Sauvignon von 2003.«

»Ist der hier aus der Gegend?«

Der Barkeeper machte eine Handbewegung, die »mehr oder weniger« ausdrücken sollte. »Aus Paso Robles.«

»Danke, das ist perfekt, dann nehme ich ein Glas.«

»Und für Sie, Sir?«

»Bitte ein alkoholfreies Bier.«

»Sie trinken keinen Alkohol?«, fragte Holly.

»Das hab ich mir schon vor langer Zeit abgewöhnt.«

»Gut für Sie. Ist es okay für Sie, wenn ich Wein trinke?«

»Kein Problem.«

Holly senkte ihre Stimme ein wenig. »Wir haben im Farmgebäude den Eingang zu dem geheimen Tunnel gefunden. Im Schlafzimmerschrank. Sie haben ihn mit einem Stück Sperrholz abgedeckt und einen Haufen Schmutzwäsche davorgelegt. Gleich dahinter befand sich eine kleine Kammer mit zwei Stockbetten. Wahrscheinlich haben sie zum Graben mehrere Wochen gebraucht. Der Tunnel war genauso konstruiert wie der oben im Lager. Sie haben die Wände mit Eisenbahnschwellen abgestützt und sich auf Wasserskiern mit Skateboardrollen fortbewegt. Der Ausgang war unter dem Windrad an der Ecke des Grundstücks, genau wie Sie vermutet haben. An der Stelle, wo sie durch das benachbarte Grundstück gekrochen sind, haben wir Spuren gefunden. Sie führten zu einem Canyon, durch den man zu einer anderen Straße gelangt.«

»Was ist mit Billy und seinem Bruder?«

»Die Jungs vom SWAT-Team haben sie gefunden. Man hatte ihre Leichen etwa fünfzehn Meter weit in den Tunnel gezerrt. Beide starben durch einen Schuss in den Hinterkopf aus einer .22er-Pistole.«

Nathan presste die Lippen aufeinander und schüttelte den Kopf.

»Das war nicht Ihre Schuld. Wir können nicht mal mit Sicherheit davon ausgehen, dass sie zur gleichen Zeit wie wir dort waren.«

»Das waren sie aber.«

»Das können Sie nicht mit Bestimmtheit sagen. Die beiden hätten gestern zu jedem beliebigen Zeitpunkt dort auftauchen können. Zum Beispiel früh am Morgen, als Bruce die beiden Cousins nach Hause brachte. Bruce kann von Glück reden, dass er noch lebt. Ihn hätte es auch erwischen können. Man kann sogar mit ziemlicher Sicherheit sagen, dass sie zu dem Zeitpunkt nicht dort waren, denn sonst wäre Bruce jetzt tot. Außerdem hatten wir das Haus verwanzt, da hätten wir sie reden hören.«

»Sie haben wahrscheinlich damit gerechnet, dass sich dort Wanzen befinden, und nur schriftlich miteinander kommuniziert. Wer weiß? Ich hätte das Ganze kommen sehen sollen. Die verdammte Garage und noch ein paar andere Dinge. Alles war direkt vor meinen Augen und ich hab's nicht gesehen. Ich hätte nur zwei und zwei zusammenzählen müssen.«

»Wir hatten keinen Grund zu der Annahme, dass Ernie und Leonard dort auftauchen würden. Bruce hatte recht. Die Cousins waren nichts weiter als ein paar Landeier.«

»Warum hat man sie dann getötet?«

Holly schwieg.

»Weil sie etwas wussten, vielleicht im Zusammenhang mit einem anderen Versteck oder einer Kontaktperson. Jedenfalls etwas Wichtiges. War das Motorrad noch in der Garage?«

»Nein. Wir haben es zur Fahndung ausschreiben lassen. Die Highway Patrol und die örtliche Polizei sowohl in der Stadt als auch auf dem Land werden jeden anhalten, der eine Enduro fährt, egal welche Farbe. Vielleicht verschafft uns das einen Durchbruch.«

»Hoffen wir's.«

»Wir tun, was wir können, um sie zu finden.«

»Ich bin mir ziemlich sicher, warum die Bridgestones zu der Farm gegangen sind. Ich glaube, dort haben sie das Semtex versteckt, das oben in ihrem Lager gefehlt hat. Wahrscheinlich im Tunnel oder in der unterirdischen Kammer. Können Ihre Kriminaltechniker Spuren davon finden?«

»Ja, aber das ist äußerst schwierig. Semtex hinterlässt nicht …«

In diesem Augenblick kam der Barkeeper und brachte ihre Drinks. Nathans alkoholfreies Bier kam mit einem Bierkrug, dessen Glas aussah, als sei es von Raureif überzogen. Er schenkte sich ein und prostete Holly schweigend zu. Auf der von einem Spotlight beleuchteten Bühne spielten die Musiker unterdessen weiter.

»Semtex hinterlässt nicht viele Rückstände«, beendete sie ihren Satz, »selbst dann nicht, wenn es offen gelagert wird. Es ist nicht wie bei Schießpulver oder ANC-Sprengstoffen – deren Spurenmaterial lässt sich ganz leicht durch Tests bestimmen. Wenn das Semtex noch in Kisten versiegelt war, kann man gar nichts sagen.«

»Wir hätten uns ein paar Minuten Zeit nehmen und ein wenig herumstöbern sollen.«

»Ich war diejenige, die unbedingt zu der Hütte wollte.«

»Es gibt da noch eine wichtigere Frage«, sagte Nathan. »Eine sehr wichtige sogar. Wenn das verschwundene Semtex wirklich dort war, warum wollten sie es holen?«

Holly starrte ins Leere. »Diese Frage gefällt mir ganz und gar nicht.«

»Wir können wohl davon ausgehen, dass sie nicht vorhatten, ein bereits angelaufenes Geschäft zum Abschluss zu bringen. Und ich bezweifle stark, dass sie einzelne Kisten verkauft haben. Das wäre zu riskant. Wenn sie das Zeug verscherbeln wollten, dann an einen einzelnen Großabnehmer.«

»Und wer, meinen Sie, könnte das sein? Ausländische Terroristen? Oder eine Al-Kaida-Zelle hier in den USA?«

Nathan schüttelte den Kopf. »Nein, das glaube ich nicht. Ich tippe eher auf rechtsradikale Milizen. Die sind ganz scharf auf das Zeug, weil es einfacher zu handhaben ist als ANC-Sprengstoffe oder TNT. Die Bridgestones sind zwar eiskalte Mörder, aber keine Terroristen. Mein Bauchgefühl sagt mir, dass sie keine Geschäfte mit radikalen Islamisten machen würden. Ich kann es mir einfach nicht vorstellen. Was sie primär motiviert, ist Geld, nicht Hass auf das eigene Land. Wie gesagt, ich habe keine konkreten Beweise, nur mein Bauchgefühl. Sollte es gelingen, die Bridgestones irgendwie zu schnappen, würde sich bei ihrer Vernehmung vermutlich herausstellen, dass sie nicht mit Terroristen, sondern mit rechtsextremen Milizgruppen Geschäfte machen.«

»Wenn man es genau nimmt, sind die Bridgestones selbst Terroristen«, sagte Holly. »Denken Sie nur daran, was sie bisher getan haben.«

»Ich streite keinesfalls ab, dass sie ein paar schreckliche Verbrechen begangen haben, aber selbst auf die Gefahr hin, dass ich kaltschnäuzig klinge, würde ich sagen, dass das nicht in großem Stil geschah. Wie ich während der Fahrt zur Hütte schon sagte, wenn die Brüder etwas vorhaben, richtet es sich nicht gegen irgendein beliebiges Ziel, sondern gegen Menschen oder Institutionen, die ihnen etwas getan haben. Also gegen das FBI und jetzt auch mich.«

»Warum, glauben Sie, haben die Bridgestones ihren Cousins das Geldversteck gezeigt? Sie hätten denen doch nur zu sagen brauchen, dass sie mal für ein paar Stunden verschwinden sollen, und dann das Geld vergraben können.«

»Dasselbe habe ich mich auch schon gefragt. Ich glaube, sie hatten das Ganze von Anfang an geplant. Mit so viel Geld lässt sich leicht Aufmerksamkeit erregen. Es ist also ein glaubwürdiges Ablenkungsmanöver. Erinnern Sie sich, wie Henning reagiert hat, als er es sah? Die Brüder dachten sich bestimmt, dass ihre Cousins, sollten sie jemals von der Polizei vernommen werden, erst einmal eine Zeit lang nichts sagen und dann so tun, als würden sie einknicken, indem sie das Geld und die Hütte preisgeben.«

»Sie glauben also, dass die Bridgestones das Geld geopfert haben, um uns auf eine falsche Fährte zu locken?«

»Es hat ja schließlich funktioniert, oder etwa nicht? Sobald wir das Geld und die Information über die Hütte hatten, waren wir im Nu weg.«

»Das kann ich leider nicht leugnen.«

»Hören Sie, Holly, es gibt da etwas, das Sie wissen sollten. Ich will es nicht hinter Ihrem Rücken tun.«

»Okay …«

»Ich habe für morgen ein Telefongespräch mit Direktor Lansing anberaumt.«

Holly starrte ihn an. In ihrem Hirn schien es zu arbeiten. »Und warum, wenn ich fragen darf?«

»Diese ganze Angelegenheit riecht förmlich nach meinem Vater. Ich hatte Harv gebeten, Frank Ortega anzurufen und herauszufinden, ob ich mit meiner Vermutung richtig liege. Ortega hat es bestätigt. Als wir ihn das erste Mal trafen, erzählte Ortega uns, Direktor Lansing hätte bereits vor dem FBI-Einsatz über unsere Teilnahme Bescheid gewusst. Er sagte auch, er würde so etwas nie hinter Lansings Rücken tun. Lansing hatte zu Ortega gesagt, er wolle es gar nicht wissen – so auf die Art ›frage nichts, sage nichts‹. Aber er sagte nicht ausdrücklich Nein. Ich glaube, Ortega musste einen größeren Gefallen einfordern, den ihm jemand schuldete, um uns mit einzubeziehen. Er wusste, dass wir früher an geheimen militärischen Operationen teilgenommen haben, und er wusste auch, wie wir arbeiten. Ich glaube, es ging ihm einfach nur darum, dass man seinen Enkel findet, koste es, was es wolle.«

»Was erwarten Sie sich von dem Gespräch mit Lansing?«

»Holly, ich kenne Harv schon ziemlich lange und wir sind zusammen durch dick und dünn gegangen. In so einer Verfassung wie jetzt habe ich ihn noch nie gesehen. Das Ganze frisst ihn auf. Er muss es verarbeiten und hinter sich bringen – vielleicht sogar mehr, als er sich selbst oder mir eingesteht. Was diese Kerle mit James Ortega und jetzt auch mit den beiden anderen von Ihren Leuten gemacht haben, darf nicht ungesühnt bleiben.«

»Sie haben meine Frage nicht beantwortet.«

»Ich möchte grünes Licht, um die Bridgestones zu jagen.«

Holly schüttelte den Kopf. »Das wird Lansing niemals zulassen.«

»Ich werde ihm mein Wort geben, dass wir sie am Leben lassen und dass niemand ernsthaft zu Schaden kommt. Wir sind uns natürlich völlig darüber im Klaren, dass das FBI die beiden lebend haben will, um sie zu vernehmen. Sie haben uns ja in Aktion gesehen.«

»Ich mache mir Sorgen darüber, was ich nicht gesehen habe.«

Nathan erwiderte nichts, sondern senkte den Blick.

Sie langte über den Tisch und berührte seine Hand. »Das war Ihnen gegenüber nicht fair. Es tut mir leid. Bitte verzeihen Sie mir.«

»Wenigstens war es ehrlich.«

»Ich habe es nicht so gemeint.« Sie drückte seine Hand. »Es tut mir leid.«

»Harv und ich, wir haben schlimme Dinge getan. Ich dachte immer, dass das, was wir taten, im Interesse der nationalen Sicherheit gerechtfertigt war, obwohl mir eine innere Stimme manchmal etwas anderes sagte. An dem Abend, als wir diesen Auftrag annahmen, sagte Mrs Ortega etwas zu mir, das überzeugend klang. Sie sagte, das Leben sei nie so einfach wie ein Buch mit klaren Regeln. Außerdem sagte sie, sie sähe die Welt nicht durch eine rosarote Brille.«

»Das tue ich auch nicht.«

»Das habe ich auch nie behauptet. Ich will damit nur sagen, dass in dieser Angelegenheit weitaus mehr auf dem Spiel steht als Rache für James Ortega und die beiden Techniker. Wir wissen nicht, wie lange diese Typen schon mit Semtex handeln. Das FBI und das ATF müssen unbedingt herausfinden, an wen sie es verhökert haben, und so viel wie möglich von dem Zeug sicherstellen.«

»Das ist ja alles schön und gut, aber ich kann mir nicht vorstellen, dass Lansing mit Ihrem weiteren Engagement einverstanden ist. Warum sollte er auch? Momentan wird er mehr daran interessiert sein, die Angelegenheit unter Verschluss zu halten. Sie weiterhin einzubeziehen, kann ernst zu nehmende Konsequenzen haben, falls die Medien davon Wind bekommen. Lansing leitet eine Behörde mit einunddreißigtausend Mitarbeitern und einem Budget von sechs Milliarden Dollar. Nehmen Sie es mir nicht übel, aber er wird Ihnen sagen, dass er Sie nicht braucht.«

»Genauso wenig wie er uns während der Razzia im Lager oder bei der Suche nach James Ortega gebraucht hat?«

Holly schwieg.

»Wir würden es gerne sehen, dass er uns seinen Segen gibt, aber den brauchen wir nicht unbedingt. Die Angelegenheit hat eine neue Dimension erreicht, als die Bridgestones herausfanden, wer wir sind. Damit haben sie in meinen Augen ihr Schicksal besiegelt.«

»Und Sie glauben wirklich, dass Sie es schaffen?«

»Ja.«

»Aber wo wollen Sie nach ihnen suchen? Dieses Land ist riesig, sie könnten überall sein.«

»Sie sind immer noch hier in Sacramento.«

»Warum glauben Sie das?«, fragte sie.

»Weil sie hier noch eine Rechnung offen haben.«

»Jetzt sagen Sie mir bloß nicht, Sie wollen sich als Köder benutzen lassen.«

»Genau das habe ich vor.«

»Das kommt überhaupt nicht infrage. Sie wissen doch selbst, wozu diese Kerle fähig sind. Angenommen, es geht etwas schief und Sie fallen denen in die Hände?«

»Ich kann für meine eigene Sicherheit sorgen.«

»Ich könnte nicht damit leben. Bitte versprechen Sie mir, dass Sie es nicht tun. Geben Sie mir Ihr Ehrenwort.«

»Holly …«

»Ihr Ehrenwort.«

»Okay, ich gebe es Ihnen.«

»Danke.«

»Falls Lansing nicht mitspielt, werden Sie uns dann helfen? Es kann nicht schaden, wenn wir Zugang zur NCIC-Datenbank des FBI haben.«

»Sie wissen, dass ich das nicht kann.«

Nathan erwiderte nichts darauf.

»Ich helfe Ihnen gerne, aber meine Möglichkeiten sind begrenzt.«

»Ich verstehe. Das ist völlig in Ordnung.«

Holly aß eine Salzbrezel und nippte an ihrem Wein. »Ich glaube, es ginge, wenn Sie mich inoffiziell nach einer ganz spezifischen Information zu einer ganz spezifischen Person fragen, die in unserer Datenbank gespeichert ist …«

Nathan lächelte. »Das genügt mir.«

»Ihnen ist doch wohl klar, dass ich offiziell Nein gesagt habe, oder?«

»Ja, durchaus. Offiziell haben Sie Nein gesagt.«

Sie lächelten sich über den Tisch hinweg an.

»Und was kommt als Nächstes?«

»Harv und ich werden uns Hintergrundinformationen zur Militärdienstzeit der Bridgestones besorgen.«

»Darf ich fragen, wonach Sie genau suchen, abgesehen von den Dingen, über die wir bereits gesprochen haben?«

»Ich möchte mir die Besucherliste vom Militärgefängnis Leavenworth ansehen, wo Ernie seine Strafe verbüßt hat. General Hawthorne, der Oberbefehlshaber des Marine Corps, war mal mein direkter Vorgesetzter.«

»Einer von den Joint Chiefs of Staff. Wow!, das ist wirklich ein guter Kontakt. Wird er Ihnen helfen?«

»Ich glaube schon. Es ist das erste Mal, dass ich ihn um einen Gefallen bitte.«

»Wie viel wollen Sie ihm erzählen? Ich meine, das mit dem Unter-Verschluss-halten ist immer noch von Belang.«

»Weil wir gerade beim Thema sind … Wie konnten die Bridgestones überhaupt die Information über mich und meinen Vater herausfinden?«

Holly sah auf ihr Weinglas. »Als die beiden Techniker von den Bridgestones ausgequetscht wurden, haben sie ihnen erzählt, sie hätten mitgehört, wie Gifford und Henning letzte Nacht über Sie gesprochen haben. Die beiden haben Sie unter Folter verraten, so wie es wohl jeder in dieser Situation getan hätte. Die Bridgestones wussten, dass alles auf Band aufgenommen wurde, und haben sich während der Folter offen über das FBI lustig gemacht.«

Nathan schlug einen sanfteren Ton an. »Hören Sie, Sie haben in den letzten drei Tagen drei Ihrer Leuten verloren. Den SWAT-Agenten beim Lager und dann die beiden Observierungstechniker. Sogar vier, wenn Sie James Ortega mitzählen. Ich wollte nicht kaltschnäuzig klingen.«

»Es war schrecklich. Ich habe noch nie Männer so schreien hören.«

»Holly, mir tut das alles wirklich leid.«

»Sie können ja nichts dafür.«

Nathan schwieg.

Sie senkte ihre Stimme. »Ich möchte heute Nacht nicht alleine sein. Und Sie?«

»Haben Sie eine bequeme Couch?«

»Ja. Kommen Sie, gehen wir.«

»Stört es Sie, wenn ich vorher noch Harv anrufe? Er macht sich Sorgen um mich. Ich muss ihm sagen, dass die Bridgestones über uns Bescheid wissen.«

»Nein, natürlich nicht.«

Nathan holte sein Handy und das Kärtchen mit der Nummer des Hyatt hervor. »Zimmer sechs-zwei-sieben bitte. Danke … Harv, ich bin's … tut mir leid … ja, bei mir ist alles okay … nein, ich bin gerade mit Holly zusammen … ganz in der Nähe. Die Bridgestones wissen über uns und meinen Vater Bescheid … Sie haben es aus den beiden Technikern im Observierungsfahrzeug herausgequetscht. Die Techniker hatten das Gespräch zwischen Gifford und Henning mitgeschnitten, wo es um uns beide ging. Als die Bridgestones sie überrascht haben, liefen die Geräte im Fahrzeug.« Er flüsterte Holly ein »Tut mir leid« zu.

Holly flüsterte ein »Ist schon okay« zurück.

»Ja, sie sitzt mit mir am Tisch.« Er drückte die Taste für die Freisprechfunktion und verringerte die Lautstärke auf Flüsterton. »Du bist auf Lautsprecher.« Dann legte er das Handy auf den Tisch und sie beugten sich beide vor, um besser hören zu können.

»Hallo, Holly.«

»Hi, Harvey.«

»Holly, es tut mir wirklich leid, dass Sie zwei weitere Ihrer Leute verloren haben.«

»Danke.«

»Aber ich muss genau wissen, was die beiden Techniker gesagt haben.«

»Ich habe die Aufzeichnung gehört. Ich kann es Ihnen sagen.«

»Ich muss es Wort für Wort wissen. Bei so einer wichtigen Sache genügt es nicht, wenn Sie es mir aus dem Gedächtnis wiedergeben. Ich brauche wirklich jedes Wort.«

Nathan flüsterte wieder: »Es tut mir leid.« Sie antwortete ihm mit einem Kopfschütteln. »Unter den gegenwärtigen Umständen kann ich Ihre Bitte nachvollziehen. Ich lasse eine Kopie für Sie anfertigen.«

»Ich habe es eilig. Am besten noch diese Nacht.«

»Harv«, sagte Nathan, »es ist fast ein Uhr morgens. Holly hat jetzt niemanden, der das für Sie erledigen kann. Und so eilig, dass sie deswegen einen ihrer Techno-Nerds aufwecken muss, ist es wohl auch wieder nicht.«

Holly flüsterte: »Techno-Nerds?«

»Okay, dann gleich als erstes morgen früh«, sagte Harvey. »Und da ich meinen Laptop nicht dabei habe, brauche ich es auf Kassette oder CD. Ich besorge mir bei Walmart oder einem dieser Läden ein Abspielgerät. Um wie viel Uhr öffnet Ihre Dienststelle?«

Holly beugte sich zu dem Handy vor. »Sie können es bis spätestens sechs Uhr haben. Reicht Ihnen das?«

»Ja, das geht in Ordnung.«

»Ich schicke es per Eilboten auf Ihren Namen an die Rezeption im Hyatt.«

Harvey schwieg.

»Harv?«, sagte Nathan, »bist du noch dran?«

»Verwenden Sie lieber meine Zimmernummer.«

»Verstehe«, sagte Holly.

»Beschriften Sie den Umschlag selbst?«, fragte Harvey.

»Ehrenwort«, sagte sie.

Nathan flüsterte noch einmal: »Tut mir leid.«

Holly schüttelte den Kopf.

»Okay, gut«, sagte Harvey. »Dann ist ja alles in Ordnung.«

»Ich sorge dafür, dass nichts schiefgeht«, sagte sie.

»Das freut mich, sehr sogar. Okay, dann bis später.«

»Ich melde mich um halb sieben bei dir. Gute Nacht, mein Freund«, sagte Nathan.

»Okay, in Ordnung. Gute Nacht.«

»Tut mir leid«, sagte Nathan, nachdem er das Gespräch beendet hatte. »Er ist ein extrem vorsichtiger Mann.«

»Das habe ich gemerkt. Hat er eine Frau und Kinder?«

»Ja, zwei Söhne. Er ist seit fast fünfzehn Jahren verheiratet, aber er macht sich keine Sorgen um seine Familie. So wie ich ihn kenne, kontaktiert er gerade Gavin, unsere Büroassistentin, und veranlasst, dass gleich heute Morgen unsere zwei besten Männer hierherkommen. Wenn ich ihn jetzt anrufen wollte, wäre die Leitung besetzt.«

»Er lässt Leibwächter kommen?«

»Ja, weil er sich Sorgen um mich macht. Ehrlich gesagt übertreibt er ein bisschen. Manchmal geht er mir damit auf die Nerven. Die Bridgestones haben zwar meinen Namen, aber es gibt über mich keinerlei Informationen in Datenbanken, zu denen sie Zugang haben könnten. Selbst wenn sie eine hochrangige Kontaktperson im Pentagon hätten, kämen sie nicht an meine Akte ran. Es hat mich übrigens gewundert, dass Sie es geschafft haben. Wie haben Sie das eigentlich gemacht?«

»Das war nicht ich, sondern Larry Gifford. Ich hab ihn nicht gefragt, wie.«

»Da muss ich ihn wohl selber fragen. Er scheint ja ein gerissener Bursche zu sein.«

»Ja, das ist er auch. Ich vermute mal, er hat den Einfluss Ihres Vaters für seine Zwecke genutzt.«

»Ja, so wird es wohl sein«, pflichtete Nathan ihr bei. »Egal, zurück zum Thema. Ich rege mich nur selten darüber auf, dass Harv sich zu sehr um mich sorgt. Wenn ich es dann doch mal tue, zuckt er nur mit den Schultern. Erinnern Sie sich, als Sie mich während unserer gemeinsamen Fahrt baten, mich mit einem einzigen Wort zu beschreiben? Nun, das passende Wort für Harv wäre *Wachsamkeit.*«

»Das hat man ihm wohl bei seiner Ausbildung eingeimpft, und alte Gewohnheiten legt man nicht so schnell ab. Das gilt übrigens auch für Sie.«

»Da haben Sie leider recht.«

»Würde er sich auch dann Sorgen machen, wenn keine, na, Sie wissen schon, Folter mit im Spiel wäre?«

»Wahrscheinlich nicht.«

Obwohl Holly protestierte, bezahlte Nathan die Getränke. Als sie wieder bei Hollys Ford Explorer angelangt waren, fragte er, ob er fahren solle. Da sie Alkohol getrunken hatte, bejahte sie. Nach Gesetzeslage war sie zwar nicht betrunken, wollte aber wegen ihres Jobs beim FBI kein Risiko eingehen. Nathan willigte ein und ließ sie auf dem Beifahrersitz Platz nehmen. Während der Fahrt durch die leeren Straßen der Innenstadt beobachtete er sie hin und wieder aus dem Augenwinkel und stellte dabei fest, dass sie ständig in den Seitenspiegel blickte, um nach potenziellen Verfolgern Ausschau zu halten. Nathan machte es genauso, mit dem Unterschied, dass er sich des Rückspiegels bediente. Sie waren sich wirklich sehr ähnlich, dachte er.

Hollys Haus befand sich in einer dieser typischen, auf dem Reißbrett entworfenen Wohnviertel mit sorgfältig gepflegten Gärten. Als er sich der Einfahrt näherte, langte sie an ihm vorbei und drückte auf die Fernbedienung für das Garagentor, die an der Sonnenblende befestigt war. Nathan stockte der Atem, als ihre linke Brust seinen Arm streifte. Für einen Augenblick schien es, als würden sich ihre Gesichter berühren – der Abstand zwischen ihnen betrug nur ein paar Zentimeter. Nathan fuhr den Wagen in die Garage und stellte den Motor ab. Dieses Mal blieb Holly sitzen und wartete, bis er ihr die Tür aufhielt. Dann gab sie eine sechsstellige Zahlenkombination in die Tastatur an der Haustür ein, worauf das blinkende rote Licht auf Grün umschaltete. Drinnen aktivierte sie die Alarmanlage wieder und knipste ein paar Lichter an.

»Hübsch haben Sie's hier«, sagte Nathan. Die Küche war blitzsauber, sauberer sogar als seine eigene, was wirklich etwas heißen sollte. Entweder verbrachte sie nicht viel Zeit darin oder sie hatte einen Putzfimmel. Er vermutete, dass es eine Kombination aus beidem war. Die Arbeitsflächen aus blauem Granit passten perfekt zu den Küchenschränken aus dunklem Kirschholz. Im Wohnzimmer gruppierten sich Eichenmöbel rechtwinklig um einen Großbildfernseher. An den Wänden hingen Bilder mit Meeresmotiven aus der Wyland-Galerie. Nathan kannte eines davon, auf dem eine Schule Schwertwale abgebildet war. Das Original-Ölgemälde hing nämlich in seinem Haus in La Jolla. Er verlor jedoch kein Wort darüber.

Holly legte ihre Handtasche auf dem Küchentresen ab. »Ich kann Ihnen leider kein alkoholfreies Bier anbieten, aber ich habe eine Karaffe mit Eistee im Kühlschrank. Die Gläser sind im Schrank über der Geschirrspülmaschine.« Sie verschwand im Flur. »Ich bin gleich wieder da.«

»Ihr Haus gefällt mir.«

»Danke. Machen Sie es sich bequem. Ich hör nur mal meine Mailbox ab und checke meine E-Mails.«

Sie ist mit ihrem Job verheiratet, dachte Nathan. Er holte zwei Gläser aus dem Küchenschrank und schenkte sich und Holly Eistee ein. Dann setzte er sich auf die Wohnzimmercouch und schloss die Augen. Er hatte das Gefühl, auf der Stelle einschlafen zu können, dachte aber stattdessen daran, wie Holly ihn im Auto flüchtig berührt hatte. War das ein Annäherungsversuch gewesen, eine Einladung an ihn? Vielleicht war es unabsichtlich geschehen. Nathan wusste jedoch aus Erfahrung, dass Frauen sich der Wirkung derartiger Körperkontakte voll bewusst waren. Es bedurfte nämlich nicht viel, um Männern die falschen Signale zu senden. Nathan war nicht so überheblich, sich einzubilden, dass bei Holly mehr ginge als nur auf ihrer Couch zu schlafen. Je länger er mit geschlossenen Augen dasaß, umso verlockender erschien ihm diese Vorstellung.

Die letzten vierundzwanzig Stunden hatten ihm einiges abverlangt. Er ließ die Ereignisse noch einmal in Gedanken Revue passieren. Der Flug mit dem Hubschrauber nach Sacramento. Die Fahrt zu der Farm. Hennings aggressives und arrogantes Benehmen. Das Theater, das ihnen die Bridgestone-Cousins während ihres Verhörs vorgespielt hatten. Das vergrabene Bargeld. Die lange Fahrt in die Berge mit Holly. James Ortegas verkohlte Leiche. Die

Razzia des SWAT-Teams auf der Farm. Der zweite Tunnel. Die toten Cousins und Techniker im Observierungsfahrzeug. Und dann noch die Tatsache, dass die Bridgestones über Nathans Verwicklung in die Aktion Bescheid wussten. Was wussten sie womöglich noch? Er schloss die Augen und seufzte. Die vier Stunden Schlaf, die er zuletzt gehabt hatte, fühlten sich an, als lägen sie eine Ewigkeit zurück.

KAPITEL 10

»Nathan?«

Er blickte sich um und stellte fest, dass er sich in Hollys Wohnzimmer befand. Sie stand etwa einen Meter von ihm entfernt.

»Wie lange?«, fragte er.

»Fünfzehn Minuten.«

»Fünfzehn Minuten? Also noch nicht in der Tiefschlafphase. Anscheinend habe ich gar nicht bemerkt, wie müde ich war. Tut mir leid.«

»Sie brauchen sich nicht zu entschuldigen. Ich hab vor zehn Minuten schon einmal nachgesehen und festgestellt, dass Sie eingenickt waren. Da wollte ich Sie nicht aufwecken. Ich habe übrigens ein Gästezimmer, falls Sie in einem Bett schlafen wollen.«

Er deutete auf den Boden. »Macht es Ihnen was aus, wenn ich mich einfach hier hinlege?«

»Auf den Boden?«

Er zuckte mit den Schultern.

»Sind Sie sicher? Es macht mir absolut keine Umstände, das Gästebett für Sie herzurichten.«

»Danke, hier ist vollkommen in Ordnung.«

»Lassen Sie mich Ihnen wenigstens eine weiche Unterlage bringen. Die Holzdielen sind hart wie Beton.« Eine halbe Minute später kam sie mit ein paar Decken und einer Tagesdecke zurück.

Nathan hob den Couchtisch und trug ihn beiseite – er wollte ihn nicht über die Dielen aus Eichenholz schieben. Dann half er Holly, die Decken auszubreiten.

»Machen Sie so etwas öfter … ich meine, auf dem Boden schlafen?«

»Spätestens am frühen Morgen lande ich sowieso dort. Da kann ich auch gleich damit anfangen.«

»Albträume?«

Er nickte. »Ich hab mich im Lauf der Jahre daran gewöhnt. Ist nicht weiter schlimm.«

»Auf die Gefahr hin, dass ich mich wiederhole … ich habe noch nie jemanden wie Sie getroffen.«

»Ich bin nur ein ganz gewöhnlicher Mensch.«

»Nein, das sind Sie nicht. Glauben Sie mir.«

»Wir haben einen wilden Tag hinter uns.«

Sie machte einen Schritt auf ihn zu und nahm ihn bei der Hand. »Ja, das stimmt. Aber das heißt nicht, dass er hier enden muss.«

»Da haben Sie recht.«

* * *

Eine Stunde später – Nathan war inzwischen eingeschlafen – suchte Holly ihre Kleider zusammen, die verstreut herumlagen. Als sie den Flur entlangtapste, darum bemüht, keinen unnötigen Lärm zu machen, spürte sie immer noch ein wohliges Prickeln am ganzen Körper. Nathan wirkte mit sich und der Welt im Reinen. Sie fragte sich, ob er tatsächlich schlief. Die Schreie der gefolterten Techniker im Observierungsfahrzeug klangen ihr immer noch in den Ohren und sie konnte sich nicht im Traum vorstellen, welche sadistischen Grausamkeiten Nathan während seiner Gefangenschaft in Nicaragua hatte erleiden müssen. Als er sein Hemd ausgezogen hatte, konnte sie das, was sie da sah, kaum verkraften. Ihr Unvermögen, ihr blankes Entsetzen zu verbergen, hätte den Augenblick beinahe zerstört. Die Narben, die kreuz und quer über Brust und Rücken verliefen, sahen brutal und bösartig aus. Sie bewunderte seine positive Sichtweise und das Mitgefühl, das er sich bewahrt hatte, obwohl er so viel hatte durchmachen müssen. Ungeachtet dessen, wie er sich selbst sah, war Nathan McBride in ihren Augen ein wirklich außergewöhnlicher und bemerkenswerter Mann. Während ihres Liebesspiels hatte er ein äußerst sensibles Gespür für ihre Bedürfnisse gezeigt. Von anderen Liebhabern, die sie in den letzten Jahren erlebt hatte – zugegebenermaßen nicht viele –, unterschied Nathan sich vor allem darin, dass er nicht nur an seine eigene Befriedigung dachte. Holly hoffte, es könnte mit diesem Mann eine Zukunft geben. Aber angesichts ihrer beider beruflichen Situationen und der Entfernung, die sie trennte, zweifelte sie, dass langfristig etwas daraus werden konnte. Einer von ihnen würde früher oder später umziehen und damit sein bisheriges Leben aufgeben müssen. Holly spielte sogar mit dem Gedanken, sich nach San Diego versetzen zu lassen, verwarf ihn aber wieder. Ihre Position als leitende Spezialagentin einer größeren FBI-Dienststelle gefiel ihr einfach zu gut und sie war sich darüber im Klaren, dass eine gleichwertige Stelle in San Diego nicht so schnell frei werden würde. So etwas geschah nur selten und sie konnte von Glück reden, dass man ihr die Leitung des Büros in Sacramento übertragen hatte. *Aber wenigstens wird uns immer etwas ganz Besonderes verbinden*, dachte sie, als sie unter die Bettdecke schlüpfte. Nathan hatte recht gehabt – es war ein wilder Tag gewesen.

* * *

Ein Geräusch ließ Holly aus dem Schlaf hochschrecken. Was war das? War da ein Tier im Haus? Sie wollte schon nach ihrer Pistole greifen, hielt dann aber inne, als sie gedämpftes Stöhnen hörte. Kurz darauf erklang ein zischendes Geräusch, als spuckte jemand aus. Nein, das war kein Tier, sondern ein Mensch. Holly warf die Bettdecke beiseite und lief eilig den Flur entlang. Bevor sie den Lichtschalter im Wohnzimmer anknipste, dimmte sie die Deckenbeleuchtung. Oh mein Gott, Nathan. Er war schweißgebadet und die verschwitzten Haare klebten an seinem Kopf. Stöhnend fuchtelte er mit den Händen vor dem Gesicht, als wolle er unsichtbare Dämonen verscheuchen. Plötzlich stieß er einen Schrei aus, der Holly am ganzen Körper erschauern ließ. Offenbar träumte er von seiner Gefangenschaft und Folter in Nicaragua. Sie musste daran denken, was er ihr während der Fahrt zur Hütte erzählt hatte. Einmal hatte er eine Freundin krankenhausreif geprügelt, nachdem sie ihn geweckt hatte. Aber konnte sie einfach so zusehen, wie er in seinem Albtraum gefangen war? Oder würde er von alleine aufwachen? Sie trat ein paar Schritte zurück, so weit wie möglich weg von der Couch, und rief seinen Namen.

Keine Reaktion.

Sie rief lauter. Wieder nichts. Was sollte sie bloß machen? Sie nahm ihren gesamten Mut zusammen und schrie seinen Namen. Endlich riss er die Augen auf. Blanke Wut spiegelte sich in ihnen. Er sprang hoch und nahm eine geduckte Kämpferhaltung ein. Seine Hand umklammerte ein unsichtbares Messer.

»Nathan, ich bin's.«

Er blickte sich hastig im Zimmer um, ehe er seinen Blick auf ihr ruhen ließ. Sämtliche Instinkte rieten ihr, ihm aus dem Weg zu gehen, aber sie rührte sich nicht vom Fleck. Seinem veränderten Gesichtsausdruck entnahm sie, dass er sie erkannte. Sie lief schnell um das Sofa herum und schlang die Arme um ihn. Dabei ignorierte sie seine verschwitzte, klebrige Haut. Sie verharrten eine Weile schweigend in der Umarmung.

Als er endlich sprach, klang seine Stimme brüchig. »Wie spät ist es?«

»Kurz nach vier Uhr morgens. Alles klar bei dir?«

»Ich habe einen Riesendurst.«

»Ich bringe dir was zu trinken.« Ein paar Sekunden später kam sie mit einem Glas Wasser zurück und reichte es ihm.

Er leerte es in einem Zug. »Die Motten sind wieder gekommen.«

Sie setzten sich einander gegenüber auf den Boden.

»Motten?«

»Der Kerl, der mich in Nicaragua gefoltert hat, hat nachts eine grelle Lampe direkt vor meinem Gesicht aufgestellt. Das hat die Motten angezogen. Da meine Hände gefesselt waren, konnte ich sie nicht wegscheuchen.«

»Das ist ja furchtbar.«

»Danke für das Wasser.«

Sie konnte sehen, dass er immer noch zitterte.

»Es ist alles in Ordnung.«

Aber das war es nicht. Sein Gesichtsausdruck sagte ihr etwas anderes. Die Angst war noch nicht daraus gewichen. Sie griff nach seiner Hand.

Plötzlich musste er lachen. »Als ich dir gesagt habe, dass ich jede Menge Altlasten mit mir herumschleppe, war das ernst gemeint. Tut mir leid, dass du das mit ansehen musstest. Ich hatte gehofft, wenigstens heute Nacht meine Ruhe zu haben.«

»Hey, du brauchst dich nicht zu entschuldigen.«

Er blickte an sich herab. »Ich glaube, ich kann eine Dusche vertragen.«

»Komm.« Sie führte ihn den Flur entlang zum Gästebad. »Soll ich dir dabei Gesellschaft leisten?«

»Tragen Mexikaner Sombreros?«

Sie lachte und konnte kaum glauben, wie gut sich das anfühlte. »Ich fasse das als ein Ja auf.«

* * *

Holly setzte Nathan kurz vor fünf Uhr morgens vor dem Hyatt ab. »Harvey bekommt noch vor sechs eine Kopie von dem Band. Ich kümmere mich darum.«

»Du hast heute wieder einen langen Tag vor dir«, sagte er.

»Hältst du mich auf dem Laufenden?«

»Klar, das weißt du doch.«

»Nathan … wegen heute Morgen.«

»Ist schon okay.«

Sie lächelte. »Ich ruf dich später an.«

»Passen Sie auf sich auf, Special Agent in Charge Simpson.«

Sie lächelte ein zweites Mal, bevor sie losfuhr. Er winkte ihr nach, als sie in den Rückspiegel blickte, und ging dann durch die Lobby zu den Fahrstühlen. Harv war bestimmt schon auf, also klopfte er leise an dessen Tür. Der Spion verdunkelte sich, dann ging die Tür nach innen auf.

»Morgen, Kollege«, sagte Nathan und trat über die Türschwelle. »Konntest du ein bisschen schlafen?«

»Ein paar Stunden.« Harv grinste. »Und du?«

»Überhaupt nicht.«

»Du bist ja ein ganz Schlimmer.«

»Hey, das war im Dienst.«

»Klar doch.«

»Holly hat mich hergebracht. Sie fährt gerade ins Büro und kümmert sich darum, dass du spätestens um sechs dein Band hast.«

»Ich hoffe, ich war letzte Nacht nicht zu, na ja, du weißt schon, aufdringlich ihr gegenüber wegen diesem Band.«

»Aufdringlich? Du doch nicht.«

»Ich hab uns etwas Kaffee gemacht. Er ist gar nicht mal schlecht.«

»Wen holst du jetzt eigentlich aus San Diego?«

Harv starrte ein paar Sekunden lang vor sich hin. »Hat dich jemand aus dem Büro angerufen?«

»Nein.«

»Du bist also von selbst darauf gekommen, dass ich das vorhatte?«

»Ja.«

Harv reichte ihm eine Tasse. »Du kannst mir deswegen keine Vorwürfe machen.«

Nathan nippte am Kaffee. »Tue ich ja auch nicht. Ich bin vollkommen einverstanden damit.«

»An der Ostküste ist es jetzt nach acht Uhr. Wir sollten Thorny anrufen. Er wird ein paar Stunden brauchen, um die Besucherlisten aus Leavenworth zu bekommen. Willst du immer noch dieses Gespräch mit Direktor Lansing?«

»Ja, auf jeden Fall.«

»Dachte ich mir. Ortega war zwar nicht gerade erfreut darüber, aber er hat es für dich arrangiert. Er klang, als hätte er Angst, auf eine schwarze Liste zu kommen und von den Ermittlungen ferngehalten zu werden. Jetzt, wo James gefunden wurde, wird das wohl auch geschehen. Du hast ein winziges Zeitfenster heute Vormittag um zehn.« Harv zwinkerte ihm zu. »Ich soll dir sagen, du möchtest bitte die Telefonnummer wegwerfen, wenn du mit dem Gespräch fertig bist. Es ist die direkte Durchwahl zu Lansings Sekretärin. Sie wird deinen Anruf auf sein Handy umleiten. Er ist heute in New York City.«

»Das hast du gut gemacht.«

»Was erwartest du dir davon?«

»Ich will eine Garantie, dass wir nicht im Knast landen.«

Harv starrte ihn an.

»Wir werden uns die Bridgestones vorknöpfen«, sagte Nathan, »ob er uns nun seinen Segen gibt oder nicht, und unsere Methoden sind nicht gerade gesellschaftlich akzeptabel. Machen wir uns doch nichts vor, Harv: Wir sind nun mal keine Musterknaben, und wo gehobelt wird, da fallen Späne. Ich will einfach nur, dass uns das FBI keine Schwierigkeiten macht.«

»Und Lansing will bestimmt, dass wir *ihm* keine Schwierigkeiten machen. Ich glaube nicht, dass er zustimmen wird.«

»Da ich nicht vorhabe, ihn zu erpressen, wird er mit Sicherheit nicht zustimmen. Aber das ist egal. Mir geht es lediglich darum, dass er uns in Ruhe lässt. Also keine Observierung oder Telefonüberwachung. Du kennst ja die Routine.«

»Glaubst du wirklich, er lässt sich darauf ein?«

»Ja.«

»Was ist mit Frank Ortega?«, fragte Harv. »Bis zu welchem Grad wollen wir ihn in unser Vorhaben einweihen?«

»So wenig wie möglich.«

»Wegen deinem Vater?«

»Ja.«

»Ortega könnte uns nach wie vor helfen. Ich glaube nicht, dass er bereits auf der schwarzen Liste steht. Außerdem könnte Greg für uns auf die NCIC-Datenbank zugreifen.«

»Das macht bereits jemand anders.«

»Hat Holly nicht schon genug riskiert? Greg hat fast genauso viel Zugang wie sie.«

»Das Wörtchen *fast* ist hier entscheidend.«

»Was brauchen wir sonst noch, außer Zugang zum National Crime Information Center?«

Nathan trank schweigend seinen Kaffee.

»Du möchtest, dass Holly die Lorbeeren kassiert, falls wir die Kerle schnappen.«

Nathan antwortete nicht.

»Natürlich kann es auch umgekehrt laufen. Wenn wir scheitern, muss sie den Kopf hinhalten.«

»Wir werden nicht scheitern.«

»Bei dieser Aktion kann jede Menge schiefgehen, Nate.«

»Lansings Leute werden die Bridgestones nicht vor uns schnappen. Um einen Spruch von General Patton zu klauen: ›Ich werde noch vor diesem Engländer Messina einnehmen‹.«

KAPITEL 11

Leonard Bridgestone steuerte einen grauen Pick-up hinter einen Supermarkt und parkte das Fahrzeug neben der Laderampe zur Warenannahme. Das Gelände war wie erwartet verlassen. Ernie stellte den gestohlenen UPS-Lieferwagen neben den Pick-up. Zusammen entfernten sie die Plane, die die Ladefläche bedeckte.

Leonard half Ernie, das Geländemotorrad aus dem Pick-up zu laden und es aufrecht auf den Asphalt zu stellen. Er überprüfte die große Kühltruhe auf dem Gepäckträger und kniff die Augen zusammen, als sein Bruder die Truhe sanft tätschelte, ehe er ein drei Meter langes Brett von der Ladefläche nahm. Leonard ging mit ihm zum Heck des UPS-Lieferwagens und ließ die Rolltür hochgleiten. Der Fahrer lag bewusstlos und gefesselt und nur mit einer Unterhose bekleidet im Laderaum. Seine Uniform passte Leonard zwar nicht einwandfrei, aber es genügte. Ernie schob das Brett neben den Fahrer. Die Kanten auf der oberen Seite waren mit einer Tischkreissäge im 45-Grad-Winkel zugeschnitten worden, sodass man leichter mit einem Auto drüberfahren konnte. In die Unterseite des Brettes war der Länge nach eine V-förmige Rinne gefräst.

»Wollen wir das wirklich durchziehen?«, fragte Leonard. »Noch ist es nicht zu spät, die Aktion abzublasen.«

»Natürlich ziehen wir es durch. Sie haben Sammy auf dem Gewissen.«

»Das macht ihn nicht wieder lebendig.«

Ernie runzelte die Stirn. »Du kriegst doch nicht etwa kalte Füße?«

»Danach wird es viel schwieriger werden, das Land zu verlassen.«

»Verdammt, wir kommen schon irgendwie raus. Ist das deine einzige Sorge?«

Der vorwurfsvolle Ton gefiel Leonard nicht. »Muss ich es dir zwei Mal sagen? Streng ausnahmsweise mal dein Hirn an, Ernie. Das ist eine ernste Sache mit ernst zu nehmenden Folgen.«

»Hey, mach mal halblang. Ich hab's doch nicht so gemeint.«

»Wenn wir die Sache erst mal ins Rollen bringen, gibt es kein Zurück mehr. Das weißt du ganz genau.«

»Ja, ich weiß«, sagte Ernie.

»Tust du das wirklich? Hast du die leiseste Ahnung? Ich frage mich …«

»Wir haben doch schon mehrmals darüber geredet.«

»Dann reden wir eben noch einmal.«

»Okay, rede.«

Leonard erkannte, dass bei Ernie Hopfen und Malz verloren waren. Er zog die Rolltür herunter und verriegelte sie. »Ziehen wir die Sache durch, bevor ich es mir anders überlege.« Er holte einen Helm mit dunklem Visier vom Vordersitz des Pick-ups und gab ihn seinem Bruder. Ernie setzte ihn auf, schwang ein Bein über das Motorrad und drückte auf den Anlasser, worauf der Viertaktmotor mit tiefem Dröhnen zum Leben erwachte. Dann nickte er. Leonard stieg in den UPS-Lieferwagen, fuhr von der Laderampe weg und hielt auf den Kern Parkway zu. Die Versuchung war groß, in die entgegengesetzte Richtung zu fahren und nicht zurückzublicken. Doch dann dachte er wieder an die FBI-Razzia gegen das Lager und daran, wie ihn der Anblick von Sammys leblosen Augen mitgenommen hatte. Er hatte sich geschworen, seinen jüngsten Bruder aus allem herauszuhalten und ihn zu schützen, und jetzt war er tot. Ermordet von einem Scharfschützen, und einem verdammt guten noch dazu. Leonard hatte nicht gewollt, dass Sammy bei »Echo der Freiheit« mitmachte, aber Ernie hatte ihn dazu überredet. Er hätte es besser wissen müssen, hätte vorhersehen müssen, dass so etwas passieren würde. Und nun standen sie kurz davor, ein noch größeres Risiko einzugehen.

Er konzentrierte sich wieder auf die bevorstehende Aufgabe und fädelte sich in den Verkehr ein. Im Seitenspiegel sah er, wie sein Bruder das Motorrad hochjagte, um nicht abgehängt zu werden. Er achtete auf den Verkehr in beiden Richtungen und hielt nach Polizeistreifen Ausschau. Kurz vor ihrem Ziel bog er nach rechts ab und verlangsamte seine Fahrt. Hinter ihm hielt Ernie am Straßenrand. Leonard bog in die Einfahrt und brachte den Lieferwagen vor einem Wachhäuschen zum Stehen.

Ein Wachposten in blauer Uniform trat heraus und kam auf ihn zu. Seine rechte Hand ruhte auf dem Griff seiner Pistole.

»Wo ist Malcolm?«, fragte der Wachposten. Dann grinste er. »Hat wohl gestern Nacht ein paar Bierchen zu viel gezischt.«

»Weiß nicht«, sagte Leonard. »Ich glaube, er hat Grippe.«

»Ja, die geht im Augenblick rum. Ich hab Sie noch nie gesehen. Zeigen Sie mir bitte Ihren Ausweis.«

»Gerne, kein Problem.« Leonard hielt den Kopf gesenkt, damit der Schirm seines Baseballkäppis sein Gesicht verbarg, stieg aus und lief vorne um den Lieferwagen herum. Noch ein paar Schritte und er würde den Bereich verlassen, den die Überwachungskamera abdeckte. Ehe der Wachposten reagieren konnte, zog er seine .45er aus der Jackentasche und drückte sie dem Mann gegen den Bauch. »Machen Sie das Tor auf und Sie bleiben am Leben.« Mit einem schnellen Handgriff nahm er dem Wächter die Waffe weg und stieß ihn durch die offene Tür ins Innere des Häuschens. Der Mann taumelte rückwärts, verlor das Gleichgewicht und fiel mit einem Grunzen zu Boden.

Leonard rammte den Lauf seiner Pistole mit solcher Wucht in den Mund des Wächters, dass dieser mit dem Kopf gegen den Schrank unter dem Tresen schlug. »Öffnen Sie sofort das Tor.«

Als der Mann sich nicht rührte, trat Leonard mit dem Stiefelabsatz auf dessen linke Hand, dass die Finger knackten. Er schrie vor Schmerz und biss auf den Stahl in seinem Mund, worauf er abgebrochene Zahnsplitter ausspuckte.

»Machen Sie endlich das Tor auf.«

Der Mann stieß ein paar unverständliche Laute aus.

Leonard zog ihm die Pistole aus dem Mund und drückte sie gegen seine Stirn.

»Von hier aus geht es nicht. Das müssen die da drinnen machen!«

Leonards Gedanken überschlugen sich, als er die verschiedenen Möglichkeiten durchspielte. Keine davon sah gut aus. Wertvolle Sekunden verstrichen. »Sagen Sie denen, hier ist eine UPS-Sendung für Special Agent in Charge Holly Simpson. Aber keine Tricks, sonst blase ich Ihnen das Hirn aus dem Schädel.« Er nickte in Richtung des Fotos auf dem Tresen, das zwei Mädchen mit Zöpfen zeigte. Sie sahen wie Zwillinge aus und waren etwa sechs oder sieben Jahre alt. »Sehen echt süß aus, die Mädels«, sagte Leonard. »Ihre Töchter?«

Diesmal verfehlte die Drohung ihre Wirkung nicht. Der Wächter rappelte sich auf und griff zum Telefonhörer. Er wartete ein paar Sekunden, bevor er sagte: »UPS.« Das war auch schon alles.

Leonard kniff die Augen zusammen.

Der Wächter hob seine unverletzte Hand in einer beschwichtigenden Geste und hängte nach ein paar Sekunden den Hörer wieder in der Halterung ein. Leonard vernahm das Surren eines Elektromotors und sah durch das Fenster des Häuschens, wie Ernie auf seinem Motorrad hinter dem UPS-Truck auftauchte. Er wusste, dass sein Bruder das Brett aus der Ladefläche holte. Gleichzeitig rollte das schwere Eisentor eine am Boden befestigte Schiene entlang, die die Form eines umgekehrten V hatte. Während sich das Tor öffnete, schlug Leonard den Wächter mit einem Hieb auf den Kopf bewusstlos. Dann zog er einen gefalteten Umschlag aus der Tasche und legte ihn auf den Tresen.

Vorsichtig darauf bedacht, nicht in den von der Kamera erfassten Bereich zu treten, ging Leonard zum Heck des UPS-Trucks, wo er Ernie das Brett aushändigte. Leonard stieg wieder ein und fuhr das Fahrzeug auf das Gelände gleich hinter dem Tor. Dort parkte er es so, dass es die Sichtlinie der Überwachungskamera blockierte.

Dadurch konnte niemand das Motorrad sehen, das dicht auf den UPS-Truck folgte. Inzwischen war das Tor ganz offen und Leonard wusste, dass Ernie das Brett auf die V-Schiene legte. Er gab seinem Bruder noch ein paar Sekunden Zeit, um das Motorrad zu besteigen, ehe er zum Haupteingang des Gebäudes weiterfuhr. Im Außenspiegel konnte er sehen, wie das Tor sich wieder schließen wollte. Sobald es jedoch auf das Brett stieß, änderte es seine Richtung und ging wieder auf.

Leonard parkte den Truck am Randstein vor der Glasfassade des Gebäudes. *Komm schon, Ernie, beeil dich.*

Ernie fuhr mit dem Motorrad die Rollstuhlrampe zum Eingang hoch. Etwa einen Meter vor den Glastüren blieb er stehen, schaltete den Motor ab und bewegte mit dem Fuß die Seitenstütze nach unten.

Machen wir das jetzt wirklich? dachte Leonard. Er überlegte schon, ob er Ernie zurufen sollte, die Aktion abzublasen, wusste aber, dass sein Bruder nicht auf ihn hören würde. Stattdessen sah er zu, wie Ernie vom Motorrad stieg, die Gummizüge entfernte, die über den Deckel der Kühltruhe gespannt waren, und diesen öffnete. Als Nächstes würde er den Zeitzünder aktivieren und auf fünfzehn Sekunden einstellen.

Los, Ernie, mach schon!

Endlich entfernte Ernie sich mit langsamen Schritten von dem Motorrad und stieg auf der Beifahrerseite in den Truck.

Leonard musste sich beherrschen, nicht das Gaspedal durchzutreten und mit quietschenden Reifen davonzufahren. Stattdessen fuhr er mit normalem Tempo vom Randstein weg und den Zufahrtsweg entlang, den sie gekommen waren.

Noch elf Sekunden.

Seit der UPS-Truck das Wächterhäuschen passiert hatte, war nicht einmal eine Minute vergangen. Leonard zitterte vor lauter Anspannung und zwang sich, tief durchzuatmen. Er füllte seine Lungen mit Luft und blies sie deutlich hörbar wieder aus. Jetzt gab es kein Zurück mehr.

Noch sieben Sekunden.

Ohne es zu beabsichtigen, trat Leonard etwas fester als notwendig aufs Gaspedal. Mit dröhnendem Motor beschleunigte der Truck seine Fahrt. Aus dem Augenwinkel sah er, wie Ernie den Helm abnahm, sich ein wenig vorbeugte und in den Außenspiegel starrte.

Noch drei Sekunden.

Heilige Mutter Gottes, was machen wir da nur? In seinem eigenen Außenspiegel sah Leonard, wie ein Mann im Anzug durch die Glastüren ins Freie trat, einen Blick auf das Motorrad warf und sich dann suchend nach dem Besitzer umsah.

»Adios, Amigo«, sagte Ernie.

* * *

Ein greller Lichtblitz zuckte, und von einer Sekunde zur nächsten löste der Mann sich buchstäblich in Luft auf – kein Wunder bei zwanzig Kilo Semtex.

Eine riesige pilzförmige Wolke aus Feuer und Rauch stieg in den Himmel. Es sah aus, als wäre eine kleine Atombombe explodiert.

Die Druckwelle zertrümmerte die Glasfassade des Gebäudes und verwüstete alles, was dahinter lag.

Supererhitztes Kohlenstoffoxidgas schoss mit einer Geschwindigkeit von acht Kilometern pro Sekunde durch die Luft, löste menschliches Fleisch von den Knochen und ließ beides augenblicklich verbrennen. Bis zu einer Entfernung von sechs Metern riss die Druckwelle Arme und Beine ab. In zehn Metern Entfernung flogen Körper durch die Luft. Halswirbel brachen, Trommelfelle platzten, Haut löste sich vom Körper. Zwölf Meter von der Explosion entfernt wurden Menschen wie leblose Stoffpuppen gegen die Trennwände ihrer Arbeitsnischen geschleudert. Und wer im Umkreis von fünfzehn Metern noch nicht tot war, lag im Sterben.

Auf das Inferno folgte eine eisige Stille, die nur durch das Zischen von ein paar Sprinklern, das Knistern der Flammen und das leise Stöhnen der Sterbenden unterbrochen wurde.

Eine Frau lag flach auf dem Rücken und hatte jegliches Gefühl für ihren Körper verloren. Als sie zu den verkohlten Fliesen an der Decke emporstarrte, rieselte feiner Staub auf sie herab. Sie versuchte, ihre rechte Hand schützend vor ihre Augen zu halten, aber die war nicht mehr da. Dreißig Sekunden später war sie tot.

Ein Mann in einem zerfetzten Anzug kroch hustend und keuchend auf allen Vieren durch die Trümmer auf den hinteren Teil des Gebäudes zu. Aus der Kindertagesstätte, die dort lag, ertönten Schreie.

KAPITEL 12

Nathan sah Harv an, während er darauf wartete, dass am anderen Ende jemand abnahm.

»Direktor Lansings Büro.«

»Guten Tag, hier ist Nathan McBride. Direktor Lansing erwartet meinen Anruf.«

»Einen Moment bitte, Mr McBride. Ich stelle Sie zu ihm durch.«

Ein Überschallknall hallte durch den Raum, wahrscheinlich von einem Kampfflugzeug.

In der Leitung wurde es vollkommen still. Kein Klicken, kein Summen, kein Knistern. Nichts. Nathan dachte schon, die Verbindung wäre unterbrochen, und wollte gerade auflegen, als er eine Männerstimme hörte.

»Hier spricht Direktor Ethan Lansing. Sind Sie Nathan McBride?«

»Ja.«

»Was kann ich für Sie tun, Mr McBride?«

»Ich habe auf Lautsprecher gestellt, Herr Direktor. Harvey Fontana ist bei mir. Wird das Gespräch mitgeschnitten?«

»Ja.«

»Könnten Sie bitte auf diese Maßnahme verzichten?«

»Ich mache Ihnen einen Vorschlag, Mr McBride. Weil Ihr Vater ein Freund von mir ist, bleibt dieses Gespräch völlig unter uns. Warten Sie bitte einen Augenblick.«

Wieder vernahm Nathan nur Totenstille. Durch das geschlossene Hotelzimmerfenster drang gedämpftes Sirenengeheul herein. Unmittelbar darauf ertönte das Drucklufthorn eines Feuerwehrautos. Ein paar Sekunden später war Lansing wieder am Apparat.

»So, jetzt sind wir völlig unter uns. Ich bin damit einverstanden, dass dieses Gespräch privat bleibt, weil Sie und Mr Fontana erst kürzlich ein Dutzend Menschenleben gerettet haben. Dafür schuldet Ihnen das FBI Dank. Außerdem möchte ich Ihnen beiden meine Anerkennung für Ihren Militärdienst aussprechen.«

Nathan hatte den Eindruck, dass der Direktor es ernst meinte. »Das ist nett von Ihnen. Darf ich fragen, wie viel Sie über unsere Vergangenheit wissen?«

»Alles.«

»Ich weiß, dass Sie ein viel beschäftigter Mann sind, also will ich mich kurzfassen. Wir möchten von Ihnen grünes Licht, um Jagd auf die Bridgestone-Brüder zu machen.«

»Aha. Als Privatpersonen dürfen Sie das auch, vorausgesetzt, Sie halten sich strikt an die Gesetze.«

»Herr Direktor, darf ich offen mit Ihnen reden?«

»Ja.«

Nathan runzelte die Stirn, als draußen wieder eine Sirene ertönte. Harv, der am Fenster stand, zuckte mit den Schultern. »Die Umstände zwingen uns möglicherweise dazu, dass wir uns einen gewissen Spielraum offenhalten«, sagte Nathan. »Ist Ihnen bewusst, wie wir James Ortegas Enkel gefunden haben?«

»Ja, man hat mich gründlich darüber informiert.«

»Ich bitte Sie um eine befristete Verlängerung dieses Spielraums.«

»Wenn ich das, was Sie da von mir verlangen, richtig verstehe, dann sollten Sie wissen, dass ich so etwas in meiner Eigenschaft als Leiter einer Strafverfolgungsbehörde nicht bewilligen kann. Das wäre ein Verstoß gegen meinen Amtseid. Ich habe übrigens die Vernehmung dieser Leute auf der Farm außerhalb von Sacramento nicht gutgeheißen und bedaure, dass sie in dieser Form stattgefunden hat.«

»Herr Direktor, ich schneide dieses Gespräch ebenfalls nicht mit, darauf haben Sie mein Wort. Niemand auf der Farm hat ernsthafte Verletzungen erlitten.«

»Das tut nichts zur Sache, Mr McBride. Wir sind hier nicht in Nicaragua oder in der ehemaligen Sowjetunion, und Sie arbeiten nicht mehr für die CIA. Sie sind jetzt eine Privatperson und als solche müssen Sie sich an die Gesetze unseres Landes halten. Die Verfassung ist nicht nur ein Blatt Papier, sondern ein Grundstein unserer Gesellschaft. Wir definieren uns über dieses Dokument.«

Der Mann ist ein echter Politiker, dachte Nathan. *Natürlich, das muss er ja, es gehört zu seinem Job.* Nathan gab sich Mühe, den Griff um den Hörer zu lockern, und fuhr fort. »Frank Ortegas Frau sagte einmal etwas zu mir, dem ich aus vollem Herzen zustimme. Sie meinte, das Leben ist nie so einfach wie ein Buch mit Regeln und Vorschriften.«

»Diane ist eine tolle Frau, und aus einer rein philosophischen Perspektive widerspreche ich ihr auch nicht. Aber Sie bewegen sich da in einer wirklich gefährlichen Grauzone. Eine Regelverletzung kann man noch als Fehler durchgehen lassen, aber zwei lassen auf Absicht schließen. Ich möchte daher an dieser Stelle einen Riegel vorschieben. Ihre weitere Mitwirkung birgt beträchtliche Risiken. Können Sie sich vorstellen, was das für Auswirkungen haben wird, wenn jemand Wind davon bekommt? Das FBI kann sich so etwas nicht leisten. Die Medien nehmen uns ohnehin schon gründlich unter die Lupe, seit der Präsident uns erlaubt hat, die Telefongespräche von Al-Kaida-Verdächtigen abzuhören.«

»Im Hinblick auf alles, was Sie über meine Vergangenheit wissen, bitte ich Sie, dass Sie sich auf mich und meine Urteilskraft verlassen. Ich handle nicht unüberlegt.«

»Ich vertraue Ihnen ja auch, falls Sie das tröstet. Aber was Sie da von mir verlangen, geht wirklich nicht. Ich kann und will Ihre weitere Mitwirkung nicht unterstützen. Verstehen Sie mich nicht falsch, ich bin Ihnen für das, was Sie bis jetzt für uns getan haben, dankbar. Aber alles hat seine Grenzen. Sie sind ein intelligenter Mann, da werden Sie sicher verstehen, warum ich so handle.«

Nach einer Pause fuhr Lansing fort. »Bleiben Sie bitte am Apparat, Mr McBride.«

Nathan warf Harv einen Blick zu. »Was ist da draußen los?«

»Irgendeine große Sache. Gerade ist noch ein Feuerwehrauto über die Kreuzung gerast, und zwei Streifenwagen gleich hinterher.«

Lansing meldete sich wieder. »Ich muss Schluss machen, Mr McBride. Wir haben einen Notfall.«

»Was ist passiert?«

»In unserer Dienststelle in Sacramento gab es einen Bombenanschlag.« Auf einmal war die Leitung tot.

Der Überschallknall! Bitte, lieber Gott, mach, dass es nicht wahr ist! Lass es bloß nicht das verschwundene Semtex sein. Um Himmels willen, Holly! Ein schreckliches Bild blitzte vor seinem geistigen Auge auf. War sie tot? Oder etwas Schlimmeres? Er stellte sich vor, wie sie verbrannt und schwer verletzt dalag. Sofort griff er nach dem Zettel auf dem Nachttisch, auf dem Hollys Telefonnummer stand, und wählte sie. Es klingelte am anderen Ende, mehr als einmal. Das gab ihm Hoffnung, dass sie nicht vor Ort gewesen war.

Komm, mach schon, geh endlich ran!

Endlich nahm jemand ab. Eine Männerstimme meldete sich. »Ja bitte?«

Nathan benutzte ein Alias. »Hier ist Special Agent Robertson in Washington, D. C. Ich möchte bitte Special Agent in Charge Holly Simpson sprechen.« Im Hintergrund hörte er Sirenengeheul.

»Wir wussten nicht sofort, wer sie war. Sie ist bewusstlos. Wir sind gerade auf dem Weg zur Notaufnahme im Sutter Memorial Hospital.«

»Wie ist ihr Zustand?«

»Kritisch. Mehrere Beinbrüche, einer davon kompliziert. Verbrennungen zweiten und dritten Grades. Wahrscheinlich innere Blutungen. Schultereckgelenksverrenkungen an beiden Schultern. Wir haben sie stabilisiert, aber ihre Kopfverletzung ist unsere größte Sorge. Wer sind Sie gleich wieder?«

Nathan beendete das Gespräch und wandte sich Harv zu. »Sie wird gerade in kritischem Zustand in die Notaufnahme im Sutter Memorial Hospital gebracht.«

»Das tut mir leid, Nathan.«

»Kannst du dich um unsere Jungs kümmern, wenn sie hier aus San Diego eintreffen, und ihnen ihre Aufgaben zuweisen?«

»Ja, geht in Ordnung.«

»Und ruf bitte unten bei der Rezeption an. Ich brauche sofort ein Taxi.«

»Kein Problem.«

»Tut mir leid, dass ich dir das alles aufhalse, Harv.«

»Ich mach das schon. Geh jetzt.«

* * *

Die Miene von Special Agent Bruce Henning verfinsterte sich, als Nathan die Notaufnahme im Sutter Memorial Hospital betrat. Der Mann wirkte längst nicht mehr so makellos wie sonst, ganz im Gegenteil. Er sah aus, als hätte man ihn mit einem Seil an die Stoßstange eines Autos gebunden und über eine Schotterpiste geschleift.

»Was zum Teufel machen Sie hier, McBride? Das ist alles Ihre Schuld!«

»Wo ist Holly?«

Henning gab keine Antwort.

Nathan trat einen Schritt auf ihn zu. »Wo ist sie?«

»Oben in der Intensivstation. Hey, wo wollen Sie hin?«

»Ich habe jetzt keine Zeit für Sie, Henning.«

»Sie können da nicht hoch.«

»Das werden wir sehen.« Nathan ging auf eine Krankenschwester zu, die gerade auf den Eingang zum Behandlungsraum zusteuerte.

»Wo ist die Intensivstation?«, fragte er.

»Zweiter Stock«, antwortete die Krankenschwester und trat durch die doppelte Schwingtür. Nathan konnte einen schnellen Blick erhaschen – Ärzte, Krankenschwestern, Blut.

»Verdammt, McBride, warten Sie.«

»Wollen Sie mitkommen, Special Agent Henning?«

Der FBI-Agent betrat die Fahrstuhlkabine. »Sie haben wirklich Nerven, einfach so hier aufzukreuzen.«

»Sparen Sie sich Ihren Ärger für jemanden, der sich dafür interessiert.«

»Ich sollte Sie auf der Stelle festnehmen.«

Nathan pflanzte sich vor ihm auf. »Nur zu. Probieren können Sie's ja.«

Als sie im zweiten Stock ankamen, öffneten sich die Fahrstuhltüren mit einem *Ding*-Geräusch. Nathan bot sich ein schrecklicher Anblick. Die Schwesternstation direkt vor ihm war verlassen. Davor stauten sich mehrere Dutzend fahrbare Krankentragen mit Verletzten. Blutspuren zogen sich über den Fußboden. Dieser sonst wahrscheinlich eher ruhige Ort hatte sich in ein Feldlazarett verwandelt. Man konnte deutlich erkennen, dass nicht genügend Ärzte und Pfleger da waren, um den Andrang zu bewältigen. Das Gestöhne der Verletzten klang verzweifelt und unheimlich. Ein uniformierter Polizist stand mit aschfahlem Gesicht gleich hinter dem Eingang. Er trat Nathan und Henning entgegen, ließ sie jedoch vorbei, als Henning ihm seine FBI-Dienstmarke zeigte.

Am anderen Ende des Zimmers stand ein Arzt über eine verletzte Frau gebeugt und rief: »Ich brauche hier mal Hilfe.«

Niemand kam. Kein Wunder, es war auch niemand frei.

Nathan eilte zu dem Arzt. »Was brauchen Sie?« Er betrachtete den Arm der Frau, wo eine klaffende Wunde von etwa dreißig Zentimetern Länge den Blick auf die darunterliegenden Muskeln und Sehnen freigab. Die Haut um die Verletzung herum war verkohlt und von Brandblasen übersät. Das Blut der Frau tränkte die Leintücher der Krankentrage.

»Wer sind Sie?« Der Arzt war etwa Mitte fünfzig und hatte nur noch wenig Haare. Über seiner randlosen Brille trug er Schutzgläser. Nathan überragte ihn um ungefähr dreißig Zentimeter.

»Ich habe eine Ausbildung als Feldsanitäter. Sagen Sie mir einfach, was Sie brauchen.«

»Ziehen Sie sich ein Paar Handschuhe an. Sie finden welche auf dem Tresen in der Schwesternstation.«

Nathan folgte seiner Anweisung, nahm sich ein Paar hellgrüne Latexhandschuhe aus einer Schachtel und streifte sie über.

»Wenn ich den Bizeps beiseiteziehe, klemmen Sie so nah wie möglich am Riss die Brachialarterie ab. Der Riss verläuft gleich über der Speichen- und Ellenarterie. Ich halte sie gerade mit meinen Fingern zu.« Der Arzt warf einen Blick auf den fahrbaren Tisch, auf dem Instrumente lagen. »Scheiße, nehmen Sie die Arterienklemmen, was anderes habe ich im Moment nicht. Sie müssen aber erst das Blut mit einem Schwamm aufsaugen. Sind Sie bereit?«

»Ja«, sagte Nathan.

Der Arzt griff mit seiner freien Hand in die offene Wunde direkt über dem Ellbogen und zog eine Handvoll Muskeln beiseite. »Schwamm«, sagte er.

Nathan spürte Hennings Anwesenheit hinter seinem Rücken, während er die Schwämme in die Wunde drückte und zusah, wie sie sich mit Blut vollsaugten. Er wusste, dass ihm nur wenige Sekunden blieben, um die Arterie abzuklemmen, bevor noch mehr Blut hervorschoss und den Hohlraum füllte. »Ich sehe sie«, sagte er und öffnete die Klemme. Dann führte er das Instrument in die Wunde ein und klemmte die Arterie unmittelbar über dem Riss ab.

»Nicht zu fest«, sagte der Arzt. »Nur eine Rastung.«

»Eine Rastung«, wiederholte Nathan und arretierte die Klemme an der ersten Sperreinstellung.

Der Arzt nahm Daumen und Zeigefinger weg. »Gut gemacht.«

Nathan entfernte unaufgefordert die Schwämme und legte sie auf den Tisch.

Der Arzt ließ die Muskeln an ihre gewohnte Position zurückrutschen, wo sie die Klemme überlagerten. Dann entfernte er die Blutsperre. »Diese Arterie muss irgendwann an der Abklemmstelle repariert werden. Das Abklemmen kann Blutgerinnung verursachen, aber das ist das kleinere Übel. Besser, man beschädigt die Arterie jetzt und repariert sie später, als dass der Patient den Arm verliert.«

»Wie lange kann man es so belassen?«, fragte Nathan.

»Nicht sehr lange. Muskeln können einen Durchblutungsausfall maximal zwei Stunden verkraften. Dazu müssen wir auch die Zeit zählen, in der sie die Blutsperre am Oberarm hatte. Sie braucht also innerhalb der nächsten eineinhalb Stunden eine Gefäßoperation. Das Problem ist nur, dass unsere Gefäßchirurgin im Augenblick unten in der Notaufnahme alle Hände voll zu tun hat. Wir müssen also diese Prozedur am anderen Ende des Risses wiederholen, um einen kollateralen Gewebeschaden zu verhindern. Sind Sie bereit?«

»Ja.«

»Okay, ich ziehe den Bizeps noch einmal zur Seite. Legen Sie auf der anderen Seite des Risses eine weitere Arterienklemme an. Klemmen Sie die Arterie so nah wie möglich am Riss ab. Und halten Sie einen Schwamm bereit. Okay, jetzt.«

Nathan klemmte die Arterie mühelos ab. Die Blutung war an dieser Stelle längst nicht so schlimm, aber wie der Arzt wohl vorausgesehen hatte, sickerte Blut aus dem unteren Ende des Risses, verursacht durch einen Rückstau.

»Und jetzt verbinden Sie die Wunde ziemlich fest mit einer Mullbinde, allerdings nicht zu fest. Machen Sie sich wegen der Klemmen keine Sorgen. Lassen Sie sie, wo sie sind, und wickeln Sie den Verband außen herum. Dann rasieren Sie den Bereich um ihre Kopfwunde, reinigen diese und legen Gaze darauf, aber ohne Klebeband. Achten Sie darauf, dass kein Haar an die Wunde kommt. Und behalten Sie ihren Infusionsbeutel im Auge. Sie braucht in ein paar Minuten eine neue Kochsalzlösung. Können Sie solange hierbleiben, bis ich Verstärkung bekomme?«

»Natürlich. Kein Problem.«

»Ich weiß Ihre Hilfe zu schätzen.« Der Arzt musterte Nathans Gesicht. »Sie haben anscheinend selbst eine schwerere Verletzung hinter sich. Wissen Sie, wie man einen intrakraniellen Hirndruckmonitor anschließt?«

»Leider nicht.«

»Machen Sie sich keine Sorgen deswegen. Tun Sie einfach, was Sie können.« Während der Arzt zur nächsten Krankentrage weiterging, verband Nathan den Arm der verletzten Frau.

»Das ist Special Agent Ashley Banks«, sagte Henning. »Suchen Sie mir einen Beutel mit Kochsalzlösung.«

Der FBI-Agent rührte sich nicht.

»Henning!«

»Ja, schon gut, bin gleich wieder da.«

Während der nächsten zwanzig Minuten half Nathan anderen Ärzten, Krankenschwestern und Rettungssanitätern und verbrauchte dabei ein gutes Dutzend Handschuhe. Er und Henning verbrachten die meiste Zeit als Laufburschen und schafften Messgeräte, chirurgische Instrumente und Verbandsmaterial heran, sobald Ärzte und Krankenschwestern danach riefen. Zwischendurch hielt Nathan immer wieder nach Holly Ausschau, sah sie aber nirgends. Wahrscheinlich musste sie gerade eine Notoperation über sich ergehen lassen. Ja, das war es. Bestimmt wurde sie jetzt in diesem Moment operiert. Er wollte jedoch niemanden deswegen belästigen. Dafür war nicht der richtige Augenblick, und das Personal hier oben würde sowieso nichts über ihren gegenwärtigen Zustand sagen können. *Bleib beschäftigt und fokussiert*, sagte er sich.

In den nächsten Minuten trafen immer mehr Krankenhausangestellte ein. Nach einer Weile befanden sich fast fünfzig Ärzte und Krankenschwestern auf der Intensivstation, kümmerten sich um die Verwundeten und sorgten dafür, dass wieder einigermaßen normale Zustände herrschten. Nathan empfand großen Respekt vor den engagierten Leuten, die hier arbeiteten. Obwohl er nur kurz ausgeholfen hatte, fühlte er sich ausgelaugt, als ob Stunden vergangen wären. Dabei hatte es sich nur um Minuten gehandelt. Die meisten Opfer hatten Verbrennungen verschiedenen Grades erlitten und der Geruch nach verbranntem Fleisch durchdrang den Raum. Nathan hatte schon öfter im Leben Blut gesehen – sehr viel sogar. Aber für Henning war es eine neue Erfahrung. Trotzdem hatte sich der Mann ziemlich tapfer geschlagen.

* * *

Senator Stone McBride telefonierte gerade in seinem Büro, als er ein Klopfen an der Tür hörte. Er hielt die Hand auf die Sprechmuschel. »Herein.«

Seine Sekretärin reichte ihm eine Notiz. *Leaf Watson auf Leitung zwei. Äußerst dringend.* Er nickte ihr zu, worauf sie den Raum verließ und die Tür hinter sich schloss.

Stone redete weiter: »Hören Sie, Scott, ich kann Ihnen noch nicht versprechen, dass ich mit Ja stimmen werde. Ich habe noch nicht den gesamten Gesetzesentwurf gelesen. Solange der Speck nicht roh ist, sehe ich da kein großes Problem. Geben Sie mir noch einen oder zwei Tage Zeit. Wie sind übrigens die neuesten Umfragewerte? Na, das ist ja immerhin etwas. Hören Sie, ich muss jetzt Schluss machen. In spätestens zwei Tagen … Okay, treffen wir uns demnächst mal zum Mittagessen … Machen Sie's gut.« Lobbyisten, dachte er nur. Dann drückte er auf Leitung zwei. »Hallo, Leaf.«

»Schalten Sie den Fernseher ein.«

»Welches Programm?«

»Egal. Irgendeins.«

Stone bekam ein flaues Gefühl im Magen. Er griff zur Fernbedienung, drehte sich auf seinem Sessel und drückte die Einschalttaste. Auf dem Bildschirm erschien Fox News und zeigte ein Bild, das von einem Hubschrauber aus aufgenommen war: Dutzende von Einsatzfahrzeugen standen mit eingeschalteten Blaulichtern um ein zweistöckiges Gebäude herum, in dessen Seitenwand ein riesiges Loch klaffte, aus dem Rauch ins Freie drang und sich in einer schwarzen Säule in den Himmel erhob. Löschfahrzeuge der Feuerwehr sprühten Wasser in das Loch und aufs Dach.

Stone drehte den Fernseher lauter und hörte den Moderator Shepard Smith mitten im Satz: »… soweit wir wissen. Eine Bombe explodierte im Büro des FBI in Sacramento. Wir haben keine Informationen darüber, wie viele Menschen getötet oder verletzt wurden. Die lokalen Behörden gehen davon aus, dass es sich nicht um einen Unfall, sondern einen Terroranschlag handelt. Die Bombe explodierte wenige Minuten vor zehn Uhr morgens Ortszeit …«

»Schicken Sie alle in mein Büro.«

»Sie sind bereits unterwegs.«

Die Sekretärin steckte den Kopf zur Tür herein. »Der Präsident ist auf Leitung drei.«

Stone nickte ihr zu. »Leaf, ich brauche eine chemische Analyse des Materials, das wir in Kalifornien beschlagnahmt haben. Finden Sie heraus, ob es zu diesem Bombenanschlag passt. Und beeilen Sie sich. Ich sage schon mal in Quantico Bescheid, damit man Ihren Anruf dort erwartet.« Stone beendete das Gespräch und drückte auf die blinkende Taste. »Herr Präsident.«

»Stone, ich brauche ein Briefing zu dem Vorfall, sobald Sie etwas haben.«

»Ja, Herr Präsident, das bekommen Sie.«

»Was ist Ihre vorläufige Einschätzung? War das Al Kaida?«

»Das glaube ich nicht. Ich kann es zwar noch nicht bestätigen, aber mein Gefühl sagt mir, dass es etwas mit unserem Einsatz in Kalifornien vor ein paar Tagen zu tun hat. Es ist bestimmt kein Zufall, dass der Anschlag dem FBI galt und in Sacramento stattfand. Ich glaube, dem Ganzen liegt ein Rachemotiv zugrunde.«

»Brauchen Sie irgendetwas?«

»Vor allem Zeit. Meine Leute untersuchen gerade die Explosionsrückstände. Wahrscheinlich passen sie zu dem Semtex, das wir beschlagnahmt haben.«

»Wann können Sie das mit Bestimmtheit sagen?«

Stone wusste vor allem eines: Der Präsident ließ sich nicht mit vagen Antworten abspeisen. Wenn man etwas nicht wusste, war es am besten, man gab es offen zu. »Das weiß ich nicht, aber ich werde es innerhalb der nächsten vierundzwanzig Stunden herausfinden.«

»Ich brauche Ihnen ja nicht zu sagen, was das für Auswirkungen haben kann, Stone, vor allem nach Ihrer gestrigen Pressekonferenz zu diesem Semtex-Fund. Sämtliche großen Fernseh- und Radiosender werden über nichts anderes mehr berichten.«

»Ich kümmere mich darum, Herr Präsident.«

»Rufen Sie mich an, sobald Sie etwas wissen. Ich werde dafür sorgen, dass man Sie sofort zu mir durchstellt. Ich muss zu hundert Prozent sicher sein.«

»Verstanden.«

Der Präsident verabschiedete sich nie, wenn er ein Gespräch beendete. Er legte einfach auf. Dieses Gespräch war damit beendet.

Stone drückte auf die Taste der Sprechanlage. »Heidi, verbinden Sie mich mit Kevin Ramsland vom kriminaltechnischen Labor in Quantico. Wenn er nicht in seinem Büro ist, lassen Sie ihn über seinen Pager benachrichtigen und bleiben Sie am Apparat, bis man ihn gefunden hat. Und versuchen Sie auch, Direktor Lansing zu erreichen. Aber der Anruf an Ramsland hat Priorität.«

Stone runzelte die Stirn. Larry Gifford arbeitete in der FBI-Dienststelle in Sacramento. Als ihm einfiel, dass Nathan sich auch in der Gegend aufhielt, verdüsterte sich seine Miene noch mehr. Obwohl er seinen Sohn nur selten anrief, hatte er dessen Nummer unter seinen fünfundzwanzig wichtigsten Kurzwahlnummern gespeichert.

Gerade wollte er Nathan anrufen, als sich Heidi über die Sprechanlage meldete. »Ich habe Kevin Ramsland auf Leitung eins.«

Stone drückte auf die entsprechende Taste und griff zum Hörer. »Special Agent Ramsland, danke, dass Sie meinen Anruf entgegennehmen.«

»Keine Ursache, Herr Senator.«

»Einer von meinen Leuten, Leaf Watson, braucht so schnell wie möglich eine Bombenrückständeanalyse. Können Sie sich persönlich darum kümmern?«

»Ja, auf jeden Fall. Ich habe bereits unten im Labor angerufen. Wir warten jetzt nur noch darauf, dass das Material eintrifft.«

»Wie lange wird es dauern, wenn Sie es haben?«

»Um ein genaues Ergebnis zu erhalten, müssen wir eine kleine Probe explodieren lassen und sie mit dem Material aus Sacramento vergleichen. Das dürfte nicht länger als eine Stunde dauern. Haben Sie jemanden, der die Proben persönlich vorbeibringen kann? Das würde uns eine Menge Zeit sparen.«

»Ich kümmere mich darum.«

»Wer hat das getan, Sir?«

»Ich bin mir nicht hundertprozentig sicher, kann es mir aber ziemlich gut vorstellen.«

»Ich habe eine Stinkwut.«

»Richten Sie Ihre Wut auf ein bestimmtes Ziel. Bleiben Sie fokussiert. Ich rufe Sie noch mal wegen dem Kurier an.«

»Wir sind hier drüben bereit.«

Stone drückte auf die Taste der Sprechanlage. »Haben Sie Lansing erreicht?«

»Er telefoniert gerade«, antwortete Heidi. »Seine Sekretärin hat mir versprochen, er werde in den nächsten fünfzehn Minuten zurückrufen.«

»Rufen Sie noch einmal Leaf an und sagen Sie ihm, er soll sich Kopien von sämtlichen Aufnahmen der Überwachungskameras in der Dienststelle in Sacramento besorgen. Außerdem soll er dafür sorgen, dass eine Probe von dem Semtex, das wir bei ›Echo der Freiheit‹ sichergestellt haben, sowie eine Probe aus den Rückständen der Bombe in Sacramento unverzüglich mit einem FBI-Kurier auf dem Luftweg nach Quantico geschickt wird. Ich will, dass die das Material in spätestens fünf Stunden haben. Von mir aus soll er den Kurier mit einem Kampfjet der kalifornischen Nationalgarde schicken.«

KAPITEL 13

Das Klingeln seines Handys weckte Nathan. Er wusste nicht sofort, wo er war, und blickte sich um. Der Warteraum der Notaufnahme. Jetzt fiel es ihm wieder ein: Sobald er erfahren hatte, dass Holly noch lebte und operiert wurde, hatte er sich hingesetzt und war prompt eingeschlafen. Er sah auf seine Armbanduhr. Vier Stunden waren vergangen. Bruce Henning, der ihm direkt gegenübersaß, war ebenfalls eingedöst und gleichzeitig vom Klingeln des Handys aufgewacht. Das Display zeigte einen Anrufer mit gesperrter Kennung.

»Hallo?«

»Mr McBride?«

»Wer ist am Apparat?«

»Direktor Ethan Lansing.«

Nathan erwiderte nichts.

»Sind Sie noch dran, Mr McBride?«

»Ja.«

»Sie haben grünes Licht. Unternehmen Sie nichts, bevor wir erneut miteinander sprechen.«

Dann war die Leitung tot.

Henning sah mitgenommen aus. »Holly ist bei schwachem Bewusstsein. Sie musste sich einer Notoperation unterziehen, um den Druck auf ihr Gehirn zu erleichtern. Sie möchte mit Ihnen reden.«

»Wie sieht sie aus?«

»Nicht besonders gut. Während der letzten Stunde wurde sie immer wieder bewusstlos. Man hat sie mit Morphin vollgepumpt.«

»Wie ernst sind ihre Verbrennungen?«

»Woher wissen Sie davon?«

»Ich hatte sie auf ihrem Handy angerufen. Ein Rettungssanitäter ging ran.«

»Es sind hauptsächlich die Beine und der Rücken betroffen. Wenn man bedenkt, wo sie war, ist es nicht allzu schlimm. Die Ärzte glauben, dass ihr ein großer Gegenstand auf den Kopf gefallen ist, ein Stuhl oder ein Stück von einem Schreibtisch oder sonst irgendetwas.«

»Wo waren Sie, als die Bombe hochging?« Nathan wunderte sich, dass er das erst jetzt fragte.

»Im hinteren Teil des Gebäudes im ersten Stock. Die Luft … für einen Augenblick hat sie geschimmert.«

»Die Druckwelle. Wie fühlen sich Ihre Ohren an?«

»Es klingelt immer noch in ihnen. Hoffentlich geht es vorbei.«

»Bestimmt. Dauert vielleicht einen Tag oder zwei. Können Sie mich zu ihr bringen?«

»Ja, natürlich. Ich wollte Sie nicht aufwecken. Übrigens, ich … äh … habe mich noch gar nicht bei Ihnen dafür bedankt, dass Sie dort oben am Lager meiner Frau das Leben gerettet haben.« Henning rang sich ein Lächeln ab. »Ich habe gehört, sie hat versucht, Sie zu töten.«

»*Versucht* ist hier das entscheidende Wort. Geht's ihr gut? War sie im Gebäude?«

»Nein.«

»Ich bin auf Ihrer Seite.«

Henning nickte. »Das weiß ich inzwischen. Tut mir leid, dass ich mich neulich danebenbenommen habe.«

»Mir geht's genauso.«

»Werden Sie Ihren Besuch kurz halten? Sie muss schlafen.«

»Kein Problem.« Nathan folgte ihm durch das Foyer der Notaufnahme, vorbei an vier Polizisten, und dann einen schmalen, neonerleuchteten Flur entlang.

Als sie an den Fahrstühlen ankamen, drückte Henning auf den Knopf und trat einen Schritt zurück. »Wir haben einundzwanzig Tote und achtundfünfzig Schwerverletzte. Sieben davon in kritischem Zustand.«

Nathan schwieg.

»Es ist wohl nicht schwer zu erraten, wer das war. Werden Sie die Kerle jagen?«

»Darauf können Sie Gift nehmen.«

»Ich möchte Ihnen dabei helfen. Was kann ich tun?«

Nathan wandte sich ihm zu. »Sie sind ein engagierter, fleißiger und ehrlicher Staatsdiener, Henning. Holly hat mir das auf der Fahrt zur Hütte gesagt. Machen Sie sich wegen dieser Sache nicht alles kaputt, wofür Sie so hart gearbeitet haben. Der Preis ist zu hoch.«

»Scheiß drauf. Jetzt wird mit harten Bandagen gekämpft.« Ein leises Klingeln kündigte die Ankunft des Fahrstuhls an. Sie betraten die Kabine und warteten, bis sich die Edelstahltüren geschlossen hatten. »Wir lassen unsere eigenen Leute nicht im Stich.« Henning drückte fester als nötig auf den Knopf für den zweiten Stock.

Nathan gab sich bei seiner Antwort Mühe, nicht herablassend zu klingen. »Noch vor ein paar Tagen dachten Sie da anders. Hören Sie, in solchen Situationen scheue ich mich nicht, mit schmutzigen Tricks zu arbeiten. Wenn es um Leben und Tod geht, scheiße ich auf die Verfassung. Nur ein Idiot hält sich an die Regeln, wenn der Gegner das nicht tut. Wenn wir die Kerle finden, könnte es brutal werden. Und ich meine, richtig brutal.«

»Sagen Sie mir einfach, was Sie brauchen, und ich sorge dafür, dass Sie es bekommen.«

»Für den Anfang brauche ich Zugang zur NCIC-Datenbank. Außerdem muss ich Autokennzeichen, Adressen und Telefonnummern abfragen können. Dinge in der Art.«

Henning zog seine Brieftasche hervor, entnahm ihr eine Visitenkarte und schrieb eine Nummer auf die Rückseite. »Hier haben Sie meine Handynummer. Sie können mich rund um die Uhr erreichen.«

»Sie gehen ein hohes Risiko ein, wenn Sie mir helfen.«

»Ich will nachts ruhig schlafen können, mit dem Bewusstsein, das Richtige getan zu haben.«

»Außer Harvey und mir erfährt niemand etwas davon, es sei denn, Sie wollen, dass Holly Bescheid weiß. Das ist Ihre Entscheidung. Unter den gegebenen Umständen glaube ich kaum, dass sie etwas dagegen hat.«

Im zweiten Stock öffneten sich die Fahrstuhltüren und gaben den Blick auf die Intensivstation frei, wo Nathan und Henning ein paar Stunden zuvor bei der Versorgung der Verletzten geholfen hatten. Jetzt war es ruhig. Die Schwesternstation war besetzt. Man hatte die Krankentragen entfernt und das Blut aufgewischt. Der Geruch nach verbranntem Fleisch hatte sich verzogen. Henning nickte dem Polizisten in Uniform zu, der zu ihrer Linken saß. Nathan folgte Henning zur Schwesternstation, wo sie sich auswiesen und in die Besucherliste eintrugen. Holly lag auf Zimmer 312. Als sie zusammen durch die Intensivstation gingen, überlegte Nathan, ob er Henning von seinem Gespräch mit Holly in der Piano-Bar erzählen sollte – davon, dass sie ihm die gleiche Hilfe angeboten hatte. Doch dann verwarf er diesen Gedanken wieder, da er ihr Vertrauen nicht enttäuschen wollte. Indiskretion war in dieser Situation unangebracht und entsprach auch nicht seiner Art. Wenn Holly es Henning von sich aus sagen wollte, war das in Ordnung. Das Vertrauen, das Direktor Lansing in ihn setzte, würde er auch nicht enttäuschen. Was Holly anging, so würde er ihr nie von Lansings Anruf erzählen, mit dem ihm der FBI-Direktor grünes Licht gegeben hatte. Was hieß das überhaupt, grünes Licht? Im Augenblick würde er sich keine Gedanken darüber machen. Er würde die Dinge auf seine Art und Weise angehen und abwarten, was geschah. Allerdings war er sich sicher, dass das alte Sprichwort: *Töte sie alle und überlasse es Gott, sie auszusortieren* hier keine Gültigkeit besaß.

»Woran denken Sie gerade?«, fragte Henning.

»An meine nächsten Schritte.«

»Und die wären?«

Sie blieben vor Hollys Zimmer stehen. Die Tür war geschlossen.

Nathan sprach mit leiserer Stimme weiter. »Ich werde nach Leuten suchen, bei denen es eine Verbindung zu den Bridgestones gibt. Mit Ihrer Hilfe dürfte das leichter sein.«

»Wo wollen Sie damit anfangen?«

»Bei Ernie Bridgestone. Ich werde mir die Besucherlisten aus der Zeit ansehen, in der er in Fort Leavenworth einsaß. Vielleicht finde ich dort eine nützliche Kontaktperson, zum Beispiel eine frühere Freundin oder einen alten Saufkumpan. Außerdem werde ich nach Militärangehörigen suchen, zu denen Leonard Bridgestone Kontakt hatte, als er an der Grenze zwischen Irak und Syrien stationiert war. Ich glaube, dass die Sache mit dem Semtex dort ihren Anfang nahm. Und dann haben die Bridgestones wahrscheinlich jemanden bei einer Bank, der sich um die Geldwäsche kümmert. Ich wette, irgendein Offizier oder Soldat aus seiner Einheit, aber es könnte auch jede beliebige andere Person sein, die einer der beiden kannte. Sie können mir dabei behilflich sein. Ich gebe Ihnen Namen und Sie geben mir alles, was das FBI über diese Leute weiß.«

»Geht in Ordnung.« Henning öffnete die Tür, trat beiseite und flüsterte: »Machen Sie es kurz, nicht mehr als fünf Minuten.«

Der Anblick, der sich Nathan bot, trieb ihm beinahe die Tränen in die Augen.

Holly Simpson lag auf dem Rücken. Man hatte die linke Seite ihres Kopfes rasiert und mit Mullbinden verbunden. Beide Schultern hingen in Gurten, die so konstruiert waren, dass die ausgekugelten Gelenke sich nicht bewegen konnten. Die Beine steckten in ihrer gesamten Länge in Stahlschienen und waren ebenfalls mit Mull verbunden. Nathan wusste, dass sie dort Verbrennungen erlitten hatte. An manchen Stellen auf dem weißen Verband befanden sich rötlich gelbe Flecken. Aus zwei Infusionsbeuteln tropfte eine Flüssigkeit in Venen an beiden Handgelenken. Bis auf das leise Piepsen ihres Herzmonitors war es still im Raum.

Als sie hörte, dass ein Besucher eingetreten war, öffnete sie die Augen und drehte den Kopf. »Anscheinend hat man mich gefunden.«

»Hallo, Mädchen.«

»Ich muss schrecklich aussehen.«

»Holly, es tut mir furchtbar leid.«

»Kannst du mir bitte etwas Wasser zu trinken geben?«

Nathan trat an ihr Bett heran und führte den Strohhalm des Bechers an ihre Lippen.

Sie trank ein wenig und versuchte zu lächeln. »Danke.«

»Mehr?«

Sie nickte.

Nathan ließ sie trinken, so viel sie wollte. »Wie spät ist es?«, fragte sie.

»Kurz nach halb drei Uhr nachmittags.«

»Könntest du mein Bett bitte etwas nach oben stellen?«

»Natürlich.« Nathan streckte die Hand nach dem Steuergerät aus und drückte auf den Knopf, worauf der Elektromotor leise summte. Holly gab sich alle Mühe, sich den Schmerz nicht anmerken zu lassen, aber ihr Gesicht verzerrte sich.

»So ist's gut, danke. Es gibt hier keinen Fernseher, also hab ich noch keine Nachrichten gesehen. Wie viele Tote?«

»Einundzwanzig. Und weitere sieben in äußerst kritischem Zustand.«

Sie fing an zu weinen. »Ich hätte bessere Sicherheitsvorkehrungen treffen und mehr Sicherheitspersonal am Tor postieren müssen.«

»Holly, lass das. Die extra Wachposten wären an Ort und Stelle getötet worden. Mach dir keine Vorwürfe.«

»Direktor Lansing hat mich angerufen.«

Nathan wartete darauf, dass sie fortfuhr.

»Er hat mir ziemlich viele Fragen gestellt. Es ging dabei um dich, darum, was für eine Art Mensch du bist.«

»Jetzt stecke ich wohl in Schwierigkeiten.«

Sie rang sich ein Lächeln ab. »Er hat mir von deinem Anruf erzählt und davon, was du vorhast. Wir waren uns beide einig, dass wir dich an Bord haben wollen.«

»Ich wollte sein Vertrauen nicht enttäuschen, aber jetzt, wo du es weißt, kann ich es dir ja sagen. Er hat vor einer Weile angerufen und mir grünes Licht gegeben.«

»Er hat mir erzählt, dass Larry Gifford bei der Explosion ums Leben kam.«

Nathan schüttelte den Kopf und gab sich Mühe, seine Hände nicht zu Fäusten zu ballen. *Diese verdammten Bridgestones.* »Ich mochte ihn sehr.«

»Ich auch. Ist Bruce hier?«

Nathan nickte.

»Holst du ihn bitte rein?«

Nathan ging zur Tür und öffnete sie. Draußen auf dem Flur hielt Henning einen respektvollen Abstand ein. Nathan wusste, dass er nicht den Anschein erwecken wollte, als lausche er an der Tür. »Sie möchte, dass Sie hereinkommen.«

Als beide Männer an ihrem Bett standen, fuhr Holly fort. »Ich habe gestern Nacht Nathan versprochen, ihm zu helfen. Kommt ihr beide miteinander klar?«

Henning sagte: »Wir ziehen jetzt beide an einem Strang.«

»Das ist gut.« Ihr Gesicht verzerrte sich vor Schmerz. »Ich möchte, dass Sie ihm Informationen aus der NCIC-Datenbank geben, wenn er Sie darum bittet.«

»Kein Problem. Das werde ich gerne tun.«

»Direktor Lansing hat mir seine Einwilligung gegeben. Er schickt einen Learjet aus Washington, D. C., der Nathan zur Verfügung stehen wird. Er kann damit fliegen, wohin er will. Sie begleiten ihn, aber nur zur Unterstützung. Ich will nicht, dass Sie sich die Hände schmutzig machen.«

»Verstanden«, sagte Henning.

»Die Bridgestones haben im Wachpostenhäuschen eine Nachricht hinterlassen. Es waren nur fünf Worte. *Dies war erst der Anfang.*«

Nathan schüttelte den Kopf.

»Unsere Dokumentenexperten überprüfen sie gerade. Sie versuchen herauszufinden, welches Papier und was für ein Drucker verwendet wurden. Vielleicht bringt uns das weiter. Außerdem hat Direktor Lansing die Sicherheitsvorkehrungen in sämtlichen Dienststellen und Büros verstärken lassen.« Holly schloss die

Augen. »Finde die Burschen, Nathan. Wir dürfen nicht zulassen, dass so etwas noch einmal passiert.«

»Verlass dich drauf.«

Als sie wieder mit dem Fahrstuhl nach unten fuhren, tat Henning sein Bestes, sich seine Wut nicht anmerken zu lassen. Aber Nathan spürte sie wie die Hitze aus einem Ofen.

Draußen fragte Henning: »Was sind das für Tiere, dass sie so etwas tun können? Die sind doch krank.«

»Darauf gibt es keine einfache Antwort, außer dass bei den beiden die Sicherheitsmechanismen, die die meisten Menschen unter Kontrolle halten, nicht funktionieren. Der Bombenanschlag ist für sie die Rache für den Tod ihres kleinen Bruders.«

»Glauben Sie, dass sie einen weiteren Anschlag auf eine FBI-Dienststelle versuchen werden?«

»Das weiß ich nicht. Vielleicht. Es kann aber auch sein, dass sie mit ihrer Nachricht von ihrem wirklichen Ziel ablenken wollen.«

Henning wartete.

»Das wirkliche Ziel bin ich.«

* * *

Henning hielt mit seinem Wagen vor dem Hyatt und schaltete den Motor ab. Anstatt Nathan einfach nur abzusetzen, stieg er mit ihm aus und gab ihm die Hand. »Sobald der Learjet hier ist, rufe ich Sie an. Gibt es einen Ort, wo Sie sofort hinwollen?«

»Die USDB in Fort Leavenworth in Kansas.«

»USDB?«

»United States Disciplinary Barracks. Das Militärgefängnis. Ursprünglich hatte ich nicht vorgehabt, selbst dorthin zu gehen, weil ein Flug mit einer zivilen Luftfahrtgesellschaft zu lange dauert. Mit dem Learjet können wir jedoch direkt auf dem Gelände landen. Ich möchte mit dem Psychiater sprechen, der Ernie Bridgestone behandelt hat. In seiner Akte steht, dass andere Insassen Ernie während seiner Haft fast zu Tode geprügelt haben. Um dieses Trauma zu verarbeiten, hat er wahrscheinlich beim Gefängnispsychiater professionelle Hilfe in Anspruch genommen. Der Mann kann mir bestimmt wertvolle Einblicke in Ernies Psyche und sein Privatleben vermitteln. Mir ist jeder Hinweis recht. Ich hoffe nur, der Psychiater redet mit mir und verschanzt sich nicht hinter seiner ärztlichen Schweigepflicht.«

»Das will ich ebenfalls stark hoffen.« Der FBI-Mann grinste. »Wenn nicht, dann können Sie ihm ja immer noch nach Feierabend einen Besuch abstatten.«

»Wissen Sie, langsam bekomme ich den Eindruck, dass Sie wirklich mit mir am gleichen Strang ziehen.«

»Hören Sie, ich möchte Ihnen danken, dass Sie in der Intensivstation geholfen haben, unsere Verwundeten zu versorgen. Als ich sagte, das sei alles Ihre Schuld, habe ich mich geirrt.«

»Danke, dass Sie mir das sagen.«

»Ich sage Ihnen sofort Bescheid, falls sich Hollys Zustand ändert.«

»Hauen Sie sich aufs Ohr, Special Agent Henning. Im Marine Corps gibt es eine Grundregel: Schlaf, wann du kannst.«

Henning seufzte. »Ich muss noch einen langen Bericht schreiben, aber das kann warten. Jetzt, wo Sie es sagen … ich bin wirklich hundemüde. Ich hoffe, Sie haben recht, was das Klingeln in meinem Ohr angeht. Es treibt mich noch zum Wahnsinn.« Henning stieg in seinen Wagen und ließ das Fenster herunter.

»Ich meine es ernst, Henning. Gönnen Sie sich etwas Schlaf. Ich würde gerne vor Sonnenaufgang in Fort Leavenworth sein.«

* * *

Sobald Nathan in seinem Hotelzimmer war, ließ er sich aufs Bett fallen.

»Bist du das?«, rief Harv aus dem Nebenzimmer.

Nathan starrte an die Decke. »Ja.« Er spürte, dass Harv in der Verbindungstür stand und ahnte dessen nächste Frage. »Holly wird es schaffen. Man hat sie mit Morphin vollgepumpt. Sie hat acht Knochenbrüche, einen Schädelbruch und Verbrennungen zweiten

Grades, aber langfristig müsste alles in Ordnung kommen. Es gab keine Schäden an der Wirbelsäule oder den Nervensträngen.«

»Wenn man die Alternative bedenkt, klingt das wie eine gute Nachricht.«

»Das kann man wohl sagen. Übrigens, die Bridgestones haben im Wachpostenhäuschen eine Nachricht hinterlassen und das FBI gewarnt, dass noch mehr solche Anschläge folgen werden.«

»Glaubst du, sie meinen es ernst?«

»Schwer zu sagen. Ich habe Henning gesagt, dass es womöglich eine Ablenkung ist, um FBI-Personal und Ressourcen zu binden.«

»Klingt plausibel. Während du weg warst, ist viel passiert. Ich habe unsere beiden Techniker in einem Zimmer auf unserem Stockwerk einquartiert. Sie haben bereits eine sichere Faxverbindung für uns eingerichtet. Ich habe mir erlaubt, während deiner Abwesenheit General Hawthorne zu kontaktieren. Er hat mir versprochen, uns die Besucherliste für Ernie Bridgestone bis spätestens zwanzig Uhr zu faxen.«

»Das hast du gut gemacht. Wie geht's Thorny?«

»Er hat viel zu tun. Hat übrigens nach dir gefragt.«

»Und was hast du ihm gesagt?«

»Dass ich dir immer noch einen drei Meter langen Stock in den Arsch rammen muss, um dich wach zu kriegen.«

»Das ist ja nett von dir, Harv.«

»Außerdem schickt Thorny uns die Liste mit Leonards militärischen Kontakten aus seiner Zeit im Irak.«

Nathan setzte sich aufrecht. »Direktor Lansing hat angerufen und uns grünes Licht gegeben. Ich vermute, dass der Bombenanschlag ausschlaggebend dafür war. Das FBI stellt uns sogar einen Learjet zur Verfügung. Er wird gerade aus D. C. hierhergeflogen.«

»Im Ernst?«

»Jeder vom Direktor abwärts ist extrem motiviert, die Bridgestones zu finden. Sogar Henning ist jetzt voll auf unserer Seite.«

»Das ist umso bemerkenswerter, wenn man bedenkt, wie er sich vor ein paar Tagen benommen hat. Ein ziemlich starker Vertrauensbeweis.«

»Aber kein uneingeschränkter. Ich gehe davon aus, dass Henning für Lansing den Aufpasser spielen soll.«

»Lansing sichert sich damit nur ab. Ich würde das Ganze nicht überbewerten. Wo willst du als Erstes hin?«, fragte Harv.

»Ins Fort.«

»Wir bekommen doch heute Abend die Besucherlisten. Warum willst du dann persönlich vorbeischauen?«

»Nur so ein Gefühl. Ich möchte eine Vorstellung davon bekommen, was in Ernie Bridgestones Kopf vorging.«

»Du willst zum Gefängnispsychiater?«

»Ja.«

»Das könntest du auch übers Telefon erledigen.«

»Ich würde mich aber lieber unter vier Augen mit ihm unterhalten.«

»Verstehe. Dann werde ich mich von hier aus um ein paar Dinge kümmern. Ich muss mir ebenfalls Ernies Kontakte ansehen. Wie du schon gesagt hast, vielleicht haben wir Glück und finden darunter einen, der für eine Bank oder ein Finanzinstitut arbeitet.«

Nathan streckte sich wieder auf dem Bett aus. »Weck mich in drei Stunden.«

»Mach ich. Ich geh dann mal nach unseren Jungs sehen.«

* * *

Nathan riss die Augen auf. Es war schon das zweite Mal an diesem Tag, dass er vorübergehend die Orientierung verloren hatte und nicht wusste, wo er war. Als das Zimmer vor seinen Augen Gestalt annahm, sah er Harv in sicherem Abstand neben der kleinen Kaffeemaschine auf dem Tisch am Fenster stehen.

»Wie lange?«, fragte Nathan.

»Genau drei Stunden. Ich hab solange dein Handy an mich genommen. Henning hat vor ungefähr einer Stunde angerufen. Der Learjet wird um spätestens dreiundzwanzig Uhr hier sein. Er möchte, dass du ihn zurückrufst.«

»Hast du die Besucherlisten vom Fort bekommen?«

»Ja, und so wie es aussieht, bekam Ernie außer von seinem Bruder Leonard noch von einer anderen Person häufig Besuch, nämlich von seiner Ex-Frau aus Pensacola. Er war früher mal Ausbilder auf dem Marinefliegerstützpunkt. Die Frau heißt Amber Mills Sheldon. Vielleicht bringt uns das was.«

»Mit Sicherheit. Hast du eine Adresse oder Telefonnummer?«

»Nur die, die sie in die Besucherliste eingetragen hat, aber die ist alt. Unsere Jungs gehen der Sache nach. Wir sollten herausfinden, ob es über sie etwas in der NCIC-Datenbank gibt. Wenn ja, dann bekommen wir dort die neuesten Informationen.«

»Ich werde Henning bitten, nachzusehen. Hat sonst noch jemand Ernie besucht?«

»Kein Mensch.«

»Ist ja auch kein Wunder. Hat Thorny dir schon etwas zu Leonards Kontakten im Irak geschickt?«

»Ich rechne nicht damit, dass er sich vor morgen früh meldet.«

»Ich müsste bis Mittag wieder aus Leavenworth zurück sein.«

»Mit ein bisschen Glück gibt uns das ein paar erste Anhaltspunkte, wo wir die Kerle finden können.«

»Stimmt.« Plötzlich klingelte Nathans Handy. Ein Anrufer mit gesperrter Kennung. »Hallo?«

»Nathan?«

»Dad«, sagte Nathan. Harv fragte per Handzeichen, ob er das Zimmer verlassen solle. Nathan schüttelte den Kopf.

»Rufe ich zu einem ungünstigen Zeitpunkt an?«

»Du arbeitest spät heute.«

»Das gehört zu meinem Job. Ich muss mit dir reden.«

Nathan schwieg.

»Ich habe gehört, du warst dort draußen in letzter Zeit sehr beschäftigt.«

Sollte das ein Dankeschön sein? »Ja, das stimmt. Harv und ich.«

»Du hast mit deinem Warnschuss einer Menge Leuten das Leben gerettet. Ich bin froh, dass du dort warst.«

»Frank Ortega hatte uns gebeten, aufzupassen.«

»Ich weiß, er hat es mir erzählt. Er sagte auch, du wolltest mit Direktor Lansing sprechen.«

»Das habe ich bereits.« *Aber das weißt du ja eh schon*, fügte er in Gedanken hinzu.

»Und worüber habt ihr gesprochen, wenn ich fragen darf?«

»Harv und ich werden Jagd auf die Bridgestones machen.«

»Aha.«

»Bevor die beiden heute einundzwanzig FBI-Agenten umgebracht haben, haben sie James Ortega bis zur Unkenntlichkeit entstellt, ihm sechs Finger abgeschnitten und ihn dann bei lebendigem Leib verbrannt.« Ein unangenehmes Schweigen folgte. »Bist du noch dran?«

»Ja.«

»Den Teil hat Frank dir wohl nicht erzählt?«

»Nein, Nathan, das hat er nicht und ich habe ihn auch nicht danach gefragt.«

Erneutes Schweigen. Nathan wusste, dass sein Vater sich jetzt fragte, warum er nichts davon erfahren hatte. Information war schließlich in Washington Macht. »Hör zu, wir müssen die Kerle finden, damit wir sie vernehmen können. Du willst doch schließlich wissen, wo das restliche Semtex geblieben ist, oder? Vor allem nach dem, was heute passiert ist.«

»Das FBI hat für so etwas eigene Leute. Die brauchen dich nicht.«

Nathan seufzte.

»Halt dich da raus und lass das FBI seine Arbeit machen. Ich kann dich nicht …«

»Du kannst was nicht?«

»Also gut. Ich kann dich nicht schützen, wenn du weiterhin deine Rachepläne verfolgst.«

»Mir geht es dabei nicht um Rache, und außerdem brauche ich deinen Schutz nicht.«

»Das ist keiner von diesen Auslandseinsätzen, wie du sie früher für die CIA gemacht hast. Wir sind hier in den Vereinigten Staaten. Du kannst nicht einfach Leute auf offener Straße entführen und sie verhören.«

»Das werden wir sehen.«

»Verdammt noch mal, Nathan, wir sind hier nicht im Dritten Reich. Deine brutalen Methoden sind illegal und heimtückisch. Lass die Finger davon. Die Sache geht dich nichts an.«

»Und ob sie mich was angeht. Die Bridgestones müssen dran glauben, egal wie. Wenn das FBI sie vor mir findet, ist das in Ordnung. Dieser Anruf soll wohl eine Warnung sein, nicht wahr?«

»Wenn du nicht von deiner Menschenjagd ablässt, landest du womöglich im Gefängnis und dann kann ich dir nicht helfen.«

»So wie du mir damals in Nicaragua geholfen hast?«

»Das ist unfair. Ich hatte keine Ahnung, wo man dich ... gefangen hielt.«

»Du kannst es ruhig sagen, Dad. Es ist ja nur ein Wort. *Gefoltert*. Du hattest keine Ahnung, wo ich gefoltert wurde. Drei Wochen lang.«

»Sie ... ich konnte dich nicht finden.«

»Ach ja? Harv hat mich doch auch gefunden.«

Keine Antwort.

»Und rate mal, wie er das angestellt hat. Er hat Leute auf offener Straße entführt und sie verhört ...«

»Ich weiß, wie er es gemacht hat«, schnitt Stone ihm das Wort ab.

»Na ja, zwischen dir und Frank Ortega besteht eben ein gewaltiger Unterschied. Ortega hat alles darangesetzt, um seinen vermissten Enkel zu finden, und es dabei mit den wertvollen Grundrechten von ein paar Scheißkerlen nicht allzu genau genommen. Ich brauche von dir keinen Vortrag über die Verletzung von Menschenrechten. Die habe ich am eigenen Leib erfahren.«

»Es war eindeutig ein Fehler, dich anzurufen.«

»*Eindeutig*. Ach ja, noch was. Ich war mir nicht sicher, ob ich es dir erzählen soll, aber jetzt ist es auch egal. Die Bridgestones wissen, dass ich ihren kleinen Bruder erschossen habe. Sie wissen auch, dass du mein Vater bist. Das macht uns beide zu lebenden Zielscheiben. Passen Sie also gut auf sich auf, Herr Senator, denn die Sache ist *eindeutig* noch nicht vorbei.«

Nathan beendete das Gespräch und schleuderte das Handy wütend auf das Bett. Dann schloss er die Augen, atmete langsamer und legte den Kopf in den Nacken. Unterschwellig bekam er mit, dass Harv auf dem Stuhl am Fenster hin und her rutschte. Nachdem er mindestens eine Minute lang geschwiegen hatte, sagte er: »Ich habe wohl nicht besonders gut reagiert.«

»Nein, hast du nicht.«

»Ich hab mir meinen Vater unter die Haut gehen lassen. Eigentlich hätte ich es besser wissen müssen.«

»Ja, das hättest du.«

»Du strotzt nur so vor guten Ratschlägen.«

Harv grinste. »Wusstest du schon, dass du rote Ohren bekommst, wenn du wütend bist?«

»Ehrlich gesagt, nein.«

»Es stimmt wirklich. Kannst ja mal in den Spiegel schauen. Aber zertrümmere ihn diesmal nicht.«

»Sehr witzig, Harv.« Nathan ging ins Bad und knipste das Licht an. Dann betrachtete er sich in dem neu installierten Spiegel und drehte dabei den Kopf hin und her. »Nicht zu fassen«, murmelte er, spritzte sich etwas Wasser ins Gesicht und stützte sich auf dem Waschtisch ab.

»Mach dir die Ohren nass«, rief Harv aus dem benachbarten Zimmer. »Ich will schließlich nicht, dass dir irgendeine Ader platzt. Diese verdammten Blumenkohlohren sind schon hässlich genug.«

KAPITEL 14

In fünftausend Kilometern Entfernung legte Stone McBride den Hörer auf die Gabel und schüttelte den Kopf. Woher wussten die Bridgestones nur, dass Nathan den tödlichen Schuss abgegeben hatte, und warum hatte Frank ihm nicht erzählt, was sie mit James angestellt hatten? Stone fragte sich, welche Informationen man ihm sonst noch vorenthalten hatte. Eine schöne Bescherung … als ob sein Leben und diese Semtex-Angelegenheit nicht schon kompliziert genug waren. Er drückte auf die Taste der Sprechanlage. »Heidi, ich muss noch einmal unverzüglich mit Direktor Lansing sprechen. Und schalten Sie Kevin Ramsland dazu.«

Sein Sohn hatte ihm in aller Deutlichkeit zu verstehen gegeben, dass er wegen der Sache in Nicaragua immer noch sauer war. Das war zwar sein gutes Recht, aber Stone wusste, dass Nathan damit falsch lag. Im Gegensatz zu dem, was ihm sein Sohn vorwarf, hatte er sich ernsthaft bemüht, ihn zu finden. Während Nathans Gefangenschaft hatte Stone immer wieder bei CIA-Direktor Kallstrom angerufen, um sich über den neuesten Stand der Dinge unterrichten zu lassen und zu fragen, ob er irgendetwas tun könne, das noch nicht getan worden war. Die Antwort hatte jedes Mal gleich gelautet: Die Situation wäre »äußerst heikel«, aber man würde alles tun, um seinen Sohn zu finden.

Bis zu einem gewissen Grad konnte er Kallstroms Position sogar verstehen. Die Anwesenheit eines geheimen CIA-Scharfschützenteams auf nicaraguanischem Boden hätte sich zu einem Riesenskandal entwickeln können. Die Entsendung eines aus Navy SEALs bestehenden Rettungstrupps barg beträchtliche Risiken, dass die Operation aufflog. Außerdem wusste niemand, wo Nathan gefangen gehalten wurde. Ein Eingreifen hätte jegliche Versuche zunichtegemacht, den Skandal einzudämmen. Warum hatte es dann doch keinen Eklat gegeben? Schließlich hatten die Nicaraguaner Nathan in ihrer Gewalt und wussten mit Sicherheit, dass er für die CIA arbeitete. Immerhin hatten sie ja drei Wochen Zeit gehabt, diese Information aus ihm herauszuquetschen. Tatsächlich hatten sie ihn beinahe zu Tode gefoltert. Stone mochte nicht daran denken.

Er schüttelte den Kopf und versuchte, einen klaren Gedanken zu fassen. Jetzt war nicht der passende Moment, um sich darüber aufzuregen. Wenn sein Sohn ihm wegen dem, was ihm damals widerfahren war, Vorwürfe machen wollte, sollte er sich keinen Zwang antun. Im Augenblick gab es wichtigere Dinge. Sollte Nathan bei seiner rücksichtslosen Menschenjagd auf die Bridgestones Gesetze brechen, war er auf sich allein gestellt. Voller Ungeduld drückte Stone noch einmal auf die Sprechtaste. Heidi teilte ihm mit, sie warte immer noch darauf, dass Lansing und Ramsland zurückriefen.

»Rufen Sie auch Commissioner Robert Price an und sagen Sie ihm, er soll die Sicherheitsvorkehrungen für den Senat und das Repräsentantenhaus verdreifachen. Sollte er Ihnen Schwierigkeiten machen, stellen Sie ihn zu mir durch. Und ich muss ja wohl nicht extra betonen, dass niemand etwas zu den Medien durchsickern lässt. Wenn jemand auch nur einen Reporter anschaut, reiße ich ihm persönlich den Kopf ab.«

»Ja, Herr Senator. Ich kümmere mich auf der Stelle darum.«

Einer plötzlichen Eingebung folgend, griff Stone zum Hörer und rief Frank Ortega an.

»Hallo.«

»Frank, ich bin's, Stone.«

Schweigen am anderen Ende.

»Geht's dir gut?«

»Nein, mir geht es überhaupt nicht gut. Wieso sollte es das?«

Stone erwiderte nichts darauf. Das einzige Geräusch, das er im Hintergrund hörte, war das Ticken der Wanduhr.

Schließlich brach Frank das Schweigen. »Warum wussten deine Leute nichts von dem Tunnel?«

Die Frage traf Stone völlig unvorbereitet und der vorwurfsvolle Ton schockierte ihn. Schließlich waren seine Leute nicht für die Operation verantwortlich gewesen, sondern allein das FBI. Vielleicht sollte er das Gespräch so schnell wie möglich beenden. »Hör zu, ich wollte mich nur erkundigen, wie's dir geht. Wir reden ein anderes Mal.«

Auf einmal war die Leitung tot. Frank Ortega hatte aufgelegt, ohne sich zu verabschieden. Für Stone fühlte sich das wie ein Schlag ins Gesicht an. Frank Ortega, ein Mann, den er seit vierzig Jahren kannte, hatte soeben wie ein völlig Fremder geklungen. Das erste Mal in seinem Leben fühlte Stone sich ihm gegenüber wie ein Störenfried und nicht wie ein enger Freund. Vielleicht brauchte der Mann einfach mehr Zeit, dachte er. Schließlich war das bereits die zweite Tragödie in seiner Familie – erst die Tochter und jetzt auch noch der Enkel. Das musste ihn innerlich auffressen.

Stone wandte seine Aufmerksamkeit wieder dem leise gestellten Fernseher zu und schüttelte den Kopf angesichts der vielen sogenannten »Experten«, die den Bombenanschlag aus jedem erdenklichen Blickwinkel analysierten. Dieser erste große Terroranschlag seit dem elften September 2001 ging ausnahmsweise nicht auf das Konto von Al Kaida. Vielmehr rückten jetzt heimische Terroristen in den Mittelpunkt. Stone würde sich mit den negativen politischen Auswirkungen herumschlagen müssen, vor allem, nachdem er bei der letzten Pressekonferenz großspurig verkündet hatte, dass ein riesiger Vorrat an illegalem Semtex sichergestellt worden war. Was das Ganze noch schlimmer machte, war die Tatsache, dass sein Committee on Domestic Terrorism dazu da war, um genau diese Art von Terror zu verhindern. Warum hatte er so etwas nicht kommen sehen? Zu seiner Verteidigung konnte er anführen, dass nichts von dem, was er in seinen Unterlagen über die Bridgestones gelesen hatte, darauf schließen ließ, dass sie zu so einer kaltblütigen Tat fähig waren. Warum hatten sie es dann getan?

Tief in seinem Innern hoffte ein Teil von ihm, dass sein Sohn die Kerle vor dem FBI finden würde. Sie hatten es verdient.

* * *

Nathan war nicht das erste Mal in seinem Leben an Bord eines Learjets und fühlte sich in seinen Jeans und dem weißen Polohemd ein bisschen unpassend gekleidet. Im Innern des zwanzig Meter langen Flugzeugs vom Typ 60R gab es jede Menge Platz und man konnte aufrecht stehen. Auf beiden Seiten des Rumpfes verlief je eine Reihe mit einzelnen braunen Ledersitzen, die Hälfte davon so angeordnet, dass man sich gegenübersaß. Im hinteren Teil befand sich ein kleines Büro mit einem Tisch und zwei sich gegenüberliegenden Sesseln. Und ganz am Ende gelangte man durch eine kleine Tür in ein für einen Mann von Nathans Größe sehr enges Toilettenabteil. Der Pilot und sein Kopilot stellten sich als Special Agent Jenkins und Special Agent Williamson vor. Jenkins hatte vier Streifen auf den Schulterstücken seiner Uniform, Williamson als Erster Offizier nur drei. Nathan vermutete, dass beide ursprünglich als Kampfpiloten bei Marine oder Luftwaffe gedient hatten. Beide wirkten überrascht, als sie das Gesicht ihres neuen Passagiers sahen.

»Ich habe eine Auseinandersetzung mit einer Kettensäge verloren«, sagte Nathan in dem Versuch, die gespannte Atmosphäre zu lockern.

»Das muss ja eine heftige Auseinandersetzung gewesen sein«, sagte Jenkins. »Wo soll es hingehen?«

»Zum Flugplatz von Fort Leavenworth in Kansas.«

Die beiden Piloten warfen sich einen schnellen Blick zu.

»Ich schau mal nach«, sagte Williamson und verschwand im Cockpit. Zwanzig Sekunden später kam er mit einer schwarzen Mappe zurück und blätterte darin herum. »Hier ist es … Sherman Army Airfield. Wie es aussieht, wird der Flugplatz vom Militär und der zivilen Luftfahrt gemeinsam genutzt. Die Landebahn ist achtzehnhundert Meter lang. Da bleiben uns hundertfünfzig Meter für unseren Startanlauf.« Er lächelte. »Das dürfte kein Problem sein.«

»Machen Sie es sich bequem.« Jenkins machte eine ausladende Handbewegung. »Wie Sie sehen, haben wir keine Flugbegleiter. Die Getränke müssen Sie sich also selbst holen. Ich gehe davon aus, dass Sie finden, was Sie brauchen.«

»Wir werden schon zurechtkommen«, sagte Nathan. »Wie lang ist unsere Flugzeit?«

»Ungefähr drei Stunden. Kommt auf die Windverhältnisse an.«

»Sie haben ja einen tollen Job«, warf Henning ein.

»Uns gefällt er. Ehrlich gesagt ist es eine willkommene Abwechslung, mal jemand anders als den Direktor herumzufliegen.« Er senkte die Stimme und schaute sich mit übertrieben geheimnistuerischer Geste um. »Er ist nicht gerade ein umgänglicher Typ.«

»Das habe ich auch schon gehört«, sagte Nathan.

»Wir sind nicht pedantisch, wenn es um die Sicherheitsgurtvorschriften geht, aber wir empfehlen Ihnen, sich beim Starten und Landen anzuschnallen.«

»Sollten Sie uns nicht wenigstens einen kurzen Vortrag halten, wie man sich in Notsituationen verhält?«, fragte Nathan. »Sie wissen schon … wo sich die Notausgänge befinden und so weiter?«

»Nicht nötig«, sagte Jenkins. »Wenn wir abstürzen, hat das Ding so viele Löcher, dass man keine Notausgänge braucht.«

Nathan lächelte. Die beiden waren ihm sympathisch.

»Nathan ist Hubschrauberpilot«, fügte Henning hinzu. »Er besitzt einen Bell Jet Ranger.«

»Echt?«

Nathan zuckte nur mit den Schultern.

»Ich wollte schon immer lernen, wie man einen Hubschrauber fliegt.«

»Ist Ihr Vater wirklich Stone McBride?«, fragte Williamson.

Jenkins stieß ihn an. »Mensch, das dürfen wir offiziell doch gar nicht wissen.«

»Ach ja, richtig. Können Sie … äh … vergessen, dass ich diese Frage gestellt habe?«

Die beiden waren wirklich Witzbolde. Nathan hoffte, dass sie wenigstens das Fliegen ernst nahmen. »Um auf Ihre Frage zu antworten: Ja, er ist mein Vater.«

Der Erste Offizier stieß seinen Flugkapitän an. »Müssen wir jetzt vor ihm salutieren?«

Nathan schüttelte den Kopf, nahm auf einem vorwärtsgewandten Sitz Platz und schnallte sich an.

Jenkins formte mit seinen Lippen das Wort *Sorry* und wandte sich dann wieder dem Cockpit zu. Bevor er jedoch hinter der Cockpit-Tür verschwand, drehte er sich noch einmal zu Nathan um. Diesmal war seine Miene ernst. »Hören Sie, vielleicht hat es sich so angehört, als hätte uns das, was heute passiert ist, nicht sonderlich berührt. Das ist aber nicht so. Wir bauen Stress ab, indem wir Witze reißen. Natürlich sind wir genauso stinksauer wie alle anderen, aber unsere Wut hat hier drinnen keinen Platz.«

»Verstanden«, sagte Nathan.

»Wir müssen noch unseren Flugplan für Fort Leavenworth erstellen und einreichen, das wird ein paar Minuten dauern.« Jenkins musterte Nathan. »Hat Lansing Sie geholt, um die Bombenleger zu finden?«

Nathan wusste nicht genau, was er darauf antworten sollte und wie viel er preisgeben durfte, ohne das Vertrauen zu beschädigen, das Lansing und Holly in ihn setzten. Da man ihn nicht als Special Agent McBride vorgestellt hatte, wussten die beiden, dass er nicht zum FBI gehörte. Wahrscheinlich hielten sie ihn für einen glorifizierten Kopfgeldjäger. Er spürte, wie Henning hinter ihm nervös wurde. In einem Drahtseilakt antwortete er nur mit den Augen, indem er sie auf und ab bewegte – eine Geste, die einem Kopfnicken entsprach.

Jenkins kapierte sofort. Er hatte eindeutig einen militärischen Hintergrund.

Zwanzig Minuten später, als die Tragflächen des Learjets beim Startanlauf die kalte Nachtluft durchschnitten, ließ Nathan sich mit dem Kopf gegen den Sitz drücken. Hinter ihm hüllte Henning sich in Schweigen. Auch während der kurzen Fahrt zum Flughafen war er ziemlich zurückhaltend gewesen. Vielleicht waren die Schrecken des heutigen Tages voll in sein Bewusstsein durchgesickert. Nathan war froh über die Ruhe und zerbrach sich nicht weiter den Kopf darüber. Trotz der gelegentlichen Nickerchen, die er in den vergangenen vier Tagen gehalten hatte – ein paar Stunden hier, ein paar Stunden da –, hatte eine bleierne Müdigkeit von ihm Besitz ergriffen. Er fühlte sich körperlich und geistig träge und schätzte seine Einsatzbereitschaft auf fünfzig Prozent. Das war nicht gut, nach militärischen Maßstäben sogar vollkommen unakzeptabel. Früher oder später – je früher, desto besser – würde er mindestens acht Stunden ununterbrochenen Schlaf benötigen. Im Moment musste er sich jedoch mit einem kurzen Nickerchen begnügen. *Schlaf, wann du kannst.* Er stellte den Sitz zurück, fuhr die Beinstütze aus und schloss die Augen. Er hoffte, dass seine inneren Dämonen ihn ausnahmsweise in Ruhe ließen, vor allem jetzt, wo Henning dabei war.

* * *

Die Lautsprecherdurchsage weckte Nathan um kurz nach halb sechs Uhr Ortszeit. »Guten Morgen, Sportsfreunde«, erklang Jenkins' Stimme. »Wir hoffen, Sie hatten einen angenehmen Flug. Wir werden in zwanzig Minuten landen. Ein Taxi wurde bereits bestellt und müsste bei unserer Ankunft bereitstehen.«

Durch das Fenster sah Nathan im Osten den schwachen Schimmer von Kansas City. Direkt unter ihnen zeugten nur hier und da ein paar verstreute Lichter davon, dass es dort unten mehr gab als nur gähnende Leere. Kansas. Amerikas Kernland. Irgendwo inmitten des endlosen Farm- und Weidelandes befand sich ein gigantischer Wollknäuel. Nathan hatte mal ein Bild davon gesehen, wusste aber nicht mehr wo. Vielleicht in einem Reisemagazin im Wartezimmer seines Zahnarztes.

Jenkins legte die sanfteste Landung hin, die Nathan je erlebt hatte. Er aktivierte die Schubumkehr und ließ das Triebwerk aufheulen, während er gleichzeitig behutsam die mechanischen Bremsen betätigte. Am Ende der Landebahn bog der Jet auf die Rollbahn und bewegte sich auf den Hangar zu. Während die Triebwerke herunterfuhren, erschien Williamson, der Erste Offizier, öffnete die Tür im Rumpf und ließ die Treppe zu Boden sinken. Kühle, feuchte Luft, die nach verbranntem Flugbenzin roch, schlug ihnen entgegen. Nathan mochte diesen Geruch.

»Da drüben ist unser Transportmittel«, sagte Williamson.

Nathan blickte zum Hangar hinüber und sah, wie sich ein Taxi näherte und in etwa dreißig Metern Entfernung hielt. Der Fahrer, dem Aussehen nach Araber, stieg aus, hielt aber entweder aus Respekt oder Angst einen Sicherheitsabstand zum Jet.

Williamson fuhr fort: »Es dauert noch ein paar Minuten, bis wir das Flugzeug vollständig abgeschaltet und gesichert haben.«

Nathan bedankte sich bei dem Ersten Offizier für die professionelle Landung und holte dann seine Reisetasche aus dem Gepäckfach. Henning nahm zwei Stücke Handgepäck, eine Reisetasche und einen Laptop heraus. Nathan ließ Henning den Vortritt, als sie zum Taxi gingen. Wie es häufig der Fall war, musterte der Taxifahrer Nathans Gesicht etwas zu lange.

»Wir brauchen ein Motel«, sagte Henning und verzichtete auf eine Begrüßung oder die üblichen Höflichkeitsfloskeln. Nathan ging davon aus, dass hinter diesem unhöflichen Verhalten keine Absicht steckte. Der FBI-Agent war nach den schrecklichen Ereignissen des gestrigen Tags einfach ein bisschen neben der Spur. Falls der Taxifahrer sich vor den Kopf gestoßen fühlte, ließ er es sich nicht anmerken.

»Das Days Inn ist nur ein paar Minuten von hier.«

»In Ordnung«, sagte Henning.

Der Fahrer öffnete den Kofferraum und Henning lud sein Gepäck ein. Nathan verstaute seine Reisetasche daneben und ging zur Beifahrertür. Er wollte vorne sitzen, weil er dort mehr Beinfreiheit hatte. Bevor er einstieg, betrachtete er noch einmal den Learjet und bewunderte die schnittige Form. Am Rumpf gab es keinerlei Markierungen, die das Flugzeug als Eigentum des FBI auswiesen, was Nathan irgendwie überraschte. Er nahm sich vor, den beiden Piloten auf dem Rückflug über die Schultern zu gucken und ihnen ein paar technische Fragen zu stellen. Das Wenige, das er von der Ausstattung gesehen hatte, beeindruckte ihn. Er wäre keinesfalls abgeneigt, für eine Weile mit dem Kopiloten die Plätze zu tauschen, falls dieser nichts dagegen hatte.

Als sie am Motel ankamen, gab Nathan dem Taxifahrer einen Fünfzig-Dollar-Schein und sagte: »Stimmt so.« Dann holten alle ihr Gepäck aus dem Kofferraum. In einem Versuch, sich für Hennings unhöfliches Benehmen am Flughafen zu entschuldigen, redete Nathan den Fahrer auf Arabisch an.

»Danke für die Fahrt, mein Freund.«

Als Henning ihn reden hörte, drehte er abrupt den Kopf. Williamson, der Kopilot, zeigte keinerlei Reaktion, was an sich schon bezeichnend war.

Der Fahrer bekam große Augen. *»Sie sprechen Arabisch.«*

»Ja. Ich möchte mich für das rüde Benehmen meines Freundes entschuldigen. Wir sind alle sehr müde.«

»Schon gut. Ich verstehe.«

»Passen Sie auf sich auf und gehen Sie mit Gott.«

Der Fahrer gab ihm die Hand und lächelte. *»Sie auch, mein Freund.«*

Nachdem das Taxi weggefahren war, trat Henning auf ihn zu. »Was haben Sie eben zu dem Mann gesagt?«

Nathan zuckte mit den Schultern. »Ich habe mich für die Fahrt bedankt und ihm gesagt, dass wir alle müde sind.«

»Na, wenn Sie nicht voller Überraschungen stecken. Als Nächstes fliegen Sie womöglich den Learjet zurück nach Sacramento?«

»Eigentlich keine schlechte Idee«, sagte Nathan und sah dabei Jenkins an.

»Klar, warum nicht? Das Ding fliegt praktisch von selbst.«

»Das kommt überhaupt nicht infrage«, protestierte Henning. »Nicht, solange ich ein Wörtchen mitzureden habe. Mag ja sein, dass Sie mit Ihrem Gewehr einen Tennisball aus tausend Metern Entfernung treffen, einen Hubschrauber auf einer Palme landen,

Verwundete verarzten, verborgene Schätze finden und Arabisch sprechen können. Aber diesen Jet fliegen Sie unter gar keinen Umständen zurück nach Sacramento. Jedenfalls nicht, solange ich mit an Bord bin.«

Jenkins räusperte sich. »Ich glaube, wir sollten einchecken.«

* * *

Zehn Minuten später hatten sie alle ihre Zimmer bezogen. Jenkins rief sofort seinen Ersten Offizier an. »Hat McBride das wirklich zu dem Taxifahrer gesagt?«

»Ja, aber er hat etwas ausgelassen«, sagte Williamson.

»Was denn?«

»Er hat sich für Hennings Benehmen entschuldigt. Anscheinend hat Henning sich dem Fahrer gegenüber nicht gerade höflich verhalten.«

»Wer ist der Typ überhaupt?«

»Ich habe nicht die leiseste Ahnung.«

»Glauben Sie, er ist einer von uns?«

»Ich wette, er ist ein Geheimagent. CIA oder NSA.«

»Wie viele Sprachen beherrschen Sie?«

»Fünf, wenn man Englisch mitzählt.«

»Meinen Sie, ich kann ihn ohne Bedenken ins Cockpit lassen?«, fragte Jenkins.

»Wenn Sie mich fragen, ob er gefährlich ist, würde ich Ihnen mit Nein antworten.«

»Ob er wohl unsere Nummer für bare Münze genommen hat?«

»Keinen Augenblick.«

»Also gut, dann fliegen wir ihn weiterhin in der Gegend herum, bis Lansing es sich anders überlegt.«

* * *

Nathan überlegte, ob er Harv anrufen sollte, verwarf den Gedanken jedoch sofort wieder. In Sacramento war es jetzt erst kurz vor drei Uhr morgens. Er stellte die Reisetasche auf den kleinen Tisch neben dem Bett, ging ins Bad, putzte sich die Zähne und schloss das Handy an die Steckdose an. Dann entkleidete er sich bis auf seine Unterwäsche, zog die Bettwäsche ab und richtete sich auf dem Boden eine Schlafstelle ein. Den Wecker stellte er auf sieben Uhr. Bis dahin war es noch eine Stunde. Er starrte an die Decke und ging in Gedanken die Fragen durch, die er dem Psychiater des Militärgefängnisses stellen wollte. Hoffentlich würde sich dieser kleine Ausflug lohnen. Er musste an die beiden Piloten denken. Als er mit dem Taxifahrer Arabisch gesprochen hatte, hätte er schwören können, dass Williamson, der Erste Offizier, jedes Wort verstanden hatte – seine Augen hatten verräterisch geblitzt. War es reiner Zufall, dass einer der Piloten, die ihn in der Gegend herumflogen, Arabisch verstand? Anscheinend hatte Lansings Vertrauen Grenzen.

Aber Nathan war viel zu müde, als dass er sich groß darüber Gedanken gemacht hätte. Er drehte sich auf die Seite und schloss die Augen. Morgen stand ihm ein weiterer langer Tag bevor. Doch dann fiel ihm ein, dass es bereits heute war.

* * *

Trotz seiner Erschöpfung wachte Nathan noch vor dem Klingeln des Weckers auf. Er zog die Vorhänge einen Spaltbreit auseinander und schaute zum Parkplatz hinaus, wo vereinzelte Pick-ups, Limousinen und SUVs unter dem von der Morgensonne geröteten Himmel von Kansas standen. Dann ging er zum anderen Ende des Zimmers und machte sich einen Kaffee.

Nachdem er geduscht und sich rasiert hatte, rief er Hennings Zimmer an. »Wie haben Sie geschlafen?«

»Nicht besonders. Und Sie?«

»Mir ging es ähnlich. Haben Sie Hunger?«

»Ich habe unten bei der Rezeption angerufen. In der Umgebung gibt es mehrere Cafés, die man zu Fuß erreichen kann.«

»Was ist mit unseren Piloten?«, fragte Nathan.

»Ich wollte sie nicht aufwecken.«

»Geben Sie mir fünf Minuten«, sagte Nathan und legte auf.

Beim Frühstück versuchte Henning, Nathan über dessen Vergangenheit auszufragen. Obwohl er durchaus Verständnis dafür zu haben schien, dass Nathan nicht allzu viel von sich preisgeben wollte, konnte man einen Anflug von Ärger bei ihm spüren. Aber Nathan gab nun mal keine Informationen an Unbefugte weiter und Henning fiel eben in diese Kategorie. So einfach war das.

Auf dem Weg zurück ins Motel klingelte Nathans Handy. Auf dem Display erschien Harvs Nummer.

»Wie war dein Flug?«

»Erstklassig. Schönes Flugzeug.«

»Das glaube ich dir. Ich habe mir erlaubt, dein Treffen mit dem Psychiater zu arrangieren. Hat eine ganze Weile gedauert, bis ich ihn ans Telefon bekommen habe. Es bedurfte einer gewissen Überredungskunst, aber ich glaube, ich konnte ihn von der Dringlichkeit der Situation überzeugen. Er hat im Fernsehen die Berichte über den Bombenanschlag gesehen und weiß, dass sein ehemaliger Patient dafür verantwortlich ist. Der Mann heißt Harold Fitzgerald. Er will sich mit dir um zehn Uhr im Offizierskasino treffen.«

»Das hast du gut gemacht, Harv. Was für einen Eindruck hat er auf dich gemacht? Wird er uns bereitwillig Auskunft erteilen?«

»Ehrlich gesagt weiß ich das nicht so genau. Mein Bauchgefühl sagt Ja, aber vielleicht täusche ich mich. Wir haben nur ganz kurz miteinander gesprochen. Er will bestimmt, dass du seine Informationen vertraulich behandelst.«

»Ich hoffe wirklich, dass ich ein paar Anhaltspunkte bekomme, wo wir mit der Suche nach Ernie Bridgestone beginnen können. Ich muss noch in der NCIC-Datenbank nachsehen, ob es dort etwas über seine Freundin gibt. Konnten unsere Jungs mit der Information aus der Besucherliste etwas anfangen?«

»Vielleicht. Die Adresse, die sie dort angegeben hat, war Fehlanzeige. Wir haben dann die Telefonnummer angerufen und eine Durchsage erhalten, dass sie sich geändert hat, also kann das noch nicht so lange her sein. Die neue Nummer hat die Vorwahl 559, das ist in Fresno. Mason hat dann dort angerufen und sich als Telefonverkäufer ausgegeben. Er hatte den Eindruck, dass die Frau, die ranging, nicht ganz ehrlich war. Er sagte, sie hätte einen Augenblick gezögert, bevor sie behauptet hat, er wäre falsch verbunden. Vielleicht war es eine Freundin oder Schwester oder womöglich unsere Zielperson selbst.«

»Kann durchaus sein, dass Bridgestone sie bereits vor uns gewarnt hat«, sagte Nathan.

»Wenn er noch Kontakt zu ihr hat, dann ist das sehr wahrscheinlich. Oder er hat ihr gedroht. Möglicherweise taucht sie jetzt unter. Wir hätten vielleicht mit dem Anruf warten sollen.«

»Darüber würde ich mir keine Sorgen machen. Anrufe von Telefonverkäufern sind nichts Ungewöhnliches. Hör zu, wir haben gerade gefrühstückt und sind auf dem Weg ins Motel. Ich melde mich wieder, wenn ich mit Fitzgerald fertig bin.«

Nathan steckte das Handy ein und erzählte Henning von Ernies Exfrau und dem fingierten Telefonverkäuferanruf.

»Vielleicht war sie das«, sagte Henning.

»Möglich. Aber das wissen wir erst, wenn wir mit ihr reden.«

»Wenn sie aber nicht mit uns reden will?«

»Keine Sorge, das wird sie.«

* * *

Die Einfahrt zum Fort Leavenworth sah aus wie die von hundert anderen Militärbasen. Ein kleines Wachpostenhäuschen teilte die Zufahrtsstraße. Bewaffnete Militärpolizisten kamen auf das Taxi zu und ließen sich sämtliche Ausweise zeigen. Da das Taxi angekündigt worden war, lief die Sicherheitskontrolle reibungslos ab. Der Fahrer bekam einen vorübergehenden Fahrzeugpass in hellgelber Farbe ausgehändigt und legte diesen auf das Armaturenbrett. Außerdem erhielt er eine Übersichtskarte, auf der das Offizierskasino markiert war.

Nathan fand, dass das Gelände mit seinen Grünflächen, alten Bäumen und historischen Gebäuden aussah wie ein College-

Campus. Als sie vor dem Offizierskasino anhielten, bat Henning den Taxifahrer – oder wies ihn vielmehr an –, auf sie zu warten. Militärpersonal ging in dem Gebäude ein und aus, die meisten in Felduniformen. Ein in Zivil gekleideter Mann kam heraus und hielt auf sie zu. Das musste Fitzgerald sein. Das Aussehen des Mannes entsprach überhaupt nicht dem landläufigen Klischee von einem Psychiater. Er trug keine Nickelbrille und hatte weder Glatze noch Ziegenbart. Der obligatorische weiße Kittel fehlte ebenfalls. Der Mann sah eher wie ein gealterter kalifornischer Surfer als ein Gefängnispsychiater aus. Er trug eine hellbraune Hose und ein Hawaiihemd und hatte sandfarbene Haare und breite Schultern. Ein freundliches Lächeln lag auf seinem Gesicht. Nathan schätzte ihn auf Mitte fünfzig.

Nathan reichte ihm die Hand. »Dr. Fitzgerald?«

»Wie er leibt und lebt.«

»Nathan McBride. Danke, dass Sie sich Zeit für uns nehmen. Das ist Special Agent Bruce Henning vom FBI in Sacramento.«

»Das mit Ihren Kollegen tut mir leid.«

»Danke, Herr Doktor«, sagte Henning. »Das ist nett von Ihnen.«

»Mir wäre es lieber, wenn wir uns hier draußen unterhalten«, sagte Fitzgerald. »Je weniger man uns zusammen sieht, umso besser. Ich kenne da ein hübsches Plätzchen unter ein paar Bäumen. Dort verbringe ich oft meine Mittagspause.«

Der Taxifahrer sah sie fragend an. Nathan bat ihn, den Taxameter laufen zu lassen und zu warten. Dann gingen die drei Männer den Gehsteig entlang. Ein paar hundert Meter weiter hielten sie auf eine Baumgruppe aus Eichen zu. Da es keine Bänke gab, setzten sie sich auf den Rasen. Das Treffen hatte von Anfang an einen lockeren Charakter, eher wie ein Picknick als eine Diskussion über nationale Sicherheitsbelange.

»Ist das okay hier?«, fragte Fitzgerald.

»Vollkommen«, sagte Nathan. »Sie wissen, warum wir hier sind?«

»Ja.«

»Ich möchte Ihnen noch einmal danken, dass Sie sich so kurzfristig Zeit für uns nehmen.«

»Ich hoffe, es ist Ihnen klar, dass ich mich damit aus dem Fenster lehne.«

»Ich gebe Ihnen mein Ehrenwort als Offizier des Marine Corps, dass dieses Gespräch unter uns bleibt. Uns geht es vor allem darum, Ernie Bridgestone und seinen Bruder zu finden, und zwar so schnell wie möglich.«

»Ich weiß nicht genau, wie ich Ihnen dabei helfen kann.«

»Es gibt da ein paar Dinge, die mich weiterbringen könnten. Zunächst einmal brauche ich ein Gefühl dafür, wie er tickt.«

»Ich habe Hunderte von Patienten betreut, aber er leidet unter einer Persönlichkeitsstörung, die nicht allzu oft vorkommt.

Nathan wartete, während der Arzt seine Gedanken ordnete.

»Ich würde ihn als einen Borderliner ohne Gefühlsregungen bezeichnen.«

»Was genau meinen Sie damit?«, fragte Henning.

»Ich werde versuchen, es Ihnen anhand eines Beispiels zu erklären. Nehmen wir eine Mutter mit Kind, sagen wir, einem kleinen Jungen. Als dieser Junge älter wird, merkt die Mutter irgendwann, dass er nicht wie andere Jungs ist. Er lächelt oder lacht nicht, weint nicht und zeigt auch sonst keinerlei Emotionen. Andere Kinder mobben ihn deswegen. Sie denken, er sei dumm, weil er nicht lacht, wenn sie es tun. Er reagiert nicht auf die Hänseleien, worauf ihn die anderen Kinder noch schlimmer mobben. Irgendwann nimmt die Mutter den Jungen beiseite und sagt ihm, er solle doch auch lachen, wenn die anderen es tun. Sie bringt ihm bei, wie man eine lustige Grimasse schneidet und ha-ha-ha-Laute von sich gibt.«

»Das ist ja echt abartig«, sagte Henning.

»Da haben Sie recht, Special Agent. So wie manche Kinder mit einem Geburtsfehler zur Welt kommen, der sie körperlich beeinträchtigt, so werden andere mit emotionalen Defekten geboren. Sie zeigen keine Gefühle. Deswegen betrachte ich Ernie als einen Borderliner. Ich vermute, dass seine Gefühlsregungen unterdrückt sind, aber nicht völlig fehlen. Allerdings kann ich diese Diagnose nicht mit hundertprozentiger Sicherheit stellen.«

»Kann man davon ausgehen, dass er keine Schuldgefühle hat?«, fragte Nathan.

»Absolut. Bereits als Kind dürfte es ihm schwergefallen sein, zwischen Gut und Böse zu unterscheiden. Während die meisten von uns instinktiv wissen, dass zum Beispiel Tierquälerei nicht richtig ist, fehlt bei ihm diese Erkenntnis, oder genauer gesagt, sie funktioniert nicht. Der Sicherheitsmechanismus in seinem Gehirn wird entweder umgangen oder ist gar nicht vorhanden. Wir müssen also davon ausgehen, dass er keinerlei Unrechtsbewusstsein hat, was den Bombenanschlag in Sacramento angeht.«

Henning erstarrte, sichtlich geschockt.

»Was ist mit seinem Bruder Leonard?«, fragte Nathan. »Welche Gefühle hegt Ernie ihm gegenüber?«

»Loyalität kann man nicht so einfach als Emotion definieren. Es ist eigentlich keine Gefühlsregung an sich. Ich sage das nur, weil Ernie äußerst loyal gegenüber seinem älteren Bruder ist. Er hat oft über Leonard geredet.«

»Worüber genau?«, fragte Nathan.

»Hauptsächlich über ihre gemeinsame Kindheit. Der Vater war gewalttätig, ziemlich schlimm sogar, und die Mutter konnte die Kinder nicht vor ihm schützen. Psychologen gehen davon aus, dass das erste Lebensjahr eines Kindes vielleicht das wichtigste ist. Es würde mich nicht wundern, wenn Ernie auch über längere Zeit hinweg vernachlässigt wurde. Stellen Sie sich mal folgende Situation vor: Ein Kind weint, weil es Hunger hat oder sich einsam fühlt, aber es ist niemand da, der ihm etwas zu essen gibt oder es tröstet. Mit anderen Worten, niemand gibt dem Kind ein Gefühl von Liebe und Geborgenheit. Stellen Sie sich das nur vor … ein Kind, das im Dunkeln weint, weil es stunden- oder tagelang alleingelassen wird.« Fitzgerald schüttelte den Kopf. »Eine Grausamkeit, die die Vorstellungskraft überschreitet. Ich glaube wirklich, dass Ernie das Produkt eines solchen Elternhauses ist. Leonard ist ein paar Jahre älter, also hat er sich vielleicht in Abwesenheit der Mutter um seinen kleinen

Bruder gekümmert. Das würde den starken Familiensinn erklären, den Ernie gegenüber seinem großen Bruder empfindet.«

»Muss man nicht davon ausgehen, dass Leonard genauso vernachlässigt wurde?«, fragte Henning. »Und müsste er dann nicht an derselben Störung leiden?«

»Ja und nein. Ich glaube, er wurde vernachlässigt, aber manche Menschen schaffen es, dieses Trauma intellektuell zu verarbeiten. Mein Vater ist ein gutes Beispiel dafür. Er kam aus einem kaputten und gewalttätigen Elternhaus, wurde aber trotzdem ein nützliches Mitglied der Gesellschaft. Immerhin hat er Medizin studiert und ging dann als Fliegerarzt zur Marine. Außerdem war er mir und meinen Geschwistern ein liebevoller Vater. Er hat also diesen Teufelskreis durchbrochen. Manche schaffen es, andere nicht, oder genauer gesagt, sie wollen es nicht. Sie rechtfertigen ihr negatives Verhalten damit, dass sie anderen die Schuld geben. Diese Opfermentalität, wenn man es so nennen will, wird dann Teil ihrer Persönlichkeitsstörung.«

Nathan gab mit einem Nicken zu erkennen, dass er verstanden hatte. »War Ernie in der Lage, mit jemand anders als seinem Bruder eine funktionierende Beziehung zu pflegen? Immerhin war er verheiratet.«

»Die Antwort lautet Ja, aber es kommt darauf an, was Sie unter funktionierend verstehen.«

»Könnte er zum Beispiel einen anderen Menschen lieben?«

»Darauf müsste ich mit Nein antworten. Zumindest nicht auf die Art und Weise, wie wir uns das vorstellen. Seine Art von Liebe wäre von Handlungen abhängig und nicht von Gefühlen. Ich will Ihnen mal ein Beispiel geben. Nehmen wir an, Ernie kommt von der Arbeit nach Hause und seine Frau hat die Küche nicht sauber gemacht, weil sie müde war oder einen schlechten Tag hatte oder was auch immer. Ernie würde das dreckige Geschirr im Spülbecken als Beweis interpretieren, dass sie ihn nicht liebt. Verstehen Sie, was ich meine?«

Nathan nickte. »Eine verzwickte Situation. Egal was sie tut, es reicht nie, um ihre Liebe zu beweisen.«

»Ganz genau. So eine Beziehung ist von Anfang an zum Scheitern verurteilt. Was sie auch unternimmt, es ist nie gut genug, weil es zwischen den beiden keine emotionale Verbindung gibt. Wenn zwei Menschen sich wirklich lieben, neigen sie dazu, über Kleinigkeiten hinwegzusehen. Bei einem Borderliner ist das anders. Das dreckige Geschirr ist für ihn ein Schlag ins Gesicht. Anstatt seine Frau zu fragen, ob sie irgendwelche Probleme hat, interpretiert er die Situation als mangelnden Liebesbeweis. Mit einem Borderliner zu leben, ist wie ein Spaziergang durch ein Minenfeld.«

»Warum würde jemand überhaupt bei so einem Menschen bleiben?«, fragte Henning.

»Die einfachste Antwort auf diese Frage lautet Liebe. Anscheinend hat sie ihn geliebt und war bereit, sein Verhalten in Kauf zu nehmen. Es gibt natürlich auch andere Gründe. Vielleicht hatte sie keine Alternativen oder vielleicht dachte sie, er würde sich ändern. Die bittere Wahrheit ist leider, dass Ernie sich nur ändert, wenn er sich einer gründlichen psychiatrischen Behandlung unterzieht. Ansonsten wird er nie klarkommen. Ich hatte vor seiner Entlassung angefangen, echte Fortschritte mit ihm zu machen. Sie müssen wissen, dass diese Leute bis zu einem gewissen Grad instinktiv begreifen, dass etwas mit ihnen nicht stimmt. Sie wissen nur nicht, was es ist oder wie es dazu kam. Nehmen Sie Katzen als einfaches Beispiel. Wenn Katzenbabys in den ersten Wochen ihres Lebens von Menschen Liebe und Zuneigung erfahren, werden sie zu Haustieren. Wenn nicht, verwildern sie. Natürlich geht das bei Menschen nicht so einfach, aber das Prinzip ist im Grunde genommen dasselbe. Empfängt ein Kind nicht die Stimuli, die es braucht, um sich sicher und geborgen zu fühlen, entwickelt es mit Sicherheit emotionale Probleme mehr oder minder schweren Ausmaßes.«

»Wie ist seine Prognose?«

»Hoffnungslos, es sei denn, er unterzieht sich einer gründlichen psychiatrischen Behandlung. Von alleine ändert er sich nie. Er kann es nicht. Um eine Metapher zu verwenden, er wird für den Rest seines Lebens den Mond anheulen.«

»Worüber haben Sie mit ihm gesprochen?«, fragte Nathan. »Ich meine, ganz allgemein. Sie wissen schon. Was dachte Ernie denn, woher seine Probleme kamen?«

»Ganz einfach«, sagte Fitzgerald. »Seiner Meinung nach war seine Verurteilung wegen Trunkenheit am Steuer an allem schuld. Er sieht sich als Justizopfer.«

»War er das denn?«

»Ich habe die Polizeiberichte und Zeugenaussagen gelesen. Ernie hatte zweifellos die zulässige Promillegrenze überschritten, aber um nicht besonders viel. Soweit ich mich erinnere, war er an dem Unfall nicht wirklich schuld. Die Frau kam plötzlich zwischen zwei geparkten Autos herausgelaufen. Selbst wenn er nichts getrunken hätte, wäre sie tödlich verunglückt. Sie war selbst ziemlich betrunken.«

»Aber ist er deswegen ein Justizopfer?«, fragte Nathan. »Sie klingen ja geradeso, als ob Sie selbst ein bisschen daran glauben.«

»Ein bisschen glaube ich es auch. Bis zu einem gewissen Grad, wohlgemerkt.« Fitzgerald machte eine Pause und dachte nach. »Ich weiß nicht mehr, wie diese Frau hieß, aber ich glaube, sie kam aus einer einflussreichen Familie. Auf jeden Fall hat die Justiz in diesem Fall sehr schnell gearbeitet. Ich habe die Zeitungsausschnitte in Ernies Akte aufbewahrt. Er hat sich oft darüber beklagt, manchmal war er sogar regelrecht besessen davon. Er hat geschworen, sich irgendwann dafür zu rächen. Außerdem hat er behauptet, er hätte vor dem Militärgericht keinen fairen Prozess bekommen.«

»Die sagen doch alle, dass sie unschuldig sind«, warf Henning ein.

»Ich verstehe, was Sie meinen«, sagte Fitzgerald. »Aber wenn die Umstände nur ein klein bisschen anders gewesen wären, hätte es vielleicht gar keine Anklage gegeben.«

»Wir werden die Sache überprüfen«, sagte Nathan. »Schicken Sie uns bitte alles, was mit Ernies Verurteilung wegen Trunkenheit zu tun hat.«

»Mache ich.«

Nathan erhob sich, schüttelte Dr. Fitzgerald die Hand und gab ihm eine Visitenkarte, auf deren Rückseite er seine Handy- und Faxnummer notiert hatte. Henning tat das Gleiche. »Es war wirklich nett von Ihnen, dass Sie sich Zeit für uns genommen haben.«

»Ehrlich gesagt, war das nicht meine Entscheidung. Ich erhielt einen Anruf vom Oberbefehlshaber des Militärgefängnisses und der wiederum vom Oberbefehlshaber von Fort Leavenworth. Das Ganze ging vom Generalstabschef der US Army aus.«

Der gute alte Thorny, dachte Nathan. »Trotzdem weiß ich es zu schätzen.«

»Ach ja, noch etwas«, sagte Fitzgerald. »Passen Sie gut auf sich auf. Ernie Bridgestone ist wirklich extrem gefährlich.«

KAPITEL 15

Während der Rückfahrt redeten Nathan und Henning kein Wort miteinander, da sie nichts in Gegenwart des Taxifahrers besprechen wollten. Nachdem sie am Motel angekommen waren, bezahlte Nathan den Fahrer und gab ihm ein großzügiges Trinkgeld.

Als sie die Lobby durchquerten, fragte Nathan: »Na, was sagen Sie dazu?«

Henning schüttelte den Kopf. »Also das mit dem Kind, dem die Mutter beibringt, wie man lacht, das war schon heftig.«

»Ja, das ist ziemlich verrückt.«

»Und was meinen Sie?«

»Ich meine«, sagte Nathan, »dass wir bei unserem nächsten Trip einen Wagen mieten sollten. Das wäre besser, als ständig Taxis zu nehmen.«

»Wohin gehen wir als Nächstes?«

»Fresno. Dort statten wir Amber Sheldon einen Besuch ab.« Nathan sah auf die Uhr. »Ich will in Bewegung bleiben. Wenn wir sie finden, haben wir keine Zeit für eine langwierige Observierung. Wir sollten gleich zur Sache kommen und einfach bei ihr an die Tür klopfen.«

»Einfach so?«

»Haben Sie eine bessere Idee?«

»Nicht wirklich.«

»Wir müssen nachsehen, ob es in der NCIC-Datenbank etwas über sie gibt. Haben Sie von Ihrem Laptop aus Zugang?«

»Ja.«

»Vielleicht bringt uns das weiter. Wenn sie drin ist, haben wir eine aktuelle Adresse. Sollte sie zufällig auf Bewährung sein, ist das noch viel besser, weil uns dann ihr Bewährungshelfer sagen kann, wo sie arbeitet … für den Fall, dass wir sie nicht zu Hause antreffen.«

»Welche Informationen erwarten Sie sich von ihr?«, fragte Henning. »Ich meine, außer der naheliegenden, nämlich wo Ernie sich aufhält.«

»Ich bin mir noch nicht ganz sicher. Das weiß ich erst, wenn ich mit ihr geredet habe. Vielleicht kann sie uns nützlich sein.«

»Nützlich sein? Sie meinen, als Köder?«

Nathan beschloss, das Thema zu wechseln. Er wollte nicht laut aussprechen, was er dachte. »Wir sollten Ihre Chefin anrufen und fragen, wie es ihr geht. Und bei der Gelegenheit können wir sie gleich auf dem Laufenden halten.«

»Dasselbe habe ich gerade auch gedacht.«

»Ich komme in zehn Minuten bei Ihnen vorbei.«

Als Nathan allein auf seinem Zimmer war, kreisten seine Gedanken um Amber Mills Sheldon. Um eine Frau zu verhören, bedurfte es anderer Techniken und psychologischer Tricks. Er hoffte jedoch, dass dies nicht nötig sein würde. Er hatte bereits einschlägige Erfahrungen mit Frauen gemacht und fand, dass sie in mancher Hinsicht härter zu knacken waren als Männer. Entgegen landläufiger Meinung war ein Verhör in erster Linie ein Psychospiel. Um Ergebnisse zu erzielen, musste man das Opfer psychisch kleinkriegen. So effektiv das Zufügen körperlicher Schmerzen auch sein mochte, war dies nicht die beste Methode – es sei denn, die Zeit drängte.

Nathan wünschte sich, eine weibliche Verhörspezialistin bei sich zu haben. Die pure Anwesenheit einer solchen Person, die bei einem Verhör teilnahmslos zusah, ohne Gefühle und Mitleid zu zeigen, konnte Wunder wirken, wenn es darum ging, den Widerstand einer Frau zu brechen. Diese Methode erwies sich vor allem bei Männern als äußerst effektiv. Nathan war der Meinung, dass dies etwas mit dem Macho-Syndrom zu tun hatte. Männer hassten es, vor Frauen schwach und verwundbar zu erscheinen. Wie gesagt, ein Verhör war vor allem ein Psychospiel. Es dauerte normalerweise nicht lange, Informationen aus dem Opfer herauszuholen – es sei denn, die betreffende Person hatte einen Lehrgang in Verhörabwehrstrategien absolviert. Da dies bei Amber Sheldon unwahrscheinlich war, müsste er ein leichtes Spiel mit ihr haben.

Nathan gab Henning noch ein paar Minuten extra Zeit, bevor er bei ihm anklopfte.

»Die Tür ist nicht abgesperrt«, sagte Henning.

Nathan trat ein und ließ die Tür einen Spaltbreit offen. Henning saß an einem kleinen Schreibtisch und tippte auf seinem Laptop.

»Haben Sie etwas gefunden?«, fragte Nathan.

»Amber Sheldon verbüßt im Augenblick eine Bewährungsstrafe wegen Erregung öffentlichen Ärgernisses, Unruhestiftung und Trunkenheit am Steuer. Hier, sehen Sie selbst. Ich habe leider keinen Drucker.«

Nathan sah Henning über die Schulter, während dieser den Bildschirm herunterscrollte, bis das Farbfoto von Amber Sheldon erschien. Wie auf Polizeifotos üblich, blickte sie nicht gerade fröhlich drein. Sie hatte strähnige blonde Haare, blaue Augen und ein eingefallenes Gesicht mit finsterem Blick. Wahrscheinlich nahm sie Drogen. Sie sah ziemlich mitgenommen aus, wie jemand, der im Leben schon einiges durchgemacht hat. Das Foto war ein Jahr alt.

»Sie hat ein ziemlich langes Vorstrafenregister«, fuhr Henning fort. »Allerdings keine schweren Delikte. Wir haben ihre aktuelle Adresse, Telefonnummer und den Namen des Arbeitgebers. Sie wohnt in Fresno und arbeitet bei Pete's Truck Palace. Schauen wir mal … Nach ihrer Verhaftung 2006 musste sie ihren Führerschein für ein halbes Jahr abgeben. Bei ihrer Vergangenheit und all dem Ärger, den sie im Laufe der Jahre mit der Polizei hatte, gehe ich nicht davon aus, dass sie uns mit offenen Armen empfängt. Ich schlage vor, wir rufen jetzt Holly Simpson an. Ich glaube, sie möchte, dass Sie während des Gesprächs anwesend sind.«

Henning nahm sein Handy und scrollte das Adressbuch herunter. Sobald er die gewünschte Nummer gefunden hatte, drückte er auf die Sendetaste. Nathan wartete.

»Hallo, Holly, wie geht es Ihnen? Ja, er ist hier.« Henning drückte eine Taste. »So, jetzt sind Sie auf Lautsprecher.«

»Hi, Nathan.«

Nathan setzte sich auf die Bettkante. »Hallo.« Er fragte nicht, wie sie sich fühlte – er wusste es bereits.

»Wie stehen die Dinge bei euch?«, fragte sie.

»Gut. Das Treffen mit dem Psychiater hat uns weitergeholfen.«

»Was hast du herausgefunden?«

Nathan ging mit ihr die wichtigsten Punkte durch und endete mit den Informationen, die sie über Amber Sheldon in der NCIC-Datenbank gefunden hatte.

»Sehr gut«, sagte Holly. »Fliegt ihr jetzt nach Fresno?«

Nathan gab Henning mit einem Nicken zu verstehen, dass er das Gespräch weiterführen sollte.

»Ja«, sagte Henning. »Wir nehmen uns dort einen Mietwagen. Das ist besser, als die lokale FBI-Dienststelle zu bitten, uns einen Fahrer zur Verfügung zu stellen. Ich möchte, dass so wenig Leute wie möglich über Nathan Bescheid wissen.«

»Lassen Sie das«, sagte Holly. »Der stellvertretende Special Agent in Charge, John Pallamary, ist ein guter Freund von mir. Wir waren zusammen auf der FBI-Akademie. Ich rufe ihn an.«

»Wir hoffen, dass wir in spätestens einer halben Stunde losfliegen können«, sagte Henning.

»Was haben Sie vor, wenn Sie dort sind?«

»Wir wissen, wo Sheldon wohnt, also fahren wir zu ihr und schauen, ob sie mit uns redet.«

»Lassen Sie Nathan machen, wenn sie nicht kooperiert. Verstanden?«

»Ja«, presste er hervor.

»Nathan, handle nach bestem Wissen und Gewissen, wenn du sie befragst.«

Klartext: Wende keine Gewalt an, es sei denn, es lässt sich überhaupt nicht vermeiden. »Kein Problem«, sagte er.

Holly fuhr fort: »Wir haben Kopien der Videoaufzeichnungen des Bombenanschlags angefertigt und sie nach Washington an das Komitee deines Vaters geschickt. Sie versuchen, so viele Informationen wie möglich daraus zu gewinnen. Wir haben die größte Menschenjagd in der Geschichte des FBI eingeleitet. Hunderte von Agenten arbeiten an dem Fall. Gestern Nacht starben drei weitere von unseren Leuten. Der Rest wird wahrscheinlich durchkommen. Sechs davon werden allerdings nie wieder gehen können.«

»Das tut mir leid, Holly.«

»Es war nicht deine Schuld. Ich habe in letzter Zeit viel darüber nachgedacht.«

»Vielleicht hätte ich den jüngsten Bruder nicht töten sollen. Ich hätte ihn nur verwunden können. Ich hätte …«

»Hör zu, Nathan, ich habe sämtliche Berichte gelesen. Bitte lass das. Sammy Bridgestone hat mit einem Scharfschützengewehr auf unsere SWAT-Teams gezielt. Du hast in dieser Situation das Richtige getan. Wenn unsere Scharfschützen ihn zuerst gesehen hätten, hätten sie genauso gehandelt. Jeder Polizist in Amerika würde in so einer Situation einen Todesschuss abgeben. Mach dir keine Vorwürfe. Dich trifft keine Schuld. Ist das klar?«

»Ja«, sagte er.

»Wir haben eine Hotline eingerichtet. Inzwischen sind bereits Hunderte von Hinweisen aus der Bevölkerung eingegangen, darunter einige von potenziellen Augenzeugen. Wir gehen ihnen nach. Assistant Special Agent in Charge Perry Breckensen hat vorübergehend das Kommando übernommen. Nathan?«

»Ich bin noch dran.«

»Trotz der vielen Leute, die man uns zugeteilt hat, bist du immer noch unsere beste Chance, die Kerle zu finden.«

Nathan schwieg.

»Ich muss jetzt Schluss machen. Die Krankenschwester ist gerade gekommen. Sag bitte Harvey, er soll sofort ASAC Breckensen benachrichtigen, wenn er neue Informationen hat.«

»Klar, Holly, mache ich.«

»Bruce, denken Sie daran, dass Sie als Gesetzeshüter an Ihren Amtseid gebunden sind. Was Nathan betrifft, so lautet die Devise: nichts fragen, nichts sagen.«

»Verstanden«, sagte er leise.

»Falls Sie nichts mehr von mir hören, bevor Sie Fresno verlassen, rufen Sie mich vom Flugzeug aus an.«

»Das werde ich tun«, sagte Henning.

»So, ich muss jetzt endgültig Schluss machen.« Das Handy verstummte.

»Sie ist wirklich eine bemerkenswerte Frau«, sagte Nathan.

Henning griff nach seinem Laptop. »Packen wir unsere Sachen und machen wir uns auf den Weg.«

Nathan rief Harv von seinem Zimmer aus an und setzte ihn über die neuesten Ereignisse ins Bild. Harv versicherte, ihm die Zeitungsausschnitte und die anderen Dokumente zukommen zu lassen, sobald er sie von Fitzgerald erhielt. Außerdem erwähnte er, dass Thorny ihm Informationen zu Leonards Kontakten aus dessen Zeit im Irak besorgt hatte.

»Wir haben soeben mit Holly gesprochen.«

»Wie geht es ihr?«, fragte Harv.

»Sie klang ein wenig müde, aber ansonsten geht's ihr nicht schlecht.«

»Hör zu, ich habe das Band, auf dem man hört, wie die Bridgestones die beiden FBI-Überwachungstechniker gefoltert haben. Es ist ziemlich übel, aber ich habe daraus nichts erfahren, was wir nicht ohnehin schon wussten. Die Techniker konnten ihnen nicht mehr sagen als deinen Namen und dass Stone McBride dein Vater ist. Übrigens kommt man an unsere persönlichen Daten nicht ran. Ich habe Mason gesagt, er solle es versuchen. Du weißt schon, Führerschein, Sozialversicherung, Finanzamt. Er hat nichts gefunden. Wir müssten also sicher sein. Um an unsere Daten heranzukommen, bräuchten sie einen hochrangigen Kontakt im Verteidigungsministerium, und dass sie den haben, kann ich mir nicht vorstellen. Bei deinem Vater sieht es jedoch anders aus. Ich weiß nicht, wie geschützt seine persönlichen Daten sind.«

»Ich auch nicht«, sagte Nathan.

»Wenn sie sich an der Ostküste aufhalten, könnten sie ihn über seine öffentlichen Auftritte finden. Wir sollten ihn warnen, damit er sich eine Zeit lang im Hintergrund hält und ein paar Personenschützer anheuert.«

»Ich hab ihm diesbezüglich schon Bescheid gesagt. Bleib an Leonards Kontakten dran. Mein Gefühl sagt mir, dass einer von denen ihre Kontaktperson bei einem Finanzinstitut ist. Wir sollten die Suche auf Kandidaten beschränken, die nicht weiter als einen oder zwei Tage Autofahrt entfernt wohnen.«

»Die Liste ist ziemlich lang und das entsprechende Gebiet sehr groß. Wir reden hier vom gesamten westlichen Drittel des Landes.«

»Vielleicht solltest du Assistant Special Agent in Charge Breckensen anrufen und ihn um Hilfe bitten.«

»Das werde ich auf jeden Fall.«

»Hat das FBI in Sacramento bereits eine vorübergehende Dienststelle eingerichtet?«

»Das weiß ich nicht, aber ich werde es herausfinden. Das bisherige Gebäude wurde nicht vollkommen zerstört, aber momentan kann man dort unmöglich arbeiten. Und du? Was tust du als Nächstes?«

»Wir fliegen in einer halben Stunde nach Fresno. Ich melde mich, sobald es etwas Neues gibt.«

* * *

Fünfzehn Minuten später gingen sie alle an Bord des Learjets. Als Nathan die Stufen hochstieg, warf er einen Blick auf Williamson, den Ersten Offizier, und beschloss, seine Karten auf den Tisch zu legen. Es war Zeit, dieses kindische Versteckspiel zu beenden. Er sagte auf Arabisch: »*Wir sind auf derselben Seite. Ich führe nichts*

Verstecktes im Schilde. Mir geht es lediglich darum, die Bridgestones zu finden.«

Williamson kniff die Augen zusammen, konnte jedoch das kurze Aufblitzen in ihnen nicht verbergen. Nathan wusste, dass der Mann im Geiste seine Möglichkeiten durchging. Es gab nur zwei: das Spiel weiterspielen oder Farbe bekennen. Als Henning den Namen Bridgestone hörte, wandte er sich um.

Williamson entschied sich für die zweite Option. »*Verstanden*«, erwiderte er auf Arabisch. *»Ich mache nur meinen Job. Und ehrlich gesagt bin ich nicht besonders glücklich darüber.«*

Williamson ging weiter Richtung Cockpit.

»Was haben Sie da gerade gesagt?«, fragte Henning.

»Dasselbe, was ich Ihnen bei unserer ersten Begegnung gesagt habe. Nämlich, dass wir auf derselben Seite sind und dass es mir nur darum geht, die Bridgestones zu finden.«

Die Verwirrung in Hennings Gesicht wirkte echt. Er hatte also nicht gewusst, dass Williamson den Auftrag hatte, ein Auge auf Nathan zu werfen. Vorher war er sich dessen nicht sicher gewesen.

»Woher wussten Sie, dass er Arabisch kann?«

»Als ich heute Morgen mit dem Taxifahrer sprach, konnte ich bei ihm keinerlei Reaktion feststellen. Nicht die geringste. Die meisten Leute hätten mehr oder weniger überrascht reagiert.«

Henning senkte die Stimme. »Sie glauben also, Lansing hat ihn mit an Bord gebracht, damit er die Dinge im Auge behält und Sie ausspioniert?«

»In der Tat.«

»Warum ausgerechnet jemanden, der Arabisch spricht? Al Kaida hat doch mit dem Anschlag in Sacramento nichts zu tun. Es ergibt keinen Sinn.«

»Tut es schon, wenn man bedenkt, dass Harv ebenfalls Arabisch kann.«

»Ich glaube, ich werde verrückt«, sagte Henning. »Nimmt dieses James-Bond-Spiel überhaupt kein Ende?«

»Machen Sie sich keinen Kopf deswegen. Lansing will einfach nur auf Nummer sicher gehen. Schließlich steht viel auf dem Spiel. Wahrscheinlich hat er gedacht, ich könnte mich mit Harv in einer fremden Sprache unterhalten, um wichtige Informationen über die Bridgestones zu verbergen. Ich wette, Williamson kann auch Russisch und Spanisch. Aber wir haben nicht vor, dem FBI etwas vorzuenthalten. Wenn Ihre Leute die Bridgestones vor uns finden, habe ich kein Problem damit. Verstehen Sie mich nicht falsch, wir würden uns gerne ungestört mit den beiden unterhalten, aber in erster Linie geht es uns darum, sie zu finden.«

* * *

Vorne im Cockpit sagte Williamson leise: »Er weiß Bescheid.«

»Ist das ein Problem?«, fragte Jenkins.

»Ich hatte das Gefühl, dass es ihm nichts ausmacht.«

Jenkins arbeitete gerade die Checkliste ab und betätigte ein paar Avionikschalter, während er sprach. »Was mich betrifft, so ändert das nichts. Wir folgen weiterhin unseren Anweisungen und erstatten Lansing Bericht.«

»Sollen wir Lansing sagen, dass er dahintergekommen ist?«

»Nur, wenn wir unbedingt wie Idioten dastehen wollen«, sagte Jenkins. »Er würde uns Versagen vorwerfen.«

»Ja, da hast du auch wieder recht. Dieser McBride scheint übrigens ganz in Ordnung zu sein. Man braucht keine große Vorstellungskraft, um zu ahnen, woher er die Narben in seinem Gesicht hat. So wie es aussieht, hat man sie ihm absichtlich zugefügt. Das mit der Kettensäge ist jedenfalls Unsinn.«

Jenkins startete die Maschinen und behielt die Anzeigen im Auge. »Ich glaube, du hast recht, er ist ein Geheimagent. Jemand hat sein Gesicht bei einem Verhör übel zugerichtet. Das muss die Hölle gewesen sein.«

»Kein Scheiß.«

* * *

Der Learjet befand sich gerade zwanzig Minuten in der Luft, als Henning mit dem Bordtelefon Holly anrief. Nathan warf ihm einen Blick zu, aber leider war es nicht möglich, das Gespräch auf Lautsprecher zu stellen. Henning redete nicht lange und legte auf.

»Sie hat Assistant Special Agent in Charge Pallamary im Fresno-Büro kontaktiert. Ein Agent wartet am Flughafen auf uns.«

»Ist das für Sie in Ordnung?«, fragte Nathan.

»Ich befolge nur Anweisungen.«

Nathan konnte den Frust in Hennings Stimme nicht überhören. »Interpretieren Sie nicht zu viel hinein. Wie ich schon sagte, es steht viel auf dem Spiel.«

Henning erwiderte nichts darauf, sondern lehnte sich zurück und starrte geradeaus. Nathan konnte seinen Frust verstehen, wusste aber, dass die zusätzlichen Sicherheitsvorkehrungen, die Lansing und Holly getroffen hatten, bestimmt kein schlechtes Licht auf Hennings Kompetenz oder Loyalität werfen sollten. Nathan war zwar mit den Methoden des FBI nicht vertraut, stellte sich aber vor, dass die Organisation ihren Agenten draußen an der Front jede nur mögliche Unterstützung zukommen ließ – eine Vorgehensweise, die den größtmöglichen Erfolg versprach. Obwohl er eigentlich am liebsten allein arbeitete, nahm er sich vor, vorerst mitzuspielen. Immerhin bot ihm der Learjet einen unschätzbaren Vorteil, auf den er nicht so einfach verzichten wollte. Dass das FBI ihm mit Bruce Henning ein manchmal lästiges Anhängsel untergejubelt hatte, war der Preis dafür – wobei er zugeben musste, dass Henning ihn bisher mehr unterstützt als behindert hatte. Irgendwann würde der Augenblick kommen, in dem er sich von seinen Freunden vom FBI trennen musste, aber bis dahin konnte er gut mit ihnen leben.

Der Learjet landete kurz nach zwölf Uhr Ortszeit in Fresno. Als die Maschine auf den Bereich des Flugplatzes zurollte, wo sich die Kurzzeitparkplätze für die allgemeine Luftfahrt befanden, warf Nathan einen bewundernden Blick auf die Kampfjets vom Typ F-16C Falcon, die vor dem Hangar der Air National Guard herumstanden. Es waren schöne Maschinen, praktisch in Design und

Funktion. Obwohl er es sich eigentlich nicht vorstellen konnte, fragte er sich, ob es vielleicht irgendwann langweilig wurde, so ein Ding zu fliegen.

Nachdem Jenkins den Learjet geparkt hatte, erblickte Nathan einen Mann, der vor einem langen Hangar neben einem unauffälligen Wagen wartete. Das konnte nur die Kontaktperson vom FBI sein. Nathan ging davon aus, dass der Agent von seinen Vorgesetzten über Nathans Ziele und Spielregeln unterrichtet worden war. Was die Einstellung des Mannes anging, hatte er keine großen Erwartungen, hoffte jedoch, dass die Begegnung nicht ähnlich ablaufen würde wie sein erstes Treffen mit Bruce Henning ein paar Tage zuvor. Da der FBI-Direktor persönlich Nathan den Learjet zur Verfügung gestellt hatte, hoffte er, dass dieser neue Agent Diskretion wahren würde – ein Learjet vermittelte schließlich den Eindruck, dass es sich bei dem Passagier um eine wichtige Person handelte. Jedenfalls konnte Nathan sich an diesen VIP-Status gewöhnen.

Während die Motoren des Flugzeugs herunterfuhren, erschien Williamson, der Kopilot, und öffnete die Tür an der Seite des Rumpfs. Sie verabschiedeten sich voneinander. Anders als in Fort Leavenworth herrschten hier extrem niedrige Luftfeuchtigkeit und strahlender Sonnenschein. Nathan ging mit Henning über das Rollfeld. Zu ihrer Rechten parkten mehrere Privatflugzeuge.

Der FBI-Agent kam ihnen entgegen. Er trug eine hellbraune Hose und eine dunkelblaue Windjacke, die die Dienstwaffe in seinem Hüftholster verbarg. Nathan schätzte ihn auf Mitte vierzig. Er hatte kurz geschorene, dünne Haare und ergraute Schläfen. Ein ehemaliger Polizist oder Soldat, dachte Nathan. Als verdeckter Ermittler wäre der Mann völlig ungeeignet. Er stellte sich ihnen als Special Agent Paul Andrews vor und musterte Nathan zunächst von Kopf bis Fuß. Dann lächelte er und gab ihm die Hand.

Amber Sheldons Apartment lag im Nordosten von Fresno in einem gemischten Viertel mit Wohn- und Gewerbeimmobilien. Es gehörte zu einer größeren Anlage mit identischen, paarweise angeordneten Wohneinheiten und Parkplätzen auf beiden Seiten. Im ersten Stock verliefen längs der Gebäude Gänge, die man über vorgefertigte Betontreppen an beiden Enden erreichte. Der Highway 41 befand sich ein paar hundert Meter weiter nördlich. Man konnte die viel befahrene Straße nicht sehen, dafür aber den Verkehrslärm hören. Andrews parkte den Wagen auf der Westseite der Wohnanlage, wo man ihn vom Apartment der Zielperson aus nicht sehen konnte. Laut Information aus der NCIC-Datenbank wohnte Sheldon in Apartment Nummer 46.

»Wenn sie nicht zu Hause ist und einen Mitbewohner hat, fliegen wir auf«, sagte Henning. »Der Mitbewohner wird sie bestimmt anrufen und ihr sagen, dass jemand vom FBI da war.«

»Uns bleibt gar nichts anderes übrig«, sagte Nathan. »Wir haben keine Zeit für eine ausgedehnte Observierung. Wenn sie nicht daheim ist, erkundigen wir uns, wo sie arbeitet. Auf diese Weise vermitteln wir dem Mitbewohner den Eindruck, dass wir es nicht wissen.« Nathan wandte sich Andrews zu. »Wissen Sie, wo Pete's Truck Palace ist?«

»Am Highway 99, ungefähr dreißig Kilometer südlich von hier.«

»Okay«, sagte Henning. »Wahrscheinlich ist es am besten, wenn nur zwei von uns an ihrer Tür klopfen. Andrews, Sie behalten solange die Treppen im Auge und geben uns Rückendeckung, falls die Bridgestones sich in der Nähe aufhalten. Erst schießen, dann Fragen stellen.«

»Wird gemacht.«

Sie gingen einen asphaltierten Gehweg entlang, der parallel zu dem Gebäude verlief, und nahmen dann die Abkürzung über den Rasen zur westlichen Treppe. Apartment 46 befand sich im ersten Stock. Die Gegend war anscheinend ziemlich sicher, denn ein Dreirad und mehrere Kinderfahrräder lehnten ohne Sicherheitsschlösser an der Wand. Zwar sah man hier und da Abfall, aber es war längst nicht so schlimm wie in Wohnanlagen, in denen vorwiegend asoziale Elemente lebten. Auf der untersten Treppenstufe saß eine Katze mit gescheckter Fell und leckte sich die Pfoten. Als die beiden Männer an ihr vorbeigingen, blinzelte das Tier sie freundlich an. Die Vorhänge in den Fenstern zu beiden Seiten von Sheldons Wohnungstür waren zugezogen. Nathan und Henning warteten einen Augenblick und hörten gedämpfte Fernsehgeräusche.

Nathan flüsterte kaum hörbar: »Bridgestone könnte da drinnen sein. Ich stelle mich auf die linke Seite und Sie auf die rechte.«

Henning nickte und legte die Hand auf den Pistolengriff. Dann nahm er seitlich von der Tür Aufstellung und klopfte zweimal. Der Fernseher verstummte. Kurz darauf rief jemand: »Wer ist da?«

»Das FBI, Ma'am. Wir möchten Ihnen nur ein paar Fragen stellen. Niemand braucht etwas zu befürchten.«

Die Vorhänge gingen auf und gaben den Blick auf eine etwas korpulente dunkelhaarige Frau frei. Sie war höchstens zwanzig, vielleicht auch etwas jünger. Ihr gelbes Oberteil zeigte mehr, als es verbarg.

»Meine Mom hat nichts mehr mit diesem Mann zu tun.« Soweit Nathan durch das Fenster hören konnte, hatte Amber Sheldons Tochter ihren Südstaatenakzent weitgehend behalten.

»Dürfen wir bitte reinkommen?«, fragte Henning.

»Haben Sie einen Ausweis?«

»Ja, Ma'am.« Henning zückte seine FBI-Dienstmarke.

»Kann ich auch Ihre Pistole sehen? Jeder FBI-Agent trägt doch eine Pistole, oder?«

»Das ist richtig, Ma'am.« Henning öffnete seine Windjacke.

Sie hörten, wie der Bolzen des Sicherheitsschlosses klickte und die Türkette entfernt wurde. Die Tür ging auf und ein Zimtgeruch schlug ihnen entgegen.

Henning stürzte sich mit gezogener Waffe ins Zimmer und fuhr nach rechts herum.

»Hey«, protestierte das Mädchen. »Was zum Teufel machen Sie da?«

Nathan eilte in die Küche und sah hinter dem Tresen nach. »Sicher.«

Henning überprüfte das Bad, einen Wandschrank im Flur und beide Schlafzimmer. »Sicher«, rief er und kam ins Wohnzimmer zurück. »Tut mir leid, Ma'am, aber wir mussten uns davon überzeugen, dass niemand Sie hier gegen Ihren Willen festhält. Wir suchen einen extrem gefährlichen Mann.«

»Sie hätten mich bloß zu fragen brauchen.«

Nathan und Henning dachten dasselbe und tauschten einen schnellen Blick aus.

»Ich möchte mich noch einmal entschuldigen, Ma'am«, sagte Henning.

Nathan ließ seinen Blick durch das Wohnzimmer schweifen. Es herrschte zwar kein völliges Durcheinander, aber ein bisschen aufgeräumter hätte es schon sein können. Hier und da lagen Kleider auf Möbelstücken verstreut und Geschirr stand an Stellen, wo es nicht hingehörte. Aber ansonsten wirkte es durchaus vorzeigbar. Nathan sah das Mädchen an und bemerkte, dass sie erschrak, als ihr Blick auf sein Gesicht fiel.

»Was ist denn mit Ihnen passiert?«, fragte sie.

Ein bisschen mehr Taktgefühl könnte wirklich nicht schaden, dachte er. »Ein Arbeitsunfall.«

Sie schüttelte ihre hüftlangen Haare zur Seite. Zu dem Oberteil trug sie eine Jeans – zu eng an den falschen Stellen – und rosa Plüschpantoffel. Ihre Knöchel waren geschwollen. Sie stellte sich als Janey »nicht Jane« Sheldon vor.

Henning fragte, ob ihre Mutter bald nach Hause kommen würde.

»Nein, und ich hab keine Ahnung, wo sie ist.«

Das hat er auch nicht gefragt, dachte Nathan.

»Hat sie ein Handy?«

»Wohl kaum. Wir können gerade mal die Miete bezahlen. Die hat man uns erst vor Kurzem um fünfzig Dollar erhöht.«

»Wir müssen dringend mit ihr reden.«

Janeys Gesicht verdüsterte sich. »Sie ist wirklich keine schlechte Mutter, aber sie hat ein Problem, Sie wissen schon … mit Alkohol.«

»Das tut mir leid. Gibt es einen Ort, wo sie regelmäßig hingeht?«

Janey legte den Kopf leicht zur Seite. »Wahrscheinlich schon, aber nicht hier in der Nähe. Ich hab schon sämtliche Kneipen in der Umgebung abgeklappert.«

Nathan achtete gründlich auf ihre Körpersprache, während Henning die Befragung fortsetzte. »Hat sie in letzter Zeit irgendwelche Anrufe bekommen?«

»Meinen Sie diesen gefährlichen Mann, von dem Sie vorhin geredet haben?«

»Ja, Ma'am.«

»Ich weiß nicht genau, ob er es war, aber gestern Nacht hat jemand angerufen. Sie war danach ziemlich wütend, hat sich volllaufen lassen und ist hier, wo Sie jetzt stehen, zusammengebrochen.«

»Haben Sie mitbekommen, worum es ging?«

»Nicht wirklich. Ich hab mir *American Idol* angeschaut.«

Nathan betrachtete Janeys Augen genauer. Strahlend blau. Er überschlug in Gedanken ihr Alter.

»Um wie viel Uhr geht sie zur Arbeit?«

»Acht Uhr abends. Sie hat Nachtschicht.«

»Schaut sie normalerweise vor der Arbeit hier vorbei?«

»Manchmal, aber nicht immer.«

Henning wandte sich Nathan zu. »Sonst noch was?«

»Dieser gefährliche Mann ist Ihr Vater.«

Henning zuckte bei Nathans Bemerkung zusammen.

Janey kniff die Augen zusammen und blickte angewidert drein. »Ich glaube, Sie gehen jetzt lieber.«

»Sie sind eine schlechte Lügnerin, Janey.«

»Ich hab gesagt, Sie sollen verschwinden.«

Nathan trat einen Schritt auf sie zu. »Und was, wenn wir das nicht tun?«

»Dann rufe ich die Polizei.«

»Wir sind von der Polizei.«

»Ich rufe trotzdem an.«

Nathan trat noch einen Schritt nach vorne. »Das dürfte schwierig werden, wenn ich Ihnen den Kiefer an drei Stellen gebrochen habe.« Er blickte sich schnell nach dem Telefon um. Es war in der Küche.

»Hören Sie zu, Sie Arschloch. Sie können hier nicht einfach so reinspazieren und mir drohen.«

Nathan warf einen Blick über die Schulter und sagte zu Henning: »Könnten Sie mal kurz draußen warten?«

Henning wollte etwas erwidern, zögerte aber, als wüsste er nicht, was er tun sollte. »Ja, das ist vielleicht keine schlechte Idee«, sagte er schließlich. Dann ging er zur Tür hinaus und zog sie hinter sich zu.

Sobald Janey mit Nathan alleine war, warf sie einen verstohlenen Blick auf das Telefon. Schließlich sagte sie mit zitternder Unterlippe: »Was wollen Sie von mir?« Sie war den Tränen nahe.

»Die Wahrheit«, sagte Nathan und versperrte Janey den Weg in die Küche, damit sie nicht ans Telefon konnte. Sie verschränkte die Arme über ihrer Brust, sagte aber nichts. Eine Träne kullerte über ihre Wange.

»Die Sache ist die, Janey. Ich glaube Ihnen, dass Ihre Mutter trinkt und dass Sie darunter leiden. Ich glaube aber auch, dass Sie sie vorhin, als Sie nach ihr suchten, in einer Kneipe hier in der Nähe gefunden haben. Und ich glaube, da ist sie jetzt immer noch.«

»Sie haben ja keine Ahnung, wie sehr sie die Bullen hasst. Wenn Sie da jetzt hingehen, flippt sie aus.«

»Jetzt hören Sie mir mal gut zu, Janey. Ich mache Sie nicht dafür verantwortlich, was Ihr Vater getan hat. Sie haben sich ihn nicht ausgesucht und können nichts dafür. Es ist unfair, aber so ist das Leben nun mal.« Er deutete auf sein Gesicht. »Mir wurde auch übel mitgespielt, aber das Leben geht weiter. Die Bombe, die in Sacramento hochging, bestand aus zwanzig Kilo tschechischem Plastiksprengstoff. Wir vermuten, dass Ihr Vater noch hundertfünfzig Kilo davon hat. Er hat vierundzwanzig Menschen getötet und weitere fünfundfünfzig schwer verletzt. Sechs davon werden nie wieder gehen können und sitzen für den Rest ihres Lebens im Rollstuhl. Die Druckwelle der Explosion hat einigen Menschen Arme und Beine abgerissen und die Hitze war so stark, dass sich ihre Haut vom Körper gelöst hat wie bei einem Brathähnchen. Haben Sie jemals einen Menschen mit Verbrennungen dritten Grades gesehen, Janey?«

Inzwischen heulte sie hemmungslos. »Warum erzählen Sie mir das?«

»Das wissen Sie ganz genau.«

»Sie wird mich umbringen.«

»Vielleicht ist es Zeit, dass Sie auf eigenen Füßen stehen. Finden Sie nicht, es wäre besser für Sie, wenn Sie hier ausziehen?«

Sie nickte.

»Tun Sie das Richtige, Janey. Durchbrechen Sie den Teufelskreis. Machen Sie etwas aus Ihrem Leben.«

»Die Bar heißt Papageiennest. Da geht sie immer vor der Arbeit hin.«

»Zeigen Sie uns, wo das ist?«

»Was, jetzt?«

»Ja, jetzt.«

Henning wirkte sichtlich überrascht, als Nathan mit Janey im Schlepptau aus der Wohnung ins Freie trat. Das Mädchen hatte sich umgezogen und trug jetzt respektablere Klamotten – ein weißes Hemd und eine gebügelte Jeans. Die rosa Pantoffeln hatte sie gegen hellbraune Straßenschuhe getauscht.

»Janey hat es sich anders überlegt«, sagte Nathan. »Sie wird uns jetzt zeigen, wo ihre Mutter ist.«

* * *

So wie es aussah, lag das Papageiennest nicht gerade in der besten Gegend von Fresno. Fast jede größere Stadt in den USA hat eine heruntergekommene Gegend und diese Bezeichnung traf auf diesen Teil der Innenstadt eindeutig zu. Das Papageiennest – Rattenloch hätte wohl besser gepasst – befand sich in einem verlassenen vierstöckigen Backsteinhaus. Auf dem kleinen, mit Müll und Glasscherben übersäten Parkplatz standen verbeulte Pick-ups, klapprige Motorräder und andere Schrottkarren herum, die so aussahen, als würden sie nicht anspringen, wenn ihre Besitzer zu ihnen getorkelt kamen – falls sie überhaupt ihre Schlüssel fanden.

»Dieser rote Nissan Sentra … ist das das Auto von Ihrer Mutter?«, fragte Nathan.

»Ja.«

Henning runzelte die Stirn.

Nathan ahnte, was er dachte. »Es stand in ihrer NCIC-Akte.«

Andrews, der andere FBI-Agent, parkte im Halteverbot.

»Vielleicht sollte ich mit reinkommen«, schlug Henning vor. »Der Laden sieht echt übel aus.«

»Sie würden da drin viel zu sehr auffallen. Behalten Sie lieber den Hinterausgang im Auge. Andrews, Sie bleiben bei Janey.«

Andrews' Blick fiel auf Henning, dann wieder auf Nathan. Dann nickte er mit unbewegter Miene.

Nathan stieg aus und steuerte auf den Eingang zu, während Henning über den Parkplatz lief und hinter dem Gebäude verschwand. Auf dem rissigen Gehsteig klebten Hunderte von plattgetretenen Kaugummis. Ein wummernder Bass drang aus der Bar nach draußen. Obwohl es erst Nachmittag war, herrschte auf der Straße kaum Verkehr. Die meisten Parkuhren entlang des Gehsteigs waren dem Vandalismus zum Opfer gefallen, ihre halbmondförmigen Fenster zerbrochen.

Am Eingang angekommen, atmete Nathan tief durch. Dann ging er hinein.

KAPITEL 16

Als Nathan die Bar betrat, reagierten die Anwesenden so klischeehaft wie in einem billigen Film – sämtliche Köpfe drehten sich zu ihm und das Billardspiel stoppte. Er ging zur Theke, vermied es jedoch, die schmutzige Messingleiste zu berühren.

Der Barkeeper schaute grimmig drein und tat sein Bestes, den neuen Gast links liegen zu lassen. *Dann müssen wir es eben auf die harte Tour versuchen.* Nathan vertrieb sich zunächst die Zeit damit, in den Spiegel hinter der Theke zu schauen. Es dauerte nicht lange, bis er seine Zielperson gefunden hatte – eine hochgewachsene Blondine mit strähnigen Haaren, die mit drei Typen in Sweatshirts, Jeans und schmutzigen Baseballkäppis an einem Tisch saß. Die anderen Gäste, etwa zwanzig an der Zahl, standen verstreut herum und starrten schweigend vor sich hin. Keiner von ihnen wirkte bedrohlich, mit Ausnahme des Barkeepers, der Nathan nicht darüber im Zweifel ließ, dass er keine Lust hatte, jemanden zu bedienen, der nur hereingekommen war, um die Lage zu peilen.

Ohne den Mann eines Blickes zu würdigen, ging Nathan zur Jukebox und riss den Stecker heraus.

Bei der Maschine gingen die Lichter aus. Charlie Daniels verstummte. Sämtliche Blicke richteten sich auf Nathan.

Ein paar obszöne Flüche kamen aus dunklen Ecken.

»Ich hätte gern einen Shirley Temple, wenn es Ihnen nichts ausmacht.«

Der Barkeeper warf Nathan einen gehässigen Blick zu, kam hinter der Theke hervor und steckte den Stecker wieder rein. Dann warf er eine 25-Cent-Münze ein und wählte einen neuen Country-Titel. Die Musik dröhnte wieder lautstark. Nathan wartete, bis er wieder hinter dem Tresen stand, sah ihn an und zog den Stecker erneut heraus. Die Spannung im Raum erhöhte sich spürbar. Alle Anwesenden konzentrierten sich nun auf die sich anbahnende Auseinandersetzung und fragten sich, wer wohl den Kürzeren ziehen würde. Der Barkeeper schaute irritiert und kam zurück.

Ein Lächeln huschte über Nathans Gesicht. Er war wieder mal ganz in seinem Element.

Er musterte den Barkeeper sorgfältig. Rechtshänder, etwa 1,90 m groß und über einhundertzwanzig Kilo schwer. Sah auf dem linken Auge schwach und hatte etwas um den linken Knöchel geschnallt, wahrscheinlich ein Messer oder eine kleine Pistole. Dieser Gorilla schien seinen Laden mit eiserner Faust zu führen. Als er näher kam, bemerkte Nathan die schwarze Nylonschnur um das rechte Handgelenk. Der Typ hielt etwas in der Hand versteckt wie ein Zauberer seine Spielkarten. Er bückte sich und steckte den Stecker mit der Linken wieder ein.

»Tun Sie's nicht«, warnte Nathan.

Die fleischige Hand hielt mitten in der Bewegung inne. Der Barkeeper richtete sich auf, grinste Nathan spöttisch an und holte mit der offenen rechten Hand zu einem Schlag auf dessen Kinn aus.

Nathan sah das Ding einen Sekundenbruchteil, bevor er sich duckte: ein Totschläger.

Wenn der Schlag getroffen hätte, wäre er jetzt bewusstlos oder womöglich sogar tot.

Was dann kam, geschah so schnell, dass keiner der Umstehenden es sah, obwohl der halbe Raum es hörte. In unter einer Sekunde trat Nathan von oben auf das rechte Bein des Mannes, direkt über dem Knöchel. Der Bänderriss hörte sich an, als ob jemand rohe Spaghetti zerbrach.

Der Barkeeper ging schreiend zu Boden.

Nathan stürzte sich auf ihn und setzte ihn mit einem Kniestoß gegen das Kinn außer Gefecht. Mehrere Zähne flogen aus seinem Mund. Nathan zog die kleine Pistole aus dem Knöchelholster des Mannes und schob sie in seine Hosentasche. Die Hälfte der Anwesenden verließ fluchtartig die Bar und hinterließ unbezahlte Rechnungen. Bestimmt waren das ehemalige Gefängnisinsassen, die auf Bewährung freigekommen waren und keinen Ärger mit der Polizei wollten. Nathan fielen zwei Männer auf, die an einem Tisch in der Ecke saßen. Mit ihrer gepflegten Erscheinung passten sie nicht so recht zu den abgerissenen Typen, die hier verkehrten. Er beschloss, sie vorerst zu ignorieren.

Amber Sheldon hatte sich nicht vom Fleck gerührt. Die Darbietung schien ihr sogar Spaß zu machen. Sie kam Nathan vor wie ein Kind, das durch eine Lupe auf einen Ameisenhaufen starrt.

Nathan wandte sich an den stillen Raum. »Sonst noch jemand?« Als sich keiner rührte, ging er zu Amber Sheldons Tisch. Ihr Lächeln war zwar jetzt schwächer, verschwand aber nicht völlig aus ihrem Gesicht. Nathan wandte sich an die drei Männer, die ihr Gesellschaft leisteten. »Würden die Herren mich bitte mit der Dame allein lassen?«

Nathans Höflichkeit überraschte die drei. Sie erhoben sich, ohne Anstalten zu machen, und gingen. Einer von ihnen sah kurz nach dem Barkeeper, die beiden anderen nahmen am Tresen Platz.

Amber Sheldon klopfte sich eine Zigarette aus der Schachtel, die vor ihr auf dem Tisch lag, und zündete sie mit einem Streichholz an. Sie blies den Rauch durch ihre Lippen und deutete mit einem Kopfnicken auf einen freien Stuhl. »Setzen Sie sich, Cowboy.«

Nathan folgte ihrer Einladung und setzte sich so, dass er den Raum im Auge behalten konnte. Die beiden Männer, die ihm vorhin aufgefallen waren, beobachteten ihn. Als er ihnen zuzwinkerte, sahen sie weg.

Amber Sheldon musterte für einen Augenblick Nathans Gesicht. »Sie haben wohl schon ein paar üble Schlägereien hinter sich?«

»Ein paar.«

»Was wollen Sie?«

»Einen eigenen Privatjet.«

»Witzig. Ich meine, was wollen Sie von mir?«

»Damit kommen wir der Sache schon näher. Aber Sie wissen ja bereits, warum ich hier bin, nicht wahr?«

»Ich kann es mir denken. Sind Sie ein Bulle?«

»Nein.«

Sie inhalierte noch einen tiefen Zug von der Zigarette und blies den Rauch langsam aus.

Nathan beugte sich leicht zu ihr vor. »Was hat er gestern Abend zu Ihnen am Telefon gesagt?«

Ihr Gesichtsausdruck verriet, dass sie sofort begriffen hatte, worum es ging. »Diese kleine Schlampe! Was hat sie Ihnen erzählt?«

»Von jetzt an stelle ich die Fragen.«

»Das können Sie sich abschminken. Ich muss Ihnen nichts sagen.« Sie blies ihm Rauch ins Gesicht und grinste dabei.

Mit einer blitzschnellen Bewegung riss Nathan ihr den Glimmstängel aus der Hand und warf ihn ihr ins Gesicht. Rote Funken stoben auseinander, als die Zigarette sie an der Stirn traf.

»Hey, was soll das, Sie Arschloch? Was fällt Ihnen ein?«

Nathan hielt Ambers wütendem Blick stand. »Ich stelle hier die Fragen und Sie antworten.« Dann schlug er einen sanfteren Ton ein. »Es muss nicht immer auf die brutale Art geschehen. Entweder reden wir hier wie Erwachsene vernünftig miteinander oder ich foltere Sie in einem schalldichten Raum, wo Sie niemand schreien hört. Ich bin mit beiden Methoden vertraut.«

»Sie sind mir vielleicht ein Bulle.«

»Ich bin kein Bulle.«

»Was sind Sie dann?«

»Ein interessierter Dritter.«

»Ein Kopfgeldjäger? Vor einem wie Sie hat Ernie mich gewarnt.«

»Und?«

»Er meinte, er würde mich und Janey umbringen, wenn ich etwas sage.«

»Weiß er überhaupt, dass sie seine Tochter ist?«

»Um Gottes willen, nein.«

»Wissen Sie, wo er sich zurzeit aufhält?«

»Nein.«

Nathan achtete sorgfältig auf ihre Reaktion.

»Ich weiß es wirklich nicht«, sagte sie. »Wenn ich es wüsste, würde ich ihn ans Messer liefern. Er ist ein Scheißkerl.«

Sie log nicht. »Erzählen Sie mir, wo er sich früher herumgetrieben hat und was für Leute er kannte. Alles, was mir irgendwie helfen kann, ihn zu finden.«

Sheldon lachte bitter. »Wo er sich herumgetrieben hat? Er hat früher Billard um Geld gespielt, aber das wird er jetzt wohl nicht mehr tun, oder? Und die einzigen Leute, die er außer mir kannte, waren seine Brüder.«

»Warum haben Sie ihn in Leavenworth besucht?«

Sie dachte einen Augenblick nach, ehe sie antwortete. »Verstehen Sie mich nicht falsch, Ernie ist wirklich ein Arschloch erster Ordnung, aber damals hat man ihn unfair behandelt. Das mit der Trunkenheit am Steuer und seinem Prozess vor dem Militärgericht, Sie wissen schon.«

»Was ist damit?«

»Die blöde Tussi ist ihm direkt vor sein Auto gelaufen. Ich weiß das, weil ich damals auf dem Beifahrersitz saß. Er konnte nichts dafür. Wir sind nicht einmal zu schnell gefahren und er war nicht wirklich betrunken. Man hat ihm eins reingewürgt, weil sie irgend so eine tolle Anwältin aus einer reichen Bohnenfresserfamilie war.«

Nathan beugte sich vor. »*Bohnenfresser* ist rassistisch und menschenverachtend. Benutzen Sie das Wort nie wieder in meiner Gegenwart.«

»Ja, ja, schon gut. Regen Sie sich nicht auf. Jedenfalls war ihr Vater ein hohes Tier in der Regierung. Sie war an diesem Abend besoffen und nicht Ernie.«

»Das mag ja sein, aber vor Gericht zählt nur die gesetzliche Promillegrenze, und Ernie lag darüber. Außerdem hatte er eine lange Vorgeschichte wegen Befehlsverweigerung und Alkoholismus.«

»Trotzdem hat man ihn reingelegt. Er war deswegen ziemlich verbittert und hat über nichts anderes geredet. Er hat geschworen, sich eines Tages zu rächen. Ich hab zu ihm gesagt, vergiss es und sieh zu, dass du mit deinem Leben weiterkommst. Seit er sich dann mit seinem älteren Bruder zusammengetan hat, habe ich nie wieder was gehört … bis er mich gestern Abend anrief.«

»Haben Sie ihm das mit der Rache geglaubt?«

»Ja, das hab ich. Ich tue es immer noch. Eins steht fest: Ernie vergisst solche Sachen nicht. Damals hat er mir leidgetan. Heute allerdings nicht mehr.«

»Was hat sich in der Zwischenzeit verändert?«

»Ich habe mich verändert. Irgendwann hab ich beschlossen, dass ich mir von ihm nichts mehr gefallen lasse. Nach seiner Entlassung benahm er sich schlimmer als je zuvor. Er hat ständig herumgebrüllt und ich konnte ihm nichts recht machen. Nichts war für diesen Mann gut genug.«

Nathan hatte keine Lust, dieses Thema breitzutreten. Er wusste ja bereits über Ernie Bridgestones Persönlichkeitsstörung Bescheid. »Fällt Ihnen vielleicht sonst noch etwas sein, das uns bei der Suche nach ihm weiterbringen könnte?«

»Nicht wirklich.«

»Haben Sie was dagegen, wenn wir eine Fangschaltung für Ihr Telefon einrichten? Nur für den Fall, dass er noch einmal anruft.«

»Von mir aus.«

Nathan nahm einen Kugelschreiber aus der Hemdtasche und schrieb seinen Namen und seine Handynummer auf eine Serviette. »Sollte Ernie sich aus welchem Grund auch immer bei Ihnen melden, richten Sie ihm bitte aus, dass Nathan McBride ihn sucht. Vergessen Sie es nicht. Nathan McBride.«

»Ich werde es nicht vergessen, aber ich hoffe, dass ich nie wieder was von diesem Dreckskerl höre.«

»Ich möchte, dass Sie mir helfen.«

»Vergessen Sie's. Ich werde nichts tun, was mich oder Janey in Gefahr bringt.«

»Es gibt eine Million Dollar Belohnung.« Jetzt wurde sie plötzlich hellhörig. Nathan umriss seinen Plan und die Rolle, die sie darin spielen würde, in wenigen Minuten.

»Das gefällt mir nicht«, sagte sie. »Nicht einmal mit dem Geld, das Sie mir zusätzlich zu der Belohnung anbieten. Und wer weiß, ob ich die überhaupt bekomme.«

»Wenn es nicht funktioniert, behalten Sie auf jeden Fall meine Fünfzigtausend. Und wenn es klappt, sind Sie um eine Million reicher.«

»Ich überlege es mir.«

Nathan stand auf. »Er hat vierundzwanzig Menschen ermordet.«

Sie zündete sich noch eine Zigarette an. »Ich habe gesagt, dass ich es mir überlege.«

»Wenn er sich meldet, denken Sie daran, dass Sie ihn nicht von der Arbeit oder von zu Hause aus zurückrufen. Fahren Sie einfach ein Stück weit weg und benutzen Sie einen Münzfernsprecher. Achten Sie darauf, dass Ihnen niemand folgt. Notieren Sie sich die Nummer des Münztelefons und vereinbaren Sie mit ihm eine Zeit, in der er Sie zurückruft. Wenn er das getan hat, warten Sie ein paar Minuten, bevor Sie mich verständigen. Und erwähnen Sie auf jeden Fall meinen Namen, Nathan McBride.«

»Was ist daran so verdammt wichtig?«

»Er weiß Bescheid.«

Sie kniff die Augen zusammen und zog wieder an ihrer Zigarette.

»Und sagen Sie ihm, dass Janey seine Tochter ist.«

»Das gefällt mir auch nicht.«

»Denken Sie nach, Amber. Fügen Sie die Puzzleteile zusammen.«

Sie schwieg einen Augenblick. »Sie meinen, er wird sie sehen wollen?«

»Richtig.«

»Wieso glauben Sie, dass ihn das interessiert? Bis jetzt war ihm doch auch immer alles scheißegal.«

»Das stimmt, aber das mit Janey wusste er ja nicht.«

Sie erwiderte nichts darauf.

»Janey ist draußen. Nehmen Sie es ihr nicht übel, dass sie mit mir geredet hat. Ich ließ ihr keine Wahl. Sie versucht einfach nur, das Richtige zu tun. Ich hoffe, das werden Sie auch. Lassen Sie sich von ihr heimfahren. Wenn Sie sich hinters Steuer setzen, werden die beiden Typen dort drüben Sie wahrscheinlich festnehmen.«

Sie blickte in die Richtung. »Danke für die Warnung.«

Nathan ließ sie am Tisch sitzen und ging zu den beiden gepflegt aussehenden Herren hinüber. »Für Windjacken ist es hier drinnen ein bisschen zu warm.«

Sie schwiegen.

»Sie weiß nicht, wo er ist.«

Der Mann zur Linken behielt Nathan sorgfältig im Auge und ließ die rechte Hand in seine Hüfttasche gleiten. »Wir wollen keinen Ärger.«

»Sie tragen die richtige Kleidung, aber Sie sind zu sauber. In so einem Laden fallen Sie damit auf.«

Die beiden sahen sich mit unbewegter Miene an.

Nathan wandte sich ab und ging durch die Bar. Als er dem zahnlosen Barkeeper zuwinkte, zeigte dieser ihm den erhobenen Mittelfinger.

Draußen traf er Henning. Der FBI-Agent hatte die Glock gezogen und hielt damit die sechs Gäste in Schach, die durch den Hinterausgang geflüchtet waren und jetzt bäuchlings und mit seitlich ausgestreckten Armen in der Seitengasse lagen. »Das sind doch nur kleine Fische«, sagte Nathan. »Die können Sie getrost laufen lassen.«

»Wie ist es da drinnen gelaufen?«

»Etwa so, wie ich erwartet hatte. Sheldon hat keine Ahnung, wo Ernie ist. Sie hat allerdings zugegeben, dass er angerufen hat. Außerdem hat sie uns erlaubt, ihr Telefon anzuzapfen, falls er sich noch mal bei ihr meldet.«

»Na, das ist ja immerhin etwas.«

Sie liefen über den Parkplatz.

»Und was ist mit uns?«, rief einer der Kneipenhocker. Sie lagen immer noch auf dem Asphalt.

Henning drehte sich um. »Verpisst euch.«

Als Nathan ihnen zusah, wie sie sich hastig in alle Richtungen zerstreuten, musste er zum wiederholten Mal an eine Szene aus der Dokusoap-Serie *Cops* denken. Am Wagen angekommen, öffnete er die Tür und ließ Janey Sheldon aussteigen. »Ihre Mutter will nach Hause. Lassen Sie sie ja nicht fahren.«

»Was ist da drinnen passiert?«

Nathan senkte die Stimme zu einem Flüstern. »Seien Sie vorsichtig, was Sie in der Wohnung sagen. Der Große Bruder hört mit.«

»Wie bitte?«

»Lassen Sie Ihre Mutter nicht ans Steuer.«

»Was? Sie wollen mich einfach hierlassen?«

Nathan rutschte auf den Rücksitz des FBI-Wagens und sah Janey an. »Fahren Sie Ihre Mutter heim.«

Als Special Agent Andrews losfuhr, fiel Nathan etwas ein. Amber Sheldon hatte nicht um Schutz vor Ernie gebeten.

* * *

Auf der Rückfahrt zum Flughafen von Fresno war Nathans Stimmung gedämpft. Er beantwortete ein paar Fragen, die Henning ihm stellte, musste aber immer wieder an die zwei Undercover-Agenten in der Bar denken. Ihre Anwesenheit war in höchstem Grade suspekt, ja, das Ganze stank förmlich zum Himmel. Nathan wollte nicht daran denken, was das bedeutete, wollte nicht glauben, dass Holly Simpson Direktor Lansing über seine Pläne informiert hatte. Aber der Verdacht, dass es sich so verhielt, nagte an ihm.

Die Wahrscheinlichkeit, dass es eine andere Erklärung gab, war verschwindend gering. Nathan musste also eine Entscheidung treffen. Konnte er es sich leisten, weiterhin Informationen mit Holly zu teilen? Er konnte sich nur schwer vorstellen, dass Holly ihn absichtlich verraten und hintergangen hatte. Wahrscheinlich hatte sie einfach nur Lansing von Nathans Plänen unterrichtet und der FBI-Direktor hatte dann von sich aus weitere Schritte unternommen. Wenn es sich so verhielt, dann konnte man Holly keinen Vorwurf machen. Schließlich gehörte es zu ihren beruflichen Pflichten, ihren Chef über ihre Aktivitäten zu informieren.

Auf jeden Fall nahm Nathan sich vor, mit ihr unter vier Augen zu reden und die Wahrheit zu erfahren.

Nathan ließ sich alles noch einmal gründlich durch den Kopf gehen, angefangen mit Lansing. Der Direktor hatte einen Agenten mit Fremdsprachenkenntnissen auf ihn angesetzt, um seine Aktivitäten im Auge zu behalten. Dies war verständlich, wenn man bedachte, wie viel auf dem Spiel stand, wirkte aber trotzdem übertrieben. Wenn Lansing wirklich einen Wachhund brauchte, hatte er den ja schon in der Person von Bruce Henning. Warum also dieser zusätzliche Agent, der nicht nur Arabisch, sondern womöglich auch Russisch sprach? War Lansing wirklich so misstrauisch, dass er glaubte, Nathan würde mit Harv in einer fremden Sprache reden, um Informationen geheim zu halten? Es ergab keinen Sinn. Da musste noch mehr dahinterstecken. Was führte Lansing wirklich im Schilde?

Je mehr Nathan darüber nachdachte, umso unwohler fühlte er sich dabei. Hatte Lansing ihm den Learjet nur deshalb überlassen, um ihn besser überwachen und kontrollieren zu können? Hollys Bemerkung in der Piano-Bar fiel ihm wieder ein. Sie hatte gesagt, dass Lansing ihn nicht brauchte. Warum sollte er auch? Schließlich leitete er eine Behörde mit einunddreißigtausend Mitarbeitern. Außerdem hatte Holly erwähnt, Lansing lege großen Wert auf Diskretion, und dass Nathans weiteres Mitwirken ernsthafte Folgen haben würde, falls jemand davon Wind bekam. Warum hatte der FBI-Direktor ihn dann überhaupt mit einbezogen? Gut, der Bombenanschlag in Sacramento verlieh der Angelegenheit eine neue Dimension. Aber glaubte Lansing wirklich, dass Nathan der beste Mann war, um die Bridgestone-Brüder aufzuspüren? Er musste an einen Spruch aus dem Film *Der Pate – Teil* II denken:

Halte deine Freunde nahe bei dir, aber deine Feinde noch näher. Betrachtete Lansing Nathan als Feind? Wenn ja, warum? In der Piano-Bar hatte er Holly unmissverständlich erklärt, dass er und Harv sich den Bridgestones an die Fersen heften würden, egal, ob das FBI seinen Segen dazu gab. Hatte Lansing ihn nur deshalb in die Ermittlungsarbeit einbezogen, um über jeden seiner Schritte im Bilde zu sein?

Nathan ließ die einzelnen Stationen seiner Verwicklung in die FBI-Operation in Gedanken Revue passieren: »Echo der Freiheit« und Semtex. James Ortegas Enttarnung als verdeckter Ermittler. Die Razzia gegen das Lager in den Bergen. Der Bombenanschlag auf die FBI-Dienststelle und der Gebrauch von Semtex. Das Semtex, das immer noch vermisst wurde. Semtex. Semtex. Nathan schloss die Augen und lehnte sich im Rücksitz zurück. Abgesehen von den toten FBI-Agenten drehte sich die ganze Angelegenheit um das Semtex. Wie leicht kam man an das Zeug heran? Selbst wenn Leonard Bridgestone im nördlichen Irak Kontakte zu einem syrischen Amtsträger geknüpft hatte, existierte immer noch das Problem der Sprachbarriere. Hier wäre ein Dolmetscher vonnöten gewesen, es sei denn, Bridgestone beherrschte die Landessprache, was Nathan bezweifelte. Er machte sich in Gedanken eine Notiz, herauszufinden, ob Leonard Arabisch konnte. Eine Vereinbarung zwischen Bridgestone und dem Syrer hätte bedeutet, dass das Semtex anschließend außer Landes geschmuggelt werden musste, was wiederum eine Anzahlung oder sogar das Vorstrecken der gesamten Summe erfordert hätte. Hatte Leonard zu der Zeit über so viel Geld verfügt? Nathan bezweifelte dies. Wie war der Deal dann über die Bühne gegangen? Angenommen, Leonard hatte einen Dolmetscher aufgetrieben und mit einem Ausländer – und einem Fremden noch dazu – eine Abmachung getroffen und auch über genügend Geldmittel verfügt, um das Semtex im Voraus zu bezahlen, dann hätte der Syrer einfach das Geld einstecken können, ohne den Sprengstoff zu liefern.

Und wie hatte man das Zeug außer Landes geschmuggelt? Der Geheimdienst NSA hatte Syrien ganz oben auf seiner Liste von

Staaten, die den internationalen Terrorismus unterstützten. Das Semtex in ein Nachbarland wie den Libanon zu schmuggeln, war schon schwierig genug. Die Chance, es unbemerkt in die Vereinigten Staaten zu transportieren, war verschwindend gering. Ein Vorhaben dieser Größenordnung ließe sich nur bewerkstelligen, wenn jede Menge Leute dabei halfen – Leute, die falsche Frachtpapiere und Zolldokumente ausstellten, das Semtex aus dem Arsenal entfernten, es in falsch ausgeschilderte Kisten verpackten, zum nächsten Hafen transportierten und dort in Container verluden.

Nathan konnte sich nicht erinnern, jemals ein Produkt mit der Aufschrift *Made in Syria* gesehen zu haben. Er wusste, dass Syrien Textilien, Olivenöl und natürlich Rohöl exportierte. Aber Exporte, die direkt in die USA gingen, wurden wesentlich gründlicher unter die Lupe genommen als solche aus anderen Ländern. Es war also unwahrscheinlich, dass das Semtex auf einem Containerschiff direkt in die USA geschickt worden war. Vielmehr lief das Ganze wahrscheinlich über ein Drittland, wo die falsch ausgeschilderten Kisten erst in einen anderen Container und dann auf ein Schiff mit Kurs nach USA verladen wurden. In der Regel überwachte und kontrollierte man Container mithilfe von computergesteuerten Inventurprogrammen, die die Ladung identifizierten und auf dem Weg zu ihrem Bestimmungsort weiterverfolgten. Natürlich war es theoretisch möglich, dass das Semtex mit einem kleineren privaten Schiff auf hohe See befördert und dort auf ein anderes Schiff umgeladen worden war, aber wie wahrscheinlich war so etwas? Und wenn es so ablief, wie viele Leute waren darin verwickelt? Dutzende? Zwei oder drei Personen hätten das nie geschafft. Und es wäre teuer gewesen. Nathan hatte keine Vorstellung, welchen Preis eine Tonne Semtex auf dem Schwarzmarkt erzielte, aber er bezweifelte, dass sich der Aufwand bei diesem Szenario lohnen würde.

Jetzt, wo er Zeit hatte, gründlicher über diese Syrien-Connection nachzudenken, erschien sie ihm immer unwahrscheinlicher. Wenn die Bridgestones den Sprengstoff also nicht von dort bezogen hatten, woher dann? Gab es in dieser Gruppe »Echo der Freiheit« jemanden, der Kontakte zu internationalen Waffenschmugglern hatte? Wenn ja, wer? Hatte das FBI neben Leonard und Ernie noch andere Mitglieder im Visier? Bestimmt. Auf jeden Fall würde das FBI dieselbe Frage stellen, die Nathan beschäftigte: Woher hatten die Bridgestones das Semtex?

KAPITEL 17

Frank Ortega saß an seinem Schreibtisch und wartete auf den Anruf. In seinem Arbeitszimmer roch es immer noch nach italienischem Essen. Als das Telefon endlich klingelte, sah er auf seine Schiffsuhr von Chelsea Clock. Vier Minuten zu spät. Er drehte den Rollstuhl und schlug mit dem Finger auf die Sprechtaste.

»Was zum Teufel ist da draußen los?«, fragte er. Kein *Hallo*, kein *Guten Tag*, kein *Wie läuft's in D. C.*?

»Wir versuchen gerade, die Sache zu klären.«

»Sie versuchen, die Sache zu klären? Was für eine bescheuerte Antwort ist das denn? Die Kerle haben meinen Enkel bei lebendigem Leib verbrannt.«

»Frank, ich bin genauso wütend wie Sie. Er war Ihr Enkel, aber er war auch einer von meinen Leuten.«

»Das ist ein großer Unterschied.«

»Verdammt noch mal, Frank, das weiß ich. Aber Ihr Enkel ist nicht das einzige Opfer. Mir steht die unangenehme Aufgabe bevor, vierundzwanzig Benachrichtigungen an die Angehörigen zu unterzeichnen.«

»Schon gut, tut mir leid. Ich habe in letzter Zeit schlecht geschlafen. Ich … ich habe so eine Stinkwut im Bauch, dass ich am liebsten jemanden umbringen würde.«

»Ich wünschte, ich könnte ihn zurückbringen, die Uhr zurückdrehen und noch mal von vorne anfangen. Ich würde vieles anders machen.«

»Lassen Sie mich eins klarstellen, Ethan. Ich mache Ihnen deswegen keine Vorwürfe.«

»Vielleicht war es doch keine so gute Idee, McBride an Bord zu holen. Er macht die Dinge nur noch komplizierter.«

»Wieso? Sie haben ihn doch unter Kontrolle, oder nicht? Immerhin hat er meinen Enkel gefunden.«

»Ja, aber er hat auch den kleinen Bruder der Bridgestones getötet. Damit hat niemand gerechnet. Und die Folgen waren verheerend.«

Frank gab sich Mühe, ruhig zu bleiben. »Er hat genau das getan, was ich von ihm verlangt habe. Wenn er nicht dabei gewesen wäre, hätten Sie jetzt ein Dutzend tote SWAT-Agenten. Ich habe ihn gebeten, Ihre Jungs zu unterstützen, und genau das hat er getan.«

»Dafür bin ich ihm auch dankbar. Aber jetzt haben wir ein größeres Problem, eins, das an die Öffentlichkeit gedrungen ist. Was sage ich da? Öffentlichkeit? Der Vorfall hat weltweit für Schlagzeilen gesorgt. Und dann ist da noch das Semtex. Wir vermissen immer noch über hundertfünfzig Kilo von dem Zeug.«

Ortega drückte seinen Nasenrücken zusammen und versuchte, nicht den Faden des Gesprächs zu verlieren. »Ein umso größerer Grund also, McBride auf die Kerle anzusetzen.«

»Dieser verdammte Tunnel war schuld. Wenn sie ihn James gezeigt hätten, dann hätte er uns sofort darüber berichtet. Nach unserem Kenntnisstand hatten die Bridgestones keine Möglichkeit, das Semtex von dort herauszuschaffen. Und sich selbst auch nicht. Das Lager stand unter ständiger Beobachtung. Ohne diesen verdammten Tunnel wäre alles längst vorbei. Verdammt, ich weiß nicht. Vielleicht hätte ich mit so etwas rechnen müssen. Vielleicht hätte ich Hubschrauber schicken sollen. Ich hätte …«

»Es ist nicht Ihre Schuld, Ethan. Ich will Sie nicht unterbrechen, aber wir sollten beim Thema bleiben. Behalten wir McBride an Bord?«

»Uns bleibt jetzt nichts anderes mehr übrig. Nur so kann ich ihn im Auge behalten. Wäre toll, wenn er die Brüder vor uns findet. Aber ich glaube nicht, dass er das schafft.«

»Was macht er gerade?«, fragte Frank.

»Er hat sich Ernie Bridgestones Besucherliste aus Leavenworth angesehen und ist dann dorthin geflogen. Dort hat er mit Ernies damaligem Psychiater gesprochen. Und dann ist er zurück nach Kalifornien und hat mit Amber Sheldon in Fresno Kontakt aufgenommen. Aber die wusste nicht, wo Ernie sich aufhält.«

Frank antwortete nicht gleich. Als er wieder sprach, klang seine Stimme schneidend. »Was hat Sheldon ihm erzählt? Hat sie …«

»Frank, das weiß ich nicht. Bisher hält McBride sich bedeckt. Er hat zwei meiner Agenten erkannt, die sie beschattet haben, aber er weiß nicht, dass das meine Leute sind.«

»Er weiß es, machen Sie sich da nur nichts vor.« Frank drehte den Rollstuhl herum und betrachtete die Fotos an der Wand. »Vielleicht sollten wir uns doch von McBride trennen.«

»Nein. Ich gebe es zwar nur ungern zu, aber Sie haben recht. McBride ist wahrscheinlich unsere beste Wahl. Egal, was wir von seinen Methoden halten, er bringt Ergebnisse. Er glaubt, dass es die Bridgestones als Nächstes auf seinen Vater abgesehen haben. Zu meinem Dienststellenleiter in Sacramento hat er gesagt, der Bombenanschlag sei wahrscheinlich nur als Ablenkung gedacht gewesen.«

»Eine schöne Ablenkung.«

»Und wir sind daran schuld.«

»Unsinn«, sagte Frank. »Wir haben die Kerle nicht dazu gezwungen.«

»Sie wissen schon, was ich meine. Hören Sie, wenn McBride wirklich so gut ist wie sein Ruf, wird er das Problem aus dem Weg schaffen und die Sache ist gegessen.«

»Wollen wir es hoffen.«

In fünftausend Kilometern Entfernung legte Direktor Lansing auf und lehnte sich in seinen Stuhl zurück. Es war Zeit, nach Hause zu seiner Frau und den Kindern zu gehen. Wenn er die Sache nicht in den Griff bekam, würde er schon bald viel mehr Zeit dort verbringen … was eigentlich gar keine schlechte Idee war.

* * *

Der FBI-Learjet ließ Fresno hinter sich und stieg in den klaren Nachmittagshimmel. Nathan nahm sein Handy und rief Harv an.

»Bist du unterwegs?«, fragte dieser.

»Ja, wir verlassen gerade Fresno.«

»Wir konnten nichts im Hinblick auf den Insider in der Finanzbranche finden.«

»Den gibt es womöglich gar nicht. Allmählich glaube ich, dass sie große Bargeldreserven gehortet haben. Wahrscheinlich haben sie es irgendwo vergraben.«

»Das ergibt immer mehr Sinn. Aber das macht es schwerer für uns, die Kerle zu finden.«

»Ich weiß.« Nathan senkte die Stimme. »Hab noch etwas Geduld, Harv. Ich lasse mich von meiner Intuition leiten. Ich habe Amber Sheldon meinen Namen und meine Telefonnummer gegeben und ihr gesagt, sie soll Ernie ausrichten, dass ich wegen ihm vorbeigekommen bin, falls er sie anruft. Ich habe ihr eingeschärft, dass sie auf jeden Fall meinen Namen nennt.«

Schweigen am anderen Ende.

»Da ist noch mehr. Amber hat eine neunzehnjährige Tochter. Rate mal, wer der Vater ist.«

»Sag bloß!«

»Amber hat ihm nie was gesagt.«

Harv machte eine Pause und dachte über diese neue Wendung nach. »Du meinst, wenn er erfährt, dass er eine Tochter hat, von der er bisher nichts wusste, wird er sie noch einmal sehen wollen, bevor er endgültig verschwindet?«

»Ja.«

»Dann hängt alles davon ab, dass Ernie sie noch einmal anruft. Was, wenn er das nicht tut?«

»Dafür habe ich bereits Plan B.«

»Und der wäre?«

»Fünf mal eins«, sagte Nathan.

»Verstanden. Soll ich dich am Flughafen abholen?«

»Nein, Henning hat dort einen Wagen bereitstehen. Wir sehen uns in einer Stunde im Hotel.«

»Pass auf dich auf, Partner.«

Nathan machte es sich für den Rest des kurzen Fluges zurück nach Sacramento bequem. Er musste nach seiner Rückkehr unbedingt mit Holly Simpson unter vier Augen reden. Alles hing von ihrer Ehrlichkeit ab. Als Mindestvoraussetzung für seinen Plan, Ernie in die Falle zu locken, brauchte er die volle Medienmacht des FBI. Er musste abwarten, wie sein Gespräch mit Holly verlief. Obwohl er Direktor Lansing misstraute, hatte er immer noch das Gefühl, sich auf Holly verlassen zu können. Sie waren beide emotional auf einer Wellenlänge und er traute ihr nicht zu, dass sie ihn absichtlich verraten würde. *Absichtlich* war hier das entscheidende Wort.

Er wandte sich an Henning, der ihn ansah. »Ich würde heute Abend gerne SAC Simpson besuchen. Alleine, wenn Sie nichts dagegen haben.«

»Das ist ihre Entscheidung.« Henning holte sein Handy hervor, rief im Krankenhaus an und ließ sich mit Hollys Zimmer verbinden. »Hallo Chefin«, sagte er. »Wie geht es Ihnen? Ja, wir sind unterwegs, müssten in etwa zwanzig Minuten landen. Nathan McBride möchte gerne bei Ihnen vorbeischauen … Ja, heute Abend … Okay. Wir sind in ungefähr einer Stunde dort. Okay … bis dann.«

»Danke«, sagte Nathan.

»Keine Ursache. Worum geht's denn, wenn ich fragen darf?«

Nathan zögerte.

»Hören Sie«, sagte Henning, »ich kann verstehen, dass Sie misstrauisch sind. Hier ist es in letzter Zeit nicht besonders vertrauenswürdig zugegangen.«

»Ich bin eben ein unsicherer Kandidat. Direktor Lansing will auf Nummer sicher gehen.«

»Wenn Lansing Sie in Aktion im Sutter-Krankenhaus gesehen hätte, würde er anders über Sie denken.«

»Nur damit Sie's wissen, ich habe kein Problem mit Ihnen.«

»Na ja, das ist ja immerhin etwas. Was bedeutet übrigens fünf mal eins?«

»Es bedeutet, dass mir die jetzige Situation nicht gefällt und dass ich nicht laut über das Thema reden will. Ich habe einen Plan, aber ich möchte ihn erst mit SAC Simpson besprechen.«

»Warum besprechen Sie ihn nicht mit mir?«

»Das werde ich tun, wenn die Zeit reif ist. Ich kann Ihnen im Augenblick nur so viel sagen: Mein Plan ist gefährlich und ich brauche eine Portion Glück, um ihn durchzuziehen. Aber etwas anderes habe ich nicht.«

»Ich möchte Ihnen helfen.«

»Das ist Simpsons Entscheidung. Was Sie und mich angeht, so haben wir gut zusammengearbeitet.«

* * *

Das Erste, was Nathan beim Betreten von Hollys Krankenhauszimmer auffiel, war die fröhliche Atmosphäre. Überall waren Blumen und herzförmige Luftballons. Trotz der Messgeräte und Infusionsständer wirkte das Zimmer hell und bunt. Holly saß mit einer FBI-Akte im Schoß aufrecht im Bett. Sie legte die Akte beiseite.

»Danke für die Blumen und die Luftballons«, sagte sie.

Nathan zögerte einen Augenblick, fasste sich aber schnell wieder. *Harv.* »Gern geschehen. Fühlst du dich schon besser?«

»Viel besser.«

Sie trug einen neuen Kopfverband. Ihre Beine steckten nach wie vor in Schienen und diese wiederum hingen an einer Kabelvorrichtung aus Edelstahl, die wie ein Fitnessgerät aussah. Ein paar von den Luftballons waren daran befestigt und schwebten sanft in der klimatisierten Luft. Zwei gegensätzliche Gerüche durchdrangen das Zimmer, antiseptisch und nach Blumen. Nathan fand, dass Holly besser aussah. Ihre Augen leuchteten und ihr Blick wirkte aufmerksamer. Bei seinem ersten Besuch hatte sie wie eine wandelnde Leiche ausgesehen.

Nathan nahm sich einen Stuhl und setzte sich ihr gegenüber. »Direktor Lansing hat Amber Sheldon vor mir gefunden. Als ich in die Bar kam, waren bereits zwei Agenten dort und haben sie beschattet.«

Holly starrte ihn an. In ihrem Hirn schien es zu arbeiten. »Bist du sicher, dass es welche von uns waren?«

»Du meinst, ob ich hundertprozentig sicher bin? Nein.«

»Warum glaubst du dann, es waren unsere Leute?«

»Lansing hat einen Agenten auf mich angesetzt, den Kopiloten des Learjets. Der Mann hat Farbe bekannt und mir erzählt, er würde Lansing über meine Aktivitäten berichten. Versteh mich nicht falsch, ich will mich nicht mit dir streiten. Ich glaube, er will einfach nur auf Nummer sicher gehen, aber bevor ich weitere Schritte unternehme, muss ich wissen, wem ich trauen kann und wem nicht. Und im Augenblick gehört Lansing zu letzterem Personenkreis.«

»Natürlich habe ich dem Direktor erzählt, wo du hinwolltest und was du vorhattest. Ich wusste jedoch nicht, dass er so handeln würde.«

»Falls die Sache politisch Wellen schlägt, kann ihn das seinen Job kosten. Er muss vorsichtig sein.«

»Wie es aussieht, übertreibt er.«

»Ich muss eine Entscheidung treffen und möchte vorher mit dir reden. Wenn wir diese Kerle erwischen wollen, können wir es uns nicht leisten, uns gegenseitig zu behindern. Amber hätte womöglich nicht mit mir geredet, wenn ihr diese Undercover-Agenten in der Bar aufgefallen wären. Du verstehst schon, was ich meine?«

»Ja.«

»Ich will nicht, dass du Ärger mit Lansing bekommst. Deswegen zögere ich, so wie bisher weiterzumachen, vor allem, wenn du über jeden meiner Schritte Bericht erstatten musst.«

»Ich muss nicht alles berichten.«

»Gut. Ich brauche nämlich deine Ressourcen für die nächste Phase meines Plans.«

»Wenn ich gewusst hätte, was Direktor Lansing vorhatte, hätte ich dich gewarnt.«

»Wie gesagt, ich gebe niemandem die Schuld daran, am allerwenigsten dir. Aber die Überwachung muss aufhören.«

Sie ergriff seine Hand. »Ich werde rausfinden, was da läuft. Das verspreche ich dir.«

»Pass nur auf, dass du dir deswegen keinen Ärger einhandelst. Zwischen uns beiden ist alles gut.«

»Da bin ich aber froh.« Sie ließ seine Hand los. »Du hast was von der nächsten Phase gesagt?«

»Ich will ehrlich mit dir sein. Der Ausgang ist ungewiss, aber ich habe keine bessere Idee. Mein Plan hängt davon ab, dass Ernie Bridgestone Amber noch einmal anruft.«

»Sie wurde schon einmal angerufen?«

Nathan hatte Holly bereits von Ambers erstem Anruf erzählt. Er schob ihr schlechtes Gedächtnis auf die starken Medikamente. Anästhetika verursachten einen gewissen Grad von Amnesie. »Ernie hat sie angerufen und ihr gedroht, er würde sie umbringen, falls sie der Polizei etwas sagt. An diesem Punkt werde ich ansetzen.«

Holly hörte zu, als Nathan ihr seinen Plan schilderte. Nach ein paar Minuten war er damit fertig.

»Das hört sich gut an«, sagte Holly, »aber du ziehst riskante Rückschlüsse auf Ernies Charakter.«

»Etwas anderes habe ich nicht. Was Familie anbelangt, so hat Ernie nur Janey, abgesehen von Leonard. Wenn wir das Ganze richtig einfädeln, ist die Chance groß, dass Ernie anrufen wird. Ich habe Amber eingeschärft, sie soll mit ihm nicht über ihren Festnetzanschluss daheim oder in der Arbeit telefonieren, sondern über einen Münzfernsprecher. Außerdem wird sie observiert. Hoffen wir nur, dass Lansings Leute ihr nicht überallhin mit Richtrohrmikrofonen folgen.«

»Was du da vorhast, ist schon ein bisschen gemein.«

»Ich muss es spontan durchziehen. Sie darf nicht wissen, was auf sie zukommt und ich kann keine Rücksicht auf ihre Gefühle nehmen. Ich rechne sogar mit einer emotionalen Reaktion und hoffe, sie ist wütend.«

»Warum?«

»Weil ich mein Versprechen nicht gehalten habe.«

»Welches Versprechen? Wovon redest du?«

»Erinnerst du dich noch an unsere Unterhaltung in der Piano-Bar? Als ich gesagt habe, ich würde nicht den Lockvogel spielen?«

»Nathan, was hast du gemacht?«

»Ich habe eine Rückversicherung eingebaut. Dr. Fitzgerald, der Psychiater in Leavenworth, erzählte mir bei unserem Gespräch, dass Ernie von Rachegedanken besessen war, weil er glaubte, die Justiz hätte ihn unfair behandelt. Ich hoffe, mir diese Neigung zu Rachefühlen zunutze zu machen, diesmal jedoch in Bezug auf Sammy, seinen kleinen Bruder. Ich habe Amber gesagt, sie soll Ernie ausrichten, dass ein Mann namens McBride bei ihr war und nach ihm gesucht hat.«

»Ich wollte, du hättest das bleiben lassen.«

»Tut mir leid, Holly, aber ich hatte dir dieses Versprechen noch vor dem Bombenanschlag gegeben. Die Situation hat sich seitdem geändert … Es ist jetzt nicht nur eine Menschenjagd, sondern ein Kampf auf Leben und Tod. Das FBI ist nicht mehr der Jäger, sondern der Gejagte. Wenn das mit der Loyalität zur Familie nicht funktioniert, hoffe ich darauf, dass Ernie sich von seinen Rachegelüsten leiten lässt. Überleg doch mal, die Brüder hätten einfach mit dem Geld verschwinden können. Stattdessen sind sie geblieben, um ihren kleinen Bruder zu rächen. Sie wissen noch nicht, dass sie nicht denjenigen getötet haben, der unmittelbar dafür verantwortlich war. Wenn Ernie erfährt, dass ich noch lebe, wird er sich nicht gerade darüber freuen. Ich muss ihn nur dazu bringen, dass er Amber anruft, dann ergibt sich der Rest von alleine.«

»Dann müssen wir dich beschützen. Du weißt ja, wozu die beiden fähig sind.«

»Ich kann auf mich selbst aufpassen. Hey, ich muss jetzt los.«

»Nathan?«

Er wartete einen Augenblick.

Holly lächelte und deutete auf die Blumen und Luftballons. »Grüße bitte Harvey von mir und sage ihm, dass ich mich bedanke.«

Nathan lächelte zurück. »Dir entgeht aber auch gar nichts.«

KAPITEL 18

Nathan betrat sein Hotelzimmer und ließ sich aufs Bett fallen. Er wusste, dass Harv ihn hören würde.

»Bist du das, Nate?«

»Ja.«

»Wie geht's Holly?«

»Besser. Und danke, dass du ihr die Luftballons und die Blumen geschickt hast. Ihr Zimmer hat hübsch ausgesehen.«

»Ich dachte mir, dass es die Stimmung ein bisschen anhebt.«

»Ich brauche eine Dusche und was zu essen. Hast du schon gegessen?«

»Nein. Gehen wir runter ins Restaurant. Dr. Fitzgerald hat versprochen, uns sämtliche in seinem Besitz befindlichen Unterlagen zu faxen, die etwas mit Ernie Bridgestones Verurteilung wegen Trunkenheit am Steuer zu tun haben. Noch sind sie nicht da, aber vielleicht, wenn wir mit dem Essen fertig sind.«

Nathan rieb sich das Gesicht. »Ich werde dieses Gefühl nicht los ... Kommt es dir nicht auch so vor, als hätten wir etwas übersehen? Ich meine, überleg doch mal. Lansing hat ziemlichen Aufwand betrieben, um mich auf Schritt und Tritt überwachen zu lassen. Die Tatsache, dass er mir den Learjet zur Verfügung stellt. Der Agent im Learjet, die beiden Agenten in der Bar. Es würde mich nicht wundern, wenn er unsere Telefone abhören lässt. Wahrscheinlich hören seine Leute in diesem Moment unser Gespräch mit.«

Harv nickte. »Was auch immer hier gespielt wird, wir sollten wahrscheinlich von jetzt an unter dem Radar fliegen.«

»Einverstanden. Ich musste übrigens auch ständig an Frank Ortega denken. Wann hast du zuletzt mit ihm gesprochen?«

»Ich hab heute am frühen Nachmittag mit ihm telefoniert.«

»Wie geht es ihm?«

»Schwer zu sagen. Er wirkte sehr ruhig. Er war ziemlich neugierig in Bezug auf deinen Trip nach Leavenworth und dein Treffen mit Fitzgerald. Ganz besonders hat er sich für deine Begegnung mit Amber Sheldon interessiert. Er hat mich richtig ausgequetscht.«

»Ausgequetscht? Worüber?«

Harv deutete zur Decke empor. »Ich sag's dir auf dem Weg ins Restaurant.«

Im Fahrstuhl nahm Nathan das Gespräch wieder auf. »Was wollte Ortega über Amber Sheldon wissen?«

»Alles. Er wollte wissen, worüber ihr beide geredet habt. Wort für Wort.«

»Was hast du ihm gesagt?«

»Ich dachte, es wäre am besten, keine allzu spezifischen Antworten zu geben. Ich hab ihm erzählt, dass du Amber über Ernies Vergangenheit ausgefragt hast, und dass sie dir alles sagen sollte, was ihr einfiel, das uns helfen könnte, ihn zu finden. Ich hab ihm gesagt, dass sie dir nicht viel bieten konnte. Dass Janey seine Tochter ist, hab ich mit keinem Wort erwähnt.«

»Das hast du gut gemacht. Diese Information müssen wir unter Verschluss halten.«

»Ich fühle mich unwohl dabei, wenn ich ihm Informationen vorenthalte.«

»Ich nicht. Mein Gefühl sagt mir, dass Lansing und Ortega enger miteinander befreundet sind, als es den Anschein hat. Und noch etwas hat mich beschäftigt. Wie viel Einfluss muss man haben, um zwei Außenseiter wie uns in eine streng geheime FBI-Operation mit einzubeziehen?«

»Sehr viel.«

»Genau. Ortega hat bei Lansing einen größeren Gefallen eingefordert, den dieser ihm schuldet. Ich wünschte, wir könnten herausfinden, was das ist.«

»Bei allem Respekt, Nate, aber was kümmert uns das? Das geht uns nichts an.«

Nathan seufzte. »Ich glaube, du hast recht. Diese verflixte James-Bond-Spielerei macht mich noch ganz verrückt.«

Die beiden Restaurants im Hyatt hatten noch geschlossen, also liefen sie zu Fuß ein paar Blocks zum Hard Rock Café. Da es zum Abendessen noch etwas zu früh war, war der Laden nicht voll, was ihnen gut in den Kram passte. Eine Tischdame wies ihnen einen Tisch in der Ecke zu. Sie sah aus wie sechzehn, war aber wahrscheinlich in Wirklichkeit Ende zwanzig. *Ich werde langsam alt*, dachte Nathan, als er ihr hinterherblickte, wie sie zurück an den Empfang ging. Schließlich kam der Kellner und Nathan entschied sich für einen Cäsarsalat. Harv bestellte eine Portion Teriyaki-Fleischspieße, chinesische Maultaschen, einen Garnelencocktail, eine Schüssel New England Clam Chowder, ein Calamari-Steak-Sandwich mit Pommes frites und einen Schokoladenshake.

Nathan starrte ihn fassungslos an.

»Was?«, sagte Harv.

»Hat dein Magen ein Loch, oder was?«

»Ich hab Hunger. Was ist daran so komisch?«

»Ich wette fünfzig Dollar mit dir, dass du das nicht schaffst.«

»Die Wette gilt.«

Vierzig Minuten später zückte Nathan seine Brieftasche.

Auf dem Weg zurück zum Hyatt schüttelte er den Kopf. »Du überraschst mich immer wieder.«

»Ich weiß.«

Nathan wechselte ins Russische. *»Hast du die beiden Agenten gesehen, die uns da drinnen beobachtet haben?«*

»Ja«, antwortete Harv. *»Auf der gegenüberliegenden Seite des Raums. Ein Mann und eine Frau an der Bar. Die waren gut. Ich dachte schon, sie wären dir nicht aufgefallen.«*

»Was machen wir jetzt?«, fragte Nathan.

»Sollen wir sie verarschen?«

»Klingt verlockend. Hast du sie schon gesehen, als ich mit Henning unterwegs war?«

»Nein.«

»Das bedeutet, dass sie mich beschatten, nicht dich.«

»Schon möglich, aber vielleicht hab ich sie auch nur übersehen.«

»Du bist in solchen Dingen besser als ich.«

Während sie so miteinander redeten, kamen sie an einem Obdachlosen vorbei, der an die Ziegelwand eines Spirituosenladens gelehnt saß. »Scheiß Ausländer«, murmelte er vor sich hin.

Nathan musste über diese Bemerkung grinsen. Er holte seine Brieftasche hervor und entnahm ihr einen Zwanzig-Dollar-Schein. »Gib das nicht alles auf einmal aus«, sagte er auf Englisch zu dem Mann. Bei dieser Gelegenheit blickte er unauffällig zum Eingang des Hard Rock Cafés. Ihre Beschatter kamen gerade zur Tür heraus und liefen dann Händchen haltend den Gehsteig entlang. Wers glaubt, wird selig.

Harvey ging weiter, ohne sich umzusehen. *»Folgen sie uns?«*, fragte er auf Russisch.

»Ja. Ich gehe rüber zur Rezeption und lasse sie aufholen. Du setzt dich an die Bar und bestellst ein Glas Wein. Dann geh ich rauf aufs Zimmer. Gib mir drei Minuten und komm dann nach.«

»Was willst du tun?«

»Steuergelder verschwenden.«

An der Rezeption sprach Nathan leise zu der Frau hinter der Theke. Sie war Mitte dreißig, leicht übergewichtig und hatte ihre dunklen Haare zu einem Knoten gebunden. Als sie Nathans Gesicht sah, reagierte sie zunächst geschockt, wie üblich, fasste sich aber sofort wieder und rang sich ein Lächeln ab.

Nathan beugte sich vor und sagte leise: »Da sind ein Mann und eine Frau, die mir folgen. Nicken Sie mir bitte zu, wenn sie zum Eingang hereinkommen.«

»Soll ich die Polizei rufen?«

»Nein, nicken Sie einfach nur. Die beiden arbeiten für eine Versicherung und sind harmlos. Aber geben Sie ihnen bitte nicht zu erkennen, dass Sie sie bemerkt haben.«

Zehn Sekunden später nickte sie Nathan zu.

»Danke«, sagte er.

Nathan ging zu den Fahrstühlen und drückte auf den Knopf. Im fünften Stock eilte er zu seinem Zimmer und öffnete die Tür mit dem Magnetkartenschlüssel. Er nahm seine 9-Millimeter aus dem Seesack und entfernte das Magazin. Dann öffnete er die erste Verbindungstür zum benachbarten Zimmer und hielt ein Ohr an die zweite. Wie erwartet hörte er, wie die Tür zu dem Zimmer auf- und zuging. Er lächelte, trat einen Schritt zurück, hob den Fuß und trat mit aller Kraft gegen die Verbindungstür.

Die Tür flog aus ihren Angeln und knallte gegen die Kommode.

Nathan sprang ins Zimmer. Die Frau, die er vorhin im Hard Rock Café gesehen hatte, legte gerade ihre Handtasche und Dienstwaffe auf das Bett.

Sie wollte nach der Pistole greifen, aber Nathan hielt seine Sig auf ihre Brust gerichtet.

Sie hob die Hände. »FBI!«

»Ich weiß. Wo ist Ihr Partner?«

Sie zögerte. »In der Lobby. Er beschattet Mr Fontana.«

Nathan hielt seine Waffe hoch. »Brauche ich die?«

»Nein.«

»Habe ich darauf Ihr Ehrenwort?«

»Ja.«

»Gut. Sie ist nämlich nicht geladen.«

»Wann haben Sie uns bemerkt?«

Nathan steckte die Pistole hinter seinem Rücken in den Hosenbund. »Im Hard Rock. Ihr Partner hat uns ständig im Spiegel hinter dem Tresen beobachtet.« Er lächelte, aber sie erwiderte die Geste nicht. Als er sich die Frau näher ansah, fand er sie durchaus attraktiv. Sie war ungefähr so alt wie er selbst und trug Jeans, eine weiße Seidenbluse und eine schwarze Lederjacke. Ihre blonden Haare fielen ihr bis auf die Schultern. Sie hatte slawische Gesichtszüge und strahlend blaue Augen.

Nathan ließ seinen Blick über die Abhör- und Überwachungsgeräte im Zimmer schweifen. Auf der Kommode neben der Tür stand ein halbes Dutzend schwarze Kästen, die alle an ein digitales Aufzeichnungsgerät angeschlossen waren.

»Okay, Special Agent …«

»Grangeland.«

»Was machen wir jetzt? Wir haben zwei Möglichkeiten. Ich kann sämtliche Geräte in diesem Zimmer kaputt machen und Sie müssen dann Ihrem Vorgesetzten darüber Rechenschaft ablegen. Vermutlich sogar Lansing selbst. Oder wir lassen alles, wie es ist. Harvey und ich werden in Zukunft vorsichtig sein, was wir sagen, und keiner von uns hat das Nachsehen. Ich sage dem Hotelpersonal, ich sei gestolpert und gegen die Tür gefallen.«

Sie verschränkte die Arme auf der Brust. »Wie kommen Sie darauf, dass ich es zulassen würde, dass Sie die Geräte kaputt machen?«

»Weil ich etwa fünfzig Kilo mehr wiege als Sie.«

Ein Lächeln huschte über ihre Lippen. »Ich mache Ihnen einen Gegenvorschlag. Sie gegen mich. Hier und jetzt. Der Gewinner entscheidet, wie es weitergeht.« Sie zog die Jacke aus und legte sie aufs Bett.

Nathan starrte sie an. Hatte er richtig gehört? Forderte sie ihn zum Kampf auf? Er würde Hackfleisch aus ihr machen. Er kniff die Augen zusammen. »Kann ich davon ausgehen, dass wir auf einen Faustkampf verzichten? Und keine Schläge und Tritte in die Hoden oder auf den Kopf?«

»Sicher, warum nicht.«

Nathan warf seine Pistole aufs Bett, wo sie neben der Dienstwaffe der FBI-Agentin landete.

Was dann kam, geschah sehr schnell.

In nur einer Sekunde überwand sie die zwei Meter, die sie trennten, und stürzte sich auf ihn. Nathan parierte den Handflächenschlag, der seinen Solarplexus treffen sollte, und erkannte seinen Fehler zu spät. Ehe er reagieren konnte, ließ sie sich fallen und brachte ihn mit einem Beinfeger aus dem Gleichgewicht. Nathan landete auf dem Hintern und stieß ein Grunzen aus. Zwei Sekunden später fiel ihm das Atmen schwer. Gegen das Bett gedrückt, versuchte er krampfhaft zu erfassen, was mit ihm passiert war, aber ein Grauschleier legte sich über sein Blickfeld. Benommen spürte er, wie sie ihm den linken Unterarm gegen den Nacken presste und gleichzeitig mit der rechten Hand seine Kehle zudrückte, aber ganz sicher war er sich nicht. Als ihm immer schwärzer vor Augen wurde, vernahm er plötzlich ein Flüstern in seinem Ohr: »Sie können jederzeit aufgeben.«

Normalerweise hätte er gelacht und mit einem schlagfertigen Spruch geantwortet, aber diesmal hatte ihn eine Gegnerin, die nur halb so viel wog wie er, mit einem halben Nelson außer Gefecht gesetzt. Er zog die Beine an und stieß sich vom Bett ab, sodass sie beide auf dem Rücken zu liegen kamen. Grangeland lag nun unter ihm, hielt ihn aber weiterhin im Würgegriff. Er spürte, wie er rapide das Bewusstsein verlor. Wenn es ihm nicht innerhalb von zehn bis fünfzehn Sekunden gelang, sich zu befreien, wäre es um ihn geschehen. Er bräuchte ihr zwar nur mit einem Kopfstoß nach hinten die Nase zu brechen, aber da dies gegen die vereinbarten Regeln verstieß, würde er ihr so etwas nicht antun, selbst auf die Gefahr hin, den Kampf zu verlieren.

Nathan holte Luft, so gut es ging, und sah auf einmal eine Chance, sich aus ihrem Griff zu befreien. Ja, das könnte gelingen. Er nutzte den Freiraum zwischen Bett und Kommode, indem er sich auf die Seite wälzte und die Füße gegen das Bett stemmte. Dann langte er mit seiner freien rechten Hand hinter Grangelands Rücken und packte sie am Hosengürtel. Während sie ihn nach wie vor im Würgegriff umklammert hielt, zog er ihre Jeans hoch und begann, kräftig mit den Beinen zu drücken. Special Agent Grangelands sechzig Kilo Körpergewicht waren jetzt zwischen ihm und der Kommode eingeklemmt. Nathan hoffte, sie durch das Zerren am Gürtel abzulenken und ihr gleichzeitig mit dem Druck auf ihren Oberkörper die Luft aus den Lungen zu pressen. Als er spürte, dass ihm nicht mehr viel Zeit blieb, bis er das Bewusstsein verlor, drückte er noch fester mit den Beinen und zerrte ihre Jeans höher. In einem letzten verzweifelten Versuch verdoppelte er seine Anstrengung und drückte mit aller Kraft.

Es funktionierte.

Er spürte in seinem Genick, wie ihr mit einem Zischen die Luft aus den Lungen entwich. Ihr Griff lockerte sich, was ihm gerade genug Bewegungsfreiheit verschaffte, um den Kopf zur Seite zu drehen. Jetzt konnte sie ihn nicht mehr halten. Mit einem Ruck bekam er den Kopf frei und schnappte gierig nach Luft.

Ganz rot im Gesicht und wie ein Hund hechelnd, stieß er keuchend hervor: »Okay, sagen wir unentschieden.« Nur mit Mühe schaffte er es, sich auf Händen und Knien abzustützen, bevor ein Schwall unverdauten Cäsarsalats aus seinem Mund schoss. Nachdem er sein Abendessen erbrochen hatte, wischte er sich den Mund ab und lachte halbherzig. »Verdammt, das war kein schlechter Trick.«

Grangeland wälzte sich auf den Rücken, die Beine angewinkelt. »Sie haben geschummelt, als Sie mir die Hose hochgezogen haben. Ich hatte Sie bereits fest im Griff.«

»Den Teufel hatten Sie.«

»Ich wette, die Nummer hat Ihnen Spaß gemacht.«

»Man kann nie wissen.« Beide blickten im selben Moment auf und sahen, wie Harvey seine Sig auf einen Mann richtete, der wiederum mit seiner Glock auf Nathans Kopf zielte. Alle vier verharrten unbeweglich wie Wachsfiguren.

»Du bist gerade zur rechten Zeit gekommen«, sagte Nathan. »Sonst hätte ich sie womöglich umgebracht.«

Grangeland hob eine Hand. »Stecken Sie die Waffe weg, Ferris. Es ist nicht so, wie Sie denken.«

Ferris gehorchte zögernd und sah Harvey an.

Harvey steckte seine Pistole hinter seinem Rücken in den Hosenbund und sah erst Nathan und dann die Frau an, bevor sein Blick auf die Pfütze Erbrochenes fiel. »Ich sehe, dass ihr beiden euch miteinander bekannt gemacht habt.«

Nathan schnaufte immer noch kräftig. »Special Agent Grangeland, das ist Harvey Fontana.«

Harvey schüttelte den Kopf. »Was ist nur mit dir los, Nathan? Hat deine Mutter dich als Baby nicht genug gehalten?«

»Hey, das war ihre Idee.«

»Klar doch.«

»Und jetzt?«, fragte Nathan sie.

Grangeland verzog das Gesicht und setzte sich auf. »Ich glaube, wir belassen es beim Status quo.«

»Gute Entscheidung«, sagte Nathan.

»Kann mir mal einer sagen, was zum Teufel hier los ist?«, sagte Ferris. Er blickte auf den zersplitterten Türrahmen und dann wieder auf Nathan. »Für mich sieht das ganz klar nach Einbruch aus.«

»Wem sagen Sie das«, sagte Grangeland, rappelte sich auf und humpelte ins Bad.

Nathan rieb sich die Kehle. »Ihr ist nichts passiert. Bald ist sie wieder fit.« Obwohl Ferris nicht gerade wie ein Schwächling aussah, überragte Nathan ihn. Der Mann war etwa Mitte dreißig und seine Augen hatten dieselbe intensive Ausstrahlung, die Nathan ein paar Tage zuvor bei Henning aufgefallen war. Er sah gepflegt aus und trug eine hellbraune Dockers-Hose und ein langärmeliges Hemd. Nathan hatte den Eindruck, dass Ferris nicht viel davon hielt, dass seine Partnerin sich mit einem wildfremden Mann auf dem Boden wälzte.

»Entschuldigen Sie die Sauerei«, sagte Nathan. »Sagen Sie, wo hat die Frau gelernt, so zu ringen?«

»Sie war in der Ersatzmannschaft bei den Olympischen Spielen im Jahr 2000.«

»Im Ernst?«, sagte Nathan. »Sind Sie schon mal gegen sie angetreten?«

»Einmal.«

»Und?«, hakte Nathan nach.

»Sie hat mich in zehn Sekunden flachgelegt. Sie hat auch noch den schwarzen Gürtel in drei verschiedenen Kampfsportarten.«

»In die könnte ich mich verlieben«, sagte Nathan. Dann fiel sein Blick auf den erbrochenen Salat auf dem Teppich. »Soll ich den Zimmerservice rufen?«

Ferris starrte ihn nur an.

Harvey nahm Nathans Pistole vom Bett. »Komm, gehen wir.« Dann wandte er sich Ferris zu und deutete auf die elektronischen Überwachungsgeräte. »Das ist doch bescheuert.«

»Nur mit der Ruhe, Partner. Lass deine Wut nicht am Boten der schlechten Nachricht aus.«

»Warum nicht?«, sagte Harvey. »Wir haben schließlich mit offenen Karten gespielt.« Mit einer ausladenden Handbewegung zeigte er auf die schwarzen Kästen. »Und das ist dann der Dank?«

»Die machen doch nur ihren Job«, beschwichtigte Nathan ihn.

Harvey brummte und verließ das Zimmer.

Nathan wandte sich Ferris zu. »Wir können dafür sorgen, dass diese Angelegenheit unter uns bleibt und Sie Lansing gegenüber Ihr Gesicht wahren. Aber wir wissen jetzt, dass Sie uns nachspionieren. Wenn Sie wissen wollen, was wir machen, fragen Sie einfach.« Nathan ging in sein Zimmer, wo Harv auf ihn wartete. Er setzte sich aufs Bett und rieb sich erneut die Kehle.

Harv stand am Fenster und starrte auf das State Capitol. »Tut mir leid, dass ich dich angeranzt habe.« Er drehte sich um und lächelte. »Deine Mutter hat dich bestimmt viel gehalten. Du warst ja ein Einzelkind.«

»Nein, du hattest schon recht, ich hab mich kindisch benommen. Ich hätte einfach Nein sagen können, anstatt mich auf einen Ringkampf einzulassen.«

»Warum hast du es nicht getan?«

»Weiß nicht genau. Aber eins sag ich dir, die Frau ist knallhart.«

Plötzlich klopfte es leise an der Tür und beide drehten sich gleichzeitig um. Nathan ging zur Tür und blickte durch den Spion. Er hatte schon mit dem Geschäftsführer des Hotels gerechnet, aber es war ein Mitarbeiter ihrer Sicherheitsfirma. Nathan machte auf und der Mann reichte ihm ein Fax von Dr. Fitzgerald aus Leavenworth.

»Schauen wir mal, was wir da haben.« Nathan setzte sich an den Schreibtisch und Harv sah ihm über die Schulter. Das erste Blatt Papier war eine Kopie des Unfallberichts der Polizei von Pensacola. Die Bremsspuren belegten, dass Ernie Bridgestone sich an die Geschwindigkeitsbegrenzung gehalten hatte. Soweit man dem Bericht entnehmen konnte, war eine Frau zwischen zwei geparkten Fahrzeugen auf die Straße getreten. Ernie hatte sie mit der rechten Stoßstange seines Camaro angefahren, worauf sie stürzte, sich das Genick brach und sofort am Unfallort starb. Ihre BAK, oder Blutalkoholkonzentration, betrug 3,5 Promille, mehr als das Vierfache des erlaubten Limits von 0,8. Ernies BAK hatte 1,0 Promille betragen. Genau wie Amber Sheldon gesagt hatte, war er nicht wirklich betrunken gewesen, aber er hatte die gesetzliche Promillegrenze überschritten, und nur das zählte. Der Polizist am Unfallort hatte in seinem Bericht erwähnt, dass Ernie sich fürchterlich aufgeregt und immer wieder versichert hatte, er wäre nicht betrunken und an dem Unfall nicht schuld. Außerdem benutzte er vulgäre und abwertende Ausdrücke im Hinblick auf die ethnische Zugehörigkeit der Toten – sie war Hispanic. Die Situation eskalierte, und als Ernie gegen seine Festnahme Widerstand leistete, setzte ihn ein zur Verstärkung herbeigerufener Polizist mit einem Taser außer Gefecht. Die Anklage lautete auf schwere Trunkenheit am Steuer. Das Gericht legte die Kaution auf zehntausend Dollar fest.

Die nächsten Dokumente in der Akte betrafen die Gerichtsverhandlung und das anschließende Urteil: Entzug der Fahrerlaubnis für achtzehn Monate und ein Bußgeld von zweitausend Dollar – die gesetzlich zugelassene Höchststrafe. Da Ernie zu dieser Zeit Angehöriger der Streitkräfte war, wusste Nathan, dass seine Probleme damit noch längst nicht zu Ende gewesen waren. Als aktiver Soldat unterstand Ernie der Militärgerichtsbarkeit. Wo der Unfall stattgefunden hatte, ob auf einem militärischen Stützpunkt oder außerhalb, spielte keine Rolle. Ernie wurde der Militärpolizei des Marinefliegerstützpunktes von Pensacola übergeben und wanderte dort in den Bau. Im Bericht der Militärpolizei stand, dass Ernie sich aggressiv und unkooperativ benommen und vulgäre Sprache benutzt hatte. In dem folgenden Prozess vor dem Militärgericht ließ der Richter keine Gnade walten. Hätte Ernie ein makelloses Führungszeugnis ohne Vorstrafen besessen, wäre es vielleicht anders für ihn ausgegangen. Aber leider hatte er eine lange Vorgeschichte wegen Ungehorsam und Befehlsverweigerung. Das Ganze endete damit, dass das Marine Corps an Ernie ein Exempel statuierte und ihn zu fünf Jahren Haft in Fort Leavenworth, Kansas verurteilte – im Klartext hieß das: *Endlich sind wir dich los, du Arschloch.* Das letzte Blatt Papier war die Kopie eines Zeitungsausschnittes mit einem Foto des Opfers. Nathan starrte mit geweiteten Augen auf das Bild.

»Das Gesicht hab ich schon mal irgendwo gesehen.«

Hinter ihm flüsterte Harv: »Nein, das kann nicht sein.«

Nathan dachte angestrengt nach. Plötzlich fiel es ihm wie Schuppen von den Augen. Dieses Gesicht, das ihm da aus einem leblosen Blatt Papier entgegenstarrte, hatte er erst vor ein paar Tagen gesehen.

Es war Frank Ortegas Tochter.

KAPITEL 19

Harv brachte mit Müh und Not ein Flüstern hervor. »Weißt du, wer das ist?«

Nathan nickte.

»Und weißt du auch, was das heißt?«

»Ja.«

»Ich hab mich noch nie so … hintergangen gefühlt. Das Ganze ist, es ist …«

»Schmutzig.«

Beide sagten eine Weile nichts, sondern ließen in Gedanken die Ereignisse der vergangenen Woche Revue passieren.

»Wir haben bei der Razzia im Lager von ›Echo der Freiheit‹ für Frank Ortega unsere Leben riskiert. Wir hätten dabei getötet werden können. Beinahe ist es auch passiert. Das tut mir wirklich leid, Nathan.«

»Du kannst nichts dafür, Harv.«

»Wie konnten …« Harv sprach den Satz nicht zu Ende, sondern zeigte stattdessen auf die Verbindungstür zwischen den Zimmern.

Nathan nickte.

Sie verließen schweigend das Zimmer. Im Lift fuhr Harv fort: »Wie konnten die Ortegas mir beziehungsweise uns das nur antun?«

»Blut ist dicker als Wasser«, sagte Nathan ruhig. »Viel dicker, wie es scheint.«

»Greg und ich, wir kennen uns schon seit fünfzehn Jahren. *Fünfzehn Jahre.* Als du damals vermisst warst, saßen wir nächtelang zusammen und haben uns Satellitenfotos angesehen. Ich wusste, dass Franks Tochter bei einem Unfall ums Leben gekommen war, aber Greg hat nie darüber gesprochen. Ich habe nie etwas über die näheren Umstände erfahren.«

»Wie tief geht das Ganze, Harv?«

»Du meinst Lansing? Ortega muss den Gefallen, den Lansing ihm schuldete, früher eingefordert haben, als wir dachten. Er hat dafür gesorgt, dass sein Enkel der Operation gegen die Bridgestones zugeteilt wurde …« Plötzlich dämmerte es ihm und er starrte Nathan an. »Du meinst, dein Vater? Ich kann mir nicht vorstellen, dass er dich dermaßen hintergeht.«

»Ich schon«, sagte Nathan. Sie stiegen aus dem Lift und betraten die Lobby. Nathan sprach weiterhin leise. »Wir nehmen ein Taxi ins Sutter-Krankenhaus. Holly muss augenblicklich davon erfahren.«

»Nate, vielleicht hängt sie selbst mit drin.«

Er schüttelte den Kopf. »Nein. Ich kann dir zwar nicht sagen, warum, aber ich bin mir sicher, dass sie nichts damit zu tun hat.«

Nachdem der Hotelpage ein Taxi bestellt hatte, mussten sie ein paar Minuten warten. Da sie sich beide in derselben Stimmung befanden, sprach keiner während der Fahrt durch den zähen Spätnachmittagsverkehr ein Wort.

Nathan spürte, wie Harvs Wut immer größer wurde – die Wut und der Schmerz darüber, von einem Freund, dem er vertraut hatte, hintergangen und ausgenützt zu werden.

Er packte seinen Partner am Arm. »Wir werden schon damit fertig.«

Harv schüttelte den Kopf und schloss die Augen. »Ich bin so verdammt wütend, Nate. Ich kann dir gar nicht …«

Nathan drückte seinen Arm. »Wir werden das gegen sie verwenden, Harv. Verstehst du, was ich meine? Jetzt haben wir sie in der Hand.«

* * *

Nathan klopfte an Hollys Tür.

»Herein.« Ihr fröhlicher Ton endete in dem Moment, als sie die Gesichter ihrer Besucher sah. »Was ist los? Gab es einen neuen Anschlag?«

»Nein«, sagte Nathan und zog einen Stuhl heran. Harvey tat das Gleiche.

»Ihr beide seht ja aus, als hättet ihr Gespenster gesehen.«

»Das haben wir auch.«

»Was ist passiert?«

»Ernie Bridgestone hat Frank Ortegas Tochter getötet.«

»Oh mein Gott, nein. Wann?«

»Vor achtzehn Jahren.«

»Vor achtzehn Jahren?«

»Ein Unfall wegen Trunkenheit am Steuer. Deswegen kam er in den Knast. Ihm geht es vor allem um Rache. Frank Ortega hat Ernie Bridgestone ins offene Messer laufen lassen.«

»Nein, das glaube ich nicht, das kann ich mir einfach nicht vorstellen.«

»Es ist aber so, Holly. Jetzt ergibt alles einen Sinn.«

»Direktor Lansing?«, fragte sie.

»Der steckt mittendrin.«

»Bist du dir ganz sicher, dass da kein Irrtum vorliegt?«

»Absolut sicher.«

»Weißt du, was das bedeutet? Für das FBI, für meine Dienststelle und für meine Leute?«

»Holly, jetzt hör mir bitte gut zu. Harv und ich werden nichts unternehmen, was das FBI bloßstellt oder kompromittiert. Wir sind keine Whistleblower. Darauf gebe ich dir mein Wort.«

»Nathan, ich …«

»Hör bitte einen Moment zu. Wir haben gründlich über die Sache nachgedacht. Was Lansing und Ortega getan haben, war streng genommen nicht illegal. Es mag eine kolossale Fehlentscheidung gewesen sein, aber illegal war es nicht, darüber müssen wir uns im Klaren sein. Doch das Ganze wirft ein paar andere Fragen auf. Was genau haben die Bridgestones gemacht, bevor sie anfingen, mit Semtex zu handeln?«

Holly setzte sich ein Stück auf. »Worauf willst du hinaus?«

»Hör mir bitte weiter zu und versuche, dich zu erinnern. Was haben die Bridgestones ursprünglich getan, dass das FBI auf sie aufmerksam wurde?«

»So genau weiß ich das nicht mehr, aber ich erinnere mich noch, dass Direktor Lansing mich angerufen und mir befohlen hat, das Lager observieren zu lassen.«

»Läuft das normalerweise so, dass Lansing persönlich anruft?«

»Nein. Mein Vorgesetzter sitzt in der Dienststelle in Los Angeles. Er ist stellvertretender Direktor. Normalerweise hätte der Anruf von ihm kommen müssen.«

»Ist er aber nicht. Lansing hat dich höchstpersönlich angerufen. Das ist in etwa so, als wenn ein Brigadegeneral einem Bataillonskommandeur einen Befehl erteilt und damit den Regimentskommandeur umgeht. Lansing hat die normale Weisungslinie ignoriert und deinen direkten Vorgesetzten außen vor gelassen. Weißt du noch, was er gesagt hat?«

»So ungefähr. Irgendwas wegen einer neuen rechtsradikalen Milizgruppierung, die er observiert haben wollte.«

»Verstehst du jetzt, worauf ich hinauswill?«

»Nein, echt nicht.«

Nathan sah Harv an und dann wieder Holly. »Wir haben die Akte über die Operation gegen die Bridgestones gelesen. Frank Ortega hat sie uns vor der Razzia gegeben. »Echo der Freiheit« war unbedeutend im Vergleich zu anderen Milizen in Montana, Idaho und Ohio oder wo auch immer. Diese großen Gruppierungen haben Hunderte, manchmal Tausende Mitglieder. Dagegen waren die Bridgestones kleine Fische. Sie haben hauptsächlich Kleinwaffen verhökert, die sie zuvor von halb- auf vollautomatisch umgerüstet hatten. Erst in den letzten paar Monaten haben sie angefangen, mit größeren Sachen zu handeln.« Nathan musterte Hollys Gesicht und stellte fest, dass es ihr allmählich dämmerte.

»Du willst also damit sagen, dass James Ortega nicht nur ein verdeckter Ermittler war, sondern ihr Kontaktmann für das Semtex.«

Nathan nickte. »Genau. Es ging um weit mehr, als die Gruppe auszuspionieren. Das Ganze war ein abgekartetes Spiel. Das FBI war bei diesem Handel mit Semtex Käufer und Verkäufer zugleich.« Er machte eine Pause, damit das Gesagte seine volle Wirkung entfalten konnte. »Ortega und Lansing haben die Bridgestones ins offene Messer laufen lassen, und zwar aus zutiefst persönlichen Gründen. Sie dachten, sie hätten alles unter Kontrolle, bis auf einmal zwei Dinge schiefgingen. Erstens: Die Bridgestones fanden heraus, dass Ortega als verdeckter Ermittler für das FBI arbeitete. Zweitens: Als das FBI schließlich die Razzia durchführte, wusste niemand etwas von dem Tunnel. Egal, was mit James Ortega passiert ist, die Bridgestones sollten erledigt werden. Aber dann entwischten sie mit dem Semtex durch den Tunnel und hinterließen Lansing und Frank Ortega ein Albtraumszenario. Was als persönlicher Kleinkrieg begonnen hatte, eskalierte und geriet außer Kontrolle. Aber das ist noch nicht alles. Wir müssen davon ausgehen, dass James Ortega unter der Folter zusammenbrach und ausgepackt hat. Ich mache ihm deswegen keine Vorwürfe.« Er senkte den Blick. »In Nicaragua habe ich dem Mann, der mich verhört hat, mehr preisgegeben, als ich hätte tun sollen. Ich bin nicht stolz darauf, aber ich bin auch nur ein Mensch. Irgendwann erreicht jeder den Punkt, wo er es nicht mehr aushält.«

»Er hat ihnen also alles erzählt.«

»Richtig. Die Brüder haben von Frank Ortegas Plan erfahren, sie auszuschalten. James ist unter der Folter eingeknickt und hat ihnen verraten, dass er Ortegas Enkel ist. Stell dir das mal vor, Holly. Was glaubst du, wie wütend Ernie Bridgestone gewesen sein muss, als er herausfand, wen das FBI auf ihn angesetzt hat? Ausgerechnet den Enkel des Mannes, der ihn achtzehn Jahre zuvor ans Messer geliefert hat. Hat ihn das so wütend gemacht, dass er daraufhin deine Dienststelle in die Luft sprengen wollte? Was, wenn der Undercover-Agent nicht James Ortega gewesen wäre?

Hätten die Bridgestones dann Ruhe gegeben? Wären sie dann einfach nur mit dem Geld durchgebrannt?«

»Die Sache ist etwas komplizierter«, warf Harv ein. »Wir haben auch ihren kleinen Bruder getötet. Das hat das Fass zum Überlaufen gebracht. Vielleicht war das sogar der entscheidende Faktor.«

»Das ist durchaus möglich«, pflichtete Nathan ihm bei. »Die Wahrheit werden wir wohl nie erfahren. Aber so viel wissen wir: Nach seiner Entlassung aus dem Gefängnis hatte Ernie Bridgestone dreizehn Jahre lang Zeit, sich für das seiner Ansicht nach unfaire Urteil zu rächen. Aber er hat es nicht getan. Wir können wohl davon ausgehen, dass er die Angelegenheit ruhen ließ und irgendwann sogar ganz vergessen hat. Mein Standpunkt ist folgender: Es war eine schlimme Fehlentscheidung, James Ortega auf die Bridgestones und ›Echo der Freiheit‹ anzusetzen. Verdeckte Ermittler laufen immer Gefahr, aufzufliegen und verhört zu werden. Frank Ortega hätte wissen müssen, dass sein Enkel, würde ihm so etwas jemals passieren, seine Identität unter Folter preisgeben würde. Und er hätte wissen müssen, dass dies Ernies alte Rachepläne wieder zum Leben erwecken würde.«

»Das sollte man zumindest meinen«, sagte Holly. »Aber anscheinend kam es ihm nie in den Sinn, dass die FBI-Aktion schiefgehen und die Brüder entkommen könnten. Das Ganze ist …« Sie machte eine Pause und schüttelte den Kopf. »Semtex an diese Leute verkaufen? Du magst ja recht haben, Nathan. Rein rechtlich gesehen hat Direktor Lansing sich nichts zuschulden kommen lassen. Aber aus ethischer Sicht sieht die Sache anders aus. James Ortega einzusetzen, stellte einen ernsthaften Interessenskonflikt dar. Illegal war es wohl nicht, aber es könnte seine Karriere beenden. Ich denke mal, die wirklich entscheidende Frage lautet: Was machen wir jetzt damit?«

»Nichts«, sagte Nathan.

»Nichts?«

»Wir haben nichts davon, wenn wir ein großes Trara um die Sache machen. So sehr Harv und ich es auch hassen, wenn man uns ausnützt, ist das nichts im Vergleich zu dem Leid, das Frank

Ortega durchmachen musste. Immerhin hat er wegen der Bridgestones seine Tochter und seinen Enkel verloren.«

»Du überraschst mich immer wieder, Nathan. Ich an deiner Stelle wäre weit weniger versöhnlich gestimmt.«

»Es geht hier nicht um mich oder um Harv, sondern um Gerechtigkeit – für den toten SWAT-Agenten, für James Ortega, für deine beiden Überwachungstechniker und für die vierundzwanzig FBI-Mitarbeiter, die bei dem Bombenanschlag ums Leben kamen. Allerdings habe ich keinerlei Hemmungen, mein Wissen zu benutzen, um mir Lansing vom Leib zu halten.«

»Dann halten wir uns also an den Plan«, sagte sie.

»Richtig«, sagte Nathan. »Wir haben morgen einen langen Tag vor uns.«

»Nathan, das mit Direktor Lansing und Ortega tut mir leid.«

»Dafür kannst du doch nichts. Das ändert nichts zwischen uns beiden.«

»Ich weiß dein Vertrauen zu schätzen, vor allem nach all dem Mist, mit dem du dich herumschlagen musstest.«

»Ich brauche es dir ja wohl nicht extra zu sagen, aber ich tue es trotzdem. Pass auf dich auf, Holly, und sei vorsichtig, was du sagst.« Er drückte ihre Hand und erhob sich. »Die Wände haben Ohren.«

* * *

Die Pressekonferenz fand auf den Stufen des State Capitol in Sacramento unter einem wolkenlosen Nachmittagshimmel statt. Auf dem Rednerpult befanden sich mehr als zwei Dutzend Mikrofone, sechs davon aus dem Ausland. Der Bombenanschlag auf das FBI-Büro hatte weltweit für Schlagzeilen gesorgt. Die Reporter und Kameraleute saßen in zehn halbkreisförmigen Reihen etwa fünf Meter vom Podium entfernt. Der Gouverneur von Kalifornien, Arnold Schwarzenegger, stellte Assistant Special Agent in Charge Breckensen vor. Der ASAC war gut gekleidet und wirkte äußerst konzentriert. Sein maßgeschneiderter Anzug glänzte in der

Nachmittagssonne. Er schüttelte dem Gouverneur die Hand und trat an das Rednerpult.

* * *

Leonard und Ernie Bridgestone hielten sich noch immer in der Hütte versteckt, in die sie nach der FBI-Razzia in ihrem Lager eingebrochen waren. Hier planten sie in Ruhe ihre nächsten Schritte und konnten dank der Tatsache, dass der Besitzer seine Hütte mit einer Satellitenschüssel ausgestattet hatte, fast ununterbrochen die Berichterstattung über ihr Teufelswerk mitverfolgen. Sie waren beide einer Meinung, dass es vorerst am besten war, nichts zu unternehmen. Bevor sie sich auf den Weg nach Kanada machten, mussten sie erst einmal warten, bis sich die erhitzten Gemüter abgekühlt hatten. Aber dann würden sie das Land für immer verlassen. Sie hatten oft darüber gesprochen, wann sie zu ihrem geheimen Geldversteck im Norden von Montana aufbrechen würden. Je länger sie sich hier versteckt hielten, desto größer war die Chance, dem FBI still und leise durch die Lappen zu gehen. Leonard empfand es als eine Ironie, dass er nervös war, während Ernie in aller Ruhe das Geschehen auf dem Bildschirm verfolgte.

Ernie beugte sich auf seinem Stuhl ein wenig vor. »Das wird echt gut.«

»Noch haben wir es nicht geschafft, Ern.«

»Ach was, diese FBI-Wichser bekommen doch ihren Arsch nicht hoch.« Ernie stellte den Fernseher lauter und lehnte sich zurück.

Das Gesicht von ASAC Breckensen füllte den Bildschirm. »Danke, Herr Gouverneur. Und danke an die Presse, dass Sie so kurzfristig gekommen sind. Wie Sie alle wissen, wurde am 17. Oktober ein Bombenanschlag auf die FBI-Dienststelle hier in Sacramento verübt – mit katastrophalen Folgen. Die Explosion tötete vierundzwanzig Menschen und verletzte weitere fünfundfünfzig. Viele von ihnen erlitten so schwere Verletzungen, dass sie nicht mehr arbeiten können. Unsere Gedanken und Gebete gehen an alle unsere Kollegen und deren Familien.«

»Das bricht mir doch gleich das Herz«, spottete Ernie.

Leonard stellte das Gerät lauter.

Als Nächstes rekonstruierte Breckensen vor dem Publikum die Ereignisse, die zu dem Bombenanschlag geführt hatten. »Wir haben diese Pressekonferenz unter anderem deshalb einberufen, um die Bevölkerung um Hinweise zu bitten, egal, wie unbedeutend sie auch sein mögen. Bei dieser Gelegenheit möchte ich Ihnen jemanden vorstellen, der mit gutem Beispiel vorangeht … Miss Amber Sheldon.« Er deutete auf den Bereich zu seiner Rechten, der nicht von den Kameras abgedeckt wurde.

Ernie sprang vom Sofa auf. »Was soll das?« Dann schrie er Leonard an. »Was zum Teufel ist das denn?«

Leonards Gehirn arbeitete auf Hochtouren. Er kniff die Augen zusammen und schwieg.

Die Kamera folgte Amber Sheldon, als sie ans Podium trat. Die Visagisten hatten gute Arbeit geleistet, dachte Leonard. Die Frau sah wirklich gut aus. Sie legte ein Blatt Papier auf das Rednerpult und dankte Gouverneur Schwarzenegger und ASAC Breckensen. Sie wirkte sichtlich nervös. Schließlich begann sie, von einem vorbereiteten Text abzulesen.

»Ich heiße Amber Sheldon und war mit Ernie Bridgestone verheiratet, als er als Ausbilder auf dem Marinefliegerstützpunkt in Pensacola, Florida gearbeitet hat. Der Bombenanschlag auf das FBI-Büro hat mich zutiefst schockiert und entsetzt. Ich hätte ihm so etwas nie zugetraut.«

Sheldon blickte vom Pult auf und starrte für ein paar Sekunden in die Kamera. Ihr Blick verriet die seelische Qual, die sie durchmachte. »Ich möchte den Kollegen, Freunden und Angehörigen der Opfer mein aufrichtiges Beileid aussprechen. Ich habe voll mit dem FBI kooperiert.« Ihre Lippen zitterten und eine Träne kullerte ihr die Wange hinunter. Sie wischte sie weg und blickte zur Seite, weg von der Kamera. Breckensen trat neben sie ans Podium und nahm sie in den Arm.

»Schau dir nur den Dreckskerl an«, zischte Ernie. »Er ist ganz geil auf sie. Das ist doch nicht zu fassen.«

»Halt's Maul, Ernie«, sagte Leonard. »Er tröstet sie doch nur.«

»Aber sicher.«

Breckensen beugte sich zu den Mikrofonen. »Miss Sheldon hat sich bereit erklärt, ein paar Fragen zu beantworten.« Dann zeigte er auf einen Reporter in der Mitte der ersten Reihe.

»Miss Sheldon, hatten Sie seit dem Bombenanschlag Kontakt zu Ernie?«

»Nein«, sagte sie.

Der Reporter stellte eine zweite Frage. »Wann haben Sie zuletzt mit ihm gesprochen?«

Sie sah hilfesuchend zu Breckensen hinüber und fragte ihn stumm, ob es in Ordnung war, die Frage zu beantworten. Er nickte. »Das ist schon viele Jahre her, nach seiner Entlassung aus dem Militärgefängnis in Fort Leavenworth. Seitdem hab ich nichts mehr von ihm gehört.«

Breckensen richtete den Finger auf einen anderen Reporter.

»Miss Sheldon, gibt es irgendetwas in Ernies Vergangenheit, das zu diesem Ereignis geführt haben könnte?«

»Nicht wirklich. Er war damals sehr wütend wegen dem Prozess vor dem Militärgericht, aber das ist ja schon lange her. Ich glaube nicht, dass das hier etwas damit zu tun hat.«

Breckensen wollte gerade einem dritten Reporter das Wort erteilen, als jemand laut aus einer der hinteren Reihen rief: »Haben Sie Ernie Bridgestone erzählt, dass er der Vater Ihrer Tochter Janey ist?«

Die plötzliche Wut in Ambers Gesicht war nicht zu übersehen. »Das geht Sie einen feuchten Dreck an.« Sie riss sich von Breckensen los und stürmte davon. Die Kamera zeigte, wie Gouverneur Schwarzenegger ihr hinterherlief.

Leonard sah seinen Bruder an, der mit offenem Mund auf den Bildschirm starrte. »Ernie? Alles klar bei dir?«

»Sie hat mir nie was davon erzählt. Warum hat sie mir nichts gesagt, verdammt noch mal?« Er schleuderte die Fernbedienung durchs Zimmer.

Leonard wusste nicht, was er sagen sollte. Er wollte seinen Bruder nicht unnötig provozieren. Ernie stand kurz davor, auszurasten.

»Sie hat mir nie was erzählt. Ich wusste, sie hat 'ne Tochter, aber nicht, dass die von mir ist. Sie hat behauptet, sie wäre aus Versehen schwanger geworden, in meinem ersten Jahr im Knast.«

»Hey Mann, ist doch egal.«

»Das soll egal sein? Was meinst du damit, ist doch egal?«

»Jetzt krieg dich mal wieder ein, Ern.«

»Ich hatte ein Recht, es zu erfahren.«

»Da widerspreche ich dir auch nicht, aber wir können uns jetzt nicht davon beeinflussen lassen. Es steht zu viel auf dem Spiel für uns.«

»Das darf doch verdammt noch mal nicht wahr sein.«

»Das ist kein Zufall, Ern. Siehst du nicht, dass das nur gestellt ist? Die wollen auf den Busch klopfen und uns hervorlocken. Ist doch alles nur Quatsch.«

»Ich kann's einfach nicht fassen.«

»Das ist eine Falle. Sie benutzen Amber als Köder. Das weißt du ganz genau.«

»Ja, ich weiß. Scheiße. Das kotzt mich wirklich an.«

»Was kannst du schon groß machen? Glaubst du wirklich, Janey empfängt dich mit offenen Armen, wenn du plötzlich in ihr Leben trittst? Sie kennt dich bisher nur aus dem Fernsehen, und was da in letzter Zeit kam, war nicht gerade schmeichelhaft. Überleg doch mal, Ern. Du hast dich damals aus Ambers Leben verabschiedet. Sie wollte sich scheiden lassen und du warst einverstanden. Da müsstest du eigentlich wissen, dass Janey nie einen Platz in deinem Leben haben wird. Mach jetzt bloß nicht alles kaputt, wofür wir so hart gearbeitet haben.«

Ernie nickte nur stumm.

Leonard ging in die Küche und holte sich ein Glas Wasser. Auf dem Bildschirm konnte man sehen, wie Breckensen die Pressekonferenz allmählich zu Ende brachte. Leonard beobachtete seinen Bruder genau. Der Mann war ein Wrack. Er konnte jedoch nicht umhin, das FBI zu bewundern. Das war wirklich ein genialer Trick. Aber er funktionierte nur, wenn Ernie anbiss.

Leonard ließ sich seine eigenen Optionen durch den Kopf gehen. Vielleicht wäre es keine schlechte Idee, sich von seinem Bruder abzusetzen. Er musste es aber vorsichtig anstellen, damit es nicht auffiel. Er hatte keine Lust, wegen dieser Scheiße alles zu verlieren. Und schon gar nicht hatte er vor, wegen einer lange verschollenen Nichte, die er nicht einmal kannte und für die er sich auch nicht sonderlich interessierte, im Todestrakt eines Gefängnisses zu enden. Wenn Ernie deswegen zu einem Klotz am Bein wurde, war es besser, wenn sich ihre Wege trennten.

Er ging wieder ins Fernsehzimmer. »Vielleicht sollten wir etwas Gas geben, was unsere Pläne angeht. Kann ich dich für ein paar Stunden allein lassen? Ich hole unser Geld aus Quincy. Wir werden es brauchen. Den Hauptvorrat holen wir uns auf dem Weg nach Kanada.«

»Soll ich mitkommen?«

»Es ist besser, du bleibst hier. Man sollte uns nicht zusammen sehen, auch nicht in Verkleidung.« Er trat an Ernie heran und klopfte ihm auf die Schulter. »Ich weiß, dass dir momentan viel durch den Kopf geht. Ich bin spätestens bis Sonnenuntergang zurück. Geh nicht gleich vom Schlimmsten aus, wenn du bis dahin nichts von mir hörst, sondern mach dich auf den Weg nach Norden zu unserem vereinbarten Treffpunkt. Wie lange reicht der Akku von deinem Handy noch?«

»Ich weiß nicht, vielleicht ein paar Stunden.«

»Meiner auch. Es kann sein, dass ich nicht mehr anrufe. Kommt ganz auf die Situation an. Behalte einen kühlen Kopf.«

»Mach ich.«

Leonard sah Ernie in die Augen. »Ich weiß, dass du Amber anrufen willst. Ich versuche gar nicht erst, es dir auszureden. Aber pass dabei auf. Sag ihr, sie soll dich von einem Münztelefon auf deinem Handy anrufen. Benutz auf keinen Fall das Telefon hier und rede nicht länger als dreißig Sekunden. Unternimm nichts, bevor wir uns einen Plan zurechtgelegt haben. Ich meine es ernst, bleib wo du bist. Wenn du einen kühlen Kopf bewahrst, wird alles gut. Wir sehen uns in ein paar Stunden.«

Ernie nickte.

»Ach ja, noch was.«

»Was?«

»Wenn die Eigentümer von dieser Hütte auftauchen, bring sie nicht um.«

»Ja, ja, schon gut.«

Als Leonard losfuhr, blickte er in den Rückspiegel und fragte sich, ob er seinen Bruder jemals wiedersehen würde.

KAPITEL 20

Anstatt sich Essen aufs Zimmer zu bestellen, beschlossen Nathan und Harv, nach unten in Dawson's American Bistro zu gehen, ein nettes Restaurant mit gehobener Atmosphäre. Die Empfangsdame wies ihnen einen Tisch in der Ecke zu. Es waren nicht viele Gäste anwesend, lediglich ein paar Pärchen, die sich leise unterhielten.

Nathan und Harv war nicht wirklich zum Reden zumute, und das aus gutem Grund. Beide waren emotional zutiefst aufgewühlt. Nathan trank einen Schluck Eistee und fragte sich zum wiederholten Mal, warum Frank Ortega ihnen nicht die Wahrheit gesagt hatte. Anscheinend hatte er gedacht, dass sie dann den Auftrag nicht annehmen würden. In Wirklichkeit hätten sie ihm auf jeden Fall bei der Suche nach seinem Enkel geholfen, ungeachtet seiner Beweggründe. Dieses Täuschungsmanöver war völlig unnötig gewesen. Harv tat ihm wirklich leid.

Nathan setzte das Glas ab. »Alles klar, Partner?«

»Ja. Ich ärgere mich nur, dass ich uns diesen Schlamassel eingebrockt habe.«

»Harv, vergiss es.«

»Das geht nicht so einfach. Ich kenne die Ortegas seit über zwanzig Jahren. Na ja, vielleicht hätte ich es kommen sehen müssen.«

»Pass auf, du klingst fast schon wie ich.«

Harv prostete ihm mit seinem Glas zu. »Das verstehe ich als Kompliment.«

Nathan lächelte und stieß mit ihm an. »Alles ist arrangiert und wir haben getan, was wir konnten. Hoffen wir, dass Ernie anbeißt.«

»Wahrscheinlich ahnt er, dass wir ihm eine Falle stellen.«

»Das tut er bestimmt.«

Sie drehten sich zur gleichen Zeit in Richtung Eingang und sahen, wie ihre zwei Freunde vom FBI das Restaurant betraten. Als Grangeland sie erkannte, zögerte sie zunächst. Nathan war sich sicher, dass sie nicht gekommen waren, um ihn und Harv zu observieren – dieses Spiel war seit dem Ringkampf vorüber. Er bedeutete ihnen mit einem Kopfnicken, an ihren Tisch zu kommen. Harv wechselte die Tischseite und setzte sich neben Nathan.

»Möchten Sie sich zu uns setzen?«, fragte Nathan.

Grangeland rang sich ein Lächeln ab. »Sind Sie sicher? Wir möchten nicht stören.«

»Das tun Sie ganz und gar nicht.« Er und Harv erhoben sich, als Grangeland sich auf ihren Stuhl setzte.«

»Sie sind echte Kavaliere«, sagte sie.

Ferris benahm sich nüchtern und geschäftsmäßig. Jedem das Seine. Nathan sagte zu Grangeland: »Alles in Ordnung bei Ihnen? Keine Rippenbrüche oder sonstigen Verletzungen?«

»Ich bin keine Porzellanvase. Aber um Ihre Frage zu beantworten, ja, es ist alles okay. Ich bin mit drei älteren Brüdern aufgewachsen und die haben auch nicht immer fair gekämpft. Ich werde es überleben.«

Nathan fand, dass Grangeland umwerfend aussah. Ihr rotes Cocktailkleid hatte einen tiefen Ausschnitt und saß eng. Unter den blonden Haaren zierten Halbkarat-Diamantohrstecker ihre Ohrläppchen. Nathan grinste. »Ich habe mich gerade gefragt, wo Sie Ihre Pistole versteckt haben.«

Sie beugte sich vor und flüsterte: »Das ist geheim.«

»Das glaube ich Ihnen gern.«

»Möchtest du, dass Ferris und ich woanders hingehen?«, fragte Harvey.

»Nein«, sagte Nathan schnell. »Das wäre gefährlich.«

»Da stimme ich Ihnen zu«, sagte Grangeland.

Harvey sah Ferris an. »Ich möchte mich bei Ihnen entschuldigen, dass ich Sie vorhin angeschnauzt habe.«

»Schon vergessen.«

»Nun denn«, fuhr Nathan fort. »Ferris hat mir erzählt, Sie waren in der Ersatzmannschaft bei den Olympischen Spielen 2000. Ich nehme mal an, das war nicht im Synchronschwimmen?«

»Ja, da liegen Sie nicht falsch.«

»Hören Sie, ich weiß, dass wir keinen guten Start miteinander erwischt haben. Es tut mir leid, dass ich so mir nichts, dir nichts in Ihr Zimmer gestürmt bin. Mich hat es einfach genervt, dass man mir nachspioniert. Ich weiß, das ist keine gute Entschuldigung.«

Grangeland legte sich die Serviette auf den Schoß. »Unter den gegebenen Umständen kann ich das verstehen.«

»Waren Sie beide in dem FBI-Gebäude, als die Bombe hochging?«, fragte Harvey.

Ferris schüttelte den Kopf. »Nein, wir gehören zur Dienststelle in Fresno.«

»Wir stehen zurzeit auch ziemlich unter Stress«, sagte Grangeland. »Wenn ich morgens aufwache, habe ich ein Gefühl, als ob jemand eine Waffe auf mich richtet. Das war wohl der Grund, warum ich Sie zum Kampf herausgefordert habe. Ich hätte das nicht tun sollen. Na ja, zumindest hat die Sache etwas Gutes«, sagte sie und blickte sich um. »Dieses Hotel ist erste Klasse. Wir haben schon in ein paar üblen Absteigen übernachtet.«

»Das kann ich mir vorstellen«, sagte Nathan.

Die Kellnerin kam und nahm ihre Bestellungen auf. Grangeland und Ferris bestellten Eistee. Sie waren offiziell im Dienst.

»Harv und ich haben bereits ausführlich darüber diskutiert. Wir halten zwar nicht viel von Direktor Lansings Taktik, aber wir haben nichts gegen Sie beide. Wenn Sie nichts dagegen haben, würden wir gerne mit Ihnen zusammenarbeiten.«

»Was haben Sie vor?«, fragte Grangeland.

»Wir stellen Ernie Bridgestone eine Falle. Ich habe Amber Sheldon gesagt, sie soll ausdrücklich meinen Namen erwähnen, falls er noch einmal bei ihr anruft. Sie hatte keine Ahnung, was daran so wichtig sein soll. Wissen Sie es?«

Grangeland sah Ferris an, dann wieder Nathan. »Nein. Sollten wir das?«

»Bei der Razzia des SWAT-Teams gegen ›Echo der Freiheit‹ haben wir den jüngsten Bridgestone-Bruder getötet.«

»Sie waren dabei, als dort oben die Claymores explodiert sind?«

»Ja«, sagte Harvey. »Sammy Bridgestone stand kurz davor, das SWAT-Team unter Beschuss zu nehmen, als wir ihn erschossen haben.«

»Ach so.«

Nathan beugte sich leicht vor. »Wir können nicht über alles reden, was passiert ist, aber so viel können wir Ihnen sagen: Damit mein Plan funktioniert, brauche ich Ihre Hilfe.«

»Sie glauben, Ernie Bridgestone wird den Tod seines kleinen Bruders rächen, in dem er Amber dazu benutzt, Sie beide in eine Falle zu locken.«

»Richtig.«

»Das klingt ganz nach einem Job für ein SWAT-Team. Wozu brauchen Sie uns?«, fragte Ferris.

»Weil wir nicht wissen, wem wir trauen können.«

»Aber uns können Sie trauen?«, fragte Grangeland.

»Das weiß ich nicht. Können wir das?«

Ein betretenes Schweigen breitete sich am Tisch aus. Für ein paar Sekunden sagte keiner etwas.

Schließlich ergriff Grangeland das Wort. »Sie arbeiten doch schon mit einem unserer Agenten, Bruce Henning. Wozu brauchen Sie dann uns noch?«

»Ganz einfach … weil fünf Leute besser sind als drei.«

»Ich bin mir nicht sicher, ob wir das ohne offizielle Genehmigung dürfen. Ich nehme an, Sie wollen nicht, dass Direktor Lansing davon erfährt.«

»Mit dieser Annahme liegen Sie richtig.«

Grangeland schüttelte den Kopf.

»Würde es etwas nützen, wenn Special Agent in Charge Simpson Ihnen grünes Licht gibt? Sie ist doch streng genommen eine Ihrer Vorgesetzten, nicht wahr?«

»Streng genommen ist sie das.«

Nathan wartete.

»Ich denke, das verschafft uns eine gewisse Sicherheit«, sagte sie, »aber wir haben von Direktor Lansing die Anweisung erhalten, dass wir nur ihm gegenüber verantwortlich sind.«

»Kommt Ihnen das nicht seltsam vor?«, fragte Harvey.

»Es ist zwar nicht der normale Dienstweg, aber wenn der Direktor einem persönlich einen Auftrag erteilt, hinterfragt man es nicht.«

»So sollte es auch sein«, sagte Nathan. »Aber jetzt hab ich mal eine Frage an Sie. Was ist unser Endziel? Die Bridgestones zu fangen und das verschwundene Semtex wiederzubekommen, stimmt's? Was, wenn Sie dabei mitwirken? Es würde doch bestimmt nicht schlecht in Ihrer Personalakte aussehen, wenn Sie dabei helfen, die zwei meistgesuchten Männer auf der FBI-Fahndungsliste zu schnappen.«

»Da widerspreche ich Ihnen nicht«, sagte sie.

»Ich brauche Ihnen wohl nicht extra zu sagen, dass es gefährlich wird. Ihre schusssicheren Westen sollten Sie auf jeden Fall dabeihaben. Wahrscheinlich kommt es zu einem Feuergefecht.«

»Wann soll das Ganze stattfinden?«

»Ich hoffe, heute Nacht«, sagte Nathan.

Grangeland und Ferris wechselten Blicke. »Wir sind dabei«, sagte sie. »Aber ohne ausdrückliche Anweisungen von SAC Simpson werden wir nichts unternehmen.«

Nathan tätigte den Anruf.

* * *

So sehr Amber sich auch geistig auf Ernies Anruf vorbereitet hatte, so wenig war sie wirklich dafür bereit, als er schließlich kam. Obwohl sie in Gedanken Dutzende Male durchgegangen war, was sie sagen würde, fühlte sie sich wie gelähmt. Als Ernie sie schließlich kurz nach halb neun Uhr abends in der Arbeit angerufen hatte, sagte sie ihm, er solle sie zehn Minuten später unter einer anderen Nummer zurückrufen. Ernie hatte daraufhin gereizt geklungen, schien aber die Notwendigkeit dieser Vorsichtsmaßnahme verstanden zu haben.

Man konnte Amber viel nachsagen, aber dumm war sie nicht. Sie hatte bemerkt, dass ihr ein Wagen folgte, und ging davon aus, dass es das FBI war. Wer sollte es sonst sein? Zusammen mit Janey war sie zu Pete's Truck Palace gefahren, hatte ihren Wagen in einer dunklen Ecke des Parkplatzes abgestellt und war ins Restaurant gegangen. Janey hatte sich eine große Handtasche über die Schulter gehängt. Amber ließ ihren Blick umherschweifen, ohne genau zu wissen, was sie suchte. Auf dem Parkplatz standen über fünfzig Trucks. Bei ein paar Dutzend von ihnen liefen die Motoren, damit die Kompressoren die Laderäume kühlten. Dieseldämpfe hingen in der Luft wie Nebelschwaden. Zu Ambers Linken befand sich der überdachte, von Quecksilberdampflampen hell erleuchtete Zapfsäulenbereich.

Es war Zeit, dass sie Ernie anrief.

* * *

In der nordwestlichen Ecke des Komplexes parkte eine unauffällige viertürige Limousine so, dass die Insassen das Restaurant im Blick behalten konnten. Die beiden FBI-Agenten sahen zu, wie Amber ihren Wagen abstellte und ins Restaurant ging.

»Sieht so aus, als hätte sie ihre Tochter dabei.«

»Ja.«

»Dann warten wir jetzt.«

»Ja.«

Sie mussten nicht lange warten. Fünf Minuten später kam Amber Sheldon über den Parkplatz gelaufen und setzte sich in ihren Wagen.

»So, es kann losgehen.« Sie folgten ihr mit sicherem Abstand auf den Highway 99 in südlicher Richtung. Nach ungefähr fünf Kilometern blinkte sie und nahm die Ausfahrt zu einer Tankstelle mit dazugehörigem Minimarkt. Die FBI-Agenten hielten am Rand der Auffahrtsrampe im Schutz hoher Eukalyptusbäume. Durch ein Fernglas beobachtete der Fahrer, wie Amber auf den Parkplatz der Tankstelle fuhr und ausstieg. Sie ging zu dem Münztelefon an der Seite des Gebäudes und stand herum, als warte sie auf einen Anruf. Dabei sah sie alle paar Sekunden auf ihre Uhr, wie eine schlechte Schauspielerin, die versucht, ungeduldig zu wirken. Der Agent auf dem Beifahrersitz richtete ein Hohlspiegelmikrofon mit einem Durchmesser von vierzig Zentimetern auf Sheldons Standort und setzte sich Kopfhörer auf.

»Sie wartet auf einen Anruf«, sagte der Fahrer.

»Ja.«

Der Fahrer fragte leicht irritiert: »Können Sie denn gar nichts anderes sagen als immer nur *Ja*?«

»Nein.«

»Witzig. Wirklich sehr witzig.«

»Was zum Teufel?«, sagte der Fahrer, als er sah, wie Amber Sheldon sich an den Kopf langte und eine blonde Perücke entfernte, unter der dunkelbraune Haare zum Vorschein kamen. Sie hielt sie hoch und schwenkte sie wie eine Fahne. »Scheiße. Man hat uns gründlich verarscht. Das ist nicht Amber Sheldon, sondern ihre Tochter.«

* * *

Tja, wo war sie nur, die echte Amber Sheldon? Sie saß im Auto ihres Chefs und grinste, als sie in den McDonald's Drive-through etwa zwölf Kilometer nördlich von Pete's Truck Palace fuhr. Doch das Grinsen verging ihr ziemlich schnell, als ihr einfiel, dass dieser Trick nur einmal funktionierte. Sie redete sich immer wieder ein, dass sie das Ganze nur für Janey tat, aber hauptsächlich ging es ihr um McBrides fünfzigtausend Dollar. Selbst wenn sie die Belohnung von einer Million nicht bekam, die auf Leonard und Ernie ausgesetzt war, blieb ihr immer noch McBrides Geld, und das war auch nicht gerade wenig. Aber wenn es nicht auch wegen Janey gewesen wäre, hätte sie Nathan McBride und seinen FBI-Kumpanen gesagt, sie könnten sie mal. Mit ein bisschen Glück hätte sie das Ganze heute Nacht hinter sich. Tief in ihrem Herzen war sie überzeugt, das Richtige zu tun. Als das Münztelefon klingelte, riss sie schnell den Hörer an sich.

»Ernie?«

»Ja, ich bin's.«

»Danke für alles. Mir geht's beschissen.«

»Warum hast du mir das mit Janey nicht erzählt?«

»Du hast wirklich Nerven, mich so was zu fragen! Warst du ein Teil meines Lebens? Wolltest du das jemals sein? Du hast dich einen feuchten Dreck um mich geschert. Dir ging es doch immer nur um *dich* und darum, was *du* wolltest.«

»Ich hatte ein Recht, es zu erfahren.«

»Sobald du aus dem Gefängnis entlassen wurdest, bist du abgehauen. Die paar Male, die du mich angerufen und mich gefragt hast, wie's mir geht, kann ich an den Fingern einer Hand abzählen.«

»Du hast doch mit mir Schluss gemacht.«

»Kannst du mir deswegen einen Vorwurf machen? Ja, wahrscheinlich kannst du das. Du bist ja nie an irgendetwas schuld, stimmt's? Es war immer meine Schuld. Ich war schuld, dass du dich damals hinters Steuer gesetzt und Widerstand gegen die Polizei geleistet hast. Zieh endlich den Kopf aus dem Arsch und schau dich im Spiegel an.«

»Was fällt dir eigentlich ein, so mit mir zu reden? Du denkst wohl, ich krieg dich nicht.«

»Vor dir hab ich keine Angst mehr. Aber du solltest Angst haben.«

Er lachte. »Angst vor wem? Vor dem FBI? Vor dir?«

»Vor Nathan McBride.«

Am anderen Ende wurde es für einen Augenblick still. »Woher kennst du diesen Namen?«

»Er hat bei mir vorbeigeschaut und da haben wir uns ein bisschen über dich unterhalten.«

Seine Stimme klang bösartig, als er sagte: »Was hast du ihm erzählt?«

»Na, was wohl? Dass du ein Stück Scheiße bist.«

»Die Drecksau hat Sammy getötet.«

»Was meinst du damit?«

»Sammy!«, schrie Ernie. »Du weißt schon, mein kleiner Bruder.«

Amber erstarrte. Mit einem Mal dämmerte es ihr, warum McBride darauf bestanden hatte, dass sie seinen Namen erwähnte. Schon wieder hatte sie jemand benutzt. Wut kochte in ihr hoch. »Das hat er mir nicht erzählt. Hat er wohl vergessen.«

»Er ist so gut wie tot.«

»Ja.« Sie lachte bitter, als sie sich die ganze Geschichte zusammenreimte. »Er hat mich verarscht. Sie haben mich alle verarscht. Diese Pressekonferenz, die Frage zu Janey. Das war doch alles nur ein abgekartetes Spiel. Die totale Verarschung.«

»Und du warst so blöd und hast ihnen geglaubt?«

»Ich brauche das Geld.«

»Welches Geld?«

»McBride hat mir welches angeboten, wenn ich auf der Pressekonferenz erscheine.«

»Wie viel?«

»Zehntausend«, log sie.

Ernie lachte am anderen Ende. »So, so. Zehntausend.«

»Das ist 'ne Menge Geld. Im Augenblick schwimme ich nämlich nicht gerade in Dollarscheinen, Ern.«

»Das sind doch nur Peanuts.«

»Peanuts? Für wen hältst du dich eigentlich? Denkst du, du bist Donald Trump?«

»Verdammt, von mir könntest du das Zehnfache bekommen, und zwar in bar.«

»Wie ich dich kenne, machst du nichts umsonst. Was willst du dafür?«

»Ich will Nathan McBride zu Tode foltern.«

»Na, dann viel Glück. Mit dem würde ich mich nicht anlegen. Genau dasselbe will er mit dir machen. Ich soll ihn sogar gleich anrufen, wenn ich mit dir fertig bin. Er hat mir seine Handynummer gegeben.«

»Gib sie mir.«

»Es ist deine Beerdigung.« Sie zog die zusammengefaltete Serviette aus ihrer Jeans und las die Nummer herunter. »Er freut sich bestimmt, von dir zu hören. Und jetzt tschüss.«

»Warte, ich sag dir noch schnell, was du tun musst.«

»Scheiß drauf. Für dich mach ich keinen müden Finger mehr krumm.«

Ernie schwieg einen Augenblick. Amber wusste, dass sie eigentlich auflegen sollte, tat es aber nicht.

»Das mit dem Geld meine ich ernst«, sagte Ernie. »Leonard und ich wollen abhauen. Wir haben nicht viel Zeit. Wenn du die Kohle willst, dann hör zu, was du tun musst.«

»Auf dein schmutziges Geld kann ich verzichten.«

»Es ist nicht für dich, sondern für Janey.«

»Klar doch. Als ob sie dich interessieren würde.«

»Es gibt genau zwei Möglichkeiten. Die eine ist, dass du dir zusammen mit Janey ein schönes Leben machen kannst. Die andere wäre, dass du gar nicht mehr lebst.«

»Untersteh dich, mir zu drohen.«

»Das ist keine Drohung, meine liebe Amber, sondern ein Versprechen, und du weißt, dass ich es halten werde. Wie sieht das Arschloch aus?«

Amber gab ihm Nathans Beschreibung. »An deiner Stelle würde ich ihm aus dem Weg gehen.«

»Ja, schon gut. Jetzt halt die Fresse und hör mir gut zu. Ich sag dir jetzt, was du McBride erzählen wirst.«

* * *

Nathan konnte erst dann einen Plan zu Ernies Ergreifung ausarbeiten, wenn Amber ihn angerufen hatte – vorausgesetzt, dass sie das überhaupt tat. Solange er nicht wusste, ob Ernie angebissen hatte, blieb ihm nichts anderes übrig, als zu warten. Nathan hasste diese Warterei. Sie war genauso lästig wie Kopfschmerzen. Früher, als er und Harv ein Scharfschützenteam gebildet hatten, waren sie Meister darin gewesen, oft tagelang zu warten, bis ihr Ziel auf der Bildfläche erschien. Aber das hier fühlte sich anders an.

Er kannte Harv gut genug, um zu wissen, dass sein Partner sich während Wartezeiten gerne beschäftigt hielt. Momentan hatte Harv ihre gesamte Ausrüstung auf dem Hotelbett ausgebreitet und checkte jeden Gegenstand gründlich auf seine Funktionstüchtigkeit. Er hatte die Sig-Sauer-Pistolen zerlegt und die beweglichen Teile gereinigt und geölt. Außerdem hatte er die Batterien in den Nachtsichtgeräten, dem Radiofrequenzdetektor, den Wärmebildsensoren und Funkgeräten ausgewechselt. Als Nächstes reinigte er die Ferngläser mit einem dafür vorgesehenen Tuch. Obwohl es nicht notwendig war, überprüfte er die Predator-Messer auf ihre Schärfe, trug eine dünne Schicht Waffenöl auf die Klingenoberflächen auf und steckte sie zurück in die Scheiden.

Nathan starrte nur vor sich hin.

»Was ist?«, fragte Harv.

»Ich hab nichts gesagt.«

»Ich will nur sicherstellen, dass alles einsatzbereit ist.«

Plötzlich klingelte Nathans Handy. Er kannte die Nummer nicht und hielt Harv das Display hin, doch der schüttelte den Kopf. Nathan nahm das Gespräch an. »Hallo?«

»Sieh mal einer an, wenn das nicht unser altes Narbengesicht persönlich ist.«

»Spreche ich mit der größten Knastschwuchtel aus Zellenblock D?«

»Fick dich, McBride.«

»Mensch, Ernie, fällt dir kein originellerer Spruch ein? Sei so gut und gib mir Leonard. Ich rede lieber mit ihm. Er ist das Hirn von eurer Truppe. Du bist nur ein kleiner Handlanger.«

»Ach ja? Ich hab eine Nachricht für dich. Ich werde dich ganz langsam mit einem stumpfen Messer töten.«

»Das dürfte sich als schwierig erweisen, wenn ich dir vorher sämtliche Finger abschneide.«

Keine Antwort.

»Erzähl mir … ist dein kleiner Bruder sofort verreckt oder hat er dagelegen und geheult wie ein kleines Mädchen?«

»Wollen wir doch mal sehen, wer demnächst heult.«

Dann war das Gespräch weg.

Ernies Kälte und Gefühllosigkeit ließen Nathan erschauern. »Na ja, zumindest wissen wir jetzt, dass er Amber angerufen hat. Sie hat ihm meine Handynummer gegeben. Ich finde es toll, wenn ein Plan so glatt über die Bühne läuft.«

Zwei Minuten später klingelte sein Handy erneut. Auf dem Display erschien die Vorwahl 559. Wahrscheinlich Amber. Er nahm das Gespräch an. »Sagen Sie nichts. Geben Sie mir die Nummer, von der Sie anrufen.«

Sie leierte die Nummer herunter.

»Bleiben Sie, wo Sie sind. Ich rufe Sie in fünf Minuten zurück.« Er drückte das Gespräch weg. »Schauen wir, ob wir ein paar Blocks weiter ein Münztelefon finden. Denen in der Lobby traue ich nicht.«

Nathan klopfte an die Verbindungstür, die zum Zimmer der beiden FBI-Agenten führte, und öffnete sie. Grangeland und Ferris erwarteten ihn bereits. Anscheinend hatten sie alles mit angehört, was er gesagt hatte. »Wir werden Amber Sheldon von einem Münztelefon anrufen. In ein paar Minuten sind wir wieder da. Drücken Sie uns die Daumen, mit ein bisschen Glück können wir einen Plan ausarbeiten.«

Sie fuhren mit dem Lift hinunter in die Lobby und gingen zur Rezeption, wo sie sich 25-Cent-Münzen geben ließen. Schließlich fanden sie ein Münztelefon vor einem Spirituosengeschäft. Nathan beachtete den Kaugummi nicht, der am Hörer klebte, und wählte die Nummer.

»Ich bin's noch mal«, sagte er. »Wie ist es gelaufen?«

»Ungefähr so, wie ich es erwartet hatte.« Ambers Stimme klang sarkastisch. »Er will mir und Janey Geld geben. Angeblich will er uns damit für all die Scheiße entschädigen, die er uns die ganzen Jahre lang eingebrockt hat.«

»Glauben Sie ihm das?«

»Ernie hat ’ne Menge schlimme Sachen gemacht, aber ja, ich glaube ihm.«

»Wie viel Geld?«

»Zwanzigtausend«, log sie.

»Und wie will er es Ihnen geben?«

»Er hat gesagt, er steckt es in eine Papiertüte und lässt es in einem Abfallbehälter an der Zapfsäuleninsel bei Pete’s.«

»Welche?«

»Das hat er nicht gesagt. Wir haben acht Inseln, einschließlich der Dieselzapfsäulen für die Trucks. Ich werde wohl überall nachschauen müssen.«

»Wann?«

»Irgendwann nach Mitternacht, hat er gesagt.«

»Hören Sie mir gut zu, Amber. Unternehmen Sie nichts. Gehen Sie nicht zu den Abfallbehältern. Haben Sie mich verstanden? Ich meine es ernst, gehen Sie da nicht ran.«

»Das werde ich auch nicht.«

»Was hat er noch gesagt?«

»Dass er zusammen mit Leonard abhauen will und dass ich nie wieder was von ihm hören werde.«

»Das haben Sie gut gemacht. Bleiben Sie, wo Sie sind. Sie werden uns nicht sehen, aber wir werden da sein. Tun Sie nichts.«

»In Ordnung.«

Nathan hängte auf und drehte sich zu Harv um. »Er hat angebissen. Es kann losgehen.«

»Das ist eine Falle. Er hat ihr vorgegeben, was sie sagen soll. Aber das weißt du, stimmt’s?«

»Ja.«

»Und jetzt bist du derjenige, der anbeißt.«

Nathan lächelte. »Falsch. *Wir* beißen an.«

Harv schüttelte den Kopf. »Warum habe ich das Gefühl, dass ich das hier bereuen werde?«

»Nur mit der Ruhe, Harv. Ich habe alles unter Kontrolle.«
»Ich hatte schon befürchtet, dass du das sagst.«

* * *

Vor ihnen lag eine zweieinhalbstündige Autofahrt nach Fresno. Nathan und Harv hatten sich für den bevorstehenden nächtlichen Einsatz Tarnhosen, schwarze T-Shirts und Kampfstiefel angezogen. Nathan hatte schon überlegt, seinen Hubschrauber zu nehmen, aber es gab in der unmittelbaren Umgebung von Pete's Truck Palace keinen Flecken, wo man unbemerkt landen konnte. Außerdem hatte der Wetterbericht für die frühen Morgenstunden Nebel vorausgesagt. Nathan und Harv fuhren in einem gemieteten Ford Expedition voraus. Henning, Grangeland und Ferris folgten in einem Crown Victoria. Harv saß wie immer am Steuer. Einen detaillierten Plan konnten sie erst fassen, wenn sie sich vor Ort ein Bild gemacht hatten.

Harv hatte recht, dachte Nathan. Amber Sheldon hatte es mit der Wahrheit nicht besonders genau genommen. Als sie seine Frage beantwortet hatte, wie viel Geld sie von Ernie bekommen würde, hatte sie sich durch eine leichte Änderung in ihrem Tonfall verraten. Zwanzigtausend Dollar waren nicht gerade Kleingeld, aber er war sich sicher, dass Ernie ihr mehr geboten hatte. Wie viel genau, wusste er nicht, und es war ihm auch egal. Aber wenn sie schon beim Geld log, was für Unwahrheiten würde sie ihm sonst noch auftischen? Nathan vermutete, dass Amber ihn unter Zwang angerufen hatte, mit Ernies Messer an ihrer Kehle.

Vor Fahrtbeginn hatte Nathan Henning für den Fall, dass sie aus irgendeinem Grund unterwegs anhalten müssten, eines seiner Funkgeräte überlassen. Als sie vom Highway 50 nach Süden auf den Highway 99 fuhren, drückte Nathan auf die Ruftaste. »Test.«

»*Verstanden*«, kam Hennings Antwort.

»Wir werden schneller als erlaubt fahren. Kann ich mich darauf verlassen, dass Sie Ihre FBI-Marke vorzeigen, falls uns die Highway Patrol anhält?«

»Kein Problem.«

Nathan legte das Funkgerät auf den Sitz und machte es sich bequem. »Ich vermisse meine Hunde«, sagte er. »Wenn das hier vorbei ist, werde ich mehr Zeit mit ihnen verbringen.«

»Ja«, sagte Harv. »Ich weiß, was du meinst. Ich vermisse meine Familie auch.« Dann lenkte er den Wagen auf die Überholspur und beschleunigte auf 150 Stundenkilometer.

KAPITEL 21

Während der Fahrt nach Süden mussten sie hin und wieder wegen Nebel, der sich stellenweise über mehrere Kilometer erstreckte, die Geschwindigkeit drosseln. Harv nahm die Ausfahrt zu Pete's Truck Palace und bog am Ende der Rampe rechts ab, weg von ihrem Zielort. Die meisten Autofahrer, die um diese Zeit die Ausfahrt benutzten, würden wahrscheinlich nach links in Richtung Truckstop abbiegen. Harv fuhr hundert Meter weiter und schaltete die Scheinwerfer aus. Nathan reckte den Hals und stellte fest, dass man sie wegen der Straßenböschung vom Truckstop aus nicht sehen konnte. Harv lenkte den Ford Expedition auf den Seitenstreifen und blieb stehen. Der Crown Vic hielt hinter ihnen.

Nathan drückte auf die Ruftaste. »Wir müssen davon ausgehen, dass Amber Ernie eine Beschreibung von mir gegeben hat. Deshalb wird Harv erst einmal die Lage peilen und uns Bericht erstatten. Ich warte bei Ihnen im Auto, bis er wiederkommt.«

»*Verstanden*«, sagte Henning.

»Harv, es kann losgehen. Schau nach, wo überall Abfallbehälter an den Tankinseln sind. Dann tankst du voll und checkst das Restaurant und den Minimarkt. Du weißt ja, wie's läuft … präg dir alles genau ein.«

Nathan öffnete die Tür und stieg aus.

»Zehn Minuten«, sagte Harvey.

Nathan sah zu, wie sein Partner einen U-Turn hinlegte und unter dem Freeway nach Osten fuhr. Er setzte sich zu Henning auf den Rücksitz und blickte auf seine Uhr. Wie erwartet, war die Innenbeleuchtung des Crown Vic deaktiviert.

Harv kam nach etwas mehr als acht Minuten wieder zurück und parkte hinter dem Crown Vic. Nathan rutschte weiter in die Mitte, damit Harv Platz hatte. Sein Partner stieg ein und bat um Stift und Notizblock. Grangeland holte das Gewünschte aus ihrem Aktenkoffer und Ferris machte ihm mit einer kleinen Taschenlampe Licht. Harv zeichnete eine Skizze des Geländes und markierte darin potenziell gefährliche Orte, insgesamt fünf: der Parkplatz für die Trucks, das Dach des Hauptgebäudes, der Kundenparkplatz, die Lastwagenwaschanlagen und schließlich ein Lagerhaus nördlich des Truckstops. Harv betonte, dass die größte Gefahr seiner Ansicht nach von dem Lastwagenparkplatz ausging, weil er schlecht beleuchtet und laut war. Zwischen den Sattelschleppern konnte man sich leicht verstecken, vor allem, wenn die Fahrer schliefen.

»Wir haben eine schwierige Aufgabe vor uns«, sagte Nathan. »Wir müssen aufeinander aufpassen, ohne dass es auffällt. Sollte Ernie bereits hier sein, dann hält er nach Undercover-Agenten in Zivil Ausschau. Grangeland und Ferris, Sie gehen als Pärchen ins Restaurant und behalten dort Amber im Auge. Halten Sie mich über alles, was Sie tut, auf dem Laufenden. Das gilt natürlich nicht für normale Tätigkeiten, die mit ihrer Arbeit zu tun haben. Henning, Sie fahren den Ford Expedition, für den Fall, dass Ernie Harv bereits gesehen hat. Harv, du sitzt vorne, während ich mich hinten auf dem Rücksitz versteckt halte. Henning, Sie tun so, als ob sie an einer Zapfsäule volltanken, und dann parken Sie auf dem Kundenparkplatz und holen sich drinnen einen Kaffee. Nach ein paar Minuten gehen Sie wieder zum Auto zurück. Wir deaktivieren die Innenbeleuchtung, damit es dunkel bleibt, wenn die Türen aufgehen. Wir sind ganz eindeutig im Nachteil, da wir nicht wissen, wann und wo Ernie auftauchen wird, oder ob er sich überhaupt zeigt. Wenn bis null Uhr dreißig nichts passiert ist, erscheine ich auf der Bildfläche, um ihn aus der Reserve zu locken.«

»Er hat womöglich ein Nachtsichtzielfernrohr«, sagte Harv.

»Dieses Risiko muss ich in Kauf nehmen. Ich verlasse mich darauf, dass ihr mir Rückendeckung gebt.«

»Nathan, wir können auf diesem riesigen Gelände unmöglich jeden Quadratmeter im Auge behalten.«

»Ich hoffe, es kommt nicht dazu, aber womöglich müssen wir ihn zum Handeln zwingen. Amber hat mir erzählt, dass er heute Nacht verschwinden will. Das ist so ziemlich das Einzige, was ich an ihrer Geschichte glaube. Wenn wir ihn jetzt nicht schnappen, kriegen wir vielleicht nie wieder eine Chance. Grangeland und Ferris, Sie gehen jetzt ins Restaurant. Wir kommen in ein paar Minuten nach. Sagen Sie über Funk Bescheid, falls Amber etwas unternimmt. Und noch etwas: Lansing hat Amber von ein paar Agenten observieren lassen. Sie sind wahrscheinlich immer noch da. Passen wir also auf, dass uns die eigenen Leute nicht erschießen. Ich wünsche Ihnen allen viel Glück.«

»Ich Ihnen auch«, sagte sie.

Henning, Harvey und Nathan verließen den Crown Vic und stiegen in den Geländewagen. Grangeland machte einen U-Turn und fuhr unter dem Freeway hindurch. Nathan entfernte mit seinem Messer die Plastikabdeckung der Innenbeleuchtung im hinteren Bereich des Wagens und nahm die Glühbirne heraus. Henning und Harvey taten dasselbe mit den Innenbeleuchtungen auf der Fahrer- und Beifahrerseite.

* * *

Zwei Minuten später folgte Harv Grangeland und Ferris und parkte den Ford Expedition in der nordöstlichen Ecke des Geländes, etwa fünfzig Meter von dem Crown Vic der beiden Agenten entfernt. Obwohl Nathan aus seiner geduckten Haltung im hinteren Teil des Wagens nicht viel sehen konnte, hatte er das Gefühl, dass der Truckstop eine riesige Fläche einnahm. Anhand der Skizze, die Harv gezeichnet hatte, wusste er, dass das Restaurant, in dem Amber arbeitete, sich in demselben Gebäude wie der Minimarkt befand. Es gab drei Tankinseln für Privatfahrzeuge und fünf Inseln mit Dieselzapfsäulen für die großen Fernlastzüge. Die Lastwagenwaschanlage nahm die südöstliche Ecke des Geländes ein. Unmittelbar nördlich davon lag der Parkplatz für die Trucks. Harv hatte gesagt, dass Dutzende dieser Fahrzeuge in mehreren Reihen parkten, viele davon mit laufenden Motoren. Nathan hörte das Dröhnen vom Asphalt widerhallen.

Wie geplant, stieg Henning aus, ging in den Minimarkt und besorgte sich eine Tasse Kaffee. Zwei Minuten später war er wieder da. »Da drinnen ist es ruhig, ich war der einzige Kunde. Wie es aussieht, haben wir ein Problem. Ambers Tochter ist im Restaurant. Ich hab sie durch die Verbindungstür gesehen.«

»Hat sie Sie auch gesehen?«, fragte Nathan.

»Nein, sie hat in die andere Richtung geschaut, rüber zu den Zapfsäulen.«

»Das macht uns unseren Job nicht gerade leichter«, sagte Nathan.

* * *

Amber Sheldons Ärger wuchs mit jeder Minute, weil sie nicht ständig ein Auge auf die Zapfsäulen werfen konnte. Janey half ihr zwar dabei, aber wahrscheinlich würde sie Ernie nicht erkennen. Amber hatte alle Hände voll zu tun – sie wies Gästen Plätze zu, brachte ihnen Essen, räumte Tische ab und saß zwischendurch auch an der Kasse. Als es ein wenig ruhiger wurde, fragte sie ihren Chef, ob sie eine Zigarettenpause einlegen könnte. Er zögerte zunächst, gab ihr dann aber doch fünf Minuten. Sie ging zu Janeys Tisch, teilte ihr mit, dass sie schnell draußen eine rauchen wolle und sagte ihr, sie solle sitzen bleiben.

* * *

Der Ohrhörer von Nathans Funkgerät erwachte knisternd zum Leben. Es war Grangeland. *»Sheldon geht gerade zur vorderen Tür hinaus.«*

»Verstanden«, sagte Nathan.

»Können Sie sie sehen?«

»Sie zündet sich eine Zigarette an und geht zur Hinterseite des Gebäudes«, sagte Nathan. »Jetzt sehe ich sie nicht mehr. Können Sie an ihr dranbleiben?«

»Nein, dann merkt sie, dass man sie beobachtet.«

»Können Sie so tun, als müssten Sie auf die Toilette?«

»Nein«, erwiderte Grangeland, *»das ist die andere Richtung.«*

»Gehen Sie durch den Minimarkt, damit Janey Sie nicht sieht. Und dann nehmen Sie die entgegengesetzte Richtung um das Gebäude herum. Aber passen Sie auf, Ernie könnte sich dort verstecken.«

»Verstanden.«

Nathan sah Grangeland nach, wie sie den Minimarkt verließ und nach rechts lief. Dann verschwand sie aus seinem Blickfeld. »Grangeland, melden.«

Fünf Sekunden vergingen. Schweigen.

»Grangeland, haben Sie verstanden?«

Ein paar Sekunden später kam ihr Flüstern durch das Funkgerät. *»Sie lehnt an der Rückwand und raucht. Sie ist allein.«*

»Gehen Sie nicht zu nahe heran. Bleiben Sie im Schatten des Gebäudes.«

»Wenn jetzt jemand durch die Haupteinfahrt kommt, leuchten mich die Scheinwerfer an.«

»Dann verschwinden Sie. Harv wird für Sie übernehmen. Er kann die Büsche und die Blockmauer als Deckung benutzen. Warten Sie dreißig Sekunden und gehen Sie dann zurück ins Restaurant.«

»Verstanden«, sagte sie.

Nathan schätzte, dass der leichte Nebel – an manchen Stellen dünner, an anderen dichter – die Sichtweite auf knapp unter zweihundert Meter verringerte. Er wusste, dass es noch schlimmer werden würde, wenn die Temperatur erst einmal den Taupunkt erreichte.

Harv stieg auf der Beifahrerseite aus und duckte sich zwischen den parkenden Autos. Nathan spähte über die Fensterunterkante und sah, wie sein Freund sich an den Nordrand des Grundstücks schlich, über die Einfahrt huschte und dann im Schatten einer mannshohen Betonblockmauer verschwand, die von hohen Oleanderbüschen abgeschirmt wurde.

»Harv, melden«, sagte Nathan.

»Ich kann ihre Zigarette riechen. Warte eine Minute.«

Nathan wartete fünfzehn stille Sekunden, die ihm wie eine Ewigkeit vorkamen.

»Sie lehnt mit verschränkten Armen an der Rückwand und raucht. Sie schaut dauernd nach links und rechts.«

»Harv, bleib bei ihr. Grangeland?«

»Ich bin wieder drinnen bei Ferris. Ihre Tochter ist immer noch hier.«

»Verstanden«, sagte Nathan.

»Jetzt geht sie wieder rein«, meldete Harvey. *»Grangeland, sobald sie um die Ecke geht, verliere ich sie aus den Augen. Sagen Sie mir Bescheid, wenn Sie sie nicht innerhalb der nächsten fünf Sekunden sehen.«*

»Verstanden«, bestätigte Grangeland. *»Ich sehe sie. Sie geht durch den Minimarkt zurück ins Restaurant.«*

Durch sein Fernglas beobachtete Nathan, wie Grangeland im Minimarkt zur Kasse ging und einen Alibikauf tätigte – eine DVD oder ein Taschenbuch, was genau, konnte er nicht erkennen.

Dann suchte er in einem 360-Grad-Winkel die Umgebung mit dem Wärmebildsensor ab. Dieses Gerät erkannte die Wärmeausstrahlung eines Fahrzeugs auf über zwei Kilometer Entfernung und die eines Menschen auf achthundert Meter. In Verbindung mit einem Nachtsichtgerät erwies es sich als äußerst effektiv. Ein Mensch konnte zwar sich, aber nicht seine Wärmeausstrahlung verstecken. Vor einem Wärmebildsensor gab es kein Entrinnen. Auch der Nebel, der über der Umgebung hing, stellte kein Hindernis dar. Die kollektive Wärme der laufenden Truckmotoren ließ den Lastwagenparkplatz extrem hell erscheinen. Auf einer ein paar hundert Meter entfernten Weide erkannte das Gerät etwa acht bis zehn Rinder. Schließlich schaltete Nathan es ab und drückte auf die Ruftaste des Funkgeräts.

»Harv, bist du auf dem Rückweg?«

»Ja.«

»Grangeland, was macht Sheldon? Sieht so aus, als ob sie nur an der Tür herumsteht.«

»Sie schaut ständig auf ihre Uhr und wirkt irritiert. Halt, jetzt geht sie wieder raus. Können Sie sie sehen?«

»Ja. Wo zum Teufel geht sie hin? Ach du Scheiße, sie geht in Richtung Abfallbehälter an der Tankinsel. Grangeland, Ferris, halten Sie sie auf. Sie darf da auf keinen Fall hin.«

* * *

Amber Sheldon hatte eine Stinkwut, vor allem auf sich selbst. Sie fühlte sich wie eine komplette Idiotin. Ernie Bridgestone würde ihr niemals Geld dafür geben, dass sie Nathan McBride in die Falle lockte, und schon gar nicht hunderttausend Dollar. Sie musste verrückt gewesen sein, als sie diesem Blödmann geglaubt hatte. Die Geldgier hatte sie eindeutig blind gemacht. Das Einzige, was sie Ernie glaubte, war sein Wunsch, Nathan McBride zu töten. Daraus hatte er kein Hehl gemacht. Plötzlich sah sie vor ihrem geistigen Auge die Zerstörung, die der Bombenanschlag in Sacramento verursacht hatte. Sie zitterte. Es war dumm von ihr gewesen, heute Nacht an diesen verdammten Ort zu kommen. Dumm und verrückt zugleich.

Es war Zeit zu verschwinden.

Auf dem Weg zu ihrem Wagen ging sie an der Tankinsel vorbei und beachtete dabei den Abfallbehälter nicht weiter. Plötzlich fiel ihr ein, dass sie Janey dabeihatte. Sie ging auf demselben Weg zurück in Richtung Restaurant.

* * *

Grangeland trat im gleichen Augenblick durch den Restauranteingang, als Amber an der Tankinsel vorbeiging.

Nathans Stimme drang durch ihr Funkgerät. »Grangeland! Runter! *Sofort!*«

Sie ließ sich auf den Asphalt fallen.

In diesem Augenblick verschwand Amber Mills Sheldon in einem grellen Blitz.

Ein paar Sekunden lang flirrte die Luft. Grangeland nahm die Explosion wahr und noch etwas anderes, etwas Furchtbares. Sheldons verkohlter und qualmender Oberkörper knallte gleich neben ihr gegen die Ziegelmauer.

* * *

Sämtliche Ladenfrontfenster zersplitterten und ein Hagelschauer aus Glasscherben prasselte auf die Leute im Innern des Gebäudes. Überall auf dem Gelände gingen Auto-Alarmanlagen los. Die Explosion erfasste einen Geländewagen am nördlichen Ende der Tankinsel und schleuderte ihn in die Luft. Das Fahrzeug überschlug sich und blieb auf dem Dach liegen. Zwei Sekunden später explodierte der Tank. Eine riesige, pilzförmige Wolke aus brennendem Benzin stieg in die Luft.

* * *

»Verdammte Scheiße«, zischte Henning, als die Fensterscheiben des Ford Expedition zersplitterten.

Plötzlich hörte Nathan Schreie, die ihm durch Mark und Bein gingen.

Kinder.

In dem brennenden Geländewagen befanden sich Kinder.

Nathan sprintete über den Asphalt und riss sich das T-Shirt vom Leib. Er umwickelte seine Hand damit und zerrte am Türgriff des umgekippten Fahrzeugs. Nach zwei angestrengten Versuchen ging die Beifahrertür auf. Zwei kleine Mädchen hingen angeschnallt mit den Köpfen nach unten in ihren Sitzen und brüllten wie am Spieß, während die Flammen an ihrer Haut leckten. Nathan langte ins Wageninnere und versengte sich die Arme, als er den Sitzgurt des ersten Mädchens löste. Er bekam die Kleine zu fassen und zog sie aus den Flammen.

Harvey und Henning kamen herbeigerannt.

»Kümmert euch um die andere Seite«, schrie Nathan und zog den Kindersitz aus dem brennenden Wrack. Ferris kam mit einem Feuerlöscher aus dem Minimarkt gerannt und sprühte den kohlenstoffdioxidhaltigen Schaum ins Innere des Fahrzeugs, während Harvey den zweiten Kindersitz aus seiner Halterung befreite. Als er wieder zum Vorschein kam, brannte sein Hemd. Ferris besprühte ihn mit dem Feuerlöscher. Grangeland rannte um die Tankinsel herum, packte den ersten Kindersitz und rannte damit ins Restaurant. Ein paar Sekunden später kam sie zurück und wiederholte den Vorgang mit dem zweiten Mädchen. Nathan blickte sich suchend nach den Fahrzeughaltern um, konnte sie aber nirgendwo sehen. Plötzlich fiel ihm ein, dass er nicht auf den Vordersitzen nachgesehen hatte.

Er schrie gegen die knisternden und lodernden Flammen an: »Ferris, besprühen Sie die Vordersitze.«

Ferris machte einen Schritt nach vorn, schob den Schlauch durch das zerbrochene Fahrerseitenfenster und drückte auf den Hebel. Weißer Schaum füllte das Innere des Fahrzeugs und erstickte die Flammen, worauf die rötlich orange Glut erlosch. Nathan griff nach seinem T-Shirt und fasste damit den Türgriff an. Er gab nicht nach. Wutentbrannt zog er mit aller Kraft daran, bis die Tür schließlich mit quietschendem Geräusch aufging. Eine Frau kauerte zusammengerollt an der Decke des Fahrzeugs, die jetzt der Boden war. Ihre Kleider und Haare waren verbrannt und qualmten, aber zum Glück stand es um ihre Haut nicht allzu schlimm. Als Nathan und Harvey sie aus dem Wagen zogen, schrie sie nach ihren Töchtern.

»Wir haben sie schon rausgeholt«, sagte Nathan. »Sie sind in Sicherheit.«

Ferris eilte von einem Fenster zum anderen und sprühte weiterhin mit dem Feuerlöscher in das Fahrzeug.

»Sprühen Sie auf die Reifen.«

Ferris zielte höher und löschte die brennenden Reifen. Dann wiederholte er die Prozedur auf der anderen Wagenseite.

Als Nathan aufblickte, kam es ihm vor, als ob sich der Asphalt um ihn herum bewegte. Nein, das war nicht der Asphalt, sondern ein SWAT-Team. Was zum Teufel wollten die hier? Lansing …

Mindestens zehn SWAT-Agenten kamen mit schussbereiten MP5-Maschinenpistolen auf sie zu. Einige von ihnen schwärmten aus und sicherten die Außenbereiche des Geländes.

Genau in dem Augenblick, in dem Nathan sich wieder dem SUV zuwandte, vernahm er den Überschallknall eines Schusses.

Sein rechter Arm zuckte heftig. Verdammt! »Heckenschütze!«, rief er.

Harvey hob die Frau vom Asphalt auf und rannte mit ihr ins Restaurant.

Grangeland, Ferris und Henning duckten sich, aber sie waren ohne Deckung.

Nathan hechtete sich hinter den qualmenden SUV, als ein weiterer Schuss knallte. Die Kugel verfehlte ihr Ziel und schlug nur wenige Zentimeter von seinem Kopf auf dem Asphalt auf. Warmes Blut lief Nathans nackten Oberarm herunter.

Das gesamte SWAT-Team hatte sich zu Boden geworfen. »Dowdy, Collins«, schrie Nathan, »haben Sie das Mündungsfeuer gesehen?«

»Hinter Ihnen, Fünf-Uhr-Position, plus dreißig.«

»Geben Sie mir Feuerschutz.«

Begleitet vom Rattern der MP5-Maschinenpistolen, rannte Nathan zum Restaurant und suchte dort Deckung. Ein dritter Schuss hallte wie ein Peitschenknall durch die Luft. Die Kugel pfiff dicht an Nathan vorbei und verfehlte seinen Oberkörper um knapp zwei Zentimeter, als er in das Gebäude huschte. Der Boden war mit Glasscherben übersät. Janey schrie. Die zweite Kellnerin kauerte hinter dem Tresen und schüttelte sich Glassplitter aus den Haaren. Harvey kniete nahe bei der hinteren Wand und versorgte die verletzte Mutter und ihre kleinen Mädchen. Als Nathan einen Blick zurückwarf, sah er, wie Henning, Grangeland und Ferris auf die Tür zusprinteten.

Ein vierter Gewehrschuss hallte vom Asphalt wider.

Nur etwa sieben Meter von der sicheren Deckung entfernt, brach Henning zusammen.

Nathan rannte zurück zur Tür. »Henning hat's erwischt.« Er drückte sich an Grangeland und Ferris vorbei, als sie gerade hereinstürzten.

»Nathan, warte!«, schrie Harv. »Ich kümmere mich um ihn.«

»Keine Zeit.« Nathan bereitete sich geistig auf die Kugel vor, die ihn das Leben kosten würde, sprintete über den Asphalt, bückte sich und hievte Hennings neunzig Kilo schweren Körper auf seine Schultern.

Immer noch hallten MP-Salven zwischen den Trucks und den Gebäuden wider.

Ein fünfter Schuss zerriss die Luft.

Diesmal war es ein Treffer. Verdammt! Nathans rechte Wade zuckte unter dem Einschlag der Kugel zusammen, aber er hielt das Gleichgewicht und schaffte es bis ins Restaurant. Harv nahm Henning von Nathans Schultern und legte ihn zu den anderen Verwundeten an der hinteren Wand. Grangeland hatte sich im Minimarkt einen Verbandskasten geschnappt und eilte herbei, um die Fleischwunde an Nathans Arm zu verbinden.

»Später«, sagte er.

»Sie bluten stark.«

»Dazu ist jetzt keine Zeit. Wir müssen Bridgestone schnappen.«

»Mit Ihren zwei Schusswunden bleibt Ihnen dafür erst recht keine Zeit.«

»Ferris, kommen Sie mit Henning zurecht?«

»Die Kugel ist durch seine Weste gegangen, hat aber die Lunge verfehlt. Es steht nicht gut um ihn.«

Der Manager des Minimarktes meldete sich zu Wort. »Ich habe den Notruf verständigt. Ein Krankenwagen ist schon unterwegs.«

»Harv, Grangeland«, sagte Nathan. »Bridgestone versteckt sich auf dem Dach eines Gebäudes nördlich des Grundstücks. Wir nehmen den Hinterausgang und bleiben dicht an der Umfassungsmauer. Wenn wir bei der Einfahrt ankommen, holt Harv den SUV. Ferris, informieren Sie Ihr SWAT-Team über unseren Plan. Sagen Sie den Jungs, sie sollen nicht schießen, bis wir im Wagen sind. Wir müssen uns beeilen, los.«

Die drei gelangten durch einen Lagerraum zur Hintertür, die zum Freeway hinausging. Sie stürzten ins Freie und liefen dicht an die Mauer gedrückt zur nordöstlichen Ecke des Grundstücks. Plötzlich hörten sie es alle: Ein Motor erwachte zum Leben, dann raste ein Fahrzeug mit quietschenden Reifen in östlicher Richtung davon. Obwohl Nathan hinkte, hielt er mit Harv und Grangeland Schritt, als sie auf den SUV zurannten. Das Blut hatte bereits Socken und Schuh durchtränkt.

»Harv, du fährst. Grangeland, Sie folgen uns mit dem Crown Vic. Los!«

Gerade als Nathan die Beifahrertür schloss, erschütterte eine weitere ohrenbetäubende Explosion die Nacht.

Die Insel mit den Dieselzapfsäulen verschwand in einem weißen Blitz. Die Explosion schleuderte den Lastwagen, der gerade dort stand, etwa drei Meter zur Seite, wo er umkippte und liegenblieb. Die Tankbehälter des Fahrzeugs explodierten und ein pilzförmiger Feuerball schoss nach oben zum Metalldach über den Zapfsäulen. Die Flammen leckten an der Unterseite des Dachs entlang und schlugen an den Rändern gen Himmel. Auf dem Parkplatz setzten sich ein paar Trucker in Bewegung und brachten ihre Lastwagen aus der Gefahrenzone. Auf dem Gelände herrschte heilloses Durcheinander. Fahrzeuge rasten kreuz und quer umher, Menschen schrien und rannten, um sich in Sicherheit zu bringen. Die Männer des SWAT-Teams sprinteten im Schein der lodernden Flammen auf den Minimarkt zu und gingen dort in Deckung. Zwei von ihnen schleiften einen verwundeten Kameraden mit sich.

Harv verließ den Parkplatz und bog nach rechts ab. Da die Fenster des SUV die Explosion nicht überlebt hatten, konnten sie das Motorengeräusch von Ernies Fluchtfahrzeug hören, das mit ausgeschalteten Scheinwerfern nach Osten raste.

»Das ist er. Gib Gas, Harv.« Nathan schaltete den Wärmebildsensor ein und sah sofort die Hitzeausstrahlung des Auspuffs. »Ungefähr vier- oder fünfhundert Meter direkt vor uns.«

Der Motor des Ford Expedition reagierte und brachte das Fahrzeug in zehn Sekunden auf hundertdreißig Stundenkilometer. Harv gab noch stärker Gas und beschleunigte auf fast zweihundert. »Bleib an ihm dran, Harv. Moment, jetzt wird er langsamer und fährt nach Süden. Ich hab ihn noch. Bis zu der Abzweigung sind es fünfhundert Meter.«

»Nate, gib mir das Nachtsichtgerät. Wir sollten ohne Licht fahren.«

Nathan langte in den Seesack, der zwischen ihnen auf dem Sitz lag, und holte das Nachtsichtgerät heraus. Dabei sah er, dass sein Unterarm voller Blut war. Er schaltete das Gerät ein, entfernte die Verschlusskappe von der Linse, setzte es Harv auf den Kopf und schwenkte das Zielfernrohr zu seinem Auge hinunter.

Harv nahm eine leichte Korrektur vor und sagte: »Passt so.«

Nathan drückte auf die Ruftaste. »Grangeland, wir schalten auf Nachtsicht um. Halten Sie größeren Abstand. Wir fahren jetzt ohne Licht.«

»Verstanden.«

Harv machte die Scheinwerfer aus. Die Straße vor ihnen verschwand in völliger Finsternis. Hinter ihnen tat Grangeland das Gleiche.

»Bieg hier rechts ab«, sagte Nathan. Die frischen Bremsspuren auf dem Straßenbelag bestätigten, dass Bridgestone an dieser Stelle buchstäblich die Kurve gekratzt hatte. Sie fuhren nun parallel zu einem trockenen, sandigen Flussbett, das von Eichen und Gebüsch gesäumt war.

»Alles klar, Nate?«

»Alles klar. Bleib an ihm dran.«

Nathan blickte über seine Schulter nach hinten und stellte fest, dass Grangeland ebenfalls abbog. Durch den dünnen Nebel sah er, wie mehrere Fahrzeuge aus der Zufahrt zu Pete's Truck Palace schossen. Offenbar wollten sie sich der Verfolgungsjagd anschließen. Nur zu. Je mehr, desto besser. Der kalte Fahrtwind, der durch die offenen Fenster auf seine nackte Haut blies, bereitete Nathan Probleme. Das Blut auf seinem Arm wirkte wie Wasser und trug dazu bei, dass er rapide auskühlte. Er unterdrückte das Zittern und beugte sich so weit wie möglich nach vorne, um den schlimmsten Fahrtwind zu vermeiden.

»Alles okay bei dir?«, fragte Harvey.

»So gut wie schon lange nicht mehr. Fahr dichter an ihn ran, Harv. In dreißig Sekunden haben wir ihn.«

»Bin schon dabei.«

KAPITEL 22

Ernie Bridgestone brach in Jubel aus, als die Scheinwerfer des Verfolgungsfahrzeugs verschwanden. Er hatte sie abgehängt.

»Verdammte Weicheier«, sagte er laut. »Na, wer heult jetzt?«

Er war überzeugt, mindestens einen oder zwei Treffer bei McBride, dem großen Mann mit dem Narbengesicht, gelandet zu haben. Wenn er Glück hatte, waren sie tödlich. *Verblute langsam, du Arschloch.*

Leonard hatte sich getäuscht, als er dachte, Ernie würde geschnappt werden. Manchmal fragte er sich, ob sein älterer Bruder überhaupt noch Eier in der Hose hatte, um so etwas durchzuziehen – Ranger hin oder her. Er hatte sich wohlweislich verdrückt, als es darauf ankam. Ernie schüttelte den Kopf. Es hatte ihm sogar Spaß gemacht, Amber in die Luft zu jagen. Diese verfluchte Schlampe hatte ihn zum letzten Mal verraten. Die beiden FBI-Agenten, die sie beschatteten, hatte er mühelos erkannt. Außerdem hatte sie es verdient, weil sie ihn all diese Jahre belogen hatte. Und was Janey anging, so war sie erwachsen und konnte alleine zurechtkommen. Um sie machte er sich keine Sorgen. Sie wäre sogar besser dran ohne diese Schlampe.

Er blickte in den Außenspiegel. »Was zum Teufel …?«

* * *

Nathan zog seine Sig und lehnte sich zum Fenster hinaus. Sobald Harv sich auf fünfundzwanzig Meter genähert hatte, hielt Nathan die Pistole mit beiden Händen, zielte auf den fliehenden Pick-up und schoss das ganze Magazin leer, jeder Schuss ein zuckender Lichtblitz, der die Motorhaube des SUV erhellte. Nathan zielte niedrig und nach rechts. Er hoffte, auf diese Weise die Kugel vom Asphalt abprallen zu lassen und den hinteren Reifen mit einem Querschläger zu treffen. Ins Fahrerhaus schießen wollte er nicht, da sie Ernie lebendig brauchten. Da durfte er keinen Kopfschuss riskieren. Er hatte Ernie versprochen, ihm die Finger abzuschneiden, und dieses Versprechen wollte er halten.

Nathan reichte Harv die leere Pistole und bekam eine geladene Waffe zurück. Der eisige Fahrtwind fühlte sich auf seiner nackten Haut wie eine Million Stiche mit einem Eispickel an. Er ignorierte das unangenehme Gefühl und zielte sorgfältig. Ernie fuhr inzwischen Schlangenlinien, was Nathans Chancen, einen Reifen zu treffen, sogar verbesserte. Harv hielt den Ford Expedition in der Straßenmitte. Nathan schoss ein weiteres Magazin leer und diesmal hatte er Glück. Gummifetzen flogen von dem durchlöcherten Reifen weg. Ein Stück von der Größe eines Baseballs pfiff an Nathans Kopf vorbei, worauf er ihn ins Wageninnere zurückzog. Gummifetzen prallten von der Windschutzscheibe ab.

»Guter Schuss«, sagte Harv.

Ernies Pick-up schlingerte nach rechts, dann wieder nach links, bis er schließlich wieder die Kontrolle über das Fahrzeug gewann und am linken Straßenrand zum Halten brachte. Er sprang heraus und flüchtete in das ausgetrocknete Flussbett. Harv legte eine Vollbremsung hin und blieb hinter dem Pick-up stehen.

»Er hat eine Pistole, Harv. Hat ausgesehen wie ein Colt M1911.«

»Hab ich gesehen.«

Nathan war nicht in der Verfassung für eine Verfolgungsjagd zu Fuß. Die Wunde an der rechten Wade war zwar nicht lebensgefährlich, blutete aber stark. »Schnapp ihn dir, Harv, sonst verlieren wir ihn dort unten aus den Augen. Nimm den Wärmebildsensor. Ich bin dicht hinter dir.«

Harv hatte keine Zeit, seinen Pistolengurt anzulegen. Er steckte vier Magazine in die Hosentaschen. »Ich krieg den Kerl.«

Nathan sah zu, wie Harv in der Dunkelheit verschwand. *Pass gut auf dich auf, mein Freund.*

Grangeland hielt hinter dem SUV und stellte den Motor ab. Sie rannte zur Beifahrertür des SUV und sah, wie Nathan sich das Nachtsichtgerät aufsetzte.

»Bloß nicht«, sagte sie. »Geben Sie's mir. Sie sind in keiner Verfassung, ihm nachzulaufen. Sie sind ja total blass und zittern wie Espenlaub.«

Die Frau hatte recht. Er war in keiner guten Verfassung. Ehrlich gesagt, fühlte er sich miserabel. Der Blutverlust hatte ihn geschwächt und zeigte jetzt, nachdem der Adrenalinstoß abgeflaut war, seine volle Wirkung. Er reichte ihr das Nachtsichtgerät. »Harv hat zehn Sekunden Vorsprung. Er hat einen Wärmebildsensor und ein Nachtsichtgerät dabei. Wir brauchen Bridgestone lebendig, ist das klar?«

»Ja«, sagte sie und verschwand drei Sekunden später in der mondlosen Finsternis.

Nathan mobilisierte seine letzten Kraftreserven und rief: »Grangeland kommt, Harv, nicht ich.« Er erwartete keine Antwort und bekam auch keine.

Er humpelte zum Crown Vic und fand Ferris' Jacke auf dem Rücksitz. Die Fleischwunde an seinem Arm, knapp über dem Ellenbogen, brannte und pochte. Er ging davon aus, dass die Kugel das Fleisch durchbohrt hatte, ohne dabei Knochen oder wichtige Adern zu treffen, aber hundertprozentig sicher war er sich nicht. Die Wunde an der unteren Wade war eine andere Geschichte. Er überlegte, ob er sie sich mit der Taschenlampe ansehen sollte, entschied sich jedoch dagegen. Für den Augenblick war es besser, wenn er das volle Ausmaß nicht sah. Er ging zum SUV zurück und suchte nach etwas, womit er die Blutung an seinem Bein verlangsamen könnte. Schließlich entschied er sich für Harvs Windjacke auf dem Vordersitz und drehte sie zusammen wie ein Handtuch, das man als Peitsche für einen Spaßkampf im Umkleideraum benutzt. Die Scheide mit dem Messer ließ er um die Wade über dem Knöchel geschnallt – sie wirkte stabilisierend. Er wickelte den improvisierten Verband um Wade und Schienbein und band einen festen Knoten. Jetzt brauchte er noch etwas für seinen Arm. Er ließ den Blick über den Rücksitz schweifen und sah das T-Shirt, das er am Truckstop ausgezogen hatte. Er konnte sich zwar nicht daran erinnern, aber anscheinend hatte Harv es nach der Explosion aufgehoben und mitgenommen. Er hielt es an einem Ende mit den Zähnen fest und verband damit die Wunde an seinem Arm. Als Nächstes schnallte er sich den Pistolengurt um, lud die Sig und steckte sie in den Halfter. Dann vergewisserte er sich, ob die Ersatzmagazine fest in ihren Halterungen saßen. Schließlich schaltete er das Handy aus und steckte es in die Tasche.

Die Fahrertür von Ernies Pick-up stand offen und im Schein der Innenbeleuchtung erkannte Nathan ein HK-91-Sturmgewehr mit Nachtsichtzielfernrohr. Er wunderte sich, dass Ernie die Waffe nicht mitgenommen hatte. *Panik*, dachte er. *Bestimmt wird er es bereuen. Pech für ihn*. Er beugte sich ins Wageninnere, nahm das Gewehr an sich, entfernte das Magazin und lud durch, worauf eine Kugel aus der Kammer glitt und auf dem Asphalt landete. Er hob sie auf, schob sie ins Magazin und steckte dieses wieder in die Waffe. Dann schaltete er das Zielfernrohr ein, lud noch einmal durch, legte das Gewehr an und sah durch das Zielfernrohr. Schön. Den Bridgestones konnte man vieles nachsagen, aber nicht, dass sie bei ihren Waffen nicht auf Qualität achteten. Das Nachtsichtzielfernrohr gehörte zur dritten Generation und war auf dem neuesten Stand der Technik. Nathan suchte damit das Flussbett ab und sah Harv, wie er sich lautlos durch die Büsche arbeitete. Hin und wieder hielt er den Wärmebildsensor hoch und suchte damit das vor ihm liegende Gelände ab, ehe er weiter vordrang. Im Display des Zielfernrohrs erschien Harvs Gesicht durch den Schimmer des Wärmebildsensors hell erleuchtet. *Guter Junge! Ganz wie früher.*

Nathan folgte dem Flussbett durch das Zielfernrohr und stellte fest, dass es eine leichte Biegung nach Westen einschlug. Ein paar hundert Meter weiter führte es unter der Straße hindurch und verlief dann weiter nach Norden. Zu beiden Seiten erstreckten sich endlose Felder. Sobald Ernie die Deckung des Gestrüpps verließ, wäre er nach allen Seiten sichtbar. Nathan zog sich die Jacke von Ferris an und lief über das Feld auf ein Eichenwäldchen zu. Wenn er sich beeilte, würde er es vor Ernie erreichen.

Die FBI-Fahrzeuge, die sich ebenfalls an der Verfolgungsjagd beteiligt hatten, hatten die Stelle verpasst, wo Ernie die Straße verlassen hatte, und fuhren nun weiter nach Osten. In der Ferne hörte Nathan anschwellendes Sirenengeheul und das typische Tröten einer Feuerwehrhupe. Der Feuerschein des flammenden Infernos am Truckstop tauchte die Eichen, auf die er zuhumpelte, in ein oranges Licht und ließ sie wie riesige Pilze vor dem Hintergrund eines Sonnenuntergangs aussehen. Hin und wieder legte er das Gewehr an und suchte durch das Zielfernrohr das Flussbett ab, sah aber nichts. Die Schmerzen in seiner Wade waren äußerst unangenehm, aber als er an Ernies Bombe an der Zapfsäule und die Schreie der kleinen Kinder in dem brennenden SUV dachte, biss er die Zähne zusammen und kämpfte sich weiter voran.

Als er das Feld zur Hälfte hinter sich hatte, hörte Nathan zu seiner Linken zwei schnell aufeinanderfolgende Schüsse, die sich nach einer großkalibrigen Handfeuerwaffe anhörten – Ernies Colt M1911. Ein paar Sekunden darauf erklangen zwei weitere. Ernie schoss entweder auf Harv oder auf Grangeland oder alle beide. Niemand erwiderte das Feuer. Wahrscheinlich schoss Bridgestone blindlings umher und spekulierte auf einen Glückstreffer. Zumindest hoffte Nathan das. Er lief schneller und passte dabei auf, nicht über die Pflugfurchen zu stolpern. Bis zu dem Eichenwäldchen brauchte er noch etwa zwei Minuten. Dort würde er sich verstecken und darauf warten, dass Harv und Grangeland Ernie auf ihn zutrieben. Er musste nur aufpassen, nicht in die Schusslinie der eigenen Leute zu geraten, denn das würde ihm mit Sicherheit den Abend ruinieren. Aber zum Glück hatten Harv und Grangeland Nachtsichtgeräte, Ernie jedoch nicht.

Als Nathan zu dem Wäldchen gelangte, pochte seine Wade wie verrückt. Bestimmt blutete die Wunde unverändert, denn das Blut lief bereits aus seinem Schuh. Er kletterte über einen Stacheldrahtzaun und kauerte sich neben einer Böschung nieder. An dieser Stelle war das ausgetrocknete Flussbett etwa fünfzehn Meter breit und lag etwa eineinhalb Meter tiefer als die gepflügten Felder ringsherum. An vereinzelten Stellen wuchs dichtes Gestrüpp und der Boden war mit Eichenlaub bedeckt. Nathan legte das Gewehr an und ließ den Lauf über das sandige Flussbett in die Richtung schweifen, aus der er Ernie erwartete. Aber es rührte sich nichts.

Plötzlich erschien die Umgebung hellgrün in seinem Zielfernrohr, als ob jemand das Blitzlicht einer Kamera ausgelöst hätte. Eine Sekunde später kam das Echo von Ernies Pistolenschuss bei ihm an. Nathan wusste, dass Schall sich mit einer Geschwindigkeit von ungefähr dreihundert Metern pro Sekunde fortbewegte. Ernie befand sich also in etwa dreihundert Metern Entfernung. Er versuchte, Harv und Grangeland auszumachen, konnte sie aber nirgendwo sehen.

Direkt vor ihm befand sich ein langer Streifen Gestrüpp, der sich vortrefflich als Hinterhalt eignete. Plötzlich fiel ihm siedend heiß ein, dass er die Autoschlüssel in seinem SUV und in Grangelands Crown Vic hatte stecken lassen. Wenn Ernie womöglich dorthin zurückkehrte … Er verfluchte sich im Stillen für diese Nachlässigkeit und suchte mit den Augen das Feld zwischen seinem Standort und den geparkten Fahrzeugen ab. Von Ernie keine Spur. Wenn Nathan sich dort unten im Flussbett versteckte, konnte er die Autos nicht mehr sehen, setzte aber darauf, dass Harv Bridgestone im Auge hatte. Sollte Ernie auf direktem Weg auf den SUV zuhalten, würde Harv ihn abfangen. Nathan rutschte die sandige Böschung hinunter, humpelte geduckt zu dem Gestrüpp und legte Ernies Gewehr an.

»Jetzt hab ich dich«, flüsterte er. Bridgestone rannte am östlichen Ufer des Flussbetts entlang, ging zwischendurch immer wieder in Deckung und zielte mit der Pistole auf seine Verfolger. Nathan sah Harv und Grangeland etwa fünfzehn Meter hinter ihm. Wie es den Anschein hatte, versuchten sie, ihn in die Zange zu nehmen. Nathan musste Harv auf sich aufmerksam machen. Er trat aus seinem Versteck und schwenkte Ernies Gewehr zehn Sekunden lang wie eine Fahne. Als er die Waffe wieder anlegte und durch das Zielfernrohr blickte, sah er, wie Harv durch einen Wink signalisierte, dass er ihn erkannt hatte. Nathan winkte zurück und deutete auf die Stelle, wo er Bridgestone auflauern wollte. Harv machte mit der Hand ein Okay-Zeichen. Nathan sah, wie Harv den Kopf zu Grangeland drehte. Als die FBI-Agentin aufgeholt hatte, duckten die beiden sich und steckten für einen Augenblick die Köpfe zusammen, ehe Grangeland zum westlichen Ufer hinübersprintete und dort im Schutz des Gestrüpps weiter vorrückte. Plötzlich erhellten zwei weitere Blitze die Umgebung. Grangeland warf sich sofort auf den Boden, aber Harv blieb stehen. *Der Mann hat Nerven aus Stahl*, dachte Nathan. Obwohl Ernie blindlings drauflosballerte, konnte er immerhin einen Zufallstreffer landen.

Einen halben Kilometer westlich ging in einer Farm die Verandabeleuchtung an – eine erste Reaktion auf die Schüsse. Jetzt war es nur noch eine Frage der Zeit, bis Angehörige des Sheriff's Departments oder das FBI-SWAT-Team vom Truckstop eintrafen. Dann würde die Situation heikel werden, weil die Gefahr bestand, von den eigenen Leuten unter Beschuss genommen zu werden. Als ob Harv Nathans Gedanken lesen konnte, feuerte er drei schnelle Schüsse ab. Durch das Zielfernrohr beobachtete Nathan, wie Bridgestone sich kurz duckte und dann in vollem Tempo auf seine Position zurannte. Harv schoss noch einmal.

Harv, du bist ein guter Junge. Treib ihn auf mich zu.

Wenn Ernie seine Geschwindigkeit beibehielt, würde er in dreißig Sekunden bei Nathan ankommen.

Weiter so. Komm her.

Nathan kniff die Augen zusammen und machte sich sprungbereit.

* * *

Es war keine kinoreife Vorstellung. Das war auch gar nicht nötig.

Genau in dem Moment, als Bridgestone an dem Gestrüpp vorbeirannte, streckte Nathan sein unverletztes Bein aus. Simpel, elegant und wirksam.

Bridgestone ruderte mit den Armen und fiel der Länge nach hin. Nathan sprang ihm in den Rücken, packte ihn am Handgelenk und drehte ihm den Arm bis zum Hals um. Ernie ließ die Pistole in den Sand fallen. Gleichzeitig spürte und hörte Nathan, wie sich Ernies Schulter auskugelte. Ernie stieß einen Schrei aus und versuchte, sich umzudrehen, aber Nathan blieb mit vollem Gewicht auf ihm sitzen.

»Sieh mal einer an! Wenn das nicht unsere Knastschwuchtel persönlich ist.«

Zehn Sekunden später trafen Harv und Grangeland ein und halfen dabei, Ernie unter Kontrolle zu bringen. Harv drehte ihm das andere Handgelenk auf den Rücken und Grangeland legte ihm Handschellen an.

»Ihr blöden Arschlöcher«, zischte Ernie. »Ihr seid tot, ihr seid alle tot.«

»Mach dir mal um uns keine Sorgen«, sagte Nathan. »Aber du, Ernie, alter Kumpel? Du wirst dir noch wünschen, dass du tot wärst. Das kannst du mir glauben.«

»Fick dich.«

»Tut mir leid, du bist nicht mein Typ. Aber wenn du willst, kann ich Dr. Fitzgerald ausrichten, er soll ein paar von deinen alten Knastbrüdern anrufen.«

»Ich hab keine Angst vor dir.«

»Das wirst du noch«, sagte Nathan. »Glaub mir, das wirst du noch.« Er hob die Hand und fing an, seine Finger zu zählen. »Ich komme auf vierzehn Knöchel, Harv. Liege ich da richtig?«

»Vierzehn an jeder Hand«, korrigierte Harv.

»Das ist brutal. Glaubst du, er hält das aus?«

»Weiß ich nicht. Es gibt nur eine Möglichkeit, das herauszufinden.«

»Was reden Sie da?«, mischte sich Grangeland ein. Sie schnaufte genauso wie Harv nach dem Spurt durch das sandige Flussbett.

»Ich werde diesem Arschloch die Finger an den Knöcheln abschneiden. Einen nach dem anderen.«

»Den Teufel werden Sie tun, McBride. Das FBI foltert keine Gefangenen.«

»Wir sind nicht vom FBI.«

»Ich will sofort meinen Anwalt anrufen«, sagte Ernie.

»Genau das haben deine Cousins auch gesagt, bevor du sie umgebracht hast«, sagte Harv und drückte Bridgestone mit dem Gesicht in den Sand.

»Sie werden diesen Mann auf gar keinen Fall foltern«, sagte Grangeland.

»Special Agent Grangeland, kommen Sie mal kurz mit. Passt du so lange auf ihn auf, Harv?«

»Keine Angst, mir entwischt er nicht.« Harv kniete weiterhin auf Bridgestones Rücken und verlagerte sein Gewicht auf dessen ausgekugelte Schulter. Ernie grunzte und spuckte Sand aus.

Nathan ging mit Grangeland fünfzig Meter das Flussbett entlang und blieb dann stehen. »Sagen Sie mir die Wahrheit. Wird mein Handy abgehört?«

»Das weiß ich nicht«, sagte sie.

Er zog es aus der Tasche, schaltete es ein und tippte auswendig eine Nummer in Washington ein. Holly hatte ihm die Handynummer von Direktor Lansing gegeben.

Es klingelte viermal. Als schließlich jemand antwortete, klang er schläfrig und etwas gereizt. »Ich hoffe, Sie haben einen guten Grund.«

»Den hab ich«, sagte Nathan.

»Wer spricht da?«

»Nathan McBride.«

»Würden Sie so nett sein, mir zu sagen, warum Sie um … vier Uhr morgens anrufen?«

»Ich habe Ernie Bridgestone in meiner Gewalt.«

»In diesem Augenblick? Sie haben ihn in diesem Augenblick in Ihrer Gewalt?«

»Richtig.«

»Das ist ja eine verdammt gute Nachricht, Mr McBride.«

»Ich möchte ihn verhören.«

»Aha.«

»Ich bin mir nicht sicher, ob Sie mich richtig verstanden haben. Ich meine damit *ausquetschen*.«

»Wenn ich Ihre Anspielung richtig verstehe, muss ich Ihnen leider sagen, dass das bei uns so nicht läuft.«

»Ich glaube, Sie werden in diesem Fall eine Ausnahme machen.«

»Und warum sollte ich das?«

»Weil ich über die Verbindung zwischen Ortega und Bridgestone Bescheid weiß.«

Lansing schwieg.

»Und über die Sache mit dem Semtex.«

Immer noch Schweigen.

»Sind Sie noch dran?«, fragte Nathan.

»Ja.«

»Verstehen wir uns jetzt?«

»Ja.«

Nathan bemühte sich um einen gleichgültigen Ton. »Darf ich fragen, was das FBI bei Pete's Truck Palace gemacht hat?«

»Amber Sheldon wollte die ausgesetzte Belohnung kassieren. Eine Million Dollar für Hinweise, die zur Ergreifung der Brüder führen. Eine halbe Million für jeden. Sie hat uns angerufen und uns von der geplanten Geldübergabe erzählt.«

Nathan musste über Sheldons groß angelegtes Täuschungsmanöver den Kopf schütteln. »Na ja, ich glaube, das Geld gehört jetzt mir und Harv.«

»Was ist mit Sheldon?«

»Bridgestone hat sie in tausend Stücke gesprengt.«

»Wenn das so ist, ja, dann gehört das Geld Ihnen. Sie haben ihn schließlich festgenommen.«

»Eine von Ihren Leuten ist bei uns. Sie braucht eine Klarstellung bezüglich unserer Vereinbarung.« Nathan gab Grangeland das Handy. Sie nahm es entgegen und trat ein paar Schritte zur Seite. Obwohl sie ihm den Rücken zukehrte, konnte Nathan immer noch hören, was sie sagte.

»Hier ist Special Agent Grangeland von der Dienststelle Fresno«, begann sie. Nach ein paar Sekunden wirkte sie angespannt, als wolle sie Widerspruch einlegen, aber dann sagte sie: »Jawohl, Sir. Geht in Ordnung.« Dann gab sie Nathan das Handy zurück.«

»Sie haben genau eine Stunde, Mr McBride.«

»So lange brauche ich nicht. Und noch etwas, Direktor Lansing.«

»Was?«

»Verlieren Sie über diese Angelegenheit kein Wort. Erzählen Sie absolut niemandem, dass wir Ernie haben, bevor wir seinen Bruder schnappen. Leonard darf nicht wissen, dass Ernie festgenommen wurde. Wenn er davon Wind bekommt, verschwindet er und wir sehen ihn nie wieder. Spielen Sie mit und Sie kommen in den Medien groß raus und niemand erfährt etwas von dieser anderen Sache. Darauf gebe ich Ihnen mein Wort.«

»Also gut, ich bin einverstanden. Rufen Sie mich zurück, wenn es etwas Neues gibt.«

»Werden Sie mir Special Agent Grangeland für die Dauer dieses Einsatzes unterstellen?«

»Ja.«

»Sagen Sie es ihr bitte selbst.« Nathan reichte Grangeland das Handy.

Sie hörte ein paar Sekunden lang zu und sagte schließlich: »Jawohl, Sir.«

Nathan ließ sich das Telefon wieder geben. »Danke, Herr Direktor. Wenn Sie mitspielen, bringen wir Ihnen Leonard.«

»Keine groben Misshandlungen, Mr McBride.«

»Schauen wir mal.« Nathan beendete das Gespräch und wandte sich wieder Grangeland zu. »Sie dürfen gerne bleiben, wenn Sie glauben, dass Sie die Nerven für so etwas haben.«

»Ich bleibe.«

»Ganz wie Sie wollen, Grangeland, aber pfuschen Sie mir nicht ins Handwerk. Haben wir uns verstanden? Egal, was passiert.«

Sie nickte kurz. Dann gingen sie hinüber zu Harv.

»Sind Sie bereit, Mr Bridgestone?«

KAPITEL 23

Es gibt Situationen im Leben, denen man völlig unvorbereitet gegenübersteht. Special Agent Grangeland befand sich in einer solchen Lage. Nichts in ihrer Ausbildung und Berufserfahrung beim FBI oder in ihrer Vergangenheit als Profisportlerin hätte sie auf den Horror vorbereiten können, der vor ihren Augen ablief. Das Zuschauen fiel ihr schwer – *nicht* hinzusehen aber noch viel mehr. Ernie Bridgestone lag bäuchlings im Sand. Harvey hatte ein großes Stück Holz aus dem Flussbett herangeschleift und die mit Handschellen gefesselten Hände des Gefangenen darauf gelegt. Dann holte er ein zweites Stück und stützte damit Bridgestones Kinn ab, damit er beim Atmen keinen Sand schluckte und daran erstickte. Grangeland sah entsetzt zu, wie Harvey ein bedrohlich wirkendes Messer aus der Knöchelscheide zog und es Nathan aushändigte. Dann presste Harvey ein Knie in Bridgestones Rücken und verlagerte sein volles Gewicht darauf. Nathan setzte sich derweil auf die Beine des Mannes und packte eine seiner Hände. Ernie versuchte, sich zu wehren, warf sich hin und her und fluchte wie ein Wahnsinniger, aber eiserne Griffe hielten ihn fest und machten jegliche Gegenwehr zunichte.

Grangeland konnte es nicht fassen, als Nathan die Spitze seines Messers in Bridgestones Ringfingerknöchel bohrte und die Klinge hin und her riss, als versuchte er, ein zähes Stück Steak zu durchschneiden. Noch nie hatte sie einen erwachsenen Mann so erbärmlich schreien hören. Sie biss sich so fest auf die Zähne, dass sie Kopfschmerzen davon bekam. Nathan schnitt zwar nicht wirklich Bridgestones Finger ab, aber er war verdammt nahe dran. Bittere Galle stieg in ihrer Kehle hoch, als sie sich krampfhaft bemühte, ihren Geist von ihrem Körper zu trennen, was ihr nicht gelang. Wie konnte sie so etwas nur zulassen? Direktor Lansing konnte das, was sie da sah, doch unmöglich gebilligt haben. Was waren das nur für Menschen? Wie konnten sie jemanden brutal foltern und dabei völlig gleichgültig wirken? Sollte sie dem Treiben Einhalt gebieten und damit ihre Karriere ruinieren? Wie würde sie mit dem Bewusstsein leben können, diese Barbarei nicht verhindert zu haben, obwohl sie es gekonnt hätte? Schockiert und angewidert senkte sie ihren Blick, als die beiden die Prozedur am nächsten Fingerknöchel wiederholten.

* * *

»Na, wie gefällt dir das, du kleines Stück Scheiße?«, zischte Nathan. »Wie du James Ortegas Finger abgeschnitten hast, hast du das genauso geil gefunden, wie ich das hier finde? Los, sag schon.«

In Wirklichkeit war er nicht wütend und ihm gefiel das Ganze keineswegs, aber er wollte Ernie in dem Glauben lassen. Genau genommen widerte es ihn sogar an, aber er musste überzeugend wirken. Noch hatte er seinem Gefangenen keine Fragen gestellt und er hatte es auch nicht vor. Das Ganze war nichts weiter als ein Spiel.

Nathan bohrte das Messer tiefer.

Bridgestone brüllte wie am Spieß. Er biss sich in die Zunge und spuckte Blut, warf den Kopf hin und her und riss sich an dem Baumstamm die Wangen auf.

Nachdem er das Messer zur Hälfte durch den zweiten Knöchel gebohrt hatte, zog Nathan die Klinge heraus und machte sich an den letzten Knöchel. Nach zwei Minuten war Bridgestone nur noch ein wimmerndes Häufchen Elend. Er heulte wie ein kleines Kind und flehte Nathan um Gnade an. Wenn Nathan nur endlich aufhörte, würde er ihm alles erzählen, was er wissen wollte.

Nathan sah Harv an. »Was meinst du?«

»Ich glaub, der will uns nur verarschen. Uns bleiben noch fünfundzwanzig Knöchel. Schauen wir mal, wie er in zwanzig Minuten oder so drauf ist.«

Nathan griff erneut nach Ernies Hand.

»Hör auf!«, schrie Ernie. »Ich sag dir alles, was du willst, Mann.«

»Wer sagt denn, dass wir Informationen von dir wollen?«, fragte Nathan. »Darum geht es uns doch überhaupt nicht. Wir wollen Rache für James Ortega.«

»Die Ortegas haben mir in Pensacola einen reingewürgt«, jammerte Bridgestone. »Es war nicht meine Schuld. Ich hab meine Strafe abgesessen und war bereit, das Ganze zu vergessen, aber dann ging es wieder los. Ortega hat uns reingelegt. Sein Enkel hat uns das Semtex verkauft.«

»Hast du ihn deshalb bei lebendigem Leib verbrannt?«

»Das war ein Unfall, das wollten wir nicht, ich schwör's.«

»Das kannst du deiner Großmutter erzählen.«

»Ich verrate euch, wo Leonard ist, aber lasst bitte meine Finger in Ruhe. Er ist heute Abend so gegen sechs Uhr nach Montana abgehauen. Ich soll ihn morgen Abend dort treffen.«

»Wir wissen bereits, wo er ist. Er wird gerade festgenommen. Für wie blöd hältst du uns eigentlich?« Nathan blickte zu Grangeland auf. »Er hält uns für blöd.« Dann packte er Ernies Hand und drückte sie auf das Holz.

»Halt! Wir haben Geld. Über drei Millionen in bar.«

»Ich hab zwanzigmal so viel. Dein Blutgeld brauche ich nicht.«

»Es ist Bargeld, Mann! In Munitionskisten vergraben, an der Grenze zu Kanada.«

Nathan sah wieder zu Harv hinüber. »Was meinst du? Glaubst du, was er sagt?«

»Kein Wort.«

»Ich auch nicht.« Nathan stieß das Messer in den ersten Knöchel von Finger Nummer zwei. Ernie schrie wieder, aber diesmal klang er heiser. Seine Stimme ließ ihn allmählich im Stich.

Grangeland wandte sich ab, fiel auf die Knie und übergab sich. Heftige Würgekrämpfe schüttelten ihren Körper.

Nathan packte Ernie bei den Haaren und riss seinen Kopf zurück. »Wo ist der Rest von dem Semtex?«

»Ein Teil davon ist in meinem Pick-up. Den Rest hat Leonard.«

»Wie viel genau?«

»Zehn Barren. Das ist alles, Mann, ich schwör's.«

»Hat er Sprengkapseln?«

»Ja.«

Nathan blickte auf. »Grangeland, sagen Sie Ihrem SWAT-Team noch vor dem Zugriff Bescheid, dass Leonard zehn Barren Semtex hat.«

Sie reagierte nicht.

»Grangeland!«

Langsam holte sie ihr Handy hervor.

Jetzt wird es sich zeigen, dachte Nathan. *Entweder spielt sie jetzt mit oder sie lässt mich voll auflaufen.* Dieses Risiko konnte er nicht eingehen. »Geben Sie mir Ihr Handy.«

»Wie bitte?«

»Geben Sie mir Ihr Handy.«

Sie wischte sich über den Mund und trat nach vorn. Als sie nahe genug war, dass sie sein Gesicht deutlich sehen konnte, zwinkerte er ihr zu.

Mit einem Nicken gab sie zu erkennen, dass sie verstanden hatte. »Ich habe das Kommando über die Jungs, also rufe ich an.«

Nathan wusste, dass sie den Anruf nur vortäuschen würde. Hoffentlich klang sie überzeugend.

»Hier ist Grangeland.« Sie machte eine Pause. »Ja, wir haben ihn und er hat ausgepackt. Er sagt, Leonard hat zehn Barren Semtex und Sprengkapseln.« Wieder eine Pause. »Wo? Okay, unternehmen Sie nichts, bevor das SWAT-Team eintrifft. Verstanden? Ich wiederhole, unternehmen Sie nichts … Okay, das haben Sie gut gemacht. Ich melde mich in zehn Minuten wieder bei Ihnen.«

Perfekt. Nathan hätte es nicht besser machen können. Ernie hatte jedes Wort wie ein Schwamm aufgesogen. Jetzt, wo er glaubte, dass die Festnahme seines Bruders kurz bevorstand, gab es keinen Grund mehr, Informationen zurückzuhalten.

Nathan zog erneut Ernies Kopf nach hinten. »Wo ist das Geld?«

»Es ist in der Nähe von einer verlassenen Ranch in Montana vergraben, nicht weit von der kanadischen Grenze.«

»Das sagt mir nicht viel. Montana ist groß.« Er griff nach Ernies Hand.

»Halt! Ich habe die GPS-Koordinaten.«

»Ich höre«, sagte Nathan.

Ernie leierte die Zahlen herunter. Grangeland zog eine kleine Taschenlampe hervor, klemmte sie sich zwischen die Zähne und schrieb die Koordinaten auf einen kleinen Notizblock.

»Wenn du uns anlügst, nehmen wir ein Buttermesser und brennen die Stummel mit einem Schweißbrenner aus. Ich habe noch fast eine Stunde Zeit. Glaub mir, ich werde jede Sekunde davon auskosten.«

»Ich lüge nicht, das schwör ich.«

Nathan ließ von Ernie ab und erhob sich. »Harv, pass mal eine Minute auf ihn auf.«

»Kein Problem.«

»Grangeland, wie wär's noch mal mit einem kleinen Spaziergang?« Er ging durch den Sand und das Gestrüpp voraus. Nach etwa dreißig Metern blieb er stehen und sagte leise zu ihr: »Es eilt, wir haben nicht mehr viel Zeit. Wie ich schon zu Lansing sagte, wir müssen Ernies Festnahme geheim halten. Niemand darf davon Wind bekommen. Solange Leonard glaubt, dass sein Bruder entkommen ist, wird er sich an den Ort begeben, wo das Geld versteckt ist, da bin ich mir sicher. Vielleicht wartet er dort sogar eine Zeit lang auf seinen Bruder.«

Grangeland deutete auf den Feuerschein über Pete's Truck Palace. »Das da lässt sich wohl kaum geheim halten. Wahrscheinlich ist es bereits in den Nachrichten.«

»Machen wir doch Folgendes: Wir lassen an die Presse durchsickern, dass wir am Tatort nichts weiter gefunden haben als Ernies Handy und sein Scharfschützengewehr, dass Ernie sich weiterhin auf freiem Fuß befindet und dass das FBI die Gesprächsprotokolle auswertet.«

»Verstehe. Leonard glaubt dann, dass die Daten auf Ernies Handy ihn verraten könnten, also wird er seins wegwerfen. Dann können sie nicht mehr miteinander kommunizieren.«

»Genau.«

»Und wie geht's weiter?«

»Ich behalte Ernie solange in meiner Gewalt, bis wir seinen Bruder gefunden haben.«

»Was? Das war aber nicht Teil der Abmachung mit Lansing. Ich …«

»Überlegen Sie doch mal, Grangeland. Sie, ich, Harv und Direktor Lansing, wir sind die einzigen Leute auf diesem Planeten, die wissen, dass wir Ernie haben. Er steht ganz oben auf der Fahndungsliste des FBI. Wie lange lässt sich so etwas verheimlichen? Die Leute reden und die Wände haben Ohren. Das können wir nicht riskieren. Haben Sie keine Angst, ich sorge dafür, dass man Ihnen die Festnahme zuschreibt.«

»Darüber mache ich mir keine Gedanken. Mir geht es nur darum, dass ich nicht ins Gefängnis komme.«

»Direktor Lansing hat Sie mir unterstellt. Ich erteile Ihnen also eine dienstliche Anweisung. Ernie bleibt bei uns, bis wir Leonard haben.«

Sie biss die Zähne zusammen und nickte.

»Wir müssen zu dem Versteck gelangen. Nur wir vier. Wir nehmen meinen Hubschrauber.«

»Sie besitzen einen Hubschrauber? Das war also vorhin kein Witz, als Sie sagten, Sie hätten zwanzigmal so viel Geld.«

»Wir müssen von hier verschwinden, bevor die Kavallerie eintrifft. Übrigens, das mit dem falschen Anruf haben Sie toll gemacht.«

»Wie geht es Ihrem Arm?«

»Den Umständen entsprechend, nicht schlecht.«

Sie kehrten zu Harv zurück. »Bridgestone muss womöglich ins Krankenhaus. Sie übrigens auch.«

»Ich werde die Wunden säubern, sobald wir wieder in Sacramento sind. Wenn ich Glück habe, muss ich sie nur ein bisschen nähen und Antibiotika nehmen.«

»Nähen und Antibiotika? Sie haben zwei Schusswunden.«

»Ich finde es ja sehr nett von Ihnen, dass Sie sich Sorgen um mich machen, aber wir müssen uns jetzt wirklich beeilen.«

Als sie wieder bei ihrem Gefangenen waren, nahm Grangeland dessen .45er, schüttelte den Sand aus dem Lauf, entfernte das Magazin und ließ die Patrone aus der Kammer austreten. Dann steckte sie die Waffe und das Magazin in ihre Hosentaschen. Harv kümmerte sich um Bridgestone und führte ihn zu den Fahrzeugen. Fünf Minuten später gelangten sie zu Ernies Pick-up. Genau wie er gesagt hatte, befanden sich darin fast hundertfünfzig Kilo Semtex und mehrere Dutzend Sprengkapseln. Die orangefarbenen Barren waren in Kartons verpackt, die Sprengkapseln in einer kleineren Kiste. Bevor Harv das Semtex und die Sprengkapseln in den Kofferraum des Crown Vic lud, holte Grangeland den Verbandskasten heraus. Da nicht alle Kartons hineinpassten, verstaute Harv den Rest im Laderaum des Ford Expedition. Sobald sie die Umgebung verlassen hatten, würde Grangeland ihren Kollegen vom FBI den Standort der Semtexkartons durchgeben. Der Gedanke, diese gefährliche Ladung ungeschützt zurückzulassen, gefiel Nathan nicht, aber dann sagte er sich, dass sie wohl für die nächsten paar Minuten sicher sein müsste. Er legte Ernies Sturmgewehr auf die Kartons im Kofferraum.

Grangeland streifte sich ein Paar Latexhandschuhe über und befahl Ernie, stillzuhalten. Aus den Schnittwunden an Ernies Fingerknöcheln lief Blut, weshalb sie dringend einen Verband benötigten. Sie klemmte sich die Taschenlampe zwischen die Zähne, wickelte mehrere Lagen Mullbinde fest um die beiden verstümmelten Finger und befestigte sie mit weißem Klebeband. Ernie stöhnte unter dem Druck.

»Sie werden es überstehen«, sagte sie.

Nathan behielt den Gefangenen sorgfältig im Auge, als Grangeland ihn auf den Rücksitz des Crown Vic setzte und die Tür schloss. Ernie wirkte die ganze Zeit niedergeschlagen. Vielleicht war es der durch seine Verletzung hervorgerufene Schock oder die falsche Nachricht von der Ergreifung seines Bruders. Aber wahrscheinlich dämmerte es ihm allmählich, dass ihn erneut das Gefängnis erwartete … dieses Mal sogar der Todestrakt. Wenn er sich auf der Fahrt nach Montana kooperativ zeigte, würde Nathan ihm vielleicht eine Alternative zu der Hölle anbieten, die ihm bevorstand.

Nathan willigte zögernd ein, dass Grangeland sich seine Wunden ansah. Er legte Ferris' Jacke ab und streckte seinen Arm aus. Grangeland nahm wieder die Taschenlampe in den Mund und zog ein frisches Paar Handschuhe an. Als sie den Lichtstrahl über seine Brust gleiten ließ, verzog sie beim Anblick der kreuz und quer verlaufenden Narben das Gesicht. Offenbar waren ihr diese zuvor nicht aufgefallen, als der Truckstop in Flammen aufging.

Nathan zwinkerte ihr zu. »Ich hab eine Wette verloren.«

»Na, das muss ja eine schöne Wette gewesen sein.«

»War es auch.« Er ließ sich von ihr das blutgetränkte T-Shirt ausziehen und einen Mullverband anlegen.

»Das Bein schau ich mir lieber auch gleich an.«

Er stellte den Fuß auf den Kofferraumrand und zog das blutgetränkte Hosenbein hoch.

»Hatten Sie auch so ein Messer wie Harvey dabei?«, fragte sie.

»Ja, warum?«

»Schauen Sie mal her.« Sie leuchtete auf die Wunde.

»Das gibt's doch nicht«, sagte er. Die Scheide war noch da, aber das Messer war weg. Offenbar hatte die Kugel das Messer getroffen und aus der Scheide gerissen, bevor es zersplitterte und dabei das Fleisch zerschnitt. Das Blut rührte von Schnittwunden her, nicht von einem Einschussloch. »Das Glück begünstigt den vorbereiteten Geist«, zitierte er den Forscher Louis Pasteur. Nachdem Grangeland die Scheide entfernt und die Wunde verbunden hatte, wandte er sich Harv zu. »Gehen wir mal ein Stück spazieren. Grangeland, Sie bleiben bei Bridgestone und geben die Position dieses Standorts an Ihr Team am Truckstop durch, damit sie das Semtex im Laderaum des SUV sicherstellen.«

»Kein Problem«, sagte sie.

Nathan ging mit Harv ein kleines Stück die Straße entlang.

»Nach dem, was Ernie uns erzählt hat, schätze ich Leonards Vorsprung auf etwa sechs Stunden«, sagte Nathan. »Gehen wir sicherheitshalber von sieben aus. Dann könnte er frühestens morgen um drei Uhr nachmittags bei dem Geldversteck in Montana ankommen. Ich bezweifle, dass er es schneller schafft. Er wird sich an die Geschwindigkeitsbegrenzung halten, damit ihn unterwegs keine Polizei anhält. Was auch immer er als Verkleidung benutzt, wird ausreichen, um einen Durchschnittspolizisten hinters Licht zu führen. Gefärbte Kontaktlinsen, ein falscher Bart, so was in der Art. Außerdem hat er gefälschte Ausweise und Führerscheine. Wir müssen davon ausgehen, dass er es bis dorthin schafft. Ich bin mal auf der Interstate 15 durch diese Gegend gefahren. Ist ziemlich abgelegen. Man kann Hunderte von Kilometern weit fahren, ohne einem Polizisten zu begegnen.«

»Meinst du, dass er ohne Pause durchfährt?«

»Bestimmt. Er will das Geld an sich reißen und dann nach Kanada verschwinden. Er wird sich für die Fahrt mit Koffeintabletten vollpumpen. Wir müssen auf jeden Fall vor ihm dort ankommen.«

»Wir brauchen auch Satellitenaufnahmen von der Umgebung.« Harv machte eine bedeutungsvolle Pause.

»Verdammt, Harv, womöglich hat er selbst die Finger mit im Spiel.«

»Glaubst du das wirklich? Tief in deinem Innern?«

Nathan antwortete nicht sofort. »Nein, eigentlich nicht.« Harv hatte recht, sie brauchten Satellitenaufnahmen. Ohne vorher das Gelände zu studieren, würden sie im Dunkeln tappen. Holly könnte ihnen zwar auch welche besorgen, aber er wollte nicht riskieren, sie einzuschalten, weil er dem FBI ehrlich gesagt nicht traute. Oder vielmehr traute er Direktor Lansing nicht.

»Ich weiß, du willst deinen Vater nicht um Hilfe bitten, aber wir können sie wirklich gebrauchen. Das Gelingen dieses Unternehmens hängt davon ab.«

Nathan erwiderte nichts.

»Soll ich anrufen?«

Nathan seufzte. »Ich rufe an. Schließlich ist er mein Vater. Dir ist aber schon klar, dass wir ihm dann alles erzählen müssen.«

»Jetzt hör mal gut zu, Nate. Ich weiß doch, dass du dich schon seit längerer Zeit mit ihm versöhnen willst. Jetzt hast du die Gelegenheit dazu. Gib dem Mann eine Chance.«

»Er ist ein Politiker.«

»Hat er dich jemals angelogen?«

»Nein, hat er nicht, so viel kann ich ihm bescheinigen.« Nathans Handy klingelte und er nahm es aus der Gürtelhalterung. Er erkannte die Nummer auf dem Display. Es war Holly Simpson. »Wir haben Ernie.«

»Nathan, Gott sei Dank. Die Nachrichten sind voll von der Explosion am Truckstop. Jeder Sender berichtet darüber.«

»Holly, ich kann im Augenblick leider nicht reden.«

»Ist alles in Ordnung bei dir? Special Agent Ferris hat mir soeben erzählt, dass du zweimal angeschossen wurdest.«

»Ich ruf dich in ein paar Minuten zurück. Erzähl niemandem was davon. Unter gar keinen Umständen.«

»Nathan …«

»Ich melde mich in ein paar Minuten, Holly. Das verspreche ich dir.« Er beendete das Gespräch und sah Harv an. »Die Katze ist aus dem Sack. Ich wette, Leonard hat es bereits im Radio gehört.«

»Er wird das Versteck meiden, bis er von Ernie gehört hat.«

»An diese Möglichkeit habe ich bereits gedacht. Wir lassen an die Medien durchsickern, dass Ernie entkommen konnte und dass wir am Tatort lediglich sein Gewehr und sein Handy fanden. Außerdem sagen wir, dass wir die Gesprächsprotokolle des Mobilfunkanbieters auswerten wollen. Ich wette, dass Leonard daraufhin sein eigenes Handy wegwirft.«

»Sie haben bestimmt einen Treffpunkt vereinbart für den Fall, dass sie längere Zeit getrennt sind.«

»Bestimmt.«

»Leonard wird sich vielleicht für eine Weile versteckt halten. Womöglich wartet er eine Woche oder sogar einen ganzen Monat, bevor er das Versteck aufsucht.«

»Das ist durchaus möglich, aber ich glaube, dass seine Geldgier ihn zu unbedachtem Handeln antreiben wird. Im Gegensatz zu seinem Bruder geht es Leonard nicht um Rache, sondern allein um das Geld. Solange er glaubt, Ernie sei auf der Flucht, haben wir eine Chance, ihn zu schnappen.«

»Wenn wir Ernie bei uns haben, macht das die Dinge komplizierter.«

»Grangeland kann auf ihn aufpassen.«

»Das wird ihr gefallen. Wie geht's deinem Arm?«

»Besser als dem Bein. Wenn wir wieder in Sacramento sind, könntest du dich bitte um die Vorflugkontrolle kümmern, während ich unser Gepäck aus dem Hotel hole und mich ein wenig frisch mache?«

»Kein Problem.«

»Ich setze euch am Flughafen ab und rufe meinen Vater auf dem Weg ins Hyatt an. Aber jetzt muss ich erst einmal Holly zurückrufen.« Er wählte die Nummer aus dem Gedächtnis und fasste knapp die bisherigen Ereignisse zusammen, angefangen mit dem Vorfall am Truckstop. Holly fragte ihn immer wieder nach den Schusswunden und er versicherte ihr, dass bei ihm alles in Ordnung sei. Dann berichtete er ihr von seinem Gespräch mit Lansing nach Ernies Ergreifung.

»Lansing weiß jetzt, dass ich über die Sache mit Ortega und dem gescheiterten Undercover-Einsatz Bescheid weiß«, sagte er. »Ich habe dieses Wissen als Druckmittel benutzt, damit er mir bei Ernie freie Hand lässt.«

»Pass nur auf, Nathan. Lansing ist niemand, den man sich zum Feind machen sollte.«

»Wir haben eine Vereinbarung getroffen. Er schaut weg und ich halte dicht, was das Semtex angeht. Für ihn ist das ein guter Deal.

Schließlich weiß er, was auf dem Spiel steht, wenn die Öffentlichkeit davon erfährt. Er hat mir Grangeland unterstellt.«

»Nathan, ich kann dir zur Unterstützung ein SWAT-Team schicken. Du musst das nicht im Alleingang machen.«

»Nein. Harv und ich kommen zurecht. Ich will die Dinge nicht unnötig verkomplizieren. Es wird auf einen Todesschuss hinauslaufen.«

»Das gefällt mir ganz und gar nicht.«

»Mir auch nicht, aber ehrlich gesagt, ist es einfacher als zu versuchen, ihn lebend zu fassen.«

Sie hatte darauf keine Antwort.

»Wir haben Ernie weisgemacht, dass das FBI Leonard in seiner Gewalt hat und dass wir nur noch das versteckte Geld sicherstellen wollen.«

»Gut gemacht.«

»Deine Dienststelle soll so schnell wie möglich ein paar Information an die Presse durchsickern lassen. Heute noch oder am besten sofort. Wir müssen Leonard in dem Glauben lassen, dass Ernie sich noch immer auf freiem Fuß befindet. Sonst taucht er nie bei dem Geldversteck auf. Sagt, dass Ernie entwischen konnte, dass wir am Tatort nur sein Gewehr und sein Handy gefunden haben und dass das FBI die Gesprächsprotokolle des Mobilfunkanbieters auswertet. Leonard wird dann sein Handy wegschmeißen, weil er nicht riskieren will, dass das FBI es orten lässt.«

»Das ist eine gute Idee. Die Freundin von Assistant Special Agent in Charge Breckensen ist Nachrichtensprecherin bei News Ten. Ich werde mich sofort darum kümmern.«

»Ich brauche wohl nicht extra zu betonen, dass Breckensen nicht die Wahrheit erfahren darf.«

»Wenn er es später herausfindet, wird ihm das nicht gefallen.«

»Darüber können wir uns jetzt keine Gedanken machen. Leonard muss unbedingt glauben, dass Ernie auf der Flucht ist. Wenn er erfährt, dass sein Bruder festgenommen wurde, taucht er sofort unter und wir sehen ihn nie wieder. Dieser Plan ist unsere einzige

Chance, ihn zu schnappen. Wenn es nicht klappt, dann ist der Zug ein für alle Mal abgefahren.«

»Nathan, wir haben am Truckstop einen weiteren SWAT-Agenten verloren. Und außerdem drei Zivilisten.«

»Das tut mir leid, Holly.«

»Ich wusste nicht, dass ein SWAT-Team dort sein würde, sonst hätte ich es dir gesagt. ASAC Breckensen hat auf direkte Anweisung von Direktor Lansing gehandelt. Ich hab wieder mal nichts davon erfahren.«

»Es ist doch immer wieder dasselbe ...«

»Bring es zu Ende, Nathan, bevor noch jemand stirbt.«

»Darauf kannst du dich verlassen.« Nathan beendete das Gespräch. »Wir müssen los.« Er deutete nach Westen, wo mehrere Einsatzfahrzeuge des Sheriff's Departments mit Blaulicht die Straße entlangrasten. »Wir haben nur knapp eine Minute, um hier wegzukommen. Hast du alles, was wir brauchen, aus dem SUV geholt?«

»Ja.«

Sie eilten zu den Fahrzeugen zurück. Nathan war froh, dass die Fenster des Crown Vic die Explosion überstanden hatten. Er war nicht in der Verfassung für eine eisige Fahrt nach Sacramento. Grangeland setzte sich neben Bridgestone auf den Rücksitz, während Nathan auf dem Beifahrersitz Platz nahm. Harv fuhr mit ausgeschalteten Scheinwerfern auf die Straße, klappte das Nachtsichtgerät herunter und gab Gas.

»Alle Straßen in dieser Gegend verlaufen im Schachbrettmuster«, sagte Grangeland. »Fahren Sie die erste größere Straße nach rechts. Die müsste uns zurück zum Freeway bringen.«

Nach etwas weniger als zwei Kilometern bog Harv nach rechts ab und sagte: »Scheiße.«

Auf dem Freeway war der Verkehr in nördlicher Richtung zum Erliegen gekommen. Die Autoschlange staute sich mindestens eineinhalb Kilometer nach Süden. Einsatzfahrzeuge kamen nur auf dem Seitenstreifen voran. Das Inferno am Truckstop war wohl an diesem Chaos schuld.

»Fahren Sie unter dem Freeway hindurch«, sagte Grangeland. »Wir nehmen eine Parallelstraße, bis wir an dem Stau vorbei sind.«

Die nächste Abbiegemöglichkeit nach rechts kam erst nach ein paar Kilometern. Zu beiden Seiten der Straße erstreckte sich flaches Farmland. Harv beschleunigte auf etwa hundertzehn Stundenkilometer. Andere Fahrer hatten dieselbe Idee und verwandelten die sonst ruhige Landstraße in eine Hauptverkehrsader. Harv folgte dem Pulk und bog nach rechts in nördlicher Richtung ab. Bald tauchte wieder der Freeway vor ihnen auf, aber diesmal verlief der Stau in die Gegenrichtung, also nach Süden. Eine weitere Abzweigung nach Osten führte sie schließlich unter dem Freeway hindurch und auf die Auffahrtsrampe nach Norden.

Ernie schwieg die ganze Zeit und Nathan wusste, was in ihm vorging. Verdammt, er hatte es ja selbst am eigenen Leib erlebt. Unmittelbar nach seiner Gefangennahme in Nicaragua hatte man ihn halb zu Tode geprügelt und auf die Ladefläche eines Lastwagens geworfen, wo sich bewaffnete Soldaten um ihn scharten. Sie hatten ihm wütende Blicke zugeworfen und ihn angespuckt. Die Fahrt durch den Dschungel war ihm wie eine Ewigkeit vorgekommen.

Nathan drehte den Kopf zur Seite und sprach Ernie an. »Du kannst uns jetzt die richtigen GPS-Koordinaten geben.«

»Was redest du da?«, fragte Ernie.

»Ich will ehrlich zu dir sein. Auf dich warten zehn schlimme Jahre in der Todeszelle, bevor sie dir die Spritze geben. Und man *wird* dich hinrichten, darauf kannst du Gift nehmen. Stell dir das mal vor … im Todestrakt von San Quentin, zusammen mit Scott Peterson, deinem Bruder Leonard und dem Rest von diesen tätowierten Schwachköpfen. Spätestens nach einer Woche macht Big Bubba dich zu seinem Sexsklaven und bietet allen seinen Kumpels für Zigaretten deinen Arsch an.«

»Halt's Maul, McBride.«

»Wenn du mir jetzt die richtigen Koordinaten gibst, biete ich dir einen Ausweg an.«

»Was für einen Ausweg?«

»Eine Kugel in den Kopf.«

Ernie schwieg.

»Die Sache ist die«, fuhr Nathan fort, »dass ich noch ein bisschen warten will, bevor ich dich dem FBI übergebe. Ich habe beschlossen, dich zu dem Versteck mitzunehmen. Wenn sich herausstellt, dass du uns falsche Angaben gemacht hast, geht alles wieder von vorne los. Ich hab immer noch siebenundfünfzig Minuten mit dir gut.« Nathan sah dabei Grangeland an, die gestresst dreinblickte.

Harv mischte sich in die Unterhaltung ein. »So ein Berufungsverfahren gegen eine Hinrichtung kostet den Bundesstaat Kalifornien eine Million Dollar. Lässt sich dieses Geld nicht besser woanders verwenden?«

»Das will ich auch nicht abstreiten«, sagte sie, »aber ich will mit dem, was Sie hier machen, nichts zu tun haben.«

»Das müssen Sie auch nicht, Special Agent Grangeland. Wie Sie damit umgehen, ist mir egal. Stecken Sie sich Stöpsel in die Ohren, schauen Sie weg, tun Sie so, als wäre nie etwas geschehen. Was für Sie am besten funktioniert.«

»Hab ich dein Wort darauf, dass du mich nicht dem FBI übergibst?«, fragte Ernie, um die Abmachung zu besiegeln.

»Mein Ehrenwort, von einem Marine zum anderen. Und jetzt gib mir die richtigen Koordinaten.«

KAPITEL 24

Nathan setzte Harv, Grangeland und Bridgestone am Flughafen von Sacramento ab. Dann zog er das Handy hervor und sah auf die Uhr. An der Ostküste war es jetzt kurz nach sieben Uhr morgens. Er wählte die Handynummer seines Vaters.

»Hallo?«

»Hi, Dad.«

»Nathan. Alles okay bei dir? Die Explosion und das Feuer an dem Truckstop sind überall in den Nachrichten.«

»Ich muss mit dir reden.«

»Okay …«

»Hör zu, ich weiß, dass wir hin und wieder Meinungsverschiedenheiten hatten. Wenn es dir ein Trost ist, es war meine Schuld. Ich tue mich schwer, anderen Leuten zu trauen … und das schließt dich mit ein.«

»Unsinn. Du bist mein Sohn. Nur weil wir nicht immer einer Meinung sind, heißt das noch lange nicht, dass wir uns nicht trauen können.«

»Ich muss dir trauen können. Jetzt noch mehr als zuvor.«

»Das kannst du auch.«

»Was ich dir jetzt erzähle, muss unter uns bleiben. Sag keinem was. Unter gar keinen Umständen darf jemand anders davon erfahren. Es geht um Leben und Tod, Dad. Mein Leben und das von Harv.«

»Was ist passiert?«

»Du musst mir dein Wort geben.«

»Darum brauchst du mich nicht zu bitten.«

»Dein Wort.« Er hörte, wie sein Vater seufzte.

»Also gut, ich gebe dir mein Wort.«

Nathan brauchte genau fünf Minuten, um die Geschichte zu erzählen und seinen Plan zu beschreiben. Eines wusste er mit Sicherheit: Die Nachricht von Ortegas Intrige, die Bridgestones hochgehen zu lassen, indem er ihnen Semtex verkaufte, musste auf seinen Vater wie ein Schock wirken und ihn wütend machen. Das Einzige, was ihn überraschte, war sein gutes Gefühl angesichts der Gewissheit, dass sein Vater mit der Sache nichts zu tun hatte.

»Bist du dir da wirklich ganz sicher?«, fragte Stone, als Nathan seine Schilderung beendet hatte. »Ich meine, hundertprozentig sicher?«

»Ja.«

»Man müsste meinen, dass man einen Menschen nach so langer Zeit kennt. Frank und ich haben zusammen in Korea gedient und dort Seite an Seite gekämpft. Ich kann es einfach nicht fassen, dass das Ganze nichts weiter war als ein Rachefeldzug gegen Ernie Bridgestone.«

»Ich weiß, so etwas tut weh. Harv fühlt sich ebenfalls hintergangen. Es gibt jedoch auch eine gute Nachricht. Wir konnten den überwiegenden Teil des vermissten Semtex sicherstellen. Fast hundertfünfzig Kilo.«

»Das ist in der Tat eine gute Nachricht.«

»Leonard hat noch zehn Barren und ein paar Sprengkapseln.«

»Wie kann ich dir helfen? Sag mir, was du brauchst.«

»Wir brauchen Satellitenaufnahmen von der näheren Umgebung, wo sie das Geld versteckt haben.«

»Ich kümmere mich sofort darum. Hast du genaue Koordinaten?«

Nathan gab sie ihm durch. »Ich brauche Ausdrucke im Format 60 x 60 Zentimeter und in den Maßstäben ein Zoll zu drei Metern, ein Zoll zu zehn Metern und ein Zoll zu hundert Metern, ausgehend vom Nullpunkt. Hast du dir das notiert?«

»Ja, ich schreibe mit.«

»Besorge mir einen vierten Ausdruck im Maßstab ein Zoll zu fünfhundert Metern. Wir fliegen in spätestens einer Stunde hier weg. Kommunikation ist absolut wichtig. Mein Handy ist mit dem Navigations- und Kommunikationssystem meines Hubschraubers verbunden. In der Nähe von Städten funktioniert das meistens, aber in abgelegenen Gegenden weiß man nie.«

»Nathan, es wird verdammt schwierig werden, die Sache unter Verschluss zu halten, wenn erst einmal das Militär mit von der Partie ist.«

Nathan schwieg.

»Keine Angst, ich werde mir was einfallen lassen.«

»Tu dein Bestes, Dad, mehr kann ich von dir nicht verlangen. Ich glaube, für uns ist es am besten, wenn die Aufnahmen auf dem Luftwaffenstützpunkt Malmstrom in Montana für uns bereitliegen.«

»Den kenne ich gut. Wir haben dort unsere ersten Minuteman-Raketen stationiert.«

»Hör zu, ich muss jetzt Schluss machen. Wir haben einen langen Flug vor uns.«

»Nathan, danke, dass du mir vertraust. Was ich neulich zu dir gesagt habe, tut mir leid.«

»Mir auch.«

»Ich melde mich bei dir, sobald es etwas Neues gibt.«

»Grüße bitte Mom von mir und sag ihr, dass ich sie gern habe.«

»Das sagst du ihr lieber selbst, wenn das Ganze vorbei ist.«

Nathan erwiderte nichts. Das war auch nicht nötig.

»Ich werde es ihr ausrichten«, sagte Stone.

* * *

Nach dem Gespräch mit seinem Vater fuhr Nathan zum Hotel und wusch sich dort, so gut es ging. Leider ließ es sich nicht vermeiden, dass die anderen Hotelgäste bei seinem Gang durch die Lobby die Köpfe drehten und ihn anstarrten. Er lud die Seesäcke in den Wagen und fuhr zurück zum Flughafen. Grangeland sah ihn besorgt an und fragte nach seinem Arm. Er log ihr etwas vor und reichte ihr die Sanitätsartikel, die er unterwegs besorgt hatte.

»Kann es losgehen?«

»Ja«, sagte Harv.

»Letzte Gelegenheit für eine Pinkelpause. Der Flug wird mehrere Stunden dauern.«

Grangeland blickte sich mit einer übertriebenen Geste um. »Hm, es gibt ja nirgendwo Toiletten.«

Nathan nickte in Richtung Hangar.

Sie rannte zu dem Gebäude hinüber und verschwand um die Ecke.

Nathan sah Ernie an. »Was ist mit dir?«

Er schüttelte den Kopf.

Harv holte die Seesäcke und Nathans Aluminium-Gewehrkoffer vom Rücksitz des Crown Vic und verstaute alles im Gepäckabteil.

»Hör zu, Ernie«, sagte Nathan. »Ich bin bereit, während des Fluges deine Hände vorne zu fesseln, wenn du dich ordentlich benimmst. Haben wir uns verstanden?«

»Ich mach schon keinen Ärger«, sagte er.

Harv zog unaufgefordert seine Sig und zielte damit auf Ernies Brust. Mit dem Schlüssel, den Grangeland ihm gegeben hatte, machte Nathan die Handschellen los und legte sie auf Ernies Vorderseite wieder an. Obwohl er es eigentlich verdient hätte, hielt Nathan es für grausam, die verletzten Hände für die lange Dauer des Flugs auf dem Rücken zu fesseln, vor allem angesichts der ausgekugelten Schulter. Harv stieß Bridgestone in den rechten hinteren Sitz, hinter dem Piloten, und legte ihm den Sitz- und Schultergurt an.

Sobald Grangeland zurück war, nahm Nathan sie beiseite und sagte leise: Ich hab Ernie für den Flug die Hände vor dem Bauch gefesselt. Passen Sie auf Ihre Pistole auf.«

Sie nickte und schnallte sich in den linken Hintersitz.

»Was machen wir mit dem Crown Vic?«, fragte Harv. »Den können wir doch nicht einfach hier stehen lassen.«

»Du hast recht«, sagte Nathan. »Park ihn drüben neben dem Hangar bei den anderen Fahrzeugen.«

»Mit dem Semtex im Kofferraum?«, sagte Harv.

»Grangeland kann den Standort durchgeben, wenn wir das erste Mal auftanken. Wir können nur hoffen, dass niemand die Karre in den nächsten paar Stunden klaut. Wir nehmen zur Sicherheit die Sprengkapseln mit.«

»Gute Idee«, sagte Grangeland.

Nachdem Harv den Wagen geparkt hatte, verstaute er die Sprengkapseln sicher in einem Seesack, gab Grangeland einen Kopfhörersatz mit Galgenmikrofon und steckte das dazugehörige Kabel in die Konsole über ihrer rechten Schulter. Bridgestone erhielt keine Kopfhörer. Sie dienten Grangeland, Harv und Nathan nicht nur zur besseren Kommunikation angesichts der Motoren- und Propellerstrahlgeräusche, sondern verhinderten auch, dass Ernie mithörte. Letzteres war weitaus wichtiger, als sich um Bridgestones Ohren Sorgen zu machen – bald würde er sie ohnehin nicht mehr brauchen.

Während Nathan die Start-Checkliste durchging, schloss Harv Nathans Handy an die Audioschnittstelle an. Damit war es möglich, Anrufe über die Sprechfunkanlage in ihren Pilotenhelmen abzuwickeln. Dann gab er Ernies GPS-Koordinaten in das Garmin G600 NavCom ein. Es war ein Gerät auf dem neuesten Stand der Technik, ausgestattet mit zwei Bildschirmen. Der linke zeigte die Flugsteuerungsdaten, während man auf dem rechten dank eingebauter Gelände- und Navigationsdatenbanken auf einer dynamischen Karte genau mitverfolgen konnte, wo sich der Hubschrauber zu einem gegebenen Zeitpunkt befand und wohin er flog. Außerdem lieferte der GDL-A-Datenempfänger stets die aktuellen Wetterinformationen überall in den USA.

»Während du im Hotel warst, habe ich eine grobe Flugroute erstellt«, sagte Harv. »Wir werden drei Zwischenstopps einlegen: Winnemucca in Nevada, Idaho Falls in Idaho und Great Falls in Montana. Die Zielkoordinaten befinden sich in der Nähe einer Ortschaft namens Dupuyer am Highway 89. Wir tanken in Great

Falls auf. Ich habe in der Flugplatzliste nachgesehen. Alle drei Flugplätze haben Selbstbedienungstankanlagen mit Jet-A-Kraftstoff, mit Zugang rund um die Uhr.«

»Gut gemacht. Vielleicht landen wir auf dem Luftwaffenstützpunkt Malmstrom anstatt in Great Falls.«

Harv studierte die Karte. »Das ist kein Problem. Malmstrom liegt nur ein paar Kilometer weiter östlich.«

Zwei Minuten nach Motorenstart hatte Nathan den zweieinhalb Tonnen schweren Bell 407 in einen stabilen Schwebeflug gebracht.

»Links klar?«, fragte Nathan.

»Klar«, antwortete Harv.

Es konnte losgehen.

KAPITEL 25

Ein paar Minuten nach dem Zwischenstopp in Winnemucca klingelte Nathans Handy. Es war kurz vor sieben Uhr morgens. Harv stellte den Anruf zum NavCom durch.

Es war Stone McBride. »Ich konnte das mit den Satellitenaufnahmen für dich regeln.«

»Tolle Arbeit, Dad. Danke.«

»War mir ein Vergnügen. Wenn du bis auf hundertsechzig Kilometer an Malmstrom herangeflogen bist, schalte auf diese Frequenz hier und identifiziere dich mit dem Rufzeichen Civilian Delta.« Stone gab ihm die Zahlen durch und Harv programmierte die Frequenz in die neunte Preset-Einstellung auf dem NavCom-Gerät.

»Alles klar«, sagte Nathan.

»Ein Black-Hawk-Hubschrauber der Air Force wird euch entgegenkommen und zum Stützpunkt geleiten. Es wäre hilfreich, wenn ich vorher Bescheid geben könnte, wann ihr dort ankommt.«

»Augenblick«, sagte Harvey und scrollte durch mehrere Bildschirmmenüs. »Wir überfliegen die Interstate 90 in ungefähr vier Stunden, vorausgesetzt, unser Zwischenstopp in Idaho Falls verläuft wie geplant.«

»Alles klar«, sagte Stone. »In Malmstrom wird man deinen Hubschrauber auftanken und dir die aktuellsten Satellitenfotos geben. Sie werden etwa zwanzig bis dreißig Minuten alt sein, das ist das Beste, was sie tun können. Außerdem wird man dich über Funk benachrichtigen, falls jemand nach eurem Abflug in der Umgebung auftaucht.«

»Perfekt«, sagte Nathan.

»Der dortige Oberbefehlshaber ist Generalmajor Mansfield. Ich habe ihm gesagt, dieser Einsatz sei streng geheim. Nur wenige seiner Leute sind eingeweiht und er hat mir wortwörtlich versichert, dass ›Köpfe rollen‹, falls etwas nach außen dringt. Geh keine unnötigen Risiken ein. Bridgestone ist es nicht wert, dass du oder Harvey seinetwegen ums Leben kommt.«

»Danke für deine Hilfe, Dad. Ich melde mich wieder.«

»Pass auf dich auf, Nathan.«

* * *

In Idaho Falls legten sie einen kurzen Zwischenstopp – komplett mit Auftanken und Pinkelpause – ein, und schon ging es weiter nach Norden. Das Wetter war perfekt, ein wolkenloser Himmel bis hinauf zur kanadischen Grenze. Laut Wettervorhersage sollte dies die nächsten achtundvierzig Stunden so bleiben. Nathan fragte sich, warum er noch nie in diese Gegend gekommen war. Es war wirklich ein schöner Landstrich und er machte sich in seinem Hinterkopf eine Notiz, hier einmal einen Campingurlaub zu machen. Flusstäler und felsige Schluchten dominierten die Landschaft und am westlichen Horizont ragten schneebedeckte Berggipfel empor.

Harv bediente das NavCom. »In etwa zwanzig Minuten erreichen wir die Interstate 90. Von dort aus könnten wir Malmstrom verständigen, damit sie den Geleithubschrauber losschicken.«

»Klingt gut.«

»Was macht dein Arm?«, fragte Harv.

»Tut noch etwas weh, aber dafür blutet er kaum noch. Danke, dass Sie mich so gut versorgt haben, Grangeland.« Sie hatte darauf bestanden, bei jedem Zwischenstopp den Verband zu wechseln.

»Keine Ursache. Ich wollte, ich könnte mehr für Sie tun.«

»Was macht unser Passagier?«

»Immer dasselbe«, sagte sie. »Er starrt andauernd zum Fenster hinaus.«

Das war nicht verwunderlich, wenn man bedachte, was ihn erwartete. Man konnte es drehen und wenden, wie man wollte – für Ernie Bridgestone war dies eine Reise ohne Rückflugticket.

* * *

Als sie die I-90 erreichten, drückte Harv auf die neunte Preset-Taste mit der Frequenz, die Nathans Vater ihnen mitgeteilt hatte. Dann betätigte er den Sendetrigger am Steuerknüppel. »Hier ist Civilian Delta auf Kurs null-eins-null. Überfliege Interstate 90 in zweitausendsechshundert Metern Höhe.«

Die Antwort kam sofort. *»Civilian Delta, Transpondercode drei-zwei-zwei-fünf und Ident.«*

Harv wiederholte die Anweisung, gab die Zahlen in den Transponder ein und drückte auf die Ident-Taste.

Die metallische Stimme erklang erneut. *»Civilian Delta, Radarkontakt bestätigt. Behalten Sie Kurs und Geschwindigkeit bei und warten Sie auf weitere Anweisungen.«*

Nach zehn Minuten meldete der Fluglotse sich wieder. *»Civilian Delta, Ihr Geleithubschrauber befindet sich auf Ihrer Ein-Uhr-Position in acht Kilometern Entfernung. Behalten Sie Kurs und Geschwindigkeit bei und melden Sie Sichtkontakt.«*

Harv wiederholte die Anweisungen. »Siehst du ihn schon?«, fragte er Nathan.

»Nein, aber wir nähern uns schnell. Noch ein oder zwei Minuten und er müsste in unserem Blickfeld auftauchen.«

»Da ist er schon«, sagte Harv. »Ein Uhr hoch.«

Harv hatte bessere Augen. Nathan brauchte zehn Sekunden länger, bis er den winzigen schwarzen Fleck erkannte. »Jetzt sehe ich ihn«, sagte er.

Harv meldete Sichtkontakt und erhielt zum dritten Mal die Anweisung, Kurs und Geschwindigkeit beizubehalten. Der schwarze Fleck wurde größer und verwandelte sich in einen grauen UH-60

Black Hawk. Er machte eine schwungvolle 180-Grad-Drehung und ging tiefer, bis er mit ihnen auf der Backbordseite auf gleicher Höhe war.

»Ganz schön beeindruckend«, sagte Harv.

Grangeland beugte sich vor und schaute durch Ernies Fenster hinaus. »Er kommt uns verdammt nahe«, sagte sie.

»Er geht nur auf Nummer sicher und schaut sich uns näher an.« Der Geleithubschrauber flog in etwa dreißig Metern Entfernung auf gleicher Höhe und mit gleicher Geschwindigkeit. Harv legte einen zackigen militärischen Gruß hin und der Luftwaffenpilot erwiderte die Geste.

Eine andere Stimme erklang in ihren Helmen. *»Civilian Delta, hier ist Luftwaffen-Eskorte fünf. Bleiben Sie auf unserer Steuerbordseite.«*

Harv bestätigte, dass er die Anweisung verstanden hatte.

Es war das erste Mal, dass Nathan zusammen mit einem anderen Hubschrauber in Formation flog, und es gefiel ihm. Vierzig Minuten später befanden sie sich im Anflug auf den Luftwaffenstützpunkt Malmstrom. Die Besatzung des Geleithubschraubers erledigte den Funkverkehr mit dem Tower und sie erhielten Landeerlaubnis. Die beiden Hubschrauber flogen in einer geraden Linie von Süden her. Die lange Start- und Landebahn verlief diagonal von Südwest nach Nordost. Sie flogen darüber hinweg und gingen in einen kontrollierten Schwebeflug über einer großen Betonfläche in der Nähe zweier weißgrauer Hangargebäude. Nach der Landung fuhr Nathan den Hubschrauber herunter und schaltete das Triebwerk ab, sobald es sich ausreichend abgekühlt hatte. Harv öffnete Grangelands Tür. Die FBI-Agentin kletterte hinaus und behielt dabei Ernie sorgfältig im Auge.

Eine Limousine der Luftwaffe hielt zwischen den beiden Hubschraubern und ein Major stieg aus, um sie in Empfang zu nehmen. Die Pilotentür des Black Hawk wurde geöffnet und ein Zwei-Sterne-General in Pilotenuniform kam auf sie zu. Das konnte nur Generalmajor Mansfield sein. Nathan und Harv salutierten aus alter Gewohnheit. Mansfield, etwa eins achtzig groß, mit kurz geschorenen grauen Haaren und ausgeprägten Krähenfüßen an den Rändern seiner braunen Augen, erwiderte den Gruß. »Rührt euch, meine Herren. Willkommen auf dem Luftwaffenstützpunkt Malmstrom.« Der General stellte seinen Adjutanten als Major Reid vor und sie gaben sich alle die Hand.

Nathan warf einen Blick auf den Black Hawk und wieder zurück auf Mansfield.

Der General lächelte. »Möchten Sie den mal testfliegen?«

Der Black Hawk war um einiges größer und leistungsstärker als Nathans Hubschrauber. Nur zu gerne hätte er sich in den Pilotensitz gesetzt. »Wir stehen enorm unter Zeitdruck, Sir. Darf ich später auf Ihre Einladung zurückkommen?«

»Darauf können Sie sich verlassen. Ihr Vater ist ein guter Freund des Militärs. Er kämpft für jeden Cent, den wir bekommen.«

Nathan nickte.

Mansfield wandte sich seinem Adjutanten zu. »Tanken Sie Major McBrides Hubschrauber auf.«

»Danke, Sir.« Nathan bat Grangeland, für ein paar Minuten auf ihren Gefangenen aufzupassen.

»Wer ist der Passagier auf dem Rücksitz? Der mit den Handschellen«, fragte Mansfield. »Er sieht nicht gerade aus, als ob er sich freut, hier zu sein.«

»Bleibt das unter uns?«, fragte Nathan.

»Selbstverständlich.«

»Ernie Bridgestone.«

»Sie machen Witze! Er war überall in den Nachrichten. Ich habe gehört, er wäre aus diesem Truckstop bei Fresno entkommen. Das war vielleicht ein Ding! In den Nachrichten hat das ausgesehen wie ein Napalmangriff.« Mansfield wandte sich seinem Adjutanten zu. »Major Reid, Sie haben von alledem kein Wort gehört.«

»Kein Wort von was, Sir?«

»Das FBI hat die Nachricht von Ernies Flucht bewusst an die Presse lanciert«, sagte Nathan. »Wir hoffen, dass wir auf diese Weise seinen Bruder Leonard schnappen. Deshalb sind wir hier. Leonard soll denken, dass Ernie entkommen konnte. Wir vermuten, dass die beiden sich an dem Ort treffen wollen, dessen Koordinaten mein Vater Ihnen mitgeteilt hat. Wahrscheinlich wird er in etwa zwei bis drei Stunden dort eintreffen.«

Erst jetzt bemerkte Mansfield das Blut, das durch Nathans Hemdsärmel sickerte. »Was ist mit Ihrem Arm passiert?«

»Mich hat's am Truckstop erwischt.«

»Eine Schusswunde? Und damit sind Sie sechs Stunden lang geflogen?«

»Ist nur halb so schlimm. Glatter Durchschuss.«

»Major Reid, holen Sie sofort einen Sanitäter.«

»Zu Befehl, Sir.« Der Adjutant setzte sich in den Wagen und gab die Anweisung über Funk durch.

»Sir, mir geht es gut. Wirklich.«

Mansfield hob eine Hand. »Keine Widerrede.«

Nathan hielt daraufhin den Mund. Mit einem General zu streiten, war keine gute Idee.

Mansfield holte einen großen Umschlag vom Beifahrersitz des Wagens, entnahm ihm mehrere Farbfotos und breitete sie auf der Motorhaube aus. Es waren Schrägsichtaufnahmen. »Die sind fünfzehn Minuten alt. Mein Adjutant hat sie durchgesehen. Soweit wir erkennen können, befindet sich niemand in der Gegend. Auf den Infrarotbildern konnten wir keine Wärmeausstrahlung feststellen, die auf irgendwelche Fahrzeuge oder Menschen hindeutet. Tagsüber ist diese Entdeckungsmethode schwieriger, aber manchmal klappt es. Auf jeden Fall haben sich die beiden eine abgelegene Gegend ausgesucht. Die Koordinaten liegen unmittelbar südlich des Blackfeet-Indianerreservats. Wenigstens waren sie so schlau, außerhalb der Reservatsgrenzen zu bleiben. Die Blackfeet mögen es nicht, wenn man unerlaubt ihr Land betritt.« Mansfield zeigte auf eine Schotterstraße. »Das hier ist die Dutch Creek Road. Sie führt zum Highway 89 ein paar Kilometer weiter östlich. Und das hier ist die Sweet Dam Road, die geht ebenfalls zum Highway. Das ist wahrscheinlich der Grund, warum sie diesen Ort gewählt haben. Man kommt dort nämlich sowohl von Norden als auch von Süden aus hin. Außerdem haben sie zwei Fluchtrouten.«

»Das ist perfekt, Sir. Genau das, was wir brauchen.«

Mansfield beugte sich über die Fotos. »Der Koordinatennullpunkt ist anscheinend bei einer Felsnadel an der Südwand des Canyons. Hier können Sie ihren Schatten sehen.« Er deutete auf das Foto mit dem detailliertesten Maßstab, einem Zoll zu drei Metern.

»Aus der Froschperspektive kann man es leicht erkennen«, sagte Harv und studierte die anderen Aufnahmen. Nathan wusste, dass sein Partner potenzielle Heckenschützenpositionen und einen geeigneten Landeplatz für den Hubschrauber suchte.

»Kann ich sonst noch etwas für Sie tun?«, fragte General Mansfield.

»Halten Sie uns auf dem Laufenden, falls sich jemand dieser Stelle nähert.«

»Wir kümmern uns bereits darum. Im Augenblick prüfen wir bei NORAD nach, welche Flugzeuge wir gerade in der Luft haben. Es kann dunkle Intervalle geben. Und ehrlich gesagt können wir keines von denen umleiten. Wir brauchen sie über dem Golf.«

»Wir kommen schon zurecht, Sir.«

»Ernie Bridgestone.« Er sprach den Namen betont langsam aus. »Staatsfeind Nummer eins. Ich bin froh, dass Sie den Hurensohn geschnappt haben. Dieser Bombenanschlag in Sacramento war äußerst kaltblütig.«

»Ja, Sir, da haben Sie recht. Übrigens, Special Agent Grangeland muss wahrscheinlich auf die Toilette. Wir anderen auch. Außerdem müssen Harvey und ich unsere Tarnanzüge anziehen. Wir möchten Ihnen keine Umstände machen, aber könnten wir vielleicht etwas zu essen und Kaffee bekommen?«

»Sie machen mir keine Umstände.«

Mansfield befahl Reid, aus dem Offizierskasino Sandwiches und Kaffee zu holen. Der Major eilte im Laufschritt zum Wagen und brauste davon.

»Dauert nicht länger als zehn Minuten.«

»Danke, Sir.«

Auf dem Weg zurück zum Hubschrauber musste Nathan daran denken, wie schnell die Zeit verging. Er glaubte zwar nicht, dass Leonard es in weniger als zweiundzwanzig Stunden dorthin schaffen würde, aber ganz sicher war er sich nicht. Eine innere Unruhe machte sich in ihm breit. Konnten sie sich diesen Zwischenstopp wirklich leisten? Wenn Ernie sie im Hinblick auf Leonards Aufbruchszeit aus Kalifornien angelogen hatte, konnte sie das ihr Leben kosten. Die Satellitenbilder zeigten zwar keinerlei menschliche Aktivität, aber das hieß noch lange nicht, dass Leonard nicht schon dort war, das Geld ausgegraben hatte und Sprengfallen aus Semtex und Stolperdrähten legte. Wie lange würde er auf seinen Bruder warten? Ein paar Stunden, oder länger? Würde er überhaupt warten? Schließlich lockte nicht weit entfernt die kanadische Grenze.

Ein grauer Tanklastwagen fuhr an Nathans Hubschrauber heran. Der Fahrer stieg aus und brachte das Erdungskabel an einer Kufe an. Nathan vergewisserte sich, dass Jet-A-Kraftstoff verwendet wurde.

Mansfield nickte in Richtung Hangar. »Da drinnen gibt es Toiletten und einen Umkleideraum.«

Harv und Nathan halfen Grangeland, Ernie aus dem Hubschrauber zu holen, und folgten Mansfield zum Hangar. Der General trug Nathans Seesack.

Die Sanitäterin erschien zur gleichen Zeit, als Reid mit dem Essen zurückkam. Sie setzte Nathan auf den Esstisch und nähte die Wunde an seinem Arm. Er verzichtete auf eine örtliche Betäubung, da er nicht wollte, dass ein Teil seines Körpers gefühllos wurde. Hin und wieder verzog er das Gesicht, ließ die Prozedur jedoch über sich ergehen und aß dabei ein Truthahnsandwich. Anschließend verband die Sanitäterin die Wunde an seiner Wade. Zum Glück sagte sie nichts zu den Narben, die kreuz und quer über seinen Oberkörper verliefen, obwohl sie zweimal entsetzt hingeschaut hatte. Als er merkte, dass Grangeland ihn anstarrte, stellte er sich ahnungslos und fragte: »Was ist?«

Sie verdrehte die Augen.

Danach wechselten Nathan und Harv in ihre Tarnanzüge und ließen sich von Mansfield zurück zum Hubschrauber begleiten.

Der General fragte: »Sind Sie sicher, dass Sie da draußen keine Unterstützung brauchen?«

»Absolut, Sir«, sagte Nathan. »Wir arbeiten am liebsten allein.«

»Bleiben Sie auf der Frequenz, die wir Ihnen durchgegeben haben. Wir benachrichtigen Sie sofort, wenn wir am Zielort etwas Verdächtiges bemerken. Und ich werde ein paar von meinen Jungs bereithalten, falls Sie uns doch um Hilfe rufen.«

* * *

Etwa fünfzehn Kilometer südöstlich von Dupuyer ging Nathan mit dem Hubschrauber auf dreißig Meter herunter. »Pass auf Hochspannungsleitungen auf«, warnte er Harv. »Hast du auf den Fotos einen geeigneten Landeplatz gefunden?«

»Ich glaube schon. Wir müssen ihn uns vor Ort ansehen. Er liegt ungefähr zweieinhalb Kilometer nordwestlich vom Zielort. Eine hufeisenförmige Waldlichtung in unserem Canyon, auf drei Seiten von Bäumen verdeckt.«

»Ich gehe jetzt auf fünfzehn Meter runter. Halt die Augen offen.« Nathan senkte den Bug des Hubschraubers. Einen Augenblick später flogen sie mit einer Geschwindigkeit von fast zweihundertfünfzig Stundenkilometern dicht über das Grasland hinweg. Es war ein berauschendes Gefühl. So gefährlich es auch sein mochte, Nathan liebte es, tief und schnell zu fliegen.

Harv bediente das NavCom. »Kurskorrektur auf drei-vier-fünf.«

»Drei-vier-fünf«, gab Nathan zurück.

Plötzlich meldete Grangeland sich hinter ihnen. »Jungs?«

Harv drehte sich um. »Alles klar bei Ihnen?«

»Ich hasse es, das schwächste Glied in der Kette zu sein, aber müssen wir wirklich so tief fliegen? Mir wird schlecht dabei.«

»Sorry, aber es geht leider nicht anders«, sagte Harv. »Schauen Sie geradeaus und nicht aus dem Fenster.«

Sie brummte nur.

Unter ihnen rannte ein kleines Rudel Hirsche. Die Tiere versuchten zusammenzubleiben, aber ein paar brachen in verschiedene Richtungen aus.

»Pass auf Vögel auf, Harv. Ein Zusammenprall mit einem Adler bei dieser Geschwindigkeit kann einem ganz schön den Tag ruinieren.« Nathan runzelte konzentriert die Stirn. »Siehst du irgendwo Sendemasten?«

»Nein. Wir haben freien Flug.«

»Wir sollten Malmstrom anfunken und um ein Update bitten.«

General Malmstrom beantwortete den Funkspruch persönlich und berichtete, dass außer dem Wärmebild des Hubschraubers nichts zu sehen sei. Außerdem teilte er ihnen mit, dass es zehn Minuten später einen halbstündigen Blackout geben würde, weil dann der gegenwärtige Überwachungssatellit hinter dem Horizont verschwand.

Harv hatte das Foto mit dem Maßstab von einem Zoll zu fünfhundert Metern auf dem Schoß. »Ich zweifle ernsthaft daran, dass Leonard schon hier ist. Wenn er noch vor uns hier eintreffen will, müsste er auf der gesamten Strecke eine Durchschnittsgeschwindigkeit von hundertdreißig Stundenkilometern beibehalten. Das schafft er nie, und außerdem kann er es nicht riskieren, dass ihn unterwegs die Polizei stoppt.«

»Du hast recht«, sagte Nathan. »Wenn Ernies Angaben stimmen, schlagen wir ihn um mindestens eine Stunde, wenn nicht sogar drei.«

»Was sagt dein Bauchgefühl? Hat Ernie die Wahrheit gesagt?«, fragte Harv.

»Mit Sicherheit lässt es sich natürlich nicht sagen, aber ich glaube nicht, dass er bei den zweiten Koordinaten gelogen hat.«

»Wir müssen mit allem rechnen«, sagte Harv.

»Richtig.«

»Meinst du, Leonard hat einen Radiofrequenzdetektor?«

»Schwer zu sagen, aber ich glaube nicht. Wenn ja, dann kann er damit unsere Handfunkgeräte erkennen. Die Signalstärke oder die Richtung kann er jedoch nur bestimmen, wenn er ein

Gerät auf dem neuesten Stand der Technik besitzt – ansonsten stellt er lediglich fest, dass in der Gegend Sprechfunkverkehr herrscht. Wir können da nicht viel machen, es sei denn, du willst auf Funkgeräte verzichten. Da unsere Handfunkgeräte nicht mit dem NavCom kompatibel sind, sollten wir Grangeland und Ernie beim Hubschrauber zurücklassen. Grangeland kann dann Mansfields Updates an uns weitergeben. Ich würde sagen, die Funkgeräte nützen uns mehr, als sie uns schaden. Sie sind das kleinere Übel.«

»Was ist mit Sprengfallen?«, fragte Harv.

»Daran habe ich auch schon gedacht. Ich glaube jedoch nicht, dass sie über einen längeren Zeitraum Stolperdrähte oder Minen mit Druckzündern gelegt haben. Dafür gibt es zu viele wilde Tiere in der Umgebung, die die Dinger hochgehen lassen könnten, und das würde nur unnötig Aufmerksamkeit erregen. Es besteht jedoch die Möglichkeit, dass sie das Geldversteck selbst auf diese Weise gesichert haben. Wenn das der Fall ist, wäre das ein Job für einen Bombenentschärfer. Können Ihre Leute das übernehmen, Grangeland?« Nathan kannte bereits die Antwort auf diese Frage und stellte sie nur, um die FBI-Agentin von ihrer Luftkrankheit abzulenken.

Keine Antwort.

»Grangeland?«

»Ja, ich glaube schon«, presste sie hervor.

»Alles okay bei Ihnen?«

»Mir ist richtig schlecht.«

»In den Sitztaschen sind Kotztüten. Harv, wie weit ist es noch bis zur Dutch Creek Road?«

»Ungefähr vier Kilometer.« Er blickte auf das Satellitenbild. »Kurskorrektur auf drei-vier-null. Das müsste uns ziemlich nahe an den Landeplatz bringen.«

Nathan schob den Steuerknüppel leicht nach links und sah zu, wie sich der Digitalkompass auf dem LCD-Bildschirm drehte. »Verstanden … drei-vier-null.« Er warf einen schnellen Blick aus dem Fenster auf der Backbordseite. Die schneebedeckten Gipfel der Flathead Range waren unheimlich schön. *Wo die Prärie auf die Berge trifft*, dachte er. Büffel- und Indianerland.

»Sollen wir die Stelle, wo sich das Geldversteck befindet, erst einmal überfliegen und es uns aus der Luft ansehen?«

»Das bringt uns nicht viel. Für die detaillierte Sicht, die wir brauchen, dürften wir uns nur etwas schneller als im Schwebeflug bewegen. Wir sollten gleich landen.«

»Dafür bin ich Ihnen unendlich dankbar«, sagte Grangeland.

»Geschwindigkeit runter auf sechzig Knoten«, sagte Harv.

»Sechzig Knoten.« Nathan senkte das Höhensteuer, drückte mit dem Fuß auf das rechte Heckrotorpedal und zog den Steuerknüppel nach hinten. Der Hubschrauber blieb auf gleicher Höhe, verringerte aber drastisch die Geschwindigkeit.

»Ach du Scheiße«, stöhnte Grangeland.

»Halten Sie noch ein wenig durch«, versuchte Harvey sie zu ermutigen.

»Mir wird schlecht.«

»Wir landen in neunzig Sekunden.«

Sie schaffte es nicht.

Nathan hörte heftige Würgegeräusche. Grangeland beugte sich nach vorne und kotzte in eine Tüte. Der unverwechselbare Geruch nach Erbrochenem füllte die Kabine.

»Halb so schlimm«, tröstete Nathan sie. »Das ist uns allen schon mal passiert. Passen Sie auf Ihre Pistole auf, damit Ernie auf keine dummen Ideen kommt.« Sie antwortete nicht. »Harv, was ist los?«

Harv drehte sich um. »Alles okay«, sagte er. »Wir sind über der Dutch Creek Road. Runter auf dreißig Knoten.«

Etwa fünf, sechs Meter unter den Kufen des Hubschraubers verlief eine Schotterpiste. Sechzig Sekunden später fiel das Gelände plötzlich steil ab, als sie den Südrand des Canyons erreichten.

»Lande zwischen den Bäumen auf der Zwei-Uhr-Position«, sagte Harv.

»Hochspannungsleitungen?«, fragte Nathan.

Harv suchte die Umgebung ab. »Alles frei.«

Zwanzig Sekunden später wirbelten Blätter auf, als Nathan den Hubschrauber auf den Boden setzte. »Geschafft«, sagte er. »Siehst du irgendwo Einschusslöcher?«

Harv grinste. »Wir haben noch den ganzen Nachmittag vor uns.«

* * *

Grangeland war heilfroh darüber, dass ihr die Bewachung des Gefangenen zufiel. Die Übelkeit hatte ihr arg zugesetzt und ihre körperliche Verfassung ließ keine größeren Anstrengungen zu. Während Harvey Ernie mit vorgehaltener Pistole in Schach hielt, fesselte sie ihn mit Handschellen an die Kufenstütze gleich unter der hinteren Tür und setzte sich ihm gegenüber in den Sand. Ein gespanntes Kabel verband ihren Kopfhörersatz mit der Deckenkonsole im Innern des Hubschraubers.

Nathan und Harv trugen wieder ihre Ghillie-Tarnanzüge, wie damals bei ihrem Einsatz am Lager von »Echo der Freiheit«. Sie ließen Grangeland zurück und wanderten den Canyon in östlicher Richtung am Nordufer des Flussbetts entlang. Nathan schätzte die Breite der Schlucht auf etwa dreihundert Meter, mal mehr, mal weniger. Da die Nordseite mehr Sonnenlicht abbekam, gab es dort mehr Bäume und dichteres Gestrüpp. Ein kleiner Wasserlauf floss in der Mitte des Canyons nach Osten. Die etwa zwanzig Meter hohen Felswände aus Kalkstein fielen an manchen Stellen senkrecht ab und wurden immer wieder von Seitenschluchten unterbrochen, aus denen kleinere Bäche in das Hauptgewässer mündeten. An Hunderten von Stellen gab es geschichtete Felsformationen mit mehreren meterlangen Vorsprüngen, die wie riesige Treppenstufen aussahen. Die dazwischen liegenden dunklen Felsspalten eigneten sich hervorragend als Verstecke für Heckenschützen.

Sie bewegten sich zügig an dem von Bäumen bewachsenen Ufer des sandigen Flussbettes entlang und blieben alle paar Minuten stehen, um die Umgebung mit ihren Feldstechern abzusuchen.

»Der Koordinatennullpunkt befindet sich auf der Südseite des Flusses etwa zehn Meter über dem Ufer«, sagte Harv. »Auf dem

Schrägsichtfoto hat es wie ein aufeinandergeschichteter Haufen von flachen Felsen ausgesehen.«

»Wie weit von hier?«

»Ungefähr tausend Meter. Hinter der nächsten Flussbiegung müssten wir es sehen. Mir gefällt es gar nicht, dass wir hier unten entlanglaufen, während uns die Sonne ins Gesicht scheint.«

»Da gebe ich dir recht. Aber mach dir keine Sorgen. Falls Leonard bereits hier ist, kann er uns nicht beide gleichzeitig erschießen. Deine Chancen stehen also halbe-halbe.«

»Stimmt nicht«, sagte Harv. »Er wird denjenigen von uns zuerst erschießen, der das Gewehr in der Hand trägt.«

»Dann solltest du es vielleicht nehmen.«

»Sehr witzig.«

Nathan drückte auf die Ruftaste des Funkgeräts. »Grangeland, Test.«

»Verstanden«, kam ihre Antwort. *»Ich habe Ernie einen Knebel in den Mund gesteckt, damit er nicht herumschreit. Er ist plötzlich ausgerastet.«*

»Gute Idee. Von jetzt an melden wir uns alle fünf Minuten. Wir haben im Hubschrauber den Hauptschalter angelassen. Falls Malmstrom sich meldet, hören Sie es in Ihren Kopfhörern. Und falls Sie aus irgendeinem Grund mit Malmstrom Verbindung aufnehmen müssen, brauchen Sie nur an dem roten Hebel am Steuerknüppel zu ziehen. Verstanden?«

»Verstanden«, sagte sie. *»Viel Glück bei der Jagd.«*

»Irgendwie mag ich die Frau«, sagte Harv, »trotz ihrer raubeinigen Art.«

»Ich auch. Sie ist zäh wie Leder. Von jetzt an sollten wir extra vorsichtig sein und zehn Meter Abstand halten. Ich gehe voraus, du gibst mir Rückendeckung. Wann taucht das nächste Überwachungsflugzeug auf?«

Harv sah auf seine Armbanduhr, deren Display er wieder mit Seife eingeschmiert hatte. »In zwölf Minuten.«

KAPITEL 26

Jetzt, wo die Übelkeit und das Schwindelgefühl gewichen waren, fühlte Special Agent Grangeland sich viel besser. Als sie ihren Blick über die Umgebung schweifen ließ, stellte sie fest, dass die Bäume dem Hubschrauber auf drei Seiten, nämlich im Norden, Osten und Westen, Deckung boten. Vom Südrand des Canyons aus konnte man ihn jedoch ungehindert sehen. Die Bäume schützten den Landeplatz zwar nicht völlig, aber solange niemand bewusst nach einem Hubschrauber suchte, der mitten in der Wildnis in einer von Wäldern umgebenen Schlucht parkte, würde man ihn von diesen drei Himmelsrichtungen aus nicht entdecken. Natürlich war es möglich, dass Leonard die Umgebung gezielt absuchte. Da sie das Gespräch zwischen Nathan und Harv mitgehört hatte, wusste sie, dass das Geldversteck etwa zweieinhalb Kilometer entfernt lag. Würde Leonard wirklich das gesamte Gebiet auskundschaften, das in diesem Umkreis lag? Bestimmt war er nach zweiundzwanzig Stunden Autofahrt so erschöpft, dass er erst einmal ein wenig schlafen würde – es sei denn, er hatte Aufputschmittel genommen.

Verdammt. So viele Fragen, so wenige Antworten. Grangeland fühlte sich in ihrer gegenwärtigen Situation verwundbar, vor allem von Süden her. Die Bäume mit ihren überhängenden Ästen behinderten ihre Sicht nach draußen. Wenn man alle Gegebenheiten in Betracht zog, war die Nordseite des Hubschraubers der beste Platz. Oder vielleicht doch nicht? Vielleicht sollte sie sich zwischen den Bäumen verstecken, wo man sie nicht sehen konnte. Aber dann fiel ihr der Kopfhörersatz ein, mit dessen Kabel sie sich nicht weiter als eineinhalb Meter vom Hubschrauber entfernen konnte. Sie musste also bleiben, wo sie war. Wenn Leonard Bridgestone sie sah, konnte sie nichts machen. Aber zum Glück beobachtete die Luftwaffe diesen Ort und würde sie warnen, falls sich jemand näherte.

Außer natürlich bei einem Satellitenblackout.

Sie sah auf die Uhr und ärgerte sich, dass sie nicht wusste, wann dieses Ereignis stattfinden würde. Fing der Blackout gerade an oder war er schon vorbei? Wie standen die Chancen, dass Leonard ausgerechnet während des Blackouts hier eintreffen würde? Um sich abzulenken, versuchte sie, diese Wahrscheinlichkeit zu berechnen. Dreißig Minuten innerhalb von drei Stunden, das ergab eine Chance von eins zu sechs. Würde sie bei solchen Aussichten ihr Leben riskieren? Um Gottes willen, nein. Sie widerstand dem überwältigenden Drang, sich umzusehen. *Beruhige dich*, sagte sie zu sich selbst, *du bist einfach nur überängstlich.* Außerdem trug sie ja unter der Windjacke eine schusssichere Weste, da konnte nicht viel passieren.

Nur einen Augenblick später traf ein unsichtbarer Gegenstand, der sich wie ein Ziegelstein anfühlte, mit voller Wucht ihren Oberkörper. Gleichzeitig hörte sie einen lauten Knall.

Es fiel ihr schwer, die Wahrheit zu akzeptieren.

Bevor sie in Ohnmacht fiel, sah sie noch, wie Ernie sich unter den Hubschrauber beugte und sie mit dem Knebel im Mund angrinste.

* * *

Das Echo des Gewehrschusses hallte durch den Canyon und prallte von Tausenden exponierten Felsvorsprüngen ab. Nathan und Harv warfen sich gleichzeitig zu Boden.

Nathan drehte sich in seiner liegenden Stellung um. »Harv!«

»Mir ist nichts passiert.«

Nathan drückte auf die Ruftaste. »Grangeland, hören Sie mich?«

Keine Antwort.

»Grangeland, hören Sie mich?«

Wieder nichts.

»Harv, komm her. Ich glaube, Grangeland hat's erwischt.«

Harv rannte geduckt zu Nathan hinüber und ging in Deckung.

»Das war ein Gewehr, keine Pistole.«

»Du hast recht«, sagte Harv.

»Ich gehe zurück. Bleib hier und halt den Kopf unten.«

»Sie ist tot, Nate.«

»Ich gehe trotzdem zurück. Von jetzt an absolute Funkstille. Wir müssen davon ausgehen, dass Grangelands Funkgerät in feindliche Hände geraten ist.« Nathan wusste, dass eine Frequenzänderung nichts bringen würde – die Geräte verfügten über Scanner und würden automatisch auf einen Kanal umschalten, der gerade benutzt wurde.

»Wir sollten beide gehen.«

»Harv, das Endspiel findet an dieser Felsformation weiter unten im Canyon statt. Hier laufen alle Fäden zusammen. Ernie wird Leonard erzählen, dass nur wir beide hier sind. Sie werden versuchen, uns zu beseitigen und sich das Geld unter den Nagel zu reißen. Leonard weiß, dass das Geld futsch ist, wenn er es sich jetzt nicht holt. Ohne die Kohle geht er hier nicht weg.«

»Scheiße«, sagte Harv.

»Ich bleibe auf der Nordseite des Canyons und versuche, sie auf die andere Seite zu locken. Ich glaube nicht, dass Leonard einen Ghillie-Anzug hat, aber eine normale Tarnuniform hat er bestimmt. Ernie kann man in seinen Zivilklamotten schon leichter sehen. Halte dich versteckt und warte auf mich.«

»Nathan …«

»Egal, was passiert, ich bleibe auf jeden Fall auf der Nordseite. Wenn sie dich sehen und unter Beschuss nehmen, gib drei schnelle

Schüsse mit der Sig ab und bleib, wo du bist. Ich komme dann sofort.«

»Nathan.« Harv schüttelte den Kopf. »Mann, wir sind wie Brüder. Mehr sogar. Das wollte ich dir nur mal sagen …«

Nathan packte seinen Freund an den Schultern. »Behalte einen kühlen Kopf. Wir werden gewinnen.« Nathan lud sein Gewehr durch und ließ eine Patrone in die Kammer gleiten. »Gegen uns haben die keine Chance.«

* * *

Er versuchte, nicht an Grangeland zu denken, sondern konzentrierte sich darauf, sich lautlos fortzubewegen. Er huschte von Baum zu Baum, Busch zu Busch, Fels zu Fels und arbeitete sich auf diese Weise flussaufwärts nach Westen, stets darauf bedacht, verborgen zu bleiben. Einmal musste er im sandigen Bett eines Nebenflusses auf dem Bauch durch offenes Gelände robben. Er hasste diese Exponiertheit, obwohl sein Ghillie-Anzug ihn nahezu unsichtbar machte. In diesem zehn Meter breiten Abschnitt gab es nur vereinzelte Büsche, die Deckung boten. Aber er musste da durch, denn vom gegenüberliegenden Ufer aus hatte er einen Blick aus dreihundert Metern Entfernung auf den Hubschrauber, und zwar durch die Bäume auf dessen Ostseite. Wenn es Grangeland erwischt hatte, war Ernie höchstwahrscheinlich längst über alle Berge. Bestimmt würde er Leonard alles erzählen, was er über die Leute wusste, in deren Gewalt er sich befunden hatte. Das bedeutete, dass Leonard nun über ihre Bewaffnung und Kleidung Bescheid wusste, und auch darüber, welche Richtung sie eingeschlagen hatten. Er hoffte, dass die Dreckskerle seinen Hubschrauber nicht kaputt gemacht hatten. Aber wahrscheinlich hatte Leonard seinen Bruder nur schnell befreit und sich mit ihm an einen sicheren Ort zurückgezogen.

Sobald er das sandige Flussbett hinter sich hatte, kroch Nathan die letzten paar Meter durch dichtes Gestrüpp und Eichenlaub, wobei er sorgfältig darauf achtete, nicht gegen Büsche oder tote Äste zu stoßen. Außerdem hielt er die Augen nach Ameisen offen. Durch einen Haufen Feuerameisen zu kriechen, war keine gute Idee. Plötzlich spürte er ein Stechen und eine feuchte Stelle am rechten Arm. Die Nähte waren geplatzt und die Wunde blutete wieder.

Nathan verdrängte die wieder aufflammenden Schmerzen, nahm all seinen Verstand zusammen und versetzte sich in Leonards Gedanken. *Ich liege hoch oben auf der anderen Seite des Canyons versteckt, die Sonne in meinem Rücken. Der Gegner weiß, dass ich hier bin, denn er hat meinen Schuss gehört. McBride wird zurückkommen, um nach Ernie und der Frau zu sehen. Sobald er in der Nähe des Hubschraubers ist, erschieße ich ihn von meinem Felsvorsprung auf der Südseite des Canyons aus.*

Da hast du dich gewaltig geirrt, Leonard. Tut mir leid, aber ich muss dich enttäuschen.

Tief im Schatten, wo man ihn nicht sehen konnte, hob Nathan langsam das Gewehr, legte es an und öffnete die vordere und hintere Verschlusskappe des Zielfernrohrs. Grangeland lag dreihundert Meter entfernt auf dem Boden, mit dem Rücken zu ihm. Nathan hielt das Gewehr ruhig und versuchte zu erkennen, ob sie noch atmete. Vergeblich. Sie sah aus wie ein lebloses Bündel. Augenblick … da bewegte sich was. Ihr linker Arm. Für einen kurzen Moment hob sie die Hand und ließ sie wieder fallen. Nathan behielt sie im Auge und sah, wie sie sich ein zweites Mal bewegte.

Sie lebte also noch.

Und Ernie war natürlich verschwunden. Wut flammte in ihm auf, aber er verdrängte sie und schwenkte den Lauf seiner Waffe langsam in einem Bogen, der einen Hundert-Meter-Radius mit dem Hubschrauber im Zentrum abdeckte. Nichts. Nicht die geringste Bewegung. Wenn er sich jetzt dem Hubschrauber näherte, würde er mitten in die Falle laufen. Es wäre sicherer Selbstmord. Er konnte auf keinen Fall zu Grangeland hinüberrennen und sich um sie kümmern. Schon gar nicht, wenn ein geübter Schütze wie Leonard in der Nähe war.

Als er so dalag und an Grangelands ausweglose Situation dachte, fingen die Wunden an seinem Arm und seinem Bein an, wie

Feuer zu brennen. Nathan biss die Zähne zusammen, zog sich von seinem Standort zurück und suchte hinter einem umgestürzten Baumstamm Deckung. Hier war er vor Schüssen vom Südrand des Canyons sicher. Er konnte Grangeland nicht verlassen, konnte ihr aber auch nicht helfen. Vor seinem inneren Auge sah er, wie Leonard ihn durch sein Zielfernrohr musterte.

Zu diesem Spiel gehörten zwei …

Nathan manövrierte sich in Zeitlupentempo in eine Schneidersitzposition und benutzte den Baumstamm als Unterlage für den mit Stoff umwickelten Lauf seiner Waffe. Dann suchte er mit dem Zielfernrohr langsam die andere Seite des Canyons von oben bis unten ab und achtete dabei ganz besonders auf Felsen, die im Schatten lagen.

Da! Etwas Weißes blitzte auf.

Das konnte Ernies T-Shirt sein. Er schwenkte den Gewehrlauf zurück und konzentrierte sich auf eine Stelle, wo zwei riesige umgestürzte Kalksteinplatten ein schmales Dreieck formten.

Da! Schon wieder!

»Jetzt hab ich dich«, flüsterte Nathan.

Durch das Nikon-Zielfernrohr beobachtete er, wie Ernie sich langsam erhob und wieder duckte. In seiner gesunden Hand hielt er ein Fernglas, in der verwundeten ein Funkgerät. Das Weiß, das Nathan vorhin gesehen hatte, war eine Mullbinde. Ernie war schlau genug gewesen, das T-Shirt auszuziehen, hatte aber nicht an den Verband gedacht.

Nathan justierte die Höhenverstellung an seinem Zielfernrohr um zehn Klicks für einen leicht nach oben gerichteten Schuss auf vierhundert Meter Entfernung. Aus Nordwesten wehte ein schwacher Wind, dessen Geschwindigkeit er auf etwa drei bis fünf Stundenkilometer schätzte. Da er direkt gegen den Wind schoss, war eine Seitenkorrektur nicht nötig.

»Du begehst einen Riesenfehler«, flüsterte er in Ernies Richtung. »Deine Bewegungen sind viel zu berechenbar.« Alle fünfzehn Sekunden tauchte Ernie aus seinem Versteck auf, blickte für fünf Sekunden zum Hubschrauber hinüber und ging dann wieder in Deckung.

Nathan zielte mit dem Fadenkreuz auf die Stelle, wo Ernies Kopf in zehn Sekunden erscheinen würde, und wartete.

Doch diesmal geschah nichts.

Ernie kam nicht zum Vorschein.

Das Fünfzehn-Sekunden-Intervall war längst vorbei, aber Ernie ließ sich immer noch nicht blicken. Was zum Teufel machte er nur? Er konnte seine Felsspalte unmöglich verlassen, ohne dass Nathan ihn sah. Dreißig Sekunden verstrichen. *Hat Leonard mich womöglich entdeckt und seinen Bruder über Funk gewarnt? Scheiße. Nein, das kann nicht sein. Leonard kann mich unmöglich gesehen haben. Nie und nimmer.*

Vierzig Sekunden.

Fünfzig.

Eine ganze Minute.

Nur Geduld, ermahnte er sich. Tief ein- und ausatmen. Ein … aus … fokussiert bleiben. Ernie ist immer noch da, bald taucht er wieder auf. Nur Geduld …

Nach neunzig Sekunden wusste Nathan, was los war. Ernie musste Nathans Anwesenheit gespürt haben, denn als er wieder zum Vorschein kam, war der strahlend weiße Verband an seiner Hand weg. Aber es war zu spät.

»Mitten ins Schwarze«, flüsterte Nathan.

Der Rückstoß der Remington 700 traf seine rechte Schulter und ein stechender Schmerz durchfuhr seine genähte Wunde. Für einen Augenblick sah er nur verschwommen. Als der Schleier vor seinen Augen wieder verschwand, konnte er Ernie nicht sehen, dafür aber das, was an der Kalksteinwand hinter seinem Versteck von ihm übrig geblieben war – ein eindeutiger Kopfschuss.

»Ich habe mein Wort gehalten«, flüsterte er. »Von einem Marine zum anderen.«

Die Wunde am Arm hörte nicht auf zu bluten. Wie viel Zeit blieb ihm noch, bevor der Blutverlust gefährliche Ausmaße annahm? Im Moment konnte er es sich nicht leisten, seine Gedanken daran zu verschwenden, denn der Kampf hatte erst begonnen. Dass er Ernie ausgeschaltet hatte, half natürlich, sowohl psychologisch als auch logistisch, aber es half ihm nicht, an einem Heckenschützen vorbeizukommen, der ihn von einem sicheren Versteck aus ins Visier nahm. Leonard spielte Katz und Maus mit ihm und verließ sich dabei darauf, dass Nathan nicht anders konnte, als Grangeland zu retten. Außerdem wusste Leonard, dass sein Gegner den Hubschrauber brauchte, um mit der Außenwelt zu kommunizieren und diesen Ort wieder zu verlassen. Er musste also fest damit rechnen, dass Nathan irgendwann dort auftauchen würde. *Tut mir leid, dich enttäuschen zu müssen, Leonard, aber da hast du dich gewaltig geschnitten.*

Eine Alternative nahm in seinen Gedanken Gestalt an. Um an Grangeland heranzukommen, musste er Leonard irgendwie ablenken, und das ging am besten, wenn er zu Harv zurückkehrte. Zu zweit hätten sie eine größere Chance.

Nathan löste sich im Zeitlupentempo von dem Baumstamm, duckte sich und hing sich das Gewehr um die Schulter, um mit freien Händen zurück zu Harv zu kriechen. *Halten Sie durch, Grangeland, wir lassen Sie nicht im Stich.*

Wie viel Zeit war verstrichen, seitdem Leonard auf sie geschossen hatte? Zwanzig Minuten? Eine halbe Stunde? Er war sich nicht sicher. Er rief sich ihren Anblick ins Gedächtnis, konnte sich aber nicht erinnern, Blut gesehen zu haben. Sie hatte ihre dunkelblaue FBI-Windjacke angehabt, um ihre Pistole und schusssichere Weste zu verbergen. Wahrscheinlich verdankte sie der Weste, dass sie noch lebte. Aber wie viel Zeit blieb ihr noch?

* * *

Harvey drehte seinen Kopf in die Richtung, aus der der Schuss ertönte. »Nathan«, flüsterte er. Hatte Leonard soeben Nathan erschossen oder hatte Nathan einen der Brüder getötet? Er überlegte, sich flussaufwärts in Richtung des Schusses zu bewegen. Womöglich war Nathan getroffen und verwundet und verblutete langsam und qualvoll. Wenn er dablieb, würde er damit seinen langjährigen Freund zum Tode verurteilen? Er wollte, ja, er musste sogar das Funkgerät benutzen, aber Nathan hatte ihm eingeschärft, dies nicht zu tun. Er wägte die Folgen ab. Grangelands Funkgerät befand sich wahrscheinlich in Leonards Besitz und es ließ sich nicht ausschließen, dass er sie damit orten konnte. Aus Nathans Kopfhörer würde nur ein stilles Signal dringen.

Schließlich traf er eine Entscheidung und drückte die Ruftaste. »Fünf mal fünf?«

Ein paar Sekunden später hörte er: *»Fünf mal fünf. Bleib, wo du bist. Ich komme zu dir.«*

Harvey war erleichtert. Er bezweifelte zwar, dass Leonard so gut schießen konnte wie Nathan – das brachten nur wenige fertig –, aber wenn er seinen Gegner zuerst sah, würde er das Duell für sich entscheiden.

Bleib, wo du bist.

Noch nie war eine einfache Sache so schwierig gewesen.

* * *

Nathan nahm es Harv nicht übel, dass er die Funkstille unterbrochen hatte. Harv musste aus taktischen Gründen wissen, dass sein Partner noch lebte. Wäre Nathan tot, müsste Harv eine schwierige Entscheidung treffen – entweder er blieb, kämpfte und starb womöglich oder er ergriff die Flucht, was ihn ebenfalls das Leben kosten konnte. Nathan konnte sich nicht vorstellen, dass Leonard sie beide oder einen von ihnen einfach entkommen lassen würde. Harv war ein Ehemann und Familienvater und deshalb stand für ihn mehr auf dem Spiel als nur sein eigenes Leben. Aber Familie hin oder her, er würde seinen Partner nie im Stich lassen, solange er wusste, dass dieser noch lebte – da war sich Nathan ganz sicher.

Nathan verfolgte einen einfachen Plan: Da Leonard nicht an zwei Orten gleichzeitig sein konnte, würden er und Harv sich trennen. Er würde sich zum Geldversteck begeben, während Harv sich zum Hubschrauber zurückzog. Er hatte vor, Leonard mit einer Reihe von gezielten Tricks zu sich zu locken. Damit verschaffte er Harv die Möglichkeit, sich und Grangeland in Sicherheit zu bringen. Er hoffte nur, dass sein Partner für seinen ersten Alleinflug bereit war.

Nathan legte diesen Gedanken beiseite, kroch hinter dem Baumstamm entlang, legte das Gewehr an und suchte die Südwand des Canyons ab. Obwohl er ein Fernglas besaß, benutzte er immer das Zielfernrohr seines Gewehrs. Auf diese Weise konnte er sofort schießen, wenn er sein Ziel im Visier hatte. Sein Gegner schien sich im Augenblick nicht zu bewegen, zumindest gab es keine sichtbaren Hinweise darauf. Die wenigen sandigen Stellen in seinem Blickfeld waren unberührt und wiesen keinerlei Fußspuren auf. Nathan bereitete sich geistig darauf vor, den ungeschützten, zehn Meter breiten Abschnitt aus Sand und Gestrüpp zu durchkriechen. Wenn es ihn erwischte, dann hier. Die Strecke kam ihm so unendlich wie die Sahara vor. Leider führte kein Weg daran vorbei. Er musste da hindurch, so einfach war das.

Dann mal los …

Er kroch im Schneckentempo durch den Sand. Für einen Meter brauchte er etwa fünfzehn Sekunden.

Um nicht an die Schmerzen in seinem Arm denken zu müssen, rechnete er im Kopf nach, wie lange er für die Strecke brauchen würde. Einen Meter in fünfzehn Sekunden bedeutete zehn Meter in hundertfünfzig Sekunden. Mit anderen Worten: zweieinhalb Minuten. Eigentlich nicht schlecht.

Auf halber Strecke hielt er plötzlich inne.

Hatte er da gerade hinter sich etwas gehört?

Trockene Blätter, die unter einem Fuß knisterten?

Wenn das Leonard war, dann war Nathan hier draußen im Freien eine lebendige Zielscheibe. In seinem Ghillie-Anzug sah er zwar wie ein Busch aus, aber was war mit den Spuren, die er beim Kriechen hinterließ? Langsam drehte er den Kopf und spähte über die rechte Schulter nach hinten. Zu seiner Verwunderung sah er keine nennenswerten Spuren. Er konnte sich nicht erinnern, dass er sie mit seinen Beinen verwischt hatte, aber anscheinend hatte er genau das getan – wahrscheinlich ganz automatisch, wie er es in seiner Ausbildung gelernt hatte. *Nicht zu fassen*, dachte er.

Da! Schon wieder!

Knisternde Blätter.

Diesmal war er sich ganz sicher.

Er starrte durch das spärliche Gestrüpp und hielt nach Anzeichen von Bewegung Ausschau. Eigentlich rechnete er mit einem Paar Kampfstiefel, aber als er sah, was die Geräusche verursacht hatte, lief es ihm eiskalt den Rücken hinunter.

KAPITEL 27

Ein Berglöwe!

Und ein verdammt großer noch dazu. Hundert Kilo Muskelmasse, scharfe Krallen und gelbe Fangzähne, und das nur etwa sechs Meter entfernt.

Das Tier pirschte sich langsam heran. Es hatte Blut gerochen und suchte jetzt nach dessen Quelle. Hatten die Gewehrschüsse es geweckt? Nathan wusste, dass Berglöwen meistens in der Dämmerung auf Jagd gingen. Eigentlich hätten die Schüsse dieses Exemplar vertreiben sollen, aber der Geruch frischen Blutes stachelte seinen Jagdtrieb an, vor allem, wenn es Hunger hatte.

Als das Tier den Baumstamm erreichte, an dem Nathan vor einer Minute vorbeigekrochen war, schnupperte es am Boden und erstarrte. Dann sah es ihm direkt in die Augen.

Hau ab, verdammt noch mal. Hau bloß ab!

Wie eine Kreatur aus einem gerade ablaufenden Albtraum, machte das Raubtier einen Schritt nach vorne in den sonnengebleichten Sand.

Nathan ließ seine Hand so langsam wie möglich herunter an seinen Pistolengurt gleiten und zog die Sig Sauer. An das Gewehr kam er ohne größere Bewegung nicht heran und dann würde das Tier ihn mit Sicherheit angreifen. Mit einem Satz wäre es auf ihm. Krampfhaft durchwühlte er sein Gedächtnis nach Informationen, wie man sich bei Begegnungen mit Berglöwen verhielt. *Auf gar keinen Fall davonrennen*, war die erste Regel, die ihm einfiel.

Das Tier war nur noch zwei Körperlängen entfernt und kam näher. Der Ghillie-Anzug würde ihm nichts nützen, denn die Raubkatze ließ sich nicht von ihren Augen leiten.

Noch etwas anderes fiel ihm ein. Das Tier bewegte sich – und Bewegung erregte Aufmerksamkeit.

* * *

Von seinem Versteck am Südrand des Canyons aus verfolgte Leonard die Bewegungen des Berglöwen durch sein Zielfernrohr und lächelte. Das Tier schien einer Geruchsfährte zu folgen – wahrscheinlich der seines Gegners. Er beobachtete die Raubkatze dabei, wie sie an einem umgestürzten Baumstamm vorbeischlich und sich dem Ufer eines ausgetrockneten Bachbetts näherte, das in den Canyon mündete. Das Tier hielt für einen Augenblick inne und machte dann ein paar Schritte nach vorne in den Sand.

* * *

Wenn Nathan den Berglöwen erschießen wollte, musste er es jetzt tun, solange er die Pistole noch in dem Winkel halten konnte, der ihm einen Schuss aus der Hüfte erlaubte. Dabei musste er sorgfältig zielen, denn sonst würde er sich ein Loch in den eigenen Fuß schießen. Verdammt, eigentlich wollte er dieses schöne Raubtier nicht töten. In vieler Hinsicht war die Großkatze wie er selbst, aber jetzt ging es nur noch darum, dass er und Harv überlebten. Er wusste natürlich, dass er seinen Standort preisgeben würde, sobald er den Finger am Abzug krümmte. Gelang es ihm nicht, das Tier mit dem ersten Schuss unschädlich zu machen, müsste er ein zweites oder gar ein drittes Mal nachschießen. Der erste Knall würde Leonard die Richtung verraten, in der er sich befand. Weitere Schüsse ließen dagegen eine genaue Standortbestimmung zu. Da konnte er sich genauso gut hinstellen und eine Fahne schwenken.

Ihm blieben nur zwei Möglichkeiten. Keine war besonders angenehm.

Er konnte liegenbleiben und sich bei lebendigem Leib fressen lassen. Oder er konnte die Katze erschießen und dann selbst eine Kugel abbekommen. Er bevorzugte die zweite Option, aber leider war es dafür schon zu spät. Das Tier befand sich plötzlich direkt neben ihm. Jetzt fehlte ihm der passende Schusswinkel.

Er hörte die Pfoten auf dem Sand.

Als letzten Ausweg zog er den Kopf ein und hörte auf zu atmen. Vielleicht würde das Tier sein Interesse verlieren und weiterziehen, wenn er sich tot stellte. Er wusste natürlich, dass dies reines Wunschdenken war. Ein Berglöwe jagte nicht nur, er fraß auch Aas.

Nur noch wenige Zentimeter trennten Nathans Kopf von dem der Katze. Durch seinen Ghillie-Anzug konnte er auf seiner Haut den heißen Atem des Raubtiers spüren.

Aus seiner Kehle kam ein tiefes Knurren. Endlich hatte es die Quelle des frischen Blutes gefunden. Leichte Beute.

Die Katze knurrte ein zweites Mal, diesmal lauter. Dann schlug sie mit einer Pfote nach Nathans Hals. Seltsam, wie der menschliche Verstand in einer Situation wie dieser funktionierte. Auf eine bizarre Art und Weise von dem Geschehen losgelöst, dankte Nathan Gott, dass die Krallen die Wunde an seinem Arm verfehlt hatten. Aber dieser Gedanke erlosch sofort wieder, als er einen kühlen Lufthauch auf seiner Haut spürte. Die Katze hatte ein Loch in seinen Ghillie-Anzug gerissen.

Und wieder schlug sie mit der Pfote zu, diesmal fester.

Nathans Lungen drohten zu bersten, aber er stellte sich weiterhin tot. Wenn es so weiterging, wäre er das bald wirklich.

Hau ab!

Als er die raue Zunge der Katze auf seinem nackten Hals spürte, hatte er endgültig genug.

Unter Aufbietung aller seiner Kräfte schrie er so laut, wie er nur konnte, schnellte gleichzeitig nach links und versetzte dem Tier einen Pistolenhieb auf die Schnauze.

* * *

Leonard beobachtete die Raubkatze, wie sie durch den Sand pirschte und bei einem niedrigen Strauch stehen blieb. Sie senkte den Kopf und schnupperte daran. Hatte sie die Geruchsfährte verloren? Und wenn sie jemandem folgte, wo waren dessen Spuren? Er schwenkte das Zielfernrohr zurück zu dem Gestrüpp, hinter dem das Tier aufgetaucht war, zoomte es so nahe wie möglich heran und suchte den Boden nach menschlichen Fußabdrücken ab. Aber er fand nur die der Katze.

Plötzlich bewegte sich etwas am Rand des vergrößerten Bilds. Leonard schwenkte den Lauf zurück. »Verdammt noch mal, was war das?«, sagte er laut. Der Berglöwe sprang etwa zwei Meter in die Luft, landete auf seinen Pfoten und rannte davon.

Auf einmal richtete sich der Busch auf und sprintete über den Sand. Halt, das war kein Busch, sondern ein Ghillie-Anzug, und ein verdammt guter noch dazu. »Du bist wirklich gut«, sagte Leonard und zielte mit dem Fadenkreuz auf eine Stelle kurz vor der grünen Gestalt.

Dann drückte er ab.

* * *

Nathan musste auf ein perfektes Timing achten und beim Laufen sein Tempo variieren. Jetzt! Etwa eineinhalb Meter, bevor er die sichere Deckung erreichte, blieb er so abrupt stehen, dass er fast schlitterte. Einen Sekundenbruchteil später hörte er den erwarteten Überschallknall einer herannahenden Kugel. Unmittelbar rechts vor ihm spritzte eine Sandfontäne auf. Nicht auszudenken, was passiert wäre, wenn er sein ursprüngliches Tempo beibehalten hätte … Die Sig in der Linken, zielte er auf den Boden etwas links vor ihm und feuerte fünf Schüsse ab. Wieder spritzte Sand auf. Viel Deckung bot ihm dieses Manöver nicht, aber es sollte reichen. Er hechtete in das Gestrüpp am anderen Ufer des Bachbetts und suchte gerade noch rechtzeitig hinter einer dicken

Eiche Schutz, als auch schon eine zweite Kugel links an ihm vorbeipfiff.

* * *

Der Schuss ging daneben und bevor Leonard sein Ziel erneut anvisieren konnte, spritzte eine Sandfontäne hoch und nahm ihm die Sicht. Er hatte eine schnelle Aufeinanderfolge von Pistolenschüssen gehört, die wie Feuerwerkskörper klangen, und wusste, dass sein Gegner in den Sand geschossen hatte, um ihn abzulenken. Cleverer Trick. Zusammen mit der schnellen Bewegung und der unregelmäßigen Form des Ghillie-Anzugs hatte er funktioniert. Leonard kalkulierte in Gedanken, wo sich sein Ziel jetzt befand, und gab einen weiteren Schuss ab, bevor er sich zurückzog.

* * *

Harvey hörte etwa fünf Sekunden lang das Echo eines Gewehrschusses durch den Canyon heranrollen. Dann hörte er fünf schnell aufeinanderfolgende Pistolenschüsse. Ein paar Sekunden später ertönte ein weiterer Gewehrschuss. Was zum Teufel ging da vor?

Plötzlich hörte er in seinem Ohrhörer eine vertraute Stimme. *»Fünf mal fünf, Harv. Bleib in Deckung, er ist am Südrand. Ich komme zu dir.«*

»Verstanden.«

* * *

Als Nathan sich entlang des mit Bäumen bewachsenen Ufers flussaufwärts bewegte, erwachte sein Ohrhörer knisternd zum Leben. *»Das mit dem Berglöwen war kein schlechter Trick. Wie hast du das nur geschafft?«*

Nathan erkannte den Sprecher sofort. »Das Geld ist es nicht wert. Verschwinde lieber.«

»Das könnte dir so passen.« Nach einer kurzen Pause: *»Willst du sie hierlassen, damit sie krepiert?«*

Nathan ging nicht darauf ein.

»Der Schuss war nicht sofort tödlich«, sagte Leonard. *»Aber je länger sie dort herumliegt … Na, du weißt schon, was ich meine. Jetzt musst du dich wohl entscheiden, oder?«*

Nathan biss die Zähne zusammen und kochte vor Wut. Leonard Bridgestone hatte Grangeland absichtlich einen Bauchschuss verpasst. Er durfte Leonard gegenüber auf keinen Fall zugeben, wie wichtig es ihm war, die FBI-Agentin zu retten. Stattdessen musste er so tun, als berühre ihn das Ganze nicht. Wenn er nur die geringste Gefühlsregung zeigte, würde dies seinen Gegner nur beflügeln. Also wählte er seine Worte mit Bedacht und stellte Leonard auf die Probe, wobei er froh war, dass Grangeland kein Funkgerät mehr hatte.

»Sie bedeutet mir nichts. Bevor ich dich laufen lasse, bin ich bereit, sie zu opfern.«

»Red doch keinen Scheiß. Die Kleine sieht verdammt geil aus. Das ist dir bestimmt auch schon aufgefallen.«

Nathan spürte, wie die Spannung zunahm. Er musste zum Gegenangriff übergehen. »Weil wir gerade beim Thema sind … wieso hast du mir Ernie auf dem silbernen Tablett serviert?«

»Was redest du da?«

»Das weißt du ganz genau. Du hast dafür gesorgt, dass Ernie an einem Ort ist, wo ich ihn leicht vor die Flinte bekomme.«

Leonard antwortete nicht sofort. *»War das so offensichtlich?«*

»Er war dein Bruder. Wie konntest du so etwas tun?«

»Er hat mich verraten, da konnte ich ihm nie wieder trauen.«

»Er hat dich unter Folter verraten. Aber das ist nicht der wirkliche Grund, stimmt's?«

»Was du nicht sagst.«

»Bist du wirklich so geldgeil, dass du deinen eigenen Bruder den Wölfen zum Fraß vorwirfst, nur damit du alles für dich behalten kannst?«

»Sagen wir es mal so … du hast ihm einen Gefallen getan. Ihm und der ganzen Welt.«

»Was ist los mit dir, Lenny? Hast du keine Eier in der Hose? Warum hast du es nicht selbst erledigt?«

»Ich hab ihn stattdessen benutzt. Eigentlich hätte ich dich anhand deines Schusses finden müssen. Du hast Glück gehabt, McBride.«

»Das Geld kannst du dir abschminken. Ich werde es für einen wohltätigen Zweck spenden. Wie wär's mit einer Spende für behinderte Kriegsveteranen? Du bist doch auch einer, oder?«

»Sehr witzig, McBride.«

»Grüße Ernie von mir, wenn du ihn in der Hölle siehst.« Nathan schaltete das Funkgerät aus.

* * *

Als er noch fünfzig Meter von Harvs Versteck entfernt war, imitierte Nathan das Zwitschern eines Vogels – das vereinbarte Zeichen. Als Harv das Signal erwiderte, stieg er zu seinem Partner empor.

»Bin verdammt froh, dich zu sehen«, sagte Harv, als Nathan sich neben ihm niederkauerte.

»Tut mir leid, dass ich zu spät komme, aber ich hatte eine Auseinandersetzung mit einem Einheimischen.«

»Ich hab deinen Wortwechsel mit Leonard gehört. Was war das mit dem Berglöwen?«

»Erzähl ich dir später.«

»Lebt Grangeland noch?«, fragte Harv.

»Ja. Ich hab gesehen, wie sie sich bewegt hat. Allerdings weiß ich nicht, wie schwer sie verletzt ist.«

»Scheiße.«

»Wir dürfen nicht zulassen, dass sie stirbt. Ihr Leben ist wichtiger als Leonard.«

»Ja, aber vielleicht stirbt sie auch so. Oder Leonard tötet sie. Er hat ja selbst den eigenen Bruder geopfert.«

»Hier ist mein Plan. Ich lenke Leonard ab und locke ihn hierher, während du dich zu Grangeland begibst und sie hier rausfliegst. Er kann sich schließlich nicht teilen. Wenn er hier ist, kann er nicht gleichzeitig den Hubschrauber im Auge behalten.«

»Ich kann dich unmöglich hier zurücklassen. Und ich hab das Ding noch nie allein geflogen.«

»Harv, ich muss Leonard töten. Er hat noch jede Menge Semtex. Wir können nicht riskieren, dass er sich irgendwann an uns rächt, oder noch schlimmer, dass er deiner Familie etwas antut. Das weißt du ganz genau. Und was das Fliegen angeht, sehe ich kein Problem. Du hast bereits Dutzende von Starts und Landungen hinter dir. Du kannst das. Halte dich beim Start strikt an die Checkliste. Achte darauf, dass du sanft abhebst. Du wirst es schon schaffen.«

»Ich komme mir vor, als ob ich dich im Stich lassen würde. Du blutest ziemlich stark.«

»Du rettest Grangeland das Leben. Mach dir mal keinen Kopf wegen Leonard, der hat gegen mich keine Chance. Er muss sterben, Harv. Allein schon um deiner Familie willen.«

»Versprich mir, dass du mir nicht heimlich folgst und mir auf deine Kosten Rückendeckung gibst.«

»Das verspreche ich.«

»Hier hast du vier von meinen Sig-Magazinen. Ich brauche sie nicht, aber du vielleicht schon.«

Nathan steckte sie in seine Taschen. »Gib mir auch noch sicherheitshalber die Angelschnurspule aus deinem Rucksack und dein Predator-Messer.«

Harv drehte sich um, sodass Nathan die Spule aus dem Rucksack hervorkramen konnte. Dann bückte er sich, entfernte die Knöchelscheide und gab sie Nathan. Der schnallte sie sich an den unverletzten linken Fußknöchel.

»Wie viel Zeit soll ich dir geben, bevor ich Hilfe anfordere?«, fragte Harv.

»Zwei Stunden, gerechnet von dem Zeitpunkt, an dem du den Hubschraubermotor startest. Kümmere dich um Grangeland und mach dir um mich keine Sorgen.«

»Du wirst keine zwei Stunden durchhalten. Du verblutest langsam.«

»Wird schon schiefgehen. Bring Grangeland ins Krankenhaus. Flieg direkt auf den Hubschrauberlandeplatz.«

»Scheiße.«

»Los, verschwinde. Zum Abschiednehmen haben wir keine Zeit.«

»Nathan, ich …«

Er lächelte. »Geh schon endlich. Wenn du Schüsse hörst, sind die von mir. Ich locke damit Leonard zu mir. Pass auf, wenn du das sandige Bachbett durchquerst.«

»Blas ihm das Hirn aus dem Schädel.«

»Verlass dich drauf.«

KAPITEL 28

Nathan schaltete das Funkgerät ein und drückte die Ruftaste. Das Ablenkungsmanöver konnte beginnen. »Hörst du mich, Bridgestone?«

»Ja, ich bin hier.«

»Bist du sauer, weil ich gesagt habe, du sollst Ernie in der Hölle von mir grüßen?«

»Nein, das war in dem Moment passend.« Bridgestone machte eine Pause. *»Was ist los mit dir, McBride? Warum interessiert dich das Ganze? Warum riskierst du dafür dein Leben?«*

»Vielleicht ist es der klassische Kampf Gut gegen Böse. Vielleicht will ich herausfinden, ob das Gute am Ende über das Böse triumphiert.«

»Und wer von uns ist was?«

»Soweit ich mich erinnern kann, war ich nicht derjenige, der vierundzwanzig unschuldige Menschen an ihren Schreibtischen getötet hat.«

»Verstehe.«

Nathan feuerte schnell hintereinander zwei Schüsse ins Leere ab. »Ich muss jetzt Schluss machen.«

»Was ist los, hat es dir plötzlich die Sprache verschlagen?«

»Du bist ziemlich schlagfertig. Bist du mit deinem Gewehr genauso schnell?«

»*Ja.*«

»Das hoffe ich für dich. Wir sehen dich bei deinem Geldversteck.« Nathan hatte absichtlich *wir* gesagt. Er schaltete das Funkgerät aus, gab zwei weitere Schüsse ab und lief flussabwärts. Bis jetzt war alles gut gegangen. Solange Leonard zu seinem Geld unterwegs war, konnte er nicht aktiv nach Harv Ausschau halten. Allenfalls konnte er hin und wieder kurz stehen bleiben und seinen Blick durch den Canyon schweifen lassen. Aber so würde er Harv nie sehen. Harv war zu gut.

Nathan bewegte sich langsam und vorsichtig durch das Gestrüpp und sah sich immer wieder nach dem Berglöwen um. Er wusste, dass er immer noch stark nach Blut roch. Wahrscheinlich hatte das Tier sich längst davongemacht, aber Vorsicht konnte nie schaden.

Er schätzte, dass er die Felsnadel, die den Ort des Geldverstecks markierte, erst in etwa fünfhundert Metern sehen würde. Weiter vorne machte der Canyon eine scharfe Biegung nach Norden. Die Felsnadel befand sich nach der Biegung auf der rechten Seite. An Leonards Stelle würde er sich ein geeignetes Versteck innerhalb von dreihundert Metern von der Nadel suchen und dort auf seinen Gegner warten. So viel stand fest: Leonard konnte sich schneller bewegen, selbst dann, wenn Nathan seine Vorsicht außer Acht ließ. Die Wunde an seinem Bein schmerzte höllisch, fast so schlimm wie der Arm, verlor jedoch nicht so viel Blut. Der Blutverlust am Arm konnte ihm bald gefährlich werden.

Schnelligkeit war also Leonards Trumpf. Er konnte auf der Südseite flussabwärts rennen, solange er vom Rand der Schlucht wegblieb. Nathan fragte sich, ob Leonard genug Zeit blieb, das Geld an sich zu reißen, bevor er dort eintraf. Der Gedanke, dass drei Millionen Dollar in bar mitten in der Wildnis herumlagen, klang bizarr und nur wenig glaubwürdig, aber Leonards Anwesenheit war der Beweis. Er war hier, um seine Lebensersparnisse abzuholen.

Nathan lächelte bei dem Gedanken, diesen Plan zu vereiteln, aber nicht lange. *Lass dich nicht ablenken*, sagte er zu sich selbst.

Bleib am Ball. Als er sich bückte, um unter niedrigem Gestrüpp hindurchzukriechen, fragte er sich, ob Harv es bereits zum Hubschrauber geschafft hatte. Wann genau hatten sie sich getrennt? Vor zwanzig Minuten? Er hätte auf die Uhr sehen sollen. Eine sträfliche Unterlassung. Vielleicht war seine Verletzung schlimmer, als er sich eingestand. Er wusste, dass der Blutverlust bald in Form von Zittern, Übelkeit und Schock seinen Tribut fordern würde. Deshalb musste er das Ganze so schnell wie möglich hinter sich bringen. Die ersten Schocksymptome kündigten sich bereits an. Es fiel ihm schwer, sich zu konzentrieren, und er fühlte sich leicht unterkühlt. Wie lange würde es noch dauern, bis die Symptome sich fatal auswirkten? Eine halbe Stunde oder weniger? Er bezweifelte, dass er die zwei Stunden durchhalten würde, um die er Harv gebeten hatte.

Als Nathan sich der Biegung des Canyons näherte, verlangsamte er seine Schritte noch mehr. Ihm blieb nichts anderes übrig. Durch das hohe Gestrüpp kam er nur mühsam voran und er musste aufpassen, dass die Büsche sich nicht zu sehr bewegten, wenn er sich durch sie hindurchzwängte. Stellenweise war das Gewächs so dicht, dass er den Südrand des Canyons nicht sehen konnte. Das bedeutete aber auch, dass man ihn ebenfalls nicht sah. Schritt für Schritt bewegte er sich langsam und mit Bedacht vorwärts, stets darauf achtend, wo er seinen Fuß hinsetzte. Ein Zweig, der mit lautem Knacken zerbrach, oder eine Stelle mit Treibsand konnte ihm einen Strich durch die Rechnung machen. Außerdem hoffte er, keine Vögel aufzuscheuchen. Leonard konnte schließlich nur fünf, sechs Meter entfernt sein, ohne dass er ihn sah. Aber dafür würde Leonard ihn hören.

Aber im Augenblick hörte er etwas anderes.

Was er da wahrnahm, wärmte ihm die Seele – das typische Klopfgeräusch von Rotorblättern. Harv flog Grangeland zurück in die Zivilisation und damit in Sicherheit. *Gut gemacht, alter Kumpel.*

»McBride, hörst du mich?«

Er ließ Bridgestone warten.

»McBride, bist du noch da?«

Noch ein bisschen länger …

»McBride?«

»Ich bin hier. Was du da eben hörst, ist Harv. Er fliegt gerade mit Grangeland weg. Jetzt sind nur noch wir beide und der Berglöwe übrig.«

»Super.«

»Freu dich nicht zu früh, Bridgestone. Die Sache hat nämlich einen Haken – die Zeit arbeitet gegen dich. In zwei Stunden schickt Harv mir Unterstützung und dann kannst du dir deine Millionen abschminken. Du kannst dir gar nicht vorstellen, wie leid mir das tut.«

»Wie du schon sagtest, McBride, wir haben zwei Stunden Zeit, um zu sehen, wer von uns beiden gewinnt.«

Nathan gähnte absichtlich laut. »Ich werde langsam müde und außerdem hab ich viel Blut verloren. Ich glaube, ich hau mich mal kurz aufs Ohr. Ein Auge halte ich dabei natürlich immer offen.«

»Warst du bei den Marines oder bei der Army?«

»Marines.«

»Scharfschütze?«

»Ja.«

»Wie viele Todesschüsse?«

»Neunundfünfzig, wenn man deine Brüder mitzählt. Du wirst Nummer sechzig. Eine schöne gerade Zahl. Bedeutet dir das Geld wirklich so viel, dass du dafür dein Leben wegwirfst? Ist Hamburger braten oder Umschläge füllen unter deiner Würde? Wer sagt denn, dass du nicht noch mal ganz von vorne anfangen und dir dein Geld mit ehrlicher Arbeit verdienen kannst?«

»Das liegt mir nicht.«

»Aber Sterben liegt dir?«

»Ich bin noch nicht tot, McBride. Ganz im Gegenteil.«

»Du wirst es aber bald sein, Bridgestone.« Nathan setzte seinen Marsch wieder fort. Nach etwa hundert Metern wurde das Gestrüpp dünner und er konnte den Südrand des Canyons sehen. Wahrscheinlich musste er noch zwei- oder dreihundert Meter weiter, um ein geeignetes Versteck zu finden.

Für diesen letzten Streckenabschnitt brauchte er fünfzehn Minuten. Durch die Lücken im Gestrüpp sah er zwischendurch immer wieder die Felsnadel. An einer Stelle musste er den Fluss verlassen und an der Canyonwand entlanggehen, um im Schutz des Gewächses zu bleiben. Etwas weiter gab es einen breiten Pflanzengürtel, in dessen Schutz er zu dem sandigen Flussbett zurückkehren konnte. Ab dort säumten größere Eichen und dichtes Gestrüpp auf mehreren Hundert Metern das Ufer. Perfekt. An dieser Stelle würde er finden, wonach er suchte. Langsam robbte er durch ein Labyrinth von Baumstämmen vorwärts und näherte sich dem Flussufer. Sein Arm schmerzte höllisch, aber er vermied es, einen Blick auf die Wunde zu werfen. Es würde ohnehin nichts bringen.

Die Baumkronen der Eichen weiter vorne am Flussufer schützten ihn vor Blicken von oben, aber nicht von unten. Nathan bezweifelte jedoch, dass Leonard in die Schlucht hinabsteigen und damit den Vorteil aufgeben würde, den ihm die höhere Lage bot. Als Nathan auf das Flussbett zuhielt, blickte er immer wieder zum Canyonrand empor und hielt nach potenziellen Heckenschützenverstecken Ausschau. Soweit er bisher gesehen hatte, gab es dort oben mindestens ein halbes Dutzend geeignete Stellen.

Er fragte sich, wie lange Leonard es aushalten würde, bevor er ans Aufgeben dachte. Langsam, aber sicher lief ihm die Zeit davon. Würde er unter diesen Umständen wirklich sein Leben für das Geld riskieren? Wenn Nathan erst einmal ein geeignetes Versteck mit Blick auf die Felsnadel gefunden hatte, würde er Leonard erschießen, sobald dieser sich auf weniger als fünfzig Meter näherte. Da konnte er genauso gut gleich Selbstmord begehen.

Etwa dreißig Meter vom Flussbett entfernt fand Nathan schließlich, wonach er gesucht hatte – eine mächtige, umgestürzte Eiche, die einer plötzlich heranbrausenden Flut zum Opfer gefallen war. Der freigelegte Wurzelballen bot ihm perfekte Deckung. Das mit Erdklumpen und Steinen aus dem Fluss durchsetzte Wurzelgeflecht ragte fast senkrecht aus dem Sand empor, während der fast eineinhalb Meter dicke Baumstamm mit großen Ästen in einem 45-Grad-Winkel vom Ufer wegzeigte.

Nathan musterte den Baum sorgfältig, während ein Plan in seinem Kopf Gestalt annahm.

Er kroch zu dem umgestürzten Stamm, legte den Rucksack ab und entledigte sich seines Ghillie-Anzugs. Da die Bäume unmittelbar um die Eiche herum bestenfalls nur spärliche Deckung boten, bewegte er sich langsam und vorsichtig, damit Leonard, falls dieser ihn beobachtete, nichts merkte. Er legte das Gewehr an und suchte durch das Zielfernrohr langsam den Canyonrand von Westen nach Osten ab, bis er die Felsnadel erreichte. Nichts, rein gar nichts. Keine Bewegung. War Leonard wirklich dort oben? Wenn ja, wo genau? Würde er sein Versteck an einem nahe liegenden Ort wählen, zum Beispiel einer tiefen Felsspalte, die im Schatten lag? Wohl kaum. Als erfahrener Army Ranger würde er solche vorhersehbaren Stellen meiden und stattdessen einen Fleck mit spärlicher Deckung wählen, an dem man ihn nie vermuten würde. Aber eins stand fest: Er würde sich einen Ort suchen, von dem er sich nach dem Schießen schnell zurückziehen konnte.

Okay, dachte Nathan, *dann überlegen wir uns mal Namen für die vier wahrscheinlichsten Schützenverstecke.* Er fing mit der Stelle an, die der Felsnadel am nächsten lag, eine lange, sandige und schüsselförmige Vertiefung, die von niedrigen Felsvorsprüngen aus Kalkstein eingefasst wurde. Diesen Platz nannte er *Felsen.* Weiter westlich befand sich eine im Schatten liegende Spalte, vor der ein zehn Meter langer, umgestürzter Felsbrocken lag. Auch dieser Ort würde sich als Versteck eignen, da der etwa ein Meter hohe Fels eine gute Auflage für den Gewehrlauf bot. Er gab ihm daher den Namen *Auflage.* Als Nächstes fiel ihm eine Stelle auf, wo ein Gesteinsbrocken aus einem verwitterten Kalksteinfelsen herausgebrochen war und eine Lücke in Form einer Kaffeetasse hinterlassen hatte. Er nannte sie der Einfachheit halber *Kaffee.* Und schließlich war da noch ein schiefer Felsbrocken, der gegen eine Wand lehnte und mit ihr zusammen ein Dreieck bildete, dessen Inneres im Schatten lag. Dieses Versteck nannte er *Schatten.*

Schatten schied für Nathan als möglicher Hinterhalt weitgehend aus, da man von dort aus nur einen begrenzten Schussradius hatte. Wenn Leonard diesen Ort wählte, wäre fast der halbe Canyon außer Reichweite seines Gewehrs. Außerdem konnte er sich von dort aus nicht leicht zurückziehen, da die Stelle nicht am oberen Rand des Canyons lag.

Sorgfältig studierte er jedes dieser potenziellen Verstecke durch sein Zielfernrohr. *Felsen. Auflage. Kaffee. Schatten. Auflage* erschien ihm als die beste Wahl. Neben seiner Länge von fast zehn Metern bot dieses Versteck die beste Rückzugsmöglichkeit. *Felsen* und *Kaffee* kamen an zweiter und dritter Stelle, während *Schatten* die am wenigsten wahrscheinliche Wahl war.

Jetzt musste er eine Stelle finden, die man von jedem dieser vier Plätze aus sehen konnte. Er robbte um den umgestürzten Baumstamm herum und blickte an verschiedenen Stellen über den Rand hinweg nach oben. Fünf Minuten später hatte er den für seine Zwecke idealen Platz entdeckt. Ein größerer Ast zweigte dort von dem Baumstamm ab. Von hier aus konnte er nicht nur alle vier potenziellen Verstecke sehen, sondern auch einen großen Abschnitt des südlichen Canyonrandes in der Nähe der Felsnadel. Das war wichtig für den Fall, dass Leonard ein anderes Versteck als die von Nathan identifizierten Möglichkeiten wählte.

Perfekt.

Er ignorierte den blutgetränkten Ärmel, kroch zurück zu der Stelle, an der er den Ghillie-Anzug und den Rucksack gelassen hatte, und holte die Spule mit der fünfzehn Meter langen Angelschnur hervor. Dann kehrte er zu der Stelle mit dem Ast zurück, den Rucksack und Ghillie-Anzug hinter sich herziehend. Dort angekommen, suchte er nach einem Stück Holz, das etwa einen Meter lang und fünf Zentimeter dick war. Als er gefunden hatte, was er suchte, zog er Harvs Predator-Messer aus der Knöchelscheide und trennte den Ast von dem umgestürzten Baumstamm ab.

Anschließend schnitt er ein fünfzehn Zentimeter langes Stück ab und schnitzte in die Mitte eine Kerbe. Dasselbe machte er mit dem längeren Stück. Dann fügte er die beiden Holzstücke an den Kerben zusammen und wickelte Angelschnur darum. Jetzt hatte er ein primitives Kreuz.

Als Nächstes band er ein Stück Schnur um den Griff seiner Sig Sauer und befestigte die Pistole an einem Ast des umgestürzten Baums, und zwar so, dass man von der anderen Seite aus nur den oberen Teil der Waffe sehen konnte. Als die Pistole gut befestigt war, schnitt er die Schnur ab und band das lose Ende am Abzug fest.

Dann sah er sich nach einem Ast oder schweren Stein um, um den er die Schnur binden konnte, fand aber nichts. Wie hatte er nur so ein wichtiges Detail übersehen können? Eine dringendere Frage war, was er jetzt machen würde. Er verfluchte sich dafür, dass er so schlampig und unbedacht gehandelt hatte. Verdammt, sein Arm schmerzte höllisch. Sein Hemd war so stark mit Blut getränkt, dass es tropfte. Noch schlimmer war, dass er allmählich das Gefühl in seinem rechten Daumen verlor. Wahrscheinlich ein beschädigter Nerv. Und zu alledem kam, dass er seit einer gefühlten Ewigkeit nicht geschlafen hatte.

Nathan war am Ende seiner Kräfte und überlegte schon, ob er sich nicht einfach in seinem Versteck ausruhen und warten sollte, bis Verstärkung eintraf. Es war zumindest ein verlockender Gedanke. Aber das würde bedeuten, dass Leonard ihm entwischte. Er dachte an Grangeland und die Kugel, die Leonard feige aus dem Hinterhalt auf sie abgefeuert hatte. Er dachte an Candace, Harvs Frau, und stellte sich vor, wie Leonard sie durch das Küchenfenster erschoss. Wut kochte in ihm hoch und gab ihm für einen Augenblick neue Energie, bis er sie wieder verdrängte und in Ruhe seine Optionen durchging. Wo konnte er die Angelschnur anbringen? *Denk nach, verdammt noch mal, denk.* Er hatte fast zwanzig Minuten dafür verwendet, sich an dieser Stelle einzurichten, und hatte jetzt weder die Zeit noch die Energie, einen neuen Platz zu suchen. Sein Körper gab allmählich den Geist auf.

Wieder flammte Hass in ihm auf. Wie hatte er nur so dumm und kurzsichtig sein können? Er würde in diesem abgelegenen Canyon in Montana sterben und Bridgestone würde entkommen – *mit* seinem Geld. Die Wut bohrte sich in sein Hirn wie die Spitze eines Eispickels. Er wollte sich die Seele aus dem Leib schreien und mit der Faust gegen den Baumstamm schlagen. Er hasste die Vorstellung, dass Bridgestone in Saus und Braus leben würde, ohne sich jemals dafür verantworten zu müssen, dass er James Ortega lebendig verbrannt und all diese FBI-Leute getötet hatte. Er kniff die Augen zusammen und ballte seine Hände zu Fäusten. *Bridgestone, du niederträchtiger Scheißkerl!*

Er schloss die Augen und konzentrierte sich. Seine unkontrollierte Wut diente keinem nützlichen Zweck. Er musste sie zügeln. Nathan zitierte das Bild herbei, das ihm in solchen Situationen half. Er stellte sich vor, wie er unter einem Baum stand und herbstliche Blätter auf ihn herabrieselten. Sie streiften seine Haut und fielen langsam zu Boden. Dabei atmete er langsam ein und aus und lockerte seine Hände. Schließlich lehnte er sich mit dem Kopf gegen den Baumstamm und seufzte. Fallende Blätter. Von wo fielen sie herab? Von oben. Er öffnete die Augen und musste lächeln. Die Lösung hatte sich die ganze Zeit direkt vor seinen Augen befunden.

KAPITEL 29

Leonard hatte schon seit über einer halben Stunde keine Pistolenschüsse mehr gehört. Vielleicht hatte McBride die Raubkatze endgültig verjagt oder er war inzwischen verblutet. Von seinem gegenwärtigen Standort am Canyonrand hatte er einen ungehinderten Blick in die Schlucht, aber er hatte keinerlei Bewegung gesehen, weder von einem Tier noch von einem Menschen. Hatte McBride die Wahrheit gesagt? Würde wirklich innerhalb der nächsten Stunde Verstärkung eintreffen? Vielleicht hatte er ihm nur einen Bären aufgebunden, um ihn aus der Reserve zu locken. Er war sich nicht sicher. Außer dem, was er vorhin von McBride erfahren hatte, wusste er nichts über diesen Mann und seine Vergangenheit. Eins stand jedoch fest – der Kerl war ein verdammt guter Schütze. Bei der Razzia gegen das Lager hatte er Sammy aus sechshundert Metern Entfernung tödlich getroffen. Er wusste nicht, wie weit McBride von Ernie entfernt gewesen war, aber er hatte ihn genau wie Sammy mit einem einzigen Schuss getötet. Ein Schuss, ein tödlicher Treffer – das Motto eines jeden Scharfschützen. Wenn der Kerl wirklich ein ehemaliger Scharfschütze beim Marine Corps war, würde es nicht leicht sein, ihn auszuschalten.

War es das Geld wirklich wert? Aber klar! Immerhin hatte er zu seiner Anhäufung zehn Jahre gebraucht und in der Zeit Ernies Launen und psychische Probleme ertragen. Verdammt, höchstens zweihundert Meter trennten ihn von drei Millionen Dollar Bargeld. Er musste es nur ausgraben. McBride würde natürlich die Felsnadel im Auge behalten. Die Frage war nur, von wo aus? Er verfluchte Ernie im Stillen dafür, dass er McBride hierhergebracht hatte. Da er an das Geld nur herankam, wenn McBride tot war, blieben ihm nicht viele Optionen offen. Vielleicht sollte er die Sache anders angehen. Was konnte es schaden? Ja, es könnte sogar klappen.

Er nahm das Funkgerät und drückte die Ruftaste. »McBride, kannst du mich hören?«

Nichts. Keine Antwort.

»McBride?«

»Ich hab gerade zu tun.«

»Ich bin bereit, das Geld mit dir zu teilen. Halbe-halbe.«

»Kein Interesse.«

»Jetzt tu doch nicht so. Du kannst doch sicher eineinhalb Millionen gebrauchen, noch dazu steuerfrei. Mein letztes Angebot. Ich teile es mit dir, fifty-fifty.«

»Kein Interesse.«

»Tut mir leid, das zu hören.«

»Sicher tut es das.«

»Es wird mir ein Vergnügen sein, dich zu töten, McBride.«

»Los, versuch es. Zweimal hast du ja schon danebengeschossen. Warum probierst du's nicht mit dem Hut-Trick?«

»Du kannst nichts als Sprüche klopfen.« Leonard schaltete das Funkgerät aus und befestigte es an seinem Gürtel.

Um auf Nummer sicher zu gehen, ließ er seinen Blick über seine Kampfuniform gleiten, fand jedoch nichts Auffälliges oder Glänzendes, das ihn verraten könnte. Dann suchte er langsam mit dem Zielfernrohr das Nordufer des Flussbetts ab. Falls McBride sich dort unten aufhielt, würde er sich irgendwo im Gebüsch verstecken. Das Problem war nur, dass es eine Menge davon gab. Außerdem machte der Ghillie-Anzug ihn nahezu unsichtbar. Wenn McBride die Wahrheit gesagt hatte – und Leonard hatte keinen Grund, daran zu zweifeln –, lief ihm in der Tat die Zeit davon. Falls er seinen Gegner nicht in den nächsten zwanzig Minuten fand, musste er verschwinden und das Geld zurücklassen. Er schwor sich, in diesem Fall McBride und seinen verdammten Partner zu töten. Zwar nicht in den nächsten zwei Wochen, zwei Jahren, vielleicht auch nicht in zehn, aber irgendwann würde McBride dafür büßen müssen, dass er ihn um sein Geld gebracht hatte.

Als Leonard das Zielfernrohr über eine Stelle gleiten ließ, wo das Gestrüpp besonders dicht war, hörte er plötzlich zwei schnell aufeinanderfolgende Pistolenschüsse. Sofort konzentrierte er sich auf die nähere Umgebung, aus der die Schüsse kamen. »Was ist los, McBride?«, flüsterte er. »Ist deine Miezekatze wieder da?«

Ein paar Sekunden später bewegte sich ein Busch, als hätte jemand dagegengestoßen. Da! Noch zwei Schüsse tief aus dem Gestrüpp, deren Echo gleich darauf durch die Schlucht hallte. Kein Gewehr, sondern eindeutig eine Pistole. Leonard hatte das Mündungsfeuer gesehen und wusste daher genau, wo die Schüsse herkamen.

»Jetzt hab ich dich, McBride.« Als er mit dem Gewehr zielte, sah er den oberen Teil einer Pistole auf einem umgestürzten Baumstamm. Als Nächstes zeigte sein Gegner sich – ein Geschenk des Himmels. Die Kapuze eines Ghillie-Anzugs erhob sich langsam hinter dem Baumstamm, wie ein Geist, der aus einem Grab schwebt. Im dunklen Sehschlitz der Kapuze sah er die doppelten Gläser eines Feldstechers glänzen.

Er justierte die Höhenverstellung an seinem Zielfernrohr einen Klick nach oben und atmete tief durch. Dann platzierte er das Fadenkreuz genau zwischen die Gläser des Feldstechers und krümmte grinsend den Finger am Abzug.

* * *

Der Überschallknall kündigte das Eintreffen der Kugel an. Eigentlich hätte Nathan das Mündungsfeuer sehen müssen. Er hatte fest damit gerechnet, dass Leonard sich an der Stelle befand, der er den Namen *Auflage* gegeben hatte, aber da hatte er sich eindeutig getäuscht. Er hatte die lange Kalksteinplatte fast pausenlos im Auge behalten. Nichts. Keinerlei Bewegung. Kein Mündungsfeuer. Wenn Leonard sich wirklich hinter dieser flachen Felsformation versteckt hätte, hätte dort das Mündungsfeuer aufblitzen müssen. Nathan schwenkte sein Gewehr nach Osten in Richtung Felsnadel und warf einen Blick auf die zweite Wahl, *Felsen*.

Jetzt hab ich dich.

Nicht weit vom linken Rand der sandigen Mulde kauerte Leonard hinter einem Strauch und lud sein Gewehr durch. Nur sein Kopf und seine Schultern lugten hervor. Nathan justierte die Höhenverstellung um einen Klick nach unten und zielte.

* * *

Plötzlich fiel es Leonard wie Schuppen von den Augen. Die Erkenntnis traf ihn mit voller Wucht. Wenn McBride wirklich ein ehemaliger Scharfschütze im Marine Corps war, würde er niemals so unvorsichtig sein und seinen Standort verraten, indem er gegen einen Busch stieß, Pistolenschüsse abfeuerte und den Gegner seinen Feldstecher sehen ließ.

Er lud erneut durch und sah sich rechts und links nach dem echten Nathan McBride um.

Wenn McBride die Pistole mit ausgestrecktem Arm abgefeuert hatte, musste er sich irgendwo hinter dem Baumstamm verstecken. Leonard suchte beide Seiten ab, sah aber nichts. Plötzlich nahm er eine äußerst langsame Bewegung am linken Rand des Zielfernrohrs wahr, viel weiter links und höher als da, wo er McBride vermutet hatte.

Als er den Punkt ins Fadenkreuz nahm, lief ihm plötzlich ein eiskalter Schauer den Rücken hinunter.

Unmöglich!

Nathan McBride saß gut versteckt auf einem riesigen Wurzelballen und zielte auf ihn.

Die List war perfekt.

Die Bewegung, die Leonard gesehen hatte, war McBrides linke Hand gewesen. Sie hatte ihm zum Abschied zugewinkt.

Wie im Zeitlupentempo sah er das Gewehr seines Gegners aufblitzen.

Eine halbe Sekunde, nachdem ihn das Mündungsfeuer geblendet hatte, spürte er den Einschlag auf seiner Stirn.

* * *

Nathan spürte den Rückstoß des Gewehrs an seiner Schulter. Mit dem Schmerz, den das auslöste, hatte er jedoch nicht gerechnet. Zuerst wurde ihm grau vor Augen, dann sah er plötzlich gar nichts mehr. Blind und hilflos saß er da und spürte, wie ihn plötzlich Schwindel und Übelkeit befielen. Dieses Gefühl kannte er nur allzu gut, es erinnerte ihn mit erschreckender Klarheit an die Zeit im Folterkäfig in Nicaragua. In ein paar Sekunden würde er das Bewusstsein verlieren. Wie hoch war dieser Wurzelballen? Eineinhalb oder zwei Meter? Auf jeden Fall hoch genug, dass er sich bei einem Sturz das Genick brechen würde. Als die Schwerkraft ihn mit dem Kopf voraus nach unten zog, rutschte er mit dem rechten Bein aus und verfing sich in dem Wurzelgeflecht.

Er spürte und hörte gleichzeitig, wie die Schienbeine knackten.

Ein Schienbein- und Wadenbeinbruch. Oh Mann, was für eine verfluchte Scheiße!

Tut mir wirklich leid, Harv. Tut mir leid, dass ich dich im Stich gelassen habe …

Kurz bevor er mit dem Kopf auf dem Boden aufschlug, schloss Nathan Daniel McBride die Augen und wartete zum zweiten Mal in seinem Leben darauf, dass der Tod ihn erlöste.

KAPITEL 30

»Geschätzte Ankunftszeit eine Minute«, sagte General Mansfield.

Flankiert von zwei Black Hawks, flog Harvey mit Nathans Bell 407 auf den Canyon zu. Mansfield saß neben ihm und koordinierte den Anflug, als die Hubschrauber mit ohrenbetäubendem Lärm über die Ortschaft Dupuyer hinwegjagten. Harvey sah auf seine Armbanduhr. Sie waren fast zwanzig Minuten zu früh, aber damit musste Nathan sich abfinden. Auf gar keinen Fall hätte Harvey die vollen zwei Stunden untätig gewartet.

»Wir wissen nicht, was uns dort oben erwartet«, sagte er. »Womöglich nimmt Bridgestone uns unter Beschuss. Mit so einem Scharfschützengewehr kann er viel Schaden anrichten.«

»Das stimmt, aber wenn Ihr Partner noch lebt, wird Bridgestone nicht schießen und damit seinen Standort preisgeben. Zum gegenwärtigen Zeitpunkt haben wir nicht viele Optionen offen. Bevor ich nicht genau weiß, was los ist, schicke ich keine Männer auf den Boden.«

»Einverstanden«, sagte Harvey. »Wir haben Glück, wenn wir überhaupt etwas sehen. Wenn die beiden sich gegenseitig aufs Korn nehmen, bekommen wir keinen von ihnen zu Gesicht.«

»Wir sollten die Schlucht der Länge nach überfliegen. Entweder gibt McBride uns ein Signal oder Bridgestone schießt auf uns. Ich sag das nur ungern, aber falls Bridgestone McBride getötet hat, ist er womöglich längst über alle Berge und es dürfte schwierig werden, Ihren Partner dort unten zu finden.«

Harvey wollte gar nicht an so etwas denken. »Wie wär's, wenn Ihre zwei Hubschrauber am Süd- und Nordrand entlangfliegen und wir in der Mitte bleiben?«

»Gute Idee.« Mansfield gab die Anweisungen weiter.

Die drei Hubschrauber flogen über den Canyonrand und dann direkt über die Stelle, auf der Nathan gelandet war. Der Black Hawk zu Harveys Rechten scherte aus der Formation aus und übernahm den Nordrand, während der linke Hubschrauber hinüber zum Südrand flog. Harvey drosselte die Geschwindigkeit auf dreißig Knoten und folgte dem Flussbett.

Als er um die letzte scharfe Biegung flog und die Felsnadel vor sich sah, erwachte das Funkgerät knisternd zum Leben. *»Civilian Delta, Rescue Alpha hat einen reglosen Mann am Südrand gefunden. Er scheint tot zu sein.«*

Ehe Mansfield antworten konnte, betätigte Harvey den Sendetrigger. »Rescue Alpha, was trägt der Mann?« Harvey blickte nach rechts, wo der Black Hawk über einer sandigen Mulde am Canyonrand kreiste.

»So genau kann ich das nicht sagen, aber es sieht wie Wüstentarnfarbe aus.«

Harvey verspürte Erleichterung. »Sehen Sie sonst noch jemanden? Unser Mann trägt eine Waldfarbentarnuniform unter einem Ghillie-Anzug.«

»Negativ. Der Tote trägt keinen Ghillie-Anzug.«

»Ich fliege dorthin«, sagte Harvey, betätigte das Höhensteuer und stieg zum Rand der Schlucht empor. Fünfzig Meter südlich von der Stelle, wo Leonard lag, sah er eine offene, sandige Fläche, umgeben von hüfthohem Gestrüpp. Er setzte den Hubschrauber dort auf den Boden und drosselte das Triebwerk. »Ich bin gleich zurück. Passen Sie solange auf das Ding auf?«

»In Ordnung«, sagte Mansfield.

Harvey kletterte aus der Kabine und sprintete über das felsige Gelände, wobei er immer wieder Gestrüpp und größeren, verstreut umherliegenden Felsbrocken auswich. Der Motorenlärm des Bell-Hubschraubers ging im Dröhnen des Black Hawks unter, der über ihm kreiste.

Leonard Bridgestone lag bäuchlings am Rand der Schlucht. Sein Hinterkopf war verschwunden. Wie es aussah, hatte er sein Gewehr angelegt, als Nathans Schuss ihn traf. Harvey trat hinter Bridgestone und musterte die Stelle genau. Knochen, Kopfhaut und Hirnmasse waren fächerförmig über den Sand verspritzt. Harvey konnte daraus schließen, aus welcher Richtung der tödliche Schuss gekommen war. Er tat so, als zielte er mit einem Gewehr von Leonards Position aus in die Schlucht hinunter, und sah neben dem Flussbett eine riesige umgestürzte Eiche. Zwanzig Sekunden später saß er wieder im Hubschrauber und hob vom Boden ab. Als er in den Canyon hinunterflog, sah er nirgendwo einen guten Landeplatz, mit Ausnahme des nassen Sandes im Flussbett, in dessen Mitte noch ein Rinnsal floss.

»Sir, kann einer Ihrer Piloten den Landeplatz testen, bevor ich dort aufsetze? Ich hab mit so was noch nicht genug Erfahrung.«

»Kein Problem.« Mansfield rief Rescue Bravo über Funk und befahl ihm, die Festigkeit des sandigen Bodens in Ufernähe zu testen.

Harvey versetzte den Bell seitlich, um dem Black Hawk Platz zu machen. Dreißig Sekunden später schwebte der Luftwaffenhubschrauber über dem feuchten Sand. Der Pilot setzte ihn sanft nieder und verlagerte langsam immer mehr Gewicht auf die Kufen, worauf diese nur ein paar Zentimeter tief einsanken, bevor sie auf festen Boden trafen.

Der Pilot gab das Testergebnis über Funk durch. *»Sie können landen, Civilian Delta. Dürfte kein Problem sein, wieder abzuheben.«*

Mansfield schaltete sich ein. »Rescue Bravo, landen Sie und bereiten Sie eine medizinische Evakuierung vor.«

»Verstanden.«

Harvey schwebte wieder hinüber, setzte den Hubschrauber auf den Boden und begann mit dem Herunterfahren des Triebwerks. Da General Mansfield ihn begleiten würde, wollte er nicht riskieren, dass der Hubschrauber durch das Vibrieren der Motoren tiefer in den feuchten Sand einsank. Die zwei Minuten, die es dauerte, bis das Triebwerk ausreichend abgekühlt war, dass es abgeschaltet werden konnte, kamen ihm endlos vor.

»Gute Landung«, sagte Mansfield. »Nicht schlecht für jemanden, der noch nicht viel Erfahrung hat. Los, gehen wir Ihren Freund suchen.«

Dicht gefolgt von General Mansfield, bahnte Harv sich einen Weg durch das Gestrüpp auf der Nordseite des Flussbetts und näherte sich der umgestürzten Eiche. Von Nathan keine Spur. Harv blickte sich hektisch um. Nichts. Aber das musste die richtige Stelle sein. Plötzlich fiel sein Blick auf einen Gegenstand, der nicht hierhergehörte. Nathans Predator-Messer steckte mit der Klinge in einem großen Ast, der von dem umgestürzten Baumstamm abzweigte. Als Harvey näher herantrat, sah er Nathans Sig Sauer. Die Pistole war an der Spitze des Astes festgebunden. Er runzelte die Stirn. Eine Angelschnur war mit einem Ende am Abzug und mit dem anderen am Griff des Messers befestigt. Auf dem Boden neben dem Ast lag Nathans Ghillie-Anzug. In ihm steckte ein primitives Holzkreuz, an dessen Querstück ein kaputter Feldstecher angebracht war. Außerdem war an dem Kreuz noch eine zweite Angelschnur befestigt, deren anderes Ende um eine Astgabel gewickelt war. Harvey begriff jetzt, dass Nathan eine Attrappe gebastelt hatte. Dem zerschossenen Feldstecher nach zu urteilen, war Leonard auf den Trick hereingefallen.

General Mansfield blickte Harvey über die Schulter, sah die Attrappe und flüsterte: »Ich werd verrückt.«

Die beiden Angelschnüre verliefen den Baumstamm entlang in südwestlicher Richtung. Harvey folgte ihnen, wobei er immer wieder über tote Äste klettern oder unter ihnen hindurchkriechen musste. Schließlich sah er ein Bein samt dazugehörigem Kampfstiefel hinter einem Felsen hervorragen sowie jede Menge Blut.

Nein! Um Gottes willen, nein!

Harvey kämpfte sich durch das Gestrüpp und rannte das letzte Stück.

Sein langjähriger Freund lag reglos am Fuß eines riesigen Wurzelballens. Zwei blutige Knochensplitter traten durch das Material seiner Tarnhose gleich unterhalb des Knies hervor. Sowohl das Hosenbein als auch der rechte Hemdsärmel und der obere Teil seines Hemdes waren blutgetränkt.

»Ach du Scheiße, Nathan.« Er bückte sich und hielt Nathans Kopf in beiden Händen. »Du darfst nicht tot sein. Das darfst du nicht.«

Nathan sprach mit geschlossenen Augen. »Harv, was zum Teufel machst du da? General Mansfield bekommt einen völlig falschen Eindruck von uns.«

»Verdammt, Nate, du hast mir einen ganz schönen Schreck eingejagt.«

»Ich fühle mich hundeelend.«

»So siehst du auch aus.«

»Alles in Ordnung mit Grangeland?«

»Ja, sie wird es überleben. Du hattest recht. Sie ist verdammt zäh.«

Nathan hob langsam den linken Arm und sah auf die Uhr. Dann ließ er ihn wieder fallen. »Du bist zu früh dran.«

»Dann verklag mich doch.«

»Hab ich Leonard erwischt?«

»Ja, das hast du.«

Nathan brachte ein Lächeln zustande. »Dann ist also alles vorbei?«

»Ja.«

KAPITEL 31

Nathan McBride und Special Agent Grangeland lagen in ihrem gemeinsamen Krankenhauszimmer in Great Falls, Montana, und hatten es irgendwann satt, die TV-Nachrichten anzusehen.

FBI-Direktor Lansing bekam seine Schlagzeilen, wie Nathan es ihm versprochen hatte. Die zwei Männer, die den Spitzenplatz in seiner Liste der meistgesuchten Verbrecher Amerikas eingenommen hatten, waren nun tot. Diesen Erfolg verdankte er dem unermüdlichen Einsatz seiner gut ausgebildeten Agenten, allen voran Special Agent Mary F. Grangeland. Im Augenblick erholte sich die FBI-Agentin von den Folgen einer Schusswunde, die sie bei ihrem Einsatz gegen die Bridgestones in einer abgelegenen Gegend im Westen Montanas abbekommen hatte. Jeder Fernsehkanal berichtete darüber. Darüber hinaus gelang dem FBI die Sicherstellung von drei Millionen Dollar Bargeld und des vermissten Semtex.

Grangeland hatte darauf bestanden, ein Zimmer mit Nathan zu teilen, obwohl es gegen die Krankenhausregeln verstieß, männliche und weibliche Patienten zusammen unterzubringen. Sie scherte sich nicht um diese Vorschrift und ließ sich nicht abwimmeln.

Nach ihrer Einlieferung in die Notaufnahme hatte Grangeland sich einer Notoperation unterzogen, bei der die Ärzte eine geplatzte Gallenblase entfernten und einen Leberriss behandelten. Die schusssichere Weste hatte zwar die kinetische Energie des Geschosses absorbiert, aber Leonards Kugel war durchgedrungen und hatte Herz und Lunge um weniger als fünf Zentimeter verfehlt. Obwohl sie jetzt an Geräte angeschlossen war, die sämtliche Körperfunktionen überwachten, wirkte Grangeland nach außen hin gut gelaunt. Nathan wusste jedoch, dass es hinter der Fassade anders aussah. Diese Ortega-Geschichte hatte ein weiteres Opfer gefordert – eines, das überlebt hatte, aber eben dennoch ein Opfer.

Die Verletzung an Nathans Oberarm erwies sich als relativ harmlos, nicht jedoch sein Schien- und Wadenbeinbruch – der Grund, warum man ihn nicht gleich am nächsten Tag entlassen hatte. Abgesehen davon wollte er solange bleiben, bis Grangeland wieder auf die Beine kam.

»Ich finde es irgendwie witzig«, sagte Nathan zu ihr, »dass ich erst jetzt Ihren Vornamen erfahren habe.«

»Sie haben mich ja nie gefragt. Übrigens, mir kam gerade ein schrecklicher Gedanke.«

»Woran?«, fragte Nathan.

»Kannte James Ortega die Wahrheit, als er sich bei ›Echo der Freiheit‹ einschleusen ließ, oder hat er sie erst während seiner Folter erfahren?«

Nathan sah zu Harv hinüber. »Ich hoffe, er wusste es bereits vorher. Stellen Sie sich vor, wie schlimm es sein muss, die Wahrheit unter solchen Umständen zu erfahren.«

»Ich will gar nicht daran denken«, sagte sie.

»Ich hege keinen Groll gegen Frank Ortega und Lansing«, sagte Nathan leise. »Streng genommen haben sie nichts Illegales getan. Das dürfen wir nicht vergessen.«

Für einen Augenblick sagte keiner etwas.

»Eigentlich brauchen Sie beide nicht hierzubleiben und Babysitter zu spielen«, sagte Grangeland. Dann sah sie Nathan an. »Der Arzt hat Sie doch gestern offiziell entlassen.«

»Sie wollen mich doch nicht etwa loswerden?«

»Das habe ich nicht gesagt.«

»Gut. Ich mache nämlich keinen Schritt, bevor Harv uns die Pizza bringt, die er uns versprochen hat.« Nathan fühlte sich schon wieder besser. Wenigstens hatte er es geschafft, Grangeland und Harv ein Lächeln zu entlocken.

»Aber dann werden Sie verschwinden?« Sie warf ihm einen unschuldigen Blick zu.

»Wissen Sie, Grangeland, Kommentare wie dieser beleben unsere Freundschaft.«

* * *

Nathan blieb noch einen weiteren Tag bei Grangeland. Die Ruhe tat ihm gut. Nachdem Grangeland ihm ständig versicherte, dass sie überleben würde, verließ er zusammen mit Harv Great Falls. Da sein Bein vom Knie bis zum Knöchel in einem Glasfaser-Castverband steckte, flog Harv den Hubschrauber zurück nach Sacramento. In einer Woche würde Nathan einen Gehverband bekommen, aber bis dahin musste er jegliche Belastung des Beins vermeiden. Auf dem Flug nach Süden musste er sich eingestehen, dass Harv sich auf dem Pilotensitz schon fast wie zu Hause fühlte. Ein paar Alleinflüge hatten gereicht, um seinem Selbstvertrauen Auftrieb zu geben. Nach der Landung auf dem Flughafen von Sacramento mieteten sie einen Ford Taurus und fuhren in der Abenddämmerung zum Sutter-Krankenhaus. Harv setzte Nathan vor dem Haupteingang ab und versprach, ihn in einer halben Stunde wieder abzuholen. Nathan ging auf Aluminiumkrücken hinein und schaute noch schnell im Geschenkeladen vorbei, da er Holly nicht ohne ein Mitbringsel besuchen wollte.

Als er in Richtung Hollys Zimmer hinkte, klingelte sein Handy.

»Hallo?«

»Nathan, hier ist dein Vater.«

»Hi, Dad, alles klar?«

»Ich bin gerade auf dem Weg zu einer Besprechung mit dem Präsidenten wegen dieser Bridgestone-Geschichte.«

»Du hast wieder mal einen langen Arbeitstag.«

»Es geht um Schadensbegrenzung. Ich hab nur eine Minute Zeit, wollte aber zuerst mit dir reden.«

»Ja, klar.«

»Ich möchte gerne unter die Angelegenheit einen Schlussstrich ziehen.«

»Von mir aus«, sagte Nathan. »Harv und ich haben nicht vor, die Sache an die große Glocke zu hängen, falls du das meinst.«

»Nicht jeder würde so großzügig handeln. Immerhin wärst du beinahe ums Leben gekommen.«

»Weil ich Fehler gemacht habe. Glaub mir, Dad, wir sind bereit, die Sache auf sich beruhen zu lassen.«

»Bist du dir da sicher?«

»Absolut.«

»Ich an deiner Stelle wäre längst nicht so versöhnlich gestimmt. Aber ich bin froh, dass du dich so entschieden hast. Ich will schließlich nicht, dass Direktor Lansing oder sein Vorgänger Ortega durch den Schmutz gezogen werden.«

»Ich auch nicht.«

»Ich werde Lansing und den Präsidenten über deine Entscheidung informieren. Es wäre nicht fair, sie zappeln zu lassen.«

»Ja, da hast du recht. Was wirst du dem Präsidenten sagen?«

»Die Wahrheit.«

»Wie wird er darauf reagieren?«

»Er hat Lansing auf diesen Posten berufen, also will er einen Skandal genauso wenig wie ich.«

Nathan blieb vor Hollys Tür stehen und senkte die Stimme. »Ich habe nur noch eine Bitte an dich.«

»Schieß los.«

»Könntest du eine schützende Hand über jemanden halten? Über ihre Karriere, meine ich.«

»Selbstverständlich. Wer ist sie?«

»Die leitende Agentin in der FBI-Dienststelle hier in Sacramento. Sie heißt Holly Simpson.«

»Ich notiere mir gerade den Namen. SAC Holly Simpson. Sacramento. Ich werde tun, was ich kann. Das verspreche ich dir.«

»Danke, Dad. Ich möchte in Zukunft mehr mit dir in Verbindung bleiben. Versuchen wir's von jetzt an.«

»Das finde ich gut.«

»Ich auch. Mach's gut, Dad.«

»Du auch, Nathan.«

* * *

Nathan klopfte leise an Holly Simpsons Tür.

»Herein.«

Mit einem Strauß langstieliger roter Rosen in der Hand humpelte er in ihr Zimmer. »Hallo, Holly.«

Ihr Gesicht hellte sich auf. »Hi, Nathan.«

Sie saß aufrecht im Bett und trug jetzt statt des Krankenhaushemdes einen Schlafanzug mit Druckknöpfen. Ihre Beine steckten immer noch in Schienen aus Edelstahl, aber die bunten Luftballons und Blumen waren weg. Er beugte sich zu ihr hinab und küsste sie.

»Wie geht's dir?«

»Mir fällt die Decke auf den Kopf. Ich will hier raus.«

»Wo sind die Ballons?«

»Die hab ich verschenkt. Wir haben hier sehr viele Verwundete. Wie geht's *dir* denn?«

»So gut wie schon lange nicht mehr.«

»Danke für die Blumen.«

Er legte die Rosen auf den Tisch und zog einen Stuhl heran. »Wir haben eine verdammt harte Woche hinter uns, nicht wahr?«

Sie griff nach seiner Hand. »Danke, dass ihr eure Belohnung an die Familien der Opfer gespendet habt. Das war sehr großzügig von dir und Harv.«

»Wir haben es gerne getan. Geht's dir wirklich gut?«

»Ich werde nie mehr durch die Sicherheitskontrolle auf einem Flughafen gehen können, ohne dass der Metalldetektor piept. Ich habe mehr Metallteile in mir als der Terminator.«

»Immer noch besser, als im Rollstuhl zu sitzen.«

»Da hast du recht.«

»Wie geht es Henning?«

»Er muss noch eine Woche im Krankenhaus bleiben. Er ist an jede Menge Schläuche angeschlossen. Mir hat er erzählt, dass er wie ein Borg aus *Star Trek* aussieht … was immer er auch damit meint.«

»Ist zwischen dir und Direktor Lansing alles in Ordnung?«, fragte er.

»Er weiß, dass ich über die Sache mit Ortega und Bridgestone Bescheid weiß. Ich tue einfach so, als ob das alles kleine Fische sind.«

»Das hast du gut gemacht. Ich bin sicher, er weiß es zu schätzen. Du hast eine echte Zukunft beim FBI, Holly. Du hast schwierige Entscheidungen getroffen und es dabei mit den Regeln nicht allzu genau genommen. Nur sehr wenige Leute in deiner Position haben das Zeug dazu.«

Sie drückte seine Hand und nickte. »Das FBI wird dir und Harvey Auszeichnungen für euren Einsatz verleihen.«

Für eine Weile verfielen beide in Schweigen.

»Gehst du zurück nach San Diego?«, fragte sie schließlich.

Nathan nickte nur. Er wusste nicht, was er sagen sollte.

»Ich wollte, wir würden uns schon viel länger kennen.«

»Ich auch.«

»Ich frage mich, wie anders unsere Leben womöglich verlaufen wären. Vielleicht wärst du ein Vater mit sechs Kindern.«

»Um Gottes willen.«

»Hör auf, dein Licht unter den Scheffel zu stellen. Du wärst bestimmt ein guter Vater.«

»Das ist nett von dir.«

»Wir haben etwas ganz Besonderes miteinander geteilt. Ich weiß, ich hab das schon einmal gesagt, aber ich hab noch nie einen Mann wie dich getroffen, und ich glaube, ich werde es auch nie wieder.«

»Ich empfinde für dich genauso, Holly. Hör zu, ich bin bei so etwas nicht besonders gut. Ich weiß nicht einmal, wie ich es sagen soll … Ich bin im Moment einfach noch nicht reif für eine Beziehung. Ich habe den Punkt noch nicht erreicht, an dem ich mich dir ganz hingeben kann, und du hast nicht weniger als das verdient. Ich will damit nicht sagen, dass wir uns nicht sehen können, es ist nur …«

»Schon gut, Nathan. Gehen wir die Sache einfach langsam an und schauen wir, was passiert.«

Er beugte sich zu ihr hinab und küsste sie auf die Lippen. »Wir sehen uns bald wieder, das verspreche ich dir. Bis dahin werde ich dich vermissen.«

Sie wischte sich eine Träne von der Wange. »Ich dich auch.«

»Was hältst du davon? Ich komme auf einen Ausflug nach Sacramento, wenn du mit mir zusammen *The Music Man* anschaust.«

»Versprochen, Nathan McBride.«

DANKSAGUNGEN

Ich möchte an dieser Stelle folgenden Familienangehörigen und Freunden danken:

Zunächst einmal meiner Frau Carla. Sie ist die wichtigste Person in meinem Leben und hat mir wie keine andere geholfen. Schreiben ist eine einsame Tätigkeit. Ohne ihre Güte und Geduld hätte ich es nie geschafft.

Meinen Eltern Paul und Cindy. Eure Liebe und Unterstützung war nicht selbstverständlich.

Meinen Brüdern Daniel, Matthew und James. Ihr seid einfach die Besten.

Meinen freiberuflichen Lektoren Ed Stackler und Laura Taylor. Ihr seid mehr als nur meine Lektoren, ihr seid meine Freunde.

Meinem Agenten Jake Elwell von der Agentur Harold Ober Associates. Danke, dass Sie mich so erfolgreich vertreten haben.

Besonders herzlich möchte ich meinem Lektor Alan Turkus und dem Rest des Teams bei Thomas & Mercer danken. Amazon Publishing ist eine tolle Firma mit talentierten und fleißigen Leuten.

Mein Dank geht auch an Ridley Pearson, David Dun und Rebecca Cantrell für die ausgezeichneten Klappentexte.

Ganz besonders möchte ich Douglas Reavie, MD für seine großzügige Unterstützung beim Schreiben der Krankenhausszene nach dem Bombenanschlag danken und dafür, dass ich ihn als Figur in meinem Roman verwenden durfte. Doug ist nicht nur der beste Schönheitschirurg in San Diego, sondern auch ein hilfsbereiter und großzügiger Mensch, der sehr viel Zeit und Energie für ehrenamtliche Tätigkeiten aufwendet. Es ist mir eine Ehre, ihn als Freund betrachten zu dürfen.

Und zuletzt danke ich Bill Thomson dafür, dass er der Erste war, der an meine Fähigkeiten als Romanautor geglaubt hat.

5942417R00261

Printed in Germany
by Amazon Distribution
GmbH, Leipzig